# 續三國志

## 속 삼 국 지

無外者 무외자

이원섭 역

明文堂

# 속삼국지 권2 • 와신상담편

## 차 례

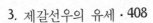

권토중래 · 금성탕지 · 기호지세 · 기화 · 다사제제 · 단사표음 · 도불습유 · 만전지책 · 무양 · 병입고황 · 복수불반분 · 불공대천지수 · 삼고초려 · 순망치한 · 원교근공 · 의심생암귀 · 이일대로 · 일엽낙지천하추 · 일패도지 · 전화위복 · 지록위마 · 창업이수성난 · 초미지급 · 패군지장불언용 · 풍성학려 · 합종연횡 · 호시탐탐 · 후연지기(가나다 순)

속삼국지

권 ② 와신상담 편

# 제1장. 다시 벌어진 골육상잔

## 1. 조왕을 치는 군사들

　제왕(濟王)이 다른 왕들과 함께 쳐들어온다는 장계(狀啓)가 빗발치듯 낙양(洛陽)으로 올라왔다. 사마윤은 깜짝 놀라며 자기 귀를 의심했다.

　「그렇게도 고분고분하던 제왕이 설마하니……」

　그러나 그것이 사실임을 인정하지 않을 수 없게 되자 겁이 덜컥 났다. 전 같으면 분노부터 와락 터뜨렸을 그였다. 하지만 황제가 된 지금으로서는 겁부터 났다.

　물론 자기 심리의 이러한 변화를 눈치 챌 여유도 없었다. 그는 곧 손수(孫秀)와 여화(閭和)를 불렀다.

　「짐이 부른 것은 다름이 아니라……」

　그는 긴장된 얼굴로 말을 시작했다. 곧 죽어도 '짐'이라는 말은 빠뜨리지 않았다.

　「지금 제왕과 낭야왕·동해왕·하간왕이 반란을 일으켜 대군을 이끌고 쳐들어온다 하오. 짐이 이 자리에 오른 것은 오로지 경들의 권유에 못 이겨 그렇게 된 것이오만, 아직 짐의 자리가 안정도 되기 전에 이런 일을 만나니 장차 어찌하면 좋겠소 경들은 소견이 있으면 말해보오.」

「무슨 어려움이 있겠사옵니까.」

손수가 말했다.

「예전에 소진(蘇秦)이 *합종책(合縱策)을 써서 다섯 나라 병력을 합하여 진(秦)을 치게 한 일이 있었나이다. 그러나 진나라 군사가 한번 나타나자 여지없이 패주하고 말았습니다. 그것은 다섯 나라의 군사가 비록 수효는 많았으나 장수가 여럿이라 전략이 통일되지 않았기 때문입니다. 지금 여러 왕이 쳐들어온다고는 하나, 한 대장의 지휘를 받는 군대가 아닌 까닭에 제각기 제 뜻대로 싸우려 할 것입니다. 이는 마치 여러 마리의 개가 제각기 짖어대고 날뛰는 것과 같습니다. 그 중의 어느 한 마리만 호되게 때려눕힌다면 어찌 도망가지 않고 배기겠나이까?」

그는 자기 언변에 스스로 도취되어 신명이 났다.

「그러므로 우리는 대군을 내서 그 어느 하나만 격파하면 됩니다. 그렇게 되면 나머지는 놀란 끝에 스스로 무너질 것입니다. 듣자 하니 그들은 3면에서 쳐온다 하나이다. 우리도 군대를 셋으로 나누어 정벌케 하옵소서. 옛날 동탁(董卓)은 한 신하에 불과하였으나 열여덟 제후를 눌렀던 일이 있사옵니다. 폐하께서는 대조(大朝)의 천자로 계시면서 어찌 저 오합지졸(烏合之卒)을 두려워하시나이까.」

조왕은 매우 기뻐하면서 황제라는 자리에 새삼스레 만족을 느꼈다.

그는 곧 손수의 건의에 따라 군대를 출동시켰다.

전장군 여화, 좌장군 채황, 우장군 장임, 편장군 사마아로 하여금 10만을 인솔하고 연수관(延壽關)을 거쳐 이궐(伊闕)로 나가 제왕의 군사를 막게 했고, 정로장군(征虜將軍) 장홍, 중견장군(中堅

將軍) 손보(孫輔), 적노장군(積弩將軍) 이엄(李儼)·서건(徐健)에게
는 군사 5만을 이끌고 악판(塄坂)으로 나가 장사왕의 군대를 치라
는 명령이 주어졌다.

또 부마도위 손회(孫會)는 사의·허초·복윤 등의 상장(上將)과
함께 8만의 병력으로 황교(黃橋)에서 성도왕을 정벌하라는 명령을
받았다.

이렇게 세 개의 군단이 편성된 외에 사마윤의 아들인 동평왕(東
平王) 사마무(司馬楙)·사마복(司馬馥)·사마건(司馬虔)은 감군(監
軍)이 되어 전군을 감독하게 했다.

제왕은 성도왕으로부터도 불일간에 떠난다는 기별이 왔으므로
동해왕 신야공과 함께 군대를 이끌고 낙양으로 향했다.

얼마를 가지 않아서 비보가 날아들었다.

「지금 도읍에서는 30만의 대군으로 쳐나온다 하나이다. 세 길
로 갈라져서 오고 있는데, 여기를 맡은 것은 사마아로 현재 양적
원(陽翟源)에 이르렀사옵니다.」

대장 갈여가 말했다.

「셋으로 나뉘었다면 10만에 불과할 것입니다. 우리 군사도 이
에 비겨 모자랄 것이 없으니 크게 격파하여 본때를 보여주는 것이
좋겠나이다. 처음 부딪치는 곳에서 적의 기세를 꺾어야 합니다.」

제왕 사마경은 그 말을 옳게 여겨 진군을 계속했다.

이윽고 사마아의 군사와 마주쳤다. 양군은 각기 진세를 벌여 싸
울 태세를 갖추었다.

이쪽에서는 세 방의 포성이 울리자 사마경이 친히 진문 앞으로
나섰다. 금으로 봉황을 아로새긴 투구에 곤룡을 수놓은 갑옷을 입
고, 해와 달이 그려진 기에 누런 빛 일산(日傘)을 받고 나섰다. 원
수의 상징인 붉은 방패와 검은 도끼를 든 두 명의 사병이 뒤에 서

고 오른쪽에는 동애, 왼쪽에는 갈여가 섰으며, 그들을 선두로 하여 여덟 명의 장수가 차례대로 늘어서 있었다.

또 좀 떨어진 왼쪽에는 동해왕 사마월이 막료들을 데리고 나왔으며, 오른쪽에는 신야공이 장수를 거느리고 서 있었다.

사마경은 손으로 사마아를 가리키며 외쳤다.

「너희들은 조정의 녹을 먹고 살아온 장수이거늘, 어찌 역적을 도와 그 위세를 돋우느냐? 지금 조왕이 포학무도해서 감히 성상을 폐하고 제위를 찬탈하니, 이는 천인이 함께 용서치 못할 바이다. 이에 과인은 그 죄를 묻고 나라를 바로하기 위해 여기에 이른 것이니, 너희도 대의를 알거든 과인을 따르라.」

이때 사마아가 앞에 나와 대답했다.

「신이 갑주(甲冑)를 몸에 걸치고 있는 까닭에 배례를 못 드리나이다. 대왕께서는 용서하십시오.」

그는 깍듯이 인사부터 차려놓고 나서 말을 시작했다.

「전하의 말씀은 십분 도리에 합당하옵니다. 신이 몽매하오나 어찌 그것을 모르오리까. 그러나 폐하께서는 등극하신 후로 실덕하심이 적지 않으셨나이다. 다른 것은 고사하고라도 조왕께서는 가씨(賈氏)의 일당을 멸하사 나라를 멸망에서 구해내셨습니다. 이 일에는 대왕께서도 뜻을 함께 하셨으니 잘 아시오리다. 그러나 금상폐하께서는 유송(劉頌)·속석(束晳) 같은 간신의 말을 들으시고, 조왕의 봉작을 도리어 깎으려고 하셨나이다. 그러므로 조왕께서는 부득이 잠시 폐하를 서궁에서 쉬게 하시고 스스로 뉘우치시는 날이 오기만 기다리고 있는 중이십니다. 대위(大位)가 비었으매 이로 인해 난이 일어날까 염려하사 잠시 그 자리를 지키고 계시오나, 오직 이윤(伊尹 : 중국 고대 전설상의 인물로서, 상商나라의 명상名相. 탕왕湯王을 보좌하여 하夏의 걸왕桀王을 멸망시키고 선정을 베풀었음.

탕왕이 죽은 뒤 그 손자 태갑太甲이 무도했으므로 동궁에 내쳤다가 3년 후에 태갑이 뉘우치자 다시 박亳으로 돌아오게 함)의 고사를 따르실 뿐 조금도 찬탈하심이 아니오이다. 그런즉 대왕께서도 오해를 풀어주옵소서.」

처녀가 애를 낳아도 할 말이 있다고, 우선은 번드르르한 언변이었다. 그렇다고 누가 그 말에 속을 사람이 있으랴.

「네가 말한 대로, 태갑(太甲)이 혼용하여 동궁(桐宮)에 갇힌 일은 《서경(書經)》에 있다. 그렇다고 이윤이 용상에 대신 앉았더냐? 금상께서 설사 어질지 못하시다 하자. 그렇다고 황손이 엄연히 계시는데 조왕이 무엇이기에 대위(大位)에 오르느냐? 너는 되지도 않은 말로 속이려 하지 말고 어서 조왕을 묶어옴으로써 죽음을 면하라.」

사마아도 이제는 막 나갔다.

「그러시다면, 전하께서는 조왕과 다투실 생각이십니까? 신의 소견으로는 승패란 예측하기 어려운 법이 아닌가 하나이다.」

「저놈부터 잡아라!」

사마경이 마침내 격노하여 부르짖었다.

이 소리가 끝나기도 전에 갈여가 칼을 비껴들고 달려 나갔다. 이를 보자 저편에서도 배초(裵超)가 나와 앞을 막았다.

두 장수는 한참을 싸웠다. 그러나 용맹이 비슷했기 때문에 좀처럼 승부가 나지 않았다.

이를 보고 섰던 사마경이 장수들을 둘러보았다.

「장군들은 어째서 팔짱을 낀 채 보고만 있는가. 모두 달려 나가 싸움을 도우라!」

이에 열 명의 상장(上將)들은 각기 군사를 이끌고 질풍처럼 쳐들어갔다. 10만이 넘는 대군이 밀려드는 모양은 마치 태산이 무너져 내리는 것 같았다.

이런 싸움은 역시 기선을 제압하는 데 이(利)가 있는 법이다. 먼저 기가 꺾인 사마경의 군사는 대항하지 못하고 쫓겼다.

*풍성학려(風聲鶴唳)라는 말이 있다. 겁먹은 군사에게는 바람 소리, 학의 울음소리까지도 적군이 공격해오는 소리로 들리는 법이다. 한쪽이 쫓기기 시작하자 그 동요는 삽시간에 전군으로 파급되었다. 워낙 많은 군대가 질서를 잃고 도망치는 판이라 서로 밟혀 죽는 수효가 적지 않았다.

사마아와 여화는 40리나 후퇴한 끝에 겨우 적원(翟源)의 좁은 길에 진을 쳤다. 점검해 보았더니 의외로도 손실이 많았다. 전사자 2만, 부상자 1만!

여화가 한탄을 했다.

「오랑캐를 칠 때에도 이런 일이 없었는데, 변변히 싸워보지도 못했으면서 너무 희생이 크구려. 제왕의 군사가 이렇게 용맹할 줄은 몰랐소」

채황이 맞장구를 쳤다.

「제왕은 황실의 적류(嫡流)이시거늘, 우리 조왕께서 하기야 너무 하셨지요. 원망이 크니까 악착같을 수밖에요」

「아니, 무슨 말을 하는 게요?」

사마아가 고개를 반짝 쳐들었다.

「그렇게 장군들 자신이 낙담한다면 장차 어떻게 싸우겠소 승패는 병가의 상사라 했으니 이 한 싸움으로 끝장나는 것은 아닙니다. 싸움이란 묘한 것이어서 승리가 패배의 원인이 되는 수도 많지 않습니까? 지금 제왕 측에서는 첫 싸움에 이겼다 해서 반드시 교만한 생각을 가지고 있을 것입니다. 그것이 허점입니다. 그 허를 찌릅시다.」

장수들은 멍하니 그만 쳐다보고 있었다. 사마아는 다시 말을 계속했다.

「우리는 겁을 먹은 척하고 싸우지 않고 있다가 밤에 적진을 기습하는 것입니다. 필연코 얕보고 있다가 혼이 나고야 말리다.」

「그것 참 좋은 말씀이오.」

장수들은 비로소 유쾌한 웃음을 터뜨렸다.

이런 중에도 장임(張林)만은 시무룩하게 앉아서 딴 궁리에 잠기고 있었다. 그는 아직 싸움에 경험도 없었고, 다만 조왕에게 아첨한 덕분으로 무거운 감투를 쓰게 된 사람이었다.

평시에는 그 감투가 자랑스러웠지만, 막상 전선에 나와 보니 겁부터 났다. 이윽고 그가 말을 꺼냈다.

「야습하신다는 것은 참 명안이십니다. 그러나 그것으로 적군을 완전히 섬멸하기까지는 이르지 못할 것입니다. 싸움에 패했으나 우리도 이만한 형세는 누리고 있지 않습니까. 그러므로 여기서 적과 선전(善戰)하는 한편, 속히 조정에 보고해서 원군을 불러오도록 해야 될 것입니다. 만일 괜찮으시다면 제가 얼른 다녀와도 좋습니다.」

하기는 그 말에도 일리가 있었다. 사마아가 찬성했다.

「그렇게 해주신다면야 오죽이나 좋겠습니까.」

이리하여 이 간교한 사나이는 전선에서 빠져나갔다.

사마경은 첫 싸움에 크게 이기고 나서 여간 만족한 것이 아니었다. 더욱이 사상자도 별로 없는 터였다. 며칠이 지나도 적은 감히 도전해오지 못했다. 하루는 장수들을 모아 크게 주연을 베풀었다. 모든 얼굴에 웃음꽃이 피어 있었다.

술이 몇 순배를 돌자, 사마경이 말했다.

「조왕이 너무 무도하기에 힘도 돌보지 않고 의기(義旗)를 들었던 것이건만, 다행히 대왕들께서 위엄을 떨쳐주신 덕분으로 적을 크게 깰 수 있었으니 더없는 다행입니다.」

동해왕 사마월도 기쁜 낯으로 대답했다.

「모든 것이 다 전하의 홍복이시고 또 장병들의 힘이지요. 어쨌든 서전을 승리로 장식했으니 대사의 성공은 틀림없는 것 같소이다.」

왕들이 주고받는 말을 옆에서 듣고 있던 손순이 불쑥 말했다.

「우선 이기기는 했으나 아직 기뻐하시기에는 이른 것 같사옵니다.」

모처럼 기뻐하던 왕들의 표정이 바뀌며 사마월이 물었다.

「아니, 무슨 일로 그러시오?」

손순은 심각한 표정을 바꾸지 않은 채 대답했다.

「이번에 이긴 것은 그야말로 요행입니다. 반드시 이길 만한 형세가 갖추어져 있었던 것이 아니라, 다음 싸움에서 어찌 될지 예측키 어렵지 않사옵니까. 좋은 운이란 끝없이 계속되는 것이 아닌가 하나이다.」

왕들만 아니라, 모든 장수의 얼굴이 굳어졌다.

「전하들께서 거느린 병사를 보건대 그 대부분이 갑자기 뽑혀온 신병인지라 훈련이 안되어 있습니다. 또 전군을 통제하는 대장도 없이 제각기 싸우는 까닭에 군대와 군대 사이의 연결과 통일이 없습니다. 약간만 고전하게 되면 걷잡을 수 없이 무너질까 두렵사옵니다.」

과연 그렇다 싶어 신야공이 말을 꺼내려는 판인데, 한 병사가 들어와 보고했다.

「지금 장사왕께서 도착하셨나이다.」

왕들은 크게 기뻐하여 밖으로 나가 마중했다.

서로 인사가 끝나자 장사왕 사마예가 치하했다.

「소식은 들었습니다. 크게 이기셨다니 이런 기쁨이 어디 또 있겠습니까.」

「그것은 그렇고……」

사마경이 물었다.

「그쪽으로도 조왕의 군사가 갔었을 텐데, 어떻게 이리도 속히 오실 수 있었던가요?」

사마예가 웃음을 머금고 대답했다.

「그것이 이상합니다. 악판(垤坂)에 오니 장홍과 손보가 대군을 인솔하고 버티고 있지 않겠습니까. 저는 물론 일전을 각오하고 있었습니다. 그런데 하룻밤을 자고 났더니 대군이 온데간데없이 사라져버렸지 뭡니까.」

「저런?」

동해왕이 말에 끼어들었다.

「그렇다면 어디로 갔나요?」

장사왕이 다시 말을 계속했다.

「그래서 알아보니 이쪽으로 이동하지 않았겠습니까. 적도 이쪽으로 오고, 저도 이쪽으로 오고…… 한 30리 간격을 사이좋게 같이 온 폭이 됐습니다.」

왕들 사이에 웃음이 크게 터졌다.

「그것 참 희한한 일이로군요.」

사마경이 말했다.

「왜 갑자기 싸우지도 않고 옮겨왔을까?」

「그야 뻔한 일이옵니다.」

손순이 말했다.

「여기서 적이 패전했기 때문에 이동하라는 조왕의 명령이 있었을 것입니다.」

하기는 그럴 것 같았다. 모든 사람이 고개를 끄덕였다.

그리고 이것은 사실이기도 했다. 낙양으로 도망친 장임이 과장된 보고를 했기 때문에 취해진 조처였다.

「그런데 아까 손장군이 제의했던 일입니다마는……」

동해왕이 말했다.

「어서 속히 맹주를 정해야 되겠습니다. 통제가 없다면 어찌 싸움에 이기기를 기약하겠습니까. 수고로우셔도 제왕 전하께서 맡아주시는 수밖에 없겠습니다.」

손순이 난처한 표정을 지었다.

「제가 말을 냈는데 어찌 저희 전하께서 맡으시겠나이까?」

장사왕이 고개를 흔들었다.

「무슨 관계가 있단 말씀이오 지금 한몸 한뜻이 되어 움직이는 마당에 그만한 일을 꺼리겠습니까. 전하는 우리 중에서 오늘의 거사를 발기한 분이기도 하시고, 또 나이로 보아도 가장 많으신 즉 결코 사양하시지 못하리다.」

다른 왕들도 모두 권했으므로 사마경은 사양하는 체하다가 마침내 승낙했다.

「과인이 무슨 자격이 있으리까마는 일을 수창(首倡)한 인연이 있으니, 그럼 대왕들의 말씀에 따르리다.」

손순이 말했다.

「이렇게 결정된 바에는 모든 작전은 전하의 지휘를 따라야 되옵니다. 만일 명령을 어기는 자 있으면 참(斬)해서 군율을 보이시고 유공한 장수에게는 상을 내려 이를 격려하시면 대군이 한팔처럼 움직여서 향하는 곳마다 적이 없을 것입니다.」

그는 다시 구체적인 작전을 제시했다.

「우선 우리 진지를 정비해야 되겠나이다. 전군을 나누어서 세 개의 진을 치되 가운데는 제왕께서 계시고 동해왕·낭야왕 두 분 전하께서는 오른쪽에 계시고, 장사왕과 신야공께서는 왼쪽에 머무십시오. 이리하여 밤낮으로 경비를 엄히 하며, 만일 어느 한쪽이 습격을 받는다면 다른 두 쪽에서 이를 구해야 됩니다. 이리 하면 만에 하나도 실수가 없겠사옵니다.」

사마경은 곧 그 말을 따라 진을 벌이게 했다. 마침 하간왕의 대장 장방도 군사를 끌고 도착했으므로 크게 기뻐한 사마경은 자기 진영에 머물도록 했다.

장방이 말했다.

「아까 진을 치던 중 갑자기 바람이 일며 기가 넘어지려 하기에 소장이 겨우 바로 세워 놓았나이다. 이 조짐으로 미루어 생각하건대 오늘밤에 적이 쳐들어올 것입니다.」

「옳은 말씀이오.」

손순은 곧 작전을 짰다.

## 2. 야습

싸움에 지고 의기가 꺾여 있던 조왕 측에서는 장홍의 군사가 도착했으므로 다소간 활기를 되찾았다.

그들은 예정했던 대로 야습을 감행하기로 했다. 장홍도 이에 동의했다.

「경적(輕敵)이면 필패(必敗)라고 했으니, 저들이 우리를 얕보고 있을 것인즉 반드시 승리를 거둘 것입니다. 40리 길이니까 어둑어둑할 때 떠난다면 삼경쯤에는 적진에 도착하리다. 한창 단잠을 자고 있을 놈들에게 혼 좀 내줍시다.」

그들은 말에 재갈을 물리고 바람처럼 몰아갔다. 앞에는 손보(孫

輔)요 중군에는 사마아가 서고, 장홍이 후군을 맡았다.

손보가 이끄는 선발대는 예정대로 삼경에는 적진 가까이 접근해 갔다. 어슴푸레한 별빛 아래 세 개의 진영이 보였다. 손보는 말을 세우고 척후병을 보냈다.

얼마 후 돌아온 척후병이 보고했다.

「양쪽 진영에서는 경비가 엄합니다. 곳곳에 보초가 서고 장교들이 순시하고 있었습니다. 가운데만은 죽은 듯이 고요한 것이 전혀 경계가 없더군요. 진문에조차 보초 하나 안 보였습니다.」

손보는 신중을 기하여 나가지 않고 후군이 도착하기까지 기다렸다. 그는 사마아·장홍에게 말했다.

「알아보았더니, 좌우 진영에는 경비가 엄한 것 같고 가운데만이 소홀합니다. 중군을 친다 해도 양편 진영에서 도울 것이니 쉽지 않을 듯하군요.」

사마아가 웃었다.

「세상에 어디 입에 맞는 떡이 있습니까. 중군에는 제왕이 있다니까 이것만 깨면 다른 진영쯤은 싸우지 않고 흩어지리다.」

장홍도 동조했다.

「한 대장의 절제를 받는 군대라면 모르되, 급하면 제각기 도망할 것이 뻔합니다. 그러나 만일의 경우를 생각해서 대비는 해둡시다.」

이리하여 그의 제안에 따라 손보는 1만 명의 병사를 이끌고 왼쪽 진영에서 나오는 원군을 막고, 낙휴(駱休)도 1만 명으로 오른쪽의 동향에 대비하며, 노시(路始)·채황은 2만의 병력으로 정세에 따라 움직이게 했다. 이만하면 *만전지책(萬全之策)이라고 그들은 기뻐했다.

드디어 장홍·사마아·여화·배초 등이 이끄는 대군은 제왕의 진영으로 밀려들었다. 그러나 어찌 된 셈일까? 보여야 할 적병은 그림자 하나도 눈에 띄지 않았다.

장홍이 외쳤다.

「복병이 있을 것이니 조심해라! 흩어지지 말고 대오를 정비하여 한쪽을 돌파하고 나가자!」

그가 말머리를 돌리려는 순간, 갑자기 포성이 울리더니 갈여와 동애가 이끄는 병사들이 좌우로부터 쳐들어왔다. 당황한 장홍과 배초가 이를 맞아 싸웠다.

조금 있자니 함성이 크게 일어나면서 또 하나의 장수가 뛰어들었다. 왕의(王義)였다. 이를 본 사마아가 창을 비껴들고 나왔다.

복병은 이것만이 아니었다. 배후로부터 위의(衛毅) · 한태(韓泰) · 노수 등이 뛰쳐나오고, 곽진 · 유통 · 유진 · 장오 등의 장수들도 각기 병사를 이끌고 덤볐다.

대혼전이었다. 희미한 초생달빛 아래 고함과 무기가 부딪치는 소리는 천지를 진동시켰다. 죽이고 죽고 서로 아우성을 치는 이 모습을 만일 어떤 신선이 봤다고 하면,

「너희들은 무엇 때문에 그리 서로 죽이느냐!」

하고 말하며 낯을 찌푸렸을지도 모를 만큼 서로 정신없이 날뛰고 있었다.

이때 횃불을 든 또 한 패거리의 군사가 밀려왔다. 앞장선 것은 하간왕의 장수인 장방이었다.

「이놈들! 항복하지 못하겠느냐.」

장방이 호통을 치며 달려드는 모양은 마치 호랑이가 먹이를 보고 달려드는 기세였다. 이를 보고 길을 막던 낙휴는 3합도 배기지 못하고 목이 떨어졌다.

좌측 진영으로 갔던 손보는 장사왕의 군사와 싸운 끝에 패전하

고 장홍과 합세하기 위해 중군으로 왔다가 장방을 만났다. 그는 잠시 싸운 끝에 말머리를 돌려 달아났다. 비호처럼 쫓아오던 장방의 칼이 허공에 원을 긋자 손보의 몸은 땅에 뒹굴었다.

장방을 당해내는 자는 아무도 없었다.

무수한 병사가 초개처럼 목숨을 잃었다. 그는 시살해가던 중 왕의가 사마아와 싸우고 있는 것을 보고 그쪽으로 말머리를 돌렸다. 사마아는 감때사나운 그의 형세에 질려 돌아서다가 왕의의 칼에 찔려 죽고 말았다.

장홍은 이런 꼴을 보고 크게 겁이 나서 도망치는데, 1백 보도 못가서 한 장수의 제지를 받았다.

「이놈! 네놈이 장홍이렷다. 잘 만났다.」

건너다보니 갈여였다. 두 사람은 서로 아는 사이였다.

「오, 갈여로구나! 이미 나인 줄 알았으면 길을 비킬 일이지, 어찌 무례하기가 이 같으냐.」

갈여가 다시 말했다.

「참 그렇구나. 친구 죽는 것을 그대로 못 보겠다. 얼른 말에서 내려라.」

「이놈이!」

장홍은 노해서 창을 비껴들고 달려들었다.

그러나 이 싸움도 오래 끌지는 못했다. 이때 동해왕의 군사가 산이 무너지는 듯 달려오는 것을 보자 장홍이 곧 말을 돌렸기 때문이다.

사마경은 자기편이 또 이기는 데 신이 나서 크게 북을 치도록 하여 사기를 돋우었다. 패주하는 적을 쫓아 제왕 쪽 군사들은 정신없이 추격했으므로 길에는 조왕 측 병사들의 시체가 너저분하게 깔렸다.

양적원 본진까지 도망 온 장홍은 패잔병들을 수습했다. 사마아·손보·낙휴가 죽었을 뿐 아니라, 병력의 손실이 너무 컸다. 살아남은 수효는 겨우 2만에 지나지 못했다.

이래 가지고는 본진을 지킬 수도 없었다. 그는 다시 후퇴하여 이궐(伊闕)에 진을 쳤다.

사마경은 또다시 싸움에 이겨 기고만장했다.

「싸움은 신속을 귀히 여기나니 이궐을 칩시다. 그곳이 험한 곳이기는 해도 그토록 패한 적이 무슨 힘을 쓰겠소이까. 만일 여기를 빼앗는다면 낙양은 오른팔을 잃은 격이 되리다.」

「그렇사옵니다.」

손순이 그 말을 거들었다.

「시일을 끌면 조왕의 원병이 이를 것입니다. 대군이 천험(天險)에 의지한다면 용히 이길 수 없을 것이옵니다.」

사마경은 곧 진격명령을 내렸다.

### 3. 성도왕 사마영

한편 제3로로 진격해던 성도왕 사마영(司馬穎)은 업성(鄴城)을 떠나. 장하(漳河)를 건너 황교(黃橋)에 이르려는데 마침 척후병의 보고가 들어왔다.

「손회(孫會)가 대장이 되어 허초·사의 등과 함께 요해(要害)에 포진하고 있나이다. 이 이상 앞으로 나갈 수 없사옵니다.」

사마영은 곧 싸울 준비를 하게 한 다음 북소리 울리는 곳, 친히 진 앞에 말을 내었다.

누런 일산을 받았으며, 일월을 그린 기가 양쪽에서 펄럭였다. 머리에는 금봉관(金鳳冠)을 썼는데 곤룡포를 입고 오화마(五花馬)에 높이 앉은 모양이 마치 그림과도 같았다.

그 오른쪽에는 장사(長史)인 노지(盧志)가 말을 세우고 있고, 오른편에는 참군 구통(丘統)이 있었으며, 그 밖에도 석초(石超)·견수(牽秀) 등 12명의 장수가 각기 위엄을 떨치며 늘어서 있었다.

이를 보자 조왕 측에서도 포성이 울리더니 진문이 크게 열리면서 한떼의 장수가 쏟아져 나오는 것이 보였다. 머리에다 황금투구를 쓰고 백마에 탄 것이 손회였고, 그 좌우로는 허초·복윤·사의·장형 등이 시립하고 있었다.

손회가 앞서 우렁찬 소리로 외쳤다.

「신이 갑주를 몸에 걸치고 있으므로 인사를 여쭙지 못하나이다. 전하께서는 무슨 일로 친히 병마를 이끄시고 여기에 이르셨사옵니까?」

사마영이 채찍으로 손회를 가리키면서 말했다.

「장군은 과인의 뜻을 몰라서 묻는가? 조왕의 대역무도한 죄가 없었던들 무엇을 즐겨 여기에 이르랴. 제실(帝室)의 일개 서출(庶出)로 왕의 칭호까지 들었으면 응당 천은(天恩)에 감읍하여 일신을 삼가야 하겠거늘, 파당을 모아 충량(忠良)을 해한 끝에 마침내는 대위마저 찬탈하기에 이르니, 천인이 공노하는 바라. 과인이 제왕과 더불어 죄를 물으려 하거니와 장군도 대의를 모르지 않을 터인즉, 역(逆)을 버리고 정(正)으로 돌아오라.」

손회가 웃음을 머금고 대답했다.

「신이 듣자오니, 태산의 모양도 보는 자리에 따라 달라진다 하더이다. 어찌 금상폐하를 역신이라 하시나이까? 자고로 천자가 혼매하여 대임을 감당하시지 못할 적에는 으레 유덕한 이가 있어 이를 물리쳤던 것이옵니다. 탕왕(湯王)도 무왕(武王)도 역신이라 일러야 되겠사옵니까? 선제께서 나라를 어지럽히시었기에 금상께서 대신하신 것이니, 이로써 종사(宗社)가 구해졌거늘, 전하께서는 어이 이를 기뻐하지 않고 도리어 군사를 일으키셨나이까? 전하께서는 만금(萬金)의 몸이시니, 화옥(華屋)에 안거(安居)하사 영화를 즐기시옵소서. 친히 진지에 임하시어 승부를 다투는 일은 천만부당한가 하옵니다. 만일 실수가 계시면 위엄을 크게 손상할 뿐더러 무엇으로 일신을 보존하시겠나이까?」

사마영이 크게 성이 나서 외쳤다.

「이놈! 듣자하니 못하는 말이 없구나. 그래, 조왕이 탕왕·무왕과 같단 말이냐?」

그는 장수들을 돌아보며 외쳤다.

「누가 없느냐. 저 역적 놈을 사로잡아오너라!」

장수 공사진(公師鎭)이 칼을 춤추며 달려 나갔다. 이를 본 손회가 장수들에게 말했다.

「성도왕의 장수들이 비록 용맹하지만, 그 진세를 살펴건대 규율이 없소 아마도 대부분이 새로 뽑혀온 병졸들인 것 같거니와, 그렇다면 겁낼 것이 무엇이겠소 장군들이 함께 나가 놈들을 놀래게 해주시오. 대번에 겁을 먹고 달아나리다.」

이 말을 듣고 허초가 달려 나가 공사진과 겨루었다. 또 사의도 창을 꼬나들고 달려 나가 이를 도왔다.

이를 보고 사마영의 진영에서는 석초(石超)가 달려 나와 사의와 싸웠다.

네 장수는 제각기 기량을 다해 싸웠으나 승부가 나지 않았다.

「장군이 나가셔야 되겠소」

손회가 돌아보자 복윤이 뛰어나가 공사진과 싸우는 허초 편을 들었다.

공사진이 옆에서 달려드는 복윤의 칼을 당황히 막으려는 순간 허초의 창에 배꼽 밑을 찔려 말 아래에 거꾸로 떨어졌다.

이때 조왕 측 군사들은 적장이 죽는 것을 보고 힘을 얻어 환성을 지르며 밀려들었다.

사의와 싸우던 석초는 이를 보고 말머리를 돌렸다. 이것을 신호로 성도왕의 군사는 눈사태가 나듯 무너져갔다. 훈련이 미처 안돼 있는 신병들이었던 것이다. 한번 밀리기 시작하자 걷잡을 도리가 없었다.

20리나 쫓긴 끝에야 겨우 진세를 정비한 사마영은 기가 꺾여 있었다.

「저놈들이 그렇게나 강성할 줄이야 누가 알았으랴. 더욱이 우리 군사는 훈련이 안돼 있는 터이니까, 업성으로 돌아가서 후일을 기약함이 어떠랴.」

노지가 반대했다.

「그게 무슨 말씀이십니까? 승패는 병가(兵家)의 상사(常事)거늘, 이 조그만 패전으로 해서 어찌 그렇게까지 하시나이까. 신이 적진을 살피건대 장수라야 몇 명에 지나지 않으며, 대장이라는 손회도 지략이 없는 인물입니다. 이번에 이겼다 해서 필시 교만한 생각을 하고 있을 것이니, 우리가 계략으로 대하면 반드시 크게 이길 것입니다. 승리할 수 있는 힘을 가진 채 회군하여 천하에 신의를 잃는 것과 어느 것이 낫겠나이까?」

공사번(公師藩)이 아뢰었다.

「싸움에 전진이 있을 뿐 후퇴는 없나이다. 원컨대 제가 선봉에 서서 이 원수들을 물리칠까 하옵니다.」

그는 이번에 죽은 공사진의 아우였다. 그러나 사마영은 좀처럼 결단을 내리지 못했다. 이 상태로 사흘이 지났다. 이날도 여전히 싸우느냐 회군하느냐 하는 문제를 놓고 지루한 말들이 오고가고 있었다. 그러던 중 놀라운 정보가 날아들었다.

「한떼의 병사가 북쪽에서 오고 있나이다. 한 1만 명은 실히 되어 보입니다.」

모든 장수들의 얼굴에서 핏기가 가셨다. 이런 판국에 양편에서 협공을 당한다면 어떻게 싸운다는 것인가.

하여간 그대로 있을 수는 없다 하여, 노지의 지휘로 부서를 정하고 군사를 배치해서 만일의 사태에 대비하였다.

먼지를 일으키며 달려오던 그 군대는 진채 가까이에 이르자 모두 말에서 내리는 것이었다. 노지는 말을 달려 나가 외쳤다.

「대군을 이끌고 오는 것은 누구요?」

그러자 험상궂게 생긴 장수가 앞으로 나와 공손히 대답했다.

「저희들은 상당(上黨)에 사는 석현(石莧) 휘하의 사람들로 미력하나마 싸움을 도와드릴까 해서 찾아왔습니다. 전하를 뵙게 해주시기 바랍니다.」

노지는 기뻐하여 두 명의 장수를 본진으로 인도했다.

사마영 앞에 오자 두 사람은 부복을 했다. 노지에게 말하던 장수가 입을 떼었다.

「저는 상당(上黨)에 사는 석현의 양자로 이름을 석상(石桑)이라 하옵고, 이 사람은 석현의 아들 석늑(石勒)이옵니다.」

석상이란 물론 급상(汲桑)이었고, 석늑이란 조늑(趙勒)이었다. 성도왕이 의아한 듯 물었다.

「석현이라? 그게 대체 누구인가?」

급상이 대답했다.

「전하께서 모르시는 것도 당연하옵니다. 일찍이 조정을 섬긴 일도 있었사오나 은거하는 몸이었습지요. 그러나 석숭(石崇)의 숙부라면 짐작이 가실 것입니다.」

「뭐, 석숭?」

이번에는 사마영뿐 아니라 듣는 사람 모두가 놀랐다.

「그러하옵니다. 조왕과 손수 등이 무고한 석숭을 죽이고 그 여파가 상당에게까지 미쳐 저의 아비도 화를 입었나이다.」

그의 어조는 차츰 높아갔다.

「저희들 처지에서는 조왕·손수 등은 *불공대천의 원수(不共戴天之讎)이옵니다. 이번 전하께서 기병하셨다는 말씀을 듣고 의병을 모집해서 여기에 찾아왔나이다. 전하께서는 부디 버리지 마시고 거두어 주시옵소서.」

사마영은 크게 기뻐했다.

「아, 장하다! 가히 충효겸전이라 하리로다.」

그는 석늑이 연소함을 보고 말했다.

「소년의 나이는 몇인고?」

석늑이 고개를 번쩍 들고 총명이 어린 눈으로 사마영을 가만히 바라봤다.

「전하께서는 무예의 능부(能否)를 하문하시지 않고, 어찌 나이를 물으시나이까? 제가 비록 나이 어리오나 백만 대군을 초개(草芥)처럼 여기나이다.」

실로 엉뚱한 말이었다. 사마영은 이런 말을 하는 소년은 본 적이 없었다. 그만큼 소년이 신통하고 애정이 갔다.

「오, 과연 영특하구나! 네 용맹이 그렇다니 어디 한번 큰 공을 세워봐라.」

급상이 옆에서 변명하듯 말했다.

「나이 어리고 하향(遐鄕)에서 자라 예법을 모르오니 복원 전하께서는 용서하옵소서. 이 아이의 나이는 열넷이고, 힘과 무예가 약간은 있나이다.」

크게 기뻐한 사마영은 조늑이 이끌고 온 군대에 무기와 식량을

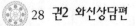

공급하고 본진 곁에 머물도록 했다.

## 4. 석늑의 활약

다음날, 사마영은 노지(盧志)를 불러서 상의했다.

「과인이 저번에 패하고 싸움에 마음이 내키지 않더니, 어제 석늑을 보고 생각이 달라졌소. 무명의 소년으로도 오히려 아비의 원수를 갚기 위해 의기가 그렇거늘, 하물며 과인이 이 판국에 물러날 수야 있겠소?」

노지는 물론 기뻐했다.

「지당하신 분부입니다. 석늑이 대군을 끌고 나타난 것만 해도 거의 전하의 홍복입니다. 대사가 이루어지지 못할까 하여 심려치 마시옵소서.」

사마영도 좋아했다.

「하기는 그렇기도 하오. 그런데, 그놈이 장하단 말이야! 경은 그 소년을 어떻게 생각하오?」

「과연 보통 아이가 아니옵니다. 무예가 어느 정도인지는 두고 봐야 알 것이나, 의표(儀表)가 비범하고 기개가 세상을 뒤덮을 것처럼 보였나이다. 그래서 신이 헤아리기에……」

그는 한 걸음 다가앉았다.

「지금 우리 군사라야 솔직히 말씀하건대 오합지졸입니다. 더구나 한 번 패하여 기세가 꺾였으니 이것으로는 싸우기 어렵습니다. 문제는 그들에게 자신과 생기를 불어넣어 줄 수 있겠느냐 하는 데 있습니다. 만일 그럴 수만 있다면 적을 겁낼 것이 조금도 없겠으나 그 일이 쉽지 않사옵니다.」

사마영이 고개를 끄덕였다.

「옳은 말이오. 무엇으로 사기를 돋운단 말이오?」

노지가 말을 이었다.

「신의 생각으로는 석늑을 선봉에 세워봤으면 하나이다. 그에게는 다른 사람에게서 찾을 수 없는 생기가 있습니다. 어쩌면 좋은 결과를 가져올지도 모르지요」

「그것 참 좋은 생각이오」

사마영은 크게 기뻐하여 석늑과 급상을 불렀다.

「그대가 연소하나 매우 영특해 보이니, 능히 선봉이 되어 싸워 보겠는가. 꼭 하라는 것은 아니니, 잘 생각해 보고 대답하라.」

이 말을 듣는 순간, 석늑의 얼굴에는 웃음이 가득 번져갔다.

「전하! 이렇게까지 생각해 주시니 감사하옵나이다. 꼭 신에게 맡겨 주시옵소서. 반드시 적을 무찔러 나라의 우환을 덜도록 하겠나이다.」

씩씩한 소년을 바라보며 사마영이나 노지는 자기들도 마치 소년시절로 돌아가기나 한 듯 마음이 기뻤다. 확실히 석늑에게는 주위에 생기를 전파시키는 힘이 있는 것 같았다.

「그러면 이렇게 하지.」

노지가 작전을 지시했다.

「가만히 소로로 하여 손회의 본진을 치라. 방비가 있든 없든 공격하라. 처음 여기에 왔으니 지리에 익숙지 못할 것인즉, 우리 장수 석초·화연(和演)이 5천의 군사를 이끌고 돕도록 하겠다. 이쪽에서도 대군이 큰길로 해서 쳐나갈 것이니, 적진에 불을 지르라.」

소년은 기뻐하며 승낙하고 나갔다.

노지는 또 견수·왕언·진진·동흥 네 장수를 불러 명령했다.

「장군들은 1만 명을 이끌고 큰길로 나가다가, 적진에 불빛이 일어나거든 나아가 치시오」

또 조양·곽매·공사번을 불러 후군이 되게 했다.

이렇게 작전지시를 끝낸 노지는 사마영에게 말했다.

「이 진지를 철거해 버리고, 전하께서도 나머지 병력을 친히 이끄시어 적을 치심이 좋을까 하옵니다.」

그러나 사마영은 마음이 내키지 않는 모양이었다.

「밤중에 야습하는 일이 어떻게 꼭 성공한다고만 하겠소. 선진(先陣)이 이기기를 기다려 내일 나가겠소.」

노지가 다시 아뢰었다.

「그렇지 않사옵니다. 전하께서 친림하시고 안하고는 우리 군의 사기에 미치는 영향이 큽니다. 저 손회로 말하면 용렬한 대장이라 습격을 받으면 사로잡히지 않으려고 반드시 도망할 것입니다. 대왕께서 조금만 격려해 주시면 이 한 싸움으로 우리는 낙양에 들어갈 수 있을지도 모릅니다. 제왕에게 수공(首功)을 빼앗기실 필요가 어디 있사오리까?」

이 싸움으로 조왕을 잡는 큰 공이 자기에게 온다면 나쁘지 않을 것이다. 사마영은 마침내 전군에 진격령을 내렸다.

손회는 첫번 싸움에 이긴 것만 기뻐하여 아무 일도 하지 않은 채 며칠을 보내고 있었다.

전쟁의 경험이 풍부한 복윤(伏胤) 같은 장수가 여러 번 간했다.

「적의 의기가 꺾인 이때를 타서 어서 뿌리를 뽑아야 합니다. 다른 데서 원군이라도 오게 되면 어찌하시려오?」

그러나 손회는 고개를 저었다.

「모르시는 말씀! 적은 지금 많은 병사를 잃고 결정적인 타격을 받은 터요. 근일 중에 반드시 진을 거두어 돌아가리다. 제왕의 선동으로 나오기는 했지만, 무엇 때문에 안될 싸움을 끝까지 싸우려 하겠소? 나는 성도왕을 잘 아오. 끝까지 밀고 나갈 기백이 없는 사람이오」

　그는 제갈양이나 조조 같은 군략가나 된 듯 이상한 눈짓을 하면서 누구의 말에도 귀를 기울이려 하지 않았다. 기껏 세운 대책이라는 것이, 길목마다 사병을 보내어 지키게 하는 일뿐이었다.

　그러므로 장수들이 하는 일이란 술 마시는 것밖에는 없었다. 매일 오후면 주연이 벌어져서 밤중까지 끌었다.

　윗사람이 하는 짓을 아랫사람도 본떴다. 병사들은 끼리끼리 모여 술을 마시든가 놀음판을 벌이든가 했다.

　복윤은 다시 간했다.

　「장군께서 주장(主將)의 자리에 계시면서 장병을 단속하지 않으시니 웬일이십니까. 지금 전군이 술 마시기에만 열중하여 여기가 싸움터임을 잊고 있으니, 만일 적이 기병을 내어 불의에 쳐들어오기라도 한다면 어찌시겠습니까?」

　그러나 손회는 여전히 태평이었다.

　「걱정이 지나치오 저번에 싸워 봤으면서 왜 그리 겁을 내시오? 오면 오는 대로 싸울 뿐이지만, 혼이 나간 것들이 어찌 쳐들어오겠소?」

　아무리 말해보아도 마이동풍이었다.

　마침내 복윤은 사의를 보고 한탄했다.

　「역시 사람을 잘 써야 한단 말이오 더구나 국가의 운명을 걸머쳐야 할 대장을 어찌 부마라고 해서 기용하셨는지 안타깝소 이러고 있다가는 우리도 무사하지 못하리다.」

　사의도 한숨을 쉬었다.

　「일이 참 묘하게 됐습니다. 우리 둘이 여러 싸움터를 전전하면서 다소의 공명도 세웠건만, 이렇게 되니 분하오 내 생각 같아서는 적이 반드시 쳐들어오리다. 노지는 지략이 있으니 하고도 남지요. 하여간 우리 둘이서 대비책을 세워둡시다.」

이리하여 두 장수만은 경계하고 있었다.

이경쯤이나 되었을까, 잠자리에 들려던 사의는 갑자기 들리는 말발굽소리에 놀랐다. 그는 급히 창을 들고 밖으로 나갔다. 뒤이어 복윤도 나타났다.

「모두 일어나라! 적이다. 적의 습격이다!」

복윤이 외쳤을 때는 이미 석늑의 부대가 쳐들어오는 판이었다.

그나마 맞서서 싸우는 것은 두 사람이 거느린 병사들 정도였다. 나머지는 술에 곯아떨어져서 정신없이 자고 있다가 갑옷을 입느라고 허둥거리는 것이 고작이었다. 잠이 안 깬 채 죽음을 당하는 병사도 많았다.

이때 석늑의 활약은 눈부셨다. 크게 북을 울리고 고함을 지르면서 그의 부대는 바로 중군으로 뛰어들었다. 선두에서 백마를 달리는 소년은 마치 그림 같았다. 어느 사이엔지 타오르고 있는 불빛이 한낮처럼 밝은데, 석늑은 칼을 춤추듯이 휘둘렀다. 그의 앞을 가로막는 적은 모두가 한칼에 피를 흘리고 쓰러졌다.

허초는 견수(牽秀)를 만나 30합을 싸우는데, 어디선지 나타난 소년이 그의 말머리를 치는 바람에 땅에 뒹굴었다. 곧 왕언·동홍 등에 의해 사로잡히고 말았다.

사의는 조양·곽매·공사번 등 세 명을 상대로 싸우다가 도망을 쳤다. 복윤과 합세하기 위해 말을 달리던 그는 한 소년과 부딪쳤다.

소년이 그를 보자 외쳤다.

「어서 말에서 내리지 못하느냐!」

사의는 기가 막혀서 창을 들고 달려들다가 소스라치게 놀랐다. 소년의 칼은 무지개를 이루며 폭풍같이 휘몰아치는 것이 일찍이 만나본 적 없는 고수(高手)였다. 그는 손이 떨려 창도 제대로 못써 본 채 어깨에 칼을 맞고 땅에 떨어졌다. 장에복(張曀僕)이 말에서 내려 뎅겅 그의 목을 잘라버렸다.

「손회를 놓치지 마라!」

석늑이 외치면서 뛰어드는 것을 보고 손회는 기겁을 해서 도망 쳤다. 복윤이 달려들다가 다리에 칼을 맞더니 그만 혼비백산하여 달아났다.

백전노장인 사의와 복윤이 이 꼴이었으니 나머지야 미루어 짐 작할 일이었다. 조왕의 군사들은 앞을 다투어 낙양을 향해 도망했 다. 주장 손회의 행방이 묘연했기 때문에 패군을 수습하는 사람도 없었다.

석늑은 군사를 이끌고 이들을 추격했다. 길에는 무수한 시체가 낙엽처럼 깔렸다.

낙수(洛水)! 여기를 건너면 낙양이다. 무수한 희비의 역사가 얽 힌 이 강에서는 또 하나의 참상이 벌어졌다. 미처 건너지 못해 발 을 구르고 아우성치는 패잔병들과 이를 쫓는 석늑의 부대와……

조금 후 낙수의 물에는 무수한 조왕 측 병사의 시체가 떠 있었 다. 그 때문에 물도 흐르지 못할 정도였다.

성도왕의 군사는 바로 낙양성을 포위했다.

## 제2장. 낙양의 희비

### 1. 조왕의 실각

　낙양에는 어디서부터인지 패전했다는 소문이 퍼졌다. 사람들은 모이기만 하면 수군거렸다. 그 중에는 재빨리 피난길을 떠나는 사람도 있었다.

　조왕 사마윤도 그 소식을 듣고 있었다. 그러나 하나도 정식으로 들어온 보고는 아니었다. 도리어 얼마 전 크게 이겼다는 첩서를 손회에게서 받은 터였다.

　「설마하니 그럴 리야 있겠나이까. 제왕이나 성도왕이나 실전 경험이라고는 전혀 없는 분들인데, 어찌 우리가 패했겠사옵니까?」

　손수가 위로하듯 말했다. 사마윤도 그러리라 싶었다. 그러나 그 말은 안 들으니만 못했다. 무엇인가 꺼림칙했다. 이런 중에 손회와 복윤이 나타났다. 그들은 조왕 앞에 이르자, 엎드려 통곡부터 하였다.

　「아니, 어인 일이오?」

　사마윤은 이런 질문을 던졌으나 몰라서 묻는 것은 아니었다. 이미 그의 얼굴은 사색이 되어 있었다.

「황공하옵니다, 황공하옵니다!」

이런 소리를 무수히 뇌까리고 나서야 손회가 아뢰었다.

「저번 싸움에 크게 이겨 성도왕의 군사는 얼씬거리지도 못했나이다. 하오나… 하오나…」

그는 땀을 흘리며 말을 더듬었다.

「하오나 의외의 원군이 나타나는 바람에 그만……」

「아니, 원군이라니?」

조왕이 다그쳐 물었다.

「석늑(石勒)이라는 자가 대군을 이끌고 왔사온데, 이 석늑은 나이 어린 소년입니다만, 어떻게나 용맹한지 그만 허초·사의가 죽고……」

「무엇이, 허초·사의가?!」

사마윤이 외쳤기 때문에 가뜩이나 더듬는 손회의 말이 중단됐다.

「그렇사옵니다.」

「이 일을 어쩔꼬. 이 일을 어쩔꼬!」

조왕은 손으로 용상을 치며 한탄했다.

손수가 옆에서 아들 손회에게 물었다.

「아무리 용감하기로니 일개 소년이라면서 허초·사의가 죽었단 말이냐?」

손회는 아버지를 흘끔 쳐다보더니 장난하다가 들킨 어린애처럼 목을 움츠렸다. 보다 못해 복윤이 아뢰었다.

「그놈이 여간 용맹한 것이 아니옵니다. 신은 아직 그런 적을 만나보지 못했나이다.」

사마윤이 신음하듯 말했다.

「오, 어디서 그런 놈이 튀어나왔는고? 그래 그 애가 어찌 대군을 거느리고 있단 말이냐!」

「황공하오이다.」

복윤이 다시 아뢰었다.

「상당(上黨)에 살고 있던 석현(石莧)의 아들이라 하옵니다. 저 석숭의 숙부인……」

조왕은 다시 한탄했다.

「아, 이럴 줄이야!」

손수는 고개를 들지 못했다. 그로서도 면목이 없었던 것이다.

조왕으로서는 손수가 이렇게 원망스러운 적이 없었다. 공연히 석숭을 죽이고 그 친척까지 몰살시켜 버렸기 때문에 이 모양이 된 것이 아닌가.

그러나 그를 탓할 겨를도 없었다. 이미 성도왕의 군사가 성을 포위했기 때문이다. 이 보고에 접하자 사마윤은 잠시 말문이 막혔다. 복윤이 아뢰었다.

「폐하께서는 너무 심려치 마옵소서. 정병을 가려 물리쳐야 하옵니다. 다른 군사들까지 오면 큰일이니, 속히 서두르셔야 하오리다.」

사마윤은 곧 영을 내려 성을 수비하는 한편, 적을 격퇴할 준비를 시켰다.

그러나 하룻밤을 뜬눈으로 새고 나니 정세는 더욱 악화되어 있었다. 복윤이 걱정했던 그대로 제왕·동해왕·장사왕·낭야왕의 군사들까지 도착해 버렸던 것이다. 물론 성도왕의 급보를 받고 달려온 것이었다.

사마윤은 뉘우쳤다. 소인이란 급해야 후회하는 법이다.

「짐이 대정을 맡아 아무런 부족함이 없었거늘, 경 등이 권하여 황제를 폐했기에 오늘의 사태를 빚어내고 말았구려. 장수들이 죽

고 병사가 모자라니 무엇으로 이 난국을 극복하랴. 짐은 후회가
많도다.」

그래도 여전히 짐이라는 말은 입에서 떠나지 않았다.

「후회하시면 무엇 하시겠사옵니까.」

손수가 말했다.

「사람의 일이란 지내놓고 보면 뉘우쳐지는 일도 많사옵니다.
그렇다고 거기에 얽매여 한숨이나 쉬는 것은 아녀자의 일입니다.
지금 적병의 포위가 급하오니, 병사와 백성을 동원하여 성을 굳게
지키도록 하여야 하나이다. 이 낙양은 *금성탕지(金城湯池)이오니
수비만 튼튼히 한다면 백만 대군인들 저희들이 어찌하오리까. 이
렇게 날짜가 가면 대군이라 양식이 딸릴 것이오며, 왕들 사이에
불화가 생기오리다. 이때를 틈타 계략을 쓰면 쉽게 평정될 것이라
믿나이다.」

그러나 복윤이 반대했다.

「성 밖에 있는 군사가 아무리 많기로서니 양식이 떨어지겠습
니까. 또 합심하여 일으킨 군대라 여간해서는 불화도 생기지 않을
것입니다.」

손수가 경멸하는 눈초리로 복윤을 바라보며 고개를 흔들었다.

「그렇지 않소. 여러 마리의 닭이 한 우리에 있으면 반드시 먹
이를 서로 다투는 법이오. 여러 왕들이 한데 모였으니 어찌 화합
하겠소? 모두 귀하게 자란 분들이라, 누가 남의 절제를 받으려 하
겠소? 이리하여 틈이 생긴 다음에 세객을 보내 하간왕을 꾀어 떨
어져 나가게 하는 것이오. 하간왕은 원래가 제왕과 사이가 나쁩니
다. 여기 군대를 보낸 것도 마지못해 취한 행동일 뿐 본심이 아닐
것이니, 태제(太弟)로 봉하고 대정(大政)을 맡기겠다고 해보십시
오. 반드시 우리 편으로 돌아서리다. 그가 떨어져나가면 다른 왕

인들 가만히 있겠소? 이렇게 그들의 마음이 흔들릴 때 공격한다
면, 원소(袁紹)가 동탁(董卓)을 친 것같이 될 것이오」

「좋은 말이오」

사마영은 기뻐하여 그 말을 받아들였다.

곧 명령이 하달되어 성중에 있는 모든 장정이 동원되었다. 사마
영은 친히 밤낮을 가리지 않고 순시에 나서 수비를 독려했다. 이
렇게 하고 보니 수비는 물샐틈없었다.

이런 싸움이 한 달을 끌고 보니 양식이 딸리게 된 것은 성중이
었다. 아무리 수도라고는 해도 장기전을 겪어낼 준비는 갖추어져
있지 않았다. 거기에다가 외부에서의 공급이 끊어졌기 때문에 양
식은 급작스레 바닥이 나버렸다.

손수는 응급책을 생각해냈다. 관리나 부호로 하여금 양식을 바
치게 했다. 그들이 내놓는 분량을 일일이 기록하여 후일에 돌려준
다는 것이었다.

그러나 사람들은 내기를 꺼렸다. 손수는 병사를 시켜 집을 뒤져
빼앗아오게 했다.

이런 비상권을 군대에게 준 결과는, 그들의 월권과 행패만을 가
져오게 했다. 군인들은 몰려다니면서 있는 집이건 없는 집이건 모
두 털었다. 본래의 취지와는 달리 당장 먹을 양식조차 남겨두지
않기 때문에 거리에는 아사자의 시체가 너저분히 깔리기에 이
르렀다.

이렇게 되니 민원(民怨)이 말이 아니었다.

벼슬아치 중에도 기회가 없어서 탈출하지 못할 뿐인 사람이 적
지 않았다.

이때 좌위장군 왕여(王輿)는 자기와 친한 중군사마 조천(趙泉),
우사마 왕최(王催)를 불러 속을 털어놓았다.

「육왕(六王)의 대군이 이렇게 출동한 것은 오로지 조왕과 손수 때문이오. 우리나 백성들이 무슨 죄로 이 고생을 해야 한단 말이오. 장군들도 아시겠지만, 거리에 깔린 시체를 보시오. 그들에게 무슨 죄가 있습니까. 또 이 성이 언제까지 버틸지 의문인데, 두 분은 어떻게 생각하시오?」

왕최가 서슴지 않고 말했다.

「말할 것이 있소이까. 대역(大逆)을 범한 죄를 조왕·손수에게 물어야지요. 백성들의 참상이란 목불인견(目不忍見)이니, 정말 무슨 수가 나야 하겠소.」

조천도 이의가 없었다.

「이 성이 한번 함락되어 보십시오. *옥석이 구분(俱焚)하는 판에 우리라고 무사할 줄 아시오? 손수의 일당이라 해서 일족이 남아나지 않으리다. 머리가진 사람은 모두 망하라고 축수하는 판에 주저할 것이 뭐 있겠소? 어서 우리끼리라도 *전화위복(轉禍爲福)할 궁리나 합시다.」

이리하여 세 사람은 제왕 측에 내응할 계략을 짰다. 다행히 세 사람의 휘하 군사를 모으면 전군의 반은 실히 되었다. 앞서 손수를 잡고 성문을 열어 대군을 맞아들이기로 작정을 했다.

그들은 영내로 돌아가 군사를 소집해 놓고 세 사람이 함께 장대에 올라갔다. 왕여가 칼을 뽑아 하늘을 가리키며 외쳤다.

「장병들은 들으라! 지금 대군의 포위 속에서 군민이 함께 고생하고 있거니와, 이것이 대체 무엇 때문이냐. 다 조왕과 손수가 대위(大位)를 찬탈한 까닭이다. 불일간 이 성이 깨지면 우리도 함께 역적으로 몰릴 것이니 원통하지 않느냐. 나라에 충성하고 백성을 도탄에서 구하고자 하는 자는 나서라. 강요하지는 않을 테니 생각해서 하라!」

나서고 말고가 없었다. 말이 끝나기가 무섭게 천지가 떠나갈 듯
한 함성이 울려 퍼졌다. 세 사람은 서로를 바라보면서 만족스러운
웃음을 띠었다.

그들은 곧 군사를 이끌고 손수가 있는 상부(相府)를 포위했다.
손수는 술을 마시고 있다가 머리채를 잡혀 끌려나왔다.

「그저 살려주십시오. 죄가 큽니다. 그저 살려주십시오.」

상대가 병졸이거나 누구이거나 간에 애걸복걸했다.

그 모양이 너무나 비굴한 데 화가 난 조천이 호령했다.

「그놈의 아가리를 닥치게 하라!」

병사들은 번갈아가며 주먹으로 입을 쥐어박았다. 손수는 이가
온통 부러지며 그 자리에 쓰러졌다.

그의 가족과 노비도 남김없이 잡혔다. 도망치려는 것을 보기만
하면 상대가 누구든 잡아 죽였다.

이윽고 사방의 성문이 모두 열렸다. 밖에 있던 여섯 왕의 군대
는 조수처럼 밀려들어왔다. 제왕 사마경은 군사를 이끌고 대궐로
들어갔다. 파수 보던 병사들은 어디로 갔는지 대궐에는 그림자도
보이지 않았다.

조왕 사마윤은 용상 밑에 숨어 있다가 끌려나왔다. 권력으로 해
서 거들먹거리던 사람이 권력을 상실하니 비참했다. 제왕 앞에 끌
려나온 그는 비명을 질렀다.

「대왕! 제발 용서해 주십시오. 대왕! 제발…… 모든 것은 손수
란 놈이 한 짓이니 용서해 주십시오. 짐은 할 수 없이 따라 한 것
뿐입니다.」

그래도 입버릇처럼 짐이라는 말이 떨어지지 않았다. 제왕은 발
연대로하여 호령했다.

「이놈! 아직도 짐이라고 하느냐? 그렇게도 짐 소리가 하고 싶

다면 짐승의 우리에서나 해라.」

사마윤이 기겁을 하면서 외쳤다.

「아닙니다. 아닙니다. 절대로 그런 말은 안하오리다. 짐이 실언을 했습니다.」

또 짐이란 말이 튀어나왔다. 사마경은 어이가 없어 웃었다.

「과인이 분대로 하면 네놈을 당장 죽일 것이로되, 성상의 분부를 받자올 때까지 금용성(金鏞城)에 가두노니, 거기 가 있거라.」

사마윤은 당장 죽음을 면한 것만 고마워서 무수히 절을 한 끝에 끌려 나갔다. 태자 사마과(司馬夸)를 비롯해서 온 가족이 다 잡혔다.

한편 석늑은 급상과 함께 부마가 있는 궁을 습격하여 손회를 잡아왔다.

이밖에도 조왕의 심복이던 자는 다 잡혔다. 복윤·손필·사담·은혼·변수·장임·장형·서건·양진·호옥·채분·막원·고월 등이 가족과 함께 다 복주(伏誅)했다.

오래간만에 혜제(惠帝)도 풀려나와 햇빛을 보았다. 용상에 다시 앉은 그는 감개가 무량한지 눈물을 글썽거렸다.

제왕 사마경은 여러 왕과 문무백관을 거느리고 배알했다.

「오늘 역당이 일소되어 다시 천일을 우러러 뵙게 되니 감격하오이다. 신민이 함께 목마른 듯 폐하의 성덕을 흠모하고 있사오니, 용체(龍體)를 보중하사 길이 태평성세를 이루시옵소서. 그러나 신등이 함부로 군사를 일으켜 궐하를 소란케 했사오니, 부디 용서하시옵기 바라나이다.」

그러나 혜제는 기쁜 듯 말했다.

「짐이 부덕하여 막중한 곤욕을 겪더니, 오늘 다시 경들을 대할 줄 뉘 알았으랴. 모두가 육왕(六王)의 공이로다. 경들은 상의하여 정국을 수습하라.」

이에 대신들이 상주했다.

「나라를 바로잡은 오늘의 대공은 전하들께 있사오니, 마땅히 대권을 맡기시옵소서. 조왕·손수가 어지럽힌 뒤인지라 지위가 무겁지 않아가지고는 진무할 길이 없을까 하나이다.」

인심은 조석으로 변하는 법이던가. 나라의 실권자가 바뀌자마자 벌써부터 던지는 뜻있는 추파였다.

혜제는 그들의 건의를 받아들였다. 제왕은 이번 일에서 수훈을 세웠다 해서 대사마(大司馬)가 되고 구석(九錫)을 하사받았다. 상국(相國)의 일을 겸하게 되고 칼을 찬 채 전상에 오르는 특권까지 주어졌다.

성도왕은 대장군에 도독중외제군사사(都督中外諸軍事司)가 되고 황월(黃鉞)을 받았으며, 상서(尙書)를 겸하면서 정사에도 관여하게 되었다.

하간왕은 본진에 머물러 있었으므로 5천 호를 증봉(增封)하는 데 그치고, 장방이 대공이 있었다 하여 무군장군(撫軍將軍)의 직첩을 받았다. 그 밑의 장수들에게도 장수의 칭호와 함께 채단(綵緞) 3백 필씩이 하사됐다. 그들은 사은하고 곧 본국으로 돌아갔다.

또 장사왕은 시중태위(侍中太尉), 동해왕은 중군도위(中軍都尉)로서 서울의 병마를 관장하게 되었다.

낭야왕에게도 절월이 내리고 1천 호의 식읍이 증봉되어 본국에 돌려보내졌다. 그리고 신야공은 이번의 공로로 인해서 왕으로 승격되었다.

제왕은 혜제에게 상주하여, 내응했던 왕여·왕최·조천·이의(李儀) 등에도 각기 호국편장군(護國偏將軍)의 직함을 내렸다.

성도왕도 상주하여 석늑의 공을 논하고 그에게도 관직을 내릴 것을 요청했으나, 이에는 반대가 적지 않았다.

「그가 석숭의 사촌이라고 자칭하지만, 먼 지방의 일을 누가 압니까. 호지(胡地)에서 자란 사람은 호지로 돌려보내는 것이 상책입니다.」

대신들의 의견도 의견이었지만 제왕이 매우 소극적인 태도를 취했다.

그래도 성도왕은 단념할 수가 없었다. 자기 휘하에서 큰 공을 세웠다는 점도 물론 있었지만, 무엇보다도 그에게는 왠지 모르게 애정이 갔다.

성도왕은 궁리한 끝에 이궐산(伊闕山)으로 보내기로 했다. 장홍·노시 등이 아직도 거기에 버티고 있는 터였으므로 이를 토벌하여 공을 세우게 하자는 계획이었다.

석늑은 명령을 받자 달려가서 손수와 사마과의 머리를 장대 끝에 높이 달아놓고 외쳤다.

「지금 조왕의 일당이 일소되고 성상께서 다시 복위하셨으니, 그대들은 나와 조칙을 받들라. 여기에 손수·사마과의 머리가 있으니 보라!」

낙양의 정국이 뒤집힌 것을 알고 장홍과 노시는 깜짝 놀랐으나, 항복한다 해도 살려준다는 보장이 어디 있으랴 싶어 싸우기로 마음먹었다. 더욱이 장수라고 나타난 것이 어린 소년인 데는 얕보는 마음이 없을 수 없었다.

장홍이 진 앞에 나왔다.

「너는 누구이기에 어린놈이 이리도 대담하냐. 어서 돌아가 젖이나 먹어라!」

석늑이 채찍으로 장홍을 가리키면서 말했다.

「나이 먹은 것이 그렇게도 자랑이냐. 그렇다면 소원을 풀어주

마. 이리 나오너라. 네 모가지가 떨어지거든 땅 속에나 들어가 누워 있거라!」

「아니, 요 녀석이!」

화가 난 장홍이 달려들었다. 그러나 그는 곧 정신이 아찔했다. 번개처럼 돌아가는 소년의 칼날이 어찌나 빠른지 막아볼 재간이 없었다. 그는 몇 합도 못 싸우고 목덜미에서 피를 내뿜으며 말 아래 쓰러졌다.

이를 보고 혼비백산하여 도망치던 노시는 급상의 화살이 그의 말에 맞자 땅에 떨어졌다. 급상은 곧 달려가서 묶어버렸다.

두 장수가 이렇게 되자 나머지는 모두 항복했다. 점검해 보니 병사의 수효는 1만이나 되었다.

성도왕은 크게 기뻐하며 금 1천 냥과 채단 1천 필을 석늑에게 내리고, 군사들에게도 베 1필에 은 1냥씩을 상으로 주었다.

조정에서도 이번에는 모른 체할 수 없었다. 석늑을 상당수비장(上黨守備將)에 임명하고, 항복한 장홍의 병사 1만 명과 거기에 있던 일체의 노획품을 주어 고향으로 돌아가게 했다.

그러나 석늑은 기뻐하지 않았다. 이를 본 급상이 말했다.

「우리들의 뜻은 본래 진(晋)에 있지 않았습니다. 이미 노야의 원수를 갚았으면 이것으로 족합니다. 여기에 머물러 무엇을 하시렵니까. 듣자하니 유연이란 바로 유거(劉琚) 전하라 합니다. 속히 거기로 찾아가십시다.」

석늑도 마음을 고쳐먹고 낙양을 떠났다.

## 2. 낙양을 떠나는 성도왕

황제의 줏대가 약하다 보면 권신(權臣)의 발호는 어느 때라도 끊이지 않는 것인가. 조왕 사마윤이 쫓겨나고 혜제가 다시 용상에 앉았으나 권력이 신하 손에 쥐어져 있다는 점에 있어서는 별로 다를 것이 없었다.

구태여 비교를 하자면, 조왕처럼 한 사람의 손에 모든 권세가 집중되어 있지는 않다는 점이었다. 물론 구석(九錫)까지 받은 제왕의 위세는 비길 데 없었다. 그러나 성도왕·장사왕·동해왕의 세력도 만만치 않았으므로 매사를 자기 뜻대로 만은 하기 어려운 처지였다.

제왕·성도왕·장사왕·동해왕은 각기 왕부(王府)를 크게 차리고 그 밑에는 사사로운 관원을 많이 두고 있었다. 규모가 큰 쪽은 그 수효가 4천이나 됐고, 적은 쪽도 2천 이하로는 내려가지 않았다. 말하자면 작은 황제들이었다. 조관(朝官)들은 제각기 연줄을 찾아 이 왕부에 출입했으므로 정국은 더욱더 어수선하여 모략과 중상이 빗발치듯했다.

새로이 왕의 칭호를 받은 신야왕(新野王)은 성도왕을 못마땅하게 여기고 있었다. 자기도 왕부를 차리려 한 데 대해 그가 반대했기 때문이다.

그는 할 수 없이 본국으로 돌아가는 길에 사마경에게 찾아가서 설득을 했다.

「저는 이번에 돌아갑니다마는, 대왕을 위해 걱정되는 것이 하나 있습니다. 성도왕의 하는 일을 살피건대, 그 권세가 무거운 것을 *기화(奇貨)로 하여 매우 방자한 점이 많습니다. 평소에 말하기를, 이번 정난(靖難)의 공은 자기가 으뜸인데 대왕에게 그 공을 빼앗겼다 하여 매우 원망하고 있다 합니다. 알 수 없는 것이 사람의 마음입니다. 일찍 손을 쓰지 않으시다가는 화를 안 당하신다고 누가 보장하겠습니까?」

「옳은 말씀이오」

사마경은 매우 기뻐했다. 자기가 속으로 걱정하고 있던 점을 충
고해 주니 신야왕이 아주 친근한 느낌이 들었다.

「나도 성도왕의 권세가 너무 무거운 것은 알고 있었습니다. 그
러나 대의(大義)를 위해 함께 일한 사이기도 하고 해서, 설마 그렇
기야 하랴 생각하고 있었는데, 대왕께서 말씀을 안 해주셨다면 자
칫 몸을 망칠 뻔했습니다. 은공이 깊소이다.」

사마경은 후하게 주연을 베풀어 신야왕과 전별했다.

권력이란 서로 시기하게 되어 있나보다. 사마경이 성도왕을 의
심하기 시작했을 때, 성도왕 쪽에서는 그쪽대로 사마경을 못마땅
하게 여기고 있었다. 그리고 신야왕같이 충고해 주는 사람이 있는
점에서도 양측의 사정은 같았다.

하루는 장사왕이 그를 찾아왔다.

「이번 일에는 무엇보다 대왕의 공로가 가장 크신데, 제왕의 행
패는 지나치다고 봅니다. 설사 대정(大政)을 맡았다 하더라도 응
당 삼가는 태도를 보여야 할 것 아닙니까. 조왕을 쳤지만 또 하나
의 조왕을 만들어낸 결과가 되고 말았습니다. 구석을 받고 칼을
찬 채 전상에 오르고서야 군신의 의가 어디 있겠습니까? 가만히
두면 행여 조왕에게 질세라 대위 찬탈까지도 하고야 말 것입니다.
틀림없을 것이니 두고 보십시오.」

성도왕 사마영은 이 말에 크게 감동했다. 사정은 제왕의 경우와
완전히 같았다.

「아, 대왕이 아니시라면 누가 나를 이렇게까지 생각해 주겠습
니까. 참말로 감사합니다. 그러나 그의 권세가 저토록 무거우니
어찌하겠습니까.」

장사왕이 펄쩍 뛰었다.

「그게 무슨 말씀이십니까. 그의 권세가 무겁다 하나 우리가 경

사(京師)에 머무는 터니까, 아직 독천장(獨擅場 : 독무대)은 아닙니다. 지금 꺾어놓지 않는다면 후환이 생기리다. 그는 못 믿을 사람입니다. 조왕과 결탁하여 회남왕을 죽여 놓고, 이번에는 또 조왕을 해치는 걸 보십시오. 자기와 맞설 만한 사람이면 누구나 제거하는 판에 신의가 어디 있습니까. 대왕이 병권을 장악하고 계시다 해서 반드시 무슨 생각을 하고 있을 것입니다.」

이리하여 제왕을 의심하게 된 사마영은 심복인 노지에게 상의했다. 묵묵히 듣고 있던 그는 고개를 끄덕였다.

「장사왕의 말씀은 사실입니다. 신도 진작부터 이것을 생각하고 있었습니다. 그러나 대처하는 방법에서는 장사왕의 의견에 동조할 수 없나이다.」

사마영은 의아한 듯 노지를 바라보았다.

「그렇다면 어떻게 하겠다는 건가?」

「아무것도 염려하실 것이 없사옵니다.」

노지는 담담한 표정으로 말했다.

「여기를 속히 떠나셔야 합니다. 그렇게 하신다면 화를 면하실 뿐 아니라 후일을 도모하실 수 있을 것입니다. 이는 조왕에 대해 제왕이 썼던 방책이옵니다.」

「그렇다고 그가 속겠는가?」

사마영이 근심스러운 듯 물었다.

「그것은 걱정 마시옵소서.」

노지가 딱 잘라 말했다.

「개구리가 되고 나면 올챙잇적 일은 누구나 잊는 법입니다. 더구나 권세에 눈이 뒤집히면 눈앞에 있는 것도 안 보이는 법입니다. 대왕께서는 모비(母妃) 마마의 노환 때문에 업성으로 돌아가시겠으니, 정사를 모두 제왕께서 맡으시라고 말씀하시옵소서. 제왕은 반드시 기뻐하며 대왕을 의심치 않을 것입니다. 이리하여 제왕의 마음이 더욱 교만해져서 그 죄가 무겁고, 백성이 모두 원망하는 때를 기다려 이를 치신다면 반드시 큰 공이 대왕께 돌아올 것입니다. 곡식이 익은 다음에 거두듯이, 악을 치는 데도 그 시기가 있습니다. 옛날에 강태공(姜太公)도 무왕(武王)에게 권하여 주(紂 : 은殷나라 마지막 제왕帝王)의 죄악이 무거워지기를 기다렸다가 그를 치지 않았사옵니까.」

그 말을 듣자 사마영은 매우 기뻐하며 낙양을 떠나기로 마음먹었다. 이러한 결심을 더욱 굳게 해준 것이 유연의 아들 유총(劉聰)이었다.

유총이 인질로 진(晋)에 와 있었다는 것은 이미 말했거니와, 그는 각별하게 지내오던 성도왕과의 관계를 이용하여 본국으로의 탈출을 기도한 것이었다. 그는 성도왕을 찾아가 말했다.

「제왕께서 전하를 제거하려 한다는 소문이 있나이다. 소문이라 하여 다 믿을 것은 못되오나, 지금의 정세로 보건대 터무니없는 낭설 같지는 않사옵니다. 옛날부터 양웅(兩雄)은 병립할 수 없다고 했습니다. 초패왕(楚覇王)과 한고조(漢高祖)는 싸울 수밖에 없습니다. 지금 전하께서는 병권을 쥐고 계실 뿐 아니라 위엄이 매우 무거우십니다. 제왕으로 볼 때 어찌 그런 뜻을 품지 않겠나이까?」

그는 스스로 돌이켜보며 부끄러운 듯 머리를 긁었다.

「하기는 제가 이런 말씀을 올릴 계제가 아니지요. 하오나 전하의 은공을 남달리 받아온 몸입니다. 어찌 이것을 알고도 가만히 있을 수 있겠나이까.」

정으로 파고들 때는 누구나 약해지게 마련이다. 사마영도 진심을 털어놓았다.

「나도 그런 생각을 하고 있는 중이오. 하지만 일이 어디 쉽겠소?」

유총은 기다리고 있었다는 듯이 나섰다.

「신의 아비가 좌국성(左國城)에 있는데, 그 휘하에는 20만의 정병이 있나이다. 언제라도 제 말 한 마디면 움직일 수 있는 군사이오니 대왕께서는 마음을 놓으소서.」

사마영은 이 말을 두 가지 면에서 받아들였다. 첫째는 유총 자신이 탈출하기 위한 계략일지도 모른다는 점이었다. 아무리 개인적으로 친하다 해도 이것은 허용할 수 없는 문제이므로 뒤에 올 시비가 두려웠다. 또 하나는, 경우에 따라 유연의 병력을 이용할 수 있을지도 모른다는 희망이었다. 이것은 확실하다고만은 단정하기 어려운 일이었으나, 그렇다고 단념하기에는 너무나 매력적인 것이 사실이었다.

이 두 가지는 서로 양립할 수 있는 성질이 아니었다. 유총을 이대로 두려면 병력을 단념해야 할 것이고, 병력을 이용하기 위해서는 유총을 송환시킬 필요가 있었다.

사마영이 미처 판단을 못 내리고 있는데, 마침 유연의 사신 호연유(胡延攸)가 도착했다. 늙고 병들어 아들이 보고 싶다는 이유를 내세워 많은 예물과 함께 아들의 송환을 요구하는 유연의 국서가 있었다.

제왕은 처음부터 고개를 저었고 성도왕도 이 사연을 믿지는 않았다.

이러는 중에도 성도왕을 싸고도는 암운은 더욱 수상하게 진전해 갔다. 제왕에게 장수들이 뻔질나게 불리어 다닌다는 것이었고, 지방에 주둔하는 병력의 일부를 서울로 불러올린다는 소문까지 나돌았다.

이제는 더 주저할 수 없었다. 사마영은 유총을 불러 마지막 교섭을 했다. 유총은 물론 맹세했다.

「신이 돌아가기만 하면 반드시 대왕을 위해 견마지로(犬馬之勞)를 다 하오리다. 대왕께서 거의(擧義)만 하신다면 언제든지 불러주옵소서. 낙양의 군대와는 강약 자체가 다르옵니다.」

사마영은 기뻐하며 곧 입조하여 상주했다.

「좌현왕(左賢王) 유연이 병들어 아들을 보고 싶다 함은 인간의 정리로서 당연한 일인가 하나이다. 혹자는 말하되, 거짓일 것이라고 하오나, 만일 사실이라면 어찌하오리까. 이는 철천지원(徹天之寃)이 되리니 그들이 가만히 있겠나이까. 전번에 강호(羌胡)가 반했을 때, 얼마나 곤경을 겪었는지는 만천하가 다 아옵니다. 그때 그들은 일어나는 시기에 불과했건만, 그렇듯 강성하였는데 뿌리가 굳어진 지금에야 더욱 사납지 않사오리까. 명철한 이는 재앙이 자라기 전에 뿌리를 뽑는 법이오니, 유총을 돌려보내 부자지간의 애틋한 정을 풀게 해주옵소서. 그리하면 그들은 성은에 감격하여 길이 천조(天朝)를 받들 것이옵니다.」

유연이 다시 반란을 일으킬지도 모른다는 말은 제왕의 가슴에도 아프게 와 닿았다. 그도 찬성하고 나섰다.

「성도왕의 말씀을 따르시는 것이 옳은가 하옵니다. 설사 병이라는 말이 거짓이라 하여도 그들이 인륜(人倫)을 내세우는 바에야 어찌 그 뜻을 꺾을 수 있사오리까. 군자도 가기이방(可欺以方 : 그럴 듯한 말로 남을 속임)이라 했고, 천자는 효(孝)의 덕으로 만민을 다스리는 법이오니, 은혜를 베풀어 그 마음을 달래주신다면 천조의 성사가 되오리다.」

괴뢰에 불과한 황제가 반대할 리 없었다. 유총은 입조하여 사은하고 본국으로 돌아갔다.

며칠 후, 성도왕은 다시 상주했다.

「조왕의 난이 평정되었다고는 하나 아직 정세가 안정되지 않았기에, 신은 부득이 제경(帝京)에 머물러 군대를 관장했었사옵니다. 그러나 시일이 지나고 민심이 가라앉아, 이제는 태평성대가 다시 도래했사오니 용렬한 몸으로 어찌 대권(大權)을 쥐어 계속 성조(聖朝)를 욕되게 하오리까. 지금 신의 노모 나이 80이요, 병으로 목숨이 조석에 있사오니, 원컨대 돌아가 시탕(侍湯 : 윗사람의 병시중을 드는 것)하여 정수지탄(靜樹之嘆 : 나무가 가만히 있으려 해도 바람이 내버려두지 않음)을 모면할까 하나이다. 다행히 제왕은 충심이 관일하고 덕행이 일세를 덮사오니, 복원 성상께서는 만사를 그에게 자문하시면 한 치도 어긋남이 없겠사옵니다.」

옆에서 듣고 있던 제왕 사마경은 하도 의외의 말이어서 두근대는 가슴을 진정할 수도 없을 지경이었다. 이렇게 되면 그도 가만히만 있을 수는 없었다.

「성도왕으로 말씀하오면 사직을 건진 공로가 막중하고, 신과는 이신동체로 난국을 헤쳐 왔더니 이제 돌아가려 하매 실로 놀라움을 금할 수 없사옵니다. 그러나 효양의 마음에서 나왔은즉 어찌 그 뜻을 돌리겠나이까. 폐하께서는 그의 대공을 생각하사 구석을 내리시어 보답하시고, 노모의 쾌차를 기다려 다시 입조하여 대정(大政)에 관여케 하옵소서.」

기왕 돌아가는 사람이니 떡 한 개 더 주자는 것이었다.

그러나 사마영은 굳이 사양하였다.

「지금 제왕의 말씀은 과분하와 받지 못하겠나이다. 어찌 구석의 영전이 두 신하에게 미치도록 하겠사옵니까. 국난을 바로잡은 사람은 제왕이고 신은 뒤에서 따랐을 뿐이옵니다. 차라리 신이 형벌을 당할지언정 절대로 이것은 받지 못하겠나이다.」

그는 여기에서 색다른 요청을 들고 나왔다.

「지금 영음(穎陰)·양적(陽翟)에는 지난번 싸움으로 해를 입어 굶주리는 백성이 많다고 들어왔사옵니다. 이들도 모두 폐하의 적자이오니, 다른 데의 관고에 있는 쌀을 운반케 하여 궁민을 구하옵소서. 또 싸움에서 죽은 병졸에게 제사를 차려 주시고 논공행상에서 빠진 장수들을 표창하사 그들의 충성을 천하에 밝히시기 바라나이다. 신이 알기에도 공사진(公師鎭)·유통(兪通)에게는 조정의 은혜가 미친 바 없사오니, 그들에게 벼슬을 추증하시고 그 자손을 거두어 주시옵소서.」

노지의 꾀로 민심을 사두자는 동기에서 나온 말이었으나, 그런 것을 모르는 황제와 사마윤은 감동하며 받아들였다.

성도왕이 떠나고 나자 그의 덕을 칭송하는 소리가 경향(京鄕) 간에 자자히 퍼졌다.

### 3. 세상 만난 제왕 사마경

성도왕이 떠나고 나니 세상은 문자 그대로 제왕의 것이었다.

이제는 누구 하나 꺼릴 것이 없었으므로 자기 심복을 요소에 배치해서 실권이란 실권은 모두 거두어들였다.

동애(董艾)는 상서령이 되어 모든 정사가 그 손에서 결정됐다. 갈여와 손순은 참모로서 기밀을 관장했고, 왕의·곽진은 현공(縣公)의 봉작을 받았다.

세상에서는 이 다섯 사람을 제복오자(齊腹五子)라고 불렀다. 표면상의 관직이야 무엇이든, 세세한 모든 권한이 그들에게 있었기 때문이다.

사마경은 이런 평판을 완화시키기 위해 명사들도 어느 정도 기용하기로 했다. 유은(劉殷)이 군자제주(軍咨祭酒)가 되고, 장한(張

翰·손혜(孫惠)가 한림(翰林)이 되고, 외영·왕표가 중군이 되고, 하욱(何勗)이 중령군(中領軍)이 된 따위였다.

권력이란 잔인한 것이다. 성도왕이 거세되자 조왕 사마윤이 걱정이었다. 그는 마침내 이 무력한 적을 죽이기로 했다.

그는 황제의 이름으로 조칙과 함께 사약을 내렸다. 금용성으로 이것을 가지고 간 것은 왕최였다.

왕최 앞에 끌려나온 사마윤은 옛날의 조왕이 아니었다. 수척한 얼굴에는 궁기가 더덕더덕 끼어 있었다.

「어명이오」

왕최가 소리치자 무릎을 꿇는 사마윤의 눈에 경련이 일어났다.

왕최는 조칙을 읽었다.

「죄인 사마윤은 사당을 모아 충량을 해치고 마침내 보기(寶器 : 황제의 자리)를 훔쳐 짐을 유폐했도다. 인륜의 강상(綱常)을 어겼고 종사의 역신이라 천인이 함께 노하는 바니, 벌하지 않으면 무엇으로 기강을 바로잡을 수 있으랴. 이에 약을 내려 자진(自盡)케 하노니, 명을 받들지어다.」

사마윤은 떨리는 손으로 약그릇을 잡았다. 그와 동시에 긴 한숨이 새어나왔다.

「내 간신의 말에 속아 이 지경에 이르니 무슨 면목으로 황천에서 조종을 뵈오랴 내가 죽거든 수건으로 얼굴을 가려다오」

이것이 파란 많던 조왕의 마지막 말이었다.

사마경은 이제야말로 완전한 독재자로 군림했다. 황제도 그의 눈치를 살펴, 신하가 상주하는 일이 있어도 가타부타 말하기에 앞서 사마경을 바라보는 것이 하나의 격식처럼 됐다. 사마경이 판단을 내리면, 기껏해야,

「그리 하오」

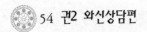 

「옳은 말이오」

이런 정도의 말을 하는 것이 황제였다.

하물며 대신이야 말할 것도 없었다. 갈여·손순 앞에서도 벌벌 떨었다. 한 악이 가니 다시 한 악이 오고, 세상은 끝없는 악의 순환같이 보였다.

인심이 흉흉해지자 천변지이(天變地異)가 꼬리를 물고 일어났다. 우선 하간(河間)의 경계에서는 괴상한 짐승이 나타났다. 머리가 불빛 같고 뿔이 네 개나 달린 이 동물은 몸의 길이가 8척이나 되었다. 아무도 그 이름을 아는 사람이 없었다.

낮이나 밤이나 사흘을 울더니 관중(關中)에 들어가서 다시 사흘을 보내고 어디론지 종적을 감추어버렸다

또 여강(廬江)에 사는 하욱(何旭)이라는 사람의 집에서는 어느 날 뜰 밑쪽에서 돼지 우는 소리 같은 것이 들렸다. 이상스레 생각해서 파보았더니 새끼를 밴 듯 배가 부른 암돼지가 튀어나왔다. 놀라는 집안사람들을 밀치면서 내달린 돼지는 수풀 속으로 자취를 감추었다.

아무리 찾아도 안 보이다가 조금 있으니까 갓 낳은 돼지새끼 두 마리가 나왔다. 하욱은 하늘이 주시는 것이려니 하고 기르기로 결정했다.

이레가 지나자 그 중의 암컷은 죽고, 수놈은 주는 죽을 잘 받아먹어 날이 감에 따라 커갔다. 그리고 몇 달이 지나자 아주 큰 돼지가 되었다.

하루는 하욱이 집으로 손들을 청했다. 술이 한창 도는 중에 돼지가 뛰어 들어와 빈 의자에 떡 버티고 앉았다.

「이놈의 돼지!」

화가 난 하욱이 목침을 들어올리니까 어디론지 달아나 버리고

는 영영 다시 나타나지 않았다. 전고미문(前古未聞)의 이야기라고
해서 사람들이 수군거렸다.

　한번은 이런 일도 있었다. 사마경이 어디를 갔다가 오는데 갑자
기 어린애 하나가 나타나 길을 막았다. 그런데 이상한 것은, 머리
고 몸이고 백분을 칠한 듯이 하얗게 보였다.

　사마경은 왠지 소름이 끼쳤으나 위엄을 가다듬고 호령했다.

　「이놈! 웬 놈이냐?」

　그 소리를 듣자 소년이 손뼉을 치며 노래하는 양 외쳤다.

　「여덟이라 여덟 살, 여덟이라 여덟 살!」

　사마경이 다시 눈을 부릅뜨고 꾸짖으려 했더니, 소년은 이미 간
곳이 없었다.

　「아, 백주에 요괴가 나타나다니?」

　제왕이 탄식하는데 동자가 떨어뜨리고 간 것 같은 종이를 호위
하던 병사가 주워 바쳤다.

　38년 만에 태평세월을 보더니,
　다시 18년이 지나서 엉클어지네.
　58년의 해에는 남과 북에서 다 같이
　8왕이 권세를 취해 서로 찾아드는구나.

　三八年來見太平　삼팔년내견태평
　再過一八致紛更　재과일팔치분갱
　五八之中南共北　오팔지중남공북
　八王取次自相尋　팔왕취차자상심

　노래의 뜻은 아무래도 소위 사마씨의 여덟 왕의 난(八王之亂)을
예고하는 듯했다.

이튿날에는 또 이상한 소리가 사마경의 귀에 들려왔다. 낙양의 동북쪽 땅이 1리는 되게 꺼지고 그 속에서 푸르고 흰 거위가 한 마리씩 나왔는데, 푸른 놈은 하늘로 날아가고 흰 것은 잡혀서 동해왕(東海王)에게 있다는 것이었다. 사마경은 사람을 보내어 그 거위를 가져오게 했으나 어디로 갔는지 갑자기 없어졌다 하여 허탕을 치고 돌아왔다.

어쨌든 이런 괴상한 사건이 끊이지 않는 세상이었다. 그 중에는 물론 조작된 것이나 와전된 것도 있었겠으나, 그렇다 해도 무엇인가 이상한 것만은 사실이었다.

# 제3장. 다시 싸우는 한과 진

## 1. 이름을 밝히고

유총과 호연유는 낙양을 떠나자 비로소 살 것 같은 생각이 들었다. 그러나 사람의 마음이란 조석변이다. 무슨 생각이 들어 다시 되불리어 갈지도 모르는 일이었다. 두 사람은 밤낮없이 말을 달렸다.

그들이 좌국성에 이르자 모든 사람이 뛰어나와 눈물을 흘리며 반겼다. 유연도 아들의 절을 받고는 온 얼굴이 웃음으로 변했다.

곧 환영하는 잔치가 벌어졌다. 유총은 이것저것 낙양의 이야기를 했다. 모두 신기하게 여겨 귀를 기울이며, 한숨을 쉬기도 하고 폭소를 터뜨리기도 했다.

그 중 가장 인기를 끈 것은 석늑(石勒)의 이야기였다.

「원, 무슨 애가 그렇게도 영특하단 말이냐?」

유연도 혀를 챘다.

그러자 조개가 심각한 얼굴을 하며 물었다.

「늑이라니, 우리 동생과 이름이 같은데 혹 만나보셨나요?」

유총이 미안한 듯 고개를 저었다.

「인질의 몸이니 자유가 있어야지요.」

조염도 아우 생각이 났는지 눈물을 글썽거렸다.

「우리 동생이 살아 있다면 꼭 그만한 나이가 되어 있을 것입니다. 그러나 성이 석씨라니 섭섭하군요」

「다 때가 오면 만나게 될 거요」

유연이 위로했다.

「어떤 가문의 자제인데 변이야 당했겠소? 반드시 어디엔가 무사히 있을 것이오」

이야기가 다시 낙양의 일에 미치자 유총이 말했다.

「아까도 말씀드렸지만, 황제가 혼용해서 친왕들 손에 정권이 왔다 갔다 하고 있으며, 그들이 서로 싸우는 바람에 국고도 텅텅 비어 있는 실정입니다. 제 생각 같아서는 정병 1만만 있어도 낙양을 휩쓸 수 있으리라 믿습니다」

이 말에 방 안에는 긴장감이 돌았다.

「그것은 너무나 쉽게 하는 말씀이고……」

제갈선우가 고개를 저었다.

「아무리 정치가 혼탁하고 재물이 바닥났다 해도 아직 친왕들이 거느린 병력이 많은 터이니까, 지금으로서는 어려운 이야기일 것입니다. 우리는 차츰 그들의 땅을 잠식해 들어가면서 시기가 성숙하기를 기다리는 편이 낫겠습니다」

그러나 유총은 자기 뜻을 고집했다.

「선생께서는 그곳을 보시지 못했기에 그렇게 말씀하십니다. 하늘로 머리 둔 백성치고 망하라고 축수하지 않는 사람이 없는 나라가 강하면 얼마나 강하겠습니까. 한번 대의를 밝히고 호령하기만 하면 반드시 멍석 말리듯 하오리다」

옆에서 호연유도 거들었다.

「사실 전하 말씀이 옳으십니다. 저도 처음에는 그렇게까지 되어 있는 줄은 모르고 갔었습니다마는, 알고 보니 죽은 호랑이였습니다. 호랑이 가죽을 보고 놀라는 것은 아녀자나 할 일이 아니겠습니까.」

그는 말을 끊고 반응을 살피는 듯하다가 자세를 가다듬어 다시 이야기를 계속했다.

「더구나 이번이 많은 것이 눈에 띄었습니다. 황하 물이 말라붙어 바닥이 드러났고, 동타(銅駝)가 밤사이에 성 밖으로 나가 있더라고도 합니다. 태백성이 대낮에 나타나고, 중태성(中台星)이 남극의 분야(分野)에 뵈니, 이것이 어찌 예삿일이겠습니까. 천변지이도 하나 둘이라면 모르겠으나 매일같이 괴상한 일이 생기고 있습니다. 그 나라 실정을 알고 보면 그런 것이 당연하다 싶기도 합니다. 지금 우리에게는 20만의 정병이 있으며 장졸이 함께 한실을 다시 일으키려는 일념에 불타고 있지 않습니까. 이런 힘으로 저 진(晉)을 치는 것쯤은 조금도 어려운 일이 아닐 것입니다.」

여러 장수들도 일제히 그 말을 지지하고 나섰다.

「언제까지 기다리겠습니까?」

「저절로 망하는 나라가 어디 있습니까?」

별의별 소리가 다 튀어나왔다.

제갈선우가 웃음을 머금고 말했다.

「그렇다면 한번 싸워보십시다.」

이 말이 떨어지기가 무섭게 환호성이 터졌다.

제갈선우는 손을 들어 장내를 진정시키고 나서 말했다.

「싸우러 나가기 전에 분명히 해두어야 될 중대사가 하나 있습니다. 저들은 명목상이나마 황제를 받들고 있는 데 비해 우리에게는 명분이 충분하지 못합니다. 이름이란 매우 중요한 것입니다. 이름이 바로잡히면 천하가 안정되고, 이것이 문란해지면 나라가

망하는 법입니다. 저 조고(趙高 : 진秦 시황제 때의 환관宦官으로 정권을 농단했음)가 *사슴을 가리켜 말이라 했을 때(指鹿爲馬지록위마), 진(秦)나라는 그것으로 망한 것입니다. 우리는 앞서 국호(國號)를 정하고 전하를 대위(大位)에 오르시게 한 다음, 한실의 기치를 높이 들고 천하를 호령해야 합니다. 이렇게 명분이 떳떳하고 보면 천하가 풀처럼 휩쓸릴 것입니다.」

다시 장내에는 환호성이 올랐다. 그러나 유연은 단호하게 거절했다.

「나를 아껴서 하는 말씀이지만 따를 수 없소 중국 땅에는 한 걸음도 발을 들여놓지 못한 지금, 스스로 자존망대한다면 천하의 웃음을 사리다.」

장빈이 말했다.

「제갈 형의 말씀과 같이, 이름이 바르지 않으면 민심이 따라오지 않사옵니다. 세상이 끓는 물같이 갈피를 못 잡는 지금, 한(漢)의 정통임을 내세우지 않으신다면 어찌 제업(帝業)을 이룰 수 있겠나이까. 전하께서는 결코 사양하지 마옵소서.」

그러나 유연은 계속 우겼다.

「설사 그렇다 해도 일이란 서두른다고 되는 것이 아니오 주(周)의 문왕(文王)께서는 천하를 3분하여 그 둘을 가지고 계셨으면서도 오히려 은(殷)을 섬기셨기에 지금껏 높은 덕을 칭송하는 바이오 이 몸이 비록 한실의 후예라고는 해도 겨우 호지(胡地)의 일부를 확보하고 있는 데 불과하오. 내가 대위에 오른다면 호지가 한의 수도가 되어야 하지 않소 이것은 불가한 일이오」

호연안이 나섰다.

「상고(上古)와 지금과는 정세가 다르옵니다. 민심이 순박하던 예전에는 *길에 떨어진 것을 줍지 않고(道不拾遺도불습유), 밤이 되어도 문을 잠그지 않았으며, 땅에 금을 그어 옥(獄)으로 삼아도 감히 도망칠 줄을 몰랐습니다. 그러나 지금 그 법을 쓴다면 어찌 되겠습니까. 왕도(王道)와 패업(覇業)은 시대에 따라 다른 것이니, 통촉하시기 바라나이다.」

이렇게 의견이 분분한데, 서평왕(西平王)이라고 불리던 유의(劉義)가 관산(關山)·관하(關河) 형제를 데리고 나타났다. 유의는 소열황제 유비의 제3자 유이(劉理)의 아들이다.

유연은 눈물을 흘리면서 사촌동생을 맞이했다.

「아, 이거 아우님이 웬일이시오? 그 동안 어디 있었기에 소식조차 없었단 말이오?」

유의도 눈물을 보였다.

「나라가 망할 때 미처 못 나오고 있다가 하마터면 놈들에게 잡힐 뻔했습니다.」

그는 관산 형제를 바라보며 말했다.

「저 사람들이 도와주어서 그 동안 재동(梓橦)의 이풍(李豊)이라는 사람네 집에서 그럭저럭 지냈지요.」

그 동안의 이야기를 대강 하고 나서 유의는 또다시 한숨을 쉬었다.

「대왕께서 이렇게 큰일을 하시는 줄도 모르고 시골에만 묻혀 있었으니 정말 부끄럽습니다. 그러나 제가 있던 재동에서는 지금 이특(李特)이라는 자가 유민들을 이끌고 반란을 일으켰으며, 성도(成都)에는 성도대로 조흠이 반기를 들었습니다. 호걸들이 사방에서 고개를 드는 판국인데 대왕께서는 왜 이렇게 앉아만 계십니까?」

「옳으신 말씀입니다.」

장빈이 말을 받았다.

「그렇지 않아도 지금 쳐나가려던 참입니다. 다만 명분이 뚜렷치 못해서 그것을 두고 논의하는 중이올시다.」

이 말을 듣자 유의가 의아한 표정을 지어 보였다.

「아니, 그것이 왜 어렵습니까. 우리 형님이 계시니 어서 추대하시면 되지 않습니까?」

이때, 유연이 말했다.

「참 좋은 수가 있소 마침 서평왕이 오셨으니 대위에 오르시도록 합시다. 선주(先主) 폐하의 황손(皇孫)이신 데다가 진작부터 왕호를 가진 분이니, 그 아니 좋겠소이까?」

유의가 펄쩍 뛰었다.

「그것이 무슨 말씀입니까? 황손인 점으로야 저나 대왕이나 마찬가지이오만, 이나마 대업을 이루어 놓으신 것이 누구의 힘인데, 그런 일이 있을 수 있겠나이까. 만일 그런 말씀을 거두지 않으신다면 저는 부득이 여기를 떠나는 수밖에 도리가 없겠습니다.」

제갈선우와 여러 장수들은 다시 유연에 대해 공세를 폈다. 그러나 그의 태도는 막무가내였다.

이때 어떤 장수가 유선(劉宣)을 모셔왔다. 몸이 불편해서 누워 있던 그는 들어서자마자 호통부터 쳤다.

「아니, 이렇게 모두 모여 있으면서 그만한 일을 하나 못해낸단 말인가?」

그는 유의가 앉아 있는 것을 보자 반색을 하며 잠시 이야기를 나눈 끝에 유연에게 다가앉았다. 눈에서는 눈물이 비 오듯 했다.

「대왕은 이 늙은 형의 말을 거역하지 마오 우리가 여기까지 흘러와서 고생하는 것이 다 무엇을 위함이오? 이제 겨우 기초가 잡히고 장차 뜻을 펴려는 이 마당에, 만인이 다 대왕에게 기대고 있음을 알면서 어찌 고집만 부려 피하려 하오? 이는 개인의 문제

가 아니라 종묘와 사직에 관계되는 일인즉, 현제(賢弟)가 좋아해
도 할 수 없고 싫어해도 할 수 없소」

그는 장수들을 돌아보며 명령조로 말했다.

「어서 즉위하실 채비를 서둘러라!」

장내에는 감격에 넘치는 함성이 터졌다.

「역시, 전하가 계셔야 한다니까.」

유선을 칭송하는 소리가 여기저기서 들렸다.

유연도 이제는 사양할 길이 없었다.

길일이 택해져서, 유연은 단에 올라 하늘에 제사하고 장병들의
하례를 받음으로써 보위에 올랐다. 이름을 섭한천황(攝漢天皇)이
라 하고, 연호를 세워 원희(元熙)라 하니, 때는 태세(太歲) 갑자(甲
子) 6월, 서력으로 34년이었다.

황부(皇父)인 후주(後主) 유선(劉禪)을 추존하여 효회황제(孝懷
皇帝)라 하고, 고조(高祖) 이래의 황제들을 종묘에 모셨다. 그의 아
내 호연씨(胡延氏)는 황후가 됐다. 호연안의 누이였다.

그는 또 대사령(大赦令)을 내리고, 정부의 부서를 새로 발표했
다.

유선으로 좌승상에 임명하고 제갈선우가 우승상이 되어 만조
백관이 그 휘하에 있게 됐다.

유의는 사도(司徒)가 되고, 유누는 사공(司空)이 되었다. 유누는
유표의 아들이다.

유선의 아우인 유웅(劉膺)은 태위에 임명되었고, 유굉(劉宏)은
사구(司寇)가 되었다.

유백근(劉伯根)·관방(關防)은 각기 좌우의 대사마, 유영과 왕
미는 개국관군대장군(開國冠軍大將軍), 관근·장실은 평난용양장
군(平難龍驤將軍), 황신·호연안은 보한대장군(輔漢大將軍)에 호

위보가사(護衛保駕使), 조염·호연유는 거기대장군(車騎大將軍)에 임명되었다.

또 양용·왕계는 표기대장군(標騎大將軍), 장경·요전은 효기대장군(驍騎大將軍)에, 조개·황명·왕여·관하는 건위장군(建威將軍), 공장·도표·기안·조외는 건무장군(建武將軍), 지웅·조응·교희·도호는 양위장군, 조변·이찬·번영·마영은 진무장군(振武將軍), 호연호·호문성은 진위장군(振威將軍), 유흠·왕이는 양무장군(揚武將軍), 관산·호밀·양홍보는 호군도위(護軍都尉), 장빈은 군사모주(軍師謀主), 최유·유광원은 어사대부(御史大夫)가 됐다.

한편 유총은 태자로서 대장군을 겸하고 상서(尙書)의 일도 관장하게 되었으며, 진왕(晋王)에 봉해졌다. 또 유총의 형인 유화(劉和)는 중서성(中書省)을 지휘하게 됐고, 제만년에게는 농서공(隴西公)이 추증되고 사당을 지어 모셨다.

그 밖의 강호(羌胡) 출신의 장수들도 모두 유격장군(遊擊將軍)에 임명되고, 유표를 좌국성(左國城)의 왕으로 봉했다.

이리하여 모든 부서를 정하니 비로소 국가로서의 면모를 갖추게 되었다.

이에 날을 택하여 군사를 내기로 하고 환황(漢皇) 유연은 장수들을 모아놓고 말했다.

「짐이 이곳에 칩거하면서 우울한 나날을 보내왔으나, 기쁜 것은 군사가 날래고 양식이 넉넉한 점이오 지금 진조에서는 제왕 이하가 서로 다투고 있으니, 어찌 변방을 지킬 계략이 서 있으랴. 마땅히 군사를 내어 전일의 국치(國恥)를 씻고, 경들과 함께 고향으로 돌아가리라. 우선 정양(定襄)으로 해서 경양(涇陽)을 치는 것이 어떻겠는가?」

군사(軍師)인 장빈이 아뢰었다.

「폐하의 말씀에도 일리가 있사오나, 경양은 우리에게 함락됐던 고장이라 반드시 중병(重兵)이 있어 이를 지키오리다. 우리는 정양으로 해서 진양(晋陽)·평양(平陽)을 취하여 그 불의를 치는 것이 상책일까 하나이다.」

황제도 그것이 옳겠다 여겨, 태자 유총을 평진대원수(平晋大元帥)로 임명하고 15만의 대군으로 나누어 쳐들어가게 했다.

장빈은 군사모주(軍師謀主)요, 왕미·유영은 좌우 선봉을 맡았으며, 관방·호연유를 비롯한 여러 장수들이 각기 부서에 배치됐다. 한군(漢軍)은 바다가 밀려들 듯 들과 산을 메우며 호호탕탕 정양으로 향했다.

이때 정양태수 위선(衛鮮)은 아무 방비책도 없이 있다가 당황하여 성을 지키기만 했으나, 처음부터 지탱할 수 있는 싸움이 아니었다. 성은 곧 함락되고 위선은 왕미와 싸우다가 한창에 찔려 죽고 말았다. 가뜩이나 혼이 나가 있던 병사들은 곧 무릎을 꿇고 항복했다. 유총은 백성들을 진무하고, 군대를 둘로 나누어 포자(蒲子)를 공격했다.

포자를 지키던 미표(米豹)는 한군이 쳐들어온다는 소식을 듣고 당황하여 곧 경내로 들어오는 좁은 길목에 군사를 배치하고 기다렸다. 대군을 맞이하여 작은 성이 견딜 수 없다는 생각에서 나온 작전이었으나, 적이 두 갈래의 길로 갈라져서 쳐들어오고 있다는 것을 모른 데서 이런 과오가 생긴 것이었다.

싸움은 싱겁게 끝났다. 적군이 다가오는 것을 보자 미표는 큰 도끼를 손에 들고 진 앞에 나서서 호통을 쳤다.

「유연은 누구냐? 이리 나오너라. 네가 망령되이 조정에 배반했건만 천은이 우악(優渥)하사, 도리어 좌현왕에 봉해주시지 않았느냐. 무엇이 부족하여 다시 중병을 인솔하고 상국을 침범하는지 어디 말해보아라.」

한군에서 관방이 나오면서 외쳤다.

「이 조무래기 같은 놈이 어찌 감히 성상을 모독한단 말이냐」

그는 말도 귀찮다는 듯이 칼을 휘두르며 달려들었다.

허공에서 칼과 도끼가 난무하는 모양은 흡사 함박눈이 날리는 것과도 같았다. 아니면 바람에 지는 배꽃이라고나 할까. 그러나 물론 싸우는 두 장수에게야 그런 시정(詩情)이 있을 리 없었다. 죽느냐 사느냐가 결정나는 냉혹한 현실일 뿐이었다.

싸움이 오래 갈수록 두 사람의 실력 차가 차츰 드러나기 시작했다. 도끼 쪽이 자꾸 밀려났다. 30합에 이르자, 마침내 미표가 말머리를 획 돌렸다. 그리고 도망치기 위해 채찍을 들어올리는 순간, 어느 결에 다가왔는지 관방의 칼이 그의 목덜미에 깊이 물려 있었다.

워낙 눌리는 군대고 보니 모처럼 차지한 요해가 소용에 닿지 않았다. 군사들은 일제히 사태 나듯 무너져버렸다. 한군은 이를 추격하여 포자에 이르렀다. 그러나 거기서는 새삼 싸울 필요도 없어진 뒤였다. 성에는 이미 한(漢)의 깃발이 펄럭이는 것이 보였다. 다른 길로 진격하던 왕미가 벌써 빼앗아버린 것이었다.

성에 들어간 유총과 장빈은 매우 기뻐했다. 성이 몹시 견고하게 만들어져 있을 뿐 아니라 관아(官衙)도 매우 넓어 대궐 같았다. 두 사람은 상의한 끝에 황제의 행궁(行宮)으로 삼기로 했다.

소식을 들은 한황 유연은 크게 기뻐하여 유의와 유광원에 명하여 좌국성을 지키게 하고 제갈선우와 함께 포자로 달려왔다.

유총·장빈은 장수들을 대동하고 성 밖에 나가 맞아들였다. 성을 둘러보고 난 황제는 만족해서 대강 손질을 하게 하고 임시로 거처하게 되었다.

## 2. 평양의 풍수

유총은 다시 군사를 이끌고 개휴(介休)와 태원(太原)을 공격하기 위해 길을 떠났다.

한편 한군이 쳐들어온다는 소식을 들은 개휴의 수장(守將) 가혼(賈渾)은 자기의 용맹을 믿었기 때문에 조금도 놀라지 않았다.

「10만이니, 15만이니 하지만 그까짓 오합지졸이 아무리 있으면 무엇 하랴.」

그는 자신만만하여 1만의 정병을 거느리고 요격(邀擊)하기 위해 성에서 나왔다. 10리도 못 가 양군은 길에서 마주쳤다. 가혼은 재빨리 진세를 정비하고 앞으로 나와 외쳤다.

「앞서 양왕(梁王) 전하가 너희들이 촉한의 후예임을 가엾이 여기사 용서해 돌려보내주셨으면 응당 천조(天朝)를 받들어야 옳을 일이거늘, 무슨 까닭으로 다시 변경을 소란케 하느냐. 이 하늘 밑에 왕토 아님이 없나니, 어서 물러가 분복을 즐겨라.」

이때 한군 측에서 백마에 높이 앉은 장수가 달려 나왔다. 유영이었다.

「하늘 밑에 왕토 아님이 없다는 말은 미상불 잘한 말이다. 이 천하는 본래 우리 한가(漢家)의 것이거늘, 너희 사마씨가 함부로 찬탈하지 않았느냐. 분복을 안다면 어서 땅을 바치고 우리 황제 폐하를 섬겨라!」

「이 역적 놈이!」

가혼은 버럭 성을 내며 창을 비껴들고 달려왔다. 유영도 또한 창으로 맞싸웠다.

두 사람의 용맹은 엇비슷하였다. 한쪽의 곤두선 눈매가 사자를

닮았다면, 다른 편의 눈초리는 형형히 빛나 호랑이의 부릅뜬 눈과
같았다.

창과 창이 허공에 난무하면서 무수한 선을 그렸다. 서릿발처럼
싸늘한 기운이 싸움터 일대를 감쌌다. 양쪽 병사들은 손에 땀을
쥐었다. 싸움은 40합에 이르러서도 그 우열이 판가름 나지 않았다.

만일 이것을 그대로 두었더라면 언제까지나 갔을지도 모르는
일이었다. 그러나 갑자기 뛰어든 병사가 팽팽한 전세를 한쪽으로
끌어내리는 역할을 하고 말았다.

「장군, 장군! 지금 성이 급합니다. 적에게 포위당했습니다.」

아무리 가혼이기로니 이 말에까지 태연할 수는 없었다. 그가 놀
라서 움찔하는 순간, 인정사정없는 유영의 창이 그의 가슴을 깊이
꿰뚫었다. 교희가 재빨리 달려가 말에서 떨어진 적장의 목을 뎅겅
베어들었다.

이것을 보고 너무나 놀란 진(晉)의 군사들은 도망할 생각도 못
하고 박아 놓은 듯 서 있을 뿐이었다. 곧 그들은 한군에 편입했다.

이번 싸움도 포자에서의 그것과 비슷하게 진행된 셈이었다. 한
군이 두 갈래로 갈라져서 쳐들어간 것이라든가, 성을 지키는 장
수가 나와서 적을 맞이해 싸운 점이라든가…… 다만 다른 것은
가혼을 잡은 군대가 밀려갔을 때에도 아직 성은 함락되지 않고
있었다.

한군은 곧 겹겹이 성을 포위한 채 교희가 적장의 목을 창끝에
꿰어 높이 들고 외쳤다.

「모두 항복하라! 가혼의 목이 여기 있다. 가혼이 죽었으니 어
서 성문을 열어라!」

이 말에 놀란 병사들은 저희끼리 수군대다가 마침내 문을 열고
한군을 맞아들였다.

앞장서서 관아로 뛰어 들어갔던 교희는 움칫 발걸음을 멈추었다. 한 여자가 어찌할 바를 모르고 발을 동동 구르고 있는데, 너무나 아름다운 자태였다. 성에 굶주린 교희는 저도 모르게 뛰어가서 팔을 낚아챘다.

여자는 억센 사나이 품에 안겨 바들바들 떨었다. 그것이 더욱 교희의 욕정을 자극했다. 그는 번쩍 들어 침상으로 가려 했다. 그때 여자가 교태를 지으며 잠시 말미를 달라고 했다.

교희가 여인의 손을 놓자, 여인은 날쌔게 도망쳐 마루로 나와 벽에 걸린 칼을 뽑아들고 소리쳤다.

「이 더러운 강구(羌狗) 놈아! 네놈이 감히 대진(大晋)의 명부(命婦)를 욕보이려 드느냐! 썩 물러가지 못할까!」

마침 약탈하기 위해 관아에 들어왔던 병사들이 여자의 악쓰는 소리에 우르르 몰려들었다. 얼굴이 홍당무같이 된 교희는 홧김에 칼을 들어 머리를 내려쳤다. 여자는 피를 뿜으며 쓰러져서도 욕을 그치지 않았다.

「이 짐승 같은 놈!」

「아, 요년이!」

더욱 성이 난 교희는 그 얼굴을 발로 짓이겨 놓았다.

마침 현청까지 당도한 관방이 여인의 아우성소리를 듣고 달려들었을 때는 이미 교희가 피 묻은 손을 여인의 옷에 문지르고 일어서는 참이었다.

관방은 눈앞의 처참한 광경을 보자 노기 띤 음성으로 군사를 시켜 교희를 결박짓게 했다.

관방에게서 교희의 만행을 전해들은 유영은 크게 노했다.

「나라를 일으키는 것은 민심을 잡는 데 있거늘, 이제 첫 싸움에서부터 사대부의 부인을 죽이니 무엇으로 백성을 대하랴. 마땅

히 참(斬)해서 군법의 엄함을 보여야 하겠다.」

그러나 여러 장수들이 말렸다. 강적을 앞에 둔 이때 상장(上將)을 죽이는 것은 이롭지 않다는 것이었다.

이윽고 유총과 장빈이 입성하자 유영은 교희의 만행을 유총에게 보고하고 그를 처형하여 군사들의 훈계를 삼자고 주장했다.

장빈은 유영을 만류시키며 교희를 준엄하게 꾸짖었다.

「네 명색이 장수의 몸으로 그런 만행을 저지를 수 있느냐. 네 죄는 죽어 마땅하나 전일의 공을 생각하여 이번에는 목숨을 살려 주겠으니, 너는 지금 포자로 가서 제갈 승상에게 다시 복죄하고 승상의 명을 기다려라.」

이때 포자성에는 군대를 떠나보내고 난 뒤 황제와 제갈선우가 마주앉아 있었다. 황제는 말했다.

「지금 우리 군사가 *파죽지세(破竹之勢)로 나가고 있으니, 반드시 대업이 성취될 것 같거니와, 경에게 청이 하나 있소. 경은 원래 다재다능하니 이 한가한 틈을 타서 궁실을 크게 이룩해 주오. 백성들을 진압하기 위해서는 위엄이 필요하오.」

제갈선우가 고개를 저었다.

「폐하께서는 용처럼 날고 봉황같이 일어나시어서, 마침내는 천하에 군림하셔야 하옵니다. 어찌 중원을 회복하사 낙양에 도읍하실 생각은 않으시고 이런 벽지에 궁궐을 일으키려 하시옵니까? 물론 행궁(行宮)이 없으시면 불편하실 터이오니, 평양(平陽)을 빼앗으면 거기에 근거지를 마련할까 생각하고 있었사옵니다. 잠깐만 기다려 주시옵소서.」

「짐이 너무 안일한 생각을 했구려.」

황제도 곧 자기 제의를 철회했다. 이때 교희가 나타난 것이었다. 황제는 크게 꾸짖었다.

「네 어찌도 그리 잔인하냐. 만민이 다 짐의 적자거늘, 장수된 몸으로 한 지어미의 뜻을 빼앗으려 했으니, 이 무슨 마음인가?」

교희는 고개도 들지 못했다.

황제는 특별히 그 죄를 용서해 주는 한편, 죽은 가혼과 그 아내를 후히 장사 지내고 비를 세워 그 절개를 표창하도록 명령했다.

한편 개휴까지 쉽사리 손아귀에 넣은 유총은 다시 평양을 향해 진군했다.

당시의 평양태수는 우명(于明)이라는 사람이었다. 그는 극히 평범하여 취할 것이 없었으나, 부장 하용(何庸)만은 효용이 절륜한 터였다.

한군이 쳐들어온다는 정보에 접하자 하용이 말했다.

「예전부터 이르되, 물이 밀려오면 흙으로 막고, 군사가 쳐들어오면 장수가 싸운다고 했습니다. 성을 지키느라 시일만 끌어서 무고한 백성을 놀라게 할 필요가 없으니 속히 군사를 내어 밖에서 싸우시기 바랍니다.」

우명은 곧 1만의 군사를 끌고 성으로부터 10리 되는 지점에 진을 쳤다. 한군도 곧 와서 진세를 벌이는 것이 보였다.

하용은 용맹을 믿어 진 앞에 말을 세우고 꾸짖었다.

「이놈들! 너희가 아무리 오랑캐이기로 어찌 예의를 모름이 이같단 말이냐. 전번에 경양에서 죽을 목숨을 살려주었으면 은혜를 생각하고 천조를 받들어야 하겠거늘, 도리어 반역을 꾀하니 천벌이 두렵지 않느냐!」

그러자 한군 측에서 북소리가 둥 둥 둥 울리는 곳에 장빈이 부채를 들고 마차에 올라앉은 채 앞으로 나왔다.

「반역으로 논할진대, 한실을 뒤엎은 너희가 반역이지 우리가 왜 반역이냐. 이제 사마씨의 죄를 묻기 위해 군사를 일으키니, 용병 50만에 양장(良將) 3천 명이라, 마땅히 천하가 자리 말리듯 하리니, 시세를 아는 총명이 있거든 얼른 말에서 내려 사(邪)를 버리고 정(正)으로 돌아오라.」

하용은 머리끝까지 화가 나서 달려들었다. 장빈은 피하지도 않고 마차에 앉은 채 부채를 휘저었다. 이를 신호로 해서 한 장수가 큰 칼을 비껴들고 달려 나와 하용의 앞을 가로막았다. 관방이었다.

두 사람은 30여 합을 싸웠다.

이때 우명이 하용을 도우려고 달려 나오다가 한 장수를 만났다. 수염이 배까지 드리워진 험상궂은 용모에 기가 꺾여 우명은 싸우지도 못한 채 한칼에 땅으로 떨어졌다.

하용은 이를 보고 놀라서 말을 돌려 달아났다. 관방은 쫓아가는 대신 활을 당겼다. 화살은 하용의 등을 바로 꿰뚫었다.

그 이후의 사태는 상상하고도 남는 일이었다. 도망치다가 맞아 죽는 사람도 있었으나 대부분이 항복했다.

### 3. 진원달

한 싸움에 평양을 얻었다는 보고를 받고 한황은 매우 기뻐했다. 제갈선우가 권했다.

「전에도 상주한 일이 있사옵니다만, 평양은 가히 도읍으로 삼을 만한 곳입니다. 신이 전에 그곳을 지난 적이 있사온데, 산을 등지고 황하를 띠처럼 둘렀으며, 붉은 기운이 허공에 일어나더이다. 우리 유씨는 화덕(火德)으로 임금 노릇을 하시는 터이니까, 그런 점에서도 상서롭다 하겠나이다. 어서 그리로 행차하옵소서.」

한황 유연은 곧 유화에게 포자성을 지키도록 하고 문무백관과 함께 평양으로 떠났다.

성에 좌정한 황제는 어느 때보다도 얼굴이 밝았다.

「군사를 일으킨 지 얼마 안되어서 다시 이 성까지 얻으니, 이제 무엇을 걱정하랴. 장수들의 공로가 크도다.」

유영이 아뢰었다.

「황공하오나, 중국의 크기에 비해 우리가 얻은 것은 그 백의 하나도 안되옵니다. 이것으로 만족할 것이 아니오라, 전승한 이 기세를 타서 진양(晉陽)까지 치신다면, 태행(太行) 서쪽으로는 다 우리 것이 될 것이옵니다.」

승상 제갈선우가 이를 반대했다.

「그렇지 않소. 싸움이 신속하기를 요한다고는 하나, 뿌리를 튼튼히 한 다음에라야 공을 거둘 수 있는 것이오. 너무 급히 서두르다가는 실수가 생길 것이니, 잠깐 여기에서 숨을 고르는 것이 좋으리다.」

장빈도 의견을 말했다.

「좀 무리해서라도 진양을 얻기를 바란다면 그리 어려운 문제는 아닙니다. 그러나 우리가 자꾸 큰 고을들을 침공해가면, 진(晉)에서도 대군을 동원할 것은 당연한 일입니다. 그렇게 되면 승상께서도 저와 함께 전진(戰陣)에 임하셔야 할 것인바, 폐하의 좌우에 보필할 사람이 없게 되니 걱정이옵니다.」

장빈은 다시 말을 이었다.

「그러하와 신이 인재를 천거하오니 폐하의 좌우에 모시도록 하옵소서. 장액(張掖)에 진원달(陳元達)·왕복도(王伏都)·최위(崔瑋)가 있사온데, 이 세 사람은 높은 지혜와 빼어난 식견을 갖춘 자들로서 소하(蕭何)·조참(曹參)에 뒤지지 않사오리다.」

제갈선우도 사람을 추천했다.

「저도 천거할 사람이 있사옵니다. 주천(酒泉) 땅에 서광(徐光)·정하(程遐)라는 사람이 있나이다. 둘 다 왕좌(王佐)의 재(材)

니, 이들이 폐하를 보필해 드린다면, 신 등이 어리석은 재주를 군무(軍務)에 쏟을 수 있사오리다.」

크게 기뻐한 황제는 조번·요전에게 명하여 서봉강의 진원달에게 장빈의 편지를 가지고 찾아가게 했다. 그리고 마영과 유흠에게는 제갈선우의 편지를 가지고 주천에 있는 서광을 찾아가게 했다.

요전은 전날 장빈·황신·조번 등을 찾아 서봉강에 간 적이 있었고, 마영은 제갈선우와 함께 서광의 집에 오래 머물러 신세를 진 인연들이 있었던 것이다.

서광과 정하를 초빙하기 위해 주천 땅으로 떠난 마영과 유흠은 여러 날 만에 서광의 집에 이르렀으나, 서광은 이미 그 곳을 떠난 지 10년이 가깝다는 이웃의 말이었다.

두 사람은 실망하였다. 그대로 돌아가기보다는 찾는 데까지 찾아보기로 하고, 두루 인근 고을을 헤매었으나 서광의 행방은 묘연하였다. 피로한 다리를 쉬느라고 길가 나무 그늘에서 잠시 머물고 있노라니, 마침 산에서 초부(樵夫) 두 사람이 나무를 해서 지고 내려오면서 지껄이는 말에 귀가 번쩍했다.

「그 분의 흰 수염은 한 자도 더 될 거야.」

「아마 신선(神仙)과 벗하는 모양이야. 깊은 산속에 혼자 살면서 조금도 적적해 보이지 않거든.」

마영은 벌떡 일어서며 초부를 불렀다.

「여보시오, 노형들. 잠깐 쉬었다 가시구려. 내 물어 볼 말이 있는데, 가르쳐 주면 술값을 후히 드리리다.」

멈칫 걸음을 멈춘 초부는 호기심이 났는지 나뭇짐을 내리고 돌아섰다.

「우리는 사람을 한 분 찾는데, 이름은 서광이라 하오. 혹 노형들은 그런 이름을 들은 적이 없습니까?」

두 초부는 서로 얼굴을 쳐다보더니 대답했다.

「우린 그런 이름 듣지 못했소」

「아까, 노형들이 지껄이던 수염이 길다는 분은 어디 있소?」

마영의 말에 두 초부는 또 한 번 서로 쳐다보고 나서 한 사람이 대꾸했다.

「그 분은 여기서 한 20리 쯤 저 산속으로 들어가면 암자가 하나 있는데, 거기 살고 있소」

「그러나 그 분은 신선과 벗하기 때문에 속인(俗人)을 만나기 꺼려하오」

마영은 말안장에 손을 대며,

「죄송하지만, 우릴 그 곳까지 좀 안내해 줄 수 없겠소 자, 이것은 노형들의 수고비요」

마영이 말안장에 매단 염낭에서 은자 몇 잎을 꺼내 주자 초부는 금시 반기는 기색이 되어,

「그럼 따라오시오」

하고 앞장서 산을 오르기 시작했다.

등성이를 넘어서니 깊은 골짜기가 아득히 뻗어 있었다.

유흠이 앞서 가는 초부에게 물었다.

「그 분의 용모가 어떻게 생겼소?」

「수염은 백설같이 흰데 한 자는 됨직하고, 눈은 수려하며 키는 8척에 가까울 거요 언제 보아도 암자에서 책을 읽고 있는데, 한 번 고향을 물었더니 빙긋이 웃으며 이 천지가 내 고향이지, 하였소」

골짜기는 오를수록 그윽하여 선경(仙境)을 이루고 있었다. 이윽고 한 곳에 다다르니 어디선지 은은하게 글 읽는 소리가 들려왔다.

초부는 산 중턱 양지바른 임간(林間)을 손으로 가리키며, 저곳이

암자가 있는 곳이라 했다.

마영과 유흠은 초부와 작별하고 말에서 내려 그 곳을 향하여 올라갔다. 이윽고 암자 앞에 이르니, 글 읽는 소리가 뚝 그치고 안에서 정정한 목소리가 울려 나왔다.

「그 누가 삼매경(三昧境)을 범하느뇨?」

말이 끝나며 암자 안에서 유건 쓰고 도포 입은 한 노인이 밖으로 나서는데, 그 모습은 흡사 신선을 방불케 했다.

마영이 바라보니 틀림없는 서광이었다. 마영은 급히 달려가서 노인의 옷자락을 붙들며 말했다.

「시생 마영이 찾아왔습니다.」

서광은 이내 마영과 유흠을 알아보고 반겼다. 유흠은 제갈 승상의 편지와 예물을 내어놓으며, 그간의 지나온 내력을 소상하게 이야기했다.

서광은 제갈선우의 서장을 읽고 나서 조용히 말문을 열었다.

「좋소. 나도 뜻한바 오래요 연이나 노마(駑馬)가 과연 기기(騏驥 : 천리마)의 걸음을 따를 수 있을지 걱정이오」

하룻밤을 암자에서 지낸 마영과 유흠은 이튿날 서광을 모시고 평양으로의 회로에 올랐다.

산에서 내려온 서광은 유흠에게 일봉 서장을 주어 정하의 집을 찾게 하니, 정하도 쾌히 응낙하여 곧 서광과 함께 동행해 나섰다.

여러 날 만에 그들이 평양성하에 당도하니, 한왕은 친히 제갈선우와 장빈 등을 대동하여 성문 밖까지 나와 그들을 맞았다. 이로써 한왕 유연의 곁에는 다시 천하의 이름난 현사가 모이니, 한의 기운은 날로 왕성해갔다.

한편 진원달을 찾아 서봉강에 도착한 조번과 요전 두 사람은 진원달을 방문했다. 마침 왕복도와 최위도 그 자리에 와 있었다.

「아, 이거 두 분이 웬일이시오?」

진원달이 반갑게 맞아주었다.

「못 뵌 지 여러 해가 되었습니다. 그 동안 좌국성에 있다가 요즘은 진(晉)을 치고 있는 중입니다. 이미 정양·포자·개휴를 치고, 지금은 잠시 평양에 군사를 쉬고 있는데, 폐하의 어명을 받들어 선생님을 모시러 왔습니다. 부디 대의를 위해 수고를 아끼지 마십시오. 여기에 장빈 모주의 서한이 있습니다.」

요전은 예물과 함께 편지를 내놓았다.

진원달은 담담한 태도로 편지를 읽고 나서 두 사람에게 말했다.

「이런 사람을 그토록 생각해 주시니 감사하기야 이루 말할 수 없습니다. 그러나 두 분이 저와 하루 이틀 접촉하신 것도 아니시니, 이 몸이 어떤 사람인지 누구보다도 잘 아시리다. 본래 없는 재주야 새삼 말할 것도 없지만 성품이 워낙 방자해서 남을 섬길 수 있는 사람이 아니오이다.」

그는 웃음을 머금고 다시 말을 이었다.

「토끼나 노루를 잡아다가 기른다고 합시다. 아무리 잘 먹이고 쓰다듬어 준다고 해도 틈만 있다면 산으로 도망치지 않겠습니까. 토끼나 노루에게는 고루거각보다 거친 산 속이 어울리는 것이지요. 더구나 내 나이 육순에 가깝습니다. 예전의 여러분과 함께 지내던 때와는 또 다릅니다. 장선생에게도 부디 잘 여쭈어 주십시오.」

「그것이 어인 말씀이십니까?」

요전이 말했다.

「백성을 건지고 나라를 바로잡아야 할 선생께서 산간초부로 자처하시는 것은 이해할 수 없습니다. 이번에도 장 모주께서 친히 오시려 했으나, 새로 평양을 얻은 직후라 무슨 일이 있을지도 모르는 까닭에 제가 오게 되었던 것입니다. 더구나 성상께서도 가뭄에 비를 바라듯 선생을 기다리고 계시니, 부디 그 뜻을 저버리지 마시기 바랍니다.」

그러나 진원달은 여전히 고개를 저었다.

권하다 못해 두 사람이 돌아가고 나자, 최위·왕복도가 물었다.

「좌현왕(左賢王)이 한실을 다시 일으키려는 지금, 간곡한 청을 받고도 거절하신 이유는 무엇입니까? 저희 생각으로는 대의로 보나 그 정의로 보나 출사(出仕)함이 좋을 듯합니다만……」

「나도 같은 생각이오」

진원달이 웃었다. 두 사람이 의아해 쳐다봤다.

「한황(漢皇)으로 말하면 천자(天資) 영명하고 지기 활달하여 우주를 삼킬 듯한 기개가 있는 분입니다. 더구나 이를 받드는 신하들도 구세제민의 인걸들이니, 어찌 천하의 주인 노릇하는 것을 의심하겠소? 아마도 5, 6년 사이에 창업이 이루어지리다.」

왕복도가 다그쳐 물었다.

「아, 그러시다면, 어찌 응낙하시지 않으시고……」

「모르시는 말씀.」

진원달이 고개를 흔들었다.

「여러분은 제갈공명이 *삼고초려(三顧草廬)를 받고야 남양(南陽)에서 일어난 까닭을 아십니까? 출사하기 싫어서도 아니고, 오만해서 그런 것도 아닙니다. 가볍게 응낙한다면 무거운 대접을 못 받고, 무거운 대접을 받지 못한다면 뜻을 펼 수 없기 때문입니다. 그렇다고 나를 어찌 공명에 비기겠습니까마는, 편지 한 장으로 움직일 수야 없는 것 아닙니까. 선비의 진퇴란 가벼울 수 없는 것입니다.」

「그러신 줄도 모르고, 부끄럽습니다.」

두 사람은 새삼스레 진원달을 우러러보았다.

한편 장빈은 조번과 요전의 보고를 받고 뉘우쳤다.

「이것은 신의 잘못입니다. 그런 사람을 편지 한 장으로 부르려 했으니 응하겠습니까. 신이 직접 다녀오리다.」

그는 곧 수레를 마련하여 수많은 군사를 따르게 하고 스스로 맞이하러 갔다.

이번에는 진원달도 진심에서 기뻐했다.

「크신 일 하시기에 얼마나 수고가 많으십니까. 이 사람도 선생의 소문은 듣고 있었지만, 이렇게 누지에까지 왕림하실 줄은 몰랐습니다.」

장빈도 반가움에 못 이겨 얼굴 전체가 웃음으로 화했다.

「어느 때고 선생의 일을 못 잊고 있었습니다마는 일에 얽매여 찾아뵙지 못했습니다. 또 저번에는 예의를 차리지 못해 죄송합니다. 부디 허물치 마십시오」

그는 말을 마치자, 붉은 보자기로 싼 상자를 공손히 들어 진원달에게 전했다.

「폐하의 친서이시니 읽어주시기 바랍니다.」

진원달도 무릎을 꿇고 받았다.

─대한(大漢) 황제 유연은 글을 진원달 선생에게 보내노라. 도(道)가 쇠하고 세상이 어지러우매, 마침내 사마씨가 일어나 한실을 뒤엎기에 이르니, 의(義)에 있어서도 좌시하지 못하려니와 도탄에 떨어진 저 창생을 어찌 그대로 둘 수 있으랴. 이에 짐이 충량들의 도움을 힘입어 천하의 여망을 걸머짐으로써 한실의 기치를 밝히고 천하에 죄를 물으려 하노라. 반드시 도둑을 섬멸하여 사해를 바로잡는 일로 스스로

기약하기는 하나, 짐의 재덕이 박하거니 어찌 현인을 사모함
이 목마른 듯 간절치 않으랴. 생각이 이에 미치매 일찍이 탄
식하지 않은 적이 없노라.

　짐이 선생의 높은 명성을 들은 지 오래거니와, 구세제민의
큰 재주를 구학(溝壑)에 감추는 것이 어찌 천도를 좇는 도리
이겠는가. 짐이 선생에게 기대함이 문왕이 상부(尙父 : 태공
망太公望의 다른 이름.)를 의지함과 다름없노니, 부디 높은 재주
를 펴서 창업의 공을 세우라.

　짐이 친히 갈 것이로되 뜻 같지 못하여 신 장빈을 보내 애
오라지 간곡한 마음을 전하노라.

친서를 읽고 감동한 진원달은 왕복도·최위와 함께 마침내 따
라나섰다.

진원달에게는 요동을 막기 위해 부들(蒲)로 수레바퀴를 감은 마
차가 제공되었다. 소위 안거포륜(安車蒲輪)이라 하여 국가에서 현
인에게 내리는 특별 대우였다. 앞뒤에는 몇 백 명의 호위병이 창
검을 번쩍이면서 따르고 선두에서는 악사가 풍악을 울려 길을 인
도했다. 지나는 곳마다 사람들은 이 어마어마한 행차에 넋을 빼앗
겼다.

평양성에서 20리 되는 곳에서는 황제가 장수들을 거느리고 친
히 나와 기다리고 있었다. 진원달은 깜짝 놀라서 그 앞에 가 부복
하고 아뢰었다.

「산야에 묻혀 사는 촌맹(村氓)이 안거포륜으로 소명(召命)을
받잡기도 황송하옵거든, 폐하께서 성외까지 친림하시니 몸 둘 곳
을 알지 못하겠나이다.」

황제는 친히 그 손을 잡아 일으키며 말했다.

「경이 관중(管仲)·악의(樂毅)의 재주를 품은 줄 짐이 아오 예의로는 응당 친히 찾을 것이로되, 군무 번다하여 뜻을 이루지 못했으니 허물치 마오.」

「간뇌도지(肝腦塗地)하온들 성은을 어찌 갚사오리까.」(*一敗塗地일패도지)

진원달의 볼에는 감격의 눈물이 흘렀다.

군신은 마차를 나란히 하여 성중으로 들어갔다. 연도에 모여선 백성들까지 조정이 현인 얻음을 제 일인 듯 기뻐했다.

## 4. 금룡성

한황 유연은 평양(平陽)을 임시 수도로 쓰기 위해 성을 쌓게 했다. 그러나 실전에 대비해서 견고하게 쌓아야 했으므로 일은 여간 어려운 것이 아니었다.

구성을 모두 철거한 다음, 측지(測地)가 우선 골칫거리였다. 산이며 들의 지형을 이용하여 성을 쌓을 곳에 줄을 치게 했으나, 좀처럼 황제의 뜻을 만족시키지 못했다. 몇 번인가 측지가 되풀이되는 동안에 어느덧 두 달이 흐르고 말았다.

마침내 황제는 초조해서 방을 붙여 기술자를 찾게 했다. 누구라도 이 사업을 감당하는 자에게는 후한 상과 벼슬을 내리겠다는 취지였다. 이때 아무도 나서는 자가 없는 중, 그 일을 맡겠다고 나타난 것이 한궐(韓橛)이라는 소년이었다.

그에 대하여는 아는 사람이 별로 없었으나 따지고 보면 매우 이상한 경력을 가진 아이였다. 우선 그 태어난 것부터가 보통이 아니었다. 한궐은 사람에게서 태어난 것이 아니라 알에서 나왔다. 그의 출생에 얽힌 이야기를 잠시 하고 넘어가자.

한구(韓嫗)라는 과부가 있었다. 그녀는 나이가 이미 오십 줄이었으나, 슬하에는 일점혈육이 없었으며 살림도 매우 가난했다.

어느 날, 그녀는 밭에 나가 배추를 솎다가 커다란 알을 하나 발견했다. 그런데 그 알이라는 것이 예사롭지 않았다. 크기는 뒤웅박만한데 빛깔이 불그레한 품이 여간 고운 것이 아니었다.

「이게 무슨 알이람?」

한참을 주저한 끝에 그녀는 그것을 집에 갖고 가기로 했다. 그 놀 같은 색채에 마음이 끌렸던 것이었다.

아이 하나 없이 외롭게 지내오던 탓인지, 그녀는 날이 감에 따라 알에 대해 일종의 모성애 같은 것을 느끼게 됐다. 그녀는 알을 품에 안아왔다. 가슴에 닿는 감각이 싸늘했으나, 갓난아이에게 젖이라도 물리고 있는 듯 마음이 흐뭇했다. 마침내 그녀는 알을 품에서 떼지 않았다. 베틀에 앉았을 때나 잠을 잘 때나 늘 품에 안고 있었다. 어느덧 한 달이 지났다.

어느 날 밤, 그녀는 자다가 난데없는 어린애 울음소리에 잠을 깼다. 불을 켜고 보니 이것이 웬일인가? 갓난애가 자기 옆에서 손발을 바동대고 있지 않는가! 그 옆에는 알이 깨져 있었다.

그녀는 전신을 휩쓰는 감격과 기쁨을 아울러 맛봤다.

「오, 하늘이 내게 아들을 주셨구나! 아들을 주셨어!」

그녀는 어머니가 된 흥분 속에서 갓난아이를 껴안았다.

갓난아이에게는 자기 성을 따서 한궐이라는 이름을 붙였다. 알을 발견했을 때, 그 옆에 말뚝이 있었던 생각이 나서 궐(橛)이라 한 것이었다.

한궐은 무럭무럭 자랐다. 식성이 까다로워서 죽밖에 먹지 않았으나, 어떻게나 발육이 빠른지 금년에 겨우 네 살이면서도 16, 7세는 되어보였다.

한궐은 몸이 그렇게 크면서도 하는 일이라곤 없었다. 언제나 서

늘한 곳을 좋아하여 나무 밑이나 바위 같은 데서 낮잠 자는 것으로 세월을 보냈다.

「엄마!」

하루는 소년이 노파에게 말했다.

「지금, 천자님이 성을 쌓으신대요」

노파도 알고 있는 이야기였다.

「그렇다더구나. 그런데 성이 잘 되지 않아 사람을 구하신다더라. 잘 쌓는 사람에게는 상을 주신다고도 하고……」

한궐이 초롱초롱한 눈으로 어머니를 쳐다봤다.

「엄마, 제가 가보겠어요」

「뭐, 네가?」

노파는 깜짝 놀랐으나 이내 이해가 갔다. 이 애는 보통사람이 아니라는 생각을 늘 가지고 살아왔기 때문이다. 하늘이 주신 아이니, 성 아니라 무엇을 못해내랴. 그녀는 선선히 승낙했다.

한궐은 곧 궁중에 가서 자기가 온 뜻을 알렸다. 황제는 나서는 사람이 없어서 걱정하고 있던 터라 이내 불러들였으나 아직 소년이 아닌가?

「성을 쌓겠다는 것이 너냐. 너처럼 어린 소년이 그런 일을 어찌 하겠느냐?」

소년은 아주 의젓하게 대답했다.

「무거운 돌을 들어올리는 일이라면 제 힘에 겹겠습니다만, 성 쌓을 땅을 정하는 것은 자신이 있사옵니다. 제가 어찌 폐하를 기만하오리까. 반드시 공을 이루겠사오니 저에게 맡겨주십시오. 이렇게 여쭙는 것은 벼슬이 탐이 나서가 아니옵니다. 제 노모가 가난으로 고생하기에 좀 편히 사시게 하려는 뜻밖에는 없사옵니다. 일이 마음에 드시면 약간의 상금을 주시옵소서.」

황제는 그 마음씨가 갸륵하다 생각했다. 이런 소년이라면 적어도 거짓말은 할 리가 없지 않은가.

「좋다. 그럼, 어디 네가 해보아라. 잘 해내면 네 어머니가 노후를 편안히 지내도록 후한 상을 내리겠다. 인부는 마음대로 써도 좋다.」

그러나 소년은 이상한 소리를 했다.

「인부는 필요치 않사옵니다. 제가 석회로 땅에 금을 그어 놓을 것이니, 그대로 돌을 쌓게 하옵소서. 얼마 가지 않아 성이 이루어지리다.」

한결이 물러간 뒤에도 황제는 한참이나 생각에 잠겨 있었다.

「참, 이상한 애야. 어쩌면 잘 될지도 모르지.」

무엇인가 신비한 힘이 작용하고 있는 것 같은 생각도 들었다.

한결은 돌아가는 길로 노파를 밖으로 데리고 나와 그녀에게 말했다. 황제 앞에서 말할 때와는 달리 예사 애들의 말투였다.

「천자님이 승낙하셨으니, 엄마는 내 뒤를 따라오시면서 석회로 금을 그으세요.」

그리고 잠시 망설이는 듯하다가 다시 말했다.

「그리고 무슨 일이 있어도 놀라지 마세요. 엄마를 뵙는 것도 이것이 마지막입니다.」

노파는 의아해서 되물으려고 했다. 그 순간 소년이 기지개를 켜며 하품을 하는 듯하더니 소년은 온데간데없이 사라지고 그곳에는 큰 구렁이 한 마리가 도사리고 앉아 있었다. 노파는 자기 눈을 의심했다. 그러나 아무리 보아도 그것은 구렁이임에 틀림없었다.

구렁이는 도사렸던 몸을 풀더니 서서히 움직이기 시작했다. 꼬리를 치켜들고 흔드는 모습이 따라오라고 말하는 것같이 보였다. 노파는 무슨 생각이 들었는지 얼른 그 뒤를 쫓아가며 금을 그었다.

구렁이는 천천히 강을 따라 들을 횡단하고 가파른 산을 휘돌았다. 그에 따라 흰 선도 거기에 그어졌다.

어느덧 제자리로 돌아온 구렁이는 노파를 한번 돌아보더니 이내 고개를 번쩍 쳐들고 달리기 시작했다. 무서운 속력이었다. 노파는 저도 모르게 그 뒤를 쫓아가면서 외쳤다.

「궐아! 궐아」

얼마를 달려가던 노파는 움칫 걸음을 멈추었다. 이것은 또 어찌 된 것인가? 들 한복판이 푹 패여 있고 샘물이 펑펑 솟아나고 있지 않은가. 노파는 바짝 다가서서 들여다보았다. 그 속에는 분명히 뱀이 도사리고 있었다. 물은 삽시간에 불어났다. 노파는 물을 피해 한 걸음 두 걸음 물러나다 보니 어느덧 언덕으로 오르고 있었다.

「아, 이상도 하지?!」

노파는 발밑에 출렁이는 못을 내려다보면서 한동안 무엇에 홀린 듯 서 있었다.

이 소문은 삽시간에 퍼졌다. 황제도 여러 장수들을 인솔하고 새로 생긴 못을 구경했다.

제갈선우가 아뢰었다.

「용이 나타나 성터를 정해주고 갔으니, 하늘이 한(漢)을 돕는 증거인가 하나이다. 얼른 그 자리에 돌을 쌓도록 하옵소서.」

곧 일이 시작되었다. 석 달이 채 못 가서 성이 완성됐다. 이를 답사하고 난 황제는 그것이 지리적 조건을 최대한으로 살리고 있는 점에 감탄했다.

그는 성 이름을 금룡성(金龍城)이라 짓고, 못을 금룡지(金龍池)라 부르기로 했다. 노파에게 후한 상금이 돌아갔을 것은 말할 나위도 없었다.

민간에는 어느덧 이런 노래가 퍼졌다.

　용 나왔네, 청룡 나와
　꼬리 끄니 성 되었네.
　30리라 철옹성은
　일어나는 한(漢)의 기상!
　얼럴러디야 상사디야.

　용이 갔네, 성을 쌓고
　용이 가니 못이 됐네.
　5리 둘레 넓은 물은
　우리 님이 받을 복록!
　얼럴러디야 상사디야.

　용 나왔다 용이 갔네.
　성을 쌓고 용이 갔네.
　아니, 아니, 저 못 속에
　서울 지켜 길이 사네.
　얼럴러디야 상사디야.

이 노래는 마침내 황제의 귀에까지 들어가게 되었다. 진원달이
아뢰었다.

「고대에는 채시(采詩)하는 관원이 있어서 민간에 떠돌아다니
는 노래들을 적어 조정에 바침으로써 민정을 살피는 자료로 삼았
사옵니다. 《시경(詩經)》에 전하는 노래가 그것이거니와, 지금 백
성들이 부른다는 가사를 보건대 창업을 송축하는 뜻이 넘치고 있
사오니, 국가를 위해 이렇게 경축할 일이 어디 또 있겠나이까. 반
드시 대사가 이루어질 것입니다.」

황제도 마음이 기뻤다.

「하여간 경사스러운 일이오. 어떻게 나라를 다스려야 백성들이 기뻐하겠소?」

진원달이 대답했다.

「신이 듣자오니, 왕자는 신하를 스승으로 섬긴다 하더이다. 비록 필부의 말이라도 귀담아 들으시고 은혜로 대하신다면 이번과 같이 백성들이 따를 것이옵니다. 바다는 여러 물을 모아 가졌으므로 그렇게 큰 것이오며, 성인은 여러 사람의 생각을 받아들이기에 성인일 수 있는 것이옵니다. 치정(治政)의 요체가 바로 여기에 있다 하겠나이다.」

「옳은 말씀이오. 가르침을 길이 명심하겠소.」

황제는 현인 얻었음을 무한히 기뻐했다.

## 5. 거록의 싸움

한(漢)의 원희(元熙) 원년 8월. 황제는 자정전(資政殿)에 임어하여 군신에게 말했다.

「이제 새 서울이 이루어져 근거가 생겼은즉, 지체치 말고 진(晋)을 정벌하라. 어디서부터 공략함이 옳겠는가?」

서광(徐光)이 의견을 아뢰었다.

「천하를 아우르고자 하신다면 앞서 유연(幽燕)의 땅에서 시작하여 서북의 영웅들을 거두시고, 다시 제(齊)와 노(魯)에 들어가 그 양식을 확보하신 다음, 여주(汝州)로 들어갔다가 낙양으로 드심이 순서인가 하나이다. 그리하면 진(晋)의 군신이 함께 사로잡힐 것이오며, 천하 통일의 대업이 이루어지오리다.」

장빈이 나섰다.

「대부 서광의 말이 지론(至論)인가 하옵니다. 대체로 큰 방향을 그렇게 정하고, 우선 거록(鉅鹿)부터 쳐야 하겠나이다. 범수(范雎)가 말했습니다. *가까운 데를 치고 먼 곳과 사이좋게 사귀라고 (遠交近攻원교근공). 이것은 전쟁의 철칙입니다. 거록은 이곳 평양과 접했으며, 산세가 험난해서 천연의 요새일 뿐 아니라, 길이 사방으로 뻗어 기북(冀北) 제일의 요충이기도 합니다. 태행산이 웅장하여 북에 솟았고, 장수(漳水)가 띠처럼 동남을 흐르고 있사오니, 이곳만 얻는다면 유계(幽薊) 일대는 걱정 없사옵니다.」

아무도 이 방침에 반대하는 사람이 없었다. 장빈은 다시 이야기를 구체적인 데로 끌고 갔다.

「제가 얻은 정보에 의하면 그곳을 지키고 있는 장수는 허술(許戍)이라 하며 저 위나라의 명장 허저의 손자입니다. 명장의 피를 받아 지용을 겸비한 장수이니, 반드시 노성한 장수를 가려 선봉으로 삼아서 산을 만나면 길을 내고 물을 만나면 다리를 놓고 나아가, 시기를 보아 적을 무찌르고 불리할 때는 물러나 진을 치는 등, 임기응변에 그르침이 없어야 비로소 이길 수 있겠나이다.」

원수 유총이 말했다.

「여러 장수의 사람됨을 군사처럼 아는 이가 어디 있겠습니까. 저희들에게 물을 것도 없으시니 뜻대로 처리하십시오.」

장빈이 말했다.

「제가 결정할 수도 있는 문제입니다마는, 워낙 용장이 그득한 터라 행여 불평을 살까 두렵습니다. 장군들이 서로 천거해서 다수의 의견을 취하는 것이 좋겠습니다.」

황신(黃臣)이 일어서서 말했다.

「우리들은 모두 무부(武夫)입니다. 누구라도 명령만 받으면 힘을 다하여 책무를 완수할 터입니다. 그러나 지난날의 경력을 보셔야 된다고 하면, 유영·관방·장실 세 분 중에서 지명하십시오 아무도 불평하지 않을 것입니다.」

「어찌 이 마당에 그런 것에 구애된단 말씀이오!」

이때, 큰 소리로 이렇게 외치면서 앞으로 나오는 장수가 있었다. 왕미였다.

「여기는 제사를 드리는 종묘가 아닙니다. 싸우려는 판국에서는 오직 지용이 문제될 뿐입니다. 제가 비록 재주 없사오나 앞서 폐하의 분부로 선봉에 선 적도 있은즉, 원컨대 이 대임을 맡을까 하옵니다. 반드시 공을 세워 한가(漢家)의 강산을 되찾아 놓고야 말리다.」

장빈은 크게 기뻐하였다.

「장군 같으면 틀림없으리다. 3만의 병사를 이끌고 선봉을 달리시오.」

왕미가 선봉의 인을 받아가지고 물러서려 하는데, 유영이 나타나 앞을 막았다.

「자, 그 선봉의 인은 나에게 주게. 모든 장수가 나를 천거하는데 어찌 자청하고 나서서 남의 인을 빼앗는가!」

왕미라고 가만히 있을 리가 없었다.

「장군이 잘못 생각하셨소. 선봉이 어찌 황족이라야만 되겠소이까. 더욱이 군중에는 우스갯소리란 없는 법입니다. 원수 전하께서 나에게 이미 내리신 것을 어째서 빼앗는단 말이오.」

그래도 유영은 물러나지 않았다.

「자네는 자청하여 나선 사람이고 나는 여러 장수가 천거한 사람이니, 그럼 우리 원수 앞에 나가 제비를 뽑아 정하세.」

왕미는 화를 냈다.

「왜 이렇게도 예의를 모르오? 군법에서 한번 정했으면 그만이지, 제비는 무슨 제비야? 뽑고 싶거든 당신이나 혼자 가서 많이 뽑

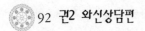

으시오!」

「무엇이, 어쩌고 어째!」

유영이 팔을 걷고 다가섰다. 가만두면 싸움이 날 판이었다. 장
빈이 달려 나가 두 사람을 갈라놓으면서 꾸짖었다.

「어린애도 아니고 이 무슨 짓들이오? 위신을 생각하시오」

그는 두 장수를 앞에 불러 앉히고 부드럽게 말했다.

「군대란 화목이 생명이오. 장수가 서로 반목한다면 무엇으로
대업을 성취하겠는지 생각해 보시오. 만일 두 사람이 서로 사이좋
게 지내겠다고 맹세한다면, 요전같이 선봉으로 둘을 함께 보내 싸
우게 하겠소이다.」

이 말을 듣고 나서야 두 장수는 서로 쳐다보며 빙긋이 웃었다.
곧이어 장빈도 웃으면서 말했다.

「남들은 장수감이 없어서 걱정인데 우리는 많아서 걱정이니,
하여간 천만 다행입니다.」

이 소리에 장내에는 폭소가 터졌다.

장빈은 장수들에게 작전을 지시했다.

「군대를 반으로 쪼개서 요전같이 두 길로 해서 쳐나갈 것인
바, 왕 선봉은 왼쪽 길을 맡고 유 선봉은 오른편으로 진격하시오.
편의상 둘로 가르기는 하나 군대가 두 조각이 나는 것은 아니오.
만일 적병을 만났을 때에는 서로 도와서 공을 이루도록 할 것이
며, 행여 좁은 마음으로 시기하고 공을 다투어서 국사를 그르치지
마시오. 과오가 있을 때에는 군법으로 다스리겠소」

그는 다시 여러 장수를 둘러보았다.

「관방 장군은 좌부선봉이 되고, 호연안 장군이 그 다음이 되어
왕 선봉을 따르시오. 또 내 아우 장실은 우부선봉(右副先鋒)이 되
고, 호연유 장군이 이를 도와 유 선봉의 절제를 받으시오. 병력은

양군이 각각 3만씩이오.」

부대 편성을 마친 양군은 곧 거록을 향해 떠났다.

한편 허술은 한병이 쳐들어온다는 소식을 듣자 곧 싸울 준비를 서둘렀다. 이 사람이 조조(曹操) 휘하에서 용맹을 떨치던 허저의 손자임은 앞에서 말했거니와, 용력이 과인하여 60근이나 되는 장창을 쓰며 말타기와 활쏘기에 능해서, 자못 그 조상의 유풍이 있는 터였다.

거록의 태수 유교(劉喬)는 곧 막료들을 모아 놓고 대책을 상의했다. 허술이 말했다.

「이 오랑캐의 무리가 위한(僞漢)의 기치를 세우고 우리 강토를 침범하니 그대로 둘 수 있겠습니까. 한번에 유연의 목을 베어 중국에 사람 있음을 보여줍시다.」

「오랑캐라 하여 얕보는 것은 옳지 않습니다. 예로부터 오랑캐로 인하여 수모를 많이 당함은 무엇 때문이었습니까. 인의예지를 모르면 모를수록 영악하고 사나워지는 것이 사람인 까닭입니다. 이번에도 보십시오 단 한 번 싸움에 정양을 빼앗고 포자·개휴·평양이 연달아 무너졌던 것입니다. 이 네 성엔들 어찌 사람이 없었겠습니까마는, 모두 오랑캐라고 멸시하여 성에서 나와 싸우다가 패했습니다. 그러므로 우리는 성을 굳게 지켜 적의 예기를 꺾는 한편, 얼른 상산군(常山郡)에 통지하여 원병을 동원하도록 조처하시기 바랍니다. 그리하여 원군이 오는 것을 기다렸다가 협공한다면, 그때야말로 적을 쳐부술 수 있을 것입니다.」

유교는 곧 상산으로 사람을 보내고, 낙양에까지 사태의 중대성을 알렸다.

이때 상산군을 지키고 있었던 것은 전승(典升)이라는 장수였다. 그는 유명한 전위(典韋)의 손자로 양왕을 따라 제만년을 칠 때에도 큰 공을 세운 바 있는 용장이었다.

그는 허술의 통문을 받자 곧 장수들을 모아놓고 말했다.

「지금 거록이 위태롭다 하니 가만있을 수 없게 됐소. 거록과 우리와는 입술과 이(齒)의 사이요. *입술이 떨어지면 이가 무사할 수 없는 것인즉(脣亡齒寒순망치한) 곧 준비를 하시오. 도둑의 형세가 아무리 강성하다고 해도 두 고을의 군사가 합심해 싸운다면 어찌 그것쯤 물리치지 못하겠소」

그는 곧 태수 정후(程朽)를 초청하여 출진의 뜻을 알리고, 부장 장우(張牛)를 남겨 본성을 지키도록 했다.

「그대 조부의 명성이 일세를 덮었던 일을 생각하고 부디 명부(明府 : 태수太守를 부르는 말)를 받들어 소임을 다하라.」

장우는 위의 맹장 장요(張遼)의 손자다.

전승은 곧 5천의 군사를 이끌고 상산을 떠났다.

이때 왕미가 이끄는 군사는 이미 성 가까이 와 있는 터였으나, 그가 후군을 기다리기 위해 공격을 가하지는 않았으므로 아직 싸움은 벌어지지 않고 있었다.

왕미는 선봉을 다투던 일을 후회하며 유영에게 공을 돌리기 위해서도 앞서 싸우려고 하지 않았다.

이윽고 유영의 군사가 도착하고, 원수 유총도 장빈과 함께 1만 명의 군사를 이끌고 나타났다.

왕미는 그들을 맞이하여 의견을 말했다.

「적정을 살폈더니 성의 수비가 여간 엄한 것이 아닙니다. 듣던 것 이상으로 허술은 대단한 장수 같습니다. 더구나 상산군의 군대가 떠났다고 하는데 그 장수는 전승이라 하며 저 전위의 손자라던가요?」

유총이 불쑥 한마디 했다.

「흥, 조조의 명장이 죄다 모인 격이로군.」

이 소리에 폭소가 터졌다. 유영이 말했다.

「하기야 그렇기도 합니다만, 이쪽이라고 촉한의 명장이 적게 모였습니까? 그거야 어쨌든 전승이 오면 허술도 협공하기 위해 성에서 나올 것이니, 저와 유장군은 두 사람을 막아 싸우고, 그 사이에 관장군은 성을 치는 것이 어떨까 합니다.」

요전에 평양이나 포자를 공격할 때의 작전을 그대로 쓰자는 주장이었다. 장빈이 말했다.

「좋은 생각이오 허나 군대가 쪼개질 때에는 그만큼 우리 형세가 흩어질 테니, 3면에서 적을 받는다면 만일의 경우 서로 도울 수가 없을 거요. 하여간 전승이 온다는 것은 도리어 다행이오 만일 허술이 성만 굳게 지키며 낙양에 기별하여 대군을 움직인다면 우리로서는 크게 낭패할 뻔했소이다. 이제는 허술이 성에서 안 나옴을 걱정할 필요는 없어졌으니 적을 깨뜨릴 계략이 나에게 있소 내일의 싸움에서 대세가 판명날 것이니, 장군들은 협심하여 큰 공을 세우시오. 허술은 심상한 인물이 아니니, 부디 조심하오」

유총은 크게 기뻐하며 곧 장수들의 부서를 작정하고 영을 내렸다.

「내일의 싸움에서는 각자 용맹을 다해 싸우라. 선봉과 부선봉을 논할 것 없이 용전분투하여, 장수를 만나면 장수를 죽이고 병사를 만나면 병사의 목을 베라. 허술을 잡은 사람에게는 으뜸가는 공이 돌아가리라.」

이튿날, 유총은 친히 대군을 이끌고 앞으로 나갔다. 이를 본 허술도 성안에서 나왔다. 이미 전승의 원병이 가까이 오고 있음을 알고 있었기 때문이었다.

양군의 진세가 이루어지자 북소리가 세 번 울리며, 허술이 말을 달려 진 앞으로 나오는 것이 보였다. 키는 1장(丈)이나 될까, 허리의 둘레가 몇 아름은 되어 보이는 거구장신이었다. 꿀 종지 같은 눈을 부릅뜨고 인경이 울리는 것과 비슷한 목소리로 호통을 쳤다.

「이 오랑캐의 반역자들아! 무엇 때문에 대군을 이끌고 진조를 침범하느냐. 이미 너희들에게 내리신 조정의 은혜가 두터우시거늘, 도리어 활을 겨누다니 짐승만도 못한 놈들이로다. 지금이라도 늦지 않았으니 항복을 하면 모르려니와, 그렇지 않으면 한 놈도 살아서는 못 돌아갈 줄 알아라!」

이때, 한나라 진영에서도 북이 울리면서 원수 유총이 말을 채찍질하여 앞으로 나섰다. 황금빛 투구에 붉은 갑옷! 구슬을 드리운 일산을 받고, 대원국(大苑國) 한혈마(汗血馬)를 탔으며, 호랑이 뼈로 깎은 화살에 동궁(彤弓)을 메고 있었다.

옆에는 군사 장빈이 문관의 관복을 입고 홀을 쥔 채 말을 세웠는데, 두 선봉과 여러 장수들이 좌우로 늘어서서 호위하고 있었다.

유총이 채찍을 들어 허술을 가리키며 외쳤다.

「의리를 모르는 짐승 같은 놈이 어느 앞에서 감히 망령되이 구느냐. 듣거라! 네 할아비가 역신 조조에 아첨하여 대위(大位)를 찬탈하더니, 너 또한 위를 배반하고 진을 섬기는도다. 개나 돼지라 한들 어찌 소행이 이 같으랴. 불충하며 불의하여 고개도 못들 처지에, 스스로 진조의 신하라 자칭하니 세상이 웃을 노릇이다. 나는 잃었던 강토를 다시 찾아 한실을 부흥하려고 하노니, 마땅히 땅을 바치고 귀순하여 선인의 악행을 속죄하라. 어찌 대군 앞에 스스로 자존망대하여 멸망을 자초하려 하느냐!」

이에 허술이 약이 올라 소리를 질렀다.

「이 오랑캐 놈이 어디서 함부로 지껄이느냐. 듣거라! 네 어찌 천명이 돌아가는 곳을 모르고 말끝마다 한실이냐. 지금 우리 진은 사해를 일가로 해서 덕을 펴고 은혜를 드리우니, 사이팔만(四夷八蠻)이 우러러 받드는 터이다. 내가 걱정하기는 천하 태평하여 용맹을 쓸 곳이 없던 참인데 마침 잘됐다. 굶주린 내 칼로 하여금 너희들의 피를 실컷 빨아먹게 하리라!」

장빈이 홀을 들어 허술을 가리키며 말했다.

「호언장담이 무슨 소용이랴. 승패는 순식간에 가려질 것인즉, 말을 내어서 자웅을 가리자.」

이 말을 듣고 허술이 비웃었다.

「그 말 한번 잘했다. 이놈! 네가 나와 감히 맞서겠느냐. 그 두 부자루 같은 옷을 입은 꼴이 가소롭다. 어서 힘깨나 쓰는 놈을 골라서 앞으로 내보내라. 일마일기로 정정당당히 싸우자. 비겁한 짓은 하지 마라.」

이 말을 듣자 유총도 호통을 쳤다.

「이놈! 네가 우리 쪽에 장수 많음을 보고 질려서 그런 말을 하는 모양이다만, 좋다. 가장 약한 장수를 하나 보낼 테니 어디 싸워 보아라. 네 말대로 어디까지나 둘이서만 싸워라.」

이때 유영이 창을 들고 달려 나갔다. 허술도 말을 돌려 이에 맞서면서 외쳤다.

「오, 어서 오너라. 너는 무어라는 녀석이냐?」

그러자 유영이 창을 들어 허술을 노리면서 꾸짖었다.

「웬 말이 그렇게도 많으냐. 선봉장 유영의 이름은 너도 이미 들었으리라!」

허술도 그 이상은 욕지거리를 하고 있을 여유가 없었다. 유영의 창이 번개처럼 자기를 노렸기 때문이다.

두 사람은 약속대로 둘이서만 싸웠다. 용이 바닷물을 헤치듯, 웅장하다 할까, 치열하다 할까, 고함은 산천을 진동시키고 창에서 나는 번개는 햇빛을 빼앗았다. 50합이나 싸웠건만 두 장수의 기력은 더욱 생기를 띠어 싸움이 언제 끝날지 예측할 수 없었다.

잠시 후 허술은 다시 욕이 하고 싶었던지 창을 부지런히 놀리면서 외쳤다.

「유영아, 네 목숨이 경각에 달렸으니 어서 말에서 내려라. 이만큼 싸워 봤으면 솜씨를 알았을 것 아니냐」

그러나 유영도 지지 않고 소리를 질렀다.

「이놈, 허술아! 너야말로 얼른 말에서 안 내리고 무슨 때를 기다리느냐. 네놈 하나 죽이기는 여반장이다만 너를 사로잡아 그 혓바닥을 뽑아주려고 한다.」

두 사나이는 서로 주고받은 말에 자극되어 더욱 사납게 싸움을 계속했다. 다시 40합을 끌었으나 승부가 안 가려지기는 역시 매한가지였다. 이때, 북쪽에서 함성이 들리며 한떼의 군사가 나타나는 것이 보였다.

장빈이 장수들을 돌아보았다.

「보라, 저쪽에 상산의 군사가 밀려오나니, 누가 나가서 이를 물리치겠느냐?」

「제가 가겠습니다.」

왕미가 군사를 이끌고 달려 나갔다.

왕미는 전승과 만나 불꽃을 튀기면서 싸웠다. 그러나 이쪽의 싸움도 시간만 끌 뿐 좀처럼 끝이 날 것 같지 않았다.

「형님!」

장실이 외쳤다.

「해가 지겠습니다. 이 이상 무엇을 기다립니까.」

장빈은 옳게 여겨 전군에 출전령을 내렸다.

곧 양군의 혼전이 벌어졌다. 이 접전도 또한 얼른 우열을 판별하기는 어려운 형세였으나, 한군 쪽으로 볼 때에는 운이 좋았다. 남풍이 세차게 불어닥친 것이었다.

바람이 어떻게나 먼지와 모래를 날리는지 진병은 눈을 뜰 수 없어서 많은 병사가 목숨을 잃었다. 한나라 측으로는 유리한 싸움이었으나 해가 지고 날이 어두워지기 시작했으므로 추격하는 군대를 거두어들였다.

유총은 돌아오는 길로 장병을 점검해 보았다. 병사의 손실이 3천이요, 상장(上將) 이규(李珪)가 전사한 것이 판명됐다

## 제4장. 사로잡힌 적장

### 1. 장빈, 그물을 치다

유총은 여러 장수가 모인 자리에서 한탄을 했다.

「허술의 용맹을 세상에서 일컫더니, 과연 이름이 헛되이 전한 것이 아님을 알았소(名不虛傳명불허전). 장문의 후예라 역시 다른 모양이오 우리에게도 용맹한 장수야 많건만, 여간해서는 적수가 없을 듯하니 걱정이구려.」

이 말을 듣자, 왕미와 유영이 동시에 뛰어나왔다.

「전하께서는 어찌 남을 과찬하시어 우리 장수들의 의기를 꺾 나이까. 그런 필부쯤 무엇이 그리 대단하다고 그러십니까. 우리 둘이 날을 정하여 반드시 사로잡아 바치오리다.」

장빈이 웃으면서 손을 들어 제지했다.

「선봉들은 그를 너무 얕보지 마시오 용맹은 용맹대로 인정해 주어야 합니다. 그런 장수는 힘으로 잡을 것이 아니라 마땅히 지략을 써야 할 것이라 생각하오 병법에도 상장은 꾀를 쓰고 그 다음 장수는 군사를 쓰고, 또 그 아래 장수는 성을 친다 하였소 허술은 용맹은 뛰어나나 지혜가 모자라는 사람! 반드시 내가 친 그물에 걸려들 것이오」

그는 곧 기안·조억·양홍보를 불러 명령했다.

「장군들은 곧 군사 5천을 이끌고 장수의 상류에 가서 매복하고 있다가 허술의 군대가 지나가는 것을 보거든 길을 막아 못 돌아가게 하라. 반드시 진시까지 배치를 마치시오」

또 호연안·호연유·왕여·황명 네 사람에게는,

「장군들은 병사 8천을 이끌고 가만히 북쪽 길에 나가 있다가 전승의 군대를 막으시오 역시 진시까지에는 그곳에 닿도록 하시오」

그는 다시 관방·황신·마영·이찬을 불렀다.

「그대들은 새벽에 병사 4천을 이끌고 허술의 진지에서 5리 되는 곳에 매복하시오 포소리가 들리거든 곧 허술의 진지로 달려들어 불을 지르시오」

또 한 부대로 장실·조개·장경·조염을 불러,

「그대들은 병사 4천을 인솔하고 싸움이 시작되거든 장수의 상류와 하류를 왕래하면서 싸움을 돕도록 하라.」

하고 명령하였다. 장수들은 모두 명령을 받고 장막을 나갔다.

「자, 이제는 장군들 차례요」

장빈은 유영과 왕미를 건너다보며 말했다.

「선봉들은 1만의 군사를 이끌고 가서 싸움을 거시오 단, 왕장군은 3천 명을 데리고 은밀한 곳에 숨어서 대기하고, 유 선봉이 나머지 7천을 인솔하고 달려가시오 도전해도 적이 나오지 않을 때는 그 영문을 습격하여 화를 돋우는 방법을 쓰시오 만일 허술이 나오거든 이와 싸우되, 중간에서 못 당하는 것처럼 도망하여 적을 유인하시오 이렇게만 되면 내 작전에 걸려드는 것입니다.」

그는 다시 왕미에게 지시했다.

「왕 선봉은 허술이 나오는 것을 보거든 곧 포를 쏘아 관방·황명에게 연락을 하시오 본진에 불이 나는 것을 보면, 이를 구하

기 위해 허술이 돌아설 것이니, 그때에 앞을 막아 싸우시오 동시
에 유장군이 뒤에서 치면 반드시 이 자가 사로잡히리다. 만약 그
가 유장군을 추격하지 않는다면 포를 울리지 마시오 이는 적에게
계략이 있는 증거니까 다시 전략을 짜야 합니다.」

두 선봉도 명령을 받고 밖으로 나갔다.

이때, 거록태수 유교는 이튿날 정오가 가깝도록 한군이 움직이
지 않는 것을 보고 허술의 진영을 찾았다. 허술이 깜짝 놀라서 물
었다.

「대인(大人)께서는 성을 지키시지 않고 어인 일로 이렇게 왕림
하셨습니까?」

「별일은 아닙니다.」

유교가 대답했다.

「적이 쳐들어오는 기색이 안 보이기에, 어제의 전공을 치하하
러 왔습니다.」

허술이 만면에 웃음을 띠었다.

「어제 싸움이야 대단할 것도 없었습니다. 내일은 꼭 유영을 베
고 유총인가 하는 놈을 사로잡아오겠으니 두고 보십시오」

허술은 팔을 걷고 뽐냈다.

「사실은 상의할 이야기가 있습니다.」

유교가 다가앉았다.

「오늘 하루가 가도록 저들이 쳐들어오지 않으니 이상합니다.
아무래도 계략을 쓰는 듯하지 않습니까?」

그러나 허술은 그런 말을 귀담아 듣지 않았다.

「아마 어제 싸워보고 그놈들이 겁이 난 모양이죠 이제 보십시
오 내일은 꼭 적장의 목을 베어오겠으니, 만일 그렇지 못할 경우
에는 사나이가 아니라고 쳐주시기 바랍니다.」

유교가 손을 저었다.

「장군! 너무 덤비지 마십시오. 싸움을 탐하는 것은 패배할 조짐이라고 옛사람도 말했습니다. 내가 들으니 적진에는 장빈이라는 자가 있는데 지모가 아주 놀랍다고 합디다. 아마도 무슨 꾀를 쓰려 할 것이니 조심하십시오.」

허술이 심각한 표정으로 듣는 것을 보고 그는 다시 말을 이었다.

「적이 싸우다가 황망히 도망치거든 결코 따라가지 마시오. 이는 유인하려 하는 것이니 그 허실과 진위를 잘 판단하셔야 할 것입니다.」

허술이 대답했다.

「그렇다면 가르치심을 삼가 받자오리다. 허나 그렇게 조심만 하다가는 어느 세월에 적을 물리칠 수 있겠습니까. 그들은 병사가 많고 장수들이 용맹한 터입니다.」

유교가 다시 말했다.

「잘 싸우는 것은 잘 지키는 것만 못합니다. 그러기에 *싸움에 처하여 기다리는 편은 편안하고 치는 편은 힘이 들며(以佚待勞이 일대로), 잘 지킨다면 적이 칠 바를 모른다고 병법에서 말했습니다. 나가는 것만이 능사가 아니라, 진퇴를 신중히 하여야 합니다.」

그는 화제를 바꾸었다.

「여기서 상산으로 가는 길에 큰 강이 흐르며, 거기에는 다리가 하나 걸려 있습니다. 만일에 적병이 이 근처에 나타나는 것을 보시거든 이 싸움은 이길 수 없다고 생각하십시오. 왜냐하면 전승장군이 이 땅에 와 계신 것을 이용해서 상산을 치려는 계략이기 때문입니다. 이렇게만 되면 상산을 안 구할 수도 없고 이곳을 안 지킬 수도 없게 되어, 그야말로 진퇴유곡의 궁지에 빠질 것입니다.

그러므로 장군은 이곳으로 군사를 옮겨서 길목을 지키십시오. 이리하여 적이 상산을 치는 것을 막고 전장군의 진채가 공격을 받은 경우에는 이쪽에서 나가 도우며, 이쪽에 싸움이 있을 때는 전장군이 도와서 기각지세(埼角之勢 : 서로 팽팽히 잡아당기는 형세)를 이룬다면, 싸우거나 지키거나 실수가 없으리다. 이러는 중에 타군의 원병이 이르고 보면 적은 스스로 무너질 것입니다.」

허술은 매우 감탄해 마지않았다.

「잘 알았습니다. 반드시 말씀대로 하겠습니다.」

유교도 기쁜 얼굴로 성으로 돌아갔다.

이튿날이 되자, 유영은 허술이 진지로 옮긴 것을 알고 곧 달려가서 싸움을 걸었다. 그러나 예상 외로 허술은 나오지 않고 병사들을 요소에 배치하여 진지를 지키기만 할 뿐이었다.

이를 본 유영은 말을 적진 가까이 세우고 약을 올렸다.

「이놈, 허술아! 나오너라. 어제는 날이 어두워오기에 너를 살려주었다만, 오늘은 결단코 용서치 않으리라. 네 할아범은 그렇지 않았는데, 너는 겁쟁이냐. 왜 나오지도 못하느냐!」

허술은 자기 조부까지 들먹이는 데 화가 나서 진문 앞에 나오고 말았다.

「이 오랑캐 녀석! 어제 살려주었으면 도망칠 일이지, 무슨 먹을 일이 났다고 다시 왔느냐. 내 네 목을 잘라 백 조각을 내고야 말겠다.」

두 장수는 다시 싸웠다.

한편이 파도를 헤치고 달려가는 고래 같다고 하면 다른 한쪽은 양떼 속에 뛰어들어 휘젓는 호랑이라고나 할까. 두 사람이 내두르는 창날은 무지개처럼 허공에 수를 놓았다.

싸움이 30합을 넘어 40합에 접어들자 유영의 창이 어지러워지기 시작하더니 마침내 말머리를 돌려 달아났다.

이를 본 허술은 빙그레 웃으면서 자기도 말머리를 돌렸다. 장수들이 의아해서 외쳤다.

「장군! 저놈을 왜 안 쫓아가십니까? 저놈이 두목입니다. 그만 잡는다면 싸울 것도 없이 적이 무너질 것입니다.」

「모르는 소리 마오.」

허술은 지략이나 갖춘 듯 뽐내어 보였다.

「유영이 어떤 사람인데 그 정도로 도망치겠소? 어제는 1백 합을 넘겨 싸우면서도 끄떡도 하지 않던 녀석이 겨우 40합에서 도망치니, 이는 나를 유인하자는 수작이오. 어림도 없지! 내가 제 놈의 꾀에 넘어갈 줄 알고?」

그는 통쾌한 듯 웃었다.

「하하하하! 저놈이 지금 돌아가면서 매우 실망하고 있을 것을 생각하니, 가소롭구려.」

아닌 게 아니라 유영은 적잖이 실망했다. 그는 진에 돌아오자 장빈에게 경과를 보고하고 나서 말했다.

「아, 그놈이 따라나서야 어떻게 해보지 않습니까. 아무래도 기밀이 누설된 것 같습니다.」

장빈이 고개를 저었다.

「아니, 그렇지 않소. 태수 유교(劉喬)가 지략이 있으니까, 반드시 이 사람 짓일 것이오.」

옆에서 듣고 있던 유총이 근심했다.

「그렇다면 이 일을 어찌하겠소? 장수에 허술이 있고, 지략에는 유교가 있고, 거기에다가 전승의 원병까지 갖추었으니, 이거 큰일 아니오?」

「전하께서는 걱정하지 마십시오.」

장빈이 자신있게 말했다.

「적이 그렇게 나온다면 우리도 거기에 따라 대책을 세울 뿐입니다. 지금 허술이 진지를 강의 상류로 옮겼습니다. 이것은 우리가 상산을 칠까 하여 그렇게 한 것이며, 물론 이것도 유교의 꾀일 것입니다. 우리는 그 꾀에 따라 다시 꾀를 쓰면 됩니다. 내일은 뗏목을 만들어 쇠사슬로 얽어서 기슭에 매어놓고, 우리 군마를 하류 쪽에서 건너게 하겠습니다. 물론 밤중에 하는 것이며, 그렇게 많은 병력을 쓸 필요까지는 없습니다. 우리 군사가 상산을 친다고 외치며 소란스레 나간다면 허술은 반드시 다리를 버리고 추격해올 것입니다. 이때 우리 주력(主力)은 다리를 점령하고 그의 진채를 태우는 것이지요. 뒤에서 불이 나면 거록의 본성이 위태로울까 해서 허술은 돌아서지 않을 수 없을 것입니다. 이렇게 되면 사로잡히지 않고는 배겨날 수 없습니다. 양쪽에서 협공하는 터이고, 그가 강을 따라 내려간다고 해도 우리 군대가 지키고 있다가 막을 것이니까요. 어떻습니까, 이렇게 함이 좋으리라고 봅니다만……」

유충은 크게 기뻐하며,

「당장 그렇게 하시오」

하고 허락했다. 장빈은 곧 여러 장수를 불러서 각각 임무를 주고 배치를 했다.

「적장을 잡는 것이 이 한 싸움에 있으니, 부디 맡은 바 직책을 다하라.」

장수들은 군령에 따를 것을 맹세하고 곧 준비를 서둘렀다.


## 2. 사로잡힌 허술

칠흑 같은 어둠 속에 부교를 건넜다. 황명과 호연안이 3천의 병사를 지휘하여 나무를 엮어 뗏목을 만들고 다시 그 위에 널을 깔

고 흙을 씌운 다리는 여간 잘 되어 있는 것이 아니었다. 유영과
왕미 두 선봉은 기슭에 말을 세우고 병사들의 도하가 끝나기를 기
다렸다. 무수한 별들이 강물에 떠서 흘러가는 아름다운 밤이었다.

이윽고 두 대장은 외쳤다.

「우리는 지금부터 상산을 치러 간다. 횃불을 밝혀라!」

병사들은 제각기 불을 켜들었다.

이것을 보고 놀란 것은 장수 하류에 깔려 있던 진나라 척후병
들이었다. 그들은 곧 상류에 있는 허술에게 달려갔다.

「지금 저 아래쪽에서 대군이 강을 건넜습니다. 횃불이 몇 십
리에 걸쳐 움직이는 것이 보였으며 상산 쪽을 향하고 있습니다.」

허술은 놀라는 한편 유교의 선견지명에 감탄했다.

「옳거니, 태수께서 굳이 이 다리목을 지키라고 하시더니 이 때
문이었구나. 전승 장군이 여기에 와 있는 것을 *기화(奇貨)로 그
허를 찌르자는 것이렷다. 내 알고야 어찌 가만두랴.」

그는 곧 부장 조영(曹英)을 불러 지시했다.

「지금 도둑이 상산을 찌르려고 하류로 하여 강을 건넜으니 이
를 빼앗기는 날이면 앞뒤로 적을 받게 될 것이오 장군은 곧 2천의
군사를 이끌고 떠나되, 도마판(倒馬坂)에 매복했다가 적을 막으시
오 그곳은 길이 좁고 험해서 한 사람씩 통과해야 하니 얼른 샛길
로 가서 여기를 점거할 것이며, 상산에 있는 정(程)태수에게도 사
람을 파견해서 원병을 보내달라고 청하오 나도 뒤로부터 그들을
칠 것이니, 결코 후퇴하지 마시오」

조영은 명령대로 지름길로 하여 급히 달려갔다. 몇 시간이 안
가서 도마판에 도착한 그는 곧 군사를 골짜기 양쪽에 매복시키려
고 했다.

「모두 듣거라! 양쪽 숲속에 숨어 있다가 포성을 신호로 해서

일제히 활을 쏘아라. 쥐새끼 한 마리도 이 골짜기를 통과하지 못
하게 하여라.」

이때 어디선지 웃음소리가 들렸다. 아주 방약무인한 소리였다.
조영은 부하들 중에서 누가 그러는 줄 알고 칼을 쪽 뽑으면서 호
통을 쳤다.

「어느 놈이냐! 군법으로 처단하겠다.」

그러자 이번에는 더 큰 웃음소리가 들려왔다. 그리고 누군가의
음성이 들렸다.

「하하하하! 그 계략이 참으로 좋다. 네 말대로 해주마.」

조영이 움찔 몸을 도사리는 순간 한 방의 포성이 울렸다. 그리
고 이것을 계기로 하여 무수한 화살이 양쪽에서 날아왔다. 워낙
좁아서 운신조차 하기 어려운 골목인 데다가 어두운 밤중이었다.
조영의 부하들은 싸워보지도 못한 채 쓰러져갔다. 선봉보다 앞서
서 강을 건너 대기하고 있던 왕여와 양홍보의 부대였다.

한편 조영을 떠나보낸 허술은 적당한 시간을 가려 한병을 추격
했다. 한 50리나 달렸을까, 훤히 동이 터오는 무렵, 들판에서 적이
쉬고 있는 것이 보였다.

앞에 자기 쪽의 복병이 있다는 것을 믿는 허술은 이제야말로
적을 전멸시킬 수 있으리라 생각하며 가만히 웃었다. 그는 앞으로
나가면서 외쳤다.

「이놈들! 너희가 간사한 꾀를 써서 상산을 빼앗으려 하지만,
저 앞에도 우리 군사가 대기하고 있는 줄은 몰랐으리라! 비록 사
납기는 해도 역시 오랑캐라 지혜가 모자라는구나. 얼른 말에서 내
려 항복하라.」

선두에 말을 세우고 있던 유총이 크게 웃었다.

「하하하하! 내가 네 꾀에 빠졌는지 네가 내 꾀에 빠졌는지 두

고 보자. 우리 군사가 앞서 도마판에 가 있었으니 어찌 되었겠느
냐? 얼른 항복해라. 누가 너를 구해주랴?」

허술은 가슴이 덜컥 내려앉았다. 그와 동시에 분노가 복받쳐 올
라왔다.

「이 간사한 놈! 네가 유총이렷다! 낙양에서 내가 너를 본 적이
있다만, 조정으로부터 적노장군(積弩將軍)의 직첩까지 받아 거들
먹거리던 놈이 하루아침에 반란을 일으켜? 이 죽일 놈! 그리고 네
아비만 해도 좌현왕에까지 올랐으면 성은에 감격하여 마땅히 신
첩 노릇이나 충실히 해야 할 것이 아니냐. 아무리 오랑캐이기로니
어찌 여반장을 밥 먹듯 한단 말이냐.」

화나는 김에 나오는 욕설이었다. 유영이 창을 짚고 나서는 것을
유총이 막았다.

「기다리시오. 저놈이 불손하기 짝이 없으니 내가 직접 나가서
사로잡겠소.」

화가 난 유총은 허술과 20합을 싸웠다. 이윽고 원수에게 행여나
실수가 있을까 해서 유영도 달려들었다. 얼마 있자 다른 5, 6명의
장수까지 나타나 그를 에워쌌다.

여유있게 유총과 유영을 상대하던 허술도 이제는 안되겠다 싶
어 길을 뚫고 달아났다. 그는 본진으로 돌아와 장수들에게 외쳤다.

「그놈들의 꾀에 빠졌으니 어서 돌아갑시다. 우리가 상산을 치
면 그 동안에 저놈들은 거록을 칠 것이오. 어서 가서 다리를 지키
도록 합시다.」

그는 곧 군사를 휘몰아 남쪽을 향해 달렸고, 이를 본 장빈은 기
를 휘두르며 외쳤다.

「허술을 잡아라. 눈앞에서 놓친 자에게는 책임을 물으리라.」

허술이 겨우 5리쯤이나 왔을 때였다. 한 방의 포성이 울리는가

싶더니, 조염·조개가 이끄는 복병이 나타나 앞을 막았다.

「이놈! 도망치면 네가 어디로 간단 말이냐. 어서 말에서 내려 무릎을 꿇어라.」

조염이 외치면서 창을 꼬나들고 달려들었다.

허술은 싸우기를 원치 않았으므로 적당히 상대하면서 도망치려 했다. 그러나 조염은 놓아주지 않았다. 두 사람은 20합을 싸웠다. 그러는 중에 유영이 이끄는 군사까지 도착해서 대혼전이 벌어졌다. 허술 휘하의 많은 장병이 죽었다.

그는 북새통을 이용하여 전투지역을 빠져나왔다. 도망치는 군사들이 길에 너저분히 깔려 있었으므로 외롭지는 않았다. 그는 병사들을 수습하여 북으로 달렸다.

마침내 장수가 한눈에 바라다 보이는 지점에 이르렀다. 언덕에 말을 세운 허술은 자기 눈을 의심했다. 그도 그럴 것이 자기 진채는 간곳이 없고, 불타버린 자리에서는 아직도 연기가 피어오르고 있었다. 이는, 그가 여기를 떠난 직후에 지웅(支雄)·요전 등의 장수가 불질러버린 것이었다.

허술은 착잡한 심정으로 말을 달렸다. 진채가 없어졌다면 얼른 성으로 들어가는 수밖에 없다고 여겨졌다. 강을 5리쯤이나 남긴 거리에 이르렀을 때, 한떼의 군마가 어디선지 나타나 길을 막았다. 앞에 선 장수는 깍짓동 같은 풍채에 수염을 배까지 드리운 채 손에는 언월도를 비껴들고 호통을 쳤다.

「이놈! 너도 관장군의 소문은 들었으렷다! 어서 말에서 내려 항복해라.」

허술은 또다시 강적을 만났기에 정신이 아찔했으나 용기를 내어 이와 맞섰다. 싸움이 5합도 가지 않아 함성이 일면서 또 한떼의 군대가 밀어닥쳤다. 그 앞을 서서 달려오는 장수를 보자 허술은

기가 찼다. 지금 상대하고 있는 관방과 생김새가 똑같았다. 그도
언월도를 빼어들고 달려왔다. 관방의 아우인 관근이었다.

허술은 싸울 마음이 없어 말을 돌려 달아났다. 그가 강가에 이
른 것은 이미 한낮이 지났을 때였다. 그러나 여기에도 행운은 기
다리고 있지 않았다. 다리 근처에는 한병이 성을 쌓은 듯 빽빽이
둘러서 있었다.

「아, 어디로 갈까?」

잠시 머뭇거리던 허술은 강을 끼고 하류를 향해 말을 몰았다.
얼마를 달리던 그는 강에 놓인 부교를 보고 반색을 했다. 그러나
가까이 가기도 전에 한 대장이 나타났다. 호랑이 같은 얼굴에 거
대한 몸집, 용 같은 수염을 한 그는 손에 세모창을 들었는데, 목소
리가 그야말로 우레와도 같았다.

「이놈, 허술아! 어서 말에서 내려라. 우리가 겹겹이 에워쌌으
니, 날개가 돋친들 어찌 빠져나가랴.」

허술은 지칠 대로 지쳐 그 잘하던 대꾸도 못한 채 창을 들어 싸
우려 하는데, 또 한 명의 장수가 나타났다. 생긴 것이 서로 너무나
비슷했다.

'저놈들은 웬 닮은 얼굴이 이리도 많은가?'

하는 생각이 들었지만, 그것도 순간에 지나지 않았다. 그는 다
시 말을 달려 상류 쪽으로 도망치는 수밖에 없었다. 이를 보고도
장실과 장경은 추격하지 않았으므로, 한숨 돌리고 가다가 이번에
는 관하와 왕복도가 이끄는 군사를 만났다.

허술이 아무리 용맹한 장수라 해도 이렇게 되면 지긋지긋하였
다. 이른 아침부터 쫓기기만 하느라고 몸도 적잖이 피로했다. 나
아갈 수도 물러갈 수도 없어서 강가를 이리저리 맴돌았다.

「장군, 장군!」

그때 어디선지 귀에 익은 목소리가 들렸다. 그는 고개를 돌렸다 가 저도 모르게 외쳤다.

「조장군, 조장군 아니오?」

온몸이 피투성이가 된 조영은 겨우 몇 십 명밖에 남지 않은 병 사를 데리고 달려오자 울음부터 터뜨렸다. 원통해서인지 반가워 서인지 그의 볼에서는 눈물이 비 오듯 흘러내렸다.

「그놈들에게 속았습니다.」

그는 허술도 알고 있는 소리를 새삼스레 했다.

「제가 분부대로 도마판에 갔으나 놈들이 먼저 와서 매복하고 있지 않겠습니까. 결국에는 포위되어 이 꼴이 되었습니다.」

허술도 속이 뒤집혔다.

「다 주장이 변변치 못한 탓이오. 이제 와서 뉘우친들 무슨 소 용이 있겠소? 어쨌든 성으로 들어가는 것이 급하니 상류로 올라가 얕은 데로 해서 건넙시다.」

그는 다시 북으로 강을 거슬러 올라갔다. 좁은 산협에 이르니 물이 얕아 보였다. 말을 채찍질하여 물로 들어서려는데 한 장수가 숲으로부터 병사를 이끌고 달려 나왔다. 마영이었다.

「저놈들을 쏴라! 한 놈도 못 건너게 하라!」

장수의 호령이 떨어지자 화살이 빗발치듯 날아오고, 여기저기 에서 병사들이 쓰러졌다. 재빨리 강을 건너려던 조영도 목에 화살 을 맞고 물속으로 떨어졌다.

허술은 화를 낼 틈도 없이 본능적으로 북을 향해 말을 몰았다. 그러나 산모퉁이를 막 돌아섰을 때 언월도를 비껴들고 서 있는 관 방과 마주쳤다. 정말 외나무다리에서 적을 만난 격이었다. 관방이 호통을 쳤다.

「이놈! 어디를 쏘다니다가 여기까지 왔는가? 냉큼 오라를 받지 못하겠느냐!」

허술은 기가 막혔다.

「오냐, 이놈 어디 해보자. 전생에 무슨 원수인지는 모르겠다만 무엇 때문에 이리도 못살게 구느냐. 내 네놈의 가슴을 갈기갈기 찢어놓고 말겠다.」

쫓기다가 길이 막히면 쥐도 돌아서서 고양이를 무는 법이라던가. 진퇴유곡에 빠지자 허술은 도리어 용맹이 생겼다. 그는 창을 번개같이 놀리며 관방을 노렸다.

두 장수의 싸움은 30합 이상이나 끌었다. 그러나 허술은 도망해서 성으로 갈 생각밖에는 없었으므로 두 사람의 말이 엇갈려 거리가 생긴 틈을 타서 말에 채찍을 가하여 내빼고 말았다.

관방이 뒤를 쫓아가며 외쳤다.

「허술아, 비겁하게 도망치지 말고 어서 승부를 가리자!」

그러나 지금 상황에서 허술에게 있어 승부가 중대할 까닭이 없었다. 그는 뒤도 안 돌아보고 하류 쪽으로 달렸다.

그렇다고 장빈이 쳐놓은 그물을 벗어날 수 있을 리가 없었다. 얼마 안가서 다리 쪽으로부터 나타나는 관산·관하의 부대와 마주치고 말았다. 그뿐이 아니었다. 하류 쪽에서는 왕복도가 한떼의 군사를 이끌고 달려오는 중이었다.

「아, 내가 함정에 빠졌구나!」

하고 허술은 한탄하면서 도강을 포기하고 말았다. 도리어 상산 편이 안전할 것 같아 그쪽으로 방향을 바꾸었다.

그러나 이것도 잘한 일은 아니었다. 몇 리도 안 가서 적의 주력 부대와 마주치고 말았다. 바야흐로 유총이 유영 이하의 장병을 거느리고 회군하는 길이었다.

구름처럼 밀려오는 대군을 보고 허술은 다시 상류 쪽을 향해 말을 달렸다. 무슨 계획이 있어서가 아니라 그저 내키는 대로 방향을 택한 것이었다. 그렇다고 이쪽이 무사할 리는 처음부터 없었다. 곧 관방이 뛰쳐나왔다.

「허장군!」

관방은 허술 앞에 말을 세우고 점잖게 말했다.

「장군은 지용을 겸비한 터에 어찌 그리도 대세를 모르시오? 어느 쪽으로 가신들 우리 군사가 없는 곳이 있겠습니까. 어서 무기를 버리고 귀순하십시오. 장군은 명문의 후예이시거니와, 우리 조부께서도 인의로 이름을 드날린 분이십니다. 내 목숨을 걸고라도 장군을 돌봐드리겠으니 부디 생각을 돌리십시오」

말투가 매우 간곡했다. 허술은 그 소리를 듣자 눈물이 났다. 진종일 살벌한 분위기 속에서 시달리다가 처음으로 들어보는 따뜻한 말이었기 때문이다.

「장군의 뜻은 고마우십니다. 서로 싸우는 처지에 이렇게 생각해주시니, 과연 그 조부에 그 손자라고 해야 되겠습니다. 그러나 입장을 바꾸어 놓고 생각해 보십시오. 장군이 내 처지에 계신다면 어찌하시겠습니까. 장수로서 성을 못 지킨 죄만도 크거늘, 어찌 구차스런 방법으로 생을 탐하겠습니까. 떳떳이 죽을 수 있게 하여 주십시오」

허술은 말을 마치자 말머리를 돌려 달려갔다. 이를 보고 섰던 관방도 곧 그 뒤를 쫓았다. 두 사람은 다시 싸웠다. 허술이 아무리 용맹이 절륜하다고는 해도 피로의 기색은 감출 길이 없었다. 20합으로 접어들자 얼굴에 땀이 맺혔다. 그가 관방의 칼을 헛받고 몸을 틀어 피하는 사이 어느 새 관방의 두 번째 칼이 그의 어깨를 내려치고 있었다. 허술은 앞이 캄캄했다.

허술이 말에서 떨어지려 하는 순간, 관방은 팔을 뻗어 멱살을 잡아 번쩍 들어올렸다. 그리고 허술을 말 위에 끌어 앉히려 했으나, 그는 상처를 입고도 안 끌리려고 저항했다. 워낙 10척이나 되는 장신이라 발이 땅에 끌렸다. 관방은 끌어올리려 하고, 허술은 땅을 딛고 서려 하고…… 두 사람은 한참 실랑이를 벌였다.

그러나 관근이 큰 칼을 휘둘러 진병들을 쫓아버리고 다가왔으므로 일은 수월히 해결되어 허술은 마침내 결박되고 말았다.

### 3. 전승의 최후

한(漢)의 원수 유총은 유영·왕미 등을 이끌고 허술의 뒤를 쫓아 장수 가에 이르니 관방이 다른 장수와 함께 영접하고 결박한 허술을 끌어내왔다. 유총은 크게 기뻐했다.

「관장군이 한 싸움에 적장을 사로잡았으니 조상의 이름을 더욱 빛낼 수 있게 되었구려. 오늘의 으뜸가는 공이 스스로 돌아가는 바 있으려니와, 모든 장수와 병사가 일심협력하여 군령에 따라 싸우지 않았다면 어찌 이 기쁨을 나눌 수 있었으랴!」

그는 장병들을 치하하고 나서 장빈에게 말했다.

「이 여세를 몰아 거록성을 포위함이 어떻겠소?」

장빈이 대답했다.

「날이 이미 저물었습니다. 군사를 움직이기 어려우며, 성에는 유교가 있으니 쉽게 굴복하지 않을 것입니다. 또 전승이 오늘 일을 소상히 알고 보면 반드시 성에 들어가 유교와 합세할 것이니, 이는 우리에게 불리합니다. 잠시 진을 여기에다 벌려 이 다리를 지키는 것이 좋겠습니다. 전승은 우리가 허술의 진지를 불사르고 다리를 빼앗은 줄은 알고 있으나 아직 허술이 사로잡힌 소식을 듣지 못했을 것입니다. 그러므로 상산이 공격받는다 하여, 밤 되기를 기다려 허술의 뒤를 쫓고자 강을 건너려 할 것이니 이때를 타

서 군사를 매복시켰다가 전승마저 잡아버리고 그 후에 성을 치는 것이 좋을까 합니다.」

유영은 그 말에 따라 곧 장수들을 불러 군령을 전했다.

한편 전승은 거록성 가까운 곳에 진을 치고 있다가 상산이 위태로워 허술이 떠났다는 보고를 받고 자기도 합세하기 위해 군대를 출동시켰으나 이미 그때에는 허술의 진지가 타오르는 것이 보였으므로 여간해서는 강을 건너지 못할 것이라 보고 군대를 돌이켰다.

그는 진에 돌아오자 장수들을 모아놓고 말했다.

「적병이 우리 상산을 공격함이 급하다 하여 허장군이 이미 떠났다 하오. 내가 이곳에 온 틈을 타 적이 공격해 온 모양인데 괘씸하기도 하려니와, 남이 도우려고 앞서 간 이 마당에 본부의 군사가 가만히 있을 수는 없는 일이오. 야음을 이용하여 강을 건너가리니, 만반의 준비를 갖추도록 하오.」

자기 군이 위태로워 가자는데 반대할 사람은 아무도 없었다. 그들은 채비를 마치고 어두워지기를 기다렸다. 밤중에 일어난 그들은 상류의 여울목을 이용하여 4경쯤에 완전히 강을 건넜다.

10리쯤이나 행군했을까 할 무렵, 뜻밖에도 포성이 울리며 한떼의 군마가 나타나 길을 막는데, 미상불 놀라지 않을 수 없었다. 선봉의 장수가 앞으로 나오며 외쳤다.

「이놈들! 좀도둑처럼 어둠을 이용하여 어디로 가느냐. 한군의 선봉장 유영이 여기에서 기다렸느니, 어디 나와 겨루어 보겠느냐. 어서 말에서 내려 항복함이 좋으리라.」

이렇게 되면 그대로 통과하기는 가망 없는 노릇이었다. 전승도 앞으로 나서며 꾸짖었다.

「이 오랑캐 녀석! 너희가 배은망덕하여 조정에 반기를 들고,

이제 또 내 앞에 나타나 감히 길을 막으니, 이를 용서한다면 무엇을 용서치 못하랴. 그렇지 않아도 네놈을 만나려 하던 참인데, 마침 잘됐다.」

두 사람은 곧 맞붙어 싸웠다. 말발굽 소리에 섞여 이따금 호통과 무기 부딪치는 소리가 사람을 놀라게 했다. 싸움이 20여 합에 이르렀을 때에는 동이 트기 시작했다. 보고 있던 호연유가 마침내 청룡도를 휘두르며 적진 속으로 뛰어들었다. 말을 만나면 말을 죽이고, 병사를 보면 병사를 베고, 마치 호랑이가 양떼 속에 뛰어든 것과도 같았다. 무수한 병사들이 죽어가고, 전세는 사뭇 어지러워지기 시작했다.

이것을 본 전승은 조바심이 나서 죽을 지경이었다. 정말 힘을 쏟아야 할 상산은 수백 리 밖에 두고 여기서 이렇게 병력을 소모해서야 될 노릇인가. 그는 상대하던 유영을 버리고 도망치기 시작했다.

얼마쯤 말을 달리는데 풀 속에서 웅성거리는 여남은 병사가 보였다. 그는 적병인 줄 알고 칼을 뽑아들었다. 그러자 그 중의 한 병사가 외쳤다.

「장군! 오해하지 마십시오. 저희들은 거록의 군사들입니다.」

「뭐, 거록의 군사?」

전승은 들어올렸던 칼을 내리며 물었다.

「그렇다면 왜 여기들 있느냐. 너희 장군은 상산에 계신데, 도망해온 놈들이로구나?」

「아니올시다. 아니올시다.」

한 병사가 손을 저었다.

「저희들은 도망병이 아니오, 우리 장군은 사로잡혔습니다.」

「무엇이?」

전승은 너무도 놀라운 소리에 가슴이 메는 것 같았다.

「그러면 상산이 적의 수중에 떨어졌단 말이냐?」

전승의 말에 아까 말하던 병사가 대답했다.

「아니올시다. 상산에서 싸운다는 것은 거짓말이고, 우리 장군은 적의 계략에 빠지셨습니다.」

「음!」

전승의 입에서는 짐승의 울부짖음 같은 비명이 새어나왔다. 그렇다면 나의 경우는 어떤가?

전승은 곧 막료들과 상의했다.

「이 일을 어쩌랴. 나도 적의 계략에 빠졌으니, 이제 이 일을 어떻게 하랴!」

한 장수가 말했다.

「한병이 우리 고을을 치지 않았다니 도리어 다행한 일이 아닙니까. 이 기회에 어서 상산으로 가서서 우리 고을을 우리가 지키는 것이 상책이리다.」

사실 그랬다. 제 발등에 언제 불똥이 떨어질지 모르는 판국에 남의 걱정을 하고 있을 틈이 어디 있으랴. 더구나 허술까지 생포되지 않았다는가?

「그거 참 도리에 맞는 말이오.」

그는 곧 상산을 향해 떠났다.

앞길에 별일은 없으리라고 생각한 전승은 여유있게 행군을 계속했다. 그러나 10리도 못 가서 한떼의 군사가 나타나 앞을 막았다. 호연안·황신·조염·조개 등이 이끄는 부대였다. 호연안이 나서며 꾸짖었다.

「거기 오는 말장은 상산의 전승이 아니냐? 망령되이 싸우다가 허술 꼴이 되기 싫거든 빨리 말에서 내려 부귀를 도모하라.」

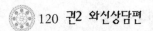

「이놈!」

전승도 호통을 쳤다.

「허장군은 너희들의 간계에 빠진 것이려니와, 나를 누구로 알고 함부로 지껄이느냐. 내 너 같은 것들 보기를 먼지·티끌같이도 아니 여기는 바니 빨리 무릎을 꿇어 목숨을 보전하라.」

이 말을 듣자 호연안이 비웃었다.

「이 친구 정신 좀 차리게. 네 겨드랑이에 날개가 나 있는지는 모르겠다만, 도마판에 이르기까지 10만의 병력이 너를 기다리고 있는 줄이나 알아라. 복병을 둔 곳만 해도 다섯 군데나 되니, 네가 어찌 모면하랴.」

전승은 가슴이 뜨끔했다. 그렇다고 이제 와서 어쩌겠는가? 그는 도리어 호방하게 웃었다.

「나를 어떤 사람으로 알았기에 속이려 드느냐. 너희 오랑캐 같은 것들이야 비록 10만 아니라 20만이고, 다섯 아니라 열 군데에 매복하고 있은들 내가 겁낼 줄 아느냐.」

그 다음이 재미있다. 이런 호언장담 끝에는 으레 창이라도 비껴들고 달려들 것으로 누구나 알 것이다. 그러나 불리함을 눈치 챈 전승은 짐짓 스쳐나가는 척 채찍을 들어 말을 후려갈기더니 그대로 달아나기 시작한 것이었다.

「이놈! 너도 장수냐?」

호연안이 바짝 따라나섰다. 뒤에서 활이라도 쏘면 큰일이므로 전승도 돌아서는 수밖에 없었다.

두 사람은 있는 힘을 다해 30합이나 싸웠다. 전승의 용맹도 대단했다. 그대로 둔다면 승부가 어떻게 될지 예측할 수 없는 일이다. 그러나 또 한 명의 장수가 달려 나와 호연안의 편을 들었으므로 상황은 그에게 결정적으로 불리했다. 그 장수는 황신이었다.

전승은 두 장수를 상대하여 고전했다. 허나 한군 측에서는 기어코 전승을 사로잡으려 하였으므로 그대로 두지 않았다. 잠시 후 조염까지도 달려드는 것이 아닌가.

전승은 더 생각할 것도 없이 말을 돌려 오던 길로 되달렸다. 그렇다고 포위망을 벗어날 수는 없었다. 강변에 채 닿기 전에 긴 수염이 난 장수가 길목에 칼을 비껴들고 서 있는 것이 보였다

「저것이 허술을 잡았다는 관방인가」

언뜻 그런 생각이 뇌리를 스치고 지나갔다. 그는 싸울 생각이 없었으므로 두어 번 칼을 휘둘러 상대하는 척하다가 다시 달리기 시작했다.

눈앞에 다리가 있었다. 그러나 적병이 그냥 둘 까닭이 없는지라 전승은 말머리를 상류 쪽으로 돌렸다. 그런데 아까 만났던 장수와 비슷한 얼굴을 한 장수가 언월도를 높이 들고 달려오는 것이 아닌가. 전승은 어리둥절했다. 그도 그럴 것이, 전에 나온 것은 관근, 이번의 것은 그의 사촌동생 관하(關河)였다. 할 수 없이 맞붙어 싸우는데, 그를 추격해오던 관근마저 다시 나타났다.

「오, 네가 여기에 있었구나!」

긴 수염을 쓰다듬으며 관근이 달려오는 것을 보자 전승은 허둥대며 그 자리를 피했다.

얼마를 달려 상류도 거의 가까워질 무렵, 한 장수가 언월도를 들고 뛰쳐나왔다.

「이놈! 얼른 말에서 내리지 못할까. 너는 듣지도 못했느냐, 허술이 잡혔다는 말을? 그를 잡은 것이 바로 나다.」

이제야말로 진짜 관방을 만난 것이었다. 전승도 약이 올랐다.

「내가 찾은 것이 바로 너다. 네놈을 죽여 친구의 원한을 풀어주리라.」

　두 사람은 잠시 동안 싸웠다. 그러나 지쳐 있는 전승으로서는 감당해내기 힘든 적수로 그는 10합도 못 가서 도망치고 말았다.

　마침 관방이 따라나서지 않았으므로 전승은 포위망을 뚫고 나가 어느 산 밑에서 따르는 군사들을 점검해 보았다. 대부분의 막료가 죽었음이 판명되었고, 병사는 불과 기백으로 줄어 있었다.

　전승은 왈칵 눈물이 솟았다.

　「오랑캐의 함정에 빠져 이 꼴이 되었구나. 장수로서 도둑을 깨지 못하고 도리어 병사만 잃었으니 이 일을 장차 어찌하랴. 너희들은 각자 흩어져서 살 궁리를 해라. 정말 볼 낯이 없구나.」

　그러자 한 병사가 외쳤다.

　「어찌 그런 말씀을 하십니까. 저희들이라 해서 나라의 은혜를 안 입었겠습니까. 원컨대 마지막까지 장군을 모시게 해주십시오. 도망치다 죽느니, 나라를 위해 죽겠습니다.」

　전승의 눈에서는 다시 뜨거운 것이 흘러내렸다.

　그러나 언제까지 이러고 있을 수만은 없는 노릇이었다. 그는 외쳤다.

　「좋다, 나의 병사들아! 우리 멋있게 죽자꾸나. 사람이 태어나서 누구나 한 번은 죽는 법, 우리 저 오랑캐 놈들에게 중국 사람이 어떻게 죽는가를 보여주자.」

　병사들도 모두 비분강개하니 그들에게는 자못 처연한 분위기가 감돌았다.

　마침내 전승은 군사를 이끌고 북으로 나갔다. 이 포위망을 벗어나기만 한다면 천행이지만, 백에 하나도 기대를 걸 수는 없는 판국이었다. 그러나 그들은 어디로 가는 것인지 스스로도 모르면서 자꾸만 달렸다. 기다리고 있는 운명이 어떤 것이든, 그것과 부딪칠 그때까지.

어느 모퉁이를 돌아서자 적군이 일렬로 늘어서 있는 것이 보였다. 전승은 칼을 뽑아들며 외쳤다.

　「길을 뚫어 여기를 벗어나야 한다. 모두 내 뒤를 바짝 따를 것이되, 쓸데없는 싸움을 벌여서 지체하지 말라!」

　수효는 얼마 되지 않았으나 그들은 불덩이같이 뜨거운 의기로 뭉쳐 적진 속으로 뛰어들었다. 그 형세가 너무나 맹렬했으므로 한군도 주춤하지 않을 수 없었다. 전승은 닥치는 대로 적병을 베고 찔렀다. 그때였다.

　「이놈들! 감히 맞서겠느냐!」

　하고 산이 무너지는 듯 버럭 호통을 치면서 한 장수가 큰 은철퇴를 휘두르며 앞으로 나왔다. 그 형세가 어떻게나 사납던지 조금이라도 철퇴에 스치기만 하면 박살이 났다. 여기저기서 진병이 비명을 지를 사이도 없이 쓰러져갔다. 양홍보였다.

　그와 맞서다가는 전멸하겠다고 생각한 전승은, 그를 피해 적진을 뚫다가 왕미와 부딪쳤다.

　전승은 그를 죽이고 얼른 빠져나가기 위해 이에 대항했다. 그러나 왕미인 줄 모르고 얕보았던 것이 실수라면 실수였다. 상대가 휘두르는 칼날은 마치 번개와도 같아서 눈앞이 아찔했다.

　전승은 마음을 가다듬고 필사의 기백을 담아 창으로 왕미의 가슴을 찔렀다. 그러나 왕미가 상반신을 트는 바람에 창은 그의 겨드랑이 밑으로 지나갔다. 그 순간 왕미는 팔을 뻗어 전승의 멱살을 잡아당겨 밧줄로 꽁꽁 얽어버렸다. 물론 전승이 지쳐 있던 탓도 있었지만, 실로 무서운 힘이었다. 한나라 병사들도 모두 혀를 내둘렀을 정도로……

　원수 유총은 사로잡힌 전승을 보자 크게 기뻐했다.

　「군사의 계략이 성공하여 두 장수를 모두 잡았으니, 이렇게 경

사스러울 수가 있으랴. 이 형세를 타서 거록을 빼앗고, 다시 상산
을 치리라.」

한병은 노도와 같이 거록성으로 향했다.

놀란 것은 태수 유교였다. 허술이 잡힌 것을 안타까워하고 있던
차에 다시 전승마저 왕미에게 사로잡혔다는 소식을 듣자, 땅이 꺼
지게 한숨을 쉬었다.

「이 일을 어찌한단 말이냐. 장수가 없고 병사도 부족하니 무엇
으로 성을 지키겠느냐.」

아전들이 말했다.

「시세에 통한 이가 현명한 사람입니다. 지금 도둑의 형세가 저
토록 강성하여, 두 장군의 용맹을 가지고도 하루 이틀 사이에 이
지경까지 이르렀습니다. 말씀과 같이 장수와 병사가 아울러 없사
오니 무엇을 가지고 지키며 또 지킨들 며칠이나 지탱하겠습니까.
부끄러움을 참을 줄 아는 것이 남아라 했습니다. 분을 못 이겨 부
딪치다 깨지는 것은 필부의 용기일 뿐이니, 우선 이곳을 피하여
조정에 보고하시고, 후일을 기약하심이 가한 줄 압니다.」

물론 자기들부터 살고보자는 수작이었으나 유교라고 그 생각
이 없겠는가? 부하들이 명목을 세워주는 바에 왜 마다겠는가. 그
는 아주 의젓한 태도로 그 말을 받아들였다.

「그러면 잠시 도둑을 피했다가 나라를 위해 진충갈력하리라.
나의 마음을 일월이 소소히 비춰주시리니, 모든 재물을 거두어 적
들이 이용하지 못하게 하라.」

이 충신들은 관고 속에 있는 보물들을 다 끌어내 가지고 밤을
타서 성중을 빠져나갔다.

다음날, 한병은 백성들의 환영을 받으면서 성으로 들어갔다.

## 제5장. 상산의 싸움

### 1. 3대의 장문(將門)

거록을 빼앗아 기세가 등등한 한병은 다시 상산을 향해 떠났다.

이때 상산태수 정후(程珝)는 연달아 날아드는 비보에 속을 태우고 있던 중 드디어 거록이 함락되고 대군이 당지를 향해 쳐들어온다는 급보에 접하자 곧 부장 장우(張牛)를 불러들였다.

「오랑캐의 형세가 불과 같아 허술·전승 두 장군이 포로가 되고 마침내 거록성도 그들의 수중에 들어갔다는구려. 그뿐인가, 다시 이곳으로 쳐들어오고 있다니 무엇으로 이를 막겠는가. 적의 장수가 용맹할 뿐 아니라 지략에도 뛰어난 모양이니 참으로 걱정이 되오」

그러자 장우가 의견을 말했다.

「적이 쳐들어올 것은 예상했던 바라 새삼 놀랄 것은 못되오나, 이곳 상산군으로 말하면, 오른쪽으로는 태행산을 업고 왼쪽은 바다에 접하여 실로 연조(燕趙)의 요지이며 북부의 험지입니다. 어떤 일이 있어도 결코 적에게 넘겨줄 수 없습니다. 명부(明府)께서는 정중덕(程仲德) 선생의 자손이시매, 헤아리건대 스스로 지모가 계실 것이니 듣고자 합니다. 저는 그것을 따를 뿐입니다.」

정후는 자를 중덕(中德)이라 하며 위(魏)의 모사 정욱(程昱)의 손자다.

정후가 한참 동안 생각에 잠겼다가 천천히 말문을 열었다.

「내 어리석은 생각으로는, 병사와 백성을 시켜 돌을 날라오게 하여서 성을 굳게 지키는 한편 사람을 연주(兗州)로 보내 원병을 청하는 길밖에는 없는가 하오.」

「과연 적절한 말씀이십니다.」

장우도 찬성했다.

이때 연주의 태수는 구희(苟晞)라는 사람이었다. 그는 통문을 받고 깜짝 놀랐다.

「어찌 오랑캐가 이리도 강포하단 말인가. 상산은 바로 이웃이니 옆집에 일어난 불을 어찌 보고만 있을 수 있으랴.」

그는 곧 예하에 있는 단련사(團練使) 둔조장군(屯操將軍) 악방(樂房)에게 5천을 주어, 상산의 경계에 진을 치고 한병을 막도록 지시했다.

거록을 떠나서 상산 가까이까지 이른 유총은 척후에게서 새 정보를 보고받았다.

「지금 연주자사 구희가 한 대장을 원병으로 보냈사온데, 상산의 경계에 포진하고 동정을 엿보나이다.」

장빈이 장수들을 둘러보았다.

「누가 나가서 동쪽 길을 차단하여 그들이 상산 싸움에 관여하지 못하도록 하겠는가. 그래야만 아군이 마음 놓고 성을 칠 수 있으리라.」

이때, 거의 동시에 가겠다고 소리치는 두 사람의 장수가 있었다. 그들은 우선봉 유영과 우군도위 양흥보였다.

장빈은 매우 기뻐했다.

「두 분이 가신다면 걱정이 없소. 앞서 그 허실을 알아보고 나서 싸우시오. 덤비거나 얕보아 실수하지 마시오.」

두 장수는 5천의 장병을 이끌고 곧 동쪽으로 달려가서 악방의 진 가까이 군사를 머무르게 했다.

이윽고 북소리가 둥 둥 둥 울리면서 악방이 말을 달려 진 앞으로 나왔다.

「너희들이 평양·거록을 빼앗고 다시 여기까지 이르니, 이는 진조에 대한 반역이요, 천하가 함께 용서치 못하는 바다. 사물에는 스스로 한계가 있는 것, 붕어가 바다를 삼키려 든들 될 노릇이더냐. 지금 우리 조정에서는 너희들을 치기 위해서 제왕·성도왕·장사왕·동해왕 같은 분들이 크게 군사를 일으키어 오시고 있는 중이니, 너희들은 모름지기 분복을 알아 어서 물러나라. 그렇지 않으면 뉘우쳐도 소용없으리라.」

그러자 유영이 앞으로 나서며 말했다.

「나는 장수가 온 줄 알았더니 어디서 입만 까진 놈이 나타났느냐. *세 치의 혀를 놀려(三寸之舌삼촌지설) 대군을 물리치리라고 생각하는 네 소견이 가소롭구나. 너는 대체 누구냐. 이름이나 듣자.」

「듣고서 놀라지나 마라.」

악방이 말했다.

「나는 3대 장문(將門)의 적손인 악방이다. 우리 조부의 성함은 너도 잘 알리라.」

유영이 갑자기 큰 소리로 웃었다.

「옳아, 네가 악진(樂進)의 손자 놈이구나. 듣거라! 우리 진중에는 제갈 승상을 비롯하여 관우·장비·조자룡·위연·마충…… 이러한 명장의 후예가 그득한 터이다. 너의 그 더러운 핏줄 같은 것은 입 밖에 내지도 말아라!」

악방은 성이 머리끝까지 올라서 칼을 뽑아 달려들었다.

유영은 악방을 맞아 30여 합을 싸웠다. 그러나 어느 쪽이나 용맹이 과인한 사람들! 이것쯤으로는 승패가 가려질 리 없었다.

이를 보고 있던 진의 부장 호정(胡禎)이 자기의 주장을 돕기 위해 가만히 나와서 옆으로부터 유영에게 달려들었다.

그러나 그보다 먼저 이를 발견한 양홍보가 크게 외치고 철퇴를 검불같이 휘두르며 달려 나왔다. 그가 앞에서 거치적거리는 진나라 병사들의 머리마다 박살을 내면서 달려드는 모양은 참으로 끔찍스러웠다.

같은 쇠붙이라 해도 칼과 철퇴와는 주는 인상이 같지 않았다. 악방은 겁이 나서 말머리를 돌렸다.

「이놈! 거기 섰거라. 네 대가리가 얼마나 여물었는지 어디 시험해보자.」

양홍보가 쫓아오며 외쳤지만, 악방은 뒤도 안 돌아보고 그대로 말을 달렸다. 그렇게나 위험스런 시험용으로 머리를 제공할 수는 없는 노릇이었다.

얼마를 도망치던 악방은 말을 세우고 뒤를 돌아다보니 호정이 유영과 만나 싸우다가 말 아래로 떨어지는 것이었다.

더럭 겁이 난 악방이 다시 채찍을 들어올리려는데 어느새 양홍보가 나타나 철퇴를 내두르며 달려들었다. 악방은 허겁지겁 칼을 들어 이를 막았다.

두 사람이 겨우 5합밖에 싸우지 않았을 때에 양홍보가 내려친 철퇴가 말머리를 때려서 부수어 놓았다. 이것으로 싸움은 끝난 셈이었다. 말에서 떨어진 악방의 머리도 모진 철퇴는 용서하지 않았기 때문이다. 이렇게 두 명의 대장이 다 죽는 것을 본 진병들은 뿔뿔이 흩어지고 말았다.

유영과 양홍보가 적장의 목을 베어들고 나타나자 성을 에워싸고 있던 한군의 사기는 더욱 드높아졌다.

원수 유총은 두 장수의 손을 잡고 치하해 마지않았다.

이제는 뒤에서 적의 공격을 받을 염려도 없었으므로 한병은 더욱 맹렬히 성을 공격했다. 화살을 퍼붓고, 운제(雲梯)를 놓아 기어오르고……

그러나 상산은 쉽게 함락되지 않았다. 운제를 기어오르던 병사들은 끊임없이 굴러 떨어지는 돌에 맞아 죽거나 중상을 당하기 일쑤였고, 가까이 접근하여 활을 쏘는 병사들도 성에서 날아오는 화살에 도리어 하나 둘 쓰러지고 말았다.

싸움은 10여 일이나 끌었다. 사상자를 많이 낸 한군 측에서는 유총이 초조한 나머지 장수들에게 말했다.

「이곳의 성지가 견고하고 수장이 꾀가 있어서 10여 일을 끄는 동안에 우리 병사만 많이 상했소. 이대로 있다가 만일에 진조(晉朝)로부터 대군이라도 보내오는 날이면 무엇으로 대항하려오? 누구든 이 성을 격파할 계략을 어서 말하시오. 반드시 으뜸가는 공으로 쳐주리다.」

그러나 장수들이라고 뾰족한 수가 있을 턱이 없었다.

역시 장빈이 입을 열었다.

「싸움은 신속을 요하는 것! 오래 끌면 변이 생기리다. 내일은 군사를 둘로 나누어 한 패는 동남쪽에 나타나서 크게 성을 공격하여 적의 주의를 그쪽으로 쏠리게 만들어 놓은 다음, 다른 쪽에서 석포를 쏘아 성을 무너뜨리고 쳐들어간다면 힘은 다소 들어도 성은 빼앗을 수 있을 것입니다.」

유총은 크게 기뻐하며 장빈으로 하여금 속히 그 기구를 만들도록 했다.

## 2. 상산의 함락

장빈은 성을 칠 기구의 제작을 마친 다음 군대를 반분하여 성의 동남쪽을 공격하게 했다. 이에 놀란 성중에서는 모든 군력을 이리로 집중하고 다른 성문에는 징발한 백성들만 남겨두었다.

성의 공격은 하루 종일 계속되었다. 서로 화살을 비 오듯 퍼부었으므로 자연 공격하는 쪽에 사상자가 많이 생겼다.

날이 어두워지자 장빈은 곧 석포를 서북쪽에 늘어세워 발사하게 했다. 이 석포라는 것은 자모포(子母砲)라고도 하며 큰 돌을 어지간한 거리까지 쏠 수 있는 기계였다.

10여 개의 석포가 일제히 포문을 열자 천지가 무너지는 듯 요란한 소리가 나며, 날아간 돌은 성의 이곳저곳을 부수어 놓았다.

태수 정후는 놀라서 황급히 서문으로 달려왔다. 그는 곧 망루에 올라가 적정을 살폈다. 성의 몇 군데가 무너졌는데, 한병들이 흙과 풀을 쌓아 놓고 개미떼처럼 기어오르는 판이었다.

정후는 곧 5백 명의 궁수를 늘어세워 화살을 퍼붓게 하고, 백성들에게도 돌을 날라다가 던지게 했다. 이 통에 무수한 한병이 쓰러졌다. 그러나 공격은 악착같았다. 쓰러진 동지를 밟고 넘을 뿐만 아니라, 개중에는 시체를 둘러메어 날아오는 화살을 막는 자까지 있었다.

이대로 가다가는 위험하다고 판단한 정후는 서남을 지키는 장우에게 알렸다. 장우는 곧 병사들에게 말했다.

「저놈들이 이쪽을 공격하는 척하지만 사실은 서북쪽으로 해서 쳐들어오려 하고 있다. 내가 떠나도 별일 없을 것이니, 너희들은 여기를 잘 지켜라.」

그는 5백 명의 병사를 이끌고 서북쪽으로 달려갔다. 그의 호령 밑에 다시 화살의 집중 공세가 시작됐으므로 성을 넘으려던 한병이 또 많이 상했다. 날이 자꾸 어두워지고 부상자도 늘어만 가므로 장빈도 공격을 중지하고 군대를 거두었다.

성에서는 정후와 장우가 성을 지킨 공로를 서로 상대방에게 미루며 칭찬을 주고받았다.

「오늘 하마터면 성이 무너질 뻔한 것을 명부께서 물리치셨으니 감축하옵니다.」

장우가 말하자 정후도 장우를 추켜올렸다.

「원, 천만의 말씀! 거의 함락될 뻔했는데 장군이 달려오셨기에 위기를 모면했지요.」

정후는 다시 말을 이었다.

「그런데 따지고 보면, 날이 어두워져서 적이 물러간 것입니다. 성의 몇 군데가 무너졌으니, 내일은 기필코 대거 쳐들어올 것이오. 어쨌든 무슨 수를 써서라도 그놈들을 격파해야지, 그러지 않으면 조만간 일을 당해야 되리다.」

이 말에 장우도 전적으로 동의했다.

「그러게 말입니다. 우리가 아무리 힘을 다해 막는다 해도 하루이틀 시일을 끄는 것이 고작일 뿐, 어찌 장구히 버틸 수야 있겠습니까. 그러기에 비상한 수단을 써야만 할 것입니다.」

그는 다시 목소리를 낮추어 자기의 작전 계획을 설명했다.

「제 생각에는 물을 가지고 치는 것이 어떨까 합니다. 우리들은 잠깐이라도 이 성을 떠날 수 없으니까, 제 조카인 장염재(張廉才)와 아장(牙將) 유웅(劉雄)에게 3천 명쯤 주어서 황하의 상류를 막게 하는 것입니다. 마침 적군이 물러났으니, 성을 빠져나가기도 좋을 것이오. 그리하여 유총이 쳐들어오는 것을 기다렸다가 포성을 신호로 해서 물을 터놓으면, 아마도 대혼란이 일어날 터이니, 그때에 우리도 성을 나가 친다면 유총쯤 넉넉히 사로잡지 않을까 합니다.」

「그것 참 기묘한 생각이시오」

정후는 크게 기뻐하며 두 장수를 불러 곧 떠나게 했다.

한편, 진중으로 돌아온 유총은 여간이나 애석해 하는 것이 아니었다.

「우리 계획이 거의 이루어지려 했는데 화살 때문에 어쩔 수 없이 물러나다니, 이렇게 분한 일이 또 어디에 있겠소? 그러나 성의 몇 군데가 이미 파괴되었은즉 내일은 어떤 희생이 있어도 빼앗고야 말리다. 내일은 나도 싸움터에 나가겠소」

이튿날, 장빈은 관방·황신·장실 세 장수에게 본진을 지키게 하고 나머지 주력으로 성을 공격하게 했다.

싸움은 어제 모양으로 일진일퇴를 거듭했다. 다른 것이 있다면 오늘은 원수가 친히 참가한 싸움이라 한군의 공세가 더욱 맹렬했다는 점이었을 것이다. 군사마다 괭이·징·지레 따위를 하나씩 들고 있어서 성의 여기저기를 헐려고 들었다. 어제처럼 파괴된 곳으로만 넘으려 한다면 지킬 곳의 범위가 좁으니까 비교적 쉬운 일이었으나 성 전체를 에워싸고 덤비는 데는 수비 측에 많은 약점이 없을 수 없었다. 정후와 장우는 눈코 뜰 새 없이 뛰어다녔지만 함락은 누구의 눈에도 시간문제로 보였다.

이때 성중으로부터 몇 방의 포성이 울려 퍼졌다. 장빈은 의아한 표정을 지어 보였다.

「지키다 못해 쳐나올 셈인가?」

유총이 웃었다.

「나온들 어떻겠소? 성을 빼앗는 데는 그 편이 나을지도 모르지.」

그러나 성문들은 굳게 닫힌 채 병사 하나 나오는 기색조차 보이지 않았다.

이러는 중에 갑자기 물소리가 요란하다 싶더니, 호(壕)의 물이 돌연 넘치기 시작했다. 그것은 참으로 무서운 형세였다. 바다가 기우는 것과도 같이 시퍼런 물결은 성을 공격하고 있던 한군을 삽시간에 삼켜버리고 말았다.

당시의 구조로는, 성 주위에 호를 만들고 거기에다 강물을 끌어들여 놓았다. 이것이 방비의 일익을 담당하고 있었던 것이다. 따라서 호가 넘치면 한군은 스스로 피해를 받지 않을 수 없게 되어 있었다.

많은 한병들이 물 속에 잠겨 허우적거렸다. 유총과 장빈도 예외는 아니었다.

이때 상류 쪽으로부터 장염재와 유옹이 물을 따라 내려오고, 성중에서는 정후와 장우가 한병을 향해 활을 쏘기도 하고, 갈고리 같은 것으로 끌어올려 죽이기도 했다.

물가를 오르내리며 병사들을 격려하고 있던 태수의 아들 정작(程灼)은 황금투구를 쓴 사람이 물에 밀려가고 있는 것을 보고 매우 기뻐했다. 반드시 유총일 것이라고 생각한 그는 말을 달려 다가왔다. 그러나 물이 깊어서 접근하기는 어려웠다. 그는 말을 세우고 활시위를 당겼다.

「이놈! 어디다 대고 감히 활을 겨누느냐. 나와 싸우자.」

양흥보가 이렇게 외치면서 달려들지 않았으면 유총은 그대로 화살을 맞고 물 속에서 죽었을지도 모르는 일이었다.

정작은 놀라서 뒤를 돌아보았다. 험상궂게 생긴 한 사나이가 하반신이 온통 물에 잠긴 채 다가오고 있었다. 말이 없는 점으로 보아 졸병일 것으로 판단한 그는 얕보는 마음이 앞섰다.

「이놈! 어느 앞이라고 감히 버릇없게 구느냐.」

그가 이렇게 호통을 친 것과 몸이 물 속으로 떨어진 것은 거의 동시였다. 왜냐하면 양홍보의 철퇴가 그의 말머리를 박살냈기 때문이다. 다음 순간 물론 그의 머리도 박살이 났다. 물에는 피가 불그레 번지다가 사라졌다.

이때에도 유충은 여전히 물살에 밀려가고 있었다. 양홍보가 기슭을 뛰어가며 외쳤다.

「왜 원수를 구해 드리지 않느냐. 어서 원수부터 나오시게 해라!」

그러나 같이 떠내려가고 있는 병사들에게는 무리한 주문이었다. 마침내 양홍보는 적의 말을 빼앗아 타고 기슭을 달렸다. 그가 접근하려 했으나 물이 너무나 깊었다. 그는 철퇴를 내밀어 겨우 유충을 끌어낼 수 있었다. 조금 후 장빈도 또한 그의 철퇴를 잡고 기슭에 기어올랐다. 남의 머리를 박살내기만 하던 이 철퇴가 두 수뇌의 목숨을 건지기도 한 것이었다.

어쨌든 그것은 다행한 일이었으나, 곧 위기가 닥쳐왔다. 유충의 갑옷이 표가 나기 때문에 이것을 보고 장우가 달려온 것이었다. 유충이나 장빈은 물에 휩쓸려 고생한 끝이라 맥이 빠져 있었으므로 싸울 기력은 물론 없었다. 양홍보가 철퇴를 휘두르며 이를 맞아 싸웠다. 그러나 누구에게든 실수가 있는 법이다. 양홍보의 말이 움푹 팬 웅덩이를 헛밟고 앞으로 쓰러졌다. 물론 장우의 창이 그를 향해 내려쳐졌다. 양홍보는 넘어진 속에서도 상반신을 틀어 이를 피하며 그 창을 잡고 일어났다.

위기를 모면한 양홍보는 철퇴를 끌고 도망쳤다. 장우를 다른 데로 꾀어내어서 유충의 위기를 모면케 하자는 속셈이었다. 그

러나 이 희망은 좌절되고 말았다. 적의 원수를 눈앞에 두고 양홍
보를 쫓아 나설 어리석은 장우가 아니었다. 그는 바로 유총에게
다가갔다.

유총은 이때까지도 기력을 회복하지 못했으므로 목숨이 경각
에 달린 찰나였다. 할 수 없이 장빈이 칼을 뽑아 이와 맞섰다.

꾀로야 천지를 삼키는 장빈이라도 용맹으로는 장우의 상대가
아니었다. 장빈은 땀을 흘리며 겨우겨우 장우의 창을 막아냈다.

멀리서 이 모양을 바라다보고 있던 왕미가 급히 달려왔으나 유
웅이 앞을 가로막았다.

「이놈! 저리 비키지 못하느냐.」

왕미가 초조해서 달려 나가려 했으나 유웅은 막무가내였다.
왕미는 할 수 없이 그와 싸우는데, 이번에는 장염재까지 합세해
달려드는 것이 아닌가. 유총이나 장빈이 문제가 아니었다. 자기
처지가 처지인 만큼 본격적인 싸움을 벌이지 않을 수 없는 형편
이었다.

이때, 성을 돌아오던 관근이 놀라서 달려왔다. 그는 왕미를 버
려둔 채 장우에게 접근하면서 호통을 쳤다.

「이 무례한 놈! 어느 앞이라고 감히 네가 날뛰느냐.」

그 긴 수염 하며 손에 든 언월도 하며, 아무래도 심상치 않다고
생각한 장우는 비로소 장빈을 버리고 돌아섰다. 그러나 관근은 장
빈과는 달랐다.

장우는 관근과 맞서 싸워 10여 합을 겨우 배겨낸 끝에 마침내
달아나기 시작했다.

그러자 장빈이 외쳤다.

「저놈을 놓치지 마라! 저놈만 잡는다면 상산의 함락은 문제가
없으리라.」

관근은 급히 그 뒤를 추격했다.

이제는 유총도 기운을 차렸다. 그는 물에 떠내려가던 일이 분했던지 왕미가 두 사람과 싸우는 것을 보자, 크게 외치면서 다가가서 유웅을 한칼에 베어버렸다.

이에 힘을 얻어 왕미는 장염재를 꾸짖었다.

「이 바보 녀석! 너도 전승 모양 나에게 사로잡히려느냐?」

말과 말이 스치는 순간, 그는 장염재를 잡아 땅에 내던졌다.

「그놈을 묶어라!」

호통과 함께 병사들이 벌떼처럼 몰려들어 그를 칭칭 묶었다.

장수들이 모여서 유총에게 권했다.

「어서 본진으로 가셔서 옷을 갈아입으십시오」

「그게 무슨 소리요?」

유총이 고개를 저었다.

「내가 두려워하던 것은 적이 성에서 안 나오는 점이었는데, 물을 막는 계략을 믿고 쳐나왔기 때문에 적장을 셋이나 잡을 수 있었던 것이 아니겠소? 그렇다면 내가 고생 좀 한 것은 약과요. 어서 쫓아가서 장우가 성중으로 못 들어가도록 하오」

이에 한병의 총력은 장우를 잡기 위해 동원되었다.

이때, 장우는 추격해오는 관근을 피하다 보니 성을 일주한 결과가 됐다.

어느 성문 앞에나 한병들이 득실거리고 있었으므로 들어가려야 들어갈 길이 없었다.

오도 가도 못하게 된 그는 돌아서서 관근과 싸우는 도리밖에 없었다. 싸움이 5합에 접어들면서 관근의 언월도가 장우의 칼을 튕겨버렸다. 너무나 센 힘이 가해진 탓인지, 아니면 그만큼 장우가 지쳐 있었던 탓인지 칼은 장우의 손을 벗어나서 저만큼 나가떨어졌다. 다음 순간의 일은 말할 것도 없었다. 장우의 목도 칼처럼 땅에 굴렀다.

장우의 근처에 있던 상산의 부장 넷이 메뚜기처럼 펄쩍 뛰어 도망했다. 너무 놀란 때문이리라. 관근은 곧 그들의 뒤를 쫓았다.

싸움이란 예측할 수 없는 일면이 있다. 물로 막는 계략이 충분히 주효했으면서도 대세는 그들의 결정적인 패배였다. 관근이 부장 넷을 추격하여 성 가까이 이르렀을 무렵, 한병들은 무너진 성벽을 넘으려고 부산을 떨고 있는 중이었다.

관근은 그곳으로 달려가 졸병들을 쫓아버리고 스스로 기어오르려 했다. 무너졌다고는 해도 성은 높았다. 한병이 쌓아 놓은 흙을 딛고서도 한길 반은 실히 되었던 것이다.

그러나 4명의 부장이 쫓기는 중이라고 이것까지 그대로 보고 있을 까닭은 없었다. 한 놈이 창으로 찌르는 바람에 하마터면 관근의 등에 구멍이 날 뻔했다.

뒤에서 달려드는 기색에 재빨리 고개를 돌린 관근이 몸을 훌쩍 날려서 창을 피하기가 바쁘게 그의 언월도가 허공에 바람을 일으켰다. 창을 쥔 채 한 명의 부장이 앞으로 푹 쓰러졌다.

그러자 관근은 또 하나의 적장을 쫓아가면서 그 어깨에 일격을 가했다. 나머지 두 사람은 혼비백산하여 도망치고 말았다.

관근은 다시 성을 기어오르기 시작했다. 그러나 이번에는 위로부터 돌멩이가 쉴 새 없이 굴러 떨어졌다.

관근은 뒤로 물러서서 등에 지고 있던 활을 내렸다. 그가 쏜 화살에 맞아 한 병사가 돌을 안은 채 관근의 발 앞으로 거꾸로 박혔고, 또 한 명은 비명을 지르며 성 안쪽으로 나가자빠지는 것이 보였다.

장수가 없는 병사들에게는 이것만으로도 도망치기에 충분한

이유가 되었다. 관근은 다시 성을 기어오르기 시작했으나, 이제는
아무 방해도 받지 않았다. 관근은 마침내 성 안으로 뛰어내렸다.
마침 누구의 것인지 말 한 필이 버드나무에 매여 있는 것이 눈에
띄었다. 기뻐한 그는 말에 올라앉았다.

　대중의 심리란 믿을 것이 못되었다. 겁을 먹은 병졸이나 동원된
백성의 눈에는 이 관근 하나가 백만 대군이나 되는 듯 무서워 보
였다. 그의 우람한 몸과 인상적인 수염이 더욱 공포를 자아냈다.
관근은 언월도를 회초리같이 휘두르며 서문으로 달려갔다.

　서문을 지키던 한떼의 병사들은 갑자기 밀어닥치는 적장을 보
자 활 하나 쏘아보지도 못하고 모조리 흩어졌다. 그러나 문 앞에
는 너무나 많은 나무와 돌이 쌓여 있어서 혼자의 힘으로는 어찌할
수도 없음을 알아야 했다.

　실망한 그는 북문으로 가보았다. 여기에는 다행히도 그런 방해
물이 보이지 않았다.

　「이놈들! 모두 항복하지 못할까!」

　산천이 떠나갈 듯 고함을 지르며 달려오는 적장을 보자 성이
함락된 것으로 착각한 졸병들이 사방으로 흩어져버렸다. 관근은
마침내 성문을 활짝 열어 젖혔다.

　이렇게 되면 문제는 간단했다. 조수처럼 밀려든 한군은 간단히
성을 점령하고 말았다.

　이때, 왕미는 동문에 있다가 성중에서 펄럭이는 한나라 군기를
보고 깜짝 놀랐다. 이어서 전령이 왔다.

　「지금 성을 점령했습니다만, 동문 쪽에는 돌과 나무가 너무 많
이 쌓여 있어서 문을 열지 못합니다. 북문으로 해서 입성하시기
바랍니다.」

　성을 빼앗았다니 다행이긴 했으나, 한편으로는 약간의 후회가

없지도 않았다.

「내가 선봉이면서 무엇을 하고 있었단 말인가. 그루터기만 지키고 앉았다가 토끼를 놓쳤구나!」

분했으나 어쩔 수 없었다. 그는 군대를 수습하여 북문 쪽으로 돌아가다가 태수 정후를 만났다. 거기는 나뭇잎에 가린 성 모퉁이였다. 갑옷투구를 갖춘 적장 한 사람이 성을 넘어 막 땅에 발을 붙이려는 참이었다.

「이놈! 거기 섰거라!」

왕미가 달려가자 상대는 활을 쏘았다. 왕미는 말 위에 바짝 엎드려 화살을 피했다. 정후가 두 번째 화살을 쏘려 했을 때 왕미의 말은 바로 눈앞에 와 있었다.

두 사람은 몇 합을 싸웠다. 왕미는 힘들이지 않고 그의 목을 베었다. 그리고 돌아서려던 왕미는 혹시나 하는 생각에 말에서 뛰어내려 칼끝으로 옷을 들쳐보았다. 시체가 된 적장의 허리에는 태수의 인(印)이 매달려 있었다.

왕미는 기뻤다. 비록 성을 치는 공은 남에게 빼앗겼으나 태수의 목은 내가 베지 않았는가. 이만하면 체면은 세웠다 싶었다.

유총은 정후의 목을 보자 대단히 만족해했다.

「이것으로 적장들은 하나도 남김없이 처치된 셈이 되었소 왕 선봉의 공이 크오.」

면목이 선 왕미는 겸손해 했다.

「아까 전하께서 위태로우실 때, 적장 둘이 길을 막는 바람에 도와드리지도 못했습니다. 문관 하나의 목이야 그리 대단할 것이 있겠습니까.」

유총이 고개를 흔들었다.

「아니, 아니오 그때는 사세가 부득이했던 것을 내가 아오 그리고 문관이라 하지만 정후는 적의 총수가 아니오」

하여간 왕미로서는 기분이 나쁘지 않았다.

장빈은 곧 방을 붙여 백성들의 마음을 어루만져 주고, 군인들에게 명령하여 추호의 비행도 저지르지 못하게 했다. 심지어 정후·장우 같은 적장의 가족까지 파수를 세워 보호해 주었다.

유총은 전군을 점검했다. 이번 싸움으로 죽은 사람만 8천여 명, 번영(樊榮)·호문성(湖文盛) 두 장수의 이름도 그 속에 끼여 있었다. 그는 죽은 장병들을 위해 제사를 지내고 곧 새 수도인 평양에 사람을 보내 승전을 보고케 했다.

군이라고는 해도 중국의 그것은 여간 큰 것이 아니다. 그 밑에는 여러 현이 있고 거기마다 성이 있다. 유총의 군대는 상산의 속현들을 쳤다. 별로 싸운 것도 없이 모두 평정됐다. 평양에 있는 한황도 기뻐하여 많은 상품을 장병에게 내렸다.

### 3. 연주의 풍운

상산을 빼앗은 유총은 다시 장수들을 모아놓고 말했다.

「여러 장수의 힘으로 이 성도 손에 넣었은즉, 이미 유주(幽州)·기주(冀州)의 오른팔을 자른 것이나 다름없는 일이오 속히 군대를 출동시켜 유기(幽冀)의 땅까지 아우른 연후에 크게 중국 천지를 횡행한다면 그 아니 좋겠소」

장빈이 말했다.

「일에는 순서가 있으니, 너무 서두르지 않으심이 좋을까 합니다. 유주·기주는 멀리 떨어져 있는 터라 군대가 한번 떠나고 보면 이곳이라고 보존하기 쉽겠습니까. 옛사람도 *멀리 사귀고 가까운 것을 치라 했으니(遠交近攻원교근공), 연주를 치는 것이 좋겠습니다. 연주는 이 고을과 이어져 있을 뿐 아니라 동으로는 낭야(瑯

琊), 서로는 거록과 접했고, 북으로는 궐원(厥園), 남으로는 호향
(互鄕)과 이웃해 있어서 가깝게는 서사(徐泗)와 통하고 멀리는 강
회(江淮)로 뻗쳐 있는 터입니다. 이곳이야말로 동북의 인후요 서
남의 울타리일 것이니 여기를 쳐야 합니다. 거록·상산·연주 세
고을은 이를테면 솥의 발과도 같습니다. 이곳마저 손에 들어온다
면 그때에는 동북의 땅을 엿보고 하락(河洛)도 바라볼 수 있겠습
니다.」

이때 요전이 나섰다.

「제가 서북지방을 다녀본 적이 있었는데, 태수들 중에 어진 이
로는 유곤(劉琨)·유홍(劉弘)·도간(陶侃)을 들었고, 용맹과 지략
으로는 왕준(王俊)·장궤(張軌)·구희(苟晞) 등을 일컫고 있었습니
다. 구희는 이렇게 지용을 겸비한 장수로서, 제왕(齊王)도 참군으
로 삼아 신임이 두터웠다 합니다. 지금 제왕이 낙양에서 집권하고
있기 때문에 특히 구희로 하여금 그곳을 지키게 한 모양입니다.
그러므로 연주를 빼앗기는 용이하지 않을 것이며, 거기서 시일이
지연되면 도리어 낭패하는 일이 있을지도 모르겠으니 다른 성을
치심이 어떻겠습니까.」

그러자 다시 장빈이 말했다.

「그것도 일리가 있는 말이지만, 연주를 뒤에 남긴 채 앞으로
나가지는 못할 것입니다. 그렇게 하면 물자의 수송이 여의치 못할
염려가 있고, 또 자칫하다가는 적에게 에워싸여 진퇴가 막연할 수
도 있소 싸움이란 누에가 뽕을 먹듯 해야 하오 누에는 한 이파리
를 다 갉아먹은 후에야 다른 잎으로 옮겨가는 것이니, 꺼림칙한
것을 뒤에 남겨둘 수는 없소」

「옳으신 말씀입니다.」

요전이 말을 받았다.

「군사 어른의 식견을 어찌 저 같은 것이 넘보겠습니까만, 한 가지 걱정이 있기에 말씀드립니다. 산동은 모두 제왕의 영토며, 구희도 또한 그의 신하입니다. 우리가 그곳을 친다면 진조의 정권을 한손에 쥐고 있는 제왕이 어찌 방관만 하고 있겠습니까. 반드시 대군을 일으켜 쳐들어올 것이니, 이 점을 십분 생각하신 다음에 군사를 내심이 좋을까 합니다.」

장빈이 고개를 끄덕였다.

「매우 지당한 의견이오. 그럴 위험성도 충분히 감안해야 할 것인즉, 사람을 보내 적의 형편을 살피게 한 다음 허점이 발견된다면 그때에 치겠소. 만일 조금도 소홀함이 없을 경우에는 다른 고을을 치는 수밖에 없겠지요.」

이리하여 한군은 파괴된 성을 수리해서 만일의 경우에 대비하는 한편 연주에 첩자를 파견했다.

이때, 구희는 악방(樂房)이 죽은 소식을 모르고 있었다. 무소식이 희소식이라는 말을 믿은 것은 아니었으나, 설마 그렇게까지 상산이 함락되리라고는 생각지 않았다. 그는 서서히 군대를 이끌고 자기도 상산으로 갈 생각이었다.

그가 서둘러서 상산으로 떠나지 않은 것은 어쨌든 잘한 일이었다. 곧 청주(靑州)로 가라는 전임 발령이 내렸기 때문이다.

그 당시 청주에서는 작은 소란이 일어나고 있었다. 청주의 도호(都護)로 있던 호문경(湖文卿)이라는 자가 주병을 동원하여 자사를 죽이고 부고를 열어 재물을 노략질한 것이었다. 증관(蒸官)·왕민(王珉)은 세족인 전방(田芳)의 집에 난을 피하여 있다가 그의 도움을 받아 호문경을 죽였다.

반응은 연쇄적으로 일어났다. 이번에는 문경의 아우 호문상(湖文湘)이 전방의 집을 습격하여 불지르고 광고산(廣固山)에 진채를 세웠다. 구휘의 전근은 이곳을 평정하려는 제왕의 뜻에서 나온 것이었다. 제왕은 구휘의 아우 구휘(苟暉)를 연주자사로 임명한다는 뜻도 아울러 전해왔다. 구희에게 보이는 신임의 표시였다.

구희는 매우 기뻐했다. 막내아우 구오(苟旿)도 임구(臨朐) 태수로 재직 중이었으므로 삼형제가 모두 태수가 된 셈이니, 그가 기뻐하는 것도 무리가 아니었다.

그는 상산을 구하려던 계획을 가볍게 내던지고 청주로 떠나기에 앞서 아우에게 말했다.

「우리 형제가 전하의 은혜를 막중히 입었은즉, 부디 치민을 잘하여 어진 이름이 들리도록 해라. 한병이 쳐들어올지도 모르나 악방이 돌아와 그와 함께 굳게 지킨다면 큰 실수는 없을 것이다.」

그는 다시 별가종사로 있는 왕사(王賜)에게 당부했다.

「내가 이곳을 떠난 줄 알면 십중팔구 적병이 쳐들어올 것이니, 임구에 사람을 보내어 그곳 군사를 동원하도록 주선하오. 그래도 위태롭거든 나에게 알려주오.」

왕사가 말했다.

「지금 이웃고을까지 한병이 와 있는 터에 장군께서 떠나신다면 이 성이 유지되기 힘들까 합니다. 호문경의 일은 태평한 시대에서 보면 큰일로 비치겠지만, 병으로 치면 옴이나 옻이 오른 정도의 것입니다. 내버려두어도 시일이 가면 해결될 것을, 서두르실 필요가 어디에 있겠습니까. 장군은 떠나지 마십시오.」

구휘도 그 말에 찬동했다. 갑자기 태수가 된 그로서는 형이 자기 곁을 떠난다는 것이 매우 불안했던 것이었다.

「그 말이 옳습니다. 일의 경중이 스스로 다른 터에 형님은 왜 그런 것에 마음을 쓰십니까. 가시지 마십시오.」

그러나 구희는 고개를 저었다.

「어째 그리도 모두 자신 없는 소리만 하는가. 변방을 지키는 장수들이 그렇게 겁을 먹으니까 오랑캐들이 득세하는 것이 아니냐. 더구나 신하로서 조정의 분부를 받고 어찌 주저앉아 있겠나 생각을 해봐라.」

그러자 두 사람은 창피해서도 그 이상은 만류하지 못했다.

이 소식을 첩자로부터 보고받은 장빈은 매우 기뻐했다.

「내가 꺼린 것이 구희 한 사람이었는데 그렇다면 지체할 까닭이 있으랴!」

장빈은 선봉장 두 사람에게 각기 1만의 병사를 주어 두 길로 하여 진군하도록 하고, 자기는 후군 속에 끼어서 여러 장수들과 함께 떠났다.

구희가 이것을 안 것은 한병이 이미 1백 리 가까이까지 접근했을 무렵이었다. 그는 마치 부모를 잃은 소년처럼 겁부터 나서 곧 왕사를 불렀다.

「적병이 상산을 빼앗고 이리로 쳐들어온다 하오. 어떻게 해야 되겠소? 더구나 악방 장군도 죽었다 하지 않소?」

금세 울음이라도 터뜨릴 것 같은 말투였다.

왕사는 기가 막혔다.

「그것이 어디 예상하지 못했던 일입니까. 다행히 성의 수리를 새로 마쳤고 무기도 모자람이 없도록 갖추었으니 조금도 걱정하실 일이 못됩니다. 군사와 백성이 하나가 되어 굳게 지킨다면 적병인들 어떻게 할 수 있겠습니까. 그래도 근심이 되시거든 대야에게 얼른 알리십시오!」

구희는 그 말에 따라서 성을 지키기 위해 곧 군대와 백성을 동원했다.

어쨌든 이 작전은 공격하는 측에게 적잖은 고통을 주었다. 아무리 공격해 보아야 전연 상대하지도 않는 데는 장빈도 어떻게 손을 쓸 도리가 없었기 때문이다. 아무런 성과도 없는 속에 시일이 흘렀다. 장빈이 통행인들을 엄히 단속하여 성중의 동향을 알려고 애쓰던 중 하루는 수상한 사나이 한 사람이 그의 앞에 끌려왔다.

손을 보니 농사꾼은 아니었고, 전대에는 마른 양식이 들어 있었다. 장빈은 온몸을 뒤지게 했다. 허리에 찬 약간의 돈이 나왔으나 그것뿐이었다.

「이놈! 무슨 연락을 하려고 어디로 가는 길이지? 너는 병졸이렸다!」

장교가 호통을 쳤으나 사나이는 극구 부인했다.

「아니올시다. 소인은 기주(冀州) 사람으로 여기에 살다가 난리를 피해 고향을 찾아 나선 길이옵니다. 정말이올시다. 어찌 속이겠습니까.」

장빈은 옆에서 보고 있다가 사나이의 저고리를 가져오게 했다. 이리저리 만져보던 그는 성을 냈다.

「이놈! 네가 누구를 속이려느냐?」

옷의 실밥을 끊자 조그맣게 접은 종이가 비어져 나왔다.

장빈은 종이를 펼쳤다.

　<형님이 떠나시고 난 다음에 곧 적군이 쳐들어왔습니다. 상산이 떨어지고 악방도 죽었습니다. 지금 병사와 백성을 움직여서 수비에 전력을 기울이고 있기는 하나, 적의 공격이 치열하여 십분 위태롭습니다. 형님은 성이 하나 떨어지고 아우가 죽는 것과, 청주에서 난동하는 좀도둑 하나의 일과 어느 쪽을 무겁다 하고 어느 쪽을 가볍다 하시겠습니까? 곧 회군하시기 바랍니다.>

장빈은 편지를 읽더니 얼굴에 웃음이 활짝 피어났다. 그러자 옆에서 유총이 물었다.

「군사는 무엇을 보고 혼자 웃으시오?」

그제야 장빈은 표정을 고치고 대답했다.

「구휘의 수작이 우습지 않고요 이 성을 지키고만 앉아 있어도 스스로 무사할 것을 공연히 안절부절 못하여 자기 형의 도움을 받으려고 하고 있습니다. 마침 잘됐습니다. 피 한 방울 안 흘리고 성을 빼앗을 수 있게 되었습니다.」

그는 유총의 귀에 대고 한참을 무어라고 속삭였다. 유총의 얼굴에도 웃음이 활짝 번져갔다.

다음날부터 대공격이 시작됐다. 전군이 동원되어 함성이 오르고 북소리는 천지를 진동시켰다. 퍼붓는 화살이 빗발치듯 성 안에 날아와 떨어졌다. 그러나 성에 기어오르려고는 하지 않았다. 안에서 떨어뜨릴 돌맹이가 두려웠던 것인지도 몰랐다.

적어도 구휘는 그렇게 해석했다.

이런 싸움이 사흘 동안 되풀이됐다. 구휘는 망루에 올라 적정을 살펴보았다. 개미떼처럼 많아 보이는 병사 속에 장수들이 갑옷을 번쩍이며 오가는 모습이 보였다. 왕미·유영·관방·양흥보……. 자기가 아는 이름을 되새겨 보았다. 겁이 더럭 났다.

이때 본진에 있던 장빈은 가짜 편지를 만들어서 어느 노련한 병사에게 주었다. 편지를 일부러 구기고 더럽혀서 글자와 도장이 잘 보이지 않도록 만들었다.

병사는 동쪽 길로 돌아서 성 밑에 접근하여 큰 소리로 외쳤다.

「문을 여시오 청주에서 왔으니 속히 문을 열어주시오」

구휘는 기뻐하며 밧줄을 내려 끌어올리게 했다. 병사는 구휘 앞에 이르자 숨을 헐떡였다.

「노야께서 편지를 주셔서 가지고 왔습니다.」
구휘는 추호도 의심하는 생각 없이 편지를 뜯었다.

　<내가 연주를 떠날 때에는 그까짓 도둑쯤 금시에 평정될 것
으로 알아 다만 2천 명을 대동했을 따름이었으나, 도둑이 나의
병사가 적음을 탐지하고 다시 무뢰배들을 규합하여 성을 치니
이에 의거하매, 그 형세 십분 강성한 바이다. 다행히 아우 오
(旿)의 군사가 도착하여 어제는 종일을 싸웠으나 성이 굳어 빼
앗지 못하고 지금 성하에 머물러 있으되 진퇴가 아울러 어렵구
나. 듣자하니 악방·호정이 다 한병에 의해 해를 입었다 하고,
상산이 이미 떨어지매 연주가 위태롭다 하니, 앉아도 자리가 편
치 못하고 먹어도 음식이 달지가 않다.

　한병이 매우 사나워서 전승·허술이 사로잡히고 정후·장우
가 죽음을 만났으니, 군사가 적은 연주로서는 비록 아우가 유능
하다 해도 내가 같이 있지 않고서는 지키기 매우 힘들까 두렵
다. 차라리 부속(部屬)을 이끌고 전량을 호송하여 이곳 청주에
이르러서 함께 힘을 모아 호문상(湖文湘)을 격파함으로써 둘 다
망하는 것을 면하는 것이 어떠랴.

　만약 이 도둑을 잡기만 하면 내가 입조하기를 기다려서 대군
을 주청하여 다시 잃었던 땅을 회복한다 해도 결코 늦지는 않
으리라. 나는 아우가 외로운 성에서 애쓰다가 절개를 세우는 것
을 원치 않으니 모름지기 형세의 부득이함과 일에 권도(權道)를
써야 할 때도 있음을 알기 바란다. 잘 판단해서 하라.>

구휘는 편지를 읽자 매우 좋아했다. 그에게는 싸울 용기가 전연
없던 판이라, 여기를 벗어나는 것만이 다행이었다. 그는 곧 막료
들을 불러놓고 편지를 읽어주었다.

「모두 들어서 알겠지만, 역시 우리 형님 말씀이 지당하신 것 같소. 이곳의 형세가 십분 위태로운 위에 청주의 싸움까지 뜻 같지 못하다면 어찌 되겠소? 차라리 형님 말씀을 따라 어느 한 도둑이라도 앞서 잡고 서서히 시기를 기다리는 편이 만전지책인 줄 생각하오.」

그러나 왕사가 반대했다.

「그것이 무슨 말씀이십니까? 대장이 되어서 일단 밖에 나가면, 때로는 군왕의 명령도 받들지 않는 수가 있습니다. 그만큼 장수의 임무가 지중한 것입니다. 지금 조정의 명령으로 이곳을 지키시니 의리로 논하자면 마음을 다하고 힘을 기울여 적을 물리치는 길밖에는 아무것도 없습니다. 그런데도 한 조각의 편지를 믿고 경솔히 성을 버리신다면 나라에 대해 불충하다는 비난을 면치 못할 것입니다. 그리고 생각해 보십시오. 호문상이 강력하다 한들 일개 도둑일 뿐 얼마나 강성하겠습니까. 더구나 노야께서 조칙을 받들어 이를 치시매 모두 *단사호장(簞食壺漿 : 도시락밥과 단지에 넣은 음료수란 뜻으로 적은 분량의 음식물)으로 왕사를 맞이할 것입니다. 누가 도둑을 받들어 성문을 지키는 어리석은 짓을 하겠습니까. 또 일에는 경중이 있습니다. 어찌 도둑 하나가 걱정이라 하여 당당한 나라의 성을 내놓고 오라는 법이 있습니까. 이는 분명히 거짓 편지입니다. 장군은 속지 마십시오.」

하기는 그럴지도 모른다고 생각되었다. 그러나 구휘의 마음은 진실을 자꾸 외면만 하고 싶었다. 이유야 어떻든 이곳을 떠나고 싶었다.

그는 병사들에게 의견을 물어보았다. 공포에 떨고 있던 그들의 심리야 뻔했다. 어떻게 하든지 살고 싶은 병사들은 벌떼처럼 일어나 왕사를 공격했다.

「제가 무엇인데!」

어떤 사람은 큰 소리로 욕을 하기까지 했다. 한 병사가 말했다.

「노야의 서한에 무슨 거짓이 있단 말씀입니까? 증거가 있으면 보여주십시오. 소인네 생각에도 어디까지나 지당한 말씀처럼 보입니다. 올바르게 박힌 사람이라면 누가 이 얼마 안되는 병력으로 어찌 30만의 대군을 물리칠 수 있다고 생각하겠습니까. 적어도 저희들에게는 그런 힘이 없습니다. 별가 어른께서는 자신이 있으신 듯하니, 내일 한번 나가 싸워보십시오. 이긴다면, 우리도 모두 명령에 복종하겠습니다.」

이 말이 끝나기가 무섭게 여기저기서 고함이 터졌다.

「옳소」

「아, 시원스럽다.」

「어디 한번 싸워보라지?」

제각기 한 마디씩 지껄이는 소리에는 모두 왕사에 대한 적의가 담겨져 있었다.

왕사도 이렇게 되면 약해질 수밖에 없었다. 고개를 푹 숙인 채 말이 없었다. 중론을 좇지 않았다가 나중에 자기에게 어떤 해가 돌아올지 모른다는 생각을 한 것이다. 그는 자리를 떠서 밖으로 나와 성루에 올랐다. 달이 대낮처럼 밝았다. 사방으로 한군의 진채가 보였다. 그는 불현듯 시 한 수를 읊었다.

달 밝고 별빛 희미한데 하얗게 서리가 들에 가득 내렸구나.
이 밤 오랑캐는 전거를 몰고 음산 기슭에 묵는구나.
한조가 이장군 같은 명장을 잃은 뒤로는,
선우가 공연히 우리 땅에 와서 말을 먹이고 있구나.

月明星稀霜滿野  월명성희상만야

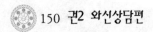

氈車夜宿陰山下   전거야숙음산하
漢家自失李將軍   한가자실이장군
單于公然來牧馬   선우공연래목마

전거(氈車) : 모직으로 포장을 두른 수레. 흉노의 추장이 탄 수레.
음산(陰山) : 중국 북부지방에 연하는 산맥.
이장군(李將軍) : 한문제 때 흉노를 토벌하여 공을 세운 이광(李廣)을
　　　　　　말함. 그에 대한 「*중석몰족(中石沒鏃)」이란 고사가 있다.
선우(單于) : 흉노의 추장.

―‥―‥―‥―‥・

　기뻐한 것은 구휘였다. 그는 갑자기 생기를 되찾았다.
　「그렇다면 어떻게 하자는 거냐? 기탄없이 말해보라.」
　한 병사가 앞으로 나섰다.
　「노야께서 여기 계실 때에는 만사를 노야의 분부대로 거행했
습니다. 그러나 지금은 명부께서 이곳의 성주가 아니십니까. 명부
께서 머무르신다면 저희들도 머무를 것이오며, 떠나신다면 저희
들도 모시고 떠나겠습니다. 또 명부께서 결정하시기 어려우시어
별가 어른께 일임하신다 해도 저희들이 그 분부를 거행치 못하겠
다고 여쭙는 것은 결코 아닙니다. 이 점 별가 어른께서도 오해 없
으시기 바랍니다.」
　그러나 왕사에 대한 말은 허울 좋은 협박임이 분명했다.
　그러자 판관(判官) 주개(周匄)가 말했다.
　「왕공(王公)의 말씀은 충성의 대의에서 나온 정론입니다만, 저
편지 때문에 병사들의 마음은 이미 해이해졌습니다. 이런 대중을
이끌고 성을 지키려 해도 못 지킬 것이니, 여러 사람의 의사를
따르는 수밖에는 도리가 없을 듯합니다.」
　구휘휘는 분위기가 차즘 떠나는 쪽으로 기우는 것을 보고 흐뭇

했지만 왕사 앞에서 마지막 결정을 공언하기에는 아직도 부끄러웠다. 이런 때의 편리한 무기는 대중이었다.

「양쪽에 다 일리가 있은즉, 여러 사람의 공론에 맡기려 하오. 누구나 다 말하라.」

또 한 병사가 앞으로 나왔다.

「상산과 거록의 싸움에서 죽은 사람이 어찌 몇 만에만 그치겠습니까. 여러 장수들의 고집이 어떠한 공명이 되어 나타났습니까. 이런 사정을 노야께서는 잘 아시는 터이므로 임시 적의 창끝을 피하였다가 때를 기다려서 이를 치실 원대한 생각을 하신 것입니다. 이는 병사와 백성을 아끼시고 아울러 나라에 대한 충절도 십분 세우신 것이니 반대할 이유는 하나도 없다고 봅니다. 당장 죽는 것만 충성이고, 후일을 도모하는 것은 충성이 아니란 말씀입니까. 저희들의 뜻은 이미 결정되었사오니, 장군께서는 영단을 내리시옵소서.」

구휘를 위해서는 안성맞춤의 논리였다.

「장하다! 모두 나라를 위하는 마음이 그토록 간절하니, 조만간 오랑캐가 평정되지 않고는 못 배기리라. 그럼 곧 청주로 떠날 것이니 채비를 서둘러라.」

이 말이 떨어지자 병사들 사이에서는 함성이 터졌다. 좋아서 날뛰는 여러 사람을 굽어보며 구휘는 매우 좋은 일이라도 한 듯 그 어떤 감격에 눈시울을 적셨다.

밤이 깊어지자 이 충성스런 집단은 양식과 무기와 돈을 싣고 동문으로 빠져나왔다. 무엇인가 꺼림칙하긴 했으나 누구에게나 구실은 준비되어 있었다.

「후일을 도모하자. 암, 오랑캐 놈들을 꼭 평정해야지……」

이 정보를 한군 측에서는 알고 있었지만 추격하지는 않았다. 장수들 중에 그 전량을 빼앗자는 사람도 없지 않았으나 장빈이 말렸다.

「저 사람들은 나에게 속아서 떠났기 때문에 많은 인명과 양식 면에서 덕을 보지 않았소? 그 정도는 가져가게 하여줍시다.」

다음날 한병은 피 한 방울 안 흘리고 성으로 들어갔다. 백성들은 길을 쓸고 향을 피우면서 새 주인을 영접했다. 어느 쪽 군대가 들어올 때나 그러했듯이……

## 제6장. 급군의 싸움

### 1. 살인의 조종(朝宗)

연주를 빼앗았다는 첩서가 들어오자, 한황은 매우 기뻐했다. 그는 조억과 기안(夔安)을 불러 말했다.

「경들 두 사람은 거록에서 싸워 보고는 지금까지 이곳에 있었거니와, 다른 장수들이 연달아 공을 세움을 보고 부러운 마음이 없지 않으리라.」

조억이 아뢰었다.

「나라를 위하는 길이 싸움뿐이겠사옵니까마는, 본시 무부라 폐하께서 통촉하심과 같사옵니다.」

「그러리라.」

황제는 소리내어 웃었다.

「그렇다면 2만의 병사를 줄 것이니, 급군(汲郡)을 쳐서 적의 세력을 덜도록 하겠는가?」

기안은 너무나 좋아서 입을 딱 벌렸다.

「그렇게 해주시오면 얼마나 영광이겠나이까. 반드시 공을 세워 성은에 보답하겠나이다.」

두 사람은 말뿐이 아니라 진정으로 고마워했다. 아랫사람의 사정을 알아주는 황제가 새삼 우러러보였다. 그들은 곧 군사를 모아 사은하고 서울을 떠났다.

한편, 연주에서는 유총이 장수들을 모아놓고 군략회의를 열었다.

「이곳을 빼앗은 일에 대해 폐하께서는 매우 기뻐하셔서 축하의 뜻을 전해오셨소 지금 어명을 받들어 조억이 급군을 치고 있다 하니 우리는 장차 어디를 쳐야 하겠는지 각자 의견을 말해 보시오」

관방이 아뢰었다.

「제 생각 같아서는 앞서 청주를 치는 것이 어떨까 하옵니다. 구희가 그곳에 있으나 도임한 지 얼마 되지 않았고, 도둑을 토벌하느라고 아직 안정되지 못한 듯하니, 갑자기 대군으로 임한다면 쉽사리 꺾이오리다. 만일 청주만 얻는다면 산동(山東)·산서(山西)는 당연히 우리 것이 되오리다.」

그러나 장빈이 고개를 저었다.

「아직 청주를 칠 수는 없을 것이오 그곳은 험준한 산하로 둘려 있으며, 구희가 아무 대책도 없이 앉아 있을 리 만무합니다. 그가 연주의 함락을 듣는다면 반드시 이를 되찾으려 할 것인데, 어찌 우리가 쉽게 발을 붙이도록 버려두겠소 그 사람은 지략이 많은 대장이니 그 험준한 지세를 이용하여 항거한다면 우리에게 많은 피해가 있을지도 모르는 일이오」

이 밖에도 여러 의견이 나와서 결정을 못 짓고 있는데, 척후의 보고가 들어왔다. 급군의 정세에 대한 내용이었다.

「조장군께서 급군에 이르시어 적장 서구서와 싸우고 계시나, 별로 이롭지 못한 듯하옵니다. 이 서구서라는 자는 서황(徐晃)의 손자로서 만부부당의 용맹이 있고, 그 막하에는 곽융(郭戎)이 있어 지략을 쓰는바, 이 사람은 곽회(郭淮)의 손자라 하옵니다. 그들의 지용이 예사가 아니어서 우리 측이 고전하는 모양이옵니다.」

이에 유총이 놀라서 장빈을 쳐다보았다. 장빈이 말했다.

「거기서 실수가 생긴다면 지금까지의 업적이 수포로 돌아갈 염려가 있습니다. 여기는 장수를 뽑아 굳게 지키도록 하고, 어서 급군을 쳐야 되겠습니다.」

유총은 장경·마영·조응에게 거록을 지키게 하고, 관산·이찬·왕복도에게는 상산(常山)을, 조개·요전·지웅에게는 연주를 맡게 했다.

이어 장빈이 또 말했다.

「이 연주는 서북의 요해지요, 여러 고을을 지키는 본거지입니다. 만일 구회가 쳐들어온다면 이것으로는 부족할 것이니, 관방·황신 두 장군에게도 1만 명씩을 주어 지키게 하십시오.」

배치를 마친 유총은 곧 대군을 인솔하여 급군으로 향했다.

이때, 급군을 지키는 서구서의 진영에는 새로운 정보가 날아들었다. 한군의 원수 유총이 친히 대병을 이끌고 연주를 출발했다는 것이다.

서구서는 한 대 얻어맞은 듯 얼얼한 표정을 하고 있더니, 이윽고 곽용에게 말했다.

「이거 큰일 났소이다. 조억이 2만을 이끌고 온 것조차 이기지 못하고 있는 터인데, 대군이 임한다면 어떻게 싸워내겠소. 듣자하니 유총 휘하에는 용장들이 많다 하고 또한 장빈이라는 자가 있어 지략이 놀랍다고 합니다.」

그러나 곽용은 담담한 표정으로 말했다.

「대병이 이르기 전에 계략을 써야 합니다. 그리하여 조억만 사로잡는다면 그때는 유총도 어쩔 수 없을 것입니다. 너무 걱정하지 마십시오」

그러자 서구서는 반색을 했다.

「그럴 수만 있다면야……」

「반드시 됩니다. 제게 이런 계책이 있습니다.」

곽융이 설명했다.

「이곳 함호산(陷虎山)은 절벽이 많은 바위산으로 발붙일 데가 없는 험지입니다. 그 속에는 한 가닥의 좁은 길이 있을 뿐인바, 이 길은 멀리 낙양으로 통하고 있습니다. 내일 장군께서는 조억과 싸우시다가 거짓 패하신 척 이리로 도망치시면서 원병을 청하러 낙양으로 가는 뜻을 보이십시오. 조억은 반드시 따라오리니, 그때에 양쪽 입구에 복병을 두었다가 일어나 친다면 소위 독 안에 든 쥐입니다. 제가 날개 돋친 새가 아닌 터에 어찌 빠져나가겠습니까. 반드시 사로잡히리다.」

그 말을 듣자 서구서는 매우 기뻐했다.

「그것 참 기가 막힌 계책이오. 과연 조부님의 유풍(遺風)을 간직하고 있구려.」

그는 곧 부장 장합(張郃)과 손장노(孫張駑)에게 5천의 군사를 주어 동쪽 입구에 매복케 하고, 장태(張駘)에게도 5천을 주어 동쪽 길가에 숨었다가 원군을 막게 했다. 그리고 곽융은 3천을 인솔하여 서쪽 골짜기 입구에 매복하고, 자기는 조억을 유인하되 포성을 신호로 해서 일어나 길을 끊으라고 지시했다.

이윽고 날이 밝자 서구서는 군사를 이끌고 한의 진영에 나타나 싸움을 걸었다.

이를 보고 기안이 싸우려 하자 조억이 말했다.

「저놈은 내가 맡을 것이니, 장군은 진을 지키십시오」

기안이 말렸다.

「위에 있는 장수는 만사를 삼가야 합니다. 만일의 경우에는 전군이 흩어지지 않습니까. 소장이 싸우겠습니다.」

그러나 조억은 듣지 않았다.

「나에게도 생각이 있으니 막지 마십시오.」

그는 곧 1만의 병사를 뽑아 진세를 벌인 다음, 스스로 진두에 말을 내어 크게 외쳤다.

「듣거라! 전일에 몇 번의 싸움에서 패하고도 어찌해서 다시 왔느냐. 장수 된 자는 모름지기 대세를 살필 줄 알아야 하나니, 빨리 말에서 내려 항복하라. 목숨만은 보장해 주겠다.」

북소리를 울리며 서구서도 진 앞에 나타났다.

「이놈! 어찌 망령된 말이 그리 심하냐. 내가 언제 너 같은 놈에게 패했으랴. 잠시 형세를 늦추어 주어서 개과천선하기를 기다렸더니, 은혜를 모르고 자존망대하며 날뛰는구나. 좋다. 오늘 만난 김에 자웅을 겨루어 보자.」

이 말에 조억은 크게 노해서 칼을 비껴들고 춤추며 앞으로 나갔다. 두 사람은 30합이나 싸웠으나, 그것쯤으로 승패가 가려질 인물들이 아니었다.

어느덧 싸움은 40을 넘어 50합으로 접근해갔다. 그러다가 서구서의 칼이 차차 활기를 잃어가더니 드디어 말머리를 돌리며 분하다는 듯 외쳤다.

「어디 두고 보자. 다음엔 꼭 네 목을 베어주마.」

조억은 그 뒤를 급히 추격했다.

「두고 볼 것이 뭐 있느냐? 비겁한 놈! 어서 싸움을 끝내자.」

서구서는 동쪽을 향해 달아났다. 그러면서도 가끔 돌아서서는 조억의 약을 올리곤 했다.

「이놈! 거머리같이 왜 따라다녀!」

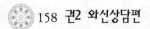

이러기도 하고,

「오냐, 네 머리를 천 동강을 내어주마. 그러나 오늘은 용서해 줄 것이니 내일 오너라. 어째서 자꾸 죽으려 드느냐.」

하고 놀렸다. 그럴수록 조억은 더욱 화가 치밀어서 그 뒤를 추격했다.

이윽고 함호산 기슭에 이르자 서구서가 병사와 주고받는 말이 조억에게도 들렸다.

「이 길이 낙양으로 통한다지?」

「그렇습니다.」

「그럼 너는 어서 돌아가 곽참군에게 여쭈어라. 독의 형세가 사나운 까닭에 원군을 청하러 내가 낙양에 갔다고. 속히 가거라.」

낙양에 청병하러 간다? 그렇다면 더더욱 잡아야 되겠다고 생각한 조억은 서구서의 뒤를 따라 골짜기로 들어섰다.

얼마를 달리던 조억은 적장의 모습이 안 보이는 데 놀랐다. 그제야 수상하게 생각한 그는 말을 멈추고 사방을 둘러보았다. 양쪽이 모두 천길 절벽으로 짐승이라 해도 기어오를 수 없을 것처럼 생각되었다.

순간 그의 뇌리에 한 가닥 의심이 스치고 지나갔다. 그는 말머리를 돌리려 했다.

그때였다. 어디선지 포성이 울렸다.

「아차, 내가 속았나보다?」

조억이 뉘우쳤지만 벌써 일은 벌어진 뒤였다. 좌우의 숲에서는 이미 복병이 벌떼처럼 밀려나오고 있었다.

언덕진 곳에 한 장수가 말을 세우고 외쳤다. 곽융이었다.

「거기 계신 것은 조억 장군이신가 합니다. 지금 양편에 길이 다 끊겨 있으니 귀순하십시오. 나는 장군의 고명을 듣고 사모한

지 오래되었은즉 부디 사(邪)를 버리고 정(正)으로 돌아와서 공명을 세우시기 바랍니다.」

그 공손한 말씨가 더욱 비위에 거슬려서 조억은 와락 성을 내며 소리쳤다.

「이놈! 무엇이 어쨌다고? 너희 역적 놈들이 정(正)이라고? 내 그 혓바닥을 뽑아 놓고야 말겠다.」

그는 분해서 씨근덕거리며 달려가려 했다. 그러나 그를 향해 무수한 화살이 날아오는 데는 도저히 접근할 수가 없었다.

그는 군사를 이끌고 동쪽 입구를 향해 가보았다. 예상했던 바이지만 여기에도 적병은 철통같이 진을 치고 있다가 그를 보자 일제히 활을 쏘아댔다.

그러자 한 장교가 말했다.

「양쪽이 다 이 모양이니, 지금으로서는 빠져나갈 도리가 없습니다. 잠시 군대를 공지에 물리셔서 적의 화공(火攻)을 피하십시오 조금만 기다린다면 반드시 우리 원군이 이를 것이오니 그때에 우리도 쳐나가서 협공하는 것이 상책이겠습니다.」

조억은 그 말이 옳다고 생각하고 군대를 중간지대에 집결시켜 견고하게 진을 쳤다.

조억이 함호산 골짜기에서 포위되었다는 말은 도망병에 의해서 곧 기안에게 알려졌다. 깜짝 놀란 기안이 곧 군대를 출동시키려 하자, 부장 도호(桃虎)가 말렸다.

「조장군을 유인하여 함정에 빠뜨린 놈들입니다. 어찌 원군이 올 것을 예상하여 대책을 세워놓지 않았겠습니까. 지금 갔다가는 우리마저 적의 손아귀에 들어갈지도 모를 터이니, 가벼이 움직이지 마십시오」

그러나 기안은 버럭 화를 냈다.

「아무리 그렇기로서니 아군이 함몰하는 것을 보고만 있으란 말인가. 그래 가지고야 어찌 남아로서 행세할 수 있으랴.」

「아닙니다.」

도호가 손을 저으며 말했다.

「이렇게 하시는 것이 어떻겠습니까. 장군께서는 본진을 굳게 지키고 계십시오. 그 동안에 저는 태자 저하의 진중으로 달려가서 사정을 말씀드리겠습니다. 그리하여 대군이 일단 여기에 이른다면, 조장군께서도 무사하실 수 있을 것 아니겠습니까?」

기안은 기뻐하며 그 말에 따르기로 했다.

이때 유총은 대군을 이끌고 급군을 향해 달려오고 있는 중이었으므로 도호는 하룻밤을 달린 끝에 이튿날 새벽에는 벌써 아군과 마주칠 수 있었다. 도호는 유총의 말 앞에 나가서 위급한 상황을 설명했다.

「뭐, 하루 낮 하루 밤을 갇혀 있다고?」

유총의 이마에 푸른 힘줄이 섰다.

「그렇사옵니다. 양식을 휴대하지도 않아 전군이 꼬박 하루를 굶었을 것이옵니다.」

유총이 채찍을 들어 말을 내려치며 성난 듯 외쳤다.

「가자! 앞장서서 길을 인도해라!」

풍우처럼 달린 유총의 군대는 점심 때 중에는 이미 기안의 진중에 도착해 있었다.

슬픔과 기쁨이 뒤섞인 가운데 기안이 눈물을 보이며 말했다.

「정말 면목이 없사옵니다. 하오나 조장군의 일이 급하오니, 얼른 군대를 내어주십시오.」

「너무 조급하게 굴지 마오.」

하고 장빈이 말했다.

「서구서에게는 그 조부 서황의 용맹이 있고, 곽융 또한 곽회의 지혜를 물려받았지 않았겠소 지금 만일 조억을 구하기 위해 군사를 함호산에 보낸다면 이는 조장군을 사지에 몰아넣는 일이 될 것이오 궁지에 몰린 적이 어찌 조장군을 순순히 살려서 돌려보내겠소? 우선 왕선봉을 보내 서구서의 본진을 치게 하고, 또 한떼의 군사를 성 가까이로 출동시켜 성을 빼앗는 척한다면 그들도 돌아서지 않을 수 없을 것인바, 조장군도 무사할 수 있으리다.」

유총은 그래도 걱정인 듯 말했다.

「그 생각이 묘하긴 하오만, 곽융은 제 할아비보다도 더 간사한 놈이오. 본진을 구하려 하지 않고 조억을 잡은 다음에 성에 들어가 굳게 지킨다면 어떻게 하겠소? 조억은 폐하께서 친히 보내신 장수라, 만일에 불행한 일이 있을 때는 그 책임이 나에게 돌아올 것이오. 신중히 생각하시오」

그러자 장빈이 웃었다.

「장군께서는 지나치게 걱정하십니다. 우리 대군이 임했으매 자기들 걱정이 앞서서라도 되돌아서지 않을 수 없을 것입니다. 조금도 염려 마십시오」

그는 황신과 조염을 불러 종이를 한 장 주었다.

「장군들은 정병 2천을 영솔하고 이 지시서에 따라 행동하라.」

또 호연유와 조번에게도 2천의 군사와 지시서가 주어졌다.

그리고 장빈은 그들에게 각별히 당부했다.

「그러나 진병이 조장군을 치지 않거든 아예 계략을 쓰지 마오단, 그가 쳐나오거든 포를 울려 알리고 이와 싸우시오」

네 사람이 물러나자 그는 곧 왕미를 불렀다.

「선봉은 3천 명을 이끌고 가서 적의 본진을 치시오 서구서가 구하러 오거든 싸워 무찌를 것이되, 그가 움직이지 않을 때에는

그 양식을 수레에 실어서 운반하는 척 빙빙 돌리시오. 이리하여
그가 구하러 오는 것을 기다렸다가, 기병(奇兵)을 내어 이를 잡되
그 계략은 선봉에게 일임하겠소. 단, 어디까지나 약한 체 해보여
서 적을 속이는 것이 필요하리다.」

왕미는 자신만만하게 가슴을 펴보였다.

「조금도 걱정 마십시오. 서구서가 비록 용맹하다고 하지만,
저에게는 철퇴를 던지는 기술이 있습니다. 지금껏 싸움에서 쓴
적이 없었으니, 내일 그를 베기 어려울 때에는 한번 시험해보겠
습니다.」

「아, 그거 참 좋은 생각이오!」

그의 솜씨를 알고 있는 유총이 기뻐했다.

마지막으로 유영과 관방이 불려왔다.

「두 분은 2만 명을 이끌고 성 가까이 가서 크게 소리를 지르고
북을 울려 성중을 놀라게 하시오. 만약 성중에서 싸우러 나올 때
에는 물론 싸우시오.」

이리하여 한군 측은 다음날의 전투에 대비하여 만반의 준비를
서둘렀다.

이때, 진군 측에서도 서구서가 곽융과 마주앉아 있었다. 유총의
대군이 이른 것을 알고 자기 조카 서양신(徐良臣)을 보내 곽융과
교대시킨 것이었다. 곽융이 도착하는 것을 보고 서구서가 말했다.

「조억이 이틀이나 굶었으니까 사람과 말이 다 녹초가 돼 있을
것이오. 지금 유총의 대군이 이미 도착했으니, 조억을 빨리 잡지
않으면 이제까지 고생한 보람이 없지 않겠소? 그래 오늘밤 어둠을
타서 조억을 습격하여 화공(火攻)을 쓸 작정이오. 그러면 죽든지
사로잡히든지 할 것이외다.」

곽융이 말했다.

「그렇게까지 하실 필요는 없습니다. 사지에 몰린 적이 가만히 앉아서 죽을 리가 없은즉, 우리 측의 희생만 커질 것입니다. 조억의 무리는 독 안에 든 쥐 신세입니다. 지금처럼 목만 지키고 있으면 스스로 굶어죽을 터인데 왜 서두르십니까. 더구나 어둠 속에서의 싸움은 길흉을 헤아리기 어렵습니다. 그것보다는 이대로 있다가 유총이 이곳으로 쳐들어오면 기병(騎兵)을 내어 이를 물리치고, 성을 에워싸 구하는 것이 만전의 대책입니다.」

그 말을 듣자 서구서가 고개를 끄덕였다.

「공의 말에 일리가 있소이다. 그렇다면 야전은 그만두기로 하고 나는 장태와 더불어 구원하러 나오는 유총의 군사를 막을 것이니, 공은 군사를 끌고 성 주변을 순시하여 언제 있을지 모르는 공격에 대비하시오.」

곽회도 이에 동의했으므로 이튿날이 되자 일부의 군사만 남겨 길목을 수비하게 한 후, 전군이 둘로 나뉘어 각각 떠났다.

장태와 함께 진군하던 서구서는 얼마 되지 아니하여 척후의 보고를 받았다.

「서북쪽으로 한떼의 적군이 가고 있는데, 모두 빌빌하는 놈들뿐으로 대단치 않아 보였습니다. 그들의 지껄이는 소리를 숨어서 듣자니, 우리 진영을 쳐서 양식을 빼앗겠다고 하더이다.」

그러자 서구서가 비웃었다.

「그놈들의 수효가 워낙 많고 보니 양식도 딸리는 모양이구나. 그까짓 양식쯤 달라면 주자꾸나.」

「안됩니다.」

장태가 핏대를 올리며 말했다.

「그들에게 양식을 빼앗기고 진채까지 타버린다면 우리 병사들의 마음이 동요될 것입니다. 아무리 비어 있다고는 해도 그곳은 우리들의 본영(本營)입니다. 그곳을 구해야 합니다.」

서구서는 한참 생각하더니 고개를 들었다.

「그도 참 그렇군! 그대가 5천 명의 병사를 끌고 가서 적병 놈들을 쫓아버려라.」

무슨 참새 떼라도 몰아내는 듯 간단한 말투였다.

장태는 곧 군사를 이끌고 달려갔다. 그는 도중에서 한떼의 한병을 만났다. 그런데 이쪽으로 오고 있는 것이 아니라 진병의 본진 쪽으로 가고 있는 군대였다. 그 행렬이라는 것이 가관이었다. 대오도 제대로 정비되지 못했고, 속력도 아주 느려서 마치 뜰 앞이라도 거니는 듯 어슬렁대고 있었다.

장태는 경멸하는 마음을 노골적으로 나타내며 외쳤다.

「이 얼빠진 놈들! 너희들은 대체 어디로 가는 것이냐? 하늘 높은 줄 모르고 덤벙대지 마라.」

이를 본 왕미는 일부러 병사들 사이에 숨고 왕여(王如)가 나가서 상대했다. 그는 일부러 얼빠진 행세를 해보였다.

「대체 너는 누구냐. 한나라 편이냐, 진나라 편이냐?」

장태는 하도 어이가 없어서 배를 움켜잡고 웃었다.

「하하하하! 어느 쪽이냐고? 이 바보 녀석! 어서 항복해라.」

「뭐라고?」

왕여가 깜짝 놀라는 시늉을 했다.

「아, 그럼 너는 진나라 놈이구나! 그러면 그렇다고 진작 말을 해야지. 나는 진나라 놈이라면 모조리 죽이기로 작정했으니까, 너도 용서는 못하겠다.」

바보치고는 엉뚱한 말을 하는 놈이라고 생각하며 장태는 다시 호통을 쳤다.

「이 얼간이 같은 놈! 내가 너 같은 조무래기를 상대할 줄 아느냐. 썩 비켜라!」

그러나 왕여는 무슨 생각을 했는지 칼을 뽑고 달려왔다. 장태가 화를 내면서 칼로 왕여의 머리를 쳤다. 그러나 왕여는 어느 결엔 지 칼을 피하면서 도리어 장태의 가슴을 향해 칼을 획 휘두르는 것이 아닌가. 하마터면 장태 쪽이 죽을 뻔했다.

「아, 요놈 봐라!」

하고 장태도 이번에는 정신을 바짝 차리고 달려들었다.

두 장수가 싸우는 모양을 지켜보던 왕미도 말을 몰아 다가갔다. 그리고 장태의 곁을 스치고 지나는가 싶었을 때, 어느새 장태는 왕미의 손아귀에서 버둥거리고 있었다. 다음 순간 허공에서 발을 버둥대던 장태는 한군의 한가운데 나가떨어졌다. 병사들이 우르 르 달려들어 묶어버렸다.

이를 보고 진병들은 모두 달아나버렸다. 얕보는 마음이 컸던 만 큼 공포도 컸다. 당장 자기 목에 칼이 들어오는 것처럼 기겁을 해 흩어졌다.

도망 온 병사에게서 이 소식을 들은 서구서는 깜짝 놀랐다.

「아니, 적장은 어떻게 생긴 놈이더냐? 눈썹이 노랗고 눈동자가 파란 기안이 아니더냐?」

「아닙니다.」

병사가 대답했다.

「기안은 저도 본 적이 있습니다. 그 사람보다는 시시해 보였으 나 싸워 보지도 못한 채 장태 장군이 사로잡혔습니다.」

「아니, 뭐라구?」

서구서는 곧 본진 쪽으로 말을 달렸다. 진채 가까이 갔을 때, 양 식을 실은 수레를 가운데로 해서 돌아오고 있는 한병을 만났다. 그런데 그 대오라는 것이 엉망이었다.

「이런 놈들에게 사로잡히다니?」

장태의 일이 못마땅했다.

양군의 거리가 가까워져도 한병의 앞에 서 있는 왕여는 속도를 높이지도 줄이지도 않았다. 마치 서구서 따위는 안중에도 없는 듯 걸음을 멈추려 하지 않았다.

서구서는 다시 화를 내며 칼을 뽑아들었다.

「이놈! 어찌 이리도 무엄하냐. 썩 말에서 내리지 못할까?」

그러자 왕여는 그에게도 어수룩한 말을 해보였다.

「왜 그러느냐. 이 말이 탐이 나느냐?」

화가 나 있던 서구서는 기가 막혀서 픽 웃었다.

「오냐, 탐이 난다. 그리고 네 모가지도 탐이 난다.」

그러자 왕여가 제 목을 두 손으로 움켜쥐었다.

「아니, 이 목이 탐나? 안된다. 갖고 싶으면 네 모가지를 베어줄 테니 가지렴.」

「무엇이?」

서구서가 눈을 부릅떴다. 바보인 줄 알았더니 어이없는 소리를 하지 않는가.

서구서는 칼을 들어 왕여를 치려했다. 그러나 그보다 먼저 왕여가 상반신을 틀어 이를 피하면서 칼을 친다고 친 것이 서구서의 투구에 맞았다. 금속성이 쨍 하고 울렸다.

얕보았던 서구서는 정신이 번쩍 들었다. 그는 태도를 고쳐 전력을 다해 왕여와 싸웠다.

두 사람의 싸움은 20합을 끌었다. 그제야 왕여의 칼에 어지러움이 보였다. 그럴수록 서구서는 요놈을 잡아서 투구를 얻어맞아 당했던 망신을 풀어야 되겠다고 생각하고 더욱 마음을 가다듬어 싸웠다.

마침내 왕여가 말머리를 돌려 달아나기 시작했다. 서구서는 그 뒤를 추격했다. 얼마를 가니 누군가가 자기 이름을 부르는 소리가 들렸다.

「장군, 서장군!」

그는 소리 나는 쪽을 바라보다가 기겁을 했다. 장태가 식량을 실은 수레 위에 결박당한 채 앉아 있었다.

「이놈들!」

분이 치민 서구서가 수레를 밀고 있는 한병들에게 달려가려 했을 때다. 어디선지 다시 왕여가 나타나 앞을 가로막았다.

「너, 저 사람을 아니?」

이놈은 바보인가, 미친놈인가? 검술은 어디서 배웠기에 이리도 대단한가 하는 생각이 서구서의 머리를 스치고 지나갔다.

「아는 사람이다. 너를 사로잡아 대신 앉혀 놓아야겠다.」

서구서는 이렇게 외치면서 다시 달려들었다. 그러나 이번 싸움은 오래 가지 않았다.

서구서의 뒤로 접근한 왕미가 철퇴로 그의 머리를 때렸기 때문이다. 장문(將門)에 태어나서 용맹을 떨치던 서구서였으나, 최후는 너무나 허무했다.

박살난 머리를 왕여가 냉큼 잘라서 들고 웃었다.

「역시 살인의 조종은 우리 형님이야!」

## 2. 곽옹의 죽음

왕미가 서구서를 죽이고, 장태를 사로잡아가지고 돌아오자, 원수 유총은 매우 기뻐했다.

「장군의 광세(曠世)의 공이 어찌 한신(韓信)·팽월(彭越 : 두 사람 다 한고조 유방의 맹장)에 뒤지랴. 길이 청사에 남으리라.」

그는 곧 장태를 참하게 하고, 장빈에게 물었다.

「적장의 목을 베었으니 천행이거니와, 조억을 속히 구해내야 하겠소」

장빈이 대답했다.

「그것은 걱정하시지 마십시오. 이미 황신·조염·호연유 세 장군이 가만히 함호산에 접근하여 동정을 엿보고 있사오니, 만에 하나라도 실수는 없을 것입니다. 그러나 일을 신속히 끝내기 위해서는 군대를 출동하여 성을 치는 척한다면, 곽융이 반드시 이를 구하기 위해 돌아올 것입니다. 어찌 조억을 잡을 여유가 있겠습니까.」

「어서 서두르시오」

하고 유총이 말했다.

「골짜기에 갇힌 군사들이 굶주려 있을 것을 생각하면 바늘방석에 앉은 것 같소.」

장빈은 곧 관근·장실·호연안·왕여 네 장수에게 명령했다.

「장군들은 2만의 병사를 이끌고 가서 네 개의 성문 밖에 진을 치라. 성을 칠 것처럼 위세를 보이되 절대로 공격은 마오. 곽융이 성중에 들어가지 못하도록 막기만 하면 되오」

그는 다시 관방·왕미·유영·양흥보를 불렀다.

「장군들은 1만 명을 이끌고 성문으로 통하는 모든 길목을 지키시오. 우리가 성을 친다는 소문이 나면 곽융이 필시 돌아올 것인바 그의 목숨은 장군들 수중에 있소. 부디 추호의 소홀함이 없도록 하시오」

그는 다시 기안·도호에게 1만의 병사를 주어 함호산에 있는 곽융의 진채를 공격하게 했다.

곽융은 서구서가 죽었다는 말을 도망 온 사병들을 통해서 들었다. 그의 얼굴은 흙빛으로 변했다.

「아니, 무엇이라고?」

아무래도 믿기 어려운 소리였다. 그렇게도 용맹한 서구서가 죽을 수 있겠는가. 그가 다시 적군의 정세를 캐물으려 하는데 성중에서 보낸 사자가 도착했다.

「지금 대군이 성을 포위했습니다. 백성들은 울부짖고 병사들의 마음도 동요하는 듯합니다. 속히 오셔서 구해주시기 바랍니다.」

곽융은 한참이나 얼이 나간 사람처럼 앉아 있었다. 슬기로운 그의 머리도 제대로 돌아가 주지 않았다.

그는 마침내 장노를 돌아보았다.

「일이 급하구려. 서양신을 남겨 이곳을 지키게 하고, 장군과 나는 성중으로 돌아갑시다. 이리하면 양쪽이 다 실수를 모면할 수 있을 것입니다.」

「조억을 버려두고 말씀인가요?」

장노가 언성을 높였다. 그도 그럴 것이 그는 이번에 죽은 장태의 형이었다.

「아, 제 아우는 사로잡히고 서장군은 돌아가셨는데, 조억이라도 잡아서 한을 풀어야 할 것이 아닙니까. 앞서 이 원수를 갚고 그 다음에 성중으로 돌아가도 늦지 않을 것입니다. 시기란 늘 있는 것이 아닙니다. 이 때를 놓치면 조억이란 놈을 언제 잡겠습니까?」

이에 곽융이 한탄했다.

「이러지도 저러지도 못하게 되었습니다 그려. 장군의 말씀에도 일리가 있습니다만, 성중에 사람이 없으니 어찌하겠습니까. 명부께서는 돌아가시고 장태 장군은 사로잡히셨으니 누가 성을 지켜냅니까. 제 아우가 있기는 하지만 그런 소임을 감당할 인물이 못됩니다.」

아우라는 것은 곽호(郭胡)를 가리키는 말이었다. 그는 다시 말을 이었다.

「지금 돌아가신 명부 어른의 권속뿐 아니라, 우리들의 식솔도 다 거기에 있는 터인데, 한 번 실수가 있고 보면 어찌 되겠습니까. 조억은 일개 적장에 지나지 않지만 성은 나라의 방패입니다. 적장 하나를 잡는다고 대세에 아무 영향도 없을 것입니다만, 일단 성이 떨어지고 보면 그 결과가 어떻겠습니까. 그러나 모처럼 잡아놓은 조억이 아까운 것도 사실인즉, 원하신다면 장군은 이곳에 머무셔서 그를 치셔도 좋겠습니다. 저는 군사를 얼마간 나누어가지고 성으로 돌아가겠습니다.」

장노도 이것마저 마다할 수는 없었다. 곽용은 5천 명을 이끌고 함호산을 떠났다.

그가 몇 리도 가지 못했을 때였다. 한떼의 군마가 나타나 앞을 막는데, 앞에 선 장수의 용모가 매우 사나워 보였다. 곽용은 호통을 쳤다.

「땅이 있어 하늘이 있고, 사람이 있어 천자가 계신 것은 당연한 이치이다. 너희들 오랑캐가 조정의 우악하신 은혜를 입고도 배반하고 행패 미치지 않음이 없으니, 크게 천리(天理)를 어기고 인륜의 강상(綱常)을 짓밟았도다. 속히 항복을 하여 죽음을 면하라.」

그러자 그 장수가 앞으로 나오면서 말했다.

「자식이 있어 부모가 계시고, 신하가 있어 임금이 계신 것은 떳떳한 천도(天道)다. 조씨(曹氏)가 신하의 몸으로 임금의 자리를 빼앗고 사마씨가 다시 그 자리를 찬탈했으니, 이런 것도 사람이라 한다면 개나 돼지도 사람이라고 불러야 하리라. 너는 무엇을 섬길 것이 없기에 개를 섬기느냐. 빨리 항복하라. 그렇지 않으면 이 왕미의 칼이 용서치 않으리라!」

개라는 말에 화가 치민 곽융은 달려들었다가 깜짝 놀라고 말았
다. 상대가 휘두르는 칼이 어떻게나 빠른지 도무지 종잡을 수가
없었던 것이다. 마치 수십 개나 되는 칼이 여기저기서 동시에 쳐
오는 것 같았다. 그는 재빨리 말머리를 돌려 달아났다. 왕미가 그
뒤를 추격해오지 않는 것만 다행이었다.

「아, 지독한 녀석도 다 있구나!」

이때, 왕미가 뒤쫓아 가지 않은 데는 이유가 있었다. 그는 함호
산에서 피어오르는 연기를 본 것이었다. 온 산을 휘감은 연기를
보고 있던 왕미가 외쳤다.

「저놈들이 불을 놓아서 조장군을 해하려 드는구나. 빨리 함호
산으로 가자.」

그는 휘하의 병사를 휘몰아 풍우같이 달려갔다.

함호산에서 벌어진 일의 경위는 이러했다. 곽융이 성을 구한다
고 떠나고 나자, 서쪽 골짜기로는 황신과 조염, 동쪽에서는 호연
유·조변이 쳐들어왔기 때문에 대혼전이 벌어진 것이었다. 싸우
면서도 장노는 분한 생각이 들었다. 자칫하다가는 조억이 풀려나
오지 않겠는가. 지금까지의 공이 아깝기도 하려니와 그렇게 된다
면 곽융에 대해서도 면목이 없는 일이었다.

그는 군사 몇 백 명을 나누어 골짜기 안으로 들여보냈다.

「마른 나무를 지고 가서 불을 질러라. 조억을 결단코 죽이고야
말리라!」

이리하여 골짜기는 삽시간에 연기로 휩싸이게 되었다.

이때, 조억은 멀리서 들리는 고함소리에 원군이 이른 것을 알
고, 자기 쪽에서도 쳐나오려고 하던 참이었다. 그러나 갑자기 피
어오르는 연기를 보고 깜짝 놀란 그는 곧 병사들을 데리고 산으로
기어올랐다.

「지금 아군의 공격을 받은 적이 당황해서 불을 지른 것 같다. 여기 있다가는 해를 입을 것이니, 어서 산꼭대기로 올라가자. 이 고비만 넘기면 살 것이다. 힘들을 내라!」

조억은 앞장서서 비탈진 바위산을 기어올랐다. 그는 일찍이 산적 노릇을 해본 적이 있었기 때문에 이런 일에는 아주 능숙했다. 발도 못 붙일 바위를 다람쥐처럼 기어 올라가서는 밧줄을 내려 부하들을 끌어올렸다. 그들이 산마루에 이르렀을 때에는 온 골짜기가 시뻘건 불꽃으로 뒤덮여 있었다.

조억은 한참이나 수목을 삼키는 화염을 내려다보고 서 있다가 큰 소리로 외쳤다.

「보아라, 저 불꽃을! 우리들을 죽이려고 놓은 불이지만, 사실은 진병 스스로를 태우는 불길인 것이다. 타라, 타라, 모두 태워버려라!」

병사들은 배고픈 것도 잊고 환호성을 올렸다. 정말로 진병을 태우는 불이라고 착각한 것인가. 아니면 무엇인지도 모르면서 조억의 힘찬 절규에 휘말려 들어간 것인가. 그것은 확실치 않았으나 어쨌든 병사들의 활기가 소생한 것만은 사실이었다.

조억은 칼을 끌고 길을 인도하여 산에서 내려왔다. 그러나 그가 불이 없다고 선택한 골짜기에는 불 대신 오명·오낭 형제가 5백 명의 군사를 데리고 지키고 있었다.

오명은 조억의 일행을 보자 공을 세우게 된 것을 기뻐하며 소리를 고래고래 지르면서 병사들을 늘어세우더니 화살을 비 오듯 퍼부었다.

얼마간 이대로 시간이 흘렀다고 가정한다면 조억의 운명도 어찌 됐을지 모르는 일이었으나 말발굽 소리도 요란하게 달려든 한 떼의 군대가 있었다. 왕미의 부대였다.

「조장군, 무사했구려!」

왕미는 조억의 안부부터 확인한 다음 진병 속으로 뛰어들었다. 그가 지나는 곳마다 가을바람에 잎사귀가 떨어지듯 사람들이 픽픽 쓰러졌다.

「이놈! 게 섰거라.」

오낭이 분노를 못 참고 달려들었다. 그러나 그는 처음부터 왕미의 상대가 못되었다. 첫칼에 얼굴을 맞고 나가떨어졌다. 동생이 죽는 것을 본 오명은 하도 겁이 나서 복수할 마음도 못 먹은 채 달아나버리고 말았다. 물론 그의 부하들도 앞을 다투어 도망쳤다.

왕미는 조억의 손을 잡고 울었다.

「장군! 얼마나 고생하셨소? 진작 도우러 오지 못하여 실로 죄송합니다.」

조억이 목멘 소리로 말했다.

「무슨 말씀을? 제가 변변치 못해서 병사들을 고생시키고, 장군에게까지 걱정을 끼쳤습니다.」

왕미가 조억을 따랐던 병사들을 향해 소리쳤다.

「그 동안 장군을 모시고 수고가 많았다. 어서 돌아가 술과 고기를 마음껏 먹어라.」

왕미와 헤어진 조억의 부대가 진으로 돌아가려고 길을 재촉하는데, 오명과 장노가 뒤에서 추격해왔다. 내가 굶었다고 이것들이 얕보는구나 생각하니 조억은 울컥 화가 치밀어 올라왔다. 그는 걸음을 멈추고 기다렸다.

그때, 옆으로부터 또 한떼의 군마가 나타나는 것이 보였다. 황신이었다.

「이놈들, 거기 섰지 못하느냐!」

황신이 하도 급히 달려드는지라 장노가 돌아서서 이와 맞섰다.

오명은 조억이 굶주려 있을 테니까 잡기 쉬울 것이라 생각하고 말을 달려왔다. 그러나 그것은 오해였다. 조억의 칼이 기다렸다는 듯 번쩍하고 빛나기가 무섭게 오명은 외마디 소리를 남긴 채 말 아래로 굴렀다.

조억은 다시 황신의 싸움을 도왔다. 이에 놀란 것은 장노였다. 예상 밖으로 조억의 기력이 여전한 데다가 두 장수를 상대하자니 힘에 겨웠다. 그는 곧 오던 길로 달아나기 시작했다. 조억이 쫓아가려 하자 황신이 이를 말렸다.

「쫓아가지 마시오. 내가 잡으리다.」

그는 활시위를 당겼다. 화살은 바로 도망하는 장노의 등에 꽂혀서 그를 쓰러뜨렸다.

진의 병사들이 우르르 몰려들어 떠메려고 하자 황신과 조명이 뛰어갔다. 병사들이 항거도 못 해본 채 사방으로 흩어졌으므로 두 장수는 부상한 장노를 유유히 사로잡았다.

황신과 장노가 본진으로 돌아가는데 뒤에서 외치는 소리가 들렸다.

「조장군! 조억 장군!」

돌아보니 호연유였다. 그의 말머리에도 오라를 지운 적장 서양신이 매여 있었다.

그들이 도착하자 유총은 자리에서 일어나 조억을 맞았다. 그들 사이에 감격에 넘치는 대화가 끝나자 유총이 말했다.

「이제는 걱정이 없어졌으니 총력을 기울여 성을 쳐라.」

장빈이 말했다.

「한 성에서 여섯 명의 장수가 잡혔으니 성 안이 비어 있을 것이오. 속히 병사를 이끌고 가서 곽융이 성내로 못 들어가도록 하오. 그리하면 성은 저절로 수중에 들어오리다.」

이에 왕미를 비롯하여 호연유·황신·조염 등은 각기 군사를 이끌고 성으로 밀려갔다. 임무라는 것이 곽융 한 사람을 잡는 것이니 토끼사냥이라도 나가는 기분이었다.

이때, 곽융은 갑옷과 투구까지도 벗어던지고 어떻게든 성 안으로 들어가려고 애를 쓰고 있었다. 그러나 요소마다 한병이 지키고 있었으므로 용이하지가 않았다.

숲속에 숨어서 기회만 엿보고 있던 그는 왕미 등이 밀려오느라고 떠들썩한 틈을 타서 재빨리 성으로 접근해갔다. 그가 소리를 지르려고 하는데 관방이 쫓아왔다.

「이놈! 옷 입은 것을 보아하니 병졸일 리는 없고 너는 필시 곽융이렷다! 빨리 항복해라.」

이렇게 되면 하는 수 없었다. 곽융은 칼을 뽑아 내키지 않는 싸움을 했다. 그는 어디까지나 성 안으로 들어갈 생각밖에 없었으므로 갑자기 동쪽을 향해 내달렸다. 마침 성 모퉁이에 나무가 하나 있었다. 그는 거기에 몸을 착 붙였다.

관방이 언월도를 빼어든 채 그의 앞을 지나가자, 이번에는 거꾸로 서쪽을 향해 달렸다. 서문에 이르자 그는 큰 소리로 외쳤다.

「문을 열어라. 곽 참모가 돌아왔다. 곽 참모가 왔으니 어서 성문을 열어라.」

이 소리를 들은 곽호가 문루에 올라가서 굽어보니 틀림없는 자기 형이었다. 그는 곧 뛰어 내려가 문을 열라고 병사에게 지시했다. 그러나 곽융에게는 너무나 운이 없었다. 그가 문이 열리기를 기다리고 있는 중에 관방을 비롯한 한떼의 장수가 먼지를 일으키며 다가왔다.

「아이쿠!」

곽융은 다시 뛰기 시작했다.

성문이 열렸을 때, 곽용을 따라가느라고 관방은 없었으나 장
실·양홍보·호연유 같은 장수들이 문 앞에 버티고 서 있었다. 놀
란 것은 곽호였다. 그는 얼른 성문을 닫으려 했다. 그러나 양홍보
가 철퇴를 휘두르며 달려드는 통에 병사들 속에 끼여 쫓겨 갔다.
그 후의 사태는 짐작하고도 남는 일이었다. 마치 조수와도 같이
한병은 성 안으로 꾸역꾸역 몰려들었다.

곽호는 북문으로 성을 빠져나왔다. 우연히 동행이 된 병사가 10
여 명쯤 그의 뒤를 따라왔다.

성문을 나서면 갈대가 우거진 언덕이었다. 그는 이 길에서 곧잘
말을 달리던 일이 생각났다. 그리고 잠시 걸음을 멈추고 성을 돌
아보았다. 미처 데리고 나오지 못한 가족들 생각이 났다. 지금쯤
아내와 형수가 애들을 안고 오들오들 떨고 있으리라 생각하니 숨
이 막힐 것 같았다. 그러나 오늘의 경우 다른 어떤 방법이 있었단
말인가. 그는 죽음이 두려웠다. 아까 성문에서 마주쳤던 장수 생
각이 났다. 철퇴를 높이 쳐들고 달려들던 그 흉악스런 얼굴! 온몸
에 오싹 한기가 스치고 지나갔다.

현실이란 때로 소설보다도 기이한 수가 있다. 그리고 더 가혹한
수도…… 곽호가 다시 걸음을 옮겨놓았을 그때였다. 한 사나이가
허둥지둥 달려오는 것이 보였다. 그리고 그 뒤를 쫓아오고 있는
것은 분명히 적장임에 틀림이 없었다. 곽호는 기겁을 해서 도망치
려 했다. 그런데,

「호야! 호야!」

하며 쫓기던 장수가 그의 이름을 부르는 것이 들렸다.

곽호는 그 순간, 귀신에게나 들킨 듯 찔끔해 가지고 뺑소니쳤
다. 이유는 알 수 없었다. 하여간 막 달리면서 속으로 부르짖었다.

「아니다, 우리 형님은 아니다. 암, 그렇고 말고. 우리 형님일

까닭이 없다.」

그의 볼에는 하염없이 눈물이 흘러내렸다.

이때 곽용 역시 나무 사이에 숨었다가 다시 달리고, 달리다간 다시 숨고 하면서 겨우 겨우 도망온 것이었다.

그러다가 그는 언덕 위에 서 있는 아우를 본 듯 느꼈다. 그러나 그가 부르자 도망친 것으로 미루어 본다면 자기가 잘못 본 것인지도 몰랐다. 그는 아까 본 얼굴을 다시 회상해 내려고 하였다.

그러나 뒤따르는 관방이 그런 명상을 그에게 허용해주지 않았다.

「이놈! 그래도 항복하지 못해!」

바로 등 뒤에서 나는 소리였다. 할 수 없이 그는 돌아섰다. 하지만 칼을 뽑지도 못한 채 관방의 언월도에 머리를 맞고 쓰러졌다.

## 제7장. 한단으로

### 1. 한단이호(邯鄲二虎)

원수 유충은 장수들을 모아놓고 말했다.

「우리가 좌국성을 나온 이래 일천(日淺)하건만, 다행히 여러 장병의 노고에 힘입어 연달아 거군대성(巨郡大城)을 수중에 넣게 되었으니 이런 경사가 없는 줄 아오. 그러나 중원을 도둑에게서 되찾아 한실을 다시 일으키는 데 우리의 뜻이 있으매, 소성(小成)에 자족하여 잠시라도 쉴 수는 없는 일이오《시경》에도 왕사미고(王事靡盬)라 했나니. 이 승승장구하는 형세를 타서 *멍석 말 듯 천하를 도모해야(捲土重來권토중래) 되는 줄 아오. 그렇다면 다음에는 어느 고을을 쳐야 되겠소. 각자 의견을 말하시오」

이에 군사 장빈이 말했다.

「지리로 논하건대, 앞서 손을 대야 할 곳은 당연히 한단(邯鄲)인가 합니다. 그러나 그곳을 지키는 장수가 예사 인물이 아니기에 다소 문제입니다. 자사 방응(龐鷹)은, 처음에는 촉한의 오호장으로 영용을 떨친 위후 마맹기(威侯馬孟起 : 마초)의 부장으로 있다가 나중에 위의 조조에게 항복하여 그 용맹을 자랑한 방덕(龐德)의 손자로서, 타고난 힘은 소의 뿔을 뽑고 활솜씨로 말하면 1

백 보 밖에 있는 버들잎을 맞힐 수 있다 합니다. 그 아우 방요(龐鵝) 또한 형에 못지않아서 1천 근의 바위를 가볍게 들어올리고 항상 1백 근짜리 장창을 휘두르니, 조인(趙人)들이 이를 일러 한단의 이호(二虎)라 하여 꺼린다고 들었습니다. 적장의 용맹이 이러니 쉽게 이길 수 없을까 두렵거니와, 만일 이를 버리고 타군을 친다면 저 형제가 반드시 뒤로부터 움직일 것이니, 한단을 뛰어넘어서 공을 이루기는 지난한가 합니다. 그러므로 우선 한단을 공격함은 사세가 부득이한 바 있으니, 우리 장수 중에서 능히 군령을 받들어 용감히 싸울 사람이 있어야만 비로소 기대할 수가 있는 일인가 합니다.」

이 말이 끝나기가 무섭게 유영이 외치고 나섰다.

「내가 있음을 잊으시고 군사는 어찌 그런 말씀을 하십니까. 저번 급군의 싸움에서는 촌공(寸功)도 못 세웠으니, 원컨대 제가 선봉이 되어 방응을 사로잡아 바치겠습니다.」

그러자 장빈이 웃으며 말했다.

「그야 장군이 맡아주신다면, 더 이상 무엇을 바라겠습니까.」

그러자 왕미도 가만히 있지 않았다.

「저에게도 선봉을 나누어 주십시오 저들이 두 사람이니, 우리도 선봉을 둘로 하여 싸우는 것이 당연하다고 봅니다. 그렇다고 유장군의 공을 샘낼 마음은 추호도 없습니다. 우리 둘이 협심해야만 성사가 되겠기에 여쭙는 말씀입니다. 제가 세운 공로는 다 유장군에게 돌리겠습니다.」

왕미가 이렇게 말하자, 유영이 도끼눈을 치뜨고 그를 노려보며 말했다.

「내가 이미 맡았거늘 장군은 왜 끼어드는가. 남의 공을 빼앗고 돌려주겠다는 것이 말이 되는가?」

왕미도 이에 지지 않았다.

「국가를 위해 일을 되게 만들어야지, 돌아올 공로만을 생각하여 어찌 독차지할 궁리만 하신단 말씀입니까?」

가만히 놓아두면 언젠가처럼 다시 대판 싸움을 벌일지도 모르는 일이기에 장실이 나섰다.

「장군들은 다투지 마십시오. 이치로 생각한다면 꼭 적장의 목을 베어야만 공로가 아닙니다. 한 곳을 지켜 움직이지 않는다 해도 제 맡은 직분만 다한다면 그것도 충성이 아니겠습니까.」

유영이 다시 말하려 하자 장빈이 손을 저어 막으며 말했다.

「내 아우의 말이 이치에 옳으니 더 이상 말씀하지 마십시오. 그러면 이렇게 하겠습니다.」

그는 마지막 단안을 내릴 뜻을 보였다.

「유장군은 좌선봉, 왕장군은 우선봉이 되시고, 내 아우에게는 후군(後軍)을 맡겨서 구응토록 하겠습니다. 황신·양국진 두 장군은 좌우의 독호(督護)가 되십시오. 곧 한단을 향해 떠날 것이며, 모든 것을 군령대로 하여 어지러움이 없도록 하시오.」

이에 한군은 다시 출정의 길에 올랐다.

이 소식이 한단군에 전해지자 방응은 막료들을 모아놓고 입을 열었다.

「한군이 침범해온다 하니 가서 싸우는 것과 성을 지키는 것 중에서 어느 길을 택해야 되겠소?」

그는 사태가 긴박하므로 일체의 사설을 생략하고 단도직입적으로 물었다.

여러 사람이 의견을 말했다. 대체로 수비하자는 주장이 지배적이었다. 성을 지키는 한편 발해군(渤海郡)과 조정에 사람을 보내 원병을 청해와야 한다, 즉 단독의 힘으로 싸우기에는 적이 너무나 강성하다는 것이었다.

이때 참군으로 있는 장획이 말했다.

「그렇게까지 크게 생각할 것은 없습니다. 이미 변방을 지키는 임무를 맡은 장수가 어찌 싸우기도 전에 원병부터 청하겠습니까. 적이 아무리 강성하다고 하나, 지략으로써 싸운다면 어려울 것도 없을 것입니다. 나에게 한 가지 꾀가 있습니다.」

장내는 일순 조용해졌다.

「모두 마복산(馬服山)을 아실 것입니다. 여기는 매우 험준하며 길이 좁습니다만, 한병은 반드시 이리로 오게 될 것입니다. 다른 길은 없으니까 도리가 없겠습니다. 만일 한 장수에게 5천쯤의 병사를 주어 여기에 책(柵)을 세우고 지키게 한다면 그들이 비록 날개가 돋쳤다 해도 넘지는 못할 것입니다. 병법에 이르되, 먼저 높은 땅을 차지하는 쪽이 이긴다 했습니다. 이것이 바로 이좌거(李左車)가 정경의 길에서 한신(韓信)을 괴롭히던 수법입니다.(*敗軍之將不言勇패군지장불언용)장군은 어서 마복산을 취하십시오」

그러자 방응은 크게 기뻐했다.

「그것 참 좋은 생각이오. 참군과 내 아우는 성을 지키고 있으시오. 내가 직접 가겠소」

그는 곧 군사를 이끌고 마복산에 이르러 험한 곳이 가려지도록 책을 세워서 길을 막고 한군이 오기만을 기다렸다.

이때 두 길로 갈라져서 진군해오던 한군은 마복산 밑에서 서로 만났다. 만나려는 예정이 있어서가 아니라, 길이 그렇게 나 있었다. 곧 이어 척후의 보고가 들어왔다.

「한단으로 통하는 길은 이 길 하나뿐이온바, 산상에 적의 기가 펄럭이고 있는 것으로 보아 대군이 나와 길목을 막고 있는 모양입니다.」

두 선봉은 상의한 끝에 마복산 중턱에 군대를 주둔시키고 왕미가 말했다.

「험한 산세를 이용하여 길을 막으니 쉽게 통과하지 못할 것입니다. 여기서 후군의 도착을 기다렸다가 군사 어른의 지시를 받음이 좋겠습니다.」

「그게 무슨 소리요?」

하고 유영이 반대했다.

「선봉이라는 것은 물을 만나면 다리를 놓고 산을 만나면 길을 여는 것이 직책입니다. 장군은 여기를 지키고 계시오. 내가 가서 동정을 살피고 오리다.」

그는 곧 군사를 이끌고 함성을 지르면서 산길을 올라갔다. 얼마를 가니 책(柵)이 보였다. 유영은 군대를 적당히 배치하여 싸울 자세를 갖추었다.

이윽고 책문이 열리며 한 장수가 달려 나왔다. 훤칠한 키에 떡 벌어진 어깨, 수염은 강철과 같고 눈은 횃불처럼 이글이글 타고 있었다. 큰 칼을 옆에 차고 한혈마(汗血馬)에 높이 앉아 우레와 같은 목소리로 호통을 쳤다.

「조정에 반역하는 이 오랑캐 놈들아! 한단에 방장군 있다는 말을 들어보지도 못했느냐. 일부러 와서 호랑이의 수염을 건드렸은즉, 살아서는 이 산을 못 내려갈 줄 알아라. 그러나 항복을 한다면 받아주마.」

유영이 노하여 외쳤다.

「이 어리석은 녀석아! 산골에서 힘깨나 쓴다고 자존망대하지 마라. 우물 안 개구리가 어찌 천하가 넓은 것을 짐작할 수 있으랴. 너는 허술·전승·서구서·장우 따위를 어떻다 하느냐. 그들이 모두 내 단창에 끝장이 났건만, 내 이름만 들어도 도망해야 옳을

놈이 어찌 이리도 담이 크단 말이냐. 소원이라면 네 목에 구멍을 내주마.」

이에 성이 난 두 사람은 서로 크게 싸웠다. 유영이 쓰는 창이 번개 같다고 하면, 방응의 칼은 무지개 같아서 허공에 수를 놓았다. 두 장수가 일으키는 먼지는 회오리바람을 불러일으키고 태양의 광명마저 앗아버리는 듯했다. 쌍룡이 바다를 뒤집는 것과 같은 싸움은 50합에서 60합으로 접어들었다. 양쪽 군사들은 자기 몸이 싸움터에 있는 것도 잊어버린 듯 멍하니 바라보고만 있었다.

방응은 유영이 보통내기가 아님을 알고 한 가지 꾀를 생각해냈다. 잠시 후 그의 칼은 차차 정채(精采)를 잃어가는 듯하더니 마침내 말머리를 돌려 달아났다.

「이 비겁한 놈! 썩 돌아서지 못하겠느냐.」

적의 속임수를 눈치채지 못한 유영은 소리를 지르면서 그 뒤를 쫓았다. 방응은 달리면서 뒤를 힐끔 돌아보았다. 유영이 자기 꾀에 빠졌음을 확인한 그는 칼을 허리에 차고 안장에 매어 놓았던 활을 집어 들었다. 그리고 돌아다보며 활을 당겼다.

유영은 적장이 몸을 트는 순간 안장에 착 엎드렸다. 화살은 그의 투구 끈을 끊고 스쳐 지나갔다. 유영은 더욱더 화가 치밀어서 쫓아갔다.

「이 쥐새끼 같은 놈! 정정당당히 왜 못 싸우느냐.」

방응은 유영이 여전히 따라오는 것을 알자 연주관사법(連珠貫射法)을 썼다. 화살과 화살이 간격을 두지 않고 이어져 날아가는 기술이었다. 화살 2개가 연달아 날아왔을 때, 유영은 첫번째 것은 엎드려서 피했다. 그러나 몸을 바로잡는 순간 다시 날아드는 데는 미상불 기겁을 하지 않을 수 없었다. 그는 엎드릴 틈도 없었으므로 얼굴을 옆으로 휙 돌렸다. 화살은 유영의 목을 아슬아슬하게 스치고 지나가며 목 언저리 할퀸 상처를 남겼다.

이번에는 방응 편에서 깜짝 놀랐다. 연주관사법으로도 안된다면 손을 들 수밖에 없다고 생각한 그는 단념하고 책으로 돌아가려 했다. 그러나 쫓아오던 유영이 돌아서는 것을 보자 다시 욕심이 났다. 그는 유영의 뒤를 추격하면서 다시 한 번 쏘았다.

그 순간 유영의 상반신이 앞으로 푹 엎어졌다. 말은 유영을 실은 채 여전히 달리고 있었으나, 그의 상반신은 다시 일어나지 않았다. 이번에야말로 치명상을 준 것임에 틀림없다고 생각한 방응은 더욱 급히 그 뒤를 쫓아갔다.

그러나 이것은 그의 착각이었다. 유영은 시위소리에 엎드려서 화살을 피하면서 상대를 속이기 위해 몸을 일으키지 않은 것이었다. 유영은 그대로 달리다가 산모퉁이를 돌아가자 거기에 말을 세우고 기다렸다.

이런 줄도 모르고 달려오던 방응은 유영이 눈을 부릅뜨고 있는 것을 보자 그야말로 '유령'이나 만난 듯 질겁했다. 급히 말을 세우려 했으나 그때는 벌써 유영의 창이 그의 넓적다리를 찌른 뒤였다. 다행히 갑옷이 두터웠던 까닭에 상처는 대단치 않았지만 깜짝 놀란 그는 말을 돌려 달아나지 않을 수 없었다.

유영은 그 뒤를 추격하여 적의 책(柵)이 세워진 곳까지 왔다. 그러나 산 위에서 돌멩이가 마구 굴러 떨어지는 데는 그로서도 어쩔 도리가 없었다.

이튿날, 후군이 도착했다. 그 동안의 경과를 모두 듣고 나서 장빈이 말했다.

「내가 수집한 정보에 의하면 방응은 허술이나 전승같이 용맹밖에 없는 사람이오 그러니 그를 무찌르기는 쉽지만 참군 장획은 지혜가 대단한 모양이니 얕볼 수 없겠습니다.」

그러자 옆에서 유총이 근심이 되는 듯 말했다.

「군사는 쉽게 말씀하지만, 이런 험지를 등지고 막으니 어찌 용이하겠소 여기를 무슨 수로 통과한단 말이오?」

그러나 장빈은 웃으면서 대답했다.

「그것은 걱정 마십시오. 험지라고는 하나 촉(蜀)으로 가는 잔도(棧道) 같지는 않습니다. 애쓰면 무슨 방법이 생길 것입니다.」

그는 장수들을 둘러보며 말했다.

「내일 유선봉은 본진을 지키시오 방응이 상처까지 받았으니까 그렇게 쉽사리 싸우러 오지는 않으리다. 그 사이에 왕선봉은 1천 명을 이끌고 서쪽으로 돌아가서 얕은 데를 가려 길을 내시오 하다못해 나무꾼들의 길이라도 있을 테니까 바위를 쪼개고 다리를 놓는다면 이 산 하나쯤 넘어갈 수는 있으리다.」

그는 다시 양홍보·기안·조억 등 세 장수에게 명령했다.

「장군들은 보전(步戰)에 익숙한 터이니까 왕선봉을 도와 길을 내고 곧 한단성 가까이 가서 성을 칠 것처럼 허세를 부리시오 아마 장획이 방응을 성으로 돌아오도록 하리다. 이리하여 방응만 산을 떠난다면 그 다음에야 무엇을 걱정하리까.」

이때 관하가 말했다.

「방응을 성중에 들어가지 못하도록 하는 것이 어떻겠습니까. 만일 허락하신다면 저도 산을 넘어가서 다른 장군들과 함께 도중에 진을 치고 있다가 우리 대군과 협공해서 잡았으면 합니다.」

장빈이 무릎을 치며 탄복했다.

「과연 용하오 내가 왕선봉을 시켜 길을 내게 하는 것도 사실은 그런 계획이 있어서요 그럼 장군도 함께 가시구려.」

이튿날, 왕미는 관하·양홍보 등과 함께 병사를 독려하여 길을 냈다. 바위는 굴리든지 깨어버리고, 거치적거리는 수목은 베어서

도랑에 다리를 놓았다. 사흘만에야 봉우리까지 길을 텄다. 산마루에 오른 왕미 일행은 거기부터는 평평한 길이 나 있는 것을 보고 크게 기뻐했다.

「이만하면 수레도 통과하겠군.」

그들은 곧 군대를 휘동하여 산을 넘었다.

이 보고를 들은 장빈이 손뼉을 치며 웃었다.

「이제야말로 한단성을 수중에 넣게 되었구나.」

닷새째가 되는 날이었다. 책(柵)을 지키고 있던 방응에게 척후가 숨을 헐떡이면서 놀라운 소식을 보고했다.

「장군! 큰일 났습니다. 지금 한나라 놈들이 한단 성을 치고 있습니다.」

「뭐라고?」

방응은 하도 놀라 의자에서 벌떡 일어났다.

「그놈들이…… 저 한병 놈들이 말입니다. 우리 성을 칩니다. 제 눈으로 보고 왔습니다.」

졸병은 대장이 펄쩍 뛰는 바람에 기겁을 했다.

「아니 그래, 이놈아!」

방응이 졸병을 노려보았다.

「그놈들이 어디로 해서 왔다더냐? 그것도 알아보지 못하고 달려왔단 말이냐?」

「아니, 아니올시다.」

졸병이 허겁지겁 말했다.

「그런 것이 아니오라 알아보았습니다. 그들은 서쪽 골짜기로 길을 내고 산을 넘었다고 합니다.」

방응은 의자에 엉덩방아를 찧듯이 앉으며 긴 한숨을 쉬었다.

「아, 이 오랑캐 놈들의 간계가 어찌도 그리 용의주도하단 말이냐. 고약한 오랑캐 놈들!」

그는 한참을 의자에 기댄 채 멍하니 앉아 있다가 찬 술을 연방 들이키면서 생각에 잠겼다.

성이 공격을 받는다면 달려가야 한다. 이 산길 하나가 아무리 요해이기로니 성과 바꿀 수는 없지 않은가. 그러나 어떤 잘못된 정보에 움직이는 것이 되고 만다면 그때에는 적병을 끌어들여 자멸하는 결과밖에는 되지 않는다. *의심암귀(疑心暗鬼)라는 말이 있듯 이렇게도 생각해보고 저렇게 생각을 해보아도 좀처럼 정리가 되지 않는 것이었다.

이때, 성중에서 아우가 보냈다는 졸병이 나타났다. 그는 떨리는 손으로 편지를 빼앗듯이 움켜잡았다.

　　<한병들이 갑자기 밀려들었습니다. 지금 성을 에워싸듯이 여기저기에 진을 치고 북을 울리고 호적을 불어대는데 그 형세가 대단합니다. 듣기에 새로 길을 내고 넘어왔다고 하니 원통하기 이를 데 없습니다. 생각건대 성도 위험하거니와 형님도 위태로우십니다. 주력부대가 다 빠지고 난 적군을 막아보셔야 소용없을 뿐 아니라, 오래 끌면 군량이 모자랄 테니 어찌하시렵니까. 하물며 일단 성이 떨어진다면, 그곳을 확보한들 무슨 이로움이 있으리까. 속히 성중으로 돌아오셔서 생사고락을 함께 하시기 바랍니다.>

틀림없는 아우의 필적이었다. 이제는 더 걱정하기도 싫었다. 그는 곧 막료들을 불러 편지를 보이고 나서 담담히 말했다.

「속히 돌아가 성을 구합시다. 이곳에는 여기저기 기를 꽂아 놓아 대군이 머무는 척 적을 속이고 어서 한단으로 떠납시다.」

그들은 사경(四更)에 일어나 말에 재갈을 물리고 소리 없이 산을 내려갔다.

이런 줄도 모르는 유영은 아침부터 진병의 진을 쳤다. 그러나 아무리 가까이 가도 죽은 듯이 고요하기만 했다. 이날따라 날아오는 화살도 굴러 떨어지는 돌멩이도 보이지 않았다.

한참 바라보고 서 있던 유영은 명령했다.

「저놈들이 필시 한단으로 도망했을 것이다. 빨리 뛰어들어 불태워 버려라.」

병사들이 우르르 밀려갔다. 아닌 게 아니라 책(柵) 속에는 진병의 그림자는 하나도 눈에 띄지 않았다.

훨훨 타오르는 불길을 등진 채 유영이 외쳤다.

「저것들이 그렇게 멀리는 못 갔을 것이다. 몸에서 무거운 짐은 벗어던지고 모두 내 뒤를 따르라!」

그들은 함성을 지르며 쏜살같이 산길을 내려갔다.

한편 마복산을 버리고 달리는 방응은 여간 초조한 게 아니었다. 그동안 성이야 떨어지지는 않았겠지만, 적군이 그 주변에 진을 치고 있다고 하니 어떻게 입성하느냐가 문제였다.

그보다 차라리 적당한 곳에 진을 치고 기각지세(掎角之勢)가 되어가지고 서로 호응해서 싸우는 것이 나을 것인가.

이런 생각을 하며 산을 다 내려와서 대로에 들어섰을 때였다. 어디선지 포성이 울리더니 한떼의 인마가 쏟아져 내려와 길을 막는 것이 보였다. 방응은 달갑지 않았으나 싸우자면 싸우는 도리밖에 없었다. 그는 급히 진세를 벌였다.

이윽고 한병 쪽에서 한 장수가 황급히 달려 나오더니 큰 소리로 외쳤다.

「거기 온 것은 한단자사 방응이라고 들었다. 듣자 하니 너는 지용을 겸비했다고 하매, 반드시 대의(大義)의 소재와 시세의 흐

름을 알고 있으리라. 너희 사마씨가 천자의 자리를 도둑질하여 백
성을 도탄에 빠뜨렸기 때문에 우리는 한실을 부흥해서 사해를 편
안케 하고자 일어난 것이다. 하늘로 머리 둔 자는 누구나 *단사호
장(簞食壺漿)으로 왕사(王師)를 맞이하는 이때, 너는 의에 있어 어
떠냐. 다시 듣거라. 왕사가 향하는 곳에 적이 없어 불과 몇 달 사
이에 여섯 고을이 멍석 말리듯 귀순했고, 약간의 용맹으로 이름
있던 허술·전승·서구서·장우 등이 모두 목숨을 바쳤으니 천명
이 돌아가는 곳이 아니라면 어이 이럴 수 있으랴. 너는 대세에 있
어 이해가 과연 어떠하냐. 너는 속히 전비를 뉘우치고 바른 곳으
로 돌아오라. 전승을 사로잡은 왕미가 바로 이 몸이니라.」

방응은 화가 치밀어 숨을 헐떡이고 어깨를 들썩거리면서 소리
를 버럭 질렀다.

「이 오랑캐 놈의 자식! 아무리 오랑캐이기로 어찌도 그리 방자
하단 말이냐. 오랑캐면 오랑캐답게 천조를 섬기는 것이 도리이겠
거늘, 은혜를 배반하여 망령되이 군사를 일으킨 끝에 이제 못하는
소리가 없으니 어찌 용서하랴. 내 기어코 너희들 오랑캐를 전멸시
켜 씨를 남기지 않으리라!」

그는 칼을 춤추며 왕미에게로 돌진해갔다.

두 사람은 30합 이상이나 싸웠다. 방응은 홧김에 달려들기는 했
으나 곧 후회했다. 상대의 용맹이 예사가 아니매 승부가 단시간에
가려지기는 틀렸고, 여기서 실수라도 하게 되는 날에는 성이 어찌
되랴. 그는 어떻게든 기회를 엿보아 성으로 도망치려고 마음먹고
싸우는데, 설상가상으로 한 장수가 철퇴를 휘두르며 싸움에 끼어
들었다.

「이놈! 너도 양홍보라는 내 이름을 들은 바 있으리라. 이 80근
짜리 철퇴로 네 갈비뼈가 얼마나 딱딱한지 시험해 보리라.」

말만 들어도 소름끼쳤지만 바람을 일으키는 그 투박한 무기는 보기만 해도 겁이 났다. 더구나 왕미와 함께 달려드는 것을 무슨 재주로 막으랴. 방응은 체면 불구하고 왼쪽으로 달아났다.

　그러나 심술궂은 장수 하나가 도끼를 들고 뛰어나오면서 앞을 막았다.

　「이놈! 기안 장군의 도끼 맛을 좀 보려느냐」

　방응은 기겁을 해서 왼쪽으로 트인 소로로 달려갔다. 어째서 한군에는 저렇게도 우악스런 놈들이 많단 말인가. 역시 오랑캐가 돼서 그럴까. 하여간 생각만 해도 등골이 오싹했다.

　그는 뒤를 돌아보았다. 다행히 추격해오는 적의 모습은 보이지 않았다. 단풍이 붉게 물든 산등성이로 비어진 언덕길을 달리고 있자니까, 갑자기 자기 혼자라는 생각이 들었다. 적의 꾀에 빠져서 군사들마저 버려둔 채 도망치고 있는 자기 꼴이 말이 아니었다.

　고개를 드니 멀리 성이 바라다보였다. 그렇다. 무슨 수모를 당하든 빨리 저 속으로 들어가야 한다.

　그때 갑자기 포성이 울려퍼지는 통에 그는 꿈에서 깬 것처럼 정신을 가다듬고 앞을 바라보았다. 한 5천 명은 됨직한 군대가 장사진(長蛇陣)을 이루고 있는 것이었다. 다시 북소리가 둥 둥 둥 울리는가 싶었을 때, 봉두잠미(鳳頭蠶眉 : 봉의 얼굴에 누에 눈썹)의 한 장수가 오른손에는 언월도를 들고 또 한 손으로는 배꼽까지 드리워진 수염을 쓰다듬으면서 말을 달려 앞으로 나왔다.

　「적장 방응은 듣거라. 네 부조(父祖)가 각기 역적을 섬겨 그 악을 도왔거늘, 어찌 너마저 뉘우침이 없단 말이냐. 특히 네 아비 방회(龐會)는 천촉(川蜀)으로 들어왔을 적에 우리 숙부의 일가를 몰살했으니, 그 죄가 하늘에 사무친 바이다. 이제 네가 내 앞에 나타나게 된 것도 우연이 아니며, 천지의 인과(因果)는 벗어날 수 없을 것이다. 어서 무릎을 꿇고 형을 받아라.」

방응은 상대가 관우(關羽)의 손자인 것을 알고 더 이상 싸울 생각을 잃고 오른쪽 밭 사이로 난 길을 무작정 달려갔다. 그러나 얼마 후 또다시 한 장수가 길을 막는데, 방응은 아까 만났던 관방인가 하여 찔끔했다. 그도 그럴 것이 그는 관근이었다.

「이놈! 말에서 못 내리느냐!」

허공에 원을 긋는 언월도를 몇 번인가 막아서 싸우다가 그는 다시 도망쳤다. 그러나 몇 걸음도 가지 못해 1장 6척의 장모(長矛)를 휘두르며 달려드는 장수와 맞닥뜨렸다.

「들어라. 나의 조부는 장탁주(張涿州) 어른이시니 방덕의 손자인 네가 감히 겨루어 보려느냐?」

관우의 손자가 나와 지쳐 있던 차에 이번에는 장비의 후예인가 하고 생각하니, 싸우기도 전에 지긋지긋해졌다. 방응은 그를 상대하지 않고 밭으로 들어서서 아무 데로나 마구 달려갔다.

스스로 생각해도 체모가 말이 아니었다.

「아, 방응아, 네가 함정에 빠졌구나!」

그는 자기 자신에 대해 이렇게 중얼거리며 말을 달렸다.

한참을 달려 이제는 적도 멀어졌으려니 생각하여 다소 마음을 놓은 그가 어느 수수밭에서 한길로 나왔을 때였다.

「이놈! 어디를 돌아다니다가 이제야 와!」

귀청이 떨어지도록 나는 큰 고함소리에 깜짝 놀라서 고개를 든 방응은 자기 눈을 의심했다. 관방이 언월도를 비껴들고 떡 버티고 서 있는 것이 아닌가. 방응은 어느덧 제자리로 다시 돌아오고 만 것이었다.

그는 다시 밭길로 내뺐다. 그러나 얼마 후에 한 장수가 철퇴를 들고 뛰어나오는 것을 만났다.

「서강(西羌)의 마합(麻哈)이 너를 기다렸다.」

방응도 이제는 화가 났다. 이놈이야말로 진짜 오랑캐가 아닌가. 내가 쫓기니까 이런 것까지도 모멸하고 달려드는구나 생각하니, 분노를 참을 길 없었다.

「이 오랑캐 녀석! 어느 앞이라고 네가?」

그는 말도 끝맺지 못하고 칼을 뽑아들었다.

두 사람은 10여 합을 싸웠다. 아무리 궁지에 몰렸기로 마합은 방응의 상대가 아니었다. 마침내,

「이놈!」

하는 호통과 함께 마합은 어깨를 맞고 말에서 떨어졌다. 그러나 방응은 그 목은 벨 엄두도 못 내고 그대로 달려갔다.

곧 이어 뒤에서 관방이 추격해왔다.

「방응아! 네 녀석에게 날개가 돋친들 어찌 우리가 쳐놓은 그물을 빠져나가랴. 네가 할 수 있는 일은 정정당당히 싸우다가 죽든지 항복하든지 두 길뿐이다. 쓸데없이 도망치려 하지 마라.」

그 말이 사실인지도 몰랐다. 내가 가면 어디로 간다는 말인가. 그렇다면 저놈이나 죽이고 죽자. 방응은 돌아서면서 외쳤다.

「좋다, 어디 한번 싸워보자.」

죽음을 각오하고 나니 한결 마음이 편했다. 방응은 관방을 상대하여 여유있게 싸웠다.

그것은 마치 호랑이가 서로 사투를 벌이는 것 같았다. 고함소리는 들에 울리고, 허공에는 때 아닌 번갯불이 일어 보는 사람의 눈을 어지럽혔다. 30합이 되어도 두 사람은 조금도 피로의 기색을 보이지 않고 싸움은 더욱 치열해져갔다. 만일 그대로 방치해두었다면 두 장수는 2백 합 3백 합이라도 싸움이 계속되었을지도 모르는 일이었으나, 이때 유영이 한떼의 인마를 이끌고 달려왔다.

그 순간, 죽으려던 결심도 잊고 방응은 말을 채찍질하여 달아났다. 그것은 거의 본능적인 반사작용이었다.

## 2. 원수끼리의 대결

방응은 달려가다가 어느 언덕 위에 말을 세웠다. 넓은 들판에 움직이고 있는 한병들이 보였다.

「내가 함정에 빠졌구나. 고약한 오랑캐 놈들!」

그는 수십 번도 더 되씹던 생각을 다시 했다. 동으로 가랴, 서로 가랴? 어디로도 길은 있었지만, 그 어느 길이건 이미 적병에 의해 막혀 있었다. 그가 이렇게 망설이고 있는데 2, 30명의 사병들이 수수밭에서 뛰어나왔다.

「장군!」

「장군!」

저마다 외치는 품이 무척이나 반가운 모양이었다. 방응도 그들이 반가웠다. 눈에서는 뜨거운 것이 흘러내리기까지 했다.

「오, 너희들도 용케 살아 있었구나. 얼마나 혼이 났느냐?」

그러자 한 병사가 씩 웃어 보였다.

「저희들은 할 수 없이 저 밭 속에 숨어 있었습죠. 하오나 적병이 한 놈 지나가기에 잡아버렸습니다.」

그 소리를 듣고 보니, 아닌 게 아니라 그 사병의 손에는 웬 머리가 하나 들려 있었다.

「오, 장하다.」

방응도 웃었다. 한 백 년 만에 웃어보는 듯했다. 그와 동시에 어떻게든 살아야 되겠다는 생각도 들었다.

「얘들아! 너희의 고생이 심하다만, 성중에서 원군이 나온다면 저놈들을 물리치고 살아날 도리도 생길 것이다. 누가 성으로 가겠느냐?」

아직도 피가 뚝뚝 떨어지는 머리를 들고 섰던 사병이 앞으로 나왔다.

「대야! 제가 다녀오겠습니다.」

방응은 기뻐하며 황금으로 된 투구뿔을 뽑아 선물로 주었다.

한편, 본진에 앉아 있던 장빈은 수상한 적병을 잡아왔다는 보고를 받고 곧 끌고 오게 했다. 오라를 지고 들어오는 병사를 보자 장빈이 자리에서 일어났다.

「아니, 너는 후군에 있던 이건이 아니냐?」

하는 소리에 병사는 반색을 하며 말했다.

「그렇사옵니다. 이건이옵니다.」

그러나 장빈이 고개를 갸우뚱하며,

「참, 이건이 아니라 이근이지?」

하자 이 소리에 병사가 당황해서 중언부언했다.

「예, 그렇습니다. 이근이옵니다. 명령을 받고 관장군에게 심부름 가는 길에 잡혔습니다. 풀어주십시오.」

장빈은 부하들에게 벌컥 성을 내며 언성을 높였다.

「이놈들! 어디를 돌아다니다가 우리 병사를 잡아왔단 말이냐? 빨리 풀어주어라.」

사병들은 어리둥절하여 장빈을 쳐다보았다. 장빈은 눈을 꿈쩍해 보이고 다시 호령을 했다.

「풀어주라면 얼른 풀어주지 못할까! 네놈들 목에 칼이 들어가야 알겠느냐!」

회색이 만면하여 잡혀온 병사가 나가려 하자, 장빈이 슬쩍 불러세웠다.

「전시가 돼서 자기 부서를 떠나면 오해를 받느니라. 이것을 가

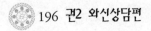

지고 가거라.」

그는 옆에 있던 화살을 하나 뽑아서 주었다. 그것은 대장만이 쓰는 화살로서 붉은빛이 칠해져 있었다.

그 병사가 나가자 옆에 있던 사람들이 물었다.

「수상쩍은 놈인데 왜 놓아주셨습니까. 군사 어른께서는 정말로 그 자를 알고 계십니까?」

「알기는.」

하고 장빈이 웃었다.

「그놈은 방응이 성으로 보내는 사자요. 그래서 일부러 놓아준 것이오.」

모여 있던 사람들의 눈이 둥그레졌으나, 장빈은 더 이상 말하지 않았다.

하여간 다행인 것은 그 사병이었다. 죽을 목숨이 살았을 뿐 아니라, 어디를 가나 무사통과였다.

「군사 어른의 신표요.」

화살만 보이면 어느 진영에서나 더 물으려 하지 않았다.

성 밑에 접근한 병사는 어느 조밭에 숨어 있다가 날이 어두워지기를 기다려 성문 가까이 가서 소리쳤다.

「문을 여시오. 대야의 분부를 받고 왔으니 문을 여시오.」

성에서는 횃불로 비추어본 뒤에 밧줄을 내려 끌어올려 주었다.

이윽고 병사는 방요 앞에 나가자 눈물을 흘리면서 말했다.

「대야께서는 성으로 돌아오시려고 마복산에서 하산하시다가 적의 복병을 만나 사면팔방으로 포위당하셨습니다. 경각을 다투오니 얼른 구해주십시오.」

방요는 크게 놀라며 장획을 불러들여 상의했다.

「내일 일찍 나는 군사를 이끌고 나가겠으니, 장군은 성을 굳게 지키고 계시도록 하시오.」

그러나 장획은 머리를 가로저었다.

「신중을 기하는 것이 좋겠습니다. 일은 세 번 생각하라고 했습니다. 그것이 사실이라 해도 도둑의 간계가 어떠한지 모르는 터입니다. 형제의 정으로 생각할 때, 장군의 심정은 추측하고도 남습니다만, 장군마저 적의 포위 속에 빠진다면 어찌시겠습니까. 더구나 노야께서는 역발산(力拔山)의 용맹이 계신 터입니다. 하루 이틀의 싸움 정도로 해서 실수는 없을 것인즉, 발해군에 사람을 보내 그 원병이 이르기를 기다렸다가 크게 도둑을 치는 것이 상책이라 생각합니다.」

그러자 방요가 버럭 언성을 높였다.

「강 건너 불처럼 바라보고만 있으란 말입니까. 주장이 위태로우면 만난을 무릅쓰고 구하려 드는 것이 장수의 의리일 것입니다. 하물며 골육지간에 있어서 자기 수족이 해를 입는 것을 방관하고 앉았다면 어찌 대장부라 하겠소이까!」

이렇게까지 말하는 데는 더 이상 할 말이 없었다. 특히 장수의 의리를 내세운 말은 장획으로서도 가슴이 아팠다.

날이 밝자 방요는 병사들을 영솔하고 성문을 나섰다.

성 밖에는 오곡이 누렇게 익어 황금물결을 이루는데 간밤에 내린 서리가 아직도 스러지지 않은 들판을 방요는 정신없이 달렸다. 오직 형이 무사했으면 하는 생각밖에는 떠오르는 것이 없었다.

20리나 달렸을까. 어느 언덕을 넘어서자 한떼의 군사가 진을 벌이고 있는 것이 눈에 띄었다. 방요의 현재 처지로서는 한군과의 충돌은 피하는 것이 좋겠으나, 적병을 만나자 솟구치는 적개심을 금할 수 없었다.

방요는 무서운 기세로 적진 속으로 뛰어들었다. 그의 장창이 번뜩이는 곳마다 한나라의 병졸들이 앞을 다투듯 죽어갔다.

　이때 자기 진영이 동요하는 것을 보고 관근이 달려와 그 앞을 막았다.

　「이놈! 너는 누구냐?」

　방요는 단번에 찔러 죽이려 했으나 물론 그렇게 간단한 상대가 아니었다. 이쪽의 창을 척 막아내는 언월도가 눈에 들어오자, 방요는 정신이 번쩍 들었다.

　「옳아, 네놈도 관씨네 형제구나. 형이냐, 동생이냐?」

　관근이 그 소리를 듣고 웃었다.

　「왜 겁이 나느냐? 어제는 네 아우 녀석을 잡으려다 놓쳤다만 우선 너부터 해치워야겠다.」

　「이놈이!」

　방요는 화를 벌컥 냈다. 형을 자기 아우로 치지 않는가.

　이번에는 창으로 그의 목을 노렸다. 그러나 언월도가 창을 탁 튕겨버려서 하마터면 이쪽에서 창을 떨어뜨릴 뻔했다. 방요는 상대가 만만치 않음을 알고 마음을 가다듬어 다시 달려들었다. 그리고는 숨 돌릴 사이도 없는 난투전이 계속되었다. 치고 찌르는 싸움을 40합이나 계속했다.

　한창 싸우고 있던 방요는 문득 형 생각이 떠올랐다. 내가 지금 무엇을 하고 있는 것인가. 이런 놈을 상대로 싸워보았자 그것이 형에게 무슨 도움이 되랴. 생각이 여기에 미치자 그는 갑자기 말머리를 돌려 한병 속으로 뛰어들어 길을 열고 동쪽을 향해 달려갔다.

　얼마를 가는데 누군가가 자기를 부르는 소리가 들렸다.

　「장군! 방장군!」

　그가 돌아보니, 밭두둑에 한 병사가 앉아 있었다. 부상병이었다. 방요는 말을 세우고 조급히 물었다.

「대야께서는 지금 어디 계시냐?」

병졸은 낯을 찡그리며 아픈 다리를 끌고 일어섰다.

「저기 한떼의 군사가 보이죠? 대야께서는 저 속에 갇혀 계십니다.」

하도 멀어서 자세하지는 않았으나 먼 지평선 가까이로 아물아물 움직이고 있는 점들이 보였다. 방요는 다시 달리기 시작했다.

5리쯤 갔을 때, 한 장수가 손에 철편을 들고 옆에서 튀어나왔다.

「이놈! 너는 어디로 달려가느냐. 내 앞을 죽지 않고는 못 지나가리라.」

그 장수는 호연호였다.

형의 생각으로 가득 차 있는 방요는 귀찮기만 했다. 그는 몇 합을 싸우다가 말고 한병 속으로 뛰어들었다. 그의 창에 찔려 꽤 많은 병사가 쓰러지자 저절로 넓은 길이 트였다.

그는 한병 속을 벗어나자 다시 들판 길을 달렸다. 꽤 오랜 시간이 지나서야 눈앞에 한병들이 소수의 아군을 포위하여 싸우고 있는 모습이 나타났다.

그는 저 속에 자기 형이 있을 것이라 생각하며 장창을 비껴들고 달려들었다. 갑자기 나타난 방요의 부대로 인해 한병들이 동요하기 시작했다.

그는 닥치는 대로 쳐 죽이면서 앞으로 앞으로 나아갔다. 그의 손에 걸린 자는 그대로 목이 달아났다. 말이건 사람이건 눈에 띄는 대로 창으로 찌르니 무엇이나 그 자리에 픽픽 쓰러졌다.

그는 가운데로 접근해 들어가면서 외쳤다.

「형님! 형님은 어디 계십니까?」

그러자 한 병사가 달려왔다.

「장군님! 지금 대야께서는 저기 계십니다.」

그는 말머리를 그쪽으로 돌렸다. 마침 한떼의 병사에게 방응이 에워싸여 있는 판이었다.

「이놈들!」

무서운 고함소리와 함께 그의 창이 번개를 일으켰다. 그 형세가 어찌나 사납던지 대여섯이 쓰러지자 나머지는 사방으로 흩어져버렸다.

「오, 네가 왔구나!」

방응이 반색을 했다. 그러나 마음 놓고 회포를 풀 여유가 없었다. 두 형제는 병사들을 뒤따르게 한 다음 말머리를 나란히 하여 서쪽으로 쳐나갔다.

가뜩이나 용맹한 장수들인 데다 형제가 함께 움직이고 보니, 흡사 호랑이 두 마리가 달리는 것과도 같았다. 한병들이 삼단같이 쓰러지며 길은 저절로 열렸다.

형제가 거의 포위망을 벗어났을 때 한 장수가 질풍처럼 다가와 앞을 막았다. 장실이었다.

「방응아! 너는 듣거라. 어제 내 앞에서 도망치던 놈이 아직껏 무엇하고 여기에 있느냐. 그놈은 누구냐. 네 자식 놈 같구나. 좋다, 두 놈을 같이 죽게 해주마.」

자식 놈이라는 소리에 방요가 화를 내며 소리를 버럭 질렀다.

「이 쥐새끼 같은 놈이!」

그는 말끝도 채 맺지 못하고 창을 휘두르며 달려들었다.

두 사람은 30합이나 싸웠다. 그러나 워낙 막상막하의 용맹이어서 좀처럼 승패가 가려지지 않았다. 옆에서 보고 섰던 방응이 아우 편을 들었다. 그러나 장실은 조금도 겁내는 기색 없이 두 장수를 상대해서 싸움을 벌였다.

실수는 항상 유리한 상황 속에서 생긴다. 방요의 창이 장실의 가슴을 향해 번개처럼 날아드는 순간, 장실은 상반신을 홱 틀어 이를 피하면서 번개 같은 속도로 방응을 찔렀다. 방응은 경계하지 않고 있다가 넓적다리에 상처를 입었다.

　방응은 치미는 분노 때문에 고통도 잊고 이를 갈면서 달려들었다. 그들이 다시 힘을 다해 싸우고 있는데, 풍우같이 몰려오는 또 한떼의 군사가 있었다. 앞을 달리던 장수가 칼을 비껴들고 산이 떠나갈 듯 호통을 쳤다.

　「방응, 네 이놈! 아직도 항복하지 않았단 말이냐!」

　그가 왕미인 것을 안 방응은 아우에게 눈짓하여 같이 도망치기 시작했다.

　형제는 앞서거니 뒤서거니 들길을 달렸다. 이제는 따르는 병사조차 없었다. 수풀이 우거진 어느 언덕을 돌아섰을 때였다. 배꼽까지 늘어진 수염을 쓰다듬으면서 말을 세우고 기다리는 것은 분명히 관방이었다.

　「이놈! 방응아. 너는 입으로는 큰소리를 치면서 왜 도망만 치고 있느냐. 얼른 말에서 내려라!」

　이에 방응이 소리를 질렀다.

　「내가 너 같은 녀석을 피할 까닭이 있느냐. 원이라면 네 할아범처럼 죽어보려무나.」

　서로 성이 난 두 장수가 무서운 바람을 일으키며 맞붙어 싸우기 시작했다.

　이를 보고 있던 방요가 형을 도우려고 나섰을 때 갑자기 뒤에서 우레 같은 목소리가 들려왔다.

　「이놈! 어디로 가려고?」

　돌아보니 장실이 추격해온 것이었다.

「아, 요놈이 생쥐모양 따라다니는구나!」

방요는 창을 들고 그가 오기를 기다렸다.

이때 방응은 기회를 보아서 도망치려 했으나 관방은 그것을 허락하지 않았다. 마치 고목에 감기는 덩굴처럼 언월도가 사방에서 압박해오는 데는 어쩔 도리가 없었다.

방응은 울화가 치밀어 올라 눈을 부릅뜨고 고래고래 소리를 질렀다.

「이 원수 놈의 자식! 네놈의 집과 우리는 대대로 원수 사이이다만, 네가 기어코 나를 못살게 구는구나. 그래 좋다, 누가 죽나 해보자.」

이제는 정말 생사를 걸어야 될 때라고 생각되었다. 이제는 성이니 나라 따위의 문제가 아니었다. 오직 이놈을 잡아야 되겠다는 증오의 불길만이 훨훨 타올랐다.

두 사람은 있는 힘을 다하여 서로 싸웠다. 그야말로 대결이었다. 그들 두 사람의 힘과 힘만이 아니라 그 조상들의 힘까지 작용하는 듯했다. 사실 두 사람의 용모는 너무나 그 조상을 닮아 있었으므로, 옛날 사람이 소생하여 이 광경을 보았다면 반드시 관우(關羽)와 방덕(龐德)의 싸움으로 생각했을지도 모른다.

그러나 이 용호상박의 결투에 있어서 방응이 계산에 넣지 않은 부분이 하나 있었다. 아까 장실의 창에 찔린 상처에서 끊임없이 흐르는 피—그것이 과연 어떤 영향을 미칠 것이냐 하는 점이었다.

처음에는 표가 나지 않았다. 그러나 싸움이 30합으로 접어들자 방응은 심한 갈증을 느꼈다. 그와 동시에 눈이 점점 흐려져 갔다. 그는 이래서는 안되겠다고 생각하여 더욱 눈을 부릅뜨고 싸웠다.

40합—이제는 팔에서 힘이 빠져갔다. 그리고 몸이 으스스한 것이 꼭 학질을 앓는 것 같았다. 이마에서 흐르는 땀이 그의 눈에까지 덮여왔다.

하지만 그는 아직도 그 원인이 무엇인지 의식하지 못하고 있었다. 현저히 저하되는 체력을 느끼면 느낄수록 그는 초조하였고, 초조해질수록 이를 악물고 싸웠다.

그는 온 몸의 힘을 칼에 집중하여 관방의 어깨를 겨냥하고 내려쳤다. 그러나 칼이 어깨에도 닿기 전에 그 자신이 먼저 앞으로 푹 고꾸라졌다.

이때 방요는 아직도 장실과 싸우고 있는 중이었다. 그런데 갑자기 한병 측에서 환성이 오르는 것을 듣고 머리를 돌린 그는 소스라치게 놀라지 않을 수 없었다. 관방이 이제 막 자기 형의 목을 베어 안장에 매다는 참이었다.

방요는 무의식중에 관방에게 다가가며 외쳤다. 그러나 도저히 외쳤다는 말로는 그의 목에서 나온 이상스러운 소리를 표현할 수 없을 것이다. 고함·악·절규—이런 말로도 그의 심정을 나타내기에는 부족했다.

「이놈! 이, 이놈!」

이 한 마디가 이렇게까지 무겁고 복잡한 감정을 내포한 적은 없었으리라. 그것은 거의 지옥에서 솟아오르는 울부짖음에 가까웠다.

방요는 분노와 원한의 화신인 듯 관방에게 돌진해갔다. 보통사람 같으면 폭풍처럼 몰아치는 그 기백 하나도 감당해내지 못했을 것이었다. 그러나 관방은 태산준령처럼 천근만근의 무게를 가지고 떡 버텨냈다.

방요는 한동안 싸웠다. 싸우는 중에 차차 흥분이 가라앉아 갔다. 목숨을 건 대결이라는 너무나 냉철한 현실이었기에 감정의 개입이 허용되지 않았다. 그는 오직 온 마음을 창 놀리는 데만 집중

해야 했다. 아니, 그 자신이 하나의 창날이 되어 있었다고 하는 편
이 더 진실에 가까웠을는지도 모른다. 그의 창끝과 관방의 언월도
는 서로 이빨을 드러내어 물고 할퀴었다.

그러나 전쟁의 논리는 가혹했다. 결투의 결과가 나타날 때까지
기다려주지 않았다. 장실이 1장 8척의 장모(長矛)를 휘두르며 뛰어
들었다. 어디 그뿐인가, 조금 뒤에는 관하까지 끼어들었다.

이렇게 되고 보니 견딜 수 없다고 판단한 방요는 성 쪽을 향해
달아났다. 다행히 관방·장실은 쫓아오지 않았으나 얼마 안 가서
왕여를 만났다. 몇 합이 안 가서 방요의 창끝이 왕여의 다리에 스
쳤다. 왕여가 찔끔하여 뒷걸음치는 것을 보면서도 방요는 그를 잡
을 생각조차 없이 그대로 말을 달려 도망쳤다.

그는 만사를 잊고 길을 달렸다. 10리만 가면 성이었다. '어서 저
속에 들어가자. 그리하여 원병을 기다려 오랑캐들을 무찔러 오늘
의 수치를 씻자'라고 생각하니 마음이 좀 안정이 되었다.

그가 어느 산모퉁이를 돌아섰을 때였다. 한 장수가 언월도를 비
껴든 채 말을 세우고 있는 것이 보였다. 거리가 너무 가까웠으므
로 도망칠 수도 없었다.

「방장군! 이 몸은 관근이라는 사람입니다.」

이 소리를 듣자 방요는 찔끔 놀랐다. 관우의 자손이라면 본능적
으로 꺼림칙했다. 관근은 아랑곳없이 말을 계속했다.

「장군 개인에게야 무슨 원한이 있겠습니까만, 서로 처지가 다
르매 이렇게 맞서게 됐습니다. 그러나 형세는 장군에게 매우 불리
한즉, 속히 말에서 내려 귀순하시기 바랍니다. 장군의 생명은 제
것과 바꾸어서라도 보장해 드리겠습니다.」

방요는 그의 말씨가 귀에 거슬렸다. 결국은 항복하라는 것이 아
닌가.

「이놈! 가장 어진 체 점잖은 체하지 마라. 그렇게 사리를 아는 놈이라면 왜 오랑캐를 섬기느냐」

말을 끝내기도 전에 방요는 창을 들어 관근의 말을 찔렀다. 너무나 갑자기 가해진 일격이라 관근은 미처 피할 사이도 없이 말과 함께 땅에 쓰러졌다. 그러나 거의 같은 시각에 방요도 땅으로 떨어졌다. 관근이 쓰러지면서 전광석화(電光石火)같이 쳐올린 언월도가 그의 다리에 깊은 상처를 주었기 때문이다.

두 사람은 땅 위에서 서로 대결했다. 그러나 아픈 다리를 끌고 싸우는 방요는 마음대로 몸을 놀릴 수가 없었다. 10합도 못 가서 그는 어깨에 언월도를 맞고 넘어졌다.

### 3. 한단의 함락

유총이 본진에서 싸움의 결과를 초조하게 기다리고 있는데, 말방울 소리도 요란하게 달려드는 장수가 있었다. 좌부선봉 관방이었다. 관방은 아직도 피가 뚝뚝 떨어지는 목을 하나 들고 장막 속으로 들어왔다.

「적장 방응의 목을 베어왔습니다.」

유총은 자리에서 일어나 관방의 손목을 잡으며 치하했다.

「아, 이렇게 기쁠 데가 어디 또 있겠소이까. 장군의 신용이 기어코 한단 제일의 대공을 세우셨구려.」

조금 있으니까 다시 말방울 소리가 나는 듯하더니, 어깨에는 언월도를 둘러메고 한 손에는 적장의 목을 든 또 하나의 장수가 중군(中軍)으로 걸어 들어왔다. 보니까 우익장군 관근이었다.

관근은 목을 유총에게 바치며,

「적장 방요의 목이옵니다. 소장이 무능하여 사로잡지 못했사와 죄송하기 이를 데 없나이다.」

유총은 매우 기뻐하며 관근에게 말했다.

「무슨 그런 말씀을! 장군이 불세(不世)의 공을 세웠으니 길이 청사(靑史)에 빛나리다.」

유총은 군정사(軍政司)에게 명하여 관근의 치적을 한단 제2의 공으로 기록하게 했다.

이윽고 다른 장수들도 모두 돌아왔다. 그 중에서도 선봉인 왕미와 유영은 관방 형제가 공을 세운 데 대해 몹시 부끄러워하는 빛이 보였다. 이 눈치를 챈 관방이 유총에게 아뢰었다.

「공에는 근본과 지엽이 있는 줄 아옵니다. 우리가 마복산을 넘어 방응·방요를 잡을 수 있었던 것은 선봉께서 험한 산에 길을 통하게 하시고, 군사를 몰아 적을 포위하여 괴롭히신 결과입니다. 마치 다 익은 과일이 스스로 저희들에게 떨어진 것 같사오니, 어찌 과목을 심고 길러낸 공로를 잊사오리까. 그러므로 오늘의 대공은 저희 형제가 차지할 것이 아니라 두 선봉께 돌아가야 할 줄로 아옵니다.」

이렇게 되면 왕미나 유영도 가만히 있을 수 없었다.

「그것이 무슨 말씀입니까. 장군 형제가 대공을 세우신 터에, 저희가 선봉이라는 이유만으로 어찌 그 공을 빼앗겠습니까. 결코 받을 수 없습니다.」

유총은 매우 기뻐하며, 장수들 전원에게 상을 내리기로 했다.

「우리 장수들은 용맹할 뿐 아니라, 서로 공을 사양하느라고 다투니, 이리도 아리따운 일이 또 있겠소 공을 논하는 일은 한단을 빼앗고 난 다음으로 미루겠소」

이리하여 장수들 사이에는 형제 같은 우애가 감돌았다.

이튿날은 아침부터 3만 명이 동원되어 성을 에워쌌다. 그러나 들판에서 싸우는 것같이 쉽지는 않았다. 성에서는 활을 쏘되, 꼭 한병이 성벽 가까이 접근하기를 기다렸다가 쏘아댔다. 그러므로 거의 벗나가는 화살이 없었다. 한병들은 종일의 싸움에서 무수한 부상자만 내고 물러났다.

유총은 한탄해 마지않았다.

「장획이 저렇게 다능하여 성을 굳게 지키니, 무슨 수로 성을 함락시키겠는가?」

그러자 장빈이 말했다.

「너무 걱정하지 마십시오 내일 제가 나가서 성을 직접 둘러보고 계략을 세우겠습니다. 그것보다도 장병들이 고생했으니 위로해주시는 것이 좋을까 합니다.」

유총은 옳게 여기고 전군에게 고기와 술을 고루 먹여 하룻밤을 즐기도록 했다.

둘째 날, 장빈은 여러 장수를 이끌고 성을 두루 살피고 돌아와서 말했다.

「이 성은 여간 견고하게 이루어진 것이 아닙니다. 옛날 조(趙)의 도읍이던 곳으로, 그 지대가 높아 외부에서 접근하기 어렵게 되어 있습니다. 이런 성은 힘으로 뺏을 수는 없을 것이며, 마땅히 기이한 꾀를 써야 합니다.」

그 말에 유총의 귀가 번쩍 띄었다.

「무슨 좋은 수가 있겠소?」

「임기응변으로 대처해야 합니다.」

장빈이 대답했다.

「서서히 정세를 보아 적절한 대책을 세울 것입니다만, 우선 군대를 여섯으로 나누어서 두 시간씩 교대로 적을 공격하는 척 허세를 부린다면, 우리는 편안하지만 적은 방비하느라고 잠시의 틈도 얻지 못할 것입니다. 이렇게 10여 일만 끈다면 성중의 장병이 극도로 피곤해질 것이며, 또 열흘이나 걸려도 성을 못 뺏는다 하여, 우리를 얕보게 될 것입니다. 그때에 가면 스스로 성을 손에 넣을 계책이 생기오리다.」

유총은 곧 장수들을 나누어 번갈아가면서 적을 공격하게 했다. 왕미·왕여는 자시와 축시를 맡고, 유영·도호는 인시·묘시를 맡고, 관방·관근 형제는 진시와 사시를, 장실·관하는 오시·미시를 맡고, 호연안·호연유는 신시·유시, 황신·조염은 술시·해시를 맡아서 끊임없이 성을 치게 했다.

또 장빈은 사방의 성문을 향해 이쪽에서도 4개의 대채(大寨)를 세우게 하고, 양홍보·조억·기안·도표를 불러 명령했다.

「장군들은 우리 대채와 성중이 통하도록 지하도를 파시오 그러나 적이 눈치채지 못하도록 조심하오」

그는 다시 여러 장수들을 향해 말했다.

「문마다 운제(雲梯) 십승(十乘)에 포 넷씩을 배치할 것이며, 수레 4대가 성 주위를 항상 순회하여 시각을 알려주도록 하겠소 대번에 결정이 나는 격전보다 이러한 지구전이 더욱 힘이 드는 법이니, 장군들은 군사를 다스림에 조금도 소홀함이 없도록 힘쓰시오 공이 있으면 상주려니와, 군율을 어길 때에는 지위의 고하를 가리지 않고 벌하겠소」

장군들은 명령을 받고 물러났다.

날이 밝자 다시 공격이 시작됐다. 성중에서는 고함소리에 놀라서 모두 성에 올라가 돌을 던지고 활을 쏘았다. 시간을 끌던 한병은 무슨 생각을 했는지 질서정연하게 물러갔다.

장획이 사병들을 위로했다.

「잘들 싸웠다. 덤벼 봐야 안되겠으니까 그놈들도 물러갔지만, 내일이 되면 다시 올 것이다. 모두 흩어져서 좀 쉬어라.」

그러나 한군은 물러가는 듯했으나 이내 다른 부대가 나타나 고함을 지르고 징을 치며 화살을 퍼부어댔다. 쉬려던 성중의 군사들은 다시 달려가 적과 싸웠다.

　이런 파상적 공격은 해가 질 때까지 계속되더니 밤이라고 용서해 주지는 않았다. 밤의 공격은 적의 소재를 정확히 파악할 수 없는 만큼 더욱 견디기 어려운 공포를 주었다.

　이튿날도 사정은 같았고 그 다음날도 역시 마찬가지였다. 마치 하나의 행사처럼 이 가혹한 시위는 7일간 밤낮을 가리지 않고 계속되었다.

　이렇게 여러 날 동안을 뜬눈으로 싸우다 보니 병사들은 서나 앉으나 꾸벅꾸벅 졸았다. 성 위에서 돌을 던진다는 것이 그대로 자기가 나가떨어지는 웃지 못할 사태까지 생겼다.

　병사라고는 하나 반 이상이 백성 중에서 임시로 징발한 장정들이었다. 의무감이라고는 조금도 없는 그들은 마침내 적이야 아우성을 치거나 말거나 아랑곳없이 아무 데서나 네 활개를 펴고 코를 골기에 이르렀다.

　이렇게 되고 보니 애가 타는 것은 장획이었다. 그는 어느새 충혈된 눈을 부릅뜨고 다니면서 채찍으로 병사들을 사정없이 후려쳐서 잠을 깨우는 것이 일과처럼 됐다.

　그가 서문으로 갔을 때였다. 밖에서는 여전히 고함소리가 나고 가끔 적이 쏘는 화살이 날아와 떨어지는데도 불구하고 10여 명이나 되는 병사들이 뙤약볕 아래서 정신없이 자고 있었다.

　「이놈들! 냉큼 일어나지 못해!」

　장획은 채찍을 들어 어깨며 다리를 사정없이 후려갈겼다. 모두 비실비실 몸을 일으키는데, 한 병사는 눈만 뜬 채 못마땅한 듯 장획을 쳐다보고 있었다.

장획은 다시 채찍을 들어올렸다. 그 병사는 또 한 대를 얻어맞자 벌떡 일어나 눈을 부라렸다.

「여보세요, 참군 어른! 조정이 장병을 기르는 것은 무엇 때문입니까. 평소에는 거들먹거리다가 적이 쳐들어오면 이를 물리쳐 백성을 보호하지도 못하면서, 도리어 우리까지 끌어내어 이 고생을 시켜놓고, 이제는 또 채찍질마저 하신단 말씀이오? 우리에게 뭘 해주었기에 이러십니까?」

장획이 하도 기가 차서 다시 채찍을 들어올리려는데, 뒤에서 한 병사가 팔을 잡았다.

「이거 왜 이러시오? 백성이 개나 돼진 줄 아시오? 죄 없는 우리가 채찍질을 당해야 한다면, 싸움에 패한 장수는 무슨 벌을 받아야 합니까? 참군 어른도 사람이면 생각해보시오. 이레 동안이나 잠을 못 잤으면 졸리기도 할 것 아니오? 정 이렇게 나온다면, 이왕 죽을 바엔 우리들도 가만히 있지 않을 것이오」

말씨부터가 불손했지만 노골적인 협박이었다. 장획이 사태의 중대성을 깨닫고 찔끔했을 때였다. 나이가 들어 보이는 한 병사가 동료들을 꾸짖었다.

「무슨 버르장머리 없는 소행들이냐. 대군이 임하여 성이 위태로운 마당에 군사가 어디 있고 백성이 어디 있느냐. 고단하면 사정을 순순히 여쭐 일이지, 백성의 몸으로 어찌 무엄함이 이와 같단 말이냐.」

그는 다시 웃는 낯으로 장획에게 말했다.

「저것들이 너무 시달렸기에 제 정신이 아닙니다. 그 동안에 애쓴 것을 생각하셔서라도 부디 용서해주십시오. 그리 하신다면 참군 어른의 은혜에 감명되어 더욱 성을 굳게 지킬 것입니다.」

장획으로서는 자기 체면을 세워준 그 병사가 너무 고마웠다.

「잘 알겠다.」

그도 웃는 낯으로 말했다.

「내가 너희들의 고생을 왜 모르겠느냐. 자사 형제분마저 전사하시고 어려움 속에서 이 성을 지켜내자니 너희들의 힘에 의지할 도리밖에는 없는 것이다. 내가 너희들을 때린 것도 나라를 위하는 일념에서 나온 것일 뿐 조금도 다른 뜻이 있는 것은 아니니 부디 협심하여 오랑캐들을 물리치자꾸나.」

이리하여 폭발할 것 같던 사병의 불평은 일단 가라앉았다.

그러나 이에 충격을 받은 장획은 곧 장수를 모아놓고 아까 당한 일을 대충 이야기해 주었다.

「이런 형편에 얼마나 버틸 수 있을지, 솔직히 말해 자신이 안서는구려.」

이때 한 장수가 말했다.

「저놈들이 밤낮을 안 가리고 우리를 괴롭히니 이대로 가다가는 어찌 병사들뿐이겠습니까. 우리라도 견뎌내지 못할 것입니다. 방법이란 하나밖에 없습니다. 우선 북해군(北海郡)에서 원병을 얻어 일시의 급함을 면하고 다시 낙양으로부터 대군이 내려오도록 하여서 도둑을 깨뜨려야 합니다. 이대로 있다가는 불일간에 자멸할 수밖에는 없겠습니다.」

그러나 장획은 듣지 않았다.

「그것도 좋은 방법입니다. 그러나 이 중위(重圍) 속에서 어떻게 사람을 빠져나가게 합니까. 만약 잡히기라도 한다면 적에게 이용되어 우리는 다시 큰 화를 당하게 될 것입니다.」

장빈이 어떤 사람인지를 누구보다도 짐작하는 그는 좀처럼 단안을 내리지 못했다.

이러는 중에 다시 사흘이 지났다.

장빈은 성중의 병사 사이에 원성이 높으리라 짐작하고, 양홍보 등을 독려하여 지하도 공사를 빨리 하도록 했다. 사람을 교대해가며 밤낮을 쉬지 않고 파 들어갔기 때문에 며칠 만에 공사가 끝났다.

장빈은 크게 기뻐하여 4명의 장수를 불렀다.

「그 동안 수고가 많았소. 우리가 기다린 것이 바로 오늘이니, 장군들은 군사를 이끌고 지하도로 하여 성중으로 쳐들어가시오. 단 포성이 들리거든 뛰쳐나가시오. 적이 필시 놀라서 소동을 벌일 것이니, 그때에 대군을 출동시켜 성을 칩시다.」

네 사람이 명령을 받고 떠나자 장빈은 대군을 동원하여 성을 포위했다. 성문마다 높은 운제를 배치하고 대포를 걸고, 10여만의 전군이 밀려들어 성을 포위한 모습은 실로 어마어마했다. 10여 일 동안의 어느 공격에서도 볼 수 없었던 대동원이었다.

이를 본 성중의 병사들은 모두 파랗게 질렸다. 잠이 모자라던 사람들도 이제는 정신이 번쩍 났다.

장획은 자기 아우 장융(張融)에게 말했다.

「너는 동북의 두 문을 지켜라. 나는 서남으로 가겠다. 적의 공격도 이번이 고비니까 힘 있는 자에게는 돌을 던지게 하고, 늙은이나 부녀자에게는 돌을 날라 오도록 해서 잘 지켜라. 오늘만 넘기면 저놈들도 주춤할 것이다.」

그들은 병사를 성에 오르게 하여 돌을 던질 채비를 하게 했다.

이때 천지가 진동하는 듯 한군 측의 자모포(子母砲)가 터졌다. 큰 돌이 날아와서 몇 군데의 성벽에 큰 구멍을 냈다. 장획은 놀라서 병사를 집중적으로 그곳에 배치하여 적이 들어오지 못하도록 하였다.

그러나 장획의 모든 노력은 다 수포로 돌아갔다. 왜냐하면 포소리를 신호로 하여 지하도에서 기다리던 양홍보 등 4명의 장수가 각기 군사를 이끌고 뛰어나왔기 때문이다.

동문의 지하도로부터 나온 조억은 수백 명의 병사를 이끌고 갑자기 고함을 지르며 달려들었다. 이에 놀란 것은 진병들이었다. 영문을 모르고 눈을 크게 뜬 채 움직이지도 못했다.

장융은 창을 들고 조억을 맞아 싸웠다. 그러나 귀하게만 자라난 도령이 산적 출신을 당해낼 도리가 없었다. 그는 곧 왼쪽 배를 찔리고 말에서 떨어졌다. 이때 북문으로 해서 성중에 나타난 양홍보가 서문으로 달려들었다.

「이놈들!」

무서운 호통과 함께 그의 철퇴가 번뜩이자 진병들이 와르르 흩어졌다. 그도 그럴 것이 사람과 말이 한꺼번에 박살나는 것을 보았으니 어찌 도망치지 않을 수 있으랴.

이때 장획은 서문에 있다가 땅 속에서 솟아나온 적병을 만났다. 너무나 놀라서 진세를 바로잡을 여유도 없었다. 특히 눈에 띄는 것이 기안이었다. 그가 큰 도끼로 마구 찍어대자, 순식간에 몇 십 명이 죽고 병사들은 모두들 도망쳐 버렸다.

장획은 분을 참지 못해 달려가서 기안의 앞을 막았다. 그렇게 두 사람이 싸우는 동안에 도표는 성문을 열어젖혀 버렸다. 그러자 기다리던 한병이 밀어닥쳤다. 장획은 저도 모르는 사이에 말머리를 북으로 돌려 달아났다.

그는 급한 김에 투구와 갑옷도 벗어던졌다. 다행히 북문에서는 싸움이 벌어지지 않고 있었다. 그는 마침내 일기단창(一騎單槍)으로 성 밖에 나섰다.

이때 장실(張實)은 입성하기 위해 북문으로 오다가 장획이 달려가는 모습을 보았다. 비록 갑주(甲胄)는 입고 있지 않았으나 그 점이 도리어 수상하게 보였다. 그는 필시 장획일 것이라는 심증이 섰으므로 성으로 들어가는 대신 그 뒤를 추격했다.

얼마 후 두 사람의 거리는 차차 좁혀졌다. 장실은 그의 신분을 확인하기 위해 일부러 외쳐보았다.

「장획아! 네 처자가 모두 잡혔는데 너만 어찌 혼자 도망을 가느냐. 남아대장부로서 비겁하지 않느냐?」

장획이 찔끔하여 뒤를 돌아보았다. 그러나 여전히 달리면서 대꾸했다.

「남의 걱정까지 공연히 하지 마라. 아직 입성도 안한 놈이 내 처자 일을 어떻게 안단 말이냐?」

장실은 기뻤다. 그러면 그렇지! 이놈이 장획임에 틀림없을 바에는 어떤 일이 있어도 놓치지 않으려고 더욱 급히 말을 몰아 그 뒤를 추격했다.

「듣거라! 네 죄가 세 가지다. 위조(僞朝)를 섬겼고, 섬겼으되 성을 지켜내지 못했고, 성을 지키지 못했으되, 처자를 남겨둔 채 너 혼자만 도망하여 구차히 살려드는 것이다. 어서 항복해라. 그리하여 처자를 구해 가장으로서의 도리를 다하고, 한실을 섬겨 충성을 다하면 성 잃은 허물 같은 것도 다 사라져 버리리라. 어떠냐? 빨리 말에서 내려라!」

장획으로서는 마디마디가 가슴을 찌르는 소리였다. 그는 자기의 약점을 숨기기나 하려는 듯 크게 소리를 질렀다.

「이 오랑캐 놈의 자식아! 내가 가는 것은 우리 조정에 상주해서 대군을 내어 너희들을 토벌하기 위해서다. 그러니 어서 말머리를 돌려 돌아가거라.」

그러나 그 이상 말을 주고받을 경황이 없었다. 장실의 창끝이 장획의 몸에 닿을 정도로 두 사람의 거리가 가까워졌기 때문이다.

장획은 돌아서서 싸우는 수밖에 없었다. 두 사람은 10여 합을 싸웠다. 그러나 장획은 처음부터 장실의 적수가 되지 못했다. 장실의 창이 번뜩이는 듯했을 때 장획은 손에서 칼을 떨어뜨렸다. 다음 순간의 일은 너무나 뻔한 이야기다. 장실은 긴 손을 쭉 뻗어 적장을 어린애처럼 가볍게 들어올려 앞에 앉혔다.

장실은 장획을 사로잡아 성으로 돌아가다가 조염이 적장 하나를 추격해오고 있는 것을 보았다. 그는 장획을 안은 채 달려가며 눈을 부릅뜨고 말했다.

「이놈! 냉큼 항복하지 못할까!」

이 무서운 호통에 적장은 주춤했다. 그 순간 뒤에서 따라오던 조염이 역시 손을 뻗쳐 그를 안아버렸다. 잡힌 장수는 방응의 아들인 방홍이었다.

두 사람이 성 안에 들어서자 병사들이 몰려들어 환호성을 올렸다.

## 제8장. 영주의 싸움

### 1. 도강작전

한단을 빼앗은 유총은 백성들을 안무하고, 장획과 방홍을 평양 (平陽)으로 압송하여 공을 아뢴 후 장병들을 위해 며칠 동안이나 주연을 베풀었다.

어느 날, 그는 장수들을 모아놓고 다시 공격할 일을 상의했다.

「이제 한단성까지 차지함은 모두가 장군들이 애쓴 덕택이거 니와, 내 생각 같아서는 지체치 말고 영주(瀛州)를 치는 것이 순서 라 믿소 이 땅은 무항(武恒)의 북쪽에 위치하여 구하(九河)가 모이 는 곳이며, 동으로는 바다와 가깝고, 서로는 태행산에 연했고, 남 으로는 호타(滹沱), 북으로는 고하(高河)를 끼고 있소 지세가 광활 하면서도 요해로 둘러싸여 있어 진병이 쳐들어와도 잘 지키기만 한다면 빼앗기지 않을 것이오」

그러자 장빈이 말했다.

「그것이 그리 용이하지 않습니다. 제가 첩자를 보내 알아보았 더니, 거기에는 너무나 많은 인걸들이 모여 있음이 판명되었습니 다. 지리적 조건도 중요합니다만 싸움에서 가장 요긴한 것은 역시 사람인가 합니다. 사람이 없고 보면 *금성탕지(金城湯池)가 무슨 소용이며, 사람만 있고 보면 묘묘한 고성(孤城)인들 검관(劍關)의 천험(天險)과 무엇이 다르겠습니까.」

유총이 의아해 하며 물었다.

「아니, 어떤 인물들이 있기에 그렇게까지 말씀하오?」

「우선 태수라는 것이 누구냐 하면……」

하고 장빈이 설명을 시작했다.

「곽가(郭嘉)의 손자인 곽경(郭京)이라는 자인데, 지략이 매우 뛰어나 내조(乃祖)의 풍이 있다 하옵니다. 또 그곳의 장수들로 말할 것 같으면 *다사제제(多士濟濟)입니다. 대총병(大總兵) 여태(呂苔)는 여건(呂虔)의 손자이고, 부장 이춘(李婚)은 저 이전(李典)의 후예인 바, 두 사람의 용맹이 비길 데 없어 팽월·번쾌에도 뒤지지 않을 것이라는 소문입니다. 또 풍기(馮紀)의 자손 풍구(馮具)가 참군으로 있습니다. 이 사람은 쌍창을 잘 쓰고, 문무겸전하여 꾀가 깊다고 들었습니다. 그 밖에도 두 명의 부군도호(副軍都護)가 있습니다. 그 중에 조늑(曹勒)이라는 자는 보전(步戰)을 잘하여 그를 만난 적의 말은 상하지 않음이 없다 하고, 또 양유(楊留)는 호랑이도 그를 보면 피해 달아날 정도로 용맹하다 합니다. 이 사람들은 다 장문(將門)에서 자란 몸으로 용맹과 지략이 이와 같으니 어찌 함부로 건드리겠습니까. 반드시 따로 시기가 오기를 기다려야 할 것으로 압니다.」

그러나 유총이 웃으며 말했다.

「군사(軍師)의 슬기로 그만한 것쯤을 무어 그리 걱정을 하시오. 지금까지도 강적은 많았으나 모두 꺾어온 터가 아니오.」

그러자 장빈이 고개를 저었다.

「제가 겁을 먹은 것이 아닙니다. 전하께서도 아시는 바와 같이 싸움에는 요행이란 없는 것입니다. 이길 만한 힘이 갖추어졌을 때에 쳐야 비로소 승리를 거둘 것인바, 두려운 것은 저들의 지용을 당해내지 못할까 저어됩니다.」

이때 유영이 악을 쓰듯 외쳤다.

「그게 무슨 말씀입니까. 우리가 좌국성에서 일어난 이래 싸워서 이기지 않음이 없고 쳐서 빼앗지 못함이 없었습니다. 하물며 이 몇 사람쯤이야 무엇이 힘들겠습니까. 군사는 공연히 적을 추켜올려 우리의 사기를 꺾지 마십시오.」

이 말에 장빈이 빙그레 웃으며,

「선봉이야말로 무슨 말씀을 그리 가볍게 하시오? 그 동안의 싸움에서 다소의 승리를 거두기는 했으나, 천하는 넓다는 것을 알아야 하오. 어떤 지혜, 어떤 용맹이 나타날지 어찌 아시겠소? 경적(輕敵)이면 필패(必敗)라 했소. 그렇게 적을 얕보는 싸움은 그만둡시다.」.

하고 말하자, 왕미가 그 말에 동의했다.

「군사 어른의 말씀이 지당하십니다. 그러니 군율을 엄히 세워 망동을 막으시면 될 것이 아닙니까. 저희 둘이 다시 선봉을 맡겠습니다. 만일 공이 이루어지지 않을 때에는 스스로 백의종군(白衣從軍)하여 속죄하오리다.」

장빈은 장군들이 방자해질까 걱정되어 짐짓 싸우기 어려운 것처럼 주장했던 것이라 매우 기뻐했다.

「그렇다면 영주를 치기로 합시다. 부디 신중을 기하시오.」

이에 왕미·유영이 다시 선봉이 되고, 관방·황신을 좌군장군, 장실·관근을 우군장군, 조염·관하를 진장군, 왕여·호연호를 후장군에 임명했다. 또 양홍보와 기안은 호군(護軍)이 되고, 호연안·호연유는 도구응사(都救應使)로서 형세를 보아가면서 돕도록 했으며, 조억·도표로 하여금 한단을 지키게 했다.

마침 이때, 한황(漢皇)이 양용·요전을 시켜 많은 군량미를 보내왔으므로 군사의 사기는 한층 높아졌다.

또 연주를 지키고 있던 황명과 관산은 구희가 좀처럼 쳐들어오지 못하는 것을 알고 2만의 병사를 이끌고 찾아왔다.

장빈은 매우 기뻐했다.

「이만한 장수들이 갖추어졌는데 어찌 이기지 못함을 걱정하겠소!」

마침내 15만의 대군은 두 길로 나누어서, 정기(旌旗)로 햇빛을 가리며 호호탕탕 영주를 향해 떠났다.

영주자사 곽경이 이 소식을 들은 것은, 이미 군 경계에 한병이 도착하고 난 다음이었다. 그는 크게 놀라서 막료들을 불렀다.

「좌현왕 유연이 위한(僞漢)의 기치를 세우고 연달아 몇 개의 성을 빼앗더니, 이제는 이리로 쳐들어오고 있소. 그 선봉이 이미 경계에 이르렀다는 보고가 들어왔으니 이 일을 장차 어떻게 해야 좋겠소이까?」

조늑이 제일 먼저 입을 열었다.

「그까짓 뭍에서 자란 한적(漢賊)이 백만이면 뭐 무서울 것이 있습니까. 한 놈도 남김없이 모조리 반고구(盤古溝)의 고기밥이 되도록 합시다.」

참군인 모사 풍구가 말했다.

「그렇게 가볍게 생각할 일이 아니오. 아무리 그들이 육전(陸戰)에만 능하고 수전(水戰)을 모른다고 해도 그들에게는 *다사제제(多士濟濟)에다 영용이 절륜한 맹장이 기라성같이 많으니 결코 경시할 적이 아니오.」

수군도호인 양유가 한 마디 했다.

「그들은 이미 거록에서 강을 건넌 경험이 있습니다.」

수장 여태가 토론의 매듭을 지었다.

「이제 토의는 그만하고 대책을 세웁시다. 첫째 조늑·양유 두 사람은 반고구 연안 백리에 걸쳐 배 한 척도 남기지 말고 모조리 징발하여 이쪽 언덕에 매어놓도록 하시오 다음 부장 이춘과 풍 참모는 군사를 독려하여 강 언덕이 낮아서 적이 쉽게 기어오를 만한 곳에는 일일이 채책을 세우도록 하시오 그런 다음 조늑과 양유 두 사람은 군사 2만을 거느리고 반고구 상류를 맡고, 풍 참모와 부장은 군사 2만으로 하류를 맡으며, 나는 따로 군사 1만을 이끌고 수시 접응하겠소 태수께서는 그 밖의 부장과 군사를 거느리고 성을 지키십시오 이렇게 하면 설사 한군이 백만이라 해도 영주를 취하지 못할 것입니다.」

태수 곽경은 장군 여태의 계책을 고스란히 받아들여 즉시 시행토록 했다.

## 2. 반고구(盤古溝)

한단을 떠난 한군 선봉 유영과 왕미는 주야배도하여 닷새 만에 반고구 연안에 당도하였다.

앞을 바라보니 곤곤장강(滾滾長江)이고, 사방 50리에는 산도 숲도 보이지 않는 막막한 들판이었다. 여기저기 10여 채 민가가 뭉쳐서 두세 개의 마을을 이루고 있고, 집집마다 몇 그루의 배나무와 감나무, 대추나무들이 눈에 띌 뿐이었다. 나루터에는 거룻배 한 척도 보이지 않았다.

유영과 왕미는 속수무책으로 서로 멀기니 얼굴만 한참 동안 쳐다보았다. 그들이 아무리 용맹스러운들 이런 지경에서 무슨 소용이 있으랴. 두 사람은 하는 수 없이 군사 장빈이 내도할 때까지 기다리기로 했다.

이틀이 지나서 중군이 당도하였다. 유영과 왕미는 중군으로 나 갔다. 그런데 왠지 군사 장빈이 보이지 않았다. 유영은 유총에게 물었다.

「군사께서 보이시지 않는데, 어디 계십니까? 소장들은 선봉의 중책을 맡고 먼저 왔으나, 이곳 형편이 이러하여 공연히 이틀을 낭비하고 말았습니다.」

유총은 상관없다는 듯이 대답했다.

「경들의 탓이 아니니 괜찮소. 군사는 일이 있어 며칠 늦을 거요. 적이 도강해 올 것을 대비하여 강가에 영채를 묻도록 하고, 군사가 올 때까지 며칠을 기다립시다.」

한편 군사 장빈은 대군을 영주로 진발시킨 다음, 친히 양홍보와 기안 두 장수와 정병 2만을 휘동하여, 한단을 떠나 곧장 영주의 서쪽 접경인 갈석산(碣石山 : 중국 북방의 발해로 흐르는 강이 이 산에서 비롯됨)을 향하여 떠났다. 반고구의 흐름은 바로 이 산에서 비롯된 것이다.

이윽고 산 아래 당도하니, 그 곳은 모두 천길 만길 깎아 세운 듯한 절벽이 수십 리에 뻗쳐 있고, 그 아래로 급류가 소용돌이치며 흐르고 있었다.

장빈은 우선 이곳에서 기안에게 군사 5천을 주어 나무를 베어 낭떠러지 아래로 굴려 내리도록 하고, 자신은 양홍보와 함께 다시 흐름을 따라 하류로 50리를 내려왔다. 그곳은 반고구의 어귀로서 물이 기슭에 닿아 있으나, 반대로 건너편이 가파른 절벽이었다.

장빈은 이미 세작을 시켜 이곳의 지리를 소상히 조사했었다. 이 곳은 영주가 아니라 병주(幷州) 동부에 속하는 지대였다.

장빈은 양홍보를 시켜 1만 5천의 정병을 주야로 동원하여 상류에서 떠내려오는 나무를 건져 뗏목을 만들도록 이른 다음, 자신은 강을 따라 지세를 답사하며 내려갔다.

군데군데 기암절벽(奇巖絶壁)이 연하기도 하고, 가끔 아늑하게 굽이치기도 하며 흐름은 내려갈수록 폭을 넓히고 있었다. 어느덧 해가 저물고 달이 떴다.

장빈은 멈추지 않고 기병 천 기와 함께 계속 강을 따라 내려갔다. 아직도 산이 그치지 않았다. 이윽고 한 곳에 이르니 강가에 편편한 숲이 있었다.

장빈은 군사를 멈추어서 이 곳에서 야영을 하도록 했다. 군사들은 숲속에 군막(軍幕)을 치고 때늦은 저녁밥을 지었다.

장빈은 홀로 숲을 벗어나 가까운 언덕에 올랐다. 바람은 소소(蕭蕭)하고 달은 교교(皎皎)했다. 문득 어디선지 영가(詠歌) 소리가 은은하게 들려왔다. 장빈이 놀라 소리 나는 쪽을 바라보니 저만큼 산기슭에 가물거리는 불빛이 보였다. 장빈은 어느덧 자신도 모르게 그 곳을 향하여 걸음을 옮기고 있었다.

가까이 다가가니 눈앞에 조촐한 모옥(茅屋) 한 채가 보였다. 노랫소리는 그 곳에서 새어나왔다. 모옥 앞에 이른 장빈은 걸음을 멈추고 귀를 기울였다.

노랫소리가 낭랑히 들려왔다.

중천에 명월이 걸렸는데,
군령은 엄하고 밤은 적료하구나.
구슬픈 호가(胡笳) 소리가 두세 마디 들렸을 뿐,
장사들은 조금도 들뜨지 않는구나.
묻노니, 대장은 누구인가,
필시 옛날의 명장, 표요교위 곽거병과 같은 사람이겠지.

中央懸明月  중앙현명월

令嚴夜寂寥　영엄야적요
悲笳數聲動　비가수성동
壯士慘不驕　장사참불교
借問大將誰　차문대장주
恐是霍嫖姚　공시곽표요

이윽고 노랫소리가 그치더니 안에서,

「밖에 박탁(剝啄) 소리가 난 듯한데 나가 보아라.」

하는 목소리가 들려왔다. 잇달아 한 동자가 사립문 밖으로 나왔다. 장빈은 부드러운 말로 동자에게 전했다.

「나는 길가는 나그네인데, 하루 저녁 이슬이라도 피했으면 해서 찾아들었다고 주인어른께 여쭈어라.」

장빈의 말이 미처 끝나기도 전에 안에서 다시 정정한 소리가 들려왔다.

「얘야, 어서 한(漢)의 군사(軍師)를 안으로 모셔라.」

장빈은 깜짝 놀랐다. 놀라서 망설이는 장빈을 동자가 재촉했다. 장빈은 동자를 따라 안으로 들어갔다.

방안에는 한 노인이 상궤(牀几)에 의지하여 앉았는데, 흰 수염이 무릎까지 닿아 있었다. 장빈은 단정히 무릎을 꿇고 노인에게 절을 하였다. 그리고는 조심스러운 목소리로 물었다.

「선생께서는 뉘신지, 존성대명을 배청코자 하옵니다.」

「그대는 나를 알려고 하기 전에 먼저 내 말을 들어라. 그대가 이 흐름을 건너려 하는 뜻은 즉 하늘의 뜻과 같기에 내 특별히 일러 주노니 추호의 실수도 없도록 하라. 이 반고구 천리의 흐름은 그 도도함이 태고 적부터 변함이 없느니라. 설사 황하(黃河)가 마를지언정 이 반고구의 흐름은 자고로 한번도 발역(魃魃 : 한발과

요변)이 없었거니와, 그 대신 60년에 한번, 즉 갑자년의 마지막 갑자일의 자시(子時) 동안만 그대가 오늘 저녁 둔친 그 곳에서 능히 걸어서 인마가 건널 만큼 물이 얕아지니, 그대는 이 시기를 놓치지 말라. 오직 60년에 한번 있는 일이니라.」

노인의 음성은 하늘에서 울리는 듯, 땅 속에서 들려오는 듯, 그 청아하고 현묘함이 아무래도 이승의 소리는 아닌 듯싶었다.

장빈은 끝내 고개를 들 수가 없었다. 얼마나 지났는지, 장빈은 자기를 부르는 소리에 정신을 차려 고개를 들었다. 이것이 어이 되 일인가. 자기 앞에는 노인도, 모옥도, 동자도 온데간데없고 퇴락한 무덤 하나가 눈에 띌 뿐이었다. 장빈은 자신이 그 무덤 앞에 꿇어 엎드려 있음을 깨닫고 크게 놀랐다. 일어나서 사방을 살펴보아도 모옥의 그림자조차 보이지 않았다.

이상히 여긴 장빈은 다시 한 번 눈앞의 퇴락한 무덤을 자세히 살펴보았다. 무덤 앞에 절반은 깨지고 절반은 땅에 묻힌 비석이 눈에 띄었다. 장빈은 문득 깨닫는 바가 있어, 공손히 무덤을 향하여 두 번 절하고 그 자리를 물러나왔다.

군막으로 돌아온 장빈은 일체 군사들의 출입을 금지시키고, 조용히 노인이 일러준 말을 되새겨 보았다.

'갑자년의 마지막 갑자일의 자시라…… 올해가 갑자년이고, 지금이 10월 하순, 오늘이 임술일(壬戌日)이니……'

생각이 이에 미친 장빈은 소스라치게 놀라며 벌떡 일어섰다. 급히 군막 밖을 향하여 소리쳤다.

「이리 오너라!」

아장 하나가 곧 군막 안으로 들어왔다. 장빈은 그에게 영을 내렸다.

「너는 지금 곧 말을 몰아 다시 양홍보 장군에게 가서 뗏목 만

드는 일을 부장에게 맡기고 날랜 군사 5천을 골라 이리로 달려오
도록 일러라. 단 일각의 지체도 허용치 않는다고 엄히 일러라.」

아장을 보낸 장빈은 이날 밤 잠을 이룰 수가 없었다.

'날이 새면 계해(癸亥)일이고, 내일 밤 자정이 지나면 이 해의
마지막 갑자일의 자시가 아니냐.'

꼬박 뜬눈으로 밤을 지새운 장빈은 날이 밝자 다시 어제 저녁
그 무덤이 있는 곳으로 올라갔다. 밝은 날에 보니 무덤은 더욱 황
폐해 보였다. 장빈은 군사를 시켜 조심조심 깨어져 나가고 땅에
묻힌 비석을 캐내도록 했다.

절반도 채 못 남은 비석에는 단지 희미하게 「반고(盤古)」라는
두 글자가 획을 유지하고 있을 뿐, 그 밖의 글씨는 한 자도 알아볼
수가 없이 풍우에 마멸되고 말았다.

'반고라, 반고면 태고 적에 이 나라를 통치한 임금님이 아닌가!'

그제야 장빈의 뇌리에서 어젯밤의 이상한 일과, 반고구라는 이
름의 내력이 풀리는 듯했다.

장빈은 곧 군사들에게 영을 내려, 무덤의 잡초를 제거케 하는
한편, 양과 돝을 대신하여 말을 잡아 태뢰제(太牢祭)를 차리도록
했다.

이윽고 약식의 제상(祭床)이 차려지자, 장빈은 경건히 무릎 꿇
고 제를 지냈다.

「소신, 전능하신 대왕의 가르침을 좇아 뜻을 이룩한 날에는 기
필코 대왕의 거룩하신 은혜를 갚겠사오니 부디 끝까지 보살펴 주
옵소서.」

장빈이 제를 파하고 내려오니, 마침 양홍보가 5천 군사를 이끌
고 내도했다.

장빈은 일장 서찰을 닦아 하류에 둔치고 있는 유총에게 보내는

한편, 양홍보에게 세밀한 주의와 계책을 일러주기 시작했다. 그에 앞서, 장빈은 우선 5천 군사들에게 충분히 휴식을 하도록 영을 내렸다.

양홍보는 아무래도 군사의 하는 짓이 납득이 가지 않았다. 이곳은 영주성을 거슬러 오르기 백 리가 넘는 곳이며, 강폭은 넓고 양쪽 기슭은 가파르고 수심은 밑을 모를 정도로 깊은데, 여기서 무슨 짓을 하겠다는 것인가.

의아한 생각이 많았으나, 양홍보는 감히 물을 수가 없었다. 그만큼 장빈의 언동이 진지하고 심각했던 것이다.

「오늘밤 자시를 기하여 그대로 5천 군사를 이끌고 반고구를 건너라. 그 시각이 되면 자연 건널 방도가 생길 것이니 조금도 의심 말라. 강을 건넌 다음에는 열흘 동안 군사를 숲속에 매복시켜 놓고, 그 동안 수척의 배와 기름을 마련토록 하라. 열흘이 지나거든 배에 가득 마른 나무와 건초를 싣고 기름을 뿌린 다음, 20명의 결사대를 선발하여 배에 태워 강을 내려가도록 하라. 그리하여 적이 채책을 박아놓은 기슭에 닿거든 일제히 배에 불을 질러 적의 채책을 태우도록 하고, 그대는 나머지 군사를 휘동하여 적의 영채 뒤를 급습하라. 그대가 오늘밤 강을 건너면 배는 자연 얻게 될 것이며, 적채까지 내려가는 동안에는 상류에서 내려오는 장사꾼으로 가장하라. 만약에 일자를 어기는 일이 있으면 한군 15만이 수장(水葬)된다는 것을 명심하라.」

장빈은 양홍보에게 영을 내린 다음 함께 시각을 기다렸다.

드디어 계해일이 다 가고, 갑자일로 접어드는 자시가 되었다. 장빈은 양홍보와 함께 강기슭으로 나가 수면을 응시하였다. 그러는데 별안간 강 위로 한 가닥 빛이 이쪽 기슭에서 저쪽 기슭에 걸쳐 뻗쳐지는 것이 아닌가. 장빈은 얼른 무릎을 꿇고 강을 향하여 두 번 절한 다음, 친히 앞장서서 강물로 들어섰다.

정말 신기하고 괴이한 일이었다. 그렇게 깊고 거세던 물결이 허리밖에는 차지 않았다. 흐르는 물결이 아니라 잔잔히 고여 있는 물결이었다.

장빈은 강 위로 뻗은 빛을 따라 강을 건너기 시작했다. 그 뒤를 양홍보와 5천 군사가 따르는데, 모두 앞사람의 옷자락을 단단히 붙들었다.

이때 강 위와 양쪽 기슭 일대에는 안개가 자욱이 끼어 지척을 분간할 수가 없었다.

마침내 장빈은 건너편 기슭에 닿았다. 군사들이 끝까지 다 건너는 것을 본 장빈은 다시 강으로 들어서서 이쪽으로 건너왔다. 그가 이쪽 기슭에 올라서서 뒤를 돌아보니, 강 위에 뻗쳤던 한 가닥 빛은 어느새 사라지고, 강물은 다시금 검푸르게 소용돌이치며 흐르고 있었다.

장빈은 다시 무릎을 꿇고 강을 보고 절한 다음 천 기의 군사를 이끌고 즉시 하류를 향하여 그 자리를 떠났다.

이때, 강에 걸친 빛을 본 사람은 오직 장빈 한 사람뿐이었음은 두 말할 필요도 없으리라. 강을 건넌 양홍보와 군사들은 한결같이 자기들의 군사가 도통한 신인(神人)인 줄 알고 새삼 감복할 따름이었다.

이튿날 석양 무렵에 무사히 중군에 돌아온 장빈은 유총에게 인사한 다음 즉시 제장을 모아 영을 내렸다.

「오늘부터 닷새가 지나면 상류에서 뗏목이 내려올 것이다. 호연안·호연유 두 사람은 휘하의 군사 2만을 동원하여 뗏목을 모두 단단히 연결시켜 대안까지의 다리를 놓으라. 다리의 폭은 1백 20자로 하여 군마 스무 필이 한꺼번에 나란히 건널 수 있도록 한다.

다리가 강의 중간을 넘거든 조염과 관하는 1만 5천의 휘하 군졸을 모두 궁노수를 만들어 다리를 따라 나가며 대안(對岸)의 적을 견제하도록 하라. 오늘부터 헤아려 정확히 열흘이 되는 날에는 적채에 불이 붙고 적진이 크게 어지러워질 테니, 그 혼란을 타서 호연안과 호연유는 나머지 수면에 급히 다리를 가설하라. 다리의 가설이 끝나면, 선봉 유영과 왕미는 지체 없이 적진으로 짓쳐들라. 만약 한식경의 실수라도 생길진대 가차없이 참할 것이며, 공이 이룩되면 후히 포상하리라.」

중장들은 장빈이 열흘 앞의 일을 소상히 이름을 보고 모두들 서로 얼굴을 쳐다보며 괴이쩍게 여겼다.

그러나 닷새째가 되니 과연 상류에서 뗏목이 하나 둘 떠내려오기 시작했다. 뗏목에는 네댓 명의 군사들이 타고 있었는데 모두 한군들이었다.

호연안과 호연유는 군사 장빈의 신산(神算)에 감탄하며 곧 뗏목을 연결지어 다리를 만들기 시작했다.

우선 뭍에다 깊이 30자의 구멍을 세 개 파고, 구멍에다 다섯 아름이나 되는 거목(巨木)으로 기둥을 단단히 세운 다음 뗏목을 수십 개 이 기둥에 붙들어 매어 다리의 기초를 만들었다. 그렇게 한데다 물 위로 뗏목을 연결시켜 나가니, 만들어진 부교(浮橋)는 조금도 떠내려가지 않았다.

주야를 가리지 않는 작업이 계속되었다. 아흐레째가 되니 뗏목의 부교는 강의 절반을 훨씬 넘었다.

진병들은 부교가 강의 절반을 넘을 때부터 맹렬히 화살을 날려 작업을 방해하기 시작했다. 그러나 이쪽에서도 조염과 관방이 궁노수를 부교 위로 보내서 지지 않고 응사를 했다.

그렇지만 물속에서 작업을 하는 군사들은 하루에도 수십 명이 적의 화살을 맞고 피살되었다.

아흐레째 되는 날, 진병은 마침내 수척의 배를 몰고 쳐들어왔다. 이 날 싸움에 진군은 5백여 명의 사상자를 내었으나, 한군은 그 갑절이 넘는 천 수백 명의 희생자를 내었다. 그러나 부교의 가설 작업은 조금도 멈추어지지 않고 계속되었다.

마침내 열흘째 되는 날 오후였다.

진의 수군도호 조늑은 상류에서 다가오는 7, 8척의 배를 발견하였다. 배는 모두 포장이 씌워졌고 천천히 진채 가까이 다가오고 있었다. 조늑은 배를 향하여 소리쳤다.

「그 배를 속히 이쪽 기슭으로 대어라. 배에 탄 사공은 모두 뱃전에 나와서 손을 들어라.」

배는 한 척 두 척 조늑의 명령대로 진채 가까이 다가갔다.

맨 앞 배가 기슭에 닿았을 순간이다. 별안간 배 안에서 불길이 일어나더니, 마침 세차게 불어오는 강바람을 타고 불길은 강기슭에 묻어 놓은 채책으로 옮아 붙었다.

다음 배가 또 기슭에 닿는가 하면 그 배도 역시 무섭게 불타기 시작했다. 진채는 그만 발칵 뒤집히고 말았다. 사나운 불길은 강변에 잇달아 세워놓은 채책을 사정없이 태워버렸다.

조늑과 양유는 허겁지겁 군사를 질타하여 채책에 붙은 불을 끄려는데, 난데없이 영채 뒤에서 일성 포향이 요란하게 울리면서 일지군이 짓쳐들었다. 앞장 선 장수는 사람인지 귀신인지 분간도 못할 만큼 무섭게 생긴 용모인데, 손에 철퇴를 들고 바람개비처럼 휘두르고 있었다.

양유는 급히 창을 꼬나 잡고 적장을 막으려 했으나, 미처 창 한 번 놀려 보지도 못하고 철퇴를 맞고 피를 토하며 땅에 쓰러졌다.

이를 본 조늑은 황급히 말에 올라 칼을 휘두르며 적장을 취하려 달려들었다.

이때, 반고구 나루터 영채에서 한군의 악착같은 부교 가설을 진두지휘하며 막고 있던 주장 여태는 상류 쪽에서 화광이 충천하는 것을 보자, 그 자리는 참군 풍구와 부장 이춘에게 맡기고 자신은 급히 3천 군사를 이끌고 상류로 달려갔다.

여태가 막 떠나려는데 조늑이 보낸 비마가 달려와서 고했다.

「상류에서 수상한 배가 7, 8척 내려와서 언덕에 닿더니 일제히 불을 아군 채책에 옮겨 붙였는데, 난데없이 하늘에서 내려왔는지 땅에서 솟았는지 무수한 신병(神兵)이 나타나서 눈 깜짝할 사이에 양 도호를 죽이고, 지금 조 도호도 *초미지급(焦眉之急)의 지경에 처해 있습니다. 장군께서 속히 구원하지 않으시면 아군은 몰살하고 말 것 같습니다.」

여태는 군사의 급보를 듣자, 다시 부장 이춘에게 말했다.

「이곳은 풍 참모에게 맡기고 속히 나와 함께 상류에 가서 조 도호를 구원합시다.」

이리하여 여태와 이춘은 이곳의 군사 1만을 휘동하여 상류로 떠나니, 나루터에는 불과 군사 5천여 명밖에 남지 않았다.

한편 양홍보를 맞아 싸우던 조늑은 교봉 10합에 이르러 그만 양홍보가 후려치는 철퇴를 맞아 말 아래 떨어지고 말았다. 양홍보는 선뜻 조늑의 목을 베어 허리에 찬 다음, 조늑이 탔던 말을 빼앗아 타고 좌우 닥치는 대로 진병을 도륙하였다. 진병들은 순식간에 자기들의 주장 두 사람이 적장에게 죽음을 당하는 것을 보자 기절초풍하여 달아났다.

여태와 이춘이 상류로 떠난 뒤 불과 반 시각이 못되어 한군 선봉 유영과 왕미는 기어이 영주 기슭에 상륙하고 말았다.

아무리 용병(用兵)에 능한 풍구라 해도 워낙 중과부적이니 당할 수가 없었다. 뗏목다리에서 땅을 밟고 언덕에 오른 유영은, 그 동안 여러 날 휘두르지 못했던 창을 한껏 휘둘러 진병을 시살하니, 진병은 모두 유영의 무서운 기세에 겁을 집어먹고 뿔뿔이 달아나기 시작했다.

유영은 난군 중에 문득 풍구가 말을 타고 달아나려는 것을 보았다. 그는 얼른 진병이 팽개친 활을 하나 주워들고 살을 먹였다. 실로 오랜만에 당겨보는 활이었다. 지난날, 북부 강지(羌地)에서 학원탁이 베푼 무술경연 때 쏘아 본 이래 여태까지 활을 들 기회가 없었는데, 이제 시위를 당기게 되니 그 감회가 새로웠다.

유영의 손을 떠난 화살은 어김없이 날아서 풍구의 등에 가 꽂혔다. 풍구는 외마디 비명을 지르며 말 아래로 굴러 떨어졌다.

한편 왕미는 뭍에 오르자 곧 진병이 버리고 간 말을 주워 타고 상류로 달려 올라갔다. 관방이 또한 왕미의 뒤를 따랐다.

두 사람은 이미 장빈에게서 영을 받았던 것이다.

한편 진장 여태와 이춘이 상류를 향하여 급히 달려가는데, 앞에서 무수한 군사들이 비명을 지르며 도망쳐왔다. 여태는 큰 소리로 물었다.

「조장군은 어찌 되었느냐?」

도망쳐 오던 군사들은 숨이 턱에 차서 대답을 못했다.

「이놈들아, 이게 무슨 꼴이냐! 조 도호는 어찌되었느냐?」

이번에는 이춘이 소리쳐 물었다. 그제야 앞섰던 군사가 떠듬떠듬 대답했다.

「이미 죽어서 목이 적장의 허리에 매달렸습니다.」

여태와 이춘은 깜짝 놀랐다. 그들은 다시 말에 채찍을 가하여 앞으로 내달았다. 바로 그때다. 앞에서 벽력같은 호통소리가 나면서 일원대장이 짓쳐 오는데, 그의 허리에는 사람의 목이 하나 매

달려 있는 것이 아닌가. 여태와 이춘은 발연 대노하여 일제히 양홍보를 향해 달려들었다. 적장 둘이 달려드는 것을 본 양홍보는 얼른 타고 있던 말을 버리고 땅에 내려서며 철퇴를 들었다.

마침내 1대 2의 처절한 혈투가 전개되었다. 둘은 말을 탔고, 하나는 땅에서 싸웠다. 양홍보가 바람개비처럼 휘두르는 철퇴에 놀라, 여태와 이춘이 탄 말은 자꾸만 뒷걸음질을 쳤다.

교봉이 6, 7합에 이르렀을 때다. 뒤쪽에서 쩌렁쩌렁한 호통소리가 들려왔다.

「적장은 더 이상 닫지 말라. 여기 한군 선봉 왕미가 간다!」

바로 뒤이어 또 호통소리가 들려왔다.

「적장은 우리 양 도위를 괴롭히지 말라. 여기 대한의 대사마 관방이 간다.」

여태와 이춘은 잇단 호통소리를 듣자 깜짝 놀랐다.

「기어이 한적이 강을 건넜구나.」

두 사람은 똑같이 뇌까리며 급히 양홍보를 버리고 달아날 길을 찾으려 했다. 여태가 막 말머리를 돌렸을 때, 비호처럼 달려든 왕미는 덥석 여태의 목덜미를 잡아 가볍게 자기의 말안장에 끌어다 붙였다.

놀란 이춘이 다급히 말에 채찍을 대는 것과 동시에 양홍보의 번개 같은 철퇴는 이춘이 탄 말 엉덩이를 후려치고 있었다. 말은 크게 외마디 비명을 지르며 나무토막처럼 땅에 나가 뒹굴었다. 함께 땅에 떨어진 이춘이 비실거리며 일어나는 것을 양홍보의 두 번째 철퇴가 후려쳤다. 이춘의 해골은 부서져서 박살이 났다. 양홍보는 해골이 부서지고 눈알이 빠진 이춘의 목을 잘라 그것도 허리에 찼다.

한편, 왕미·유영 두 선봉의 뒤를 이어 상륙한 좌군대장 관방과

황신, 우군대장 장실과 관근은 각각 2만의 군사를 휘동하여 영주
성하로 달려갔다.

영주태수 곽경은 비마(飛馬)와 패주해 온 군사의 보고를 듣고
이미 사세가 기울어진 것을 판단하자, 곧 자기의 권솔과 여태, 풍
구 등 제장의 가권을 인솔하여 유주(幽州)로 도망칠 궁리를 했다.

허겁지겁 행리를 꾸린 이들의 일행 백여 명은 야음을 타서 몰
래 북문을 벗어났다. 그들의 후미는 아직도 성안을 벗어나지도 않
았는데, 별안간 수레의 대열이 딱 걸음을 멈추면서 술렁이기 시작
했다. 부녀자들은 가슴이 철렁 내려앉았다.

'벌써 적이 당도하였나?'

그들의 예측대로, 곽경이 성문을 벗어나서 겨우 한 마장 정도
갔을 때, 그는 앞을 가로막는 범 같은 장수의 호통소리에 딱 오금
이 얼어붙고 말았다. 도망을 치자니 자기의 권솔과 수하 막료들의
식솔들 보기에 비겁자가 되겠고, 앞으로 나아가 적장을 상대하자
니 자신의 무예에 자신이 없는 것이다. 그가 머뭇거리고 있는데,
다시 천둥 같은 호통소리가 들려왔다.

「이놈, 무엇을 꾸물거리고 있느냐. 냉큼 말에서 내려 항복하지
못할까. 네가 순순히 항복을 한다면, 네 목숨과 가족들의 목숨만
은 살려 주려니와, 딴 마음을 가졌다가는 당장에 도륙을 내고 말
겠다!」

곽경이 결정을 못 내리고 몸만 와들와들 떨고 있는데, 오른편에
서 또 한 장수가 달려오며 소리쳤다.

「황장군은 그 적을 나에게 양보하시오. 내 명색이 선봉이건만
아직 적장의 수급 하나 얻지 못하였소」

소리치며 닫는 장수는 한군 선봉 유영이었다.

그렇지 않아도 절반은 넋이 나간 곽경은 유영의 고함소리를 듣

자, 그만 겁이 덜컥 나서 말 엉덩이를 힘껏 채찍으로 후려쳤다. 그리고는 허리의 칼을 뽑아들고 황신을 향하여 덤벼들었다. 황신은 곽경의 칼을 가볍게 받아넘기며 조롱했다.

「마침내 발광을 하는구나. 네가 나와 단 10합을 교봉할 수 있다면, 내 너를 맹세코 살려주겠다. 어디 덤벼 보아라.」

흡사 훈장이 학동을 어르듯이 황신이 곽경을 희롱하니 곽경은 점점 약이 올랐다.

「이 무례한 적구 놈아, 감히 누구에게 그 따위 주둥아리를 놀리느냐.」

악을 쓰며 대드는 곽경의 칼을 슬쩍 피하면서 황신은 처음으로 칼을 휘둘렀다. 그 순간, 어이없게도 곽경의 목은 댕강 잘려서 땅에 굴러 떨어졌다.

유영이 달려왔을 때는 황신이 칼끝으로 땅에 떨어진 곽경의 목을 꿰어 들어올리는 참이었다.

황신과 유영은 군사를 시켜 곽경의 가권과 그 밖의 진장의 가족들을 도로 성안으로 압송케 했다.

이로써 한군이 좌국성에서 기병(起兵)한 이래, 가장 어려운 싸움이었던 영주 공략의 매듭을 짓게 되었다.

결과적으로 목적을 달성하고 승리는 하였으나 한군의 피해는 그 어느 때보다도 컸다. 잃은 군사가 1만 5천여 명이었고, 상한 군사가 또한 그만한 숫자였다.

한편, 이번 영주 공략의 일등 수훈은 단연 양홍보에게 돌아갔으니, 그는 양유·조늑 두 수군도호의 목을 베었고, 또 부장 이춘의 목까지 베어 도합 적장의 수급을 셋이나 베었으니 당연한 결과였다.

그렇건만, 사실은 영주 공략의 일등 수훈자는 군사 장빈이 아닐

는지. 그러나 그는 상을 주는 사람에 속하지 받는 측은 아니다.

장빈은 영주성 백성의 무휼이 끝나자 곧 유총과 상의하여 성대히 태뢰제를 차려 반고구 상류의 그 무덤 앞에 가서 충심으로 감사하는 제를 올렸다. 그런 다음 황폐한 무덤을 다시 봉축(封築)하고 비석을 새로 깎아 세웠다.

장빈은 손수 붓을 들어,

「반고대왕의 능(盤古大王之陵)」

이라고 6자의 비문을 썼다.

# 제9장. 또 하나의 풍운

## 1. 출분(出奔)

성도의 조흠(趙廞)이 반기를 든 이야기는 앞에서도 했다. 부당하게 가해오는 조왕의 핍박을 면하기 위해서 그가 취할 길이 그것밖에 없었던 것도 사실이나, 그는 강발 형제의 도움을 얻기 위해 한실(漢室)의 후예를 추대하겠다는 명목을 내세웠던 것이다. 그러나 이것은 어디까지나 구실이었으므로 일이 성공하고 난 뒤에는 거들떠보려고도 하지 않았다.

이 사실을 깨달은 강발 형제는 물론 실망했다.

「형님, 아무래도 우리가 속은 것 같습니다. 한실을 부흥시키겠다고 맹세하는 바람에 이렇게 되었지만, 언제까지나 조흠 밑에 있을 수도 없지 않습니까. 어차피 망신은 당한 것, 더 이상 관계가 깊어지기 전에 돌아감이 좋을 듯합니다.」

아우 강비(姜飛)의 말을 듣고 강발 또한 추연한 빛을 띠었다.

「그러게 말이다. 십중팔구 잘못된 듯하다만 조금 더 기다려보자. 한번 거취를 정한 이상 돌아가기도 어렵구나.」

그들은 여러 날을 두고 조흠의 눈치를 살폈다. 그러나 조흠은 이 기회에 자립하기 위한 대책을 세우는 문제에만 골몰해 있었다.

어느 날, 조흠이 강발에게 물었다.

「다행히 선생의 꾀로 어려움은 모면했소이다. 그러나 조왕이 가만히 있지는 않을 것이니, 무엇으로 이 땅을 지키겠소? 차라리 검관(劍關)으로 쳐들어가서 세력의 기반을 넓히는 것이 어떻겠소?」

말인즉 일종의 적극적 방어론이었다. 그러나 방어 이상의 어떤 야심이 거기에 작용하고 있었다. 그런 것을 다 아는 강발은, 이 문제와 한실 부흥을 결부시켜서 대답했다.

「어떤 면에서는 옳으신 말씀입니다. 앉아서 지키는 것보다는 나아가 치는 쪽이 이로울 수도 있습니다. 그러나 세상에서는 장군을 어떤 눈으로 보겠습니까. 이제까지의 일은 박해에서 몸을 지키신다는 명분이 있었습니다. 하오나 그 원리가 어느 경우에나 적용되는 것은 아닐 것입니다. 치거나 지키거나 간에 대의명분이 서지 않으면 대사는 이루어지지 않습니다. 전에도 여쭈었거니와 속히 한실의 후예를 찾아서 추대하십시오. 그리하여 한실의 재건을 기치로 내세우신다면 진나라의 무도함을 미워하는 천하의 민심이 다 우리에게 돌아올 것입니다.」

이 말을 듣는 조흠이 당황한 듯 얼굴을 붉혔다.

「그렇기는 하오만, 어디 가서 한실의 자손을 찾습니까. 안락공(安樂公)께서 낙양에 들어가신 뒤에는 아마도 그 자손이 남아 있지 않은 것 같더이다. 허나 결코 선생과의 약속을 잊은 것은 아니오. 보다 신중을 기하자는 것입니다. 만일 지나치게 서두르다가는 어목(魚目)을 주옥이라 하지 않을까 걱정이 됩니다. 얼토당토않은 자를 유씨라고 떠받들었다가 세상의 조소를 산다면 무슨 망신이겠소? 우리의 기반을 굳혀가면서 서서히 찾아보기로 합시다.」

조흠이 이렇게 나오니 강발도 더 이상 할 말이 없었다. 강발은 물러나와 아우에게 말했다.

「오늘 조흠의 속셈을 모두 알아냈다. 이제는 더 의심할 것도 없으니 어서 산으로 돌아가자.」

강비가 그것 보라는 듯이 말을 받았다.

「그러기에 제가 무어라고 했습니까.」

그는 형 곁으로 다가앉았다.

「그런데 형님! 지금까지는 우리가 속았지만, 그놈이 이리도 간사한 줄 안 바에는 차라리 죽여버리고 우리의 힘으로 왕손을 찾아내는 것이 어떻겠습니까. 그리 힘든 일도 아닐 것입니다.」

그러나 강발은 고개를 저었다.

「그게 무슨 말이냐. 저쪽에서 우리를 믿고 있는 터에 어찌 신의를 배반하겠느냐. 또 장찬(張燦)·두숙(杜淑)·위옥(衛玉) 등으로 말하면 대단한 인물들은 아니지만 그의 심복들이며, 이상(李庠)·이양(李讓)의 외원(外援)도 있는 터이니까 일이 그렇게 쉽지는 않을 것이다.」

강비는 주먹으로 허공을 몇 번이나 쥐어박으면서 투덜투덜 형의 앞을 물러났다.

그런 지 며칠이 지난 어느 날, 홀연 한 과객이 초려의 문을 두드렸다. 마침 뜰에 나와 있던 강발은 직접 객을 맞았다.

객은 덥석 강발의 손을 잡으며,

「계약(繼約 : 강발의 또 하나의 자) 형 이거 몇 해만입니까?」

하는 소리에 강발도 반색을 하며 맞이했으나 이름이 생각나지 않았다. 분명히 아는 얼굴이요, 그것도 몹시 가까운 사람임이 틀림없는데도 누군지 도무지 생각이 나지 않았다.

「그런데, 누구시더라?」

그러자 상대가 웃으며 말했다.

「저를 잊으시다니요. 관심(關心)이올시다.」

그제야 강발과 강비는 깜짝 놀라며 관심의 손을 덥석 잡았다.

「아, 관형이었구려. 관형이었어!」

그들은 서로 얼싸안고 한참을 울었다. 서로 친형제처럼 지내오던 집안이 아니던가. 관색(關索)의 유자(遺子)인 관심은 관우의 손자이며 관방의 막내아우였다.

「아, 너무나 뜻밖이구려. 워낙 오래간만이 돼서 얼굴까지 잊을 뻔했소이다.」

촉이 망한 지 30년, 피차 어린 나이에 헤어졌던 그들이 아닌가. 이윽고 강발이 눈물을 닦으며 말했다. 그도 그럴 것이 촉한이 망하고 뿔뿔이 흩어질 무렵에 관심은 아직 어린 소년이었다.

「하긴 벌써 여러 해가 지났습니다.」

관심도 개탄하듯 말했다.

강발은 관심을 방안으로 안내하고 곧 강비와 노모를 불러서 인사를 시켰다.

이번에는 강비가 물었다.

「그래, 형님들은 어디에 계시오?」

그러자 관심은 의아한 표정을 지어 보였다.

「아니, 아직도 모르고 계신가요? 지금 저하를 모시고 싸우시는 중이신……」

「뭐라고 했소, 저하라니?」

「아, 유총 저하 말씀이십니다. 저 태자이신……」

강발의 눈이 휘둥그레졌다.

「그것이 도대체 무슨 소리요? 어디 차근차근 말해보오」

「아직도 모르고 계셨군요」

관심이 연민의 눈초리를 형제에게 보냈다.

「저는 어렸기 때문에 형님들을 따라가지 못하고 최근에야 찾아갔습니다만, 지금 모두 모여서 나라를 세우고, 유연(劉淵) 전하를 황제로 추대했습니다. 참 유연 전하라고 해도 모르시겠군요. 전의 유거 전하께서 개명하신 이름입니다.」

이에 강발이 깜짝 놀랐다.

「아, 그러면 좌현왕(左賢王)이란 전하가 아니신가?」

관심이 다시 말을 이었다.

「지금 진(晉)을 치는 중입니다. 우리가 싸움을 시작한 것은 얼마 되지 않습니다만, 벌써 포자(蒲子)·평양·거록·상산·연주·급군·한단·영주 등을 빼앗았습니다. 낙양을 손에 넣는 날도 그리 멀지 않을 것입니다.」

이 소리를 들은 강발 형제는 어쩔 줄을 몰라서 울고 웃었다.

「아, 그런 줄도 모르고! 그런 줄도 모르고……」

형제는 연방 한숨이 새어나왔다.

강발은 곧 자기들의 딱한 처지를 설명해 주었다.

「그래서 어떻게 할까 망설이던 중이었는데, 정말 잘되었소. 그러나 친구들이 모두 애쓰는 것을 모르고 앉아만 있었으니 심히 부끄럽구려.」

「무슨 말씀을.」

관심이 펄쩍 뛰었다.

「모두들 형님 형제분만 소식이 없어 궁금히 여기고 있습니다. 폐하께서도 여간 걱정하고 계신 것이 아닙니다. 반드시 화를 당한 모양이라고 하시며 눈물까지 흘리시는 모습을 뵈었습니다. 그래서 이번에 어명을 받잡고 찾아 나섰던 것입니다.」

강발 형제의 볼에는 다시 뜨거운 눈물이 흘러내렸다.

그들은 하룻밤을 뜬눈으로 지새운 다음 상인으로 가장하고 성도를 떠났다. 강발은 그동안 조흠이 보내준 양식과 필묵과 재보를 고스란히 곳간에 봉해놓고, 동자를 시켜 일봉 서신을 적어 조흠에게 전하도록 했다.

두 형제가 떠난 지 사흘 후에 조흠은 강발의 서장을 받았다. 편지를 읽고 난 조흠은 금세 안색이 변하며 고함을 질렀다.

「무엇이라고! 이제 옛 주인이 계신 곳을 알았으니 떠난다고? 이런 의리부동한 놈이 있단 말이냐. 내 저를 대하기를 스승처럼 하였거늘, 나를 배신한단 말이냐. 당장에 군사를 보내 잡아와야 겠다.」

조흠은 길이 한탄했다. 만만치 않은 야심을 품고 있었던 그였기에, 강발 형제에 대한 기대가 여간 큰 것이 아니었다. 그에게 있어서는 팔이 하나 떨어져 나간 듯한 느낌이었다.

그는 곧 이특(李特)을 불러 상의했다.

「사방으로 말을 달려 몰아가게 한다면 반드시 만날 수 있으려니와, 이 일을 그대는 어찌 생각하오?」

이특은 이특대로 촉(蜀)을 손아귀에 넣고 싶어도 강발 형제를 꺼리던 판이라 조흠을 위해 말할 인물은 아니었다.

「그들은 지혜가 있는 사람들이라 반드시 샛길로 해서 어디론가 빠져나갔을 것이오니 쫓아간들 어찌 만나겠습니까. 주공(主公)께서 그들을 대우하심이 극진하셨건만 감히 이 고장을 떠난 것은, 주공의 은혜를 몰라서가 아니라 그들의 뜻이 한실을 다시 일으키는 데 있기 때문입니다. 그러므로 다시 붙들어두신다 해도 유씨가 일단 나타나기만 하는 날에는 주공께서는 화를 면치 못하실 것입니다. 양호유환(養虎遺患 : 화근을 길러 근심을 산다는 뜻)이라는 말이 있으니, 내버려두시는 것이 상책이라고 생각됩니다.」

하기는 이번에 도망친 것도 유씨를 약속대로 추대하지 않은 데 있다는 것쯤은 조흠도 잘 알고 있는 터였다. 그는 마침내 단념하기로 했다.

## 2. 조흠의 죽음

강발이 떠나고 나자 조흠은 매사에 아쉬움을 느꼈다. 그의 좌우에도 사람은 있었지만 강발을 대해오던 그로서는 그들이 성에 찰리 없었다. 곰곰이 생각한 그는 이상(李庠)을 기용하기로 했다.

이상은 이특의 막내동생이었다. 지혜가 있고 용맹이 대단해서 마음이 끌렸다. 그를 중용한다면 만만치 않은 이특의 세력마저 자기 휘하로 들어올 것이라는 점을 조흠은 간과하지 않았다. 마침내 이상은 강발과 비슷한 직책을 맡게 됐다.

그러나 그들의 결탁은 오래 가지 못했다. 어느 날 이상이 이특에게 무심코 지껄인 말이 사건의 발단이 됐다. 그날 이상은 막 관아에서 돌아온 길이었다.

그는 책을 읽고 있는 형에게 말을 걸었다.

「성주(城主)의 하시는 일을 보자니, 아무래도 대업을 이룩하기는 어려우실 것 같습니다. 내가 간해도 안 듣는 일이 많습니다. 이렇게 하다가는 반드시 오랫동안 그 지위를 유지하지는 못할 것 같더군요」

이특은 아우를 물끄러미 바라보다가 아무 말 없이 고개만 끄덕였다.

이 말은 안타까운 데서 나온 것일 뿐, 딴 뜻이 있음은 아니었으나, 마침 옆에서 이 말을 엿들은 하인의 밀고를 받은 조흠은 그렇게 받아들이지 않았다.

「음, 이놈들이 다른 마음을 품고 있구나. 그들 형제가 보통내기들이 아닌데다가 유민(流民)들까지 휘어잡고 있으니 놓아두다가는 반드시 큰일을 당하고야 말리라.」

그러자 그의 아들 조영(趙英)이 옆에서 말했다.

「이특 형제 중에서 문무를 갖춘 것은 이상뿐입니다. 이놈만 처치해 버리신다면 아무 문제 없을 것이오니 속히 도모하십시오.」

조흠은 마침내 이상을 죽이기로 결심했다.

그러나 뚜렷한 명분도 없이 일을 저지를 수는 없어서 가만히 기회만 엿보았다.

그럭저럭 한 달이 지났다. 하루는 조흠이 도둑질을 하다가 붙들린 자의 목을 손수 베었다 이를 목격한 이상은 조흠을 간했다.

「옛부터 큰일을 이룩할 사람은 사람을 함부로 죽이지 않았습니다. 인덕(仁德)을 쌓지 않고는 백성의 마음을 살 수 없으며, 민심을 얻지 않고는 대사를 도모할 수가 없습니다. 주공께서는 마땅히 이런 일을 삼가시기 바랍니다.」

조흠은 심히 불쾌했으나 이상의 말이 사리에 맞으니 뭐라 탓할 수도 없는 노릇이었다. 그러나 그 후로 조흠은 더욱 이상을 제거할 기회를 노리게 되었다.

그러던 중 조흠의 생일날이었다. 조영은 부중에 성대한 잔치를 베풀고 많은 사람을 초대해 아버지의 생일을 축하했다.

저녁때가 되어 대부분의 사람들이 돌아가고 좌석에는 7, 8명의 중요 막료들만이 남게 되었다. 우연히 이야기는 낙양의 정계로 옮아갔다. 조왕 사마윤의 전횡(專橫)에 대해 개탄하는 소리가 들렸다.

이상이 말했다.

「지금 조정에서는 사마씨(司馬氏)끼리 세력을 다투어 골육상잔이 그칠 사이 없건만, 위로는 황제께서 견제치 못하시고 아래로는 바른말을 하는 신하가 없는 형편입니다. 이래 가지고는 국조

(國祚)가 영구할 수 없을 것이니, 마땅히 대위(大位)에 오르사 존호를 일컬음으로써 천하를 호령하시기 바랍니다. 이리하여 어지러운 나라를 바로잡는 명분을 내세우고 관중(關中)을 치신다면 대업이 이루어질 가능성은 충분히 있습니다. 이것이 우리가 취할 수 있는 상책입니다. 중책은 형주·양주를 빼앗아서 지반을 넓히는 길이며, 하책은 스스로 천험(天險)에 의거하여 굳게 지키는 일입니다. 어서 대위에 오르시어 이 세 가지 중에서 어느 것이라도 행하십시오」

「좋은 말씀이오」

하는 소리가 하마터면 조흠의 입에서 새어나올 뻔했다. 그러나 그는 꾹 억눌러버렸다. 그 말대로 따르고 싶은 생각은 굴뚝같았으나 실행하기에 앞서 이상을 죽여야 할 것이 아닌가. 조흠은 짐짓 크게 성이 난 듯 호령을 했다.

「어허! 말이 어찌 이리도 당돌한가! 비록 조정에 약간의 혼란이 있다 할지라도, 때가 되면 어둠이 가시고 다시 명명한 일월을 우러러보게 될 것이거늘, 신하로서 대위(大位)를 거짓 일컫는다면 그 참람함이 이에서 어찌 더하리오 내가 관군에 항거한 바 있는 것은 부당한 박해에서 자신을 지키려는 고충에서 나온 것이니, 사세부득이했다고는 해도 지금껏 송구함을 이기지 못하고 있는 것이 나의 심정이다. 시일이 가서 사실이 밝혀지면 나라에 신명을 바쳐 속죄코자 하고 있었는데, 그대는 망령되이 혀를 놀려 나에게 반역을 권하니 이는 천인이 공노할 바라, 결단코 용서치 못하겠다.」

그러고 나서 그는 심복 장수들을 돌아보며 호통을 쳤다.

「장수가 되어가지고 역적을 눈앞에 보고도 어째서 손 하나 까딱하지 못하느냐. 빨리 끌어내어 목을 베라!」

이미 전날에 조흠의 뜻을 전해 듣고 있었던 조흠의 심복 장수
인 장찬·비원·허감·위옥 등은 일제히 칼을 뽑아들고 이상을
끌고 밖으로 나갔다.

이상은 끌려 나가면서 소리소리 질렀으나 조흠은 거들떠보려
고도 하지 않았다.

이상이 죽자 조흠에게는 또 다른 걱정이 생겼다. 이특의 일파가
반드시 원망할 것이라는 생각이었다. 이특이 영향을 미칠 수 있는
유민의 수효가 수십만에 달하고 보니 조흠으로서 불안을 느끼는
것은 당연한 일이었다.

그는 이특의 환심을 사기 위해 친군도통(親軍都統)이라는 벼슬
을 주고 간곡한 말로 위로했다. 그러고도 마음이 놓이지 않은 조
흠은 이특의 동생인 이유와 이특의 아들 이웅·이탕 등에게도 벼
슬을 주어 그들을 회유코자 했다.

이특은 옛날 한신(韓信)이 불량배의 사타구니 사이를 참고 지나
간 일(*國士無雙국사무쌍 : ☞ 권1)을 상기하며 벼슬을 내린 데 대한
인사를 하러 성도 부중으로 들어갔다.

조흠은 이특에게 구차한 변명을 늘어놓았다.

「내 이상의 재주를 사랑하여 만사를 일임하다시피 하였으나,
그가 여러 사람 앞에서 권하기에 부득이 처형하였소. 그러나 어쩔
수 없는 조치였을 뿐, 조금도 딴 뜻은 없으니 그대도 너그러이 생
각해 주오.」

「어찌 그런 말씀을 하십니까. 본래 왕법(王法)에는 친소가 없
는 것이옵니다. 그런 말을 제 앞에서 했다면 저 역시 그대로 두지
않았을 것입니다. 다행히 대야께서 처단해 주신 덕분으로 저도 멸
족지화(滅族之禍)를 모면했사오니, 도리어 감사의 말씀을 올려야
하겠습니다.」

「과연 의사(義士)로다.」

조흠은 무릎을 치며 탄복해 마지않았다.

어느 날, 이특은 아우 이유를 비롯하여 조카인 이탕·이웅·이시·이보·이양·이감 등을 자기 집으로 불렀다.

「조흠이 처음 도임하여서는 우리의 힘을 빌리더니 요즘에는 도리어 악독한 마음을 품고 우리를 해치려 드는구나. 아우 상(庠)을 죽인 것도 그 재주를 시기한 때문이니, 의리라곤 없는 놈이로다. 그러나 그의 세력이 저렇게 강대하니 어쩔 수 없고, 그렇다고 가만히 있다가는 우리가 모두 화를 면치 못할 것이 뻔하다. 어떻게 해야 좋을지 좋은 방법이 떠오르지 않는구나.」

그러자 이유가 말했다.

「형님은 그까짓 것을 무어 그리 걱정하십니까. 조흠은 덕이 없고 지혜도 모자라는 늙은이입니다. 지금까지는 강발·강비가 도왔기에 제법 자립할 수도 있었지만, 그들이 떠나고 난 지금, 사리를 알 만한 사람이 그 휘하에 있겠습니까. 우리가 갑자기 친다면 충분히 원수를 갚을 수 있으리다.」

이때, 그 일당인 염식(閻式)이 앞으로 나섰다.

「그 말씀에도 일리가 있습니다만, 그렇다고 너무 얕보아서는 안됩니다. 냉철하게 정세를 판단하건대, 그는 많고 우리는 적으며 그는 강하고 우리는 약합니다. 물론 우리에게는 많은 동지가 있습니다. 그러나 훈련받은 군사를 당해내지는 못할 것입니다. 그러므로 정식으로 싸울 수는 없을 것 같습니다. 이런 경우에는 속히 일격을 가하는 수밖에 없습니다. 내일 유민의 두목 중에서 용맹한 자를 20명만 가려서 옷 속에 갑옷을 받쳐 입게 한 다음 동헌 앞길에 대기하여 안을 엿보게 하시고, 다른 유민 몇 백 명은 거리에 어정거리다가 그 장수들이 군대를 끌고 오는 것을 저지하도록 하십시오 장수 몇 명만 잡으면 일은 간단히 끝날 것입니다. 또 장군께서는 아침 일찍 관아의 문이 열리자마자 친히 들어가 공무로 왔다고 핑계대고 당(堂)에 오르시어 한칼에 늙은이를 베어버리십시오. 이렇게만 한다면, 한 사람의 힘으로 조흠을 잡을 수 있습니다.」

이특은 매우 기뻐하며 그 말에 따르기로 했다.

이튿날, 이특은 염식 한 사람만 대동하고 평복차림으로 자사 부중으로 들어갔다. 이특은 염식에게 선물상자 하나를 들렸다. 벼슬을 받은 답례로 약간의 패물을 자사에게 바치러 왔다는 명목이었다.

조흠은 아침상을 물리고 동헌에 막 좌정해 있었다. 아직 일반 관리들은 등청하지 않았고, 와 있는 사람이라고는 두숙과 허감뿐이었다. 그것도 그 두 장수는 병방(兵房)에서 군용에 쓸 돈을 계산하느라고 조흠 옆에는 없었다.

마침 잘되었다고 생각한 이특은 계하에서 읍을 했다.

「아, 어서 오르시오 그런데 그 상자는 무엇이오?」

「네, 보잘 것 없는 패물이오니 받아주시기 바랍니다.」

이특이 패물이라는 말을 하자 조흠은 귀가 번쩍 띄었다.

잠시 후 이특은 상자를 들고 조흠 곁으로 다가갔다.

이특은 상자를 여는 척 허리를 굽히면서 품속에 숨기고 온 비수를 뽑아 조흠의 가슴을 겨냥하고 내찔렀다. 그러나 조흠이 재빨리 피하는 바람에 칼은 어깨에 맞았다. 그는 허둥지둥 몇 걸음을 달려가며 외쳤다.

「사람 살려라! 사람 살려!」

이특은 비호처럼 쫓아가 그의 멱살을 잡고 날카로운 칼끝을 배에 밀어 넣었다.

이때 마루를 요란스럽게 울리며 누군가 달려오는 소리가 들렸다. 허감과 두숙이었다. 이특은 기둥에 몸을 숨기고 있다가 두 사람을 단칼에 찔러 죽였다.

　이특은 베어든 조흠의 목을 높이 쳐들고 눈이 둥그레져서 뜰에 모여든 관속과 졸병들에게 외쳤다.

　「조흠이 무도하여 죄 없는 내 아우를 죽였기에 지금 그 목을 이렇게 베었다. 너희들은 죄가 없으니 해하지 않을 것이다. 어서 부서로 돌아가라.」

　이때 문 밖에 대기하고 있던 이유·이보 등 20여 명이 칼을 뽑아들고 나타났다. 아무도 반항하지 못하고 사방으로 흩어져갔다.

　부중(府中)에서 변이 났다는 소문을 듣고 비원과 그 아우 비적이 깜짝 놀라서, 장찬·위옥·완망 등과 함께 달려왔으나, 동헌에서 뛰쳐나오는 상관정·임도·왕신 등 유민의 두목들이 길을 막았다. 그들이 한창 싸우는데, 이특·이기·왕각도 나타나 싸움에 끼어들었다.

　얼마 있자, 양포가 거리에 대기하고 있던 수백 명의 유민을 끌고 달려왔고, 조흠의 군사도 몰려와서 일대 혼전이 벌어졌다.

　장찬은 상관정을 상대로 싸우다가 이마를 정통으로 맞아 쓰러지고· 이를 본 완망이 상관정을 죽이려 달려들다 뒤에서 찌르는 건석(騫碩)의 창에 목숨을 잃었다. 위옥과 비원이 형세가 불리함을 깨닫고 동쪽을 향해 달려가는데· 이양이 뛰쳐나와 길을 막았다. 비원은 몇 합을 싸우다가 이양의 창을 두 동강으로 만들어 놓았다.

　그리고 놀라 달아나는 이양의 뒤를 위옥이 쫓아갔다. 이양은 적이 접근하기를 기다렸다가 갑자기 말을 세우면서, 미리 뽑아들고 있던 칼로 위옥을 쳤다. 머리를 맞은 위옥은 비명을 지를 사이도 없이 땅에 쓰러졌다.

이를 본 비원은 기겁해서 말을 달렸다. 다행히 뒤를 쫓는 적도 없었으므로 그는 소성(小城)으로 가서 상준(常俊)에게 의지했다.

두 사람은 서로 머리를 맞대고 상의했다. 상준이 한탄했다.

「유민의 세력이 저렇게 크니 이 성으로야 어찌 대항할 수 있겠소? 그렇다고 우리가 관군에 의지할 처지도 못되니, 이를 어찌 한단 말이오?」

비원이 말했다.

「이렇게 되면 조정에 의지할 도리밖에 없지요. 본디 조장군 때문에 악화된 관계인즉 잘 말한다면 거절당하지는 않을 것입니다. 도둑에게 침범당하는 판국에, 왜 찾아드는 복을 발길로 차겠소이까. 양주자사 나상(羅尙)에게 사람을 보냅시다.」

상준은 곧 사자를 파견하여 귀순할 뜻을 통고했다. 때가 때인지라 비원의 예상대로 환영을 받았다.

한편 성도(成都)를 빼앗는 데 성공한 이특은 다음날로 부하들을 모아놓고 그 나름대로의 회의를 열었다. 그는 희색이 만면해서 좌우에게 말했다.

「여러분의 진력으로 조흠을 잡고 이 땅을 차지했으니, 이렇게 기쁠 데가 어디 있겠소이까. 우리가 유랑하여 이곳에 정착한 이래 갖가지 고통과 박해도 끝없이 받았건만, 고진감래(苦盡甘來)라고 이제야 햇빛을 보게 되었구려.」

그의 말에는 무한한 감개가 서려 있는 듯했다. 얼마 동안 장내에는 숙연한 분위기가 감돌았다. 한참을 생각에 잠겨 있던 이특은 다시 말을 계속했다.

「이미 성도를 얻었으니 지체치 말고 군사를 내어 속현(屬縣)들을 항복받고, 다시 이웃고을을 차례로 삼켜 서촉(西蜀)에 패권을 세워야 하겠소」

그러자 양포(楊襃)가 나섰다.

「아직 그 시기가 아닌 줄 압니다. 무어라 해도 진조(晉朝)는 천하의 주인이라 군사는 많고 장수 또한 모자라지 않는 터입니다. 우리가 신흥의 기개는 다소 있다 하나, 군사가 적고 훈련이 전혀 안되어 있으니, 어찌 그들을 상대로 싸울 수 있겠습니까?」

그는 좌중을 둘러보며 다시 목소리를 높였다.

「본래 우리로 말하면 조정에서 임명을 받은 장수도 아니요, 이 고장에서 대대로 살아온 토착민도 아닙니다. 흉년에 먹을 것을 찾아 흘러들어왔기 때문에 가뜩이나 이상한 눈초리로 대하는 사람이 많은 이때 어찌 민심이 우리를 따르겠습니까. 하물며 조정에서 대군을 보내오는 경우에는 어떤 사태가 일어날는지도 생각하셔야 합니다.」

그러나 이특은 고개를 저었다.

「형세로 말하면 그렇다 할 것이오. 그러나 이미 *호랑이등에 올라타 버린 것(騎虎之勢기호지세)을 어찌하겠소? 가는 데까지 가보는 수밖에는 도리가 없을 것이오」

양포가 다시 말했다.

「그렇다고 자포자기하는 것은 스스로 멸망을 재촉하는 길밖에는 안될 것입니다. 이런 때일수록 신중히 처신해야 하는바, 제 생각 같아서는 살아날 길이 아주 없는 것도 아닙니다. 우리가 잡은 조흠으로 말하자면, 조정에서 볼 때 하나의 엄연한 역적입니다. 그러므로 우리에게는 말하기에 따라서 명분이 설 수도 있지 않겠습니까.」

그래도 이특은 이해가 되지 않았다.

「결국 어떻게 하자는 것인가요?」

양포는 만좌의 시선을 받으면서 대답했다.

「조흠의 머리를 상자에 담아 조정에 바치고 스스로 죄를 청하십시오. 변설에 능한 사람이 가서 변백한다면 도리어 관직을 내려 무마하려 들 것입니다. 일단 조정의 관작만 받게 된다면 이름이 바르고 의(義)가 따르니 무엇을 걱정하겠습니까. 그때에는 백성에게 큰 은혜를 베풀어 민심을 거두어두었다가 서서히 기회를 보아 마음대로 움직일 수 있을 것입니다.」

이특은 거의 감동에 가까운 반응을 보였다.

「과연 옳은 말씀이오. 관중(管仲)이나 공명(孔明)인들 어찌 이보다 더한 묘책이 있었겠소.」

이특은 매우 기뻐하며 왕각(王角)이 구변이 좋다 하여 사자로 선임하고, 조흠을 비롯한 다섯 명 장수의 목을 오동나무 상자에 담아 낙양으로 보냈다.

황제에게 바친 표(表)의 내용은 이러했다.

―성도의 주민 이특 등은 성황성공하여 글월을 윤문윤무(允文允武 : 천자가 문무의 덕을 겸비하고 있음을 칭송해서 쓰는 말)하신 황제 폐하께 바치나이다. 저희들이 흉년을 만나 유리표박(流離漂泊 : 일정한 집과 직업이 없이 이리저리 떠돌아다님)하오매, 서쪽으로 들어가게 해주신 성은이 아니었더라면 어찌 오늘까지 목숨을 부지했겠나이까. 그러므로 나를 낳아주신 분은 부모요, 이 목숨을 건져주신 분은 폐하라 하겠사오니, 하루라도 성수의 무강을 빌지 않은 날이 없었사옵니다. 오호라, 근자에 조흠이 배반하여 조명(朝命)을 버리기 헌신짝같이 하오며, 조관(朝官)을 죽이고 관군을 못살게 굴매, 저희들이 일개 촌부에 지나지 않는다 해도 폐하께서 무육(撫

育)하시는 은혜를 이미 받자온 터에 어찌 앉아서만 바라보고 있을 수 있었겠나이까. 이에 격분을 누르지 못하여 조흠 등 역적의 머리를 베어 바치오니, 성상께서는 망령되이 군사를 일으킨 신 등을 벌하사 천하의 기강을 바로잡으시옵소서. 신 등은 역적을 죽인 것으로 자족하여 형을 달게 받겠나이다.

이 서신을 받은 혜제는 곧 신하들을 모아놓고 상의했다. 왕연(王衍)이 출반하여 아뢰었다.

「이특으로 말하면 유민(流民)의 두목으로 여러 번 조정의 명령을 어긴 일이 있었던 인물이옵고, 조흠이 반란을 일으켰을 당시에도 그에게 협력했었다고 들었사옵니다. 그러므로 이런 인물이 조흠의 목을 베어 바치는 것은 결코 충성에서 나온 것이 아니라, 조흠을 물리치고 스스로 성도를 지배하려는 데서 나온 것이오니 성상께서는 군대를 내어 그를 치시기 바라나이다.」

그러자 어사 풍해(馮該)가 반대하고 나섰다.

「신의 소견은 다르옵니다. 과거사야 어찌 되었든 역적을 죽여 그 목을 바친 자를 벌하려 든다면 이는 그에게도 반란을 일으키도록 강요하는 것밖에는 안되는 줄 아나이다. 차라리 그에게 벼슬을 내려 성은에 젖도록 하옵시고, 병권(兵權)을 다른 사람에게 주어 간섭하지 못하도록 조처하옵소서. 이렇게 되면 이특으로서는 성은에 감격하여 충성을 다할 것이며, 난을 일으키려야 일으킬 수도 없을 것이옵니다.」

혜제의 성격으로는 귀찮은 것이 싫은지라, 싸우지 말자는 쪽의 의견을 택했다.

마침내 이특에게는 선위장군(宣威將軍) 장락후(長樂侯)라는 벼슬이 내려지고, 그 아우 이유도 분위장군(奮威將軍) 무양후(武陽

侯)에 임명되어, 면죽(綿竹)을 진수(鎭守)하되 성도자사의 통제를 받으라는 명령이 내려졌다.

또 양주태수 나상은 성도자사로 전임되어, 서융교위 평서장군(西戎校尉平西將軍)을 겸임해서 조흠의 옛 병사와 이특 등의 유민을 관장하게 됐으며, 다시 아문장군(牙門將軍) 왕돈(王敦)과 상용도위(上庸都尉) 의흠(義歆)은 각기 7천의 군사를 이끌고 나상의 지휘에 따라 이를 도우라는 명령을 받았다. 또 파군태수 서검(徐儉), 광한태수 신염(辛冉)에게도 명령이 하달되어, 각기 7천의 병력으로 나상을 돕기에 이르렀다. 이 모두가 이특이 불복하는 경우에 대비하자는 것이었다.

이 조칙을 받은 이특이 만족할 리 없었다. 그가 관작을 바란 것은 성도태수로 임명되는 것을 의미했다. 그러나 군대에서 손을 떼고 성도를 떠나야 한다면 그 벼슬이라는 것이 무슨 값어치가 있단 말인가. 더구나 신임 자사의 통제를 받으라니 말이 되는가. 그는 부하들을 모아놓고 울분을 터뜨렸다.

「결국은 짝사랑 신세밖에 안되는 것 같소. 내가 아무리 조정에 충성하려 해도 그들은 나를 여전히 유민으로 대하여 신임하지 않으니, 이럴 바에는 검관(劍關)에서 나상이 못 들어오도록 막는 길밖에는 도리가 없는 듯하오. 일단 그의 절제를 받기 시작한다면 무슨 트집으로 어떤 변을 당하게 될는지, 어찌 추측할 수 있겠소.」

그러자 염식이 말했다.

「장군은 너무 격분하지 마십시오. 우리가 조정에 항거하려면 진작 했어야 됐을 것입니다. 그것을 못하고 조흠의 머리를 바친 것은 무엇 때문이었습니까. 이는 오로지 민심이 아직 우리를 따르지 않는 까닭이었습니다. 그런데 이제 와서 태도를 표변한다면 더욱 민심을 이반시키는 결과밖에 안됩니다. 조정이 왕돈·의흠까지 보내오는 것은 다 우리를 경계하기 위함이며, 소성의 상준도 이미 나상에게 귀순한 터입니다. 지금 잘못 움직였다가는 도리어 화를 당할 뿐입니다.」

일순 방안에는 무거운 침묵이 감돌았다. 이윽고 이양이 나섰다.

「그것도 일리가 있소만, 그렇다고 명령대로 면죽에 가서 움츠리고 살아야 된다면 언제 큰 뜻을 한번 펴본단 말이오?」

「그렇지만도 않습니다.」

염식이 대답했다.

「나상의 인물됨은 제가 잘 압니다. 그는 재물이라면 사족을 못 쓰는 사람이며 아첨을 꿀떡보다도 좋아하는 위인입니다. 그러므로 양주 백성들 사이에는 이런 말이 퍼져 있습니다. 태수가 사랑하는 것은 나쁜 놈 아니면 아첨꾼이며, 태수가 미워하는 것은 충신 아니면 정당한 사람이라고 이런 인간인지라 그 마음을 휘어잡기도 아주 쉽습니다. 비위를 맞추어주고 재물만 바친다면 무슨 일이나 뜻대로 될 것입니다. 이곳 관고(官庫)에는 보물도 많은 터이니까 도중에서 영접하고 그런 것을 바친다면 반드시 기뻐할 것입니다. 일단 뇌물만 받는다면 우리에게 호의를 보일 것이니 그때에 가서 다시 금과 은을 두둑이 바치고, 아울러 그의 심복들을 매수해놓는다면 우리 뜻대로 되지 않는 것이 없을 것입니다. 그런 뒤 우리 지위만 안정되면 서서히 기회를 보아 얼마든지 일을 꾸밀 수 있을 것입니다.」

이특은 이 말을 듣고 매우 기뻐하며, 관고를 뒤져 조금이라도 값나가는 것은 다 거두어 모아놓았다. 두고두고 나상의 뇌물로 쓰려는 속셈이었다.

한편 양포는 30리를 나가 도임하는 나상을 영접했다.

「선위장군 이특이 직접 나오려고 했으나 마침 일이 있어 제가 대신 왔습니다. 저희들은 명부(明府)께서 부임하신다는 소식을 듣고 너무나 기뻐 땅을 쓸고 향을 피워 오늘을 기다렸나이다. 이것은 변변치 않사오나 기쁨의 표시에 불과하오니 거두어주시기 바라나이다.」

나상은 광채도 찬란한 보물들을 보고 입이 귀밑까지 찢어졌다.

「이장군의 충성은 내가 알거니와, 부임하는 길에 예물을 받는다는 것은 예의가 아닐 듯하니, 도로 가지고 가시오.」

물론 마음에도 없는 소리였다. 양포는 놀라는 척하며 말했다.

「황공하옵니다. 청렴결백하신 명부께서 그렇게 말씀하심은 당연한 일이옵니다. 그러나 이장군의 성의도 조금은 생각해 주시옵소서. 이장군 말씀이 다른 고관 같다면야 어찌 은싸라기 하나인들 보내겠느냐만, 신임 자사께서는 덕망이 일세에 빛나시는 현인이신 터에, 바칠 만한 물품이 없음을 부끄러워한다고 하셨습니다. 이장군의 성의로는 백 배 천 배의 보물을 드리고 싶은 심정이오니 보잘것없다고 물리치신다면 죄를 받겠거니와, 조금이라도 그 성의를 가긍히 여기신다면 부디 거두어주시기 바라나이다.」

양포의 구변은 물 흐르듯 했다. 나상은 하늘에라도 오른 것처럼 마음이 들떴다. 그는 못 이기는 체 예물을 받아놓고, 고관으로서의 위엄을 보이기 위해 엄숙한 표정을 지으면서 물었다.

「그런데 한 가지 묻겠소. 이장군이 조흠을 주(誅)한 것은 어떤 연고에서요?」

양포는 황송하다는 듯 연방 허리를 굽혔다.

「조흠은 무도한 역신이옵니다. 감히 조정에 항거하여 스스로 성도를 지배했사오니 어찌 그와 함께 살기를 바라겠나이까. 하오나 저희들에게는 아무 힘도 없는 까닭에 은인자중했는데, 근자에 와서 그의 뜻이 더욱 방자해져 서촉 전체를 손아귀에 넣고 스스로 왕호(王號)를 일컬으려 하기에 이르렀습니다. 이에 이장군은 분격을 금치 못해 단신으로 관아에 뛰어들어 조흠의 목을 베었사오니, 의협심이 없는 자로서 어찌 이 같은 무모한 짓을 할 것이며, 하늘의 도움이 아닌들 어찌 일이 이루어졌겠나이까. 물론 사람을 죽임이 법을 어기는 일이라는 것은 잘 알고 있습니다. 그러나 형을 받고 죽을지언정 어찌 그 무도한 역적을 그대로 둘 수 있겠사오니까. 오로지 사직을 위하는 마음에서 나온 것일 뿐 조금도 다른 뜻은 없나이다. 그리하여 상소하여 대죄하였으나, 도리어 영작(榮爵)을 내려 포상하오시니, 이장군은 주야로 눈물에 젖어 분골쇄신해서라도 황은에 보답할 길 없음을 한탄하고 있나이다.」

「오, 과연 충신이요 의사(義士)로다!」

나상은 멋도 모르고 무릎을 치며 칭찬해 마지않았다.

양포는 돌아와 경과를 말하였다. 이특은 매우 기뻐하여 더 휘황한 보물을 상자에 담아가지고 관아에 나가 나상을 맞이했다.

이특에 대해 가뜩이나 호감을 가진 나상은 다시 무거운 뇌물을 받고 보니 상대가 천신(天神)처럼 보였다. 서로 인사가 오고간 다음 그가 말했다.

「장군의 고명은 진작부터 듣고 있었거니와, 실제로 만나보니 과연 이름이 헛되지 않음을 알겠소 무엇이건 의견이 있으면 말씀하시오 내가 힘이 될 수 있는 일이라면 다 들어주리다.」

「감사하옵니다.」

이특이 고개를 숙였다.

「저는 본래 약양(略陽)의 구족으로, 선친은 위조(魏朝)를 섬겨 아문장군(牙門將軍)을 거쳐 영강교위(寧羌校尉)에 이르셨습니다. 제 대(代)에 와서 흉년을 만나 이곳으로 들어와 살게 되니, 그때에 사방에서 모여든 유랑민들이 많이 있어 함께 의지하고 지금껏 살아왔습니다. 세상에서는 유민이라 하여 덮어놓고 의심하는 경향이 있습니다만, 이곳에서 황무지를 개간하여 생활이 겨우 안정된 지금, 아무것도 남지 않은 고향으로 어찌 돌아갈 수 있겠습니까. 천하의 어느 곳에 왕토(王土) 아닌 곳이 있으며, 신민 된 자라면 누구인들 왕토에 살아서 안된다는 법이 어디 있습니까. 조정에서도 이 뜻을 살피시어 불쌍한 백성들을 끝까지 은혜로 어루만져 주시기 바랍니다.」

이특의 말에 나상은 고개를 끄덕였다.

「옳은 말씀이오. 그것은 걱정 마시오.」

이특은 다시 말을 시작했다.

「이번 조흠의 건으로는 의분을 못 참아 한 것일 뿐인데, 조정에서는 도리어 분에 넘치는 관작을 내리시니 참으로 성은이 망극하와 몸 둘 곳을 알지 못하겠습니다. 이미 직첩(職牒)을 받았으니 진충갈력하여 황은에 보답해야 될 것이오나, 면죽은 땅이 궁벽하여 관아로 쓸 집도 없을 뿐 아니라 별로 할 일도 없을 것인즉, 앉아서 허송세월하게 되면 무엇으로 충성을 다할 수 있겠습니까. 명부 어른의 덕망은 가두주졸(街頭走卒)도 일컫고 있사오니, 원컨대 휘하에 두고 써주신다면 즐겨 견마(犬馬)의 수고로움을 다하겠습니다. 사람이 어진 이 만나기가 쉽지 않은지라, 사모하는 마음이 목마른 듯해서 여쭙는 것이오니, 바라건대 물리치지 마옵소서.」

이미 뇌물에 눈이 어두워진 나상은 이특의 언변에 여지없이 넘어갔다.

「그렇게 하구려. 나 또한 장군 같은 사람이 필요하니 여기에 머물도록 하시오. 그리고 계씨 이유는 3천 명의 병사를 끌고 부강성(涪江城)을 지키게 하고, 이양에게는 검관을 지키도록 하되 5천

명을 허락하겠소. 그 외의 병사들은 모두 본부에 편입시켜 참군 서연의 지휘를 받도록 하시오.」

이특은 자기 뜻과는 좀 빗나간 결과를 보고 미처 대답을 못하고 있는데, 옆에 있던 염식이 불쑥 입을 떼었다.

「노야께서 그처럼 생각해 주시니 참으로 감사하옵니다.」

이렇게 되면 다른 이야기는 더 꺼낼 수가 없다. 이특도 인사를 하고 물러났다.

얼마 있지 않아 왕돈·신염 등도 성도에 도착했다. 그들은 이특을 만나보고는 만만치 않은 인품에 의구심을 품고 나상에게 충고했다.

「이특은 범상치 않은 사람이라 반드시 남의 휘하에 오래 있지 않을 것입니다. 또 그 밑으로 계략이 뛰어난 자가 얼마쯤 있는 터이오니, 후일 난이라도 일으킨다면 큰 재앙이 되오리다. 지금은 그의 세력이 분산하는 때인즉, 이 기회를 놓치지 마시고 처치해 버리십시오.」

그러나 나상이 이를 들을 까닭이 없었다.

「그가 역적을 죽였다 하여 벼슬까지 내린 터에 지금 어찌 그를 죽인단 말이오. 이렇게 되면 도리어 충량(忠良)을 해했다는 혐의를 벗기 어려우리다.」

나상으로서는 조금도 이특을 의심하고 싶은 생각이 없었다.

왕돈이 몇 번인가 간했으나, 나상은 전혀 이특을 죽이려들지 않았다. 역적 조흠을 죽인 사람에게 무슨 죄가 있느냐는 것이 그의 지론이었다. 또 막하(幕下)에 있는 터이니까 죄가 있을 적에는 언제나 처치할 수 있다고도 하였다.

이런 일이 되풀이되자 왕돈은 신염을 만나 탄식을 했다.

「나(羅)공이 자기 용맹과 재주를 과신하여 우리들 말은 귀담아

들으려 하지 않는구려. 그 노인에게는 지략이라곤 조금도 없으니, 반드시 언젠가는 이특에게 해를 입으리다.」

왕돈은 마침내 중대한 결심을 하고 마지막으로 나상에게 부딪쳐보았다. 그는 도읍으로 돌아갈 뜻을 비쳤다.

「아니, 돌아가시다니 그게 무슨 말씀이오?」

예상대로 나상이 놀라서 눈을 크게 떴다.

「말을 내어 채택되지 않을 때는 물러가는 것이 떳떳한 도리일 것입니다. 이 이상 여기에 머물지는 못하겠습니다.」

「아, 이특의 일로 그러시나요?」

나상이 재빨리 눈치를 채고 말을 꺼냈다.

「그에 대해서는 여러 번 말씀하시는 것을 들었으나 명분이 뚜렷하지 못해 죽이지는 못하고 있소이다. 그러나 병사 노릇을 하고 있는 그의 부하들은 모두 돌아가 농사를 짓도록 하려 하오 이특을 두려워하는 것은 그의 부하들 때문이니까. 이렇게 한다면 이특 형제는 외톨박이가 되어 움직이려고 해도 움직일 수 없을 것이 아닙니까.」

그러자 왕돈이 답답하다는 듯 말했다.

「그렇게 간단하다면 무엇이 걱정이겠습니까. 하오나 그의 무리들이란 흩어 놓기도 쉽지만 모여들기 또한 쉽다는 것을 아셔야 합니다. 이특을 처치할 마음이 정 없으시다면, 차라리 유민들을 각기 고향으로 돌려보내십시오 그전에도 여러 차례 조정에서 돌아가라는 명령을 내린 적이 있습니다.」

이번에는 나상이 양보하고 나왔다.

「그거 참 좋은 의견이오. 유민을 고향으로 돌려보내겠소이다. 허나 너무 서두르다가는 반발할지도 모르는 일이니까 서서히 처리하겠소」

얼마가 지난 후 나상은 이특을 불러 이 뜻을 통고했다.

「내가 장군을 믿는 마음에는 변함이 없소만, 주위에서 나를 의심하는 사람이 많으니, 장군 형제는 면죽으로 가서 그곳을 진수(鎭守)하오. 무슨 일이 있을 때는 나를 찾아오도록 하시오. 그리고 유민으로 군적에 오른 사람은 모두 귀농(歸農)케 하여 별 뜻 없음을 보이는 것이 좋으리다.」

이특은 울화가 치밀었으나 꾹 참고 아무렇지도 않은 듯 말했다.

「저 때문에 대야께서 오해까지 받으신다니, 송구스럽기 이를 데 없습니다. 이미 대야께 마음을 허락한 몸이거늘, 어디를 가라고 하신다 해서 아니 가며, 무엇을 분부하신다 해서 아니 따르오리까.」

나상은 진정으로 이특을 의로운 사람이라 생각하며, 그 손목을 잡고 섭섭한 마음을 달랬다.

이특은 곧 처소로 돌아와 부하들과 상의했다. 염식은 기다렸다는 듯이 말했다.

「이런 때일수록 신중히 행동하여 그들로 하여금 의심치 않게 해야 합니다. 태수는 분명히 우리를 아끼고 있은즉, 그 뜻을 따라 면죽에 가서 일시의 재앙을 피해야 될 것입니다. 도리어 잘 되었는지도 모릅니다. 지금 신염·왕돈 등이 잔뜩 우리를 노리는 판이니, 이곳을 멀리하는 것도 좋을 것입니다.」

이특도 그렇겠다 여겨 곧 일족을 거느리고 면죽으로 옮겨갔다. 이 소식을 듣고 펄펄 뛴 것은 신염과 왕돈이었다. 그들은 어떻게 해서든 이특을 잡아 죽이려고 궁리하던 중이었기 때문에, 그물에 든 토끼를 놓친 것만큼이나 분해 했다.

「허참 기가 막혀서! 그놈의 군사를 해산시켜 돌려보내라고 했더니 오히려 엉뚱한 짓을 해버렸으니 늙은이의 망령도 어지간하구려.」

왕돈이 한탄하자 신염도 한숨을 쉬었다.

「여기에 더 있어 보아야 무엇 하겠소? 나는 내 고을로 돌아가 조정에 상소하겠으니 장군도 돌아가구려.」

이리하여 4명의 장수들은 다 성도를 떠났다.

## 제10장: 유민들의 반란

### 1. 불씨

광한(廣漢)으로 귀환한 신염은 곧 표(表)를 올려서 나상이 이특을 죽이지도 않고 유민을 추방하지도 않으므로 반드시 후일에 이특의 반란이 일어나리라 주장했다. 아문장군인 왕돈도 낙양에 돌아오자 비슷한 의견을 조정에 올렸다.

조정에서는 이 문제를 두고 회의가 열렸다. 사실상의 황제나 다름없는 제왕(齋王) 사마경이 말문을 열었다.

「성도의 일은 언제나 골칫거리요. 전에는 조흠이 반발하여 근심이 되더니, 이제는 유민들이 말썽이구려. 어떤 대책으로 임해야 할 것인지 의견들을 말하시오」

손순이 앞으로 나와 혜제 앞에 엎드렸다.

「유민의 일은 어제 오늘의 문제가 아니옵니다. 그전에도 몇 번인가 귀향령이 내려진 바 있으나, 그때마다 이 핑계 저 핑계로 지금껏 끌어왔사옵니다. 이 기회에 서촉의 각 현에 명령하시어, 유민은 하나도 남김없이 각자의 고향으로 돌아가게 하옵소서. 이것만이 만전지책인가 하나이다」

이에 동애도 아뢰었다.

「이특은 필부에 지나지 않건만, 그 이름이 자주 조정에 오르내리는 것은, 오로지 그를 따르는 유민들로 인해서입니다. 나상이 우유부단하니 엄한 분부를 내리시어 신칙하옵소서.」

이에 조의(朝議)에서 결정된 조칙이 나상과 파군·광한·옹주·양주·약양에 하달됐다. 서촉의 각처에는 유민의 귀향을 재촉하는 방(榜)이 나붙었다.

이특은 부하들을 모아놓고 상의했다.

「우리들을 또 쫓아내려는구려. 쫓겨나든 쫓겨나지 않든 여러 사람의 의견은 어떠한지 듣고 싶소」

양포가 말했다.

「천하에 살기 좋음이 성도만한 데가 어찌 있겠습니까. 또 살다 정이 들면 어디나 고향입니다. 우리들이 이 고장을 터전으로 삼고 살아가다가 이제 황폐한 고향으로 어떻게 돌아가겠습니까. 억지로 돌아가다가는 예전의 유리하던 시대와 다름없는 유랑민 신세가 될 것입니다.」

이양도 의견을 말했다.

「여러 사람의 마음이 어떤지는 예전에 이미 드러난 바 있습니다. 지금으로서 할 수 있는 일은 태수에게 뇌물을 주어 그 마음을 달래는 것뿐입니다. 지금은 장마철이 돼서 길을 떠나기 어렵고, 곡식도 아직 밭에 있으므로 추수를 끝내고 떠나겠다 하십시오. 나상은 탐욕이 대단한 사람이라 후한 재물을 받고 보면 반드시 마음을 돌리리다.」

전에 관고(官庫)에서 털어온 보물이 아직도 많이 남아 있었으므로 엄청난 예물이 준비되었다. 성도에는 임회(任回)가 갔다.

나상은 큰 궤짝 안에 가득 담긴 보물을 보자 좋아서 어쩔 줄을 몰라 했다.

「이것이 무엇이오? 너무나 과중하니 받지 못하겠소」

임회가 연방 허리를 굽혀 보였다.

「저희들이 부모처럼 우러러보는 것은 오직 노야 한 분이십니다. 의리는 무겁고 재물은 가볍습니다. 지금까지 받자온 은공에 비긴다면, 비록 금과 은과 진주를 태산같이 쌓은들 어찌 그에 미치리까. 변변치 못하나 노야께 바치는 조그만 정성이오니 물리치지 마시기 바랍니다.」

나상은 몇 번이나 사양하는 척하다가 말했다.

「그렇게까지 말하니 우선 부중(府中)에 보관하겠소 그래, 무슨 일로 왔소?」

임회가 눈물을 흘리며 말했다.

「이장군의 말씀을 전하겠습니다. 저희들이 이 나라의 백성으로 성은에 힘입어 지금껏 살아온 바에는, 조정에서 고향으로 돌아가라 하신다면 오직 돌아갈 뿐, 어찌 기피할 수가 있겠습니까. 하오나 백성의 목숨은 곡식입니다. 지금 밭에 있는 곡식이 익지 않았은즉 돌아간들 무엇을 먹고 길을 가며, 고향이라고는 하나 다년간 떠나 있던 그곳에서 무엇을 밑천삼아 내년 농사를 짓겠습니까. 더구나 지금은 장마가 한창인 때라 길에서 오도 가도 못하고 죽게 될 듯합니다. 노야께서는 저희들의 피눈물 나는 사정을 통촉하시어 곡식을 거둘 때까지만 여유를 주옵소서. 그때에는 노야의 체면을 생각해서라도 어찌 더 이상 미루겠습니까.」

나상은 산더미 같은 뇌물을 받았는지라 마음이 엿가락처럼 누글누글해져 있었다.

「나는 본래 그대들을 돌려보낼 생각은 추호도 없던 사람이지만, 다른 이들이 지나치게 걱정하여 오늘의 사태를 빚었구려. 그러나 조정의 명령이 지중하신 터이니까, 8월이 되어 추수가 끝나거든 꼭 돌아가도록 하오.」

임회는 일어나서 넙죽 절까지 했다.

「백성들이 모두 이르기를 나를 낳아주신 이는 부모요, 나를 살려주시는 이는 노야라 하더니 과연 그렇습니다. 반드시 노야의 은혜를 비석에 새겨 이 땅에 세우고서야 돌아갈 것입니다.」

나상은 임회를 보내고 난 뒤에도 혼자 벙글벙글 웃고 있었다. 마치 크게 좋은 일이라도 한 듯한 기분이 들었다.

그는 곧 조정에 상소하여, 유민들에게 농사를 마칠 여유를 주자고 요청했다. 이에 사마경은 크게 노했다.

「이놈이 지방을 맡고 있으면서 조정의 명령은 어기고 유민들을 위해 변백(辯白)하니 그대로 놓아둘 수 없다. 곧 해임시키고 그 죄를 다스리라.」

이때, 풍해(馮諧)가 나섰다.

그는 전에 유민을 추방하는 사명을 띠고 서촉에 파견되었다가 이특에게서 뇌물을 단단히 얻어먹은 위인이었다.

「전하! 그 일은 그렇게 간단한 문제가 아니옵니다. 지방관을 보내는 것도 사리와 시기에 알맞지 않고 보면 도리어 큰 화를 불러오는 수가 있습니다. 전일 조왕께서 조흠을 가후(賈后)의 일당이라 하여 갑자기 갈아 치우려 하는 바람에 드디어는 반란이 일어났지 않습니까. 여러 장수가 그를 토벌하려 했으나 도리어 패사(敗死)하고 하마터면 서촉 전체를 상실할 뻔했습니다. 그것을 이특의 무리가 쳐서 다시 왕화(王化)가 그곳에 미치게 하였은즉, 이특은 어디까지나 사직의 공신입니다. 그의 공을 덮어둔다 할지라도 어찌 죄인이기야 하겠나이까. 나상은 노련한 장수입니다. 그가 가을까지 여유를 주자는 데는 일을 무사히 수습하려는 고충이 있을 것입니다. 그런 지방의 실정을 무시하고 만일 강제로 유민들을

추방한다 가정해 보시오소서. 궁한 백성들이 논밭에 곡식을 놓아
둔 채 어찌 순순히 물러가겠습니까. 또 나상을 파면한다 하면, 유
민들은 자기들로 해서 어진 관원이 해를 입는다 하여 역시 가만히
있지는 않을 것입니다. 만일 유민들이 나상을 업고 반란을 일으킨
다 하면 서촉이 모두 그들에게 휩쓸릴지도 모르는 일이오니, 국가
를 위해 그 무슨 이로움이 있겠나이까. 어리석은 자는 재앙이 일
어난 후에 이것을 막으려 들고, 어진 사람은 재앙을 미연에 막아
버린다 했사오니, 신이 유민들에게 추수를 마칠 때까지의 여유를
주라는 조칙을 받들고 성도에 가서 성은의 너그러우심을 알릴까
하옵니다.」

사마경이 듣고 보니, 그것도 그럴 듯했다. 그로서는 강호(羌胡)
의 반란만 해도 손도 못 대는 처지였다. 설상가상으로 여기에 유
민들까지 소동을 일으킨다는 것은 생각만 해도 골치가 아팠다. 그
는 곧 건의를 받아들여 풍해를 성도로 파견했다.

풍해는 즐거운 마음으로 성도에 들어왔다. 이번에도 빈손으로
돌아가지는 않으리라 믿었기 때문이다. 아니나 다를까 이특은 금
은보화를 싸가지고 찾아왔다.

「전일에는 노야의 재생지은(再生之恩)을 입어 지금껏 연연하
여 잊지 못하였는데, 이렇게 우러러 뵙게 되니 기쁜 마음을 측량
할 길 없습니다.」

풍해는 생각보다 많은 예물을 받아 기분이 매우 좋았다.

「원 별말씀을! 참 저번에는 역적 조흠을 주(誅)하시어 잃었던
땅을 다시 찾게 하셨으니, 이렇게 치하할 일이 없는가 하오. 장군
의 공로로 말하면 마땅히 후(侯)의 봉작을 받아야 할 것이로되,
소인들이 방해하여 겨우 한직에나 머물게 되었으니 매우 부끄럽
소이다.」

이특을 배척하는 사람을 소인으로 몰고 보니 풍해와 이특만이 대인인 셈이었다.

「그것은 그렇고……」

풍해는 다시 말을 꺼냈다.

「이번에 내가 온 것은 유민 문제에 대한 조정의 결정을 알리기 위함이오. 모두 강제 추방을 주장하였지만 내가 우겼소. 그리하여 가을까지 기다리기로 했으니, 그리 아시오.」

이 말을 들은 이특은 일어나 절하면서 말했다.

「노야가 아니시면 누가 저희들의 사정을 보살펴주시겠습니까. 저희를 낳아주신 분은 부모요, 살려주신 분은 노야이십니다.」

낳아주고 살려주었다는 말은 그들이 기회 있을 때마다 써먹는 상투어였으나, 그런 것을 모르는 풍해는 매우 만족해했다. 그는 마침내 이특을 크게 쓰라는 내용의 보고까지 올렸다.

### 2. 이특의 기병(起兵)

하지만 신염이라고 가만히 있지는 않았다. 그는 풍해가 나상과 한 짝이 되어 이특을 중용하라고까지 천거했다는 말을 듣고 매우 분개해서 그도 곧 상소를 했다.

—광한태수 신염은 글월을 성상 폐하께 올리나이다.

오호라, 이번 유민(流民)의 일로 말씀하오면 그 뿌리가 매우 깊어 뽑기 어려운 터에, 풍해는 이특을 조정에 천거까지 하였다 하오니, 신은 사직을 위하여 안타까운 마음을 실로 억제하지 못하겠나이다.

대저 이특이 조흠을 죽여 충성으로 가장하고 있사오나, 이는 간사한 꾀로 폐하를 기만하려는 것일 뿐 조금도 신빙치 못하옵니다. 신이 알아본 바로는, 이특의 아우 이상이 조흠에게 권하여 대위(大位)에 오르라 하오매 조흠이 크게 노하여 그를 죽였다 하나이다.

이것이 사건의 발단이온 바, 찬찬히 생각하옵건대 조흠은 일신에 위협을 느껴 관군에 항거하기는 했어도 결코 역심까지는 없었던 듯하옵니다. 이에 비겨 이특의 도당이 무엇을 노리고 있는가는 너무나 명백하오니, 성도를 점거하고 반할 마음이 아니었던들 왜 조흠을 죽였겠나이까. 충성을 표방하였사오나 실은 불충하기 그지없는 마음에서 나온 것임을 알겠나이다.

이런 위급한 시기에 처하여 국가의 중임을 맡은 고관들이 도리어 도둑에게 속아 꼭두각시 노릇을 하고 있으니 원통하옵니다. 엄하게 신칙하사 유민들을 모두 흩어지도록 하시옵소서.

제왕은 상소문을 읽고 크게 노하여 풍해·나상을 책하는 공문을 성도로 보내고 곧 유민을 쫓아내라고 재촉했다.

이런 소식을 풍해·나상으로부터 들은 이특은 신염에게 편지를 보냈다.

〈듣자하니 족하(足下)께서 상소하여 속히 유민을 추방하자고 했다 하매 물론 나라를 근심하는 마음에서 나온 것으로 알며, 나 또한 밤낮으로 걱정하고 있는 일입니다. 그러나 유민들이란 먹을 것을 찾아서 이곳까지 흘러온 무리들이고 보니 생사를 자못 홍모(鴻毛)같이 여기는 경향이 있습니다. 만일 너무 급히 서두른다면 오히려 반발하지 않을까 생각합니다. 이에 반하여 너그럽게 대한다면 민심을 얻게 될 것이며, 은혜를 베풀면 모두 족하를 따르리다. 이미 조정에서 추수가 끝날 때까지 기다리기로 결정하신 문제를 놓고 족하가 지금 급하게 쫓아내려 하다가는, 저들 유민의 반항이 거세질 것입니다. 수만에 달하는 그들의 힘은 한 성으로 제어할 성질의 것이 아니니, 잘 알아서 하기 바랍니다.>

이를테면 선전포고였다. 이특 일파의 뱃심도 드러났지만, 나상과 풍해가 어떻게 움직이고 있는지도 알 수 있었다. 신염은 유민들이 어떤 불의의 변을 일으킬지도 알 수 없는 일이라 이에 대비하는 한편, 편지를 재동태수 장연, 합건태수 이필에게 보내, 7월을 기하여 유민을 남김없이 추방해 버리도록 명령했다.

이필도 전에 유민 문제 때문에 안찰사로 파견되어 갔다가 이특 일파로부터 많은 뇌물을 받은 적이 있었다. 그래서 호감을 가지고 그들을 위해 애썼건만, 막상 태수가 되어 부임한 이후로는 달다 쓰다 한 마디 없는 데 대해 매우 분격하고 있던 참이었다. 그런 차에 그는 신염의 편지를 받자 방을 곳곳에 내붙이고, 유민들 보고 곧 떠나라고 재촉하였다. 방문의 내용은 다른 어느 고을의 것보다도 준엄했다.

건석은 곧 두둑한 예물을 차려가지고 그를 찾아갔다.

「저희들이 노야의 은공으로 지금껏 연명해 왔습니다. 그러하옵기에 모두 이르되, 우리를 낳아주신 분은 부모요, 살려주신 분은 노야라 말하고 있나이다. 그 동안 일에 몰려 찾아뵙지 못해 죄송하오며, 이것은 저희들의 성의를 표시하는 것뿐이니, 작은 것도 크게 아시와 거두어주시기 바라옵니다.」

세상에서 가장 약한 것이 부패한 관리다. 어마어마한 보물을 보자 이필의 마음은 봄눈 녹듯 풀어져버렸다.

「내가 무엇을 했기에 이리도 융숭한 대접을 받겠소만, 도로 가지고 가라 하는 것도 예의가 아닌즉, 잠시 두어보겠소」

건석은 황공한 듯 두 손을 맞잡고 연방 비벼댔다.

「받아주시니 감사하옵니다. 저희들은 조금도 노야의 뜻을 거스를 생각은 없습니다. 부모처럼 우러러보는 어른의 말씀인데 어찌 받들지 않겠습니까. 그러하오니 가라 하시면 가고, 죽으라면 죽겠나이다. 사소한 예물을 갖추어 찾아왔다고 해서 조금도 달리는 생각 마옵소서. 오늘 당장 쫓겨 가는 한이 있더라도 노야의 은공을 죽을 때까지 칭송하며 살아갈 것입니다.」

이렇게 되고 보니, 이필 쪽에서 도리어 미안한 생각이 들었다.

「나도 여러 백성의 딱한 사정이야 왜 짐작을 못하겠소? 다만 조정의 명령이 지엄하니 도리가 없구려.」

건석이 허리를 굽혔다.

「그렇게 자꾸 노야를 괴롭혀 드려 참으로 면목이 없습니다. 지금은 장마철이요, 농사를 마무리짓지 못하여 곤란하기는 하오나, 저희들은 곧 이곳을 떠나겠나이다. 도중에서 십중팔구 죽게 되겠으나 그쪽이 노야를 괴롭혀드리면서 목숨을 부지함보다 낫겠습니다.」

이제는 이필이 도리어 말렸다.

「그래서야 되겠소 물로 길이 막히고 먹을 양식도 갖추지 못했다면서 어떻게 지금 길을 떠나겠소? 좀 늦추어 줄 테니 기다리시구려.」

건석이 펄쩍 뛰었다.

「그것이 무슨 말씀입니까. 저희들로 인하여 노야께서 견책이라도 받으신다면 은혜를 원수로 갚는 격이 되옵니다. 저희들은 곧 떠나겠습니다. 도중에서 쓰러지는 한이 있어도 노야의 이름을 부르면서 죽어갈 것이니, 그리 아옵소서.」

「아, 그게 무슨 말이오?」

이번에는 이필이 펄쩍 뛰었다.

「이 몸을 생각해주는 것은 고맙소만 그렇게 된다면 어찌 내 마음이 편하겠소? 신장군과 상의하면 무슨 수가 있을 듯하니, 좀 기다리시오.」

그는 진정에서 걱정하여 신염을 찾아갔다.

「유민의 사정을 살피건대, 차마 눈뜨고 못 보겠구려. 궁한 백성들이 양식도 못 지닌 채 몇 천 리 몇 만 리 길을 어떻게 가겠소? 곧 가을이 닥쳐오리니 조금만 늦추어주어 그들이 무사히 돌아가도록 합시다. 누구나 신하 아닌 사람이 있겠소이까. 성은이 망극하심을 이런 때에 보여주어야 할 것으로 압니다.」

신염은 와락 언성을 높였다.

「그게 무슨 말씀이오? 공에게도 어떤 뇌물이 들어온 모양입니다만, 그런 핑계는 예전부터 귀가 아프도록 들어오던 내용이오 겨울이 되면 뭐라고 할지 아십니까. 추워서 못 가겠다 할 것이고, 봄이 되면 씨를 뿌려 놓았으니 어떻게 가겠느냐고 할 것입니다. 일단 조명(朝命)이 내린 이상에는 그대로 실행하도록 하시오.」

이필은 낯만 붉히고 돌아왔다.

이특에게는 이런 소문이 매일같이 들어왔다. 그는 각 군에 사람을 보내 여유를 달라고 간청하는 한편, 자기는 자기대로 신염을 찾아갔다. 그러나 신염이 어찌나 강경하게 나오는지 말도 못 붙이고 돌아왔다.

이특은 드디어 각오를 하지 않을 수 없었다. 남은 방법은 싸우는 길밖에 없었다. 그는 각자 무기를 준비하도록 이르고 서서히 싸울 준비를 갖추어갔다.

이를 눈치 챈 신염은 곧 이필을 불러 상의했다.

「저 유민들은 아무래도 물러가지 않을 모양이구려. 내 생각 같아서는, 이특이 그들을 꼬드겨 반란을 일으키기로 결정을 본 것 같소. 그렇다면 저들의 준비가 완전히 구비되지 못한 지금 갑자기 쳐서 없애는 편이 나을 듯합니다.」

그러나 이필은 어물어물하며 말했다.

「그것 참 어려운 일입니다. 허나 아직 이특의 반심이 드러나지 않았으니 이를 친다는 것은 떳떳치 못하리다. 그것보다는 방을 붙여 이특의 죄를 열거하고, 그의 목을 베어온 자에게는 천금을 주고, 그 아우나 조카를 죽인 자에게는 5백금을 주기로 한다면, 재물에 눈이 어두운 병사들이 반드시 그의 목을 바칠 것이오. 그러면 그 아래 병사들이야 스스로 흩어질 것 아니겠소? 공연히 군대를 움직이는 것보다는 그쪽이 나을 듯하오만……」

신염은 그 말이 옳다고 여겨 곧 방방곡곡에 방을 붙여놓았다.

이 소식을 들은 이특은 밤을 이용하여 방을 고쳐 써서 붙이게 했다. 이특과 그 일족의 이름 대신 유민 우두머리의 이름을 수십 명 열거하며, 그 목을 벤 자에게는 백금을 주고, 일반 유민의 목은 50냥으로 사겠다는 내용이었다.

이 방이 나붙자 민심이 크게 동요했다. 유민들로서는 누구의 머리에나 현상금이 붙은 셈이라 떠들어대는 것도 무리가 아니었다. 그들이 모여드는 데라곤 뻔했다. 그들은 이특에게 호소했다.

「신태수는 우리들을 돌려보내려는 것이 아니라, 우리들을 남김없이 죽여버릴 작정임에 틀림없습니다. 이렇게 모두 죽게 될 바에야 어찌 앉아서 죽겠습니까. 장군께서는 어서 군대를 일으키십시오. 그들과 싸우는 일이라면 죽어도 한이 없겠습니다.」

모두 주먹을 쥐고 한 마디씩 했다. 이특은 속으로 기뻤으나 내

색은 하지 않고 고개를 좌우로 저었다.

「참 사정이 기막히게 됐소이다. 그러나 내가 무슨 재주로 관군과 맞서서 싸우겠소? 여러분들은 어서 고향으로 돌아가 화나 면하시오」

이 소리가 떨어지자 장내는 떠나갈 듯 와글댔다. 그 중의 한 사람이 앞으로 나왔다.

「그것이 무슨 말씀입니까. 장군의 덕과 지혜가 아니었다면 저희가 오늘날까지 어찌 목숨을 부지했겠습니까. 명령만 내리시면 3만에 가까운 장정이 장군을 위해 목숨을 버릴 것입니다. 신태수 같은 것이 어찌 문제가 되겠습니까. 어서 뜻만 정하십시오」

그러나 이특은 좀처럼 승낙하지 않았다.

「아무리 그렇기로 조정에 대해 어찌 활을 겨누겠소? 또 우리에게는 훈련이 돼 있는 군대가 없기 때문에 수효만 많다고 해서 믿을 수는 없지 않소」

그러자 염식이 안타깝다는 듯 앞으로 나섰다.

「조정을 말씀하시나 백성을 불쌍히 여길 줄 모르는 조정이 우리에게 도대체 무엇이겠습니까. 우리를 대하기 초개와 같이 여겨 박해만을 계속하는 그들이 아닙니까. 이런 바에 신민으로서의 의리도 끊어지는 줄 압니다. 더구나 천하는 어느 한 사람의 것이 아니라 덕 있는 사람이 주인 노릇을 하게 되어 있습니다. 어지럽기 짝이 없는 진조(晉朝)가 가면 얼마나 가겠습니까. 어서 용단을 내리십시오」

어떤 유민은 주먹을 휘두르며 맹세하기도 했고, 어떤 사람은 눈물을 흘리며 조르기도 했다.

이특은 여러 사람의 뜻이 하나같이 격앙해 있음을 보고 마지못하는 듯 동조의 뜻을 나타냈다.

「내가 여러분과 함께 여기에 들어온 이래, 서로 형제같이 뭉쳐서 지금껏 배반함이 없었소이다. 그런데 이번에 여러분 모두가 위급한 화를 당하게 되었으니 낸들 어찌 무심할 수 있겠소? 두려운 것은 규율이 서지 않아 일을 그르칠까 하는 것뿐이오. 여러분을 이제부터 군법으로 다스릴 테니 각오해 주시오. 친소를 초월하여 공 있는 이에게는 상이 돌아가고, 내 일족이라 할지라도 군율을 어길 때에는 참하겠소. 그래도 좋다면 여러분의 뜻에 따르리다.」

장내는 다시 한번 떠나갈 듯 함성이 울렸다.

이특은 3만의 정병을 뽑아 3개의 군단을 편성했다. 좌군은 이유를 대장으로 하여 상관정·임회·임도·이번 등을 부장(副將)으로 삼고, 우군은 이양이 대장이 되어 건석·나준·건순·이문 등으로 하여금 보좌하게 했으며, 중군은 이특 자신이 맡되 염식·양포를 참모로 하고, 왕신·왕각·이기·이초·이보·이공·조숙 등으로 하여금 부장 노릇을 하게 했다. 이특은 곧 진영을 배치하고 신염과 자웅을 다툴 준비에 착수했다.

### 3. 허망한 웃음

이 무렵, 신염은 이특이 군사를 일으켰다는 말을 듣고 매우 놀랐다. 그는 곧 장연·이필을 불러 상의했다.

「내가 전에 뭐라고 했습니까. 이특이 반드시 반할 것이라 해도 나공(羅公)이 말을 듣지 않더니 결국은 이 지경에 이르고 말았습니다그려.」

이필은 자기에게도 과실이 있는지라 고개를 못 들었다. 장연이 말했다.

「그놈이 가을까지 연기해달라고 한 것도 다 까닭이 있어서였군요. 어쨌든 누구를 원망하고 누구를 나무라겠소이까. 나공이라

고 이특이 이렇게까지 나올 줄 모르고 속은 것뿐이니, 그 문제에
대해서는 더 말을 맙시다. 다만 유민들 중에 사나운 자가 많고 이
특 형제가 또한 범상치 않으니, 그 세력이 커지기 전에 꺾어버려
야 할 것이오 그런데 나공은 결단력이 없으매 그분에게 주도권을
주었다간 다시 일을 그르칠 것이니, 우리끼리 해치우는 것이 좋으
리라 믿소」

「과연 옳은 말씀이오」

신염과 이필도 찬성했으므로 그들은 상의한 끝에 광한도위(廣
漢都尉) 조원(曹元), 아문장군 장현(張顯)·유병(劉竝) 등에게 명령
하여, 정병 3만을 내어 이특의 진채를 치려고 서둘렀다.

이 소식을 들은 나상은 참군 서연을 불러 말했다.

「내가 주장하여 은혜를 베풀기로 한 것인데 신공이 공연히 그
들을 자극하여 이런 사태까지 벌어지게 만들었구려. 내 생각에는
이특에게 반역의 뜻이 있는 것은 아니라고 보는데, 장군은 어찌
생각하오?」

그는 이렇게 되어서까지 이특을 믿으려 들었다. 서연은 기가 막
혔다.

「그렇지 않습니다. 그에게 반역의 뜻이 없다면 이런 판국에 왜
피신하지 않겠습니까. 어쨌든 이미 반기를 든 이상 그런 것을 새
삼스레 논할 필요는 없을 듯하오며, 어서 군사를 내어 신공을 도
우십시오 이 땅에서 일어나는 모든 일이 노야의 책임이시니 신공
의 실수는 바로 노야의 실수이십니다.」

나상도 그럴 것이라 하여 독호(督護)로 있는 전좌(田佐)에게 5천
의 군사를 주어 신염의 군대와 합세하게 했다.

한편 이러한 움직임에 대해 이특도 민감한 반응을 보였다. 신염
의 대군이 쳐들어올 것이라는 정보에 접하자 그는 군사를 모아놓

고 큰 소리로 말했다.

「신염이 대군을 인솔하여 쳐들어온다고 한다. 그놈은 너희들의 머리에 백금 50금의 현상금을 걸어, 마치 토끼나 산돼지처럼 사냥하려 한 녀석이다. 지금 그놈이 온다는데 겁나는 사람은 없느냐? 있으면 어서 고향으로 돌아가고, 여기에는 죽음을 두려워하지 않는 용사만 남아라! 나는 혼자서라도 이놈의 목을 베고야 말리라.」

이특이 이렇게 말하고 칼을 쑥 뽑아 하늘을 가리키자 우렁찬 고함소리가 산천을 뒤엎을 듯 일어났다.

이특은 염식에게 말했다.

「참모는 첫 싸움을 어떻게 승리로 이끌어가겠는가?」

염식이 웃는 낯으로 대답했다.

「장군께서는 마음 놓고 계십시오. 사기충천한 군사가 우리에게 있으니 조금만 계략을 쓴다면 어떤 적인들 꺾지 못하오리까.」

그는 장수들을 둘러보며 말했다.

「상관정·건순·왕각·이초 네 장수는 군사 4천을 이끌고 좌군 진영의 뒷산을 넘어 좁은 길목에 매복하시오. 임회·왕신·조정·이기 네 장수 역시 4천을 인솔하고 우군의 산 뒤 좁은 길목에 매복하시오. 여기는 광한에서 오는 요로라 반드시 적병이 이리로 올 것인바, 그들이 눈앞을 지나가도 내버려두었다가 연주포가 세 방 울리는 것을 신호로 하여 그 후퇴하는 길을 끊으시오.」

그들이 명령을 받고 떠나가자 염식은 다시 입을 열었다.

「이유·임도·이문·이공 네 장수는 8천 명을 이끌고 좌군 진영 뒤에 매복하고, 이양·건석·나준·이번 네 장군은 8천을 데리고 우군 진영 후면에 매복하시오. 또 이탕·이보·양포 세 장수는 7천의 정병을 인솔하고 중군 후방에 매복하시오. 여기에는 이장군과 나도 참석하겠소. 그리고 이웅·이국 두 분은 군사 1천을 데리고 정세를 보아 가면서 구응토록 하시오.」

마침 이때, 신염의 군사가 50리 밖까지 도착했다는 척후의 보고가 들어왔다. 이특의 군대는 각자 맡은 바 부서에 배치되어 적이 오기를 기다렸다.

점심때가 가까웠을 무렵, 증원(曾元)이 이끄는 군대는 어느 좁은 골짜기를 통과했다. 조원은 갑자기 껄껄거리고 웃었다. 한 장교가 물었다.

「장군께서는 무엇 때문에 웃으십니까?」

한참만에야 웃음을 그친 조원이 대답했다.

「이특이 군사를 쓸 줄 모르기에 웃었네.」

「어인 말씀이온지? 아직 접전도 안했는데……」

그러자 조원은 그 장교를 딱하다는 듯 바라보았다.

「나 같으면 여기에 복병을 둘 것일세. 그렇다면 10만 대군인들 어찌 견뎌내겠나?」

그제야 장교가 허리를 굽혔다.

「과연 장군의 신기묘산(神機妙算)은 헤아릴 수 없나이다.」

「무얼.」

조원은 우쭐하여 큰 기침을 했다.

그리고는 적을 얕보게 되어 아주 거만한 태도로 이특의 중군에 접근해갔다. 진영 앞에서 서성거리던 병사들이 기겁을 하며 안으로 사라지는 것을 보자 그는 진격명령을 내렸다.

「저놈들이 겁이 나서 진 밖에도 나오지 못하는구나. 한 놈도 남김없이 없애버려라!」

관군은 조수가 밀리듯 몰려들었다. 그러나 이것이 어찌 된 셈인가. 적군의 그림자라고는 하나도 눈에 띄지 않았다. 불안해진 조원이 좌우를 둘러봤을 때였다. 진채 후면에서 이탕·이보 등의 장수가 병사를 이끌고 내달려오는가 싶더니, 좌군·우군의 후면에 매복해 있던 군사들도 일제히 함성을 지르면서 벌떼처럼 일어나는 것이었다.

싸움에서 어느 정도는 기개가 좌우한다. 처음에 오만했던 관군은 한번 기가 꺾이자 여지없이 질서를 잃어갔다. 이에 비해 이특의 병사들은 직접 자기의 이해를 위해 싸우는 것이라 기백이 달랐다. 삽시간에 관군의 시체는 들판에 즐비하게 깔렸다.

마침내 관군은 퇴각하는 수밖에 없었다. 몇 리를 쫓긴 끝에 겨우 숨을 돌리려는 순간 앞에서 함성이 크게 일어나며 상관정·임회·건순·왕각 등이 병사를 이끌고 숲으로부터 달려 나왔다. 아까 조원이 비웃던 장소였다.

아문장군 장현은 용맹에는 자신이 있었으므로 말을 돌려 적과 싸웠다. 그러나 네 장수가 일제히 달려드는 데는 어떻게 손을 써볼 길이 없는 터에 마침내 상관정의 칼을 맞고 말 아래로 구르고 말았다.

이유는 전좌와 싸우다가 유병이 옆에서 달려들었으므로 그리 눈을 주는 사이에 전좌의 창에 팔을 찔리고 칼을 놓쳤다. 그가 도망치는 것을 보고 조원이 따라갔으나 벌써 임회와 이탕이 그의 앞을 가로막았다. 조원은 이탕을 상대하고 전좌는 임회와 싸우는데, 마침 이특의 구응사 이웅이 어디선지 나타나 한칼에 조원을 베어버렸다.

한편 임회와 싸우던 전좌에게는 이웅과 이탕까지 달려들었으나, 그는 조금도 당황하는 기색 없이 싸움을 벌였다. 그는 마침내 말을 채찍질하여 달리면서 앞에 서 있던 임회를 창으로 찔러 떨어뜨렸다. 임도가 달려들어 쓰러진 형을 구하려다가 자기도 배를 찔리고 넘어졌다.

상관정과 이탕은 전좌를 놓치지 않으려고 있는 힘을 다해 추격
했다. 건순도 같이 달려들었다. 그러나 전좌의 용맹은 여러 장수
를 동시에 상대하면서도 조금도 흐트러짐이 없었다.

이초는 전좌의 용맹이 보통이 아님을 알고 말을 세운 채 활을
꺼내 쏘았다. 전좌도 여기에는 어쩔 수 없었는지 배를 맞고 말 아
래로 떨어졌다.

살아남은 유병은 전세가 돌이킬 수 없는 상황임을 알고 군사를
이끌고 광한 쪽으로 달렸으나 도중에서 또다시 왕신·이기 등이
이끄는 복병을 만났다. 결사적으로 싸워 겨우 길을 열어 광한으로
돌아갈 수 있었으나 그의 몸에도 네 군데나 상처가 났다.

이특은 첫 싸움에 크게 이기고 여간 기뻐하지 않았다.

「장병들이 이렇게 용감하니 무엇을 걱정하랴!」

그러나 염식이 경계했다.

「이제 작은 싸움을 하나 치렀을 뿐인데, 어찌 그리 기뻐하십니
까. 우리의 본색이 드러난 이상, 나상·풍해인들 가만히만 있겠습
니까. 어려운 고비는 이제부터이니 마음을 놓지 마십시오」

이특은 그 말을 옳게 여겨 경비를 한층 강화하도록 명령했다.

### 4. 명분 없는 대진(對陣)

성도자사 나상은 자기가 보낸 전좌가 전사했다는 말을 듣고서
야 매우 노했다. 이특을 믿는 마음이 강했던 만큼 분함도 더했다.

「내가 저를 후하게 대해왔거늘, 어찌 내 장수를 죽인단 말이
냐. 좋다, 그렇다면 나도 네놈을 잡아 죽여야겠다.」

그는 곧 이특을 정벌할 준비에 착수했다.

그러던 어느 날, 어떤 자가 와서 뵙자고 한다기에 불러들였다.

처음 보는 사나이였다. 그는 좌우를 둘러보아 사람이 없음을 확인하고 나서 가까이 다가와 예물부터 바쳤다.

　도대체가 예물이라면 사족을 못 쓰는 나상은 상자 속부터 들여다보았다. 야명주(夜明珠)가 두 개, 연수주(延壽珠)가 하나, 조모록(祖母珠)이 하나, 공청(空靑)이 한 개 들어 있었다. 나상은 놀라며 사나이를 주시했다.

　「너는 대체 누구기에 이런 보물을 가져왔느냐?」

　사나이는 연방 머리를 굽실거렸다.

　「이특 장군의 분부로 노야를 찾아왔나이다.」

　「뭐, 이특의?」

　나상의 눈이 동그래졌다.

　「장군께서는 눈물을 흘리시며 말씀하셨습니다. 몸에 닥치는 화를 모면하기 위해서 관군과 싸웠으나, 노야의 은공이야 어느 때라고 잊겠느냐. 네가 가서 나의 간곡한 뜻을 전해다오. 장군께서는 이렇게 말씀하시며 대성통곡하셨나이다.」

　어리석은 나상은 이 소리를 듣자 가슴이 뭉클하였다. 그러면 그렇지! 제가 나를 잊을 리가 있나 하는 생각이 들었다.

　그 모습을 보고 사나이는 다시 입을 열었다.

　「이장군의 말씀이, 객지를 떠도는 몸이면서 선위장군 장락후까지 되었으매 성은이 지극하다 하셨습니다. 평소에도 늘, 나는 이제부터 천조(天朝)의 장수라고 말씀하시곤 하셨습니다.」

　나상은 고개를 끄덕였다.

　「하기야 그렇겠지.」

　그러자 사나이가 다시 이야기를 계속했다.

　「하오나 세상이란 시기가 많고 중상 또한 적지 않습니다. 사정을 말씀드리겠으니 들어보십시오. 노야, 이렇게 억울할 데가 어디 있겠나이까!」

사나이의 눈에서는 눈물이 방울방울 흘러내리는 것이었다. 나상은 안타까워하며 상반신을 앞으로 내밀고 물었다.

「어서 말을 해봐라. 무엇이 그리도 억울하단 말이냐?」

「노야, 들어보십시오.」

사나이는 손등으로 눈물을 닦더니 말을 시작했다.

「신 대야께서 왜 이장군을 치셨느냐 하면, 겉으로 내세운 명목이야 어떠했든 실은 내막이 있사옵니다. 언젠가 5천 냥을 바치라고 하신 적이 있었나이다. 5천 냥을 말입니다.」

나상도 놀라서 소리쳤다.

「5천 냥을?」

「그렇사옵니다. 5천 냥을 바치면 추수가 끝날 때까지 시기를 늦추어 주겠다고 말씀하셨습니다.」

「저런!」

나상의 눈이 둥그레지며 세상이란 요지경 속이라 생각했다. 그렇게나 강직한 체하는 그가 뇌물을 요구하다니! 나상의 가슴에는 분노에 가까운 감정마저 일었다.

사나이는 다시 입을 열었다.

「하오나 그런 대금이 어디 그리 쉽습니까. 아무리 애써보아야 2천 냥밖에는 마련되지 않아서, 우선 이것으로 용서해 주십사 했건만 신 대야께서는 들으려고 하지도 않고 호령호령하시면서 당장 떠나지 않으면 한 놈도 남김없이 죽이겠다고 하시지 않겠습니까. 이장군께서도 손을 드셨지요 노야 같으시다면 어찌 이런 일이 있으랴, 백성이 굶는다면 관고(官庫)라도 열어서 구해주실 텐데, 같은 태수이시건만 천양지차라고 한탄하셨습니다.」

나상은 흐뭇해서 얼굴이 상기됐다.

「참 괘씸한 일도 다 있구나!」

그의 머리에는, 언젠가 나를 낳아주신 분은 부모요 나를 길러주신 분은 노야라고 하던 이특의 말이 떠올랐다.

사나이는 말을 이었다.

「하오나 일은 여기에서 그친 것이 아니었나이다. 이건이라는 이가 신 대야에게 권하기를 그까짓 5천 냥은 받아서 무엇 하시려오 유민들을 다 죽여버리면 적어도 10만 냥 정도는 건히오리다. 아 글쎄, 이렇게 말씀드렸다지 뭡니까.」

「음, 괘씸한지고」

드디어 나상이 분격하여 탁자를 내려쳤다. 사나이는 다시 한숨을 길게 내쉬며 말을 이었다.

「그래서 신 대야께서 3만의 대군으로 저희들을 죽이려 하시매 어찌하는 수가 있겠나이까. 하는 수 없이 길목에 숨어 있다가 나가서 싸웠기에 우선 불행은 면할 수 있게 된 것입니다. 그러하오나 전(田)장군께서 화살에 맞으실 줄은 정말 몰랐습니다. 깜짝 놀란 이장군께서 진중으로 옮겨 극진히 간호하셨건만, 워낙 상처가 깊었는지 운명하시고 말았습니다. 이장군께서는 거듭 노야께 득죄하였다 하시며 식음도 전폐하고 한탄으로 나날을 보내고 계십니다. 부디 허물을 용서하시고 노야께 대책을 여쭙고 오라는 분부였나이다.」

나상은 고개를 끄덕였다. 이제야 모든 내막이 소상히 드러났다 싶었다.

「그러면 왜 진작 말하지 않았단 말이냐?」

나상은 깊이 한탄을 했다.

「허나 아무리 사세부득이했다고는 해도, 이미 관군과 싸워 많은 장병을 죽이고 말았으니, 나로서는 너희들의 편을 들어줄 수도 없지 않느냐. 너는 곧 가서 이장군에게 이렇게 일러라. 곧 유민들을 데리고 이곳을 떠나라고 해라. 나로서는 추격하여 잡아 죽일 마음은 없다. 모르는 체하고 있을 테니, 지체치 말고 어서 떠나도록 해라.」

사나이는 머리를 무수히 조아린 끝에 물러갔다.

이런 경과를 보고받은 이특은 미안해했다.

「나는 그분과의 싸움을 늦추어 시간을 벌자는 속셈이었는데, 나공은 참으로 순박한 일면이 있구나. 이렇게까지 호의로 대해주니, 어떻게 그와 싸운단 말이냐?」

그러나 염식이 옆에 있다가 말했다.

「그것이 무슨 말씀이십니까. 지금은 우리의 생사가 좌우되는 시기입니다. 그런 인정쯤 돌아보셔서는 안됩니다. 나상으로 말하면 어리석을 뿐이니, 조금도 동정은 마십시오.」

이특은 하는 수 없이 군사를 내어 요해(要害)를 지키며, 나상이 공격해오기를 기다렸다.

한편 나상은 이특이 물러가기만 기다렸다. 그가 유민들을 끌고 떠나기만 하면 추격하는 척하여 자기 공을 만들고, 이특에게 인정은 인정대로 쓰자는 속셈이었다. 그는 며칠 후 군사 중 영리한 사람 하나를 가려서 면죽으로 보냈다.

「가거든 이특이 어떻게 하고 있나 살피고 오너라. 아마 떠나갔을 것이다 만 언제 갔는지 알아보고 남은 놈은 없는지 어떤지 잘 살피고 오너라.」

그러나 다녀온 병사의 보고는 엉뚱했다.

「떠나는 것이 무엇입니까. 이특의 무리는 곳곳을 삼엄히 지키는 한편 군사를 훈련하고 있는 품이 어디로 보나 싸울 준비를 하고 있는 것이 분명했습니다.」

「무엇이?」

나상은 크게 노하여 각 군현(郡縣)은 말할 것도 없이 그 근방에 사는 오랑캐의 두목에게까지 격문을 보내 군사를 일으켜 이특의 도당을 소탕하자고 제의했다. 또 동으로는 형주, 서쪽으로는 장안에까지 이 뜻을 알려, 하간왕은 옹주도호(雍州都護) 위박(衛博)에게 1만의 군사를 주어 보내고, 다시 덕양태수 장징(張徵)과 아장(牙將) 왕원(王宛)·손기(孫奇)에게도 1만을 주어 자신을 돕게 했다.

또 상용태수 의흠(義歆)도 도호 장구(張龜)를 시켜 5천 명을 보내왔고, 자동태수 장연, 파주태수 서건도 각기 5천의 병사를 이끌고 달려왔다.

사방에서 원군이 이렇게 모여들었으므로 나상은 크게 기뻐하여, 녹수(綠水)에서 시작하여 건위(犍爲)에 이르기까지 수백 리에 걸쳐서 진채를 벌이게 하고, 이필로 하여금 군량미의 공급을 맡도록 했다.

그러나 나상은 아직도 이특에 대한 정을 끊기가 어려웠다. 그는 자기가 찾아가기만 하면 이특도 물러갈 것이라 믿었다. 만일 물러가기까지는 않는다 해도 해치지는 않을 것이며, 적의 정세를 살필 수 있는 기회도 될 것이었다. 마침내 그는 병사 한 사람만 대동하고 면죽에 나타나 서로 만나자고 편지를 보냈다.

이 제안을 받은 이특은 의아한 표정을 지었다.

「나상이 혼자 왔다니 무슨 계략일까?」

옆에서 염식이 말했다.

「아마 장군에게 이곳을 떠나라고 권고할 것입니다. 어쨌든 장군도 가보셔야 하오리다.」

어떤 사람은 이 기회에 나상을 잡아버리자고 주장하기도 했으

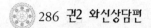

나 이특은 언성을 높여 꾸짖었다.

「그 사람이 나를 믿고 찾아온 터에 어찌 그런 짓을 하란 말이오. 그렇게 되면 천하에 신의를 잃으리라.」

마침내 그는 상관정·왕각 두 사람만 데리고 달려갔다. 나상은 길가에 있는 느티나무 아래에 말을 매고 기다리고 있었다.

이특은 말에서 내려 그 앞에 공손히 허리를 굽혔다.

「노야께서 이처럼 왕림하시니 무엇을 깨우쳐주려 하심입니까? 저의 진영이 멀지 않사오니, 잠깐 들러서 쉬었다 가심이 어떠시겠나이까?」

「그럴 틈은 없소.」

나상이 말했다.

「내가 온 것은 장군을 만나려 함이니, 이미 서로 만난 이상 다른 데로 갈 여가는 없소이다. 저번에 사자에게도 일렀거니와, 어서 군사를 해산시키고 이곳을 떠나시오. 지금 사방에서 모여든 군대가 20만을 넘으니, 장군이 아무리 영용(英勇)하다 해도 화를 면키 어려우리다. 서로 지내던 정리를 생각하여 특별히 와서 알리는 것이니 내 뜻을 저버리지 마오.」

이특이 말했다.

「언제나 변변치 못한 사람을 생각해주시매 무엇으로 은공에 보답해야 될지 모르겠나이다. 유민의 문제에 대하여는 노야께서 먼 앞날까지 내다보시고 적절히 처리하셨던 일이온데, 간신들이 도리어 급히 서두르매 이제는 어쩔 수가 없게 되었습니다. 소위 *기호지세(騎虎之勢)라 이미 호랑이 등에 올라탄 이상 가는 데까지 가야 할 듯하오니, 노야께 송구하기 짝이 없나이다.」

나상은 한탄했다.

「유민들을 생각해주는 것도 좋지만, 어찌 일족의 멸망까지 자초하려 하오?」

두 사람은 이특이 가지고 온 술을 마시며 이 얘기 저 얘기를 나누었다. 어느덧 술 한 병을 다 비우고 나상이 일어서자, 이특은 10리나 배웅하였다.

「난세에 부디 자중하사 내내 안녕하시기 바라옵니다. 친히 뵙는 것도 이것이 마지막일지 모릅니다.」

이특의 눈에서는 뜨거운 눈물이 흘러내렸다. 나상도 터져 나오려는 울음을 삼키며 말머리를 돌렸다.

그러나 이것은 전쟁이라는 거친 대서사시 가운데 하나의 조그만 삽화에 지나지 않는다. 언제까지나 인정에만 의존할 수는 없는 노릇이었다. 본진으로 돌아온 이특은 장수들에게 말했다.

「나(羅)공에 대해 미안한 마음은 없지 않으나 그런 것에 언제까지나 구애될 수는 없소이다. 지금 각처에서 군대가 오고 있는 중이니, 내일은 이쪽에서 싸움을 걸어 성도를 쳐야 되겠소. 대군이 모두 모이고 나면 우리가 무슨 수로 이기겠소?」

염식이 고개를 저었다.

「나상은 백전노장이니 그와 싸우는 것은 우리에게 불리하리다. 지금 대군이 모여들고 있다 하나 제각기 장수를 달리한 군대라 반드시 통일성이 없을 것이니 과히 걱정하지 마십시오. 우리로서는 군대를 쪼개 여러 길목에 매복시켰다가 그들이 오는 것을 막되, 그 어느 하나라도 이길 수만 있다면 그 형세를 타서 나상의 군사도 격파할 수 있을 것입니다. 적은 수효로는 공격보다는 방어에 이익이 있습니다.」

그러나 이특은 듣지 않았다.

「관서(關西)의 군대는 예사롭지 않을 것이니, 내가 가서 그 형세를 시험해보고 오겠소. 만약 그들의 발걸음이 늦다면 이쪽에서 가맹관(葭萌關)을 앞서 점거해버리고 적이 접근 못하게 하는 수도 있을 것이오」

그는 상관정·건순·임회·이초·이번 등과 함께 7천의 군사를 이끌고 서쪽 길을 달려갔다.

이때 척후에게서 이 소식을 보고받은 나상은, 곧 장구·장흥·서연 세 장수를 시켜 세 갈래로 나누어 이특의 본진을 치게 했다.

「내가 전날 이특의 진영을 바라보았더니 여간 법도가 잡힌 것이 아니었소. 광한(廣漢)의 병사들이 이 사람을 얕보았기에 실패한 것이니 십분 조심하오. 지금 그의 병력은 3만으로 추측되는바, 하간(河間)에서 오는 군대를 막기 위해 이특 자신이 떠났으니, 많아야 1만의 군사를 이끌고 갔을 것이오. 그렇다면 나머지 군대는 고작 2만일 것이니 이를 쳐서 무찌르시오」

세 장수는 곧 명령을 받고 성도를 떠났다. 물론 첩자의 활약으로 이 소식은 곧 이특의 본진에 알려졌다. 그러자 이유가 한탄했다.

「형님도 안 계신 터에 일을 당하게 되었으니, 어찌하면 좋으랴?」

그러나 염식이 옆에서 말했다.

「조금도 걱정하지 마십시오. 적이 공격하여 와도 우리는 움직이지 않고 있다가 그들이 피로해지기를 기다려, 6로(路)에 묻어둔 복병에게 포를 쏘게 하여 그것을 신호로 일제히 일어난다면 아무 근심 없을 것입니다.」

그는 곧 장수들에게 지시하여 각처에 군대를 이끌고 가서 매복하고 있도록 했다.

관군은 예상대로 세 길로 나뉘어 면죽으로 진주했다. 그들은 이특의 본진에 이르도록 아무런 공격도 받지 않았다. 사람이란 편하면 긴장이 풀리기 쉽다. 나상이 그렇게 신신당부했건만 세 장수들의 마음에는 적에 대한 업신여김이 싹트기 시작했다. 적진 가까이 말을 세우고 장구가 외쳤다.

「듣거라! 너희가 관군을 죽이고 조정에 반기를 드니, 이것이 어찌 신자(臣子)의 도리이며 복을 불러오는 길이겠느냐. 이특의 간사한 꾀에 속아 몸과 집안을 망치지 말고 어서 나와 항복하라.」

그러나 유민(流民)의 진영에서는 쓰다 달다 대꾸가 없었다. 한참 동안 서서 반응을 기다리던 장구가 다시 소리를 질렀다.

「듣거라! 지금 각처에서 너희들을 치기 위해 20만의 대군이 몰려오고 있다. 아무리 애써 본들 죽음을 어찌 면할 수 있으랴. 속히 사(邪)를 버리고 정(正)으로 돌아오라. 이특·이유의 목을 베어오는 자에게는 천금의 상을 내리리라.」

그러나 적진에서는 들었는지 못 들었는지 사람 하나 얼씬거리지 않았다.

「이런 놈들에게 더 말해봐야 무슨 소용이 있겠습니까. 형님! 비키십시오」

장홍이 나서며 활에 살을 메겨 힘껏 잡아당겼다. 화살은 적진의 장막을 뚫고 자취를 감추었다. 그러나 역시 적진에는 죽음 같은 정적만이 감돌 뿐이었다.

울화가 치민 장구는 마침내 칼을 뽑아들었다.

「놈들이 몹시 겁을 낸 모양이다. 저놈들을 한 놈도 남겨두지 마라.」

관군은 3면으로부터 적진에 접근해갔다. 그러나 유민들은 본진을 지킬 뿐 응전하려 들지 않았다. 그러면서도 진문을 뛰어들려던 병사들은 적의 강한 반격을 받고 목숨을 잃었다. 몇 백을 헤아리는 궁수(弓手)들이 일제히 사격을 퍼부은 것이었다.

　관군은 고함을 지르며 몇 번인가 접근했다가는 물러서고, 물러났다가는 다시 접근하곤 했다. 그러나 아무리 해보아야 결과는 언제나 같았다.

　도저히 안되겠다고 생각한 서연이 한 가지 꾀를 내었다.

　「모두 들거라. 저놈들은 이특이 돌아오기만을 기다리느라고 움직이지 않으니 그 마음을 격하게 만들어야 한다. 그 앞에 가서 저놈들을 멸시하는 태도를 노골적으로 보여주어라.」

　병사들은 적진 앞에 다가가서 가지각색의 태도를 취했다. 욕하는 사람, 주먹질을 해 보이는 사람, 아주 드러누워 버리는 사람…… 그 중에는 투전판을 벌이는 병사까지 있었다.

　적을 격하게 하려는 이 작전에서 서연이 미처 생각지 못한 점이 있었다. 그것은 종일의 일방적 공격으로 하여 사병들의 마음이 해이할 대로 해이해져 있었다는 것을 계산에 넣지 않은 것이었다. 흉내를 내라는 것이 진짜가 되어버려 투전하는 병사들은 놀음에 정신을 잃었고, 누워 있는 자는 자기 집 안방으로 착각하여 정말로 코를 골아댔다.

　물론 유민의 진영에서는 이런 움직임에 대해 세심한 관찰을 하고 있었다. 보고 있던 염식이 회심의 미소를 지었다. 그는 이제다 하고 포를 쏘게 했다.

　이 한 발의 포성은 전쟁의 양상을 일변시켜 놓았다. 마치 제방이라도 터지는 듯 여섯 길목에 매복했던 군사들이 벌떼처럼 일어나 돌격해왔기 때문이다. 앞장선 이유·임도·이양·나준·이탕·건석 등은 제각기 군대를 이끌고 마치 양떼 속에 뛰어든 호랑이같이 설치고 돌아다녔다. 관군은 미처 진형을 갖출 사이도 없이 처음부터 이리 밀리고 저리 밀렸다.

　너무나 뜻밖의 일을 당하고 보니 대세는 걷잡을 수 없었다. 관

군의 세 장수는 무너지는 진세를 바로잡으려고 고래고래 소리를
질러댔다.

「도망치지 마라! 도망치는 자는 군법으로 다스리리라!」

그러나 이런 소리가 귀에 들릴 리 없는 군사들은 뒤도 안 돌아
보고 달아났다. 유민들은 이를 추격하여 닥치는 대로 치고 찔렀다.
상당히 많은 관군이 목숨을 잃었다.

20리나 후퇴한 관군은 겨우 흩어진 병사들을 규합하여 진채를
쳤다. 유민들도 거기까지는 더 이상 쫓아오지 않았다.

# 제11장. 새로운 서촉의 패자

## 1. 야습

밤이 되자 안개가 끼기 시작했다. 염식이 이유에게 말했다.

「그들이 오늘 패전했다고는 하나 워낙 대군이라 아직도 끄떡 없고, 더구나 장수는 한 명도 다치지 않았으니 내일이면 새로 쳐들어올 것입니다. 이제 막 싸움이 끝난 판이라, 설마 오늘밤에 쳐들어올 줄은 생각도 못하고 있을 것이니 곧 적진을 습격함이 좋겠습니다. 보십시오. 안개가 끼어서 지척을 분별할 수 없지 않습니까. 이는 하늘이 주신 기회입니다.」

「옳은 말씀이오 천시(天時)라는 것이 이것인가 하오.」

이유도 기뻐하며 곧 진격령을 내렸다.

이유·이탕·이보·이양·임도·양포·건석·조성·조설·왕신 등 10명의 장수는 각기 정병 1천씩을 거느리고 말에 재갈을 물려 적진으로 소리없이 접근해갔다.

삼경이나 되었을까. 밤은 고요하기만 한데 바로 눈앞에 관군의 진영에서 새어나오는 불빛이 보일 뿐이었다.

「적진에는 보초도 서 있지 않고 모두 곤하여 세상모르고 자는 듯했습니다.」

척후병의 보고를 받고 있는데 갑자기 바람이 크게 일었다. 이유는 말 위에서 고개를 들었다. 분명히 서북풍이었다. 그는 장수들을 불러 속삭였다.

「마침 바람이 일고 있으니, 지체치 말고 불을 지르라.」

명령을 받은 장수들은 다섯 군데로 나뉘어서 마른 풀과 화약으로 일제히 불을 질렀다. 워낙 세찬 바람이라 불길은 순식간에 퍼져서 온통 관군의 진영을 삼켜버렸다.

관군의 당황망조하는 모습은 비참했다. 대낮에 안심하고 있다가 급습을 받았을 때는 그래도 도망할 여유는 있었다. 그러나 불꽃 속에서 눈을 뜬 그들이 할 수 있는 일이란 게 대체 무엇이랴. 몇 걸음도 가지 못한 채 타죽는 사람도 많았고, 연기 속에서 질식하여 쓰러지는 수효도 적지 않았다. 진영 변두리에 있던 병졸들은 겨우 밖으로 뛰쳐나올 수 있었지만, 거기에는 이유의 군사가 기다리고 있다가 눈에 띄는 대로 활로 쏘고 창으로 찔러 죽이는 것이었다.

장구·장홍·서연 세 장수는 겨우 화염 속에서 벗어나 성도로 도망쳤다. 소득이 있었다면 장구가 그 북새통에서도 적장 이겸을 베어 죽인 정도였다. 그러나 그에 비해 손실은 너무나 컸다. 정확히 말해서 열 명 중에 아홉은 목숨을 잃었다.

이때 이특은 아곡(牙谷) 어구에 진을 치고 있다가 밤하늘을 물들이는 불빛을 보고 매우 놀랐다.

「아무래도 우리 본진이 습격을 받은 것 같소」

상관정이 말했다.

「염식은 지혜가 많은 사람입니다. 조금도 걱정하지 마십시오. 아마도 관군이 쳐들어왔다가 화를 당하는 것이겠죠」

그래도 이특은 걱정을 금할 수 없어서 날이 밝기를 기다려 군사를 돌이키려는 순간, 척후의 보고가 들어왔다.

「장군께 아룁니다. 하간왕의 군대가 30리 거리에 접근했습니다.」

이특은 면죽으로 가려던 생각을 버리고 관중(關中)의 군대와 싸우기 위해 기다렸다. 이윽고 대군이 나타나 진세를 벌이더니, 위박이 말을 달려 앞으로 나왔다.

「너희들은 나를 아느냐? 이 몸은 옹주도호 위박이라는 사람이니, 이제 하간왕 전하의 분부를 받들고 여기에 와서 너희들 유민을 진압하려 한다. 너희는 본래 관중의 양민들로 흉년을 만나 이곳으로 피했던 것이니, 따지고 보면 다 나의 백성이라 할 것이다. 새도 저녁때면 보금자리로 찾아들거늘, 너희는 어찌하여 고향으로 돌아갈 생각은 아니하고 도리어 관군과 맞서서 스스로 죽음을 자초하느냐. 이는 반드시 야심 있는 자가 있어 너희들을 선동함이니, 어서 이특의 목을 베어 속죄하고 양민으로 돌아가거라. 만일 내 뜻을 거역한다면 한 놈도 남김없이 죽여버릴 것이다.」

이특도 진 앞에 말을 세우고 이에 응수했다.

「옹주도호라면 이웃고을 관원이거늘, 어찌 여기까지 와서 스스로 죽기를 자초하느냐. 우리를 마치 반역한 듯 생각하는 모양이다만, 신의를 버린 것은 낙양에 있는 조정임을 알아라. 우리가 흉년을 피해 이곳에 들어와 황무지를 개간하여 겨우 기초를 굳혀놓았더니, 이제 와서 우리를 쫓아낸단 말이냐. 만일 진조(晋朝)가 천하의 주인이라면 누구는 백성이 아니며, 어디는 왕토(王土)이고 어디는 왕토가 아니겠는가. 생각해 보아라. 백성이 편의에 따라 옮겨 사는 것을 왜 막아야만 하는지 대답해 보아라. 더구나 추수까지만 기다려달라고 애원했는데도 처음에 허락하고 뒤에 번복하니 이렇게 신의 없는 나라라면 어찌 상대를 하겠느냐. 그러므로 우리는 힘을 기울여 스스로 이곳을 지키려 하니 너는 어서 돌아가라. 그렇지 않으면 백성의 힘이 얼마나 무섭다는 것을 보여주리라.」

이에 위박은 크게 노해서 장창을 비껴들고 달려왔다. 이것을 본 유민 측에서는 상관정이 칼을 뽑아들고 달려 나가 이와 맞섰다.

창과 칼은 서로 부딪쳐 번개를 일으키더니, 마치 두 마리의 용이 서로 뒤엉켜 물어뜯는 듯이 허공을 난무하기 시작했다. 흡사 안개가 자욱이 낀 듯 창날과 칼빛이 눈을 어지럽히는 속에서, 고함소리, 말발굽소리가 듣는 사람을 놀라게 하고, 싸움은 20합, 30합을 넘어도 좀처럼 끝날 것 같은 기미가 보이지 않았다.

하도 전력을 기울인 싸움이라, 지친 것은 사람보다 말이었다. 숨을 헐떡이며 제대로 달리지 못하는 것을 보고 위박이 외쳤다.

「이놈! 말을 갈아타고 다시 겨루자. 겁쟁이가 아니라면 꼭 나오너라.」

이것을 계기로 두 사람은 각기 본진으로 돌아갔다. 상관정이 말을 바꾸어 타는 것을 보고 건순이 말했다.

「자네는 쉬게. 피로할 테니 내가 나가겠네.」

「무슨 소리!」

상관정이 소리를 질렀다.

「약속해 놓고 안 나간다면 대장부의 체면이 무엇이 되겠나. 저놈의 목을 베어 올 것이니 기다리고나 있게.」

상관정은 다시 달려 나가 위박과 싸웠다. 두 사람의 용호상박(龍虎相搏)의 결투가 다시 40합을 끌자, 위박이 창을 분주히 놀리면서 외쳤다.」

「아, 그놈 참 세구나. 네 이름이나 듣자. 뭐라는 놈이냐?」

「왜 겁이 나느냐?」

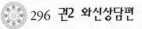 

상관정이 비꼬며 대답했다.

「나는 상관정이다. 우리 진영에는 나보다 나은 장수가 무수히 있다. 어서 항복해라.」

「이놈!」

위박이 호통을 쳤다.

「어찌 그리도 버르장머리가 없단 말이냐. 허나 너처럼 용맹이 있는 놈은 죽이기도 아까우니 어서 말에서 내려라. 반드시 조정에 아뢰어 장수를 삼아주마.」

이번에는 상관정이 노해서 눈을 부릅뜨고 달려들었다. 그들은 다시 30합을 싸웠다. 그러나 날이 차차 저물어갔으므로 이특은 징을 쳐서 싸움을 그치게 했다.

이윽고 상관정이 돌아와 한탄을 했다.

「그놈이 여간 용맹한 것이 아닙니다. 도저히 힘으로는 잡지 못할 듯합니다.」

이특이 웃으며 말했다.

「나도 그렇게 생각했소. 그러나 힘으로 안된다면 계략을 쓰면 되니 과히 걱정 마오.」

그는 건순을 돌아보았다.

「그대는 가맹관 동쪽에 있는 산을 넘어서 적진 뒤로 나와 있다가 함성이 들리거든 적의 진채에 불을 질러라.」

건순이 명령을 받고 떠나자 이초를 불렀다.

「그대는 1천 명을 이끌고 서산의 소로로 해서 적진에 접근해 있다가 불이 나는 것을 보거든 건순과 힘을 합하여 적을 무찌르도록 하라.」

이초도 곧 떠나갔다.

다음날, 위박이 아침부터 군사를 끌고 나와 싸움을 걸자 이특도

나가서 진세를 벌였다. 이윽고 위박은 진 앞에 나타나 큰 소리로
외쳤다.

「상관정, 어서 나오너라!」

이 소리에 상관정도 앞으로 나가며 외쳤다.

「어저께 그만큼 혼이 났으면 질겁할 만도 한데, 너는 어째서
또 나왔느냐. 옳아, 네 죄를 뉘우치고 항복하려는 모양이구나. 그
렇다면 받아주마.」

「이놈! 그 혓바닥을 빼놓고야 말겠다.」

두 사람은 서로 노하여 육박전을 벌였다. 허나 두 사람의 실력
이 하룻밤 사이에 달라지지 않은 이상 팽팽한 싸움이 될 것은 정
한 이치였다. 그들은 용맹을 다해 30합을 싸웠다. 이때부터 상관정
의 검법이 문란해지기 시작했다. 위박은 됐다 싶어 더욱 용맹을
떨치며 덤벼들었다. 그의 창끝이 상대방의 가슴을 향해 번개같이
날아든 순간이었다. 상관정은 상반신을 틀어 이를 피하는가 싶더
니 그대로 말머리를 돌려 달아나기 시작했다.

「비겁한 놈, 게 섰거라!」

위박이 뒤를 쫓아가는데 이번이 뛰쳐나와 길을 막았다. 그러나
그가 몇 합인가 싸우는 척하다 도망하는 것을 보자 위박은 그 뒤
를 추격하지 않았다. 적의 간계에 빠질 위험성이 있다고 믿었기
때문이었다.

위박이 쫓아 나서지 않음을 보고 이특이 나타나 싸움을 걸었다.

「나는 이름도 없는 졸개다마는, 네가 어디 항거해보겠느냐?」

위박은 상대가 졸병이 아니라 적의 괴수인 것을 알았으나, 짐짓
모르는 체 꾸짖었다.

「상관정인가 하는 놈도 달아나는 판에 일개 졸병으로서 무례
하구나. 이놈! 냉큼 물러나 이특을 나오라고 일러라.」

그러자 상대는 히죽히죽 웃었다.

「이특 장군을 친히 싸우시게 하려거든 하간왕 보고 나오라 하여라. 그래야 상대나 하실까 말까다.」

「이놈이!」

위박은 대노하여 창을 비껴들고 달려들었다. 위박은 싸우면서도 상대방의 실력을 측정하느라고 온 신경을 썼다. 그런데 이특도 10합이 조금 넘자 달아나는 것이 아닌가. 위박은 빙그레 웃으며 중얼거렸다.

「흥, 나를 유인하려는 수작이렷다. 잘들 한다. 어디 수고해보려무나.」

그가 말머리를 돌리려고 했을 때였다. 한 병사가 황망히 달려오면서 외쳤다.

「장군! 큰일 났습니다. 적병이 우리 본진을 불사르고, 여원·유휘 두 장수를 죽였습니다.」

이 소리를 듣고 위박은 성이 머리끝까지 치밀어서 말을 달려 돌아가려고 했다. 그러나 상관정·이번·임회·이특 등이 그를 에워쌌다. 이렇게 되자 위박도 초조한 마음으로 벗어날 구멍만 찾는 판인데, 본진을 습격했던 이초와 건순까지 한떼의 병사를 끌고 달려왔다.

위박은 비분강개하여 좌충우돌했지만 그를 에워싼 포위망은 철옹성과도 같아서 벗어날 길이 없었다. 마침 이때 한떼의 인마가 고함을 지르며 달려오는 것이 보였다. 질풍처럼 쇄도한 그들은 이특의 군사를 헤치고 위박 가까이 접근해왔다.

「위장군, 위장군!」

부르는 소리에 바라보니, 파서군숭(巴西郡丞) 모식(毛植)과 오관장(五官長) 양진(襄珍)이었다. 위박은 기뻐하며 그들과 힘을 합쳐서 겨우 포위망을 뚫고 한중(漢中)을 향해 달렸다.

이특은 장수들을 독려하여 도망치는 위박의 뒤를 쫓아 덕양(德陽)까지 이르렀지만 끝내 놓치고 말았다. 이특은 분해하며,

「그렇다면 지름길로 해서 가맹관을 빼앗자. 여기만 점거한다면 제까짓 것이 어디로 빠져나가겠느냐.」

그들이 말을 채찍질하여 20리나 왔을 때였다. 위박이 이미 가맹관에 도착했다는 척후의 보고가 들어왔다. 이특이 한탄했다.

「모식과 양진 때문에 위박을 놓쳤구나. 그놈들만 아니었다면 사로잡을 수 있었을 텐데!」

이 말에 이탕이 외쳤다.

「그렇게 걱정하실 것 없습니다. 제가 가서 세 놈을 함께 잡아 바치겠습니다.」

그는 곧 본부의 병사를 이끌고 달려갔다.

그러나 막상 당도해 보니 일은 그리 간단치가 않았다. 천길 절벽 위에 도사린 가맹관이었다. 한 용사가 지키면 1만의 군사로도 통과할 수 없다는 요새였다. 이탕은 쳐 올라갔다가 굴러 내리는 돌멩이에 병사만 잃고 물러났다.

침울히 고개를 숙이고 있던 그가 무슨 생각을 했는지 무릎을 탁 쳤다. 그리고 곧 장수들을 불렀다.

「이 관문만은 힘으로 빼앗을 것이 못되오 군사들에게 오늘밤은 술을 먹이고, 우리 군대가 파서(巴西)로 하여 관중(關中)으로 나가고 있으므로 가맹관쯤은 며칠 안에 스스로 떨어질 것이라고 위로하시오. 그리고 시끄러워도 좋으니 마음대로 하룻밤을 즐기라고 하시오」

장수들 중에는 의아해서 쳐다보는 사람도 있었으나, 이탕은 입을 꽉 다물고 더 이상 말을 하지 않았다.

명령 중에서 술 마시고 놀라는 것처럼 충실히 실행되는 명령도 없을 것이다. 병사들은 밤새도록 놀아도 좋다는 말을 듣고 환성을 올렸다. 거기다가 별도의 부대가 다른 길로 해서 관중으로 나가고 있기 때문에 내일부터는 싸울 필요조차 없으리라고 하지 않는가.

병사들은 술을 마시며 마음대로 소란을 피웠다. 이탕 자신이 대취하여 징을 치고 비틀댔으므로 밑의 사람들은 조금도 꺼릴 필요가 없었다. 나팔과 북까지 동원되어 밤이 깊어지자 일대 소동이 벌어졌다.

이 무렵, 가맹관에서는 위박이 척후병에게 명령을 내리고 있었다.

「저놈들이 왜 저리 소란을 피우는지 될 수 있는 대로 자세히 알아오너라.」

몇 시간 후, 초조한 마음으로 기다리는 그에게 놀라운 보고가 들어왔다.

「적진에는 보초 하나 안 세우고 모두 술에 취하여 떠들며 놀고 있었습니다. 가만히 귀를 기울였더니 적의 다른 부대가 파서로 해서 관중으로 나가고 있으매, 가맹관쯤은 싸울 필요도 없이 떨어질 것이라고 지껄이는 소리가 들렸습니다. 그래서 마음 놓고 노는 모양입니다.」

이 소리를 들은 세 장수는 모두 깜짝 놀랐다.

「오, 간사한 놈들! 그런 줄은 정말 몰랐구나.」

위박이 한탄하자, 모식과 양진도 근심이 태산 같았다.

「아, 우리 고을을 앞서 칠 것이 아니오? 이것을 어찌해야 한단 말이오?」

그들은 뜬눈으로 밤을 새운 끝에 날이 밝자 병사를 수습하여 제각기 떠나버렸다.

한편 이탕이 가맹관에 군사를 남겨 지키도록 한 다음 의기양양
하게 개선하는 것을 본 이특은 아들의 모습이 여간 대견한 것이
아니었다.

「참, 용하다. 제갈공명이 재생한들 어찌 이에 미치랴!」

이때, 양포가 말했다.

「지금 모식과 양진이 파서군으로 가고 있을 것이니, 우리 쪽에
서 군대를 미리 보내 성을 점령해버리는 것이 좋겠나이다.」

이특도 그 말을 옳게 여기고 장수들을 둘러보며 말했다.

「누가 파서를 치겠는가?」

말이 끝나기도 전에 상관정이 나섰다.

「제가 가서 토벌하고 돌아오리다.」

이특은 기뻐하며 5천의 병사를 주고 부탁했다.

「죽이는 것만이 능사가 아니니, 반드시 덕으로 어루만져 우리
에게 심복하도록 하시오.」

상관정은 곧 파서로 달려갔다. 그는 진병(晉兵)의 기를 앞세우
고 성에 가서 외쳤다.

「모장군께서 오셨으니 문을 열어라!」

성에 남아 있던 병사들은 자기네 군기를 보고 곧 성문을 열었
다. 그 다음의 일이야 뻔했다. 도대체가 싸울 만한 병력도 없었지
만, 갑자기 밀어닥치는 적군 앞에 우선 기부터 꺾였다. 상관정은
항복하는 사병들을 좋은 말로 위로해서 자기 휘하에 편입시켰다.

다음날, 모식과 양진이 이끄는 부대가 돌아왔다. 그러나 이것
또한 극히 간단하게 처리됐다. 상관정은 항복한 군대만을 남기고
나머지는 모두 안 보이는 곳에 매복시켜 놓았던 것이다.

모식과 양진이 입성하여 자기들의 관아로 들어서는 찰나, 좌우
에 있던 병사들이 우르르 몰려들더니 꽁꽁 묶어버리는 것이 아닌

가. 그들은 화가 나서 호령했다.

「이놈들! 정신이 돌았느냐? 너희들이 어찌 이리도 망령된 짓을 한단 말이냐?」

그러나 병사들은 눈 하나 깜짝 않고 그들을 끌고 안뜰로 들어갔다. 잠시 후 두 장수는 기절초풍했다. 마루 위에는 상관정 이하 여러 적장이 도사리고 앉아 있지 않는가.

상관정이 병사들을 꾸짖었다.

「정중히 모시라고 했더니 어찌 이리도 무례한 짓을 했단 말이냐. 고약한 놈들 같으니!」

그리고는 계하로 내려와서 친히 결박을 풀어주면서 말했다.

「장군들의 고명을 사모하여 약간 계략을 썼으니 용서하십시오. 자, 어서 올라가십시다.」

두 사람은 하도 뜻밖의 일을 연달아 당하는 참이라 어리둥절할 따름이었다. 상관정은 두 사람을 안으로 인도하고 난 다음 간곡한 어조로 말했다.

「모든 것은 사세가 부득이한 데서 나왔으니 살펴주십시오. 저희들이 양민 노릇을 하려 해도 핍박이 끊이지 않기에, 결국은 군사를 일으켜 스스로 지키는 수밖에 없도록 됐습니다. 그러나 백성들을 도탄에서 구하여 조금이라도 편히 살게 해주고 싶은 생각일 뿐 추호도 딴 뜻은 없습니다. 두 분의 거취는 스스로 결정하십시오. 저희들을 도와주신다면 쌍수를 들어 환영할 것이고, 그렇지 않고 떠나겠다 해도 무사히 가시도록 해드리겠습니다.」

두 포로는 서로 얼굴만 바라보고 있었다. 마침내 모식이 입을 열었다.

「사로잡힌 몸을 이렇게 예로써 대해주시니 장군들의 일이 의거(義擧)임을 알겠습니다. 버리지 않으신다면 무엇이라도 힘을 다해 받들까 합니다.」

상관정은 크게 기뻐하며 그들에게 예전과 같이 파서를 관할하게 하고 면죽으로 돌아갔다.

이로써 이특의 반란은 우선 대성공을 거둔 셈이었다. 그는 상관정이 모식·양진에 대해 취한 조치에 극히 만족해했다. 대야심을 품고 있는 그로서는 적장 하나를 목 벤 것보다는 그의 항복을 받고 그대로 성을 지키게 한 점에 긍지를 느끼는 것이었다. 마치 제왕이라도 된 듯한 기분이었다.

## 2. 마침내 이특은 연호를 세우고

속담에 「긁어 부스럼」이라는 말이 있다.

광한태수 신염의 하잘 것 없는 사감(私感)이 결국에는 이특에게 큼직한 야욕의 터전을 만들어 주고 말았다. 혹시 하늘이 신염을 시켜 이특이 성(成)이라는 나라를 촉천(蜀川) 땅에 세우도록 종용했는지도 모를 일이다.

이무튼 이제 이특은 한낱 유민의 우두머리가 아니었다. 이특은 관군과의 여러 차례 싸움 끝에 10여 만의 대병과 면죽·광한·가맹관 등에 걸친 광대한 지역의 패자(覇者)로 군림하게 된 것이다.

아직 한두 고을을 차지한 데 불과했으므로 차마 왕호(王號)는 쓰지 못했으나, 스스로 익주목(益州牧)이라 칭하고, 진조(晉朝)의 중앙 정부를 본떠서 각 부서를 신설했다. 이미 자립했으니 진의 연호를 그대로 쓰지는 못하겠다 하여 건초(建初)라 했다. 그가 얼마만큼 군왕이 다 된 기분에 사로잡혀 있는가는, 대사령을 내려 대부분의 죄수를 풀어준 것만 보아도 알 수 있는 일이었다.

그러나 아직 군왕처럼 앉아 있기에는 시기가 일렀다. 그는 장수들을 모아놓고 위엄을 부리며 물었다.

「우리가 의(義)를 받들어 일어나매 *파죽지세(破竹之勢)로 이 일대를 휩쓸었으나 천하의 넓이에 비긴다면 겨우 첫걸음을 떼어 놓았을 뿐이오 우리가 자립했다는 것을 알면 진의 대군이 구름처럼 몰려들 것이니, 기선을 제압하여 지반을 한층 넓혀가야 되겠소 장차 어디부터 손을 대야 할는지 각자 의견을 말하오.」

그러자 염식이 앞으로 나와 왕을 대하듯 부복해 보였다.

「지금까지의 일은 모두가 장군의 위엄과 덕망의 소치이거니와, 말씀과 같이 발판을 넓혀 놓지 않는다면 무엇으로 천하의 대병과 싸우겠습니까. *먼 곳과 사귀고 가까운 데를 치는 것(遠交近攻원교근공)은 만고불역의 진리이니 어서 덕양을 치심이 옳은가 하옵니다.」

이특은 염식의 생각이 자기와 같아 곧 3만의 군사를 동원하여 면죽을 떠났다.

이때 덕양을 지키고 있는 것은 자사로 무군장군(撫軍將軍)을 겸한 장징이었다. 그는 유민의 군대가 쳐들어온다는 소식에 접하자 곧 부장 유상(劉商)·구면(瞿免)과 상의하여 금계산(金鷄山) 중턱에 진을 쳤다. 워낙 높고 험한 데다가 덕양으로 가기 위해서는 그 밑으로 난 좁은 길을 통과할 수밖에 없는 요해지였다. 이런 지형의 이용은 아주 현명한 조치였다.

이특의 대군은 개미떼같이 기어올랐으나, 위에서는 접근할 때까지 내버려두었다가 돌멩이를 굴렸다. 아무리 용맹스런 군대라 해도 이러는 데에는 손을 들지 않을 수 없었다. 물론 많은 사상자가 났다. 이런 싸움이 몇 번 되풀이되자 이특도 감히 공격할 생각을 못하게 됐다. 그렇다고 이 길이 아니면 갈 길이 없는 터라, 이특의 군사는 진퇴유곡의 곤경에 몰렸다.

이특이 한탄을 했다.

「얼마 되지도 않는 적군 때문에 이렇게 지체하다니 말이 되는가. 그렇다고 어쩔 수도 없고 보니 딱하지 않은가!」

양포가 나섰다.

「아무래도 다소 시일이 걸릴 것 같습니다. 걱정인 것은 적이 야습이라도 해올까 하는 것입니다. 우리도 20리쯤 후퇴해서 험한 지대에 포진하는 것이 좋을 것 같습니다.」

어차피 당장에 길을 빼앗아 전진할 수 없을 바에는 그렇게 함으로써 안전을 기하는 편이 나을지도 모르는 일이었다.

이특은 양포의 건의에 따라 20리 후방에 있는 명고산(鳴鼓山) 중턱에 진을 쳤다. 금계산에 비긴다면 얼마간 손색이 있었으나 여기도 험지에 속하는 편이라, 적어도 불의의 습격은 모면할 수 있는 진지였다.

그러나 이 소식을 들은 장징이 도리어 기뻐서 날뛸 줄은 이특으로서도 미처 생각지 못한 일이었다. 그 고장의 지리에 익숙한 장징은 손쉽게 명고산을 끼고 뒤로 돌아가는 샛길을 알고 있었기 때문이었다.

「우리가 높은 데 진을 친 것을 보고 그놈들도 흉내를 냈구나.」

척후에게서 보고를 받은 그는 크게 웃었다.

이윽고 그는 유상과 구면을 바라보면서 말했다.

「이특이 이곳 지리에 어두운 것이 퍽 다행이오. 그의 군사는 많고 우리는 적은즉, 정상적으로 싸워가지고야 어떻게 이기겠소? 두 분은 3천의 병사를 가볍게 무장시켜 샛길로 명고산에 올라가 있다가 포성이 들리거든 적진을 내려쳐서 불태워버리시오.」

이에 두 장수는 밤이 되기를 기다려 곧 출발했다.

다음날, 장징은 군사를 끌고 명고산 밑에 가서 진을 친 뒤 싸움을 걸었다. 이를 보고 이특이 좋아했다.

「저놈들이 험한 땅에 의거해 있어서 걱정이더니 마침 잘됐다. 단번에 전멸시켜 버리리라.」

그러나 옆에서 염식이 간했다.

「그 좋은 진영을 버리고 내려올 때에는 다 생각이 있을 것입니다. 적의 간계에 빠지기 쉬우니 나가지 마십시오.」

이특은 껄껄 웃었다.

「걱정이 지나치오. 우리가 좀처럼 물러갈 것 같지 않으니까, 저놈들이 초조해서 나온 것뿐이오. 꾀를 쓴들 무슨 수를 쓸 수 있단 말이오?」

그도 군대를 이끌고 내려가 진세를 벌였다.

이윽고 장징이 진 앞에 나와서 채찍으로 이특을 가리키며 호통을 쳤다.

「너는 조정으로부터 관작까지 받은 놈이 어찌하여 충의를 다할 생각은 아니하고 도리어 반역을 일삼는단 말이냐. 어서 말에서 내려와 형을 받아라!」

이특도 성이 나서 외쳤다.

「너희 조정이 무고한 백성을 학대하여 행여 모자람이 있을까 광분하니, 어찌 하늘인들 무심하시랴. 천명이 장차 옮기려 하매 어진 이는 재빨리 이에 순응하느니, 너도 어서 명철한 처신을 해서 재앙을 복으로 돌려 삼아라.」

장징이 노하여 쌍칼을 춤추면서 달려오자, 이쪽에서는 상관정이 나가서 맞섰다.

두 사람은 재주를 다해 서로 싸웠다. 그러나 20합에 접어들었을 때, 장징이 말을 돌려 달아났으므로 상관정은 그 뒤를 바짝 따랐다. 이때 관군의 진영에서 한 방의 포소리가 일어나고, 장징은 자기 진중으로 사라져버렸다.

상관정이 적진을 향해 쳐들어가려는 순간이었다. 저 위로부터 함성이 들리기에 고개를 돌린 그는 자기 눈을 의심하지 않을 수 없었다. 그도 그럴 것이 명고산 중턱에 자리잡은 자기 진영에서 불이 활활 타오르기 시작하고 있지 않은가. 말할 것도 없이 명고산으로 올라가 이특의 본진 뒤에 매복하고 있던 유상과 구면이 불을 지른 것이었다.

　마침 바람까지 불어서 불길은 삽시간에 번져갔다. 이를 보고 상관정이 말머리를 돌려 달아나자 아까와는 반대로 요란한 고함소리와 함께 장징의 군사들이 따라나섰다. 잠시 혼전이 벌어졌다. 그러나 기가 꺾인 이특의 병사들은 제대로 싸우지도 못하고 전세는 결정적으로 불리하게 됐다.

　나준(羅准)이 이특에게 건의했다.

　「진채(陣寨)를 이미 잃었으니 이대로는 견디지 못할 것입니다. 어서 동쪽 길로 쳐나가서 가맹관의 군사와 합쳐야 되겠습니다.」

　이탕이 가맹관을 지키고 있음을 말한 것이었다. 그러나 이특은 고개를 흔들었다.

　「날은 어두워오고 길은 험하니 병사만 상하리라. 그것보다는 서쪽 산의 험한 곳에 진을 치고 있다가, 이탕의 원병이 이르기를 기다려서 협공하는 편이 나을 것이오」

　「그렇지 않습니다.」

　나준이 반대하며 나섰다.

　「험지에 의거함은 일장일단이 있습니다. 적이 길을 끊고 시일을 끄는 경우 자멸할 수밖에 없을지도 모릅니다. 또 원군이 이르렀다 해도 길이 험하고 보면 어찌 접근하겠습니까?」

　그러나 이특은 듣지 않고 군사를 이끌고 서편에 있는 산에 올라 진채를 세웠다.

얼마 후 나준의 예언은 그대로 적중했다. 장징이 산 밑을 에워싸 버렸으므로 험한 지대에서 이특의 군사는 덩그러니 갇힌 신세가 되었다. 발을 붙일 수 있는 곳이라고는 밑으로 내려가는 좁은 길 뿐이었으나, 그리로 가다가는 장징이 마련해 놓은 함정에 빠질 것은 너무나 뻔한 일이었다.

그제야 이특도 한탄했다.

「이대로 며칠만 가다가는 양식이 우선 바닥이 날 텐데, 이를 장차 어찌하면 좋겠는가?」

염식이 말했다.

「이렇게 된 바에야 어서 가맹관에 알려 원군이 오도록 해야 합니다.」

이특은 날쌘 병사 하나를 골라서 어둠을 타고 산을 내려가도록 지시했다.

새벽녘에야 이 소식에 접한 이탕은 매우 놀랐다. 그는 곧 군사를 이끌고 있는 힘을 다해 길을 달렸다. 점심때가 지나 산 밑에 도착한 그들 앞에는 험준한 산 사이로 뻗어간 좁은 길 한 가닥이 있을 뿐이었다. 어떻게나 길이 좁은지 말 한 필밖에는 지나갈 수 없을 듯이 보였다.

그러자 왕신이 이탕의 말고삐를 잡고 말렸다.

「위험합니다. 가지 마십시오. 복병이라도 있으면 큰일이니 다른 길이 없는지 알아보는 것이 좋겠습니다.」

「그게 무슨 소리요?」

이탕이 언성을 높였다.

「부친이 위태로운데 자식 된 도리로 어찌 잠신들 지체하겠소? 나 혼자서라도 가겠소」

그는 긴 창을 비껴들고 앞으로 달렸다.

험한 산길로 접어들어 천신만고 끝에 2, 3리나 왔을까, 시야가 제법 트이고 길도 꽤 넓어졌다. 그리고 한 1천 명쯤이나 돼 보이는 적군이 웅성거리고 있는 모양이 눈에 들어왔다.

이를 보자 이탕의 눈에서는 불꽃이 튀었다.

「이 원수 놈들!」

이탕은 산이 무너질 듯 고함을 지르며 적진 속으로 뛰어들었다. 그리고는 좌충우돌 닥치는 대로 찔러 죽였다. 왕신 이하 전 장병도 이탕의 분신이기나 한 듯 한 덩어리가 되어 부딪쳐 들어갔다. 그 형세가 어떻게나 사납던지 관군은 우왕좌왕하며 삼단같이 쓰러져갔다.

이를 본 구면이 칼을 휘두르며 이탕에게 다가왔다.

「어떤 놈이냐. 이름이나 듣자!」

그러나 원한의 화신이 되어버린 이탕은 대답도 없이 번개처럼 창을 휘둘렀다. 두 사람은 10합을 싸웠으나 아버지 일이 머리에서 떠나지 않는 이탕은 초조했다. 그는 마침내 한 꾀를 생각해내곤 구면을 노리는 듯하다가 재빨리 그 말을 찔렀다. 말과 함께 땅에 쓰러진 구면이 몸을 일으키려는 순간 이미 창날은 그의 등을 꿰뚫고 가슴까지 비어져 나와 있었다.

이것을 보고 한 장수가 달려오며 큰 소리로 꾸짖었다.

「이놈! 유음(劉音) 장군의 칼맛을 네가 좀 보려느냐!」

그러나 호언장담에 비해서는 너무나 어처구니없을 정도로 그는 약했다. 이탕이 눈을 부릅뜨고 내민 창날이 단번에 상대방의 넓적다리에 상처를 주었기 때문이다. 유음이 기겁을 해서 도망치자 곧이어 그 형인 유상(劉商)이 달려들었다.

「이놈! 어찌 무례함이 이 같으냐. 어서 창을 버리지 못할까!」

유상이 호통을 치자 이탕도 대꾸했다. 적장 둘을 해치우니 어느 정도 마음에 여유가 생긴 것이었다. 아니면, 인간 특유의 약점인 오만이 벌써 싹튼 것인지도 알 수 없었다.

「너는 어떤 놈이기에 동료가 죽는 것을 보고도 내 앞에 나서느냐. 배에 구멍이 나기 전에 어서 물러서라!」

「무엇이라고!」

유상은 분개하여 도끼를 높이 쳐들고 달려왔다. 두 사람은 20여 합을 싸웠다. 그러나 이탕이 적을 얕보는 마음이 있어 바짝 다가가서 사로잡으려고 한 것이 실수였다. 갑자기 유상의 도끼가 어깨를 가볍게 스쳤다. 다행히 갑옷이 두꺼워서 상하지는 않았으나 깜짝 놀란 그는 말을 돌려 달아났다.

「비겁한 놈! 거기 섰거라!」

유상이 분해서 쫓아왔다.

그러나 이번에는 유상 쪽에서 과오를 범했다. 너무 추격에만 열중한 나머지 말이 돌부리에 걸려서 넘어지고 만 것이었다. 도망치면서도 계속 뒤를 따라오는 적장에게 신경을 쓰고 있던 이탕은 이것을 보자 곧 돌아서서 달려왔다.

유상이 재빨리 일어나긴 했으나 말을 바꾸어 탈 여유는 없었다. 도끼를 들고 땅에서 싸우는 것보다는 역시 창을 갖고 위에서 싸우는 이탕 쪽이 월등히 유리했다. 몇 합도 못 가서 마침내 유상은 이탕이 내두른 창끝에 가슴을 찔렸다.

이때, 이특을 포위하고 있던 장징이 달려왔다. 그는 장수들이 모두 죽었다는 말을 듣자 궁수들을 불러 늘어세우고 일제히 활을 쏘게 했다. 화살은 빗발치듯 날아가 적병들을 쓰러뜨렸다. 이탕 자신도 여러 개의 화살을 맞았으나 갑옷 덕택에 간신히 버텨냈다.

궁수의 활약에 힘을 얻은 관군이 도리어 함성을 지르며 달려들었다. 이탕은 화살이 난무하는 속에 서서 군대의 패주를 막느라고 갖은 애를 써야 했다.

「조금만 더 버텨라! 후퇴하지 말고 앞으로 나아가라. 조금만, 조금만 더……」

그러나 전세는 매우 불리하여 진형이 막 무너지려는 찰나였다. 저쪽에서 고함소리가 들리며 산에서 아군이 쳐내려오는 모습이 보였다. 원군이 이른 것을 알고 이특이 산을 내려오는 참이었다.

이렇게 되면 전세의 판도는 또다시 달라질 수밖에 없었다. 위아래로 공격을 받은 관군은 여지없이 무너져갔다. 창이나 칼에 죽은 사람도 많았지만, 워낙 험한 곳이라 넘어지고 구르고 하다가 제 무기에 제가 상하는 수효도 적지 않았다.

장징은 겨우 샛길을 따라 도망쳤다. 이때 그를 따르는 군사라고는 1천 명밖에 되지 않았다.

잠시 후 이특은 아들 이탕이 부상을 당한 데다 그의 군대에 사상자가 많음을 보고 눈물을 글썽거렸다.

「덕양을 빼앗기는커녕 병사만 죽이고, 하마터면 부자가 함께 목숨을 잃을 뻔했구나. 이는 모두가 나의 탐심에서 나온 바니 장징은 쫓아갈 것 없다. 어서 돌아가 분복을 지켜라.」

그러자 왕신이 나서서 외쳤다.

「장군께서는 어찌 심약한 말씀으로 우리의 사기를 떨어뜨리십니까. 전쟁에서는 이기고 지는 것이 예사인데 지금 군사를 돌이켜 지킨다 하나 진조(晉朝)에서 그대로 둔다는 보장이 어디 있겠습니까. 장징은 대군을 잃고 허겁지겁 달아났으니 지금 그를 추격하면 반드시 사로잡을 수 있을 테지만, 시일이 지나면 다시 힘을 만회하게 될 것입니다. 어서 추격명령을 내리시기 바랍니다.」

「과연 옳은 말이오.」

이특은 곧 군사를 휘동하여 덕양성을 포위했다.

장징이 아무리 지혜 있는 장수이기로서니 패잔병 1천여 명으로
성을 지킬 수는 없는 노릇이었다. 돌을 던지고 활을 쏘고 하여 얼
마간 저항도 해보았으나 개미떼처럼 몰려드는 적군을 막아내지는
못했다. 그는 단신 북문으로 빠져나가다가 이탕의 화살에 맞아 그
자리에서 쓰러졌다.

그의 가솔들도 모두 잡혔다. 이특 앞으로 끌려온 장징의 아들
장존(張存)은 아직도 앳된 소년이었다.

「애야, 항복하겠느냐? 그런다면 네 가족을 함께 용서해주마.」

이특이 말을 걸자 소년이 고개를 번쩍 들었다.

「아버지께서 충성을 다하시다 돌아가셨으니, 나도 또한 효자
가 되어야겠습니다. 그러나 죄 없는 우리 어머니와 아우들에 대해
서는 장군이 알아서 처리하십시오」

이특은 눈물이 나도록 감동하여 그의 결박을 풀어주었다.

「과연 훌륭하다. 어머님을 모시고 고향으로 돌아가거라.」

그는 병사를 시켜 장징의 시체를 마차에 실어 그 가족과 함께
고향으로 호송해주고 장례비용으로 1천 냥을 보냈다.

어쨌든 이 일은 잘한 일이었다. 관리들에게 시달려오던 백성들
은 이특을 매우 덕 있는 사람으로 여겨 우러러보게 됐다.

그 후 이특이 건순을 남겨 덕양을 지키게 했더니 건순은 이웃
에 있는 숙양(熟陽)까지 정복해버렸다. 이특 자신도 부성(涪城)을
치고 다시 소성(少城)을 에워싸 상준·비원의 목을 베었다. 이렇
게 얼마 동안은 만사가 순조롭게 되어나갔다.

## 3. 장홍요일(長虹遶日)의 검법

그 무렵, 비원의 아우 비심(費深)은 소성이 함락될 때 탈출하여
성도로 도망했다. 그는 태수 나상을 만나자 자기 형이 죽은 분풀

이라도 하려는 듯 대들었다.

「지금 이양(李讓)은 비교(毗橋)를 지키고, 이특은 동쪽으로 가
맹관을 빼앗은 다음, 방향을 바꾸어 파서를 노략질하고 덕양을 항
복받고 다시 부성을 삼킨 끝에 드디어는 소성까지 제 것으로 삼았
습니다. 이번 싸움에 상준 장군이 돌아가시고 우리 형도 목숨을
잃었건만 어찌하여 장군께서는 서도(西都)의 총수로서 관망만 하
고 계십니까. 이는 의(義)로 보아 불가하니 조정의 질책을 무엇으
로 면하시며, 도둑들이 이곳이라고 가만두지는 않을 것이니 무엇
으로 안전을 꾀하시겠습니까. 황송한 말씀이오나 장군의 심정은
전혀 이해가 되지 않습니다.」

그러자 나상이 얼굴을 붉혔다.

「서로 연락이 여의치 않아서 뜻대로 되지 않았소 그러나 국록
을 먹는 몸인데 낸들 어찌 생각이 없겠소이까. 이제 비교를 치고
자 하니 장군도 협력하여 백씨의 원한을 씻도록 하시오」

이특에 대해서는 경계심과 함께 일종의 애정 비슷한 느낌을
지녀오던 나상이었으나, 이 이상은 참을 수 없다고 생각되어 단
안을 내렸다. 자기 휘하의 군사를 격파한 적이 있을 뿐 아니라 이
렇게 나간다면 서촉 일대를 휩쓸어버리지 말라는 법도 없는 노릇
이었다.

그는 마침내 장흥을 선봉으로 하고 비심에게는 후군을 맡겨 비
교를 치게 하는 한편, 상용태수 장구에게도 기별하여 싸움을 돕도
록 하였다.

장흥의 군대와 장구의 원군은 거의 동시에 비교에 도착했다. 장
흥은 전관(錢貫)에게 1만의 병사를 주어 나가 싸우게 했으나 다리
목에 진을 친 이양은 끝내 도전에 응하지 않았다. 장구도 할 수
없이 물러나서 적당한 지형을 택해 진을 쳤다.

이튿날은 네 명의 장수가 동원되어 두 길로 나누어서 비교를 쳤다. 이날도 이양은 도전에 응하지 않았으므로 장구는 언덕에 말을 세우고 적정을 살펴보았다. 진채 속에는 몇 안되는 졸병들이 어정대고 있었으므로 장구는 마침내 공격령을 내렸다.

「저놈들이 군사가 별로 없어 싸움을 하지 않으려는 모양이다. 안심하고 쳐들어가서 한 놈도 남김없이 목을 베어버려라.」

이에 그의 군대는 함성을 지르면서 적진 속으로 뛰어 들어갔다. 그러나 진 속이 텅 비어 있는 것을 본 장구는 깜짝 놀랐다.

「놈들의 꾀에 빠졌구나. 어서 후퇴하라!」

장구가 목이 찢어져라 소리를 질렀으나 때는 이미 늦었다. 어디선지 한 방의 포성이 울리는가 싶더니 옆 골짜기에 매복해 있던 이양의 군사들이 고함을 지르며 달려 나오는 것이 아닌가. 이를 이끄는 것은 이보·조설·이문·이기 등의 장수였다. 다리목에서 포위된 관군은 무수히 죽었다. 시체가 쌓이고 쌓여 물살이 막힐 지경이었다. 장구와 장흥은 겨우 포위를 뚫고 도망쳐 성도로 귀환했다.

나상은 크게 노했다.

「훈련도 한 적 없는 오합지졸을 상대하면서 이 꼴이 무엇인가. 장수 된 자의 진퇴가 어찌도 그리 경했단 말인고?」

그러자 장구와 장흥은 고개를 들지 못했다.

나상은 다시 장구·전관에게 1만을 주어 선봉이 되게 하고, 스스로 2만의 군사를 이끌고 비교에 나타났다.

이양은 승리에 도취하여 나상쯤 간단히 격파할 수 있다는 오만심에 차 전관이 전일의 수모를 씻을 각오로 맹렬히 공격해오자 도리어 진세가 무너졌다.

이를 본 염식이 놀라서 이번·임회를 시켜 돕게 했다.

「이놈! 거기 섰거라!」

이번이 창을 비껴들고 다리를 빼앗으려는 전관 앞을 가로막았다. 두 장수는 30합이나 싸웠다. 가뜩이나 전관에게 불리한 싸움인데 임회가 나타나 뒤로부터 칼을 들어 그의 어깨를 후려쳤다.

싸움이란 이상한 것이어서 질 듯하던 이양은 되레 대승을 거두었다. 장수의 죽음에 겁을 먹은 관군이 맥없이 무너져가자 이양은 이를 추격하여 나상의 본진을 쳤다. 대부분의 군사를 싸움에 내보낸 나상은 싸우려야 싸울 수도 없는 형편이었다. 관군이 지니고 있던 양식과 무기는 모두 이양에게 빼앗겼다.

간신히 성도로 도망친 나상은 장홍을 불러 말했다

「도둑의 형세가 이렇게 강성하니 도저히 힘으로는 깨뜨리지 못할 것 같소 나에게 한 꾀가 있는데 장군이 수모를 참고서 응해 줄는지 모르겠소이다.」

그러자 장홍이 강개한 어조로 대답했다.

「장수로 도둑에게 패한 것 이상의 수모가 어디 있겠습니까. 어서 말씀하십시오」

나상은 장홍의 귀에 대고 한참이나 무슨 말을 속삭였다.

잠시 후 장홍은 어둠을 타서 몇 명의 심복만을 데리고 이양의 진에 나타났다.

「나상은 우유부단하여 대사를 감당할 사람이 못됩니다. 몇 번인가 이특 장군을 제거하라고 했건만 그때마다 결단을 못 내리더니 기어코 이 지경에 이르렀습니다. 저는 그런 사람 밑에 있다가 패전의 책임을 걸머지고 죽기가 억울한 생각이 들어 찾아왔습니다. 마전(馬前)에 두고 써주신다면 더없는 영광이겠습니다. 만약 의심하신다면 이 자리에서 목숨을 끊겠습니다.」

장홍이 칼을 뽑아 제 가슴에 겨누는 것을 보고 이양은 황망히 달려들어 그 팔을 잡았다.

「우리는 포학한 진조(晉朝)에서 자신을 지키기 위해 일어난 것 뿐입니다. 장군이 핍박을 두려워하여 오셨는데 의심할 까닭이 어디 있겠습니까.」

이양은 이렇게 말하며 주연을 베풀어 환대했다. 장흥이 감격의 빛을 띠며 말했다.

「항복한 장수를 이렇게 우대하시니, 반드시 대사가 이루어질 것을 믿습니다. 지금 나상의 장병들은 불평불만 속에 나날을 보내고 있은즉 제가 한 부하에게 편지를 들려 보낸다면 반드시 항복해 올 장수가 적잖을 것입니다. 이리하여 그 군대가 스스로 흩어진다면 싸울 것도 없이 성도는 수중에 들어올 것입니다.」

이 말을 들은 이양이 매우 기뻐했다.

「그렇게만 하여주신다면 무엇을 걱정하겠습니까. 모든 공로가 장군에게 돌아가리다.」

장흥은 데리고 왔던 심복 하나를 곧 성도로 보냈다. 그러나 이양으로서는 이쪽의 허실(虛實)과 내응할 약속이 전달되는 줄은 까맣게 모르고 있었다.

달이 대낮같이 밝은 밤이었다. 나상의 명령을 받은 장구·서연은 1만의 군사를 이끌고 풍우처럼 달려와서 이양의 진을 급습했다. 아무 방비도 하지 않고 있던 이양의 군대는 대혼란에 빠졌다. 자다가 날벼락을 맞은 그들은 속옷 바람에 말에 안장을 놓느라 허둥지둥했다. 이런 혼란 속에서 이문(李文)은 진세를 바로잡으려고 격려하며 돌아다니다가 장흥을 만났다. 장흥은 말을 세우고 기다리다가 이문이 다가오자 단칼에 베어버렸다.

관군의 맹렬한 공격 앞에 이탕의 군사는 여지없이 무너져갔다. 20리를 후퇴하여 패잔병을 수습했을 때에는 훤히 동이 터오고 있었다. 이탕이 한탄했다.

「장홍인가 하는 녀석에게 속아 이 꼴이 됐으니 어찌하랴.」

임회가 말했다.

「전쟁에는 갖은 수단이 다 동원되는 것이니 이런 일인들 어찌 없겠습니까. 우리 군사가 많이 상하고 사기가 꺾였습니다. 적이 쳐들어오면 곤란할 것이니, 어서 대장군께 구원을 청하십시오.」

이탕도 그 말에 따랐다.

이특은 이 소식을 듣자 크게 놀라서 1만의 군사를 이끌고 달려 왔다. 그는 군대를 전진시켜 관군의 정면에 포진했다.

「누가 나가서 이문의 원수를 갚겠느냐.」

이특의 말이 떨어지기가 무섭게 이탕이 말을 달려 진두에 나섰 다. 그는 장홍을 채찍으로 가리키며 호통쳤다.

「이놈! 네가 항복할 때는 언제고 배반할 때는 언제냐. 너같이 사람답지 않은 놈은 결코 살려두지 못하겠다. 어서 나와 내 칼을 받아라.」

이 소리를 듣자 장홍이 달려 나오며 크게 웃어댔다.

「너희같이 어리석은 놈들은 믿는 것이 힘밖에 없지만, 나쯤만 돼도 지혜를 쓰는 법이다. 한번 혼이 났거든 씩 물러갈 일이지, 어 찌 다시 와서 호랑이 수염을 건드리느냐.」

재미있다는 듯이 장홍이 다시 폭소를 터뜨리자, 이탕은 대로하 여 칼을 비껴들고 앞으로 나갔다.

두 사람은 한동안을 싸웠다. 그러나 승부가 나지 않는 것을 보 고 비심이 나와 장홍을 돕자, 이특의 진영에서도 임도가 달려 나 왔다. 네 장수는 40여 합이나 싸웠다

이때 갑자기 관군이 술렁대기 시작했다. 이양과 이번이 다른 길 로 우회하여 적의 배후에 나타나 공격을 해댄 것이었다. 복배(腹

背)에 적의 공격을 받은 관군은 밀리기 시작했다.

이번은 신이 나서 흩어지는 관군 속에 뛰어들어 칼을 마구 휘두르다가 장구·장홍·비심과 맞닥뜨렸다. 용맹에 자신이 있는 그는 조금도 겁내지 않고 세 장수를 상대하여 여유있게 싸웠다.

시간이 흐르자 도리어 세 사람 쪽이 밀리기 시작했다. 그만큼 이번의 검술은 비상했다.

그는 장홍요일(長虹遶日)의 검법을 썼다. 마치 무지개가 해를 에워싼 듯 그의 칼날은 허공에 원을 그었다. 그 속도가 어떻게나 빠른지 처음부터 원형으로 된 칼날로 싸우고 있는 듯이 보였다. 사방이 모두 칼빛이니 세 장수가 허둥댄 것도 무리가 아니었다.

마침내 장구가 자기 목을 향해 휘감겨드는 칼날을 피해 말머리를 돌리자 나머지 두 사람도 앞을 다투어 도망치기 시작했다.

「비겁한 놈들, 거기 멈추지 못하느냐!」

이번은 고함을 지르며 뒤를 쫓았다.

그러나 적을 얕본 것이 실책이었다. 도망치던 장구가 갑자기 고개를 돌리면서 창을 던졌고, 창은 이번의 가슴에 깊숙이 꽂히고만 것이다. 세 장수를 동시에 상대하면서도 그들을 패주시키던 그의 검술이었건만 인간이면 누구나 가지고 있는 약점이 그를 파멸로 이끈 것이었다.

이번이 죽는 것을 보자 이특의 군사들도 기가 꺾여 더 추격해 오지는 않았으므로 나상은 비수(郫水)까지 무사히 후퇴할 수 있었다. 장홍이 나상에게 건의했다.

「우리가 적장 이번을 잡기는 했습니다만, 많은 군량과 병기를 잃었으며, 6천이나 되는 병졸의 기가 꺾였습니다. 또 하룻밤 사이에 40리나 쫓겨 모두 지쳐 있으니, 성도로 돌아가서 후일을 기약함이 좋을까 합니다.」

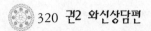

「그렇지 않습니다.」

비심이 반대하고 나섰다.

「우리가 일단 성도로 돌아간다면 적병은 승승장구하여 성을 에워쌀 것이니 그때에는 무엇으로 막겠습니까. 잠시 여기에 진채를 세우고 양주·건위·광한에 원군을 청하여 적을 깨뜨리는 것이 상책인 줄 압니다.」

그 말을 옳게 여긴 나상은 곧 사람을 보내 원군을 청하기로 했다.

며칠이 안 가서 군대들이 연이어 도착했다. 양주자사 허웅(許雄)은 비장(裨將) 공지(孔志)·장세(張世)를 시켜 1만의 군사를 보내왔고, 광한태수 신염은 이통에게 3천 명을 딸려 보내고, 건위태수 이필은 아장인 부흠(傅欽)·하인(賀仁)에게 5천 명의 군대를 주어 내원케 했다. 또 남만교위(南蠻校尉) 초등(樵登)이 보낸 7천 명도 부장 진경(秦敬)·좌명(左明) 두 사람에게 인솔되어 진채에 도착했다. 관군의 위세는 다시 하늘을 찌를 듯했다.

### 4. 의리와 이해

관군이 모여드는 것을 본 이특이 한탄을 했다.

「저렇게 많은 원군이 모여드니 어떻게 이길 수 있단 말인가?」

그러나 염식이 말했다.

「수효만 가지고 겁내실 것은 없습니다. 저들은 사방에서 모여든 군사라 단합하기 어려우며 제각기 공을 다툴 것입니다. 그때 이쪽에서는 기가 죽은 듯 가장한 다음에 기이한 꾀를 써서 단 한 번에 격파해 버리는 것이 좋을까 합니다.」

그 말을 들은 이특은 기뻐하며 부하들을 격려했다.

한편 관군 측에서는 몇 번인가 도전해 보았으나 이특의 군사가 나오지 않고 어쩌다가 응전하는 경우에도 곧 도망치고 말므로 사방에서 모여든 원군 때문에 겁을 먹은 것이라고 생각하며 차차 얕보게 되었다.

이런 상태가 10여 일이나 계속됐다. 관군은 이특의 군사를 더욱 업신여기게 되어 별로 경계조차 하지 않기에 이르렀다. *호시탐탐(虎視眈眈) 적의 동향을 주시하고 있던 이특은 마침내 출격령을 내렸다.

상관정·임회·이유·조성 네 장수가 이끄는 정병 1만 명은 어둠을 타고 소리 없이 몰려가서 나상의 본영(本營)을 쳤다.

놀란 것은 나상의 군대였다. 마음 놓고 해이해져 있던 판이라 자는 얼굴에 찬물을 끼얹은 듯 대경실색해서 야단법석을 떨었다. 나상도 겨우 말에 올라 밀려드는 적병을 막으려 했으나, 화살이 비 오듯 하는 데는 앞으로 나갈 길이 없었다. 화살에 맞아 말이 쓰러지자 그 자신의 신변조차 위태로운 때에 장흥이 앞에 나서서 적을 막아주었으므로 겨우 말을 갈아타고 도망칠 수가 있었다.

한편 관군을 닥치는 대로 쳐 죽이고 돌아다니던 임회는 나상이 도망치는 것을 보고 급히 그 뒤를 따랐다.

「나상 장군! 할 말이 있으니 잠깐 멈추시오 나장군!」

그러나 나상은 임회의 '이야기'에 귀를 기울일 경황이 없었다. 그는 더욱 기겁을 하며 말에 채찍을 가했다.

광한에서 원군을 끌고 와 있던 이통은 나상이 위태로운 것을 보고 재빨리 임회의 앞을 가로막았다.

「이 부랑민 녀석이 감히 누구의 뒤를 쫓느냐!」

「무엇이!」

부랑민 소리에 화가 난 임회는 눈에 쌍심지를 켜면서 달려들었다. 두 사람이 10여 합을 싸우고 있는데 어디선지 나타난 이탕이 옆으로 다가오는 듯하더니 한칼에 이통을 베어버렸다.

이때 왼쪽 진영에서 자고 있던 공지는 함성소리를 듣고 강차(剛叉)를 휘두르며 달려왔다. 이양은 진채 밖에 있다가 이것을 보고 활을 당겼다. 팔에 화살을 맞은 공지가 말에서 떨어지자 병졸들이 우르르 몰려들어 목을 뎅겅 베어버렸다.

장세(張世)는 공지가 죽는 것을 보고 급히 달려오다가 임회와 마주쳤다. 두 사람이 3합째 싸우고 있는데, 이양이 뒤에서 나타나 단칼에 장세의 목을 베어버렸다.

하지만 싸움이란 언제나 한쪽에만 이로울 수는 없었다. 진경·부흠이 이양에게 달려드는 것을 보고 조설이 쫓아와 진경과 맞섰다. 진경은 5합을 싸운 끝에 조설의 말을 창으로 찔렀다. 말과 함께 땅에 쓰러진 조설은 마침내 진경에 의해 사로잡히고 말았다.

진경이 조설을 안고 달려가는 것을 보자, 이유는 활을 쏘았다. 그러나 화살은 공교롭게도 조설의 머리에 꽂혔다. 진경은 조설을 말 아래로 던지고 돌아서서 이유를 맞아 싸웠다.

진경의 용맹은 대단한 것이어서 이유는 5합도 넘기지 못하고 진경의 창을 왼쪽 다리에 받았다. 가까스로 버티고 있는데 한떼의 장수들이 몰려왔다.

「이놈!」

산천이 떠나갈 듯 고함을 지르면서 선두를 달려온 것은 상관정이었다. 폭풍이 몰아치는 것과도 같은 사나운 기세에 진경도 주춤하고 몇 걸음 물러서지 않을 수 없었다.

뒤미처 이공·이감도 밀려왔다. 이공이 부흠을 상대로 싸움을 벌이는데, 이감은 말을 빙글빙글 돌리면서 진경과 부흠을 아울러 공격했다.

진경은 나타난 이감의 창을 피하려고 몸을 돌리는 순간 상관정의 칼을 어깨에 맞고 말 아래로 쓰러졌다. 이것을 본 부흠이 혼비백산하여 도망치려 했으나, 이공이 달려들어 도끼로 그 등을 찍어 버렸다.

　이렇게 되니 결과는 뻔한 것이었다. 가뜩이나 무너지던 관군은 더욱 수습할 수 없는 상태에 빠졌다. 나상은 허둥지둥 패잔병을 수습하여 성도로 도망치고, 원군들도 각기 본진으로 돌아갔다.

　이특은 승전의 여세를 몰아 이웃고을들을 치게 했다. 임장·이감은 상규를 공격하고, 염식·나준은 시창을, 이무·임도는 진창을, 이속·나준은 음평(陰平)을 쳤다. 물론 다소의 우여곡절은 있었지만 별로 힘들이지 않고 모두 손아귀에 넣을 수 있었다.

　이특이 위세를 크게 떨치자, 그에게 칭왕(稱王)할 것을 권하는 사람이 많았다. 이름이 바르지 않으면 권위가 안 서고 권위가 안 서가지고는 민심이 따르지 않을 것인즉 왕위에 오르라는 것이었다. 그러나 이특은 고개를 저었다.

　「내가 어찌 그런 자리를 감당해 내겠소이까마는, 모두가 이 몸을 아껴 주시는 데서 나온 말씀인 줄은 짐작하오. 그러나 아직도 나상·신염·이필 등의 강적이 버티고 있는 터이니, 먼저 광한·성도를 빼앗읍시다. 그 다음에 여러분의 말씀을 다시 듣도록 하겠소.」

　그는 곧 광한을 치리라 하여, 이양에게 1만의 병사를 주어 선봉으로 삼고, 염식을 후군으로 삼아 진격하도록 명령했다.

　워낙 기가 꺾인 판이라 싸움은 관군 측에 불리했다. 광한태수 신염은 경계 밖에 나가 적을 물리치려 했으나, 세 번의 싸움에 모두 실패하고 성중으로 후퇴하는 수밖에 없었다.

　그의 급보를 받은 나상은, 곧 비심·하인을 시켜 5천의 원군을 보내왔다. 그러나 이것도 신염에게 아무런 도움이 되지 않았다. 이양의 위세가 등등한 것을 본 비심과 하인이 중도에서 군대를 머무르고 관망하는 태도로 나왔기 때문이었다.

신염은 초조하게 원군을 기다리다가 마침내 성을 버리고 도망치고 말았다.

이양은 그것을 추격하지 않고 성에 들어가 백성들을 안무하고 이초(李超)를 남겨 광한을 맡게 한 후, 그 기세를 이용하여 일거에 성도까지 치려했다. 그러나 뒤따라 입성한 이특이 복잡한 표정을 지어 보였다.

「이해로 따진다면 쳐야 하겠으나, 나상은 우리에게 은혜를 적잖이 끼친 사람이니 의리에 있어서 불가하지 않겠소 일이 매우 난처하구려.」

그러자 염식이 웃으며 말했다.

「대사를 앞에 두고 어찌 작은 일에 구애되시겠습니까. 그러나 정 꺼림칙하시다면 먼저 편지를 보내 우리의 진정을 밝히시고, 그 다음에 치도록 하십시오 이렇게 되면 의리에 있어서도 저버리는 것은 안될 것입니다.」

이특은 그렇겠다 여겨 곧 서신을 나상에게 보냈다.

　　<저는 본래 일개 촌부로 기근을 만나 성명(性命)을 보존하는 것 외에는 바라는 바 없었는데, 신염 등이 공연히 미워하고 시기하여 참언으로 조정에 보고하고, 대군을 발하여 주멸하려 하니 부득이 자위책을 쓰지 않을 수 없었던 것뿐입니다. 그러나 소위 *기호지세(騎虎之勢)라, 이제 와서는 그치려야 그칠 수 없는 형편이 되었사오니, 제 일신의 안위야 아까울 것이 있겠습니까마는, 마음이 아픈 것은, 장군에게서 태산 같은 은혜를 입은

터에 도리어 간과(干戈)로 대하지 않을 수 없게 된 점이옵니다. 스스로 처지가 다르매 부득이한 형세이오니 부디 살펴주시기 바라옵나이다.>

그러나 나상으로부터 일언반구의 회답도 없었으므로 이특은 마침내 대군을 발하여 성도성 가까이에 다가가서 진을 쳤다.

막상 이렇게 되고 보니 나상 쪽에서 난처해졌다. 염주·자주(梓州)에 사람을 보내 원군을 청하기는 했으나, 온다고 해도 길이 먼 터라 위기를 모면할 것 같지는 않았다. 상대방의 공격을 늦추어볼 셈으로 이번에는 나상이 편지를 보내왔다.

<저번에는 서신을 통해 두터운 정을 표하신 점 못내 감격하고 있습니다. 내가 어찌 장군에게 덕을 베푼 바 있었겠습니까마는, 다만 장군의 충성과 원억한 정을 짐작하는 까닭에 조금이라도 억울함이 없도록 해드리려고 미력이나마 아끼지 않았던 것뿐이었습니다. 장군께서는 부득이하다 하였으나 나로서는 장군에게 아무 원한도 없는 터이며, 장군 또한 나에게 혐의를 품을 일이 없을 듯하니, 우리가 구태여 싸워야 할 일이 없는가 합니다. 장군은 깊이 생각하시고, 우리 우의에 금이 가지 않도록 조처하시기 바랍니다.>

편지를 받은 이특의 심정은 자못 복잡했다. 뭐니 뭐니 해도 나상은 괄시할 처지가 못됐다.

「나공(羅公)이 이렇게까지 몸을 낮추어 간곡한 뜻을 표해왔으니, 이 일을 어떻게 해야 좋을지 모르겠구려.」

이특이 한탄 비슷하게 말하자, 양포가 나섰다.

「주공께서는 그만한 일로 무엇을 주저하십니까. 그가 이렇게 비굴한 태도를 보이는 것은 결코 그의 본심이 아닙니다. 지금 군사가 적고 부고(府庫)가 비어 있기 때문에 우리의 공격이 늦춰지게 하여 원병이 이르기를 기다려 치자는 것입니다. 지금 그의 세력이 허약한 틈을 타서 성을 빼앗아야 합니다. 그렇지 않으면 반드시 후회할 날이 있을 것입니다.」

그러자 이양이 말했다.

「이해만을 가지고 논한다면 그 말씀이 옳습니다. 그러나 나상은 우리에게 막대한 은혜를 베푼 사람입니다. 그가 궁지에 몰려 애원하는 것을 우린들 어찌 일축한단 말씀입니까. 만일 세상 사람들이 알면 반드시 의리 없다고 우리를 비난할 것입니다. 대사는 힘만으로 이루어지는 것이 아니니, 물러나 광한을 지킴으로써 의리를 일단 세우는 것이 좋겠습니다. 이후에 나상 쪽에서 맹약을 어기고 공격해온다면 그때에는 우리에게 명분이 생기는 터이니, 그들을 공격한다 해도 누가 우리를 손가락질하겠습니까.」

이특은 그 말을 따라 군대를 돌이켰다.

# 제12장. 원한이 사무쳐서

## 1. 이특의 최후

광한으로 돌아온 이특은 날로 위세를 떨쳤다. 나상이 성도를 겨우 지키고 있는 데 비해 그는 서촉 일대의 사실상의 패자였다. 스스로 대도독(大都督) 진서대장군(鎭西大將軍)이라 일컫고 천하의 예법을 따르고자 애썼다.

또 일족과 공로 있는 부하들에게도 자기 나름대로 벼슬을 내렸다. 적자(嫡子) 이포(李鋪)는 표기장군, 작은아들 이양과 이탕은 효기장군과 양위장군에 임명했고, 조카 이시(李始)는 무위장군, 역시 아들인 이웅은 진군장군(鎭軍將軍), 이방(李房)의 아우 감(堪)은 서이교위, 이감의 아들 이이와 이국(李國)은 전후장군이 되었다.

또 이공(李恭)·상관정·임회·임도·비타·왕각·이기·조성은 모두 보국장군, 상관돈·왕달·국운(麴韻)·이문은 양료사(糧料使), 이원·이박·문빈·상관기는 간의(諫議), 엄정·왕신을 사마, 양포·양규를 장송옥(掌訟獄), 이수·왕요·왕회를 녹사(祿史)에 임명했다.

또 염식을 정군사(正軍師), 조소·하신·모식·양진을 광록대부로 임명하고, 대사령을 내려 모든 죄수들을 풀어주었다. 이렇게 되니 완연한 하나의 왕국이었다.

이특은 큰 뜻을 지니고 있었기에 민심을 얻기 위해 더욱 애썼다. 우선 법을 간단히 하고 형벌을 너그럽게 했으며, 부역이나 세금을 가볍게 해주었다. 가혹한 정치에 시달려오던 백성들이라 여간 기뻐하지 않았다.

이런 그의 움직임에 대해 민감한 반응을 보인 것은 나상이었다. 그로서도 이특의 야심이 무엇인지 이제는 명백히 알 수 있었고, 전일에 애걸하다시피 하여 위기를 모면한 원한도 있는 터였다. 이특이 자기 청을 받아들여 철군했던 일은 패전 이상의 모욕으로 그의 마음을 괴롭혔다. 그는 곧 각 고을에 공문을 보내 이특을 함께 치자고 재촉했다.

첩자에 의해 이 소문이 광한에 전해지자 이특이 장수들을 모아놓고 상의했다.

「나상 하나는 겁날 것 없으나, 다년간의 싸움으로 군량미가 탕진되었으니, 이 일을 어떻게 해야 좋겠소?」

이에 양포가 의견을 말했다.

「과히 걱정하실 것까지는 없습니다. 지금 난리가 계속되기 때문에 재물 있는 백성들은 양식을 많이 모아놓고 장정을 사서 스스로 지키고 있습니다. 그들은 우리 은혜를 다소는 입은 터인즉, 좋은 말로 꾸어달라고 한다면 반드시 응할 것입니다. 몇 만 석쯤은 순식간에 모일까 합니다.」

그러자 이특이 손을 저었다.

「그게 무슨 소리요? 우리가 지금껏 애쓴 것이 무엇 때문인데 이제 와서 민심을 잃을 짓을 한단 말이오? 우리에게는 보물과 비단이 있으니까 이것으로 양곡을 시세에 맞추어 사들이도록 함이 좋겠소.」

이특의 명령을 받은 장병들은 시골로 돌아다니면서 쌀을 사들였다. 금은이나 비단으로 값을 쳐주되 한 푼의 억울함이 없게 했으므로 백성들은 크게 기뻐했다. 전에 조흠에 의해 강탈당했던 일도 있었던 그들이라, 자진해 양식을 싣고 와서 바치는 자도 적지 않았다. 그러나 이특은 어떤 명목의 쌀도 공으로는 안 받고 꼭 대가를 치렀다. 그럴수록 백성들은 이특을 부처님이나 되는 듯 우러러보게 되어 자진해서 병졸이 되겠다고 나선 장정만도 8천이나 되었다. 어느 모로 보나 행운은 이특에게 주어진 듯하였다.

한편 나상은 이웃고을의 원병들이 도착한 것을 계기로 마침내 이특을 치기 위해 광한으로 향했다. 그는 이특의 군대가 강성함을 알고 40리를 행군하여 우선 진을 친 후 장수들을 모아 대책을 논의했다.

「이특은 간사한 놈이라, 은혜를 베푸는 척하고 크게 민심을 사 놓았기 때문에 그 군사는 우리의 곱이나 되는 모양이오 무엇으로 이 도둑을 잡을지 막연하니, 좋은 의견을 들려주시오」

참군 서연이 말했다.

「민심을 산 것은 이특의 강점이오나 동시에 그의 약점이기도 합니다.」

「그것이 무슨 소리요?」

나상의 눈이 둥그레졌다. 서연은 웃으면서 말을 이었다.

「민심을 사려 하므로 백성의 양식을 징발하지 못하고 사들인다 하오니, 군량이 모였으면 얼마나 모였겠습니까. 불과 몇 만 석이라 들었습니다만, 이것으로는 얼마 지탱하지 못할 것입니다. 우리가 나가서 싸우지 않은 채 진만 지키고 있어도 보름이 가지 않아 양식이 떨어져 군심(軍心)이 해이해질 것이니, 그때에 계략을 써서 치신다면 단번에 공을 이루실 것입니다.」

「아, 가슴이 후련해지는 말씀이오」

나상은 매우 기뻐했다.

이후 이특은 매일 나가 싸움을 걸었으나 관군은 꿈쩍도 하지 않았다. 그러다가도 진에 접근하기만 하면 일제히 활을 쏘아댔으므로 사상자만 나날이 늘어갔다.

이렇게 20여 일이 지났다. 군량미도 완전히 바닥이 났으므로, 병사의 불평을 없애기 위해 마을로 흩어져서 밥을 각기 얻어먹도록 했다. 이것은 이특의 큰 실수였다. 병사들의 위협에 못 이겨 밥을 주면서도 백성들이 달갑게 생각할 리 만무했다. 워낙 많은 수효가 몰려다니는 판이라 몇 번의 식사 제공으로 절량이 돼버리는 집도 적지 않았다.

밥만 먹고 가면 또 몰랐다. 칼을 차게 되면 누구나 우쭐해지는 법이어서 행패 또한 적지 않았다. 그 중에는 강간·약탈까지 하는 일도 비일비재했다.

이런 실정을 목격한 양포는 염식과 함께 이특을 찾아가 간했다.

「지금 병정들로 인한 민폐가 이만저만이 아닙니다. 전에는 백성의 재물을 하나도 다치지 않게 하여 민심을 거두시었는데, 이제는 어째서 병사를 풀어놓아 백성을 불안에 떨게 하십니까. 이러다가는 큰 변이 일어날까 두렵사오니 깊이 생각하시기 바랍니다.」

그러나 이특은 듣지 않았다. 듣지 않을 뿐만 아니라, 도리어 화를 냈다.

「병졸들을 흩어 민가에 가서 먹게 한 것은, 백성들이 나를 의지하고 함께 관군을 막고자 원하는 것을 안 때문이오 그렇다면 백성들과 우리 병졸과는 한식구나 다름없는 터인데, 이만한 일로 무슨 변고가 난단 말인가. 나에게 믿는 바가 있으니 더 이상 말하지 말라.」

두 사람은 밖으로 나와서 깊이 탄식해 마지않았다.

원망이 고조되면 적과 내통하는 자가 저절로 생기게 마련이다. 몇 명의 백성이 나상을 찾아가 상세한 실정을 일러바치고 눈물로 호소했다.

「하늘로 머리 둔 사람은 다 이특을 미워하고 있사오니 노야께서는 하루속히 저희들을 도탄에서 구해주십시오.」

나상은 기뻐하여 장수들을 소집하고 백성들에게서 들은 말을 대강 들려주었다.

「병졸들이 사방으로 흩어져서 갖은 행패를 다 부리는 듯하니, 이 기회에 도둑을 침이 어떠하겠소?」

서연이 앞으로 나와 말했다.

「저희들이 기다리고 있던 날이 바로 오늘입니다. 지금 이특이 크게 민심을 잃었으니, 이는 하늘이 주시는 기회입니다. 언변 있는 자를 민간에 보내어 타이르면 반드시 내응할 것이니 어서 서두르시기 바랍니다.」

나상은 기뻐하며 곧 사람을 파견하여 유력한 민간인들과 접촉하게 했다.

게다가 일이 되려는 조짐인지, 양양태수 종대(宗岱)도 병사 3만을 직접 영솔하고 나타났다. 나상은 매우 만족해서 전군을 점검하고 신염의 부하 하충(何沖)을 선봉에, 서연·황굉(黃訇)·좌기(左記)·임명(任明)을 부장에 임명하여 곧 이특을 치게 했다

또 장구·하인·허웅을 왼쪽 길목에 매복케 하고, 장흥과 비심은 오른쪽 길에 숨어 있게 했다.

때는 마침 초겨울 날씨라 아침부터 진눈개비가 날리고 있었다. 이특의 군사들은 화톳불을 둘러싸고 몸을 녹이면서 꾸벅꾸벅 졸기도 하고 잡담도 했다.

이특 자신만 해도 날씨가 이렇고 보니 적이 쳐들어올 리도 없을 것 같아 장수들과 함께 술을 마시고 있었다.

이때, 갑자기 함성이 일어났다. 이특은 깜짝 놀라서 벌떡 일어났다. 그 바람에 술상이 넘어졌다. 그는 칼을 뽑아들고 외쳤다.

「적이 쳐들어왔다. 모두 침착히 싸워라. 자고 있는 놈은 어서 깨워라!」

삽시간에 대혼란이 일어났다. 너무나 뜻밖에 당하는 변이었다. 거기다가 병사의 절반쯤은 밥을 먹기 위해 민가를 찾아갔으므로 병력조차 부족했다. 당황한 병사들은 공연히 이리 밀리고 저리 밀리고 할 뿐이었다.

이보(李輔)는 말을 몰아 진 밖으로 달려 나갔다. 개미떼처럼 몰려오는 관군이 눈에 띄었다.

「이 비겁한 놈들!」

이보는 노기충천하여 칼을 비껴들고 앞으로 나아갔다. 얼마 안 가서 한 적장을 만났다. 관군의 선봉장 하충이었다. 두 사람은 10여 합을 싸웠다.

이보로서는 처음부터 벅찬 상대였다. 그만큼 하충의 검법은 번개같이 날쌨다. 이보는 불리함을 깨닫고 기회를 보아 말을 돌리려 했다. 바로 그때, 말발굽 소리도 요란하게 두 장수 황굉과 좌기가 나타나 그를 에워싸는 것이 아닌가. 이보는 이를 악물고 버텨보았지만 사람의 능력에는 한계가 있게 마련이었다. 그는 마침내 하충의 칼을 왼편 어깨에 맞고 말 아래로 굴러 떨어졌다.

이를 보고 노한 이특이 군사를 휘몰아 하충을 상대하려 하자 이원(李遠)이 재빨리 달려 나갔다.

「이놈! 속히 말에서 내리지 못할까.」

제법 큰 소리로 호령한 데까지는 좋았다. 그러나 처음부터 이원이 대적하기에는 너무나 강한 상대였다. 그는 몇 합을 싸우다가 다른 장수마저 달려드는 것을 보자 말머리를 돌려 진 속으로 도망쳐버렸다.

이것을 보고 이특이 소리쳤다.

「저놈이 누구기에 저리도 용맹하단 말이냐. 누가 나가 그 목을 베겠는가!」

그 소리가 끝나기도 전에, 이초(李超)가 말을 달려 나가는 것이 보였다. 두 사람은 20합이나 싸웠다. 이초는 상대가 예사내기가 아닌 데 놀랐다. 싸움을 더 끌다가는 자기에게 불리한 결과가 돌아올 것은 뻔한 일이었다. 그는 적의 머리를 노리는 척하다가 재빨리 말을 내려쳤다. 그러나 적장이 말에서 떨어지기에 앞서 그가 뒤로 벌렁 나가자빠졌다. 어느 틈인지 하충의 칼이 그의 목을 깊숙이 찌르고 있었던 것이다.

말에서 떨어진 하충은 이초의 말을 붙잡아 타고 다시 적진 속으로 뛰어들었다. 이특의 병사들은 너무나 겁을 먹어서 칼 한 번 들어보지 못하고 무너져갔다. 이때 이문(李文)과 엄정(嚴檉)은 밥 먹으러 간 병사들을 소집하기 위해 길을 떠났다. 그러나 마을까지 갈 필요도 없었다. 도중에서 돌아오는 몇 명의 병졸과 만났기 때문에 가지 않고도 모든 실정을 알 수 있었던 것이었다.

사정은 이러했다.

관군에게 내응하기로 약속이 되어 있었던지라 촌민들은 일부러 이날따라 병사들을 환영하는 체했다.

「백설이 분분하니, 어찌 한잔 안하시겠습니까?」

그들은 집집마다 술을 내어 병사들을 먹였다. 싸움도 하지 않고 무료한 나날을 보내고 있던 군사들은, 불감청(不敢請)이언정 고소원(固所願)이었다. 자꾸 권하는 술에 취하여 병사들은 난장판을 벌였고, 시간이 더 지나자 여기저기 쓰러져 코를 골기 시작했다. 술에는 수면제가 들어 있었던 것이다. 예외가 있다면 처음부터 술을 못 먹는 몇 사람뿐이었다.

모두 잠이 든 것을 보자 백성들은 몰려와서 칼과 창을 빼앗아 들고 닥치는 대로 치고 찌르고 했다. 병사들은 깊은 수면 속에서 생사의 경계를 수월하게들 넘어갔다.

이런 소식을 도망 온 병사로부터 들은 이문과 엄정은 급히 되돌아가서 이특에게 자초지종을 보고했다. 이특은 깊이 탄식해 마지않았다.

「이 일을 어쩐단 말이냐! 아, 이 일을…… 내 진작 양포·염식의 말을 들을 것을.」

그러자 이유(李流)가 옆에 있다가 말했다.

「너무 걱정하시지 마십시오. 이탕·이감의 군대가 반드시 내원할 것이니 우리도 나가서 협공하는 것이 좋을 듯합니다.」

하긴 한탄만 하고 있을 때도 아니었다.

「모두 싸우자. 진중에 남는 놈은 참(斬)하리라!」

도망쳐 들어왔던 군사들은 어차피 죽을 판이라는 듯 우르르 밀려나갔다.

그러나 이탕·이감의 군사는 장구·장흥 등의 복병을 만나 도중에서 고전 중인 줄을 어떻게 예측이나 했으랴. 이특의 군사는 곧 하충이 이끄는 군대와 부딪쳐야 했다.

대혼전이 전개되었다. 싸움은 일단 사기가 좌우한다. 관군의 충천하는 기개에 비해 이특의 장병들은 너무나 기가 꺾여 있었다. 이특은 변변히 싸우지도 못하는 병사들을 격려하기 위해 친히 칼을 빼어들고 앞에 나서서 싸웠으나 대세에는 아무런 변동도 주지 못했다. 그의 주위에서 무수한 병졸들이 죽어 갔다.

죽은 것은 병사만이 아니었다. 이문은 좌기(左記)의 창에 찔려 말에서 떨어졌고, 엄정은 서연과 싸우는 듯하더니 칼에 맞아 목숨을 잃었다.

이유는 사세가 여의치 못함을 깨닫고 임회·임도·상관정 등과 합하여 진을 뚫고 이특을 호위하며 후퇴했다.

이때, 나상은 이특이 달아나는 것을 보고 말을 달려와 그 앞을 막았다.

「이 의리 없는 도둑놈! 이제 또 어디로 도망하려느냐. 어서 말에서 내리지 못할까?」

나상을 보자, 이특은 이특대로 그를 사로잡을 양으로 앞으로 다가가며 외쳤다.

「편지를 보내 애걸하기에 군대를 물려주었거늘, 어째서 다시 쳐들어온단 말이오. 노야께서는 의리를 배반하셨으니 이번에는 용서치 못하겠소이다.」

두 사람은 서로 용맹을 다해 싸우기 시작했다.

이 순간, 고함소리가 들리면서 한 장수가 이특의 군사들을 헤치면서 가까이 오는 것이 보였다. 손에는 장창을 들고 적진 속을 휘젓는 모양이 마치 천신(天神)처럼 보였다. 그가 지나가는 곳마다 추풍낙엽처럼 병사들이 쓰러지면서 뻥하니 한 줄기의 길이 열렸다. 양양에서 파견되어온 손부(孫阜)였다.

그는 나상이 이특과 싸우는 것을 발견한 듯 쏜살같이 달려오며 외쳤다.

「노야께서 친히 싸우실 것도 없습니다. 그놈은 저에게 맡기십시오.」

그는 바로 이특의 옆으로 다가와 창을 몽둥이 다루듯 해서 이특을 후려쳤다. 이특은 정통으로 얻어맞고 말에서 떨어졌다. 그러자 관군들이 우르르 몰려들어 이특을 꽁꽁 묶어버렸다.

유민(流民)들에게 있어서 이특은 뭐니 뭐니 해도 하나의 우상임에는 틀림없었다. 그가 사로잡히는 것을 목격하고는 더 버틸 장사가 없었다. 무기고 무엇이고 내던진 채 모두 도망치기에 바빴다.

관군은 이를 추격하여 닥치는 대로 죽이니, 적의 목을 벤 것만 5천이나 됐다.

이유와 상관정·임회 등은 패잔병을 이끌고 이탕·이웅과 합세하기 위해 덕양으로 향하다가 하충·손부의 추격을 당해 또 얼마의 병사를 잃은 끝에 적조산(赤祖山)으로 들어갔다.

하충과 손부는 더 이상 쫓지 않고 그대로 덕양으로 들어가 성을 빼앗고 건순을 사로잡았으며, 다시 숙강(熟江)을 쳐서 수장(守將) 왕회를 베었다. 이양은 이것을 보고 크게 두려워하여 임장·건석과 함께 물러나 부성을 지켰고, 나상은 장홍을 보내 비교에 있는 이특의 성채를 빼앗은 다음 상관돈을 죽였다.

나상으로서는 가슴이 후련해지는 쾌승이었다. 그는 유민군의 뿌리를 뽑겠다며 다시 적조산으로 진군했다.

## 2. 이웅의 활약

나상의 대군이 적조산으로 밀려들자, 이유가 이끄는 패잔병들은 다시 도망치는 수밖에 없었다. 갈 곳이라곤 우군이 확보하고 있는 부성밖에 없었다.

다행히 이 소식을 전해들은 이양이 장홍·장구·하인 등을 이끌고 경계까지 나와 기다리고 있었다. 그들은 가능하면 적을 경계 안에 넣지 않을 작정으로 거기에다 진을 쳤다. 예상대로 얼마가지 않아서 나상의 대군도 밀려와 진세를 벌였다.

이를 바라보고 있던 이유가 장수들을 돌아보며 말했다.

「저들이 전투태세를 미처 갖추기 전에 누가 나가 그 기세를 꺾겠는가?」

「제가 가오리다.」

하고 외치고 나선 것은 이탕이었다. 그는 제 아우 이웅을 돌아보고 말했다.

「우리 아버님이 백의(白衣)에서 몸을 일으켜 육군(六郡)을 아우르시더니 운이 기울어 마침내 적의 수중에 빠지셨구나. 이 무궁한 한을 어찌 앉아서 참겠느냐. 너는 숙부님을 모시고 후일을 도모하여 아버님의 유지(遺志)를 실현해라.」

듣고 있던 이웅의 눈에서는 뜨거운 눈물이 흘러내렸다.

「야속한 말씀을 하십니다. 형님이 가신다면 저도 함께 나가서 싸우겠습니다.」

그러자 이탕이 펄쩍 뛰었다.

「그것이 무슨 소리냐. 우리 둘 다 죽는다면 누가 대업을 잇는단 말이냐. 너는 어떤 일이 있어도 살아남아야 한다.」

이탕은 큰 칼을 비껴들고 혼자 말을 달려 적진 속으로 뛰어들었다. 가뜩이나 호랑이 같은 사나이가, 원한이 하늘에 사무쳐서 벌이는 백병전은 처절 그 자체였다. 사람을 만나면 사람을 죽이고, 말이 나타나면 말을 베었다. 마치 사나운 호랑이가 양떼 속에 뛰어들어 휘젓는 것 같았다.

이 한 사람에게 전군이 동요를 일으키자 황굉이 뛰쳐나와 그 앞을 막았다.

「네 이놈! 황굉 장군의 이름을 들어보았느냐. 냉큼 말에서 내리지 못할까.」

이렇게 호통치는 데까지는 좋았으나 이탕에게는 그런 소리가 처음부터 귀에 들어오지 않았다. 그는 말을 몰고 다가가자 한칼에 황굉을 베어버렸다.

이를 본 관군은 더욱 동요하기 시작했다. 이때 하충이 나는 듯이 달려왔다.

「이 무엄한 놈! 네 아비 꼴이 되고 싶으냐?」

이 소리를 듣자 이탕의 눈에서는 불꽃이 튀었다.

「이놈!」

외마디소리를 지르며 전신이 불덩어리처럼 달아오른 그는 하충에게 부딪쳐 갔다.

두 사람은 용기를 다해 싸웠으나 서로 고하가 없는 기량이어서 좀처럼 승부가 나지 않았다. 30합이 지나도 끝장이 안 나는 것을 보고 손부가 뛰쳐나와 하충 편을 들었다. 이탕은 조금도 두려운 빛 없이 두 맹장을 상대하여 여유있게 싸웠다.

이것을 보고 있던 나상이 장수들을 둘러보았다.

「저 한 놈이 세면 얼마나 세랴. 모두 합세하라!」

그러자 장수들이 일제히 달려 나가 이탕을 에워싸 버렸다.

아무리 용맹하다고는 해도 이렇게 되면 어쩔 수 없었다. 이탕은 마침내 하충의 칼을 맞고 말 아래로 쓰러졌다.

나상은 이탕을 죽인 기세를 타서 총공격을 가했다. 이유는 대항할 수 없음을 알고 부성으로 퇴각하여 성을 굳게 지켰다.

이튿날이 되자 나상의 대군은 성을 포위했다. 이유는 군사가 모자라자 백성을 동원하려 들었다. 그러나 누구 하나 선뜻 나서려고 하지 않았다. 이유가 노하여 복종치 않는 백성을 죽이려 하자, 이웅이 말렸다.

「민심이 이미 우리를 떠난 바에 그러실 필요가 없습니다. 위협하면 마지못해 응하기야 하겠으나, 그런 백성들이 힘을 다해 싸울 까닭이 없는 일이며, 기회만 있으면 적과 내응할 염려도 없지 않습니다. 어서 이 성을 버리고 피하는 게 좋겠습니다.」

이유는 그 말에 따라 어둠을 타서 성을 버리고 광한(廣漢)으로 철수했다. 광한은 그들의 근거지다. 병졸의 수효를 모두 합치니 2만은 되었다.

이웅은 여러 장수들과 상의하여 이유를 익주목(益州牧)으로 추대하려 했다. 이특이 스스로 일컫던 관직이었다. 그러나 이유는 고개를 저었다.

「지금 우리 형세로 말하면 형님이 계실 때와는 딴판이니 무엇으로 적병을 막아내리오 조정에 귀순하여 일족의 목숨이나 보존함이 옳을까 생각하오」

이 말에 이웅은 기가 막혀서 언성을 높였다.

「그것이 무슨 말씀이십니까. 의거할 성이 있고, 명령을 받들 병사가 있으며, 먹을 만한 양식이 준비되어 있는 터에 어찌 그리도 심약한 말씀을 하십니까.」

그러나 이유는 여전히 겁에 질린 얼굴을 고치지 않았다.

「조카의 말도 알겠으나, 생각해보게, 신염이 새로 채용한 하충으로 말하면 만부부당(萬夫不當)의 용장인 데다가 허웅·종대·장구 등의 맹장이 나상에게 있으니 우리가 어떻게 막는단 말인가. 거기다가 부성에서처럼 백성들이 따르지 않게 된다면 일족의 운명이 어떻게 되겠는가!」

「숙부!」

이웅이 안타깝다는 듯 앞으로 다가앉으며 말했다.

「우리들이 조정에 항거하여 많은 성을 빼앗고 장병들을 죽였던 일을 잊지 마십시오 지금 항복한다고 해서 우리의 목숨을 살려줄 성싶습니까? 예전에 고조(高祖)께서는 항우(項羽)와 싸우기 마흔 몇 번에 한 번도 이기지 못했었다 합니다. 그러나 마지막 구리산(九里山) 싸움에서 크게 이겨 드디어는 한(漢)나라 4백 년의 기틀을 마련하지 않으셨습니까. 남아는 죽음 속에서 삶을 구해야 합니다. 한때의 패전으로 뜻을 꺾는다는 것은 있을 수 없는 일입니다.」

그러나 이유의 마음은 좀처럼 밝아지지 않는 듯했다.

「형주·양주의 병마까지 밀려오면 어떻게 한단 말인가. 또 하충과 손부의 용맹은 어떻고. 난들 괜히 이런 말을 하겠나?」

이웅도 지고 있지만은 않았다.

「하충을 꺼리시는 모양이지만, 지략 없는 한낱 필부(匹夫)일 뿐입니다. 제가 나가 그놈을 꼭 목 벨 것이니 그것은 염려하지 마십시오. 그놈 하나만 죽는다면 관군도 함부로 덤비지 못할 것이며, 우리 군대의 사기도 다시 일어나게 될 것입니다.」

그래도 고개를 숙인 채 결단을 못 내리는 이유를 보고 이웅이 다시 말했다.

「지금 군사가 적다고 하시지만 처음 대사를 일으킬 때는 어떠했습니까. 그때는 그처럼 용감하시더니 지금은 어째서 이리도 겁을 내십니까. 어서 명령을 내리십시오.」

이유도 마지못하겠다는 듯 고개를 들고 말했다.

「내가 반드시 겁을 먹는 것이 아니라, 전일에는 형님이 계셨기에 따르기만 하면 되었지만, 지금은 전후 사정을 생각 안할 수 없는 처지가 아닌가. 내가 걱정하는 것은 우리 병사들이 명령을 따르지 않을까 하는 점이니, 조카가 그들의 마음을 격동시켜 보라. 그 결과에 따라 결정하려네.」

이웅은 장병들을 모아놓고 말을 꺼냈다.

「모두 들어주시오. 오늘은 속에 있는 생각을 남김없이 토로하겠으니, 여러분도 기탄없이 의견을 말씀하시오.」

그는 엄숙한 어조로 서두를 꺼내고 나서 사방을 둘러보았다. 장내에는 기침소리 하나 들리지 않았다.

「솔직히 말해서 지금 정세는 우리에게 매우 불리하오. 적은 많고 우리는 적으며, 적은 크게 이긴 뒤고 우리는 크게 패한 직후요. 지금 신염까지 직접 나타나 우리를 쳐서 없애려 하고 있소」

잠시 말을 끊은 그는 다시 언성을 높여 이야기를 계속했다.

「아시다시피 우리 아버지께서는 적에게 잡히셨소. 그 생사를 알기 어렵거니와, 아마도 참혹하게 최후를 마치셨을 것이오. 그러나 단언하건대, 우리 아버지께서는 억울하게 돌아가시면서도 한편 자랑스럽게 생각하셨을 것으로 믿소. 그분은 아시다시피 여러분을 위해 살아오셨습니다. 여러분이 흉년을 만나 고생할 때 자기가 굶주리는 듯 애태워하셨고, 여러분이 이 땅에서 쫓겨나게 되자 조정에서 주는 관직도 내던지고 여러분을 위해 싸우셨소. 그렇다고 우리 집안에 먹을 것이 없어서가 아니었고 달리 살아갈 방도가 없었기 때문이 아니었소. 여러분! 나의 아버님은 이렇게 여러분을 위해 살아오셨으니, 여러분을 위해 목숨까지 바치게 된 것에 만족하셨을 것이라고 믿소」

장내에는 숙연한 분위기가 감돌았다.

「여러분! 나는 이러한 아버님의 뜻을 이어 나 혼자서라도 적과 싸우겠소. 우리 형님이 단신으로 적진 속에 뛰어들어가 싸우다가 돌아가신 것을 여러분은 기억하실 것이오. 나도 그렇게 죽겠소. 여러분의 일은 여러분 자신이 결정하시오. 떠나고 싶으면 곧 떠나시오. 나는 조금도 원망하지 않고 보내드리겠소. 만일 한 사람이라도 나와 뜻을 같이 하는 이가 있다면 나와 함께 나갑시다. 적을 치러 나갑시다.」

그의 웅변은 청중의 가슴을 휘저어놓은 듯싶었다. 여기저기서 고함소리가 터졌다.

「가자, 싸우러 가자!」

「나도 가겠소!」

「주공의 원수를 갚읍시다!」

군사들은 흥분하여 주먹을 휘두르며 아우성을 쳤다.

이것을 장대(將臺) 위에서 굽어보고 있던 이웅은 곧 백마에 올라타고 칼을 뽑아들었다. 많은 군사들이 그 뒤를 따랐다.

이때, 새로 도착한 신염이 나상과 교대하여 성을 막 에워싸려는 순간이었다. 갑자기 성문이 열리면서 이웅의 부대가 봇물 터지듯 쳐나오자 미상불 놀라지 않을 수 없었다. 미처 전열을 가다듬을 사이도 없이 그들은 비분강개하여 있는 이웅의 군사에게 무수히 죽어갔다.

이웅은 대혼전 속에서도 하충을 찾았다. 그가 적병을 쓰러뜨리면서 서문께로 들어갔을 때였다. 하충이 용맹을 믿고 홀홀 단신 이쪽 진영으로 뛰어들어 싸우고 있는 모습이 눈에 띄었다.

이웅은 기뻐하며 말을 달려 그 앞으로 다가갔다. 두 사람은 크게 싸웠다. 한편을 호랑이라고 한다면 다른 쪽은 용에 비길 수밖에 없으리라. 두 사람의 칼은 공중에서 서릿발처럼 난무했다.

두 사람의 싸움이 20합에 이르렀을 무렵이다. 양포가 지나다가 이를 보았다. 그는 어깨에 멘 활을 내려 힘껏 당겼다. 화살은 어김없이 하충의 배에 꽂혔다. 이웅은 번개처럼 뛰어내려 그 목을 뎅겅 베어버렸다.

이보다 조금 앞서 신염도 상관정의 창에 맞고 죽게 된 것을 유병이 달려들어 겨우 구해내었다. 이런 형편이니 그 군대가 지탱될 리 없었다. 장수를 잃은 신염의 부대는 여지없이 무너져갔다. 20리나 후퇴하여 패잔병을 수습했을 때는 신염은 상처로 거의 죽어가

는 판이었다. 그는 정신이 혼미한 속에서도 점검을 명령했다. 3분
의 2나 되는 병력이 꺾이고, 하충이 죽었다는 보고를 받자 그는 놀
라움에 입을 벌린 채 의식을 잃고 말았다.

한편 이옹의 개선을 맞이한 이유는 조카의 등을 어루만지면서
눈물을 흘렸다.

「아 장하다, 장해! 우리 집안에 영웅이 있는 것을 내가 몰랐구
나. 이제 다시 무엇을 걱정하랴.」

그는 크게 잔치를 베풀어 장병들의 노고를 치하했다.

이튿날 나상은 상세한 정세 보고를 듣고 크게 놀랐다. 져도 이
만 저만 진 것이 아니었다. 하충이 죽고 신염은 부상을 입어 위태
롭다고 하며, 종대도 앓아누워 있다고 하지 않는가.

「아, 이럴 줄 어찌 알았으랴. 어찌 알았으랴!」

이번에는 그가 한탄할 차례였다.

그러자 장수들이 권했다.

「이래 가지고는 싸울 수 없을 것이니 회군하심이 좋겠습니다.
다행히 소성(少城)이 멀지 않으니, 그곳에 들어가 군대를 정비함
이 옳을까 합니다.」

나상은 곧 여러 사람의 의견을 받아들여 군대를 철수시켰다.

적이 물러나는 것을 본 이옹은 곧 첩자를 파견하여 내막을 알
아오도록 일렀다. 얼마 후에 받은 보고는 앓고 있던 종대가 마침
내 죽었으며, 신염도 거의 죽게 되었으므로 혼자서 싸울 수 없다
고 생각한 나상이 소성으로 돌아간다는 것이었다.

이옹은 크게 기뻐하여 이유에게 보고하고, 자기 소견을 말했다.

「종대와 하충이 죽고 신염 또한 인사불성이라 하면, 나상 혼자
의 힘으로는 감히 쳐들어올 엄두도 못 낼 것입니다. 그러나 우리
에게도 양식이 딸리니, 저에게 1만의 군대를 주십시오. 문산태수

상심(常心)은 용렬한 위인이라 갑자기 친다면 성을 빼앗을 수 있고, 그렇게 되면 전량(錢量)이 수중에 들어올 것입니다. 이리하여 기초를 굳게 한 다음 나상을 쳐서 관군의 뿌리를 뽑는 것이 좋으리라고 봅니다.」

이번 싸움으로 기분이 좋아진 이유는 선뜻 응했다.

「조카의 생각인데 어련하겠소 부디 조심하여 공을 이루도록 하시오」

이웅은 정병 1만을 뽑아 1주야를 쉬지 않고 강행군을 감행했다. 이튿날도 하루를 풍우처럼 달린 끝에 날이 저물 무렵에는 문산 가까이 접근할 수 있었다. 이틀 동안에 4백 리나 되는 거리를 행군한 것이었다.

이웅은 잠시 걸음을 멈추고 병사들을 배불리 먹인 다음 다시 길을 떠났다. 성 밑에 도착했을 때는 이미 삼경이 지난 뒤였다.

말에 재갈을 물리고 발소리를 조심하여 성으로 다가간 군대는 곧 준비했던 사다리를 놓고 성을 넘어갔다. 상관정·이국·엄유·왕달 등의 장수가 앞장을 섰다.

그들은 아무 방비 없는 성문으로 다가가서 잠이 든 수병(守兵)들을 찔러 죽이고 문을 활짝 열어젖혔다.

갑자기 일어난 고함소리에 놀란 것은 상심과 그 휘하의 병사들이었다. 자다가 벼락을 맞은 그들은 싸우려고도 못했다. 상심 자신도 어찌된 영문인지도 모른 채 북문으로 해서 도망치고 말았다. 대부분의 군사들은 자진해서 항복해왔다.

이웅은 크게 기뻐하여 군민들을 선무하고, 이원(李遠)에게 5천 명의 병사를 주어 성을 지키게 한 다음, 보물과 양식을 거두어 광한으로 돌아왔다. 그의 뒤로는 새로 항복해온 병사 1만이 따르고 있었다.

## 3. 적조산 잠룡(潛龍)

소성에 있던 나상은 유민의 군사들이 문산까지 빼앗았다는 말을 듣고 서연 등의 장수들과 상의했다.

「이특이 죽은 것으로 대세가 정해지는 줄 알았더니, 이유·이웅 등이 강포(强暴)하여 전일에 우리를 무찌르더니 이번에는 문산마저 빼앗았다니 이렇게도 악착같은 놈들은 처음 보겠소 이치로 논하자면 의당 정벌해야 될 것이로되, 하충이 전사한 직후라 병사들의 사기가 예전 같지 못할까 걱정이구려. 차라리 이 기회에 창끝을 부성(涪城)으로 돌려 이곳을 확보하고 난 다음 다시 이유를 칠 시기를 기다리는 것이 어떻겠소?」

서연을 비롯한 장수들도 이 안에 대해 이의가 없었으므로 곧 병사를 몰아 동쪽으로 나아갔다.

이 소문을 들은 이양은 싸우지도 않고 비성(郫城)으로 물러가버렸으므로 나상은 손쉽게 부성에 들어갈 수가 있었다. 그야말로 무혈입성이었다.

한편, 나상의 군사가 부성에 당도하니 이미 성은 텅 빈 공성이었다. 부고(府庫)에는 2만 군사가 먹을 단 한 끼의 군량도 남아 있지 않았다.

부성 함락과 비성 실함의 보고를 한꺼번에 받은 나상은 다시 이맛살을 찌푸렸다.

「이러다간 싸움이 어느 세월에 끝장이 날지 모르겠구나. 내가 동을 치면 적은 서쪽을 약탈하고, 내가 남을 취하면 적은 북에서 준동하니, 이 일을 어떻게 한단 말인가. 내게는 앞을 내다보는 사람이 없단 말이야. 정말, 지혜로운 인재가 아쉽구나.」

서연은 나상이 장탄식을 하자 조심조심 말문을 열었다.

「제가 주공에게 한 인재를 천거하오리까?」

나상은 귀가 번쩍했다.

「그래, 어떤 인재가 어디 있단 말이오?」

「면죽과 가맹관의 동남쪽에 큰 산이 있는데 이름을 적조산(赤祖山)이라 합니다. 적조산은 골짜기가 백 리나 되며, 그 꼭대기는 구름 위에 치솟고 있는 영산(靈山)입니다. 그 산에, 성을 범(范)이라 하고 이름을 장생(長生)이라 하는 한 영걸이 오래 전부터 숨어 살고 있습니다. 그는 능히 주(周)나라 강태공이 지은 문도(文韜), 무도(武韜), 용도(龍韜), 호도(虎韜), 표도(豹韜), 견도(犬韜)의 육도(六韜)와 황석공(黃石公)이 한(漢)의 장양(張良)에게 전수한 상략(上略), 중략(中略), 하략(下略)의 삼략(三略)을 익혔고, 천문지리(天文地理)에 형통합니다. 그는 산속 암자에 은거하면서 열흘에 한 번 골짜기로 내려와서 그 곳 주민들과 환담을 나누곤 합니다. 그 골짜기에는 이미 백 년을 대를 이으면서 사는 수십 호의 사람들이 있는데, 이들은 모두 뼈 있는 조상의 자손들로서 처음에는 천박한 염량세태(炎凉世態)를 피하여 왔다고 합니다. 이들의 생업은 약초 채집으로 유지하고 있으나, 원래가 이름 있는 가문의 후예들이기 때문에 항시 몇 년을 지탱할 만한 양식을 비축하고 있다 합니다. 이들 가운데는 지난날 촉한 제갈무후(諸葛武侯)의 부름을 받고 출사(出仕)했던 사람도 몇몇 있으나, 그 후 촉이 망하자 다시 이곳에 은거하여 일체 바깥세상과는 담을 쌓고 지낸다고 합니다. 그들은 모두 제갈무후 다음으로 범장생을 추앙한다고 합니다. 그러나 마을 사람들은 그가 언제부터 이곳에 사는지, 나이가 몇 살이며, 이름이 무엇인지 아직도 모르고 있습니다. 장생이란 이름은 언제 누가 붙였는지도 모르는 가운데 그렇게 된 것이며, 골짜기의 주민들은 따로 그를 적조산의 잠룡선생(潛龍先生)이라 불러 존경하고 있습니다.」

말인즉 일리가 있었으나 나상은 다르게 해석했다. 범장생을 끌어들임으로써 잘되면 자기가 문산태수가 되고, 실패하면 그 책임을 자기에게 뒤집어씌우려는 서연의 속셈이라고 생각한 그는 큰소리를 내어 껄껄대고 웃었다.

「그런 사람이 나를 도와주겠소? 공연히 초빙을 했다가 거절당하면 세상에 웃음만 사는 결과가 되지 않겠소?」

서연은 진지하게 말했다.

「지난날 유비는 제갈무후를 남양(南陽) 초려로 세 번이나 몸소 찾아가서 뜻을 이루었습니다. 주공께서 지성으로 대하신다면, 어찌 그가 끝까지 사양하겠습니까.」

「흉포하고 강대한 적을 목전에 두고서 내가 어찌 하루인들 자리를 비우겠소 내 일장 서신을 적어 줄 테니 참군이 다녀오시는 게 어떻겠소?」

나상의 말에 서연은 할 말이 없었다. 서연은 나상의 그릇을 그제야 똑똑히 알았다.

'나암(懦闇 : 나약하고 암울함)한 범부(凡夫)로다. 이런 위인이 어찌 넓디넓은 촉천의 패자(覇者)가 된단 말이냐. 불가로다, 불가로다!'

이로부터 서연은 나상을 위하여 한 마디의 헌책도 진언하지 않기로 결심하였다.

며칠 후, 서연은 병을 칭탁하여 잠시 물러나 쉴 뜻을 나상에게 전했다. 나상은 생각난 듯이 범장생의 이야기를 꺼냈다.

「참, 참군이 일전에 말한 범장생에게 내 편지를 가지고 몸도 휴양할 겸 한번 다녀오시오 한 달쯤 말미를 주리다.」

서연은 석연치 않은 대답을 하고 나상의 편지를 받아가지고 그날로 성도를 떠났다.

서연은 기왕에 말이 났으니 일단 범장생을 찾아볼 작정을 하였다. 그에게 나상의 편지를 전하기 위해서가 아니라, 서연 자신이 고매한 식견에 접해 보고 싶었던 것이다. 그런데 여기 예기치 않은 일이 닥친다는 것을 서연 자신은 까맣게 모르고 있었다.

이특의 모사 염식은 세작(細作 : 간첩)을 부리는 데 비상한 두뇌와 수완을 가진 사람이었다. 그는 성도 부중뿐만 아니라 진조의 조정에까지 거미줄처럼 세작의 그물을 쳐놓고 있었다. 이미 알려진 일이지만, 진조의 시어사 풍해(馮詼)는 바로 염식이 쳐놓은 세작의 그물에서 움직이는 한 마리의 큰 고기였던 것이다.

이런 세작의 입을 통하여 나상과 서연의 관계가 석연치 않다는 정보를 입수한 염식은 계속 두 사람의 동태를 살피게 하던 차, 서연이 나상의 편지를 가지고 적조산의 범장생을 만나러 간다는 보고를 받았다.

염식은 이유와 상의하여 적조산으로 통하는 길목에 은밀히 10여 명의 장한(壯漢)을 배치하여 서연이 내도하거든 즉시 체포하여 광한으로 압송하도록 손을 써 놓았다.

닷새째 되는 날, 염식이 배치해 놓은 장한들은 장사꾼으로 변장한 서연을 붙들어 왔다.

서연이 장한들에게 이끌려서 성으로 들어온다는 보고를 받자, 염식은 이유·이웅·양식·상관정 등과 함께 성문까지 나가서 공손히 서연을 맞이했다. 이유는 짐짓 장한들을 꾸짖으며 깍듯이 서연에게 머리를 숙였다.

「무뢰한들이 대인을 몰라 뵙고 일시나마 실수를 한 것 같습니다. 과히 허물치 마십시오」

서연은 어리둥절했다. 이들이 어떻게 자기가 적조산에 가는 것을 알았으며, 또 적장인 자기를 이렇게 떠받드는 것인지 아무래도 그 까닭을 알 수가 없었다.

이윽고 전각에 오르자, 이유는 다른 막료들과 함께 나란히 무릎을 꿇고 서연에게 절을 했다.

서연은 당황하면서 물었다.

「장군들은 어째서 적장인 나를 이토록 과분하게 대해 주십니까?」

이유가 말했다.

「대인의 존성대명을 들은 지 오래이나, 찾아뵐 길이 없던 차 오늘 이렇게 뵙게 되니 실로 목마른 자가 물을 얻은 것처럼 기쁩니다. 부디 저희들의 충정을 저버리지 마시고 여러 날 쉬시면서 몽매한 저희들에게 현책(賢策)을 가르쳐 주십시오」

이어서 염식이, 성도자사 나상이 스스로 오만하여 서연의 헌책을 대수롭지 않게 다루는 이야기를 소상히 하자, 서연은 깜짝 놀랐다.

「어떻게 성도 부중의 내막을 그토록 자세히 아십니까? 실로 경탄할 일입니다.」

서연은 여기에서, 지금까지 이특의 무리들을 단순히 유민의 흉포한 집단으로 생각했던 것을 깨끗이 불식하게 되었다.

2, 3일을 기거하면서 곰곰이 이들을 살펴본 서연은 특히 이웅의 기걸(奇傑)차고 영특함에 크게 감복하였다. 이웅이 능히 대업을 이룩할 대기(大器)임을 간파한 서연은 마침내 그를 도와 장부의 웅지를 펴 볼 결심을 하였다.

서연의 뜻을 전해들은 이유와 이웅 등은 크게 기뻐하면서 그를 스승으로 공경하였다.

서연은 이유에게 조용히 진언을 했다.

「장군께서 보잘 것 없는 저를 인의(仁義)로 대해주시니 참으로 감개무량합니다. 실상인즉 저는 비재 천박한 몰골에 지나지 않습니다. 아시다시피 제가 적조산에 들어가려던 것은, 범장생 선생을 만나 가르침을 얻고자 한 것입니다. 장군께서 저와 함께 틈을 만드셔서 적조산에 가신다면, 내 지성껏 범처사(范處士)를 움직여 나라 경륜의 고매한 가르침을 내리도록 하겠습니다.」

이유는 서연에게 대답했다.

「선생의 말씀이시라면 수화를 불문코 따르겠습니다. 나보다도 조카 웅은 자질이 영특하고 뜻이 높으니, 선생은 그를 데리고 가시도록 하십시오.」

실은 서연도 의중에는 이웅을 지목하고 있었으나, 현재의 통수권을 이유가 쥐고 있기 때문에 이유를 같이 가자고 했던 것이다. 그랬는데, 그 이유가 이웅을 데리고 가라 하니 일은 뜻대로 된 셈이었다.

이튿날, 이른 아침에 서연과 이웅은 적잖은 예물을 꾸려 가지고 적조산으로 떠났다. 그리하여 대낮이 조금 기운 무렵에 적조산의 유명한 백리 계곡 어귀에 당도하였다. 마을이 있는 데까지는 여기서 다시 80리를 들어가야 했다. 두 사람은 어둡기 전에 마을에 당도하고자 길을 재촉하였다. 그러나 골짜기는 들어갈수록 숲이 우거지고 오솔길이 들쭉날쭉하여 말이 걸음을 제대로 걷지 못하기 때문에 난행고행이었다.

어느덧 해는 산 너머로 기울고 골짜기에는 산그늘이 졌다. 두 사람은 개울가 편편한 바위 위에서 잠시 말을 멈추고 갈기가 촉촉이 땀에 젖은 말을 쉬게 했다. 고삐를 놓아 준 말은 맑디맑은 개울물에 입을 담갔다. 그러나 얼른 머리를 치켜들며 진저리를 쳤다. 물이 너무 찬 것이었다.

이응은 멀리 가물거리는 산봉우리를 바라보았다. 꼭대기는 구름인지 서기(瑞氣)인지 가려서 보이지 않는다. 이응은 속으로, '과연 영산(靈山)이로다!' 하고, 찬탄하여 마지않았다.

문득 어디선지 노랫소리가 들려왔다.

소나무 아래 있는 동자에게 물었더니,
선생은 약초 캐러 가셨다 하네.
그렇다면, 이 산중에 계시겠지.
하지만 구름이 깊으니 계신 곳을 모르겠네.

松下問童子　　송하문동자
言師採藥去　　언사채약거
只在此山中　　지재차산중
雲深不知處　　운심부지처

심산유곡에 영가전청(詠歌轉淸)이나 오직 두 사람의 장한만은 유상미기(幽賞未己)이다.

서연이 오련한 도취에서 깬 듯이 말문을 열었다.

「지난날 후한 영제(靈帝) 때의 은자 하복(夏馥)이 임려산(林廬山) 속에 들어갔습니다. 그 후 식구들이 그를 찾아 산속을 샅샅이 헤매었으나 끝내 찾지 못하고 말았습니다. 그래서 고사전(高士傳)에서는 『하복임려산중 가인구지부지처(夏馥林廬山中 家人求之不地處)』라 하였습니다. 자고로 현사는 대괴(大塊 : 대자연)와 벗하며 *호연지기(浩然之氣)를 길렀습니다. 우리가 지금 찾아가는 범장생 선생도 바로 그런 분입니다.」

이응은 묵묵히 고개를 끄덕였다. 입 밖에 내어 말은 못하나 그도 자연에 도취하고 맑은 노래에 도취한 것이다.

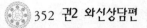

이번에는 목소리가 다른 노랫소리가 들려왔다.

어쩌다 소나무 아래 와서
돌 위에 베개를 높여 잠자노니
산 속에는 달력이 없을레라
추위가 가면 봄이 옴은 알아도 올해가 몇 년인지는 모르네.

偶來松樹下　　우래송수하
高枕石頭眠　　고침석두면
山中無曆日　　산중무력일
寒盡不知年　　한진부지년

노랫소리는 들려도 사람의 모습은 보이지 않았다. 목소리로 미루어 먼저 노래는 여자이고, 나중의 노래는 남자인 것 같았다. 그러나 노래는 공히 벽류수(碧流水)처럼 청정했다.

이윽고 그윽한 정취에서 깨어난 두 사람은 다시 말에 올랐다.

두 사람이 산 아래 마을에 당도하였을 때는 이미 날이 어두워 집집마다 등불을 켜 놓고 있을 때였다.

마을은 80여 호의 집이 있고, 마을 둘레에는 높다랗게 두터운 돌각담이 둘러싸여 있었다. 그 돌각담 남쪽으로 외가닥 드나드는 길이 있을 뿐, 마을은 완전히 한 덩어리를 이루고 있었다. 집집에는 담장이 없고 단지 몇 그루 과목(果木)으로써 경계를 이루고 있을 뿐이었다.

두 사람은 말에서 내려 마을 안으로 들어갔다. 앞장선 서연은 거침없이 마을에서 제일 커 보이는 집으로 들어섰다. 뜰에서 주인을 찾으니 사랑채 방문이 열리며 한 사람이 밖으로 나왔다.

「말발굽 소리를 들으니 외래의 객인 줄 알았는데, 뉘시오?」

서연은 얼른 앞으로 다가서며 말을 건넸다.

「한대인(韓大人) 귀체 무양하십니까. 시생은 성도에 사는 서연이올시다.」

「아니, 서공이 이 밤에 웬일이시오? 이거 몇 년 만이오? 어서 들어갑시다.」

주인은 반갑게 서연의 손을 잡아끌었다. 서연은 주인에게 이웅을 소개했다.

「여기 시생의 주공(主公)이 계십니다. 대인께 소개 드립니다.」

주인은 서연의 말에 깜짝 놀라며 반문했다.

「나 자사께서 오셨단 말씀이오?」

「새로 익주목(益州牧)이 되신 분입니다.」

서연은 이웅을 익주목이라 했다. 주인과 이웅은 어리둥절할 따름이었다.

방안에 들어와 밝은 불빛에서 그윽이 이웅의 모습을 관찰한 주인은 무릎을 탁 치며 경탄했다.

「사흘 전에 잠룡(潛龍) 선생이 다녀가셨는데, 문득 내게 이런 말씀을 남기셨소 내 천문(天文)을 보니 미구에 촉천 땅에 새로운 나라가 설 것 같소 그 나라를 다스릴 사람이 일간 찾아올 것이니 그때에는 여차 여차하라 하셨소…….」

서연과 이웅은 크게 놀랐다. 서연이 재우쳐 물었다.

「그래 어떻게 하라 하셨소?」

한 대인은 빙긋이 웃으며 딴말을 했다.

「그보다도 이분을 좀더 자세히 소개하는 것이 순서일 거요」

그제야 서연은 자기가 너무 서두는 것을 뉘우치며, 이웅에 대한 이야기와 자기가 그를 주공으로 섬기게 된 내력을 소상히 이야기하였다.

서연의 이야기를 듣고 난 한 대인은 옷깃을 여미고 정좌하여 이웅에게 절을 했다. 별안간 노인이 자기에게 경건히 절을 하자, 이웅은 당황하면서 얼른 답례를 하고 말문을 열었다.

「황송하게도 노대인(老大人)의 분에 넘치는 접응을 받으니, 이 몸 몸 둘 곳을 찾지 못하겠습니다. 무뢰한의 몽매(蒙昧)를 꾸짖어 주시기 바랍니다.」

「별 말씀을, 산간에 묻혀 사는 야인(野人)이 어찌 감히 천수(天數)를 헤아리겠습니까. 잠룡선생께서 깨침을 주셨기에 이 늙은 우부(愚夫)도 생시에 귀인을 뵙게 된 것입니다. 참으로 평생의 영광이올시다.」

한 대인의 말이 여기에서 그치자, 서연은 다시 재촉했다.

「자, 이제 어서 잠룡선생이 하신 말씀을 들려주십시오.」

한 대인은 차분하게 말을 시작했다.

「일간에, 장차 촉천의 주인이 될 사람이 나를 찾아 이곳에 와서 나의 출려(出廬)를 간청할 것이나, 나는 도저히 응할 수 없소. 다만 그분이 패업(霸業)을 이룩할 때까지는 상당히 군량의 결핍을 겪을 것인즉, 나더러 마을에 비축해 있는 양곡 가운데서 10만 석을 빌려주라 하시더군요. 그리고 장군에게 부성과 소성의 작은 고을을 버리고, 나상의 군량 공급원인 건위를 취하여 굳게 지키면 성도는 불원하여 스스로 성문을 열 것이라고 전하라 하더이다.」

'어떻게 우리에게 군량이 부족하다는 것까지 안단 말인가?'

이때 안에서 주안상이 나왔다. 세 사람은 밤이 이슥하도록 술잔을 기울이며 환담하였다.

이웅이 미련을 버리지 못해 불쑥 또 물었다.

「잠룡선생께서는 지금 어디 계십니까? 내일 밝은 날에 잠시 찾아뵙고 한번 존안(尊顔)이라도 배견했으면 한이 없겠습니다.」

한 대인은 고개를 천천히 가로저었다.

「불가합니다. 지난날 촉한의 강백약(姜伯約 : 강유의 자) 장군께서 두 번이나 친히 찾아와서 출사를 간청했으나 선생은 끝까지 거절하셨습니다. 설사 내일 장군이 산에 오르신다 해도 선생이 어디 계신지 도저히 찾지 못할 것입니다.」

서연은 혼잣말처럼 중얼거렸다.

「운심부지처(雲深不地處)로군요.」

「어떻게 서공이 그 글귀를 아십니까?」

한 대인은 서연에게 물었다.

「낮에 이리로 오는 도중에 산에서 약초 캐는 사람이 부르는 노래를 들었습니다.」

「이 마을 사람은 아이들까지도 그 노래를 즐겨 부릅니다.」

이웅이 다시 물었다.

「대단히 무례한 말씀이오나, 잠룡선생의 춘추가 얼마나 되시는지 가르쳐 주실 수 없겠습니까. 대인께서 말씀하시기를, 지난날 촉한의 강백약 장군이 선생을 만나셨다고 하셨으니, 필경 선생의 춘추가 백을 헤아리게 될 것이 아니온지…….」

한 대인은 잠시 대답이 없다가 불쑥 지껄였다.

「산중무력일(山中無曆日 : 산 속에는 달력이 없다)이요 한진부지년(寒盡不知年 : 추위가 가면 봄이 옴은 알아도 올해가 몇 년인지는 모른다)이 잠룡 선생의 대답이십니다. 그 시는 바로 선생께서 지으신 것입니다.」

한 대인은 그 이상의 말을 하지 않으려 했다.

이웅도 더 이상 묻는 것을 삼가고 조용히 잔을 들었다.

서연과 이웅은 이튿날 아침, 가지고 온 예물을 한 대인에게 전교하고 마을을 떠나왔다. 끝내 애석한 느낌이 가셔지지 않았으나,

한편 10만 석이란 막대한 군량을 빌리게 된 것과, 나상과의 싸움
의 핵(核)을 교시 받은 것을 큰 위안으로 알았다.

광한으로 돌아온 이웅과 서연은, 이유와 염식·양포 등에게 적
조산을 다녀온 보고를 했다. 이유는 크게 기뻐하고 이웅으로 하여
금 2만의 군사를 이끌고 가 건위를 공략토록 했다.

서연이 한 마디 진언했다.

「건위태수 이필(李苾)은 문관이고 수장은 하인(賀仁)인데 하
인은 얼마 전 군량을 호송하고 성도로 떠나서 아직 돌아오지 않
고 있습니다. 그러니 은밀히 군사를 움직여 미처 이필이 하인에
게 연락하기 전에 거위성에 다다르면 성을 쉬 깨뜨릴 수 있을 것
입니다.」

이웅은 주야로 행군하여 풍우처럼 몰아갔으므로 이필이 이를
안 것은 군대가 성 밑에 도착할 무렵이었다. 이필은 불똥이 떨어
진 듯이 놀라며 한탄했다.

「저놈들이 어느새 여기까지 밀려왔단 말이냐! 앞으로 이 일을
어쩐담!」

그때 하인(賀仁)의 아우 하준이 앞으로 나오며 외쳤다.

「노야께서는 어찌 그만한 일을 걱정하십니까. 제가 재주는 없
습니다만, 원컨대 도둑을 섬멸하여 국가에서 받은 은혜에 보답할
까 하옵니다.」

물에 빠진 사람은 지푸라기라도 잡는 법이다. 이필에게는 하준
이 관운장만큼이나 믿음직해 보였다. 그는 집에 전해 내려오는 보
검까지 주며 격려를 했다.

이튿날이 되자 하준은 군대를 이끌고 성밖에 나가 포진했다. 이
에 응하기 위해 이웅도 진세를 벌였다.

이윽고 북소리가 둥 둥 둥 나고 하준이 말을 달려 진 앞에 나타

나서 채찍으로 이옹을 가리키며 외쳤다.

「하늘이 있으면 땅이 있고 임금이 계시면 신하가 있는 법이거늘, 너는 어찌 관군에 항거하여 자진해 역적이 되려 하느냐. 네 아비 꼴이 되지 말고 어서 물러가라.」

이옹은 크게 성이 나서 고리눈을 부릅뜨며 호통을 쳤다.

「이 쥐새끼만도 못한 녀석! 어느 앞이라고 감히 망령된 말을 하느냐. 내 너의 그 주둥아리를 도려내고야 말리라!」

이옹이 칼을 비껴들고 다가오자 하준도 달려 나가 이를 맞았다. 그러나 아무리 좋게 말해도 용호상박(龍虎相搏)의 싸움은 아닌 듯싶었다.

호언장담에 비해서 하준의 실력은 너무나 약했다. 그는 몇 합도 못 싸우다가 말을 돌려 달아나려고 했다. 그때 이옹이 바짝 다가가서 팔을 들어 적장을 냉큼 들어올렸다. 마치 어린애처럼 발버둥치는 하준을 껴안은 채 이옹은 관군 속을 휘저었다.

망루에 올라 이를 보고 있던 이필은 마치 자기가 사로잡히기라도 한 듯 기겁을 해서 북문을 열고 말을 달려 도망쳤다.

대장이 이러한데, 그 밑에 있는 병사들이야 불문가지(不聞可知)였다. 모두 항복해왔다.

승전의 보고를 받은 이유는 크게 기뻐하여 비성에 있는 이양을 시켜 건위를 지키게 했다.

# 제13장. 성도의 유민왕

## 1. 이유의 병사(病死)

건위를 빼앗고 개선한 이웅은 다시 소성을 치려했다.

「숙부께서 건위로 옮기셨기 예문에 비성의 수비가 약합니다. 이 기회에 소성을 빼앗아 두 성이 서로 도울 수 있도록 하는 것이 좋겠습니다.」

이유는 곧 1만의 군사를 상관정에게 주어 소성을 치도록 했다.

싸움은 싱겁게 끝났다. 양군의 강약이 처음부터 비교가 되지 않는 데다가 그 주장(主將)인 홍번이 사로잡히고 만 것이었다.

사로잡혔다고 하지만 그 경과가 문제였다. 상관정과 만나서 싸우던 홍번이 칼을 피하다가 말에서 굴러 떨어졌다. 상관정이 그의 목을 베려는 순간, 홍번은 상반신을 바닥에서 일으키며 손을 휘저었다.

「기다리시오. 살려주시오 날 살려주시오, 제발……」

그 당황해 하는 꼴이 우스워서 상관정은 올렸던 칼을 그대로 내리고 말았다.

이것을 본 상심(常深)은 기겁을 해서 성도로 도망치고 말았다.

상관정이 개선하자 크게 기뻐한 이웅은, 다시 부성을 치기 위해 준비를 서둘렀다. 그러나 이 계획을 당분간 포기할 수밖에 없는 사태가 발생했다. 전부터 시름시름 앓고 있던 이유의 병세가 악화된 것이었다.

이웅은 숙부 옆에 붙어 앉아서 간호를 했다. 밤이면 그 방에서 옷을 벗지도 않고 잤다. 그러나 병세는 나날이 더해만 갔다.

어느 날, 이유 자신도 짐작 가는 바 있었는지 친척과 장수들을 병실로 불렀다. 부축을 받아 겨우 침상에 일어나 앉은 그는 백짓장처럼 창백한 얼굴로 여러 사람을 둘러보았다.

「우리가 포의(布衣)에서 일어나 지금껏 신고(辛苦)를 같이하여 왔거늘, 아직도 대세를 바로잡지 못하였소. 앞서 가형(家兄)이 돌아가시고 기둥이 꺾이는 듯하여 하마터면 와해될 위기에 봉착한 적도 있었지만 여러분의 의기로 이를 극복하고 다시 위세를 떨치게 된 점은 크게 다행한 일이라 아니할 수 없소」

이렇게 말한 후 그는 괴로운 듯 기침을 했다. 가래 끓는 소리가 났다.

「내가 아무 덕도 갖추지 못하고 형님의 자리를 대신하여 오늘에 이르렀지만, 여러분들이 내 모자람을 감싸주고 단결하여 난국을 극복했으니, 나로서는 뼈에 새겨 잊을 수 없는 일이오. 허나 사람의 수명에는 한정이 있는 것인즉, 내가 갈 날도 멀지 않은 듯하거니와, 여러분들에게 걱정거리를 남겨둔 채 죽는 것이 한이 되는구려.」

그는 잠시 말을 끊고 가쁜 숨을 몰아쉬고 나서 다시 말을 계속했다.

「우리 일족과 장수들 중 누구 하나 영특하지 않겠소이까마는, 내 조카 웅(雄)으로 말하면 선공(先公)의 아들일 뿐 아니라, 용맹과 지혜를 겸비한 인물인즉, 여러분은 그를 추대하여 국주(國主)로

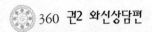

섬기기 바라오.」

여기까지 이야기를 한 이유가 할 말은 다 했다는 듯이 눈을 감아버렸을 때 여기저기서 흐느낌소리가 났다. 마침내 이유는 그날 밤을 못 넘기고 파란 많은 일생을 끝마치고 말았다.

날이 밝자, 이감·이양 등은 염식·양포와 상의하여 조카 이웅을 추대하여 주공으로 받들 의식을 서둘렀다.

이양이 나서서 말했다.

「지금 강적(強敵)과 사활을 걸고 싸우는 이 마당에 단 하루라도 통수자가 없어서는 안될 것이오 우선 우리의 주공을 세우는 일이 급선무라 하겠소.」

모든 사람은 이양의 제의에 찬동했다. 그러나 이웅은 사양했다.

「아닙니다. 나보다도 숙부께서 우리의 주수가 되심이 마땅합니다.」

서연이 나섰다.

「적조산의 잠룡선생은 이미 전날 이웅 공께서 촉천의 패자가 될 것을 천수(天數)라 하여 교시하였습니다. 하늘의 명을 거역해서는 안됩니다.」

이웅은 끝까지 사양할 수가 없었다. 그는 마침내 전상에 올라 면관패옥(免冠佩玉)하여 새로 익주목(益州牧)이 되었다.

염식은 서연에게, 차제에 아주 이웅에게 왕호(王號)를 칭하도록 함이 어떤지 물었다. 이웅은 염식의 의견을 완강히 거절했다.

「아직 한 지방의 대세도 결정이 안 났는데 그것이 무슨 말이오? 내가 익주목을 칭하게 됨도 과분한 일이건만, 또 아직 숙부님의 장례도 마치지 않았는데 어찌 그런 대담한 짓을 한단 말이오. 불가하오.」

「주공의 말씀이 옳습니다. 주공이 왕호를 칭한다면 진조는 반드시 대병을 움직여 우리를 칠 것입니다. 그렇게 되면 아직 기반이 약한 우리로서는 그 군세를 감당키 어려울 것입니다. 왕호는 성도를 취한 다음으로 미루는 것이 가합니다.」

이웅은 모든 사람들에게 그 말은 더 이상 논하지 말기를 당부하고 이유의 장례준비를 서두르게 하였다.

## 2. 성도의 함락

어느 날, 이웅이 장수들을 소집하여 놓고 말했다.

「나상과는 공(公)으로 보나 사(私)로 보나 양립할 수 없는 원수의 사이요 숙부께서 돌아가셨다는 말을 듣는다면 필연코 가만히 있지 않을 것이니, 우리 쪽에서 먼저 쳐서 아주 결판을 내버리는 편이 좋지 않을까 하는데 여러분의 생각은 어떠하오?」

염식이 앞으로 나와서 말했다.

「지당한 말씀입니다만, 적의 허실을 알아보고 나서 군대를 움직이셔야 할 것으로 압니다. 내 역량과 적의 역량을 정확히 판단함은 용병의 기본인가 생각합니다.」

이웅은 그 말에 따라 곧 첩자들을 성도에 파견하여 수시로 보고하도록 명령했다.

그러기를 한 달.

어느 날 마침 좋은 정보가 들어왔다. 성도의 곡창인 건위가 이웅에게 실함되자 식량문제로 골치를 앓던 나상이 궁여지책으로 대군을 이끌고 기주·낭주를 지킨답시고 떠났다는 것이었다. 일종의 식객이 된 것이다.

나상은 하인·허사 등의 제장과 이필을 대동하고 장장 7백 리의 길을 떠나기에 앞서 나특(羅特)에게 자기가 없는 동안의 일을 누누이 당부했다.

「마침 반적의 괴수 이유가 병사하였으니, 당분간은 싸움이 소강상태일 게다. 내 한 달 기한으로 다녀올 테니 그 동안 성도를 지키기 바란다. 만약 적이 공격해 오더라도 절대 밖으로 나가 싸우지 말고 오직 굳게 지키기만 하라. 성도는 설사 10만의 대군이 몰려온다 해도 한 장수가 1만 군사로 능히 백일을 지탱할 수 있는 요새다.」

세작은 이런 소식을 재빨리 이웅에게 전했다.

이웅은 다그쳐 물었다.

「그렇다면 성도에는 누가 남아 있다더냐?」

「아문장군(牙門將軍) 나특이 1만 명의 병사를 이끌고 지키는 중이오며, 부성은 5천으로 임명(任明)이 방비한다 하옵니다. 나특이란 자는 나상의 조카입니다.」

나상을 섬겼던 서연이 옆에서 말했다.

「이거야말로 하늘이 성도를 장군에게 주시는 것입니다. 나특은 나이 어리고 꾀가 없으니, 제가 무엇을 할 수 있겠습니까. 대군이 임한다면 항복하거나 도망치거나 할 것입니다. 또 부성을 지킨다는 임명으로 말씀드리면 지략은 있어도 결단이 없는 인물이라 또한 걱정하실 것이 없습니다. 곧 군대를 동원하여 기회를 놓치지 마십시오.」

이웅은 크게 기뻐하여 이감에게 양포를 딸려서 광한을 지키게 한 후 스스로 2만의 병사를 이끌고 성도로 떠났다. 상관정은 선봉이 되고 이양은 총수로 임명됐으며, 염식과 서연은 참모에, 엄유·임회는 각기 좌우장(左右將)이 됐다. 이외에도 문빈·이원·이국·왕회 등의 장수가 뒤따랐다.

뜻하지 않은 대군이 밀려와서 성을 포위하자 나특은 어찌할 바를 몰라 했다. 그는 나상과 이웃고을에 원군을 청하려 했으나, 포위가 워낙 물샐 틈이 없고 보니 그것 또한 용이한 일이 아니었다.

그는 수비하는 수밖에 없다고 생각하여, 군민을 동원해서 접근하는 적병을 향해 돌을 던지게 하고, 친히 이것을 독려했다.

이웅의 공격은 치열했다. 마치 밀려드는 조수와도 같이 다가왔다가는 또 물러가곤 하였다. 교대해서 감행하는 공격이라 물러갔다 싶으면 다시 공격이 시작되게 마련이었다.

나특은 불안했다. 이때처럼 아문장군이라는 감투가 원망스러운 때도 없었다. 모두 자기의 얼굴만 쳐다보는 판이라 함부로 한숨조차 쉴 수 없어서 더 한층 가슴이 터질 것만 같았다.

그러다가 남문 쪽으로 말을 달려갔을 때 화살이 날아와 어깨에 꽂히므로, 그는 저도 모르는 사이에 말에서 떨어졌다.

나특이 의식을 회복한 것은 그 후 몇 시간 뒤였다. 목을 맞지 않은 것이 천만다행이었으나 상처가 몹시 아팠다. 그는 몸을 일으키려 했으나 저절로 신음소리가 나오고, 이마에서는 식은땀이 배어나왔다. 이를 본 병사가 기겁을 해서 다시 안아 뉘었다.

나특은 며칠을 더 누워 있어야 했다. 따라서 성의 방비가 엉망이었으나 그렇게라도 지탱할 수 있었던 것은 워낙 견고하게 지어진 성벽 때문이었다.

닷새째에야 자리에서 일어난 나특은 통증을 참으면서 돌아보았다. 그가 서문에 있는 망루에 올라 사방을 살피고 있을 때였다. 염식이 말을 달려오면서 외치는 소리가 똑똑히 들렸다.

「나 장군은 들으시오 지금 진조는 친왕(親王)들의 권세 다툼에 여념이 없소 그러기에 나 자사가 수차 구원을 청해도 여태껏 반응조차 없지 않소 장군이 충절을 지켜 이 성을 고수한다 해도 과연 누가 알아준단 말이오 나 자사는 오늘을 예측하여 슬쩍 화를 장군에게 전가하고 자신은 멀리 답중으로 피해 달아난 것이오

그런데 장군은 누구를 위하여 성도를 지키겠단 말이오 만약 장군
이 끝까지 버티다가 성이 깨어지는 날에는 *옥석이 구분(玉石俱
焚)될 것인즉, 현찰(賢察)하시기 바라오.」

나특은 시종 묵묵히 염식의 말을 듣기만 했다. 한 마디의 대꾸
도 없이 그는 그냥 성루에서 내려왔다. 그의 뇌리에는 몇 가지 의
혹이 자꾸만 되살아 오르고 있었다.

'촉천에 유민의 반란이 일어난 지가 어언 3년이 지났다. 그 동
안 조정에서는 단 한 번 양양의 손부를 보내 1만 군사로 구원해줬
을 뿐이다. 나상이 표문을 올린 것만도 다섯 차례나 되지 않는가.
완전히 소외당하고 있는 것만은 틀림없다. 또 나 자사는 내게 단
지 군사 1만을 주고 성도를 지키라 하고, 자기는 4만 대병을 거느
리고 답중으로 떠났다. 군량을 조달해 오는데 어째서 그런 대병이
필요하단 말인가. 과연 이 성도가 그가 말한 것처럼 1만 군사로 10
만 대병을 막을 만큼 견고한가. 만약 성이 깨어지면 나는 어떻게
되는가?'

나특은 혼자서 고민에 싸여 있었다.

그가 부중으로 돌아오는데, 성 밖에서 천지를 뒤흔들며 포성이
터졌다. 이웅의 군사들이 공성을 시작한 것이다. 성중 백성들은
겁에 질려 갈팡질팡 거리를 서성거리기 시작했다.

누가 어느새 퍼뜨렸는지 거리에는,

「서 참군이 적의 군사가 되어 지금 밖에서 공성을 지휘하고
있다고 한다.」

「적조산의 잠룡선생이 천수(天數)를 들어 익주의 주인이 바뀔
것을 교시하셨다고 한다.」

「이웅의 군사는 절대 백성을 해치지 않으며, 군량이 무진장 풍
부한 모양이더라.」

하는 풍문이 쫙 나돌기 시작했다.

이런 풍문은 그날로 나특의 귀에까지 들어갔다. 나특은 한층 고민이 커졌다. 그는 마음의 갈피를 못 정하고 괴로워하니 그 몰골이 보기에도 민민(憫憫)하였다.

어느덧 날이 저물었다. 낮 동안 맹렬했던 싸움이 어둠과 함께 수그러지기 시작했다. 이양은 영을 내려 제장에게 공성을 쉬도록 했다.

이날 밤 이경쯤 해서다. 나특은 착잡한 심경을 달래려고 자사 부중을 나가 각 문을 돌아보았다. 여기저기서 낮의 싸움에 적의 화살을 맞고 부상한 군사들이 신음소리를 지르고 있었다. 군사들에게는 전의(戰意)가 전혀 없어 보였다.

그가 동문에 다다랐을 때다. 한 군사가 화살 끝에 맨 편지 한 통을 그에게 전했다. 나특은 편지를 뜯어 펼쳤다. 그것은 서연이 나특에게 하는 편지였다.

<익주의 군사(軍師) 서연은 삼가 글월을 나 장군에게 올립니다. 무릇 장수 된 자는 응천순시(應天順時)를 알아 처신함이 후세에 이름을 남기는 길인 줄 압니다. 내가 나 자사를 떠난 것은 그가 암우(黯愚)하여 스스로 오만하기 때문에 참을 수 없어 취한 행위거니와, 본시 내가 이 익주를 돕고자 했던 것은 아니었소. 그러나 기이한 인연으로 그의 휘하에 있게 된 오늘날, 나는 오직 그의 인의(仁義)에 감복하고 있을 따름이오. 또 적조산의 범고사(范高士 : 범장생)는 이미 그가 촉천의 주인 될 것을 알아 10만 석의 군량까지 대여한 바 있으니, 내가 더 이상 이 익주를 평하지 않더라도 장군은 능히 헤아릴 줄 압니다. 일각도 지체하지 말고 성문을 열어 무고한 백성의 성명(性命)을 보존시

켜 인덕(仁德)을 얻고 부귀영화의 길을 택하시기 간절히 바라면
서 종종 사연을 줄이겠습니다.>

나특은 서연의 편지를 읽고 나서 결연히 깨닫는 바가 있었다.
부중으로 돌아온 그는, 내일 날이 밝으면 성문을 열어 이웅의 군
사를 맞이하겠다는 내용의 편지를 써서 화살에 매어 성 밖으로 띄
웠다.

이튿날, 나특은 성도의 사대문을 활짝 열어 이웅의 군사를 입성
케 하니, 성중 백성들은 다투어 길에 나와 향을 살라 이웅의 군사
를 환영했다. 이양은 우선 방을 붙여 백성을 안심시킨 다음 나특
으로부터 성도 부중에 남아 있는 군사들을 인수했다.

이양은 군사들에게 부드러운 말을 전했다.

「너희들 가운데 진조(晉朝)를 위해 끝까지 충성을 지키기 원하
는 자가 있다면 주저 없이 성도를 떠나도 좋다. 내 증표를 해 주어
무사히 지경을 통과할 수 있도록 편의를 제공하겠다. 또 차제에
군문(軍門)을 떠나 향리에 가서 농사를 짓겠다는 사람은 신청해라.
특별히 얼마간의 전량(錢糧)과 필목을 주어 귀향토록 하겠다. 계
속 군문에 남아 있을 사람은 반드시 영광과 관직이 보장될 것인즉
안심하고 복무하도록 하라.」

만여 군사들 가운데 진조를 좇겠다는 사람은 하나도 없었다. 다
만 5백에 가까운 군사들이 귀향을 원했는데, 그들의 태반은 고향
에 처자를 둔 노병(老兵)과, 싸움에서 상처를 입은 군사들이었을
따름이다.

이양은 즉시 광한으로 첩보를 알리는 한편, 이웅을 성도로 오도
록 했다. 이웅이 성도에 당도하자, 이양은 제장과 상의하여 이웅
을 익주목(益州牧)에 취임토록 하였다.

이웅은 성도의 백성과 군사들이 지켜보는 가운데 엄숙히 익주목의 인뚱이와 절월(節鉞)을 두르니, 중인들은 도성이 떠나가도록 갈채를 보냈다. 이리하여 이웅은 명실 공히 촉천의 패자(覇者)로서 성도에 근거를 정하게 되었다. 성도는 뭐니 뭐니 해도 서촉의 중심지였으므로, 이로써 진주·광한과 연결되는 정족지세(鼎足之勢 : 솥의 세 다리 같이 안정된 형세.)가 성립되었기 때문이다.

## 3. 모주 염식의 비명사

싸우지도 않고 성도를 손에 넣은 이웅은 나특의 공을 크게 치하하고 그에게 거기장군(車騎將軍)의 직첩을 내렸다.

서연이 이웅에게 진언했다.

「장수들을 각 고을로 보내 아직 우리를 따르지 않는 수령들을 선무(宣撫)토록 하십시오.」

이웅은 곧 상관정·이국·조성 등을 각 고을로 내려보내니 크고 작은 수령들은 다투어 귀순해 왔다.

이로써 이웅은 촉천의 태반을 점령하게 되어, 그 세는 욱일승천(旭日昇天)하여 갔다.

어느 날, 염식은 세작으로부터 이번에 진조에서 장은(張殷)이란 자가 새로 한중태수로 부임해 온다는 정보를 입수하였다. 그는 곧 이웅에게 한중을 취하자는 의견을 올렸다.

이웅은 염식의 뜻을 따라 즉시 한중 공략의 출사령(出師令)을 내렸다.

「이국(李國)을 총수로 하고 염식을 군사로 하여 3만 군사로 한중을 공략하라.」

이국과 염식은 상관정을 선봉장으로 하고, 이운(李雲)·조성·조숙·모식(毛植)·양진(襄珍)·왕각·이기 등 제장을 거느리고 그날로 성도를 떠났다.

이웅의 대병이 공격해 온다는 초마의 보고를 받은 장은은, 친히 정병 1만을 이끌고 정군산(定軍山) 동쪽까지 나가 하채(下寨)하여 적을 기다렸다.

1만 군사로 선봉을 맡아 질풍처럼 한중 지경에 들어선 상관정은, 이미 장은이 진을 정비하고 기다리고 있음을 보고 일단 군사를 멈춘 다음 급히 중군으로 연락을 취했다.

이날 밤, 이경이 조금 지나서다. 갑옷을 입은 채 투구만을 벗어 옆에 놓고 잠자리에 든 상관정은 비몽사몽(非夢似夢)간에 한 선인(仙人)을 만났다.

선인은 머리에 윤건을 쓰고 몸에는 학창의를 둘렀으며, 손에는 우선(羽扇)을 들고 있었다. 얼굴은 관옥(冠玉)처럼 준수하고 키가 7척이 넘는 듯했다. 상관정은 자기도 모르게 경건한 마음이 들어 일어나서 공손히 절을 했다.

선인은 옥을 굴리는 듯한 청아한 음성으로 말문을 열었다.

「촉천에 병혁(兵革)이 잠잠한 지 불과 30여 년에 다시 어지럽게 되니 무고한 백성의 생령(生靈)이 실로 불쌍하도다. 그대는 한중을 취하게 될 것인즉, 부디 백성을 해치지 않도록 하라. 또 그대의 군중에 모반하는 자가 있어 상장을 해칠 것이나, 이는 하늘의 뜻이니 불가피한 일이로다.」

선인은 말을 마치자 홀연 사라졌다.

상관정은 깜짝 놀라 눈을 뜨니 꿈이었다. 아무리 곰곰이 생각을 해 봐도 선인의 나중 말은 수긍할 수가 없었다.

이튿날, 중군이 내도하자 상관정은 지난 밤 꿈 이야기를 염식에게 했다.

염식은 이야기를 듣고 나자 일언지하에 단정했다.

「앞에 있는 산은 정군산이 아니오? 저 산에는 제갈무후의 묘가 있지 않소 그 선인은 필시 제갈무후가 현성(顯聖)하신 것이 틀림없을 거요. 우리가 한중을 취한 다음에는 정군산 무후의 묘를 찾아 태뢰제(太牢祭)를 지내도록 합시다.」

말을 끝낸 염식은 이국·상관정과 함께 영채 밖으로 나가 적진을 살폈다.

적이 험준한 산릉에 의거하여 영채를 묻고 있으니 좀처럼 공격하기 어려워 보였다. 만약 공격을 강행한다면 많은 희생자를 낼 것 같았다.

이국은 적채를 살피자 길게 탄식했다.

「적이 저토록 험준에 의거하여 있으니 어떻게 하면 좋겠소? 한중으로 통하는 길이 여기밖에 없소?」

염식이 말했다.

「병법에도 높은 데서 아래를 내려다보면 그 세는 대를 쪼개듯 한다(凭高視下빙고시하 勢如劈竹세여벽죽) 하였으니, 적채를 치기가 매우 어렵습니다. 며칠을 두고 방책을 모색해보는 수밖에 도리가 없습니다.」

이리하여 결국 기세 당당히 진격해 오던 이웅의 3만 대병은 한중 땅에는 한 발짝도 들여놓지 못한 채 영채를 묻고 적과 대치하게 되었다.

하루, 이틀, 사흘, 열흘이 지났건만 쌍방에 단 한번도 접전이 없었다. 열흘이 지나도 여전히 묘책이 생기지 않았다. 그 대신 운송해 온 양초에 차질이 생기기 시작했다. 당초에 한중을 공략하여 군량을 현지 조달할 계획으로 성도를 출발했었는데, 막상 열흘이나 한 곳에서 지체하고 보니, 이제 남은 군량은 불과 수일밖에 지탱할 수가 없게 되었다.

이국은 근심스러운 얼굴로 염식과 상의했다.

「군량의 결핍을 초래하기 시작하니, 정말 큰일이구려.」

그 순간, 염식은 무릎을 탁 치며 벌떡 자리에서 일어서며 고함을 질렀다.

「각 군에 후퇴령을 내려라. 군사는 물러갈 준비를 서두르고 장수는 중군으로 모이도록 하라!」

이국은 깜짝 놀랐다.

「아니, 군사(軍師)는 별안간 웬일이오? 어찌 수의도 없이 독단으로 후퇴령을 내린단 말이오!」

염식은 이국의 귀에다 대고 몇 마디를 소곤거렸다.

「바로 장계취계(將計取計)를 하자는 얘기군. 군사가 알아서 영을 내리십시오.」

이국은 금시에 기쁜 표정을 지었다.

염식은 제장에게 영을 내렸다.

「왕각과 이기 양장은 군사 8천을 이끌고 우회하여 정군산 아래 매복해 있다가 장은의 퇴로를 끊으시오. 상관 장군은 군사 5천을 거느리고 양장의 접응이 되어 끝내 장은이 한중으로 돌아가지 못하도록 저지하시오. 이운과 조숙은 군사 3천을 이끌고 길 왼편에 매복하고, 조성과 양진은 군사 3천을 이끌고 길 오른편에 매복하시오. 주수(主帥)와 나는 군사 1만으로 즉시 퇴군할 것이오. 모식은 군사 1천으로 퇴군의 뒤를 끊는 척하시오. 적이 추격해 와도 끝까지 동하지 말고 있다가 포성이 터질 때 일제히 짓쳐 나와 적을 시살하시오.」

제장은 영을 받고 물러나와 각기 맡은 임무 수행을 서둘렀다.

하룻밤 사이에 이국의 3만 군사는 완전히 철수 준비를 완료했다. 이튿날, 새벽 날이 채 밝기 전에 군사들은 썰물처럼 물러나기 시작했다.

탐마는 다급히 이런 사실을 장은에게 고했다. 장은은 조금도 의심하지 않고 채문을 활짝 열고 전 군사를 휘동하여 퇴각하는 적군의 뒤를 쫓았다.

그들이 근 20여 리를 추격하니 전방에 무수한 기치와 수십 대의 양초 실은 수레가 허둥지둥 달아나는 것이 보였다.

장은은 달리는 말에 채찍을 가하며 군사를 독려했다.

그들이 막 산모퉁이를 돌았을 때다. 별안간 포성이 천지를 진동하며 울려 퍼지더니, 지금까지 달아나던 군사들이 일제히 되돌아서며 장은의 군사를 맞는 것이 아닌가.

장은은 소리를 치며 선두에서 칼을 휘둘렀다.

「적의 후대(後隊)는 불과 몇 명 안된다. 단번에 분쇄하라!」

모식은 잠시 항거하다가 이내 말머리를 돌려 달아났다. 그가 거느린 1천 군사도 병장기를 팽개치고 허둥지둥 달아났다.

장은은 더욱 기세를 올려 맹렬히 뒤를 쫓았다. 장은이 조그만 언덕을 넘어 수목이 우거진 숲에 당도하자, 모식은 다시 되돌아서서 군사를 독려하여 진세를 벌여 세웠다.

수십 대의 수레들이 막 숲을 들어선 참이었다.

장은은 신이 나서 숲으로 돌진했다. 모식의 군사들은 짐짓 장은의 기세에 겁을 먹은 듯, 이번에는 수레도 아랑곳하지 않고 또 달아났다.

장은이 숲속에 들어서서 거의 수레에 다가섰을 때다. 홀연 일성 포향이 숲을 뒤흔들며 터지더니, 좌우편에서 크게 함성을 지르며 무수한 복병이 일어났다.

깜짝 놀란 장은은 급히 군사들에게 후퇴령을 내렸다. 그러나 이미 기고만장하게 내닫기만 하던 군사들은 재빨리 뒤로 돌아설 수가 없었다.

왼편에서는 이운과 조숙이 내닫고, 오른편에서는 조성과 양진이 짓쳐 나오며 마구 장은의 군사를 시살해댔다.

삽시간에 숲속은 아비규환의 수라장으로 화했다.

군사가 얼마나 상했는지 분간할 겨를도 없이 간신히 혈로를 뚫고 숲을 벗어난 장은은 뒤도 돌아보지 않고 오던 길을 되돌아 도망쳤다.

장은이 조금 전 모식과 처음으로 잠시 접전하던 산모퉁이까지 왔을 때였다. 땅에서 솟았는지 하늘에서 내려왔는지 붉은 갑옷과 붉은 투구를 쓴 범 같은 한 장수가 검은 말에 높이 앉아 큰 칼을 손에 들고 태산처럼 버티고 서 있었다.

장수는 장은을 보자 벽력같이 호통을 쳤다.

「이놈 장은아, 네 어디로 돌아가겠단 말이냐. 내 우리 군사(軍師)의 영을 받아 이 곳에서 너의 퇴로를 끊고 있은 지 오래이다. 냉큼 말에서 내려 항복하라.」

장은은 가슴이 섬뜩했다.

'내가 적의 궤계(詭計)에 빠졌구나!'

장은은 혼신의 용력을 기울여 상관정에게 부딪쳤다.

두 장수는 불꽃 튕기는 격전을 한동안 벌였다. 그러다가 결국 장은은 그 자리에서 다시 천여 군사를 꺾이고 구사일생으로 혈로를 얻어 달아날 수가 있었다.

그가 정군산 아래까지 오니, 어떻게 된 셈인지 그의 영채는 깡그리 불이 붙어 무섭게 타고 있지 않는가. 장은은 이를 갈며 적의 궤계에 속은 것을 또 한 번 후회했으나, *이미 엎질러진 물이었다(覆水不返盆복수불반분).

만 명의 군사가 절반 이상이 꺾이고, 지금 자기를 따르는 군사들도 거의 기진맥진 상태였다. 그러나 이 곳에서 우두커니 지체할 수가 없었다.

장은은 하는 수 없이 정군산을 왼편으로 돌아 자동(梓橦)으로 빠지는 길을 취했다.

이 곳은 군마가 갈 만한 길도 없는 험한 산이었다. 겨우 초부들이 다니는 오솔길이 한 가닥 꼬불꼬불 나 있을 따름이었다.

장은이 천신만고 끝에 거의 산등성이에 오르기 직전이었다. 갑자기 산 위에서 꽹과리소리와 징소리가 요란하게 일어나더니 시석(矢石)이 빗발치듯 날아오는 것이 아닌가.

혼비백산한 장은의 군사들은 허둥거리다가 미처 몸을 숨기지 못하고 잇달아 살과 돌을 맞고 쓰러졌다. 장은도 속수무책으로 바위 그늘에 몸을 숨겨 시석을 피하는 수밖에 도리가 없었다.

얼마를 지났을까. 갑자기 시석이 뚝 그치더니 산등성이 너머가 술렁이기 시작했다.

산등에 잠복하여 장은의 퇴로를 저지하고 있던 왕각은 난데없이 후면으로 일지 군마의 공격을 받았다. 예기치 않은 일이기 때문에 당황한 그는 급히 군사를 뒤로 돌려 후면의 적을 맞아 싸웠다. 새로운 적은 신염의 뒤를 이어 자동태수가 된 장연(張演)의 군사였다. 장연은 장은의 사촌으로서, 장은이 이웅의 대병과 정군산 록에서 여러 날 대치하고 있다는 소식을 접하자, 곧 경계를 시키고 있었는데, 마침 초마가 달려와서 쌍방이 교전하는 것을 전하자 얼른 접응군을 차출시킨 것이었다.

장은으로서는 실로 지옥에서 부처님을 만난 것보다 더 반가웠다. 장은은 다시 군사를 질타하여 산등성이로 오르기 시작했다.

왕각은 비장(裨將) 나승(羅承)과 장금구(張金苟)에게 4천 군사를 떼어주어 후면의 적을 막도록 하고, 자신은 나머지 2천 군사로 계속 장은이 산등성에 오르는 것을 저지하였다.

한편, 장은의 영채를 완전히 불살라버린 이기는 장은을 뒤쫓아 온 상관정과 합세하여 곧장 한중을 들이쳐서 크게 힘 안 들이고 성을 함락시켰다.

상관정은 즉시 군사를 시켜 부고를 봉하고 백성을 무마시키니, 겁에 질렸던 백성들은 안도의 숨을 쉬고 거리로 나와 이웅의 군사들을 환영했다.

근 한나절 동안 치열한 싸움을 계속한 끝에, 장은은 가까스로 산등성이를 넘어 달아날 수가 있었다.

모식은 군사를 몰아 악착같이 장은의 뒤를 추격하니, 장은과 장연은 다급하여 자동성 안으로 들어갈 겨를이 없어 그대로 형주를 바라고 도주하였다.

이리하여 이국은 마침내 한중과 자동 두 고을을 취하게 되었으니, 이웅의 병위(兵威)는 완전히 양천(兩川)을 풍미하게 되었다.

이국과 염식은, 상관정과 이기를 시켜 한중을 지키도록 하고, 모식과 양진을 시켜 자동을 견수토록 한 다음 당당히 성도로 개선하였다.

이웅은 희색이 만면하여 성 밖 10리 지점까지 나가서 개선군을 환영했다. 부중으로 돌아오자, 이웅은 염식을 시켜 이번 싸움의 논공행상을 후하게 내리도록 하니, 모든 장수와 군사들의 사기는 더욱 충천하였다.

염식은 전공부(戰功簿)를 펼쳐서 장수와 군사를 일일이 후하게 포상하였다. 그런데 어찌 된 까닭인지 비장 나승과 장금구의 이름이 전공부에 누락되어 있어서, 그들은 상을 받지 못했다. 두 사람은 염식에게 억울함을 하소연했다.

「설사 착오로 이름이 누락되어 포상에서 제외되었다손 치더라도, 그래 비장의 신분으로 군사들 앞에서 자기의 공을 자청해서 나선대서야 어디 체면이 서겠나. 공죄(功罪)는 가만히 있어도 자연 밝혀지는 법이니, 앞으로는 그런 추한 꼴을 군사들에게 보이지 않도록 각별 조심하라.」

염식은 두 사람에게 유한 말투로 훈계했다. 두 사람은 결국 포상은 받지도 못하고 오히려 꾸지람만 들은 셈이 되었다.

나승과 장금구는 속으로 잔뜩 앙심을 품었다.

'어디, 두고 보자.'

벼르고 벼른 끝에 두 사람은 나승의 매부인 장군 문석(文碩)에게 가서 불평을 털어놓았다.

문석은 유랑민 출신이 아닌 촉천의 항장(降將)이었다. 그는 평소에 염식 등과 그다지 사이가 좋지 않았었는데, 두 사람의 하소연을 듣자 불쑥 사악한 마음이 들었다.

「그렇다면, 염식을 죽이고 나상에게 달아나면 크게 대접을 받을 것 아닌가. 그게 무엇이 어렵다는 말인가.」

「군사의 신분으로 항시 장군들과 거동을 함께 하고 있으니 그럴 기회가 없습니다.」

「앞으로 출전했을 때, 전지에서 급보를 하는 체 그의 장막으로 들어가서 처치하도록 하면 쉽게 성공할 거야.」

두 사람은 기쁜 낯으로 문석의 처소를 물러났다.

한편, 답중에서 성도가 실함되었다는 기별을 받은 나상은 대경 실색하여 다시 낙양으로 급한 표문을 띄운 지 불과 며칠이 못되어 다시 한중과 자동이 떨어졌다는 비보가 또 날아들었다.

나상은 노심초사 조정의 하회만 학수고대하고 있었다.

나상의 급보를 받은 제왕 사마경은 얼른 결단을 내리지 못하고 주저하고 있었다. 그 까닭은 성도왕·동해왕·하간왕 등 여러 친

왕들이 과연 자기의 말을 들어 이웅 토벌의 군사를 움직여 줄 것
인지 의심스러웠기 때문이다.

　이런 사마경의 심정을 헤아렸는지, 황문랑(黃門郞) 왕융(王戎)
이 한 마디 진언을 했다.

　「지금 한적(漢賊)의 창궐이 다급하니 여러 친왕들께서는 쉽게
자기의 군사를 쪼개어 촉천을 평정하러 들지 않을 것입니다. 나상
에게 조서를 내리셔서, 인근 주군의 병마를 임의로 징발하여 이웅
을 막도록 하십시오」

　제왕 사마경은 곧 왕융의 의견을 좇아 나상에게 조서를 내렸다.

　이런 조정의 조처를 접한 나상은 일변 분개하고 일변 조급하여,
최후의 희망을 걸어 형주자사 유홍(劉弘)에게 하인(賀仁)을 보내
원병을 간청하기로 하였다.

　하인이 형주에 이르러 나상의 서장을 전하자, 유홍은 예하 막료
를 불러 수의했다.

　「익주자사 나상이 장수를 보내 내게 구원을 요청해 왔는데, 이
일을 어찌하면 좋겠소. 형주와 양양은 촉천과 지경을 연하고 있으
니, 만약 촉천이 완전히 반적에게 유린당하면 이곳도 결코 무사할
수가 없을 거요. *순망치한(脣亡齒寒)이니 결코 좌시할 수 없는 일
인가 하오」

　모인 사람들은 모두 유홍의 견해에 찬의를 표했다. 이에 유홍은
곧 상분(向奮)을 대장으로 하여 우선 2만 군사를 거느리고 떠나게
한 다음, 하인에게는 군량 5만 석을 주어 호송해 가도록 했다.

　이런 결정을 목격하면서도 어쩐지 하인은 의기가 초침해 보였
다. 그는 막료들이 돌아가자 유홍에게 가까이 가서 거북한 듯 입
을 열었다.

　「바라건대, 저를 휘하에 거두어 주십시오. 아무래도 나 자사의

휘하에 돌아갈 마음이 내키지 않습니다.」

유홍은 깜짝 놀라며 그 까닭을 물었다. 하인은 나상이 오만하고 상벌(賞罰)이 분명하지 않아 유능한 장수를 많이 잃었다는 이야기를 유홍에게 말했다.

유홍은 좋은 말로 하인을 타일렀다.

「설사 나 자사가 그렇다 해도 지금은 부당하오 그가 심히 역경에 처해 있는데, 어찌 의(義)를 존중할 장수가 구주(舊主)를 버릴 수가 있단 말이오 반적이 평정된 다음에는 내 나 자사에게 청하여 장군을 휘하에 맞도록 할 것이니, 이번에는 그대로 돌아가오」

하인은 유홍의 말을 듣고 자신의 용렬함을 부끄럽게 여겼다. 그래서 순순히 군량을 호송하여 상분의 뒤를 따라 다시 촉천으로 돌아왔다.

세작은 나는 듯이 이런 소식을 성도로 전했다.

이웅은 곧 영을 내렸다.

「이이(李離)를 총수로 하고 염식을 군사로 하여 정병 3만을 이끌고 즉시 한중으로 나아가 유홍의 원병과 답중의 나상을 막도록 하라.」

염식은 성도로 반사한 지 한 달이 못되어 다시 이이와 함께 한중으로 나아가서 지경에 하채하였다.

공교롭게도 이번에 다시 염식을 따라 출전하게 된 비장 나승과 장금구는 속으로 쾌재를 불렀다.

마침 그날 밤은 비바람이 세차게 몰아치는 음산한 날씨였다.

번을 맡아 순라를 돌게 된 나승은 몰래 장금구를 장막 밖으로 불러내었다.

「오늘 밤 결행을 하세.」

장금구는 다시 장막으로 들어가서 무장을 단단히 한 다음 나승과 함께 중군 장막으로 갔다.

염식은 이이와 함께 늦도록 적을 파할 계책을 수의하다가 조금 전 잠자리에 든 참이었다. 먼저 나승이 장막 안으로 들어서며 수작을 붙였다.

「군사께 아뢰오. 웬 사람이 와서 꼭 군사를 뵙고 전할 말이 있다고 합니다.」

염식은 자리에서 일어나 앉으며 말했다.

「그 자를 이리로 들라 하라.」

먼저 잠이 어슴푸레 들었던 이이도 말소리에 눈을 뜨고 부스스 자리에서 일어났다.

나승은 장막 밖으로 나가 옷이 비에 흠뻑 젖은 한 사람을 안으로 데리고 들어왔다. 고개를 푹 숙이고 나승을 따라 몇 걸음 염식에게로 다가가던 자는 번개처럼 이이에게 달려들었다. 나승도 그와 합세하여 얼른 들었던 창으로 염식의 가슴팍을 힘껏 찔렀다.

이이는 자객의 비수에 가슴을 찔리고, 염식은 나승의 창에 가슴을 찔려 그대로 고스란히 잠자리에 쓰러지고 말았다.

자객으로 분장한 장금구와 나승은 급히 장막 밖으로 뛰쳐나와서 소리를 질렀다.

「적이다! 적이 몰래 중군에 숨어들었다!」

여기저기의 장막에서 놀라 잠을 깬 장수와 군사들이 다급히 중군 장막으로 몰려들었다.

비바람은 여전히 세차게 불어오고 있었다. 한밤중의 예기치 않은 참변에 모두들 어리둥절하여 있을 따름이었다.

나승과 장금구는 이 북새통을 타고 무난히 진을 벗어나서 일로 답중으로 도망치고 말았다.

우두망찰하다 고스란히 그 밤을 지새우고 이튿날 먼동이 틀 무렵에야 겨우 한중성의 상관정에게 이 변을 전했다.

크게 놀란 상관정은 성을 이기에게 맡기고 스스로 지경으로 나가 군사를 통괄하는 한편 비마를 성도로 보내 사실을 이웅에게 알렸다.

이리하여 유민의 지낭(智囊) 모사 염식은 그가 꿈꾸어 온 대업이 거의 결실을 이룰 단계에서 원통하게도 비명횡사를 하였으니, 아무리 소인배의 앙심이라 해도 그 결과는 정말 가공할 일이었다.

### 4. 또 하나의 배반자

뜻밖에 나승과 장금구가 나타나 염식과 이이의 목을 바치자, 나상은 더없이 좋아했다. 어떻게나 기뻤든지 두 사람의 손을 덥석 잡은 그의 얼굴에는 웃음과 함께 눈물까지 흘러내려서 이루 형언할 수 없는 표정이 되었다.

「장군들의 공은 백만 대군을 격파한 것보다도 크오. 도둑이 평정되면 한중과 자동의 태수로 임명하도록 주선하리다.」

이런 약속마저 했을 정도였다. 그 사람됨의 옳고 그름 같은 것은 염두에도 없었다. 하늘이 돕는 것이라고 생각한 나상은 곧 대군을 발하여 성도를 빼앗기 위해 의양(宜陽) 땅에 발을 들여놓았다. 물론 나승과 장금구가 앞장을 섰다.

이 소식이 첩자를 통해 전해지자, 이웅은 의아한 듯 장수들을 둘러보았다.

「군사(軍師)가 부성을 지키고 있는데 이쪽을 향해 밀려오다니, 좀 이상스럽군! 하여간 부성에 통지하여 전후에서 협공토록 하시오.」

그러나 염식에게 사람을 보낼 필요까지도 없었다. 도리어 부성으로부터 사자가 찾아온 것이었다. 이이와 염식의 일을 사자가 떠듬떠듬 보고했을 때, 너무나 놀란 이웅은 대성통곡을 하다가 그만 일시 혼절까지 하였으니, 사실 그로서는 몇 만의 군사를 잃은 것보다도 더욱 가슴 아픈 일이었던 것이다.

「우리의 주석(柱石)이 둘이나 꺾이다니, 이렇게 원통할 데가 어디에 있으랴! 이 원수 놈들을 어찌 하루라도 내버려두겠는가!」

분노가 탱중한 이웅은 즉일로 다시 3만 군사를 조발하여 염식과 이이의 원수를 갚기 위해 친히 성도를 떠났다. 성도에는 양포와 이운을 남기고, 서연을 모주로 하여 주야배도로 한중으로 나오니 그 세는 하늘을 찌르고도 남음이 있었다.

양군이 포진을 마치자, 나상은 이웅의 화를 돋우기 위해 전서(戰書)를 보내왔다. 모욕과 희학(戲謔)에 가득 찬 내용이었다.

　<유적(流賊) 괴수 이웅은 들어라. 네가 제 근본을 잊고 망령되이 생각하여 스스로 천하의 일에 간섭하려 하니, 뜻인즉 가상하다. 그러나 하늘에 일월이 소소(昭昭)하거니, 어찌 네 몸에 재앙이 안 내리랴. 무릇 믿을 것은 지세의 험함도 아니요, 힘의 강성함도 아니니, 덕이 없고서야 무엇으로 여러 사람의 마음을 움직이겠는가. 네 밑에 있던 나승과 장금구는 크게 뉘우치는 바 있어 이이와 염식의 목을 베어 귀순했으니, 이 일을 과연 어떻게 보느냐. 무엇이 이 사태를 빚어냈는지 깊이 반성하고도 반성하라.

　이제 너의 허실은 남김없이 우리가 알게 됐으니, 너는 속히 항서(降書)로써 대죄할 것이며, 만일 그렇지 않고 왕사(王師)에 반항할 때에는 네 목을 베어 바치는 또 다른 나승·장금구가 나타날 것이다. 일거에 주멸할 것이로되, 불쌍한 마음 그지없기에 우선 도리로써 효유하나니, 너 이웅은 삼가 내 뜻을 받

들지어다.>

이를 읽은 이웅은 너무나 분해서 칼을 뽑아들고 외쳤다.

「내 이 못된 나상의 목을 베고 나승·장금구의 배를 가르지 않는다면, 어찌 대장부라 일컫겠느냐.」

그는 곧 진채에서 나와 병사들을 늘어세우고 전투태세를 갖추었다. 나상은 자기 계획대로 이웅이 흥분한 것을 보고 적진 앞에 나가 호통을 쳤다.

「이웅은 듣거라! 너를 아끼는 마음에서 편지를 보내 타일렀거늘, 너는 어찌 다시 싸우려고 하느냐. 반드시 네 아비 꼴이 될 것이니, 어서 물러가라!」

이에 이웅은 산이 무너질 듯 고함을 질렀다.

「이 늙어빠진 도둑놈아! 네 간을 내어 씹지 않는다면 결단코 이 자리를 떠나지 않으리라.」

그는 여러 장수들을 돌아보며 말했다.

「누가 나아가 저놈을 사로잡아오겠는가?」

선봉 장홍이 말을 채찍질하여 쏜살같이 달려 나갔다. 이를 본 관군 측에서는 대장 상분이 나오려고 하는데, 무엇을 생각했는지 나승이 내달으면서 외쳤다.

「저놈은 제게 맡기십시오.」

나상이 추켜주는 바람에 우쭐해졌는지는 모르나, 이것은 별로 잘한 일이 못됐다. 왜냐하면 그가 나타나는 것을 본 장홍이 분노의 화신인 듯 무서운 기세로 달려들었기 때문이다.

「이놈, 나승아! 너도 인간이냐?」

장홍은 버럭 소리를 지르면서 다가와 장창을 들어 말을 찔렀다. 처음부터 말을 노릴 줄은 예상도 못했던 나승은 그대로 땅에 나가 떨어졌다. 장흥이 두 번째 창으로 일어나려는 나승의 어깨를 번개같이 찌른 다음 목을 베기 위해 말에서 내리려는 순간이었다. 적의 장수 하나가 나타나 그의 앞을 막았다. 상분이었다.

두 사람은 용맹을 다해 싸웠다. 장흥의 창이 번개같이 움직인다면 상분의 칼은 허공에 서릿발을 날리는 듯했다.

20합이 지나고 30합이 넘어서도 승부는 날 것 같지 않았다. 이를 본 장금구가 달려 나가자 이웅 쪽에서도 엄유가 말을 몰아 나오며 크게 꾸짖었다.

「이 짐승보다도 못한 놈! 네 목에 칼이 들어갈 줄 어찌 몰랐단 말이냐」

장금구는 차마 대꾸는 못한 채 엄유와 싸웠다.

두 장수가 싸우는 모습은 구경거리로는 흥미진진했지만, 결말이 나지 않았다. 갑자기 광풍이 크게 일어나 눈도 제대로 뜰 수 없었으므로, 서로 헤어지는 수밖에 없었던 것이다.

다음날도, 다시 그 다음날도 작은 충돌이 있었다. 그러나 팽팽하게 맞선 채 신통한 결과는 나지 않았으므로 이웅은 파서(巴西)에 있는 이국에게 내원할 것을 명령하기에 이르렀다.

하지만 짓궂은 운명의 신은 장난치기를 좋아한다. 이 편지는 도중에서 하필이면 장금구에게 압수됐다. 큰 수나 난 듯이 기뻐하던 그는 전일에 받은 상처로 누워 있는 나승을 찾아가 상의한 끝에 한 가지 계략을 짜내었다.

「아, 왜 문석(文碩)이 있지 않소?」

나승이 이 말을 꺼내자 장금구의 눈이 빛났다. 그도 그럴 것이, 문석은 평소에 염식과 사이가 나쁜 사람으로 두 사람에게 암살을 충동했던 배후의 인물이었다.

예상대로 장금구의 밀서를 받은 문석은 주저하지 않았다. 언제

자기의 죄상이 드러날지 몰라서 불안한 나날을 보내고 있었던 판인 데다, 나승·장금구의 예로 보아 자기에게 돌아올 대우가 나쁘지 않을 것도 짐작이 갔기 때문이었다.

그는 자기 심복들을 동원하여 이국이 자고 있는 장막에 불을 지르게 한 다음 놀라서 뛰쳐나오는 이국을 창으로 찔러버렸다. 때 아닌 불길에 놀라서 병졸이 몰려들자 그는 높은 대에 올라가서 외쳤다. 손에는 물론 이국의 머리를 소중한 보물인 양 쥐고 있었다.

「들어라! 천자께서 백만 대군을 동원하사 이곳을 치려하시매, 선발대는 이미 성도를 에워싸고 이웅의 목을 베었다. 나는 무고한 너희들을 죽이기 싫어서 귀순하기를 주장했으나, 이국은 제 용맹만을 믿은 나머지 일언지하에 거절했으므로 부득이 그 목을 베었다. 너희들은 죽은 이국의 편을 들다가 역적의 누명을 쓰고 죽기를 원하느냐, 아니면 대의에 따라 떳떳한 충신이 되기를 바라느냐. 너희들이 알아서 결정해라!」

이국이 죽은 것을 본 병사들은 감히 이의를 제기하지 못했다. 더구나 백만의 관군이 동원되었다고 하지 않는가.

이리하여 문석은 곧 군대를 동원하여 의양으로 떠났다.

어느 날, 상분이 이끄는 관군과 싸우고 있던 이웅은, 문석이 뒤에서 나타나 쳐들어오는 데는 아닌 게 아니라 기겁을 하지 않을 수 없었다. 싸울 것도 없이 혼란에 빠진 그의 군대는 30리나 후퇴해서 겨우 진세를 정비했다.

이웅도 한탄하지 않을 수 없었다.

「못 믿을 것이 사람이라고 하지만, 문석이 그놈마저 적과 내통할 줄을 누가 알았으랴. 이러니 과연 누구를 믿고 함께 일할 수 있겠는가?」

왕회가 옆에 있다가 위로했다.

「반목하는 소인이란 언제나 있는 법이거늘, 그만한 일로 어찌 개탄하십니까? 충량한 장수 중에 한두 소인이 끼여 있었던 것이니, 그 정도에서 본색을 나타내고 만 것이 다행인지도 모를 일입니다.」

그러더니 다시 말을 이은 그는 철수를 건의했다.

「우리의 작전이 모두 염장군의 손에서 나왔으나 억울하게 돌아가셨고, 이이·이국 장군까지 참화를 입으셨으니, 지금 우리의 사기는 땅에 떨어져 있다 하겠습니다. 속히 성도로 회군하시어 후일을 도모하심이 상책일까 생각합니다.」

한참 동안 생각에 잠겼던 이웅이 결심한 듯 고개를 들려는 순간, 성도로부터 양포가 식량을 호송하여 진중에 도착했다는 보고가 들어왔다.

크게 기뻐한 이웅은 곧 양포를 불러들여 지금까지의 경과를 설명해주고 나서 철수문제를 거론했다.

「이런 형편이니 어찌 싸우겠으며, 싸운들 지금으로서야 그 무슨 결과가 얻어지겠소? 그래서 일단 성도로 철군하자는 주장이 논의되고 있는 중이오.」

「그것이 무슨 말씀이십니까?」

양포가 언성을 높였다.

「승패란 병가의 상사입니다. 어디에 안전하기만 한 싸움이 있겠습니까. 몇몇 장수가 죽고 정세가 우리에게 다소 불리하기는 하오나, 이 정도의 일로 뜻이 꺾여서야 어찌 대사를 이루시겠습니까?」

그 말을 들은 이웅의 얼굴에 생기가 돌았다.

「옳은 말씀이오. 그렇다면 어떤 방법으로 싸워야 되겠소?」

양포가 미소를 띠며 대답했다.

「우세한 적의 형세가 도리어 적의 약점이 될 수도 있고, 우리

쪽은 약하나 그것이 도리어 우리의 강점일 수도 있는 것입니다. 적은 의기양양해서 교만한 마음을 가지고 있을 것인즉, 우리가 겁먹은 체 후퇴한다면 반드시 추격해올 것이니 미리 길가에 복병을 두었다가 이를 치신다면, 나상의 세력을 이 한 싸움에서 꺾어버릴 수도 있으리라 생각합니다.」

이웅은 손뼉을 치면서 크게 기뻐했다.

「과연 장군이구려. 관중(管仲) · 장양(張良)인들 어찌 이에서 더하겠소」

### 5. 나상의 패배

이웅은 장수들을 모아놓고 말했다.

「세상을 살아가노라면 별의별 일이 많거늘, 하물며 싸움에서 갖은 수단이 쓰인다고 해서 그것이 어찌 새삼스러운 일이겠소? 원래 우리가 군사를 일으킨 것은 편안히 살기 위해서가 아니었소. 진조가 무도하여 백성을 학대하매 의기를 못 참아 천하를 바로잡을 생각을 가졌던 것이 아니겠소」

장내는 물을 끼얹은 듯이 고요해졌다.

이웅의 말은 다시 계속됐다.

「우리는 이번에 동지의 배반으로 싸움에서 패하였소. 나는 이 더러운 세상을 보면 볼수록 더욱더 싸워서 바로잡을 생각이 용솟음침을 느끼오. 이번에는 졌으나 우리가 얼마나 많이 이겨왔나 생각하시오. 다행히 양포 장군이 당도했기에 군의 지휘를 일임하겠으니, 장군들은 용전 감투하여 꽃다운 이름을 후세에 남기도록 하시오」

장수들 사이에 생기가 도는 것을 보면서 양포가 침착한 어조로 말을 시작했다.

「나상은 패할 것이며 우리는 크게 이길 것입니다. 앞서 나승·장금구가 장수의 목을 베어 바쳤고, 이번에는 문석이 또한 자기들 편을 들었기 때문에 그 마음이 교만해 있을 것인즉, 반드시 패할 것은 뻔한 일입니다. 장군들은 잘 듣고 군령대로 움직이시오 나상을 잡지 못하는 한이 있어도, 그 세력을 재기하지 못하도록 꺾어놓을 수는 있을 것입니다.」

양포는 곧 장수들의 부서를 정하고 작전을 지시했다.

비타·서연은 무도 동산(武都東山)의 남쪽, 양규·국운은 무도 동산의 북쪽에, 왕달·문빈은 무도 서산 남쪽, 왕기·엄유는 그 북쪽에 각기 매복시키고, 두 산골짜기 입구에는 임회와 조성을 배치했다. 그들에게 1천의 궁수와 기병 1천씩을 주되, 왕성·왕회는 1천의 군사를 이끌고 임회·조성을 돕도록 했다.

「나상의 군사가 골짜기에 들어오거든 곧 일어나 그 뒤를 끊고, 포성을 신호로 하여 이양 ·이도·장보 등의 제장은 그들을 추격하여 쳐 죽이시오 나는 주공을 모시고 적을 끌 것이며, 조숙은 보병 3백을 이끌고 산에 올라가 있다가 정세에 따라 포를 쏘시오.」

양포의 작전지시는 물 흐르듯 했다. 장수들은 어둠을 이용하여 각기 자기의 부서로 떠났다.

이튿날, 이웅은 주력부대를 이끌고 서서히 후퇴하기 시작했다. 이를 안 나상은 곧 장수들을 소집하여 출동명령을 내렸다.

「저놈들이 싸움에 연패했기 때문에 도망치는 모양이오. 만일 그대로 둔다면 다시 세력을 회복하여 쳐들어올 것이니, 곧 추격하여 그들을 섬멸하고 성도를 회복하도록 하오.」

이에 나상은 문석·나승·장금구를 시켜 1만의 군사를 주어 앞서 나가게 하고 자신은 상분과 함께 대군을 이끌고 뒤를 따랐다.

맨 뒤에서 후퇴하던 장보는 추격해오는 적군을 보자, 아군이 골짜기를 완전히 통과할 수 있는 시간을 벌기 위해 잠시 되돌아서서 싸웠다.

이에 나승이 기고만장하여 달려오며 호통을 쳤다.

「장보 이놈! 어서 말에서 내려 항복하라!」

이 소리에 장보의 눈에서 불꽃이 튀었다.

「이 개만도 못한 놈! 무슨 낯짝으로 네가 내 앞에 나타났단 말이냐!」

이번에는 나승이 머리끝까지 화가 나서 눈을 부릅떴다.

두 사람의 칼과 창은 맹렬한 속력으로 부딪쳤다. 그러나 워낙 용맹이 모자라는 데다가 전일의 상처가 겨우 회복된 나승으로서는 어느 모로 보나 장보의 적수일 수가 없었다. 싸움이 5합에 이르자 쨍 하는 금속성과 함께 나승의 창이 날아갔다. 그 순간 장보는 바짝 다가들면서 나승을 사로잡아 버렸다.

뒤에서 달려오던 장금구는 나승이 생포당하는 것을 보고 쏜살같이 말을 달려 장보를 추격했다.

「이놈, 장보야! 살고 싶거든 나승 장군을 돌려주고 가거라.」

이 소리를 들은 장보가 미소를 띠며 되돌아섰다. 두 사람은 10여 합을 싸웠다. 물론 장금구 쪽이 밀렸다. 그러나 장보가 너무나 상대를 얕보았으므로, 장금구마저 사로잡기 위해 말을 세우고 손을 뻗치는 순간, 장금구의 칼이 번뜩이더니 장보의 어깨를 내리쳤다. 그는 그대로 말에서 굴러 떨어지고 말았다.

장보의 부하들 사이에서 동요가 일어나자, 이양이 달려가 그들을 지휘하여 부대를 후퇴시켰다.

장금구가 적장을 베었다는 소식을 들은 나상은 더욱 힘을 얻어 적의 뒤를 추격했다. 그의 부대가 무도서산에 거의 접근했을 무렵이었다. 갑자기 어디선지 포성이 연달아 들려왔다. 나상은 깜짝 놀라서 말을 멈추고 사방을 둘러보았다. 도망치던 이양·이도·마예 등이 되돌아서서 함성을 지르며 달려드는 것이 보였다. 얼마쯤 안심한 나상이 외쳤다.

「반격하라는 신호인가보다. 겁낼 것 없으니, 무찔러 버려라!」

그러나 이때 다시 함성이 들리면서 무도동산 북쪽으로부터는 왕달·문빈이, 무도서산 남쪽으로부터는 왕기와 엄유가 한떼의 병사를 이끌고 몰려들었다.

유병(流兵)들은 접근하여 화살을 퍼부어댔다. 빗발처럼 쏘아대는 화살에 관군이 무수히 쓰러져갔다.

그러나 이것만이 아니었다. 다시 후방으로부터 비타·서연·양규·국운 등이 나타나서 나상의 후군을 습격했다.

대혼란 속에서 나상은 말을 멈추고 고래고래 소리를 질렀다.

「모두 싸워라. 도망가는 놈은 군법으로 다스리겠다. 자리에서 떠나지 마라!」

이때, 죽기를 무릅쓴 채 싸우고 있던 장금구는 가슴에 화살을 맞고 말에서 떨어졌다. 그것을 본 양규가 재빨리 다가가서 사로잡아버렸다.

사태가 절망적임을 깨달은 나상은 다시 소리를 질렀다.

「모두 후퇴하라. 말머리를 돌려 적진을 돌파하라!」

문석이 왼쪽 눈에 화살을 맞고 땅에 떨어진 것은 나상이 고함을 지르던 그 순간이었다. 병사들 손에 그도 역시 꽁꽁 묶이고 말았다. 천 년 만 년 살 듯이 동지까지 배반했던 그들 셋은 이렇게 하여 모두 포로가 되고 만 것이다.

관군의 혼란상은 어떤 명장으로도 수습할 수 있는 상황은 이미 지났음에 틀림없었다. 하물며 나상 같은 위인이 제아무리 소리를 질러본들 그것이 무슨 소용이랴.

그러나 기적이 일어났다. 기적? 이것도 의외의 결과를 낳은 점에서 어쩌면 기적이라고 할 수 있을는지도 모르는 일이었다. 관군은 앞을 다투어 뒤로 밀려갔다. 제각기 살려고 날뛰는 판이라 상관도 동료도 없었다. 어떻게 하다가 한쪽으로 갑자기 밀릴 때에는 넘어지는 자가 생겼고, 넘어진 자는 다시 일어나지 못했다. 금세 군중의 발에 짓밟혀 버리고 말았기 때문이다.

그것은 차라리 하나의 노도와도 같은 형세였다. 아무도 제지할 수 없는 힘이 되어 이 인간의 흐름은 도도히 흘러가는 것이었다. 그들의 앞에는 물론 유병이 떼지어 길을 가로막고, 닥치는 대로 칼과 창을 휘두르고 있었지만, 이 노도는 그런 것쯤에 상관하지 않았다. 마치 흘러가고 있던 물방울이 어떤 바위에 부딪친다고 해서 뒤에서 미는 힘이 결코 정지를 허용하지 않는 것과도 같았다. 앞에서야 쓰러지든 말든 뒤에서는 무서운 힘으로 밀어젖혔다.

그것은 도주임에 분명하면서도 어떤 면에서는 무서운 공격임에 틀림없었기에 도리어 유군 쪽이 밀려나는 결과가 되어서 패잔병들은 포위망 밖으로 나올 수가 있었다.

이 거대한 인간군 속에 끼여 있던 나상은 장흥·비심·하인과 함께 무사할 수 있었지만, 장수 중에는 희생된 사람도 적지 않았다. 그 중에서도 상분의 마지막은 비참했다.

그는 추격하는 군대와 싸워 무수히 많은 적병을 죽이기도 했으나, 그 자신도 성할 수는 없는 노릇이었다. 드디어는 창으로 찔린 상처만도 스무 군데가 넘어서 갑옷이 피로 축축이 젖었다. 그래도 그는 용감히 싸웠다. 하지만 몸이 무쇠일 리 없는 그는 드디어 그 자리에 쓰러지고 말았다.

그의 아우 상규도 죽었고, 이홍 또한 임회의 칼에 목숨을 잃어야 했다. 나상은 의양으로 돌아가려 했으나 그 길도 막혔음을 알고 파동(巴東)으로 향했다.

한편 의양 싸움에서 크게 이긴 이웅은 그 태수 초등(譙登)을 죽였으며, 다시 파서도 손에 넣은 다음, 군대를 몰아 나상이 있는 파동으로 밀려갔다.

파동에 있던 나상은 이웅의 대군이 진격해오고 있다는 보고를 받자 그대로 기절해서 쓰러지고 말았다. 그는 깊은 잠에 빠진 듯 혼수상태 속에서 사흘을 보냈다. 겨우 깨어났을 때 그의 곁에는 시녀 두 사람만이 지키고 앉아 있었다. 그녀들이 약을 권하려 하자 병자는 주먹으로 가슴을 탕탕 치면서 피를 토했다.

「국운이 불행하여 이 꼴이 되었으니, 내 무엇을 말하랴! 내 무엇을 말하랴!」

온 방안을 피바다로 만들어놓은 채 그는 눈을 감고 말았다.

장흥은 파동을 다스릴 자신이 서지 않았으므로 비심과 상의한 끝에 나상의 상여를 받들고 형주로 갔다. 군사들뿐 아니라 백성 중에서도 이웅의 치하(治下)에 들기를 원치 않는 많은 사람이 그 뒤를 따랐다.

형주자사 유홍(劉弘)은 나상의 상여를 맞이해 곡을 하고 날을 정해 정중히 장사지낸 다음, 그 처자들에게 집과 돈을 보내어 편히 살 수 있도록 주선해 주었다.

이후에도 파동으로부터 모여드는 백성은 끊이지 않아서 드디어는 수만 호에 이르렀으므로 벼슬아치 중에는 추방하자는 논의도 일어났으나 유홍은 듣지 않았다.

「살 수 없어 찾아온 백성들을 여기서 쫓는다면 그들은 어디 가서 몸을 붙이고 살아가란 말인가. 이것은 그들에게 도둑이 되라는 강요나 같으니, 절대로 할 일이 아니오. 오히려 가난한 자에게는 양식을 주고 원하는 사람에게는 황무지를 개척하게 한다면 몇

년이 안 가서 다 양민이 될 것이니 오직 덕으로 대하도록 하오.」

이리하여 형주에 온 백성들은 편안히 살아갈 수 있게 되었으므로 유홍에 대한 칭송이 자자하였다.

### 6. 이웅의 등극

나상의 죽음은 진조(晉朝)의 서촉 지배에 종지부가 찍힌 역사적 사건이었다. 이를 계기로 팽팽하던 세력 균형은 완전히 깨지고 말았다. 조정에서 서촉의 일을 포기하고 돌보지 않는 것은 이미 밝혀진 정책이거니와, 그런대로 지금껏 서촉에서 지배권을 유지해 온 것은 나상의 힘이었다. 그러니 기둥이 꺾인 집처럼 기울어질 것은 당연한 이치였다.

이웅이 군대를 동원하여 서촉 일대를 평정하려 들자, 목숨을 다해 항거하는 장수는 아무도 없었다. 더러는 항복하고 더러는 가솔들을 이끌고 줄행랑을 놓았다. 그러므로 삽시간에 모든 고을이 그의 손에 들어와 이특 이래 품어오던 숙원은 일단 여기서 이루어지게 되었다.

마침내 양포와 서연은 장수들을 이끌고 이웅에게 등극하기를 청했다.

「이제 서촉 일대가 다 귀순했으니 왕의 자리에 올라 만민의 기대에 호응하시옵소서. 대개 이름이 바르지 않고는 위엄이 안 생기는 법이니, 왕호를 칭하여 세인이 복종토록 하옵소서. 또 부귀를 바라는 것은 사람의 상정이오니, 지금껏 수고한 장병들에게 영화를 돌리기 위해서도 반드시 등극하셔야 될 것으로 아옵니다.」

이웅은 사양하려 했으나 더 이상 말을 할 여유가 없었다. 서로 짜고 온 일동은 양포의 선창으로 장내가 떠나갈 듯 만세를 불러버린 것이었다.

이웅이 좌우의 부축을 받아 용상에 앉자, 장수들은 일제히 숙배를 드리고 다시 만세를 외쳤다.

이윽고 이웅이 감격어린 어조로 말을 꺼냈다.

「과인에게 무슨 덕이 있겠소만, 군신(群臣)들의 마음이 그러하니 이를 따르지 않을 수 없구려. 시세가 이에 이른 공로가 모두 제공(諸公)에게 있거니와, 태평한 속에서도 지난날의 고생을 잊지 말고 일찍 일어나고 늦게 자면서 국사에 힘써 함께 영화를 길이 누리게 되기 바라오.」

용상에 앉은 이웅은 사뭇 의젓하여 왕자다운 풍모가 엿보였다. 신하들은 새삼 하늘이 내리신 이라고 수군거렸다.

며칠이 지나자 모든 부서가 발표되었다. 나라의 이름은 대성(大成)이요, 연호는 건흥(建興)이라 하니, 이로써 천하는 다시 진(晋)·한(漢)·성(成) 세 나라로 3분되어 정족지세(鼎足之勢)를 보이게 되었다.

이는 촉한의 후주 유선(劉禪)이 위(魏)에 항복한 지 40년이고, 동오(東吳)의 손호(孫晧)가 진 무제에게 항복한 지 25년 되는 해였다. 즉 진무제 사마염이 위·오·촉의 삼국을 통일하여 천하를 진(晋) 한 나라로 만든 지 불과 25년 만에 다시 천하가 3분된 것이니, 아무래도 넓고 넓은 중국 대륙에는 풍운이 가실 날이 없는 듯하였다.

성왕 이웅은 즉시 관제(官制)를 정하고 중장에게 벼슬을 내렸다.

국정의 최고책임자인 태위(太尉)에는 이양이 앉고, 좌우승상에는 양포와 이원이 임명되었다. 이박은 중위(中尉)가 되고, 상관정·비타는 좌우시중(左右侍中)이 되었으며, 서연은 사도(司徒), 모식·양진은 좌우사마(左右司馬), 양규·왕달은 어사대부(御史大夫), 문빈·국운은 보국장군, 엄유·이도는 진무장군(振武將軍), 왕박·상관기는 진위장군(振威將軍)에 각각 임명되었다.

외지(外地)를 지킬 대장 10명도 결정되었다. 임도는 거기장군 영서후(寧西侯)가 되어 자동에 주둔하고, 임회는 효기장군 안서후(安西侯)로서 면죽을 지키고, 무기장군(武騎將軍) 평서후(平西侯) 조숙은 부성, 도기장군(都騎將軍) 진서후(鎭西侯) 조월은 소성, 개성장군(開成將軍) 정서후(靖西侯) 왕신은 가맹, 보성장군(輔成將軍) 파서후(巴西侯) 왕각은 파서, 건성장군(建成將軍) 농서후(隴西侯) 이기는 덕양을 지키게 했으며, 병사의 수효는 각각 5천이었다. 또 대사구(大司寇) 겸 서평후(西平侯)인 이공(李恭)에게 1만의 군사를 주어 광한에 주둔토록 하고, 이포 즉 대사농(大司農) 서령후(西寧侯)를 상규에 주둔시키되 7천의 병력을 따르게 했다.

이 밖의 고을, 음평·강유·문계·파동·낭주·낙성·양평·의양에도 장수를 배치하고 각기 병사 3천씩을 보냈다.

그리고 문석·나승·장금구의 목을 베어 제단에 바치고 전사한 이번·이노·이탕·염식·이감·이이·이국·장보 등의 위령제를 지내고 토지를 주어 그 자손을 봉했다.

# 제14장. 다시 붙은 한과 진

## 1. 육기(陸機)

이웅이 왕호를 참칭하자, 가장 충격을 받은 것은 형주자사 유홍 (劉弘)이었다. 이미 왕을 자칭하매 그 만만치 않은 야심을 알 수 있었고, 야심이 만만치 않다면 형주에도 손을 뻗치려 들 것이라 생각했기 때문이었다.

그의 표(表)가 올라오자 조정에서는 결정을 못 내렸다. 그러나 손순이 가만히 제왕 사마경을 찾아가서 말했다.

「유적 이웅이 외람되이 존호(尊號)를 일컬으매, 의(義)를 보아 마땅히 죄를 물어야 할 것입니다. 그러나 그 세력이 일단 뿌리를 박았으니, 천험에 의거하여 항거한다면 아무리 대군으로 임한다 해도 섬멸하기 힘들 것입니다. 그러기에 이번 일에는 성도왕 전하를 움직이도록 하심이 옳을까 하나이다.」

「왜 하필이면 성도왕이오?」

사마경이 의아한 듯 손순을 쳐다보며 물었다.

「이이제이(以夷制夷 : 오랑캐로써 오랑캐를 제압함)라는 말이 있지 않사옵니까. 성도왕은 크게 인마를 모아 대왕과 권세를 다투실 작정인 듯 보이옵니다. 그러므로 전하께서는 폐하께 상주하여 성

도왕을 정서대원수(征西大元帥)에 임명하사, 유홍과 함께 이웅을
치게 하옵소서. 아까도 말씀드린 바와 같이 어차피 고전은 면치
못할 것이니, 그 세력이 꺾일 것만은 확실하지 않사옵니까. 설사
크게 승리하는 경우라 해도 서촉을 진수(鎭守)하는 임무를 주어
못 돌아오게 하신다면 다시 무슨 근심이 되오리까.」

사마경은 기뻐하여 이튿날 조정에 나아가 회의를 소집했다.

「지금 유적이 강성하여 서촉을 아우르고 드디어는 왕의 이름
을 일컫기에 이르니 이를 참는다면 더 이상 무엇을 못 참겠소 곧
군사를 내어 치려 하는데, 경들의 의견은 어떠하시오?」

사마경의 말이 떨어지기가 바쁘게 고영(顧榮)이 반열에서 나왔
다.

「지금에 와서 유적을 치는 것은 상책이 아니오니, 이는 그보다
더한 근심이 있기 때문입니다. 이웅이 강포하여 국가를 참칭하기
에 이르렀다고는 해도, 그 세력은 한 지방을 벗어나지 못한즉, 비
유하자면 옴이 오른 것과 같습니다. 그러나 위한(僞漢) 유연은 중
원을 넘겨다보고 있는 바, 이미 *병이 고황에까지 든 것이라(病入
膏肓병입고황) 하겠나이다. 다 같은 병임에는 틀림없사오나 그 경
중이 스스로 다른 터이오니, 위한을 먼저 치심이 사리에 맞는가
하나이다.」

그는 자기의 언변에 취한 듯 의기양양하여 다시 말을 계속했다.

「앞서 그들이 평양·태원을 노략질했을 때 위급함을 알리는
글월이 매일같이 올라왔건만, 조왕(趙王)이 작은 편안함만 취하여
이와 화친했기 때문에 드디어 대사를 그르치기에 이르렀던 것이
옵니다. 요즘은 어떠하나이까. 유연의 도당이 다시 상산·거록·
연주·한단을 연달아 빼앗았건만 이를 구하지 못했고, 영주가 구
원을 청했을 때도 대왕께서는 정사 다난하사 이를 방관하셨던 것

입니다. 이제 그들은 하남 땅을 엿볼 것이니, 이에서 더 큰 근심이
또 어디에 있겠사옵니까. 마치 창독(瘡毒)이 심복(心腹)에 미침과
같사온 바, 어찌 이를 버리고 옴과 같은 작은 병에 마음을 빼앗기
려 하시나이까. 이웅은 촉을 얻은 것에 자족할 사람이니, 어서 대
군을 발하사 위한을 토벌하시기 바랍니다.」

사마경이 한탄했다.

「촉을 평정하려 하면 위한이 걱정이고, 위한을 치려 하면 그 힘
에서 뒤지니, 이 일을 어찌하랴?」

유은(劉殷)이 의견을 말했다.

「이것은 국가의 이해에 관계되는 일이오니 경솔히 결정할 수
없나이다. 속히 성도왕을 입조하시게 하사 함께 의논하옵소서. 그
래야 여러 왕의 지지를 얻어 대사를 이룰 수 있을까 하나이다.」

사마경에게는 다른 뜻도 있는 터였으므로 곧 손순을 시켜 성도
왕에게 조서를 전하도록 했다.

업성에서는 조서를 읽은 성도왕 사마영이 손순에게 물었다.

「나를 입조하라 하시지만, 만사는 제왕이 처결하시는 터에 새
삼스레 무슨 어명인가, 필연코 까닭이 있으리라?」

제왕을 못 믿는 성도왕의 심리도 이해할 만하다. 그도 제왕이
다급해 있음을 모르지는 않았으나 한 마디 말에 고분고분 따른다
는 것은 자존심이 허락지 않았다.

그러자 손순이 약간 당황해서 굽실거렸다.

「위한이 조연(趙燕)의 땅을 빼앗고 다시 위군(魏郡)을 침범하
여 중원을 엿보고 있사오며, 서촉의 유적은 유적대로 성도에 의거
하여 왕호를 일컫고 있나이다. 이렇듯 국사가 너무나 절박한데 제
왕 전하 혼자의 힘으로는 처결할 수 없어 전하를 입조케 하신 것
입니다. 전하께서는 사직의 무거움을 생각하시기 바라옵니다.」

사마영은 손순을 객사에 머물도록 한 다음 심복인 노지(盧志)를 불러들였다.

「제왕이 나를 입조하라고 간곡히 청하고 있소 이에는 무슨 까닭이 있는 것 같은데, 그대 생각은 어떠하오」

노지가 한참을 생각에 잠겨 있다가 입을 열었다.

「물론 위급하니까 대왕을 이용하자는 것입니다. 우리도 언제까지나 여기에 움츠리고 있을 수는 없는 일이니, 속는 체하시고 응하십시오 의(義)로 볼 때에도 국가의 환란을 앉아서만 보시지는 못할 것입니다.」

사마영은 좀 꺼림칙한 데는 있었으나, 노지·손순과 함께 낙양을 향해 떠나갔다.

그가 입조하여 혜제(惠帝)를 알현하고 다시 제왕의 부중을 찾아가자, 사마경은 여간 반가워하는 것이 아니었다. 두 사람 사이에 인사말이 오고 간 다음 마침내 이야기는 시국으로 옮아갔다.

사마경이 앞서 문제를 꺼냈다.

「대왕도 아시겠소만, 유민들의 반란이 커져서 서측 일대가 휩쓸리고, 위한은 거의 하남(河南)을 엿보기에 이르렀습니다. 특히 한군으로 말하면 그 형세가 자못 강성하여 관군이 연달아 패하고만 있으니, 천하의 근심이 이에서 어찌 더하겠소이까. 그러므로 특히 대왕을 청하여 입조케 하셨으니, 부디 천하를 바로잡을 지략을 보여주시기 바랍니다.」

제왕으로서는 지금껏 볼 수 없었을 만큼 간곡한 어조였다. 성도왕이 찻잔을 내려놓으며 말했다.

「유적의 일이 아직 대단한 것 같지는 않습니다만, 유연의 일은 아닌 게 아니라 걱정이올시다. 그들에게는 위한(僞漢)의 명분이 있으매 민심을 움직이기 용이하며, 또 용병 40만은 날쌔고 사나운

터입니다. 더욱이 그 장수들은 장문(將門)의 자제들이라, 모두 호
랑이같이 용맹하다 하지 않습니까. 이것은 평정하기 쉽지 않을 것
이니 천하의 군사를 움직여야 하리다. 내일 공경 대신을 모아 우
선 상의부터 하시기 바랍니다.」

늦도록 술을 마신 두 왕은 이튿날 혜제에게 상주하여 대신들을
소집하고 이 일의 가부를 협의했다.

「각주(各州)의 군대는 말할 것도 없고, 대(代)·요(遼)·저(氐)·
맥(貉)의 오랑캐까지 움직여야 할 것 같소. 경들의 의견은 어떠한
지 기탄없이 말하시오.」

제왕의 말이 끝나자, 강통(江統)이 반열에서 나왔다.

「옛날에 원소(袁紹)는 열여덟 제후의 병력을 움직였건만 동탁
하나를 꺾지 못했사오니, 주관하는 대장이 없으매 통제가 불가능
했기 때문입니다. 더구나 오랑캐로 말하면 그 마음을 헤아릴 수
없기 때문에 도리어 심복(心服)의 환(患)이 될까 걱정입니다. 제 어
리석은 소견으로는 반드시 친왕 전하들께서 군사를 크게 일으키
시어 일심협력하여 일에 임하지 아니하고는 저 도둑을 섬멸하기
어려울까 하옵니다.」

그러나 우유부단이 귀족들의 특징이다. 이런 저런 의견이 많이
나왔지만 끝내 아무 결정도 내리지 못한 채 시간만 흘렀다.

「그만한 일을 가지고 왜 그리 말씀들만 하십니까?」

이렇게 소리치며 나오는 사람이 있었다. 만좌의 시선은 모두 그
리로 쏠렸다. 그는 육기(陸機)였다.

「유연이 좌국성에서 일어나 평양을 노략질하여 여기에 근거
를 둔 이래 거록을 치고 상산을 습격했으며, 다시 영주·급군을
빼앗아서 멍석처럼 말고 누에가 뽕을 먹듯 하다가 드디어 중원의
보위(寶位)를 엿보기에 이르렀습니다. 이는 일시의 형세만으로 되

는 일이 아닌즉, 반드시 그 안에는 지모에 뛰어난 자가 있어서 계략을 짜고, 밖으로는 용맹한 장수가 있어서 싸움터에 임하는 까닭입니다. 우리 장수들도 다 일세의 호걸들이건만, 적과 부딪쳐 하나같이 패한 것은 무슨 까닭입니까. 저들의 지략이 우리보다 낫고, 저들의 용맹에 우리가 못 미치기 때문입니까. 아닙니다. 제가 단언하건대 용맹에서나 꾀에서나 별 차이는 없는 것으로 압니다. 그러면서도 저들이 뜻을 얻게 된 원인은 다른 데 있었습니다. 저들은 대군이 한 장수의 절제 밑에 움직였건만, 우리는 각주의 군사가 제각각 독립해 있어서 다른 고을의 싸움을 수수방관하는 일이 많았고, 돕는다 해도 서로 협조가 충분하지 못했습니다. 이리하여 우리는 싸움할 때마다 패했던 것입니다. 그렇다면 도둑을 꺾는 길이 무엇이겠습니까. 실패의 원인을 생각하여 이것을 뒤집어 놓으면 승리의 길이 열릴 것이니, 군대를 한 대장 밑에 두어 일사분란하게 만드심이 우선이라 하겠습니다. 아까 강중랑(江中郞)이 하신 말씀에 일리가 있으니, 친왕들께서 일제히 군사를 일으키신 다음 원수를 뽑아 군대를 통솔케 하시옵소서. 공은 스스로 이루어질 것입니다.」

성도왕은 육기의 언사가 명석함에 기뻐하며, 가까이 불러서 그의 의견을 물었다.

「육사형(陸士衡)은 원래 강동의 영준(英俊)이라, 그 이름은 익히 듣고 있었소. 한군을 멸하여 사직을 바로잡을 심지원모(深智遠謀)가 있으리니, 부디 말을 아끼지 마오.」

이에 육기가 허리를 굽히며 말했다.

「신이 노둔하여 전하의 하문(下問)을 더럽힐까 두렵거니와, 지우(知遇)에 보답하기 위해 우견을 말씀드리겠나이다. 지금 유연은 호왈(號曰) 60만이라고 하오나, 정확한 병력은 30만쯤 되는 것으로 이튿날, 육기가 5만의 군사를 이끌고 도착하여 들어오자, 성도 왕은 먼저 유총을 칠 계획을 털어놓았다. 그러자 잠자코 듣고 있던 육기가 단호히 말했다.

　「그렇게 서두르실 것은 없습니다. 적군의 수효는 우리보다 많으며, 왕미·유영 등은 만부부당의 용맹이 있다고 들었습니다. 그밖에 관방·장실·관근·장경은 모두 그 부조(父祖)의 풍이 있다 하고, 장빈은 용병에 능하며, 제갈선우는 신출귀몰하는 지략이 있다 하나이다. 지금 다른 전하들의 군사가 오기를 기다리지 않고 치신다면 공을 독점하려 한다는 비방을 들으셔야 할 것이며, 실수하시는 경우에는 우리의 예기(銳氣)가 꺾일 것이니, 두고두고 싸움에 지장이 많을 것입니다. 지금까지도 버려두었던 위한을 꼭 오늘 내일에 쳐부수어야 할 까닭도 없을 터이니, 잠시 시기가 익기를 기다리시는 편이 좋을까 하나이다.」

　「내가 경솔했구려.」

　사마영은 뉘우치고 곧 육기의 건의에 따라 요소에 병사를 배치해서 만일의 사태에 대비하는 한편, 각처에서 군대가 도착하기를 기다렸다.

　이 소문을 들은 유총의 진중에도 긴장의 빛이 감돌았다.

　「진조의 제후들이 군사를 회동하고 육기를 원수로 삼아 우리를 치려 한다고 하니, 이번 싸움은 국맥(國脈)이 좌우되는 계기가 될 것인즉, 매우 신중을 기할 필요가 있는 줄 아오」

　유총의 말이 끝나자, 방안에는 무거운 침묵이 흘렀다. 호연유가 나와서 말했다.

　「이곳은 뒤로 장하가 흐르고 앞에는 대군이 버티고 있으니, 결코 싸울 곳이 못되는 줄 아나이다. 위군(魏郡)으로 돌아가 성을 의지하여 싸우는 편이 이롭지 않겠습니까?」

「그것은 곤란합니다.」

장빈이 고개를 저었다.

「여기까지 왔다가 싸우지도 못하고 물러간다면, 적은 우리를 비웃을 것이며, 아군의 사기에도 영향을 줄 것입니다. 속히 평양에 사람을 보내어 대병을 파견하시도록 폐하께 상주함이 좋겠습니다.」

유총도 이 말을 옳게 여겨서 사람을 평양에 급파하는 한편, 명령하여 싸울 준비를 서둘게 하고, 군령(軍令)이 아니면 함부로 움직이지 못하게 했다.

두 길로 갈라져서 밤을 낮 삼아 달려간 사자들은 서로 질세라 전후하여 평양에 닿아 표문을 조정에 바쳤다. 한황 유연은 진원달(陳元達)·서광(徐光) 등과 함께 이 일을 상의했다.

「진조에서 대군을 휘동한 모양이니, 장차 어떤 대책을 쓰면 좋겠는가?」

서광이 상주했다.

「이런 사태가 될 것은 진작부터 예상했던 일이옵니다. 진조는 중원을 차지하여 명색이 천하의 주인으로 자처하는 나라로서, 우리에게 끝없는 수모를 당했사온데 왜 가만히 있으려고만 하겠나이까. 저들로서는 크게 병사를 모아 총력을 기울여올 것이니, 이번 싸움에서 천하대세가 결정된다 하겠습니다. 복원 폐하께서는 우상(右相)을 패초하사 하문하시옵소서. 반드시 좋은 계략이 있을 것이옵니다.」

뒤늦게 불려온 제갈선우는 이야기를 다 듣고 나자 미소를 띠면서 말했다.

「진국이 아무리 대군을 동원한다 해도 기율을 세우기 힘들 것인즉, 조금도 걱정하실 일은 없을 줄 아나이다. 그러나 신이 두려

위하는 것은 요동의 모용외(慕容廆)·평성(平城)의 척발의로(拓跋
猗盧), 진주(秦州)의 포홍(蒲洪)과 요익중(姚弋仲) 등의 향배입니다.
그들이 진을 따라 우리의 뒤를 끊는다면 이는 사면의 적과 싸우는
결과가 되리니 어찌 승리를 거둘 수 있겠사옵니까. 그러므로 변설
에 능한 사람을 이 네 곳에 급파하여 진조 편을 들지 못하도록 이
해로써 타이를 필요가 있겠나이다. 만일 그들만 움직이지 않는다
면 천하사(天下事)는 가히 정해진 것이나 다름없는 줄 아옵니다.
다만 요동의 단씨충(段氏忠)만은 왕준(王浚)의 서랑(壻郎)이니 교
섭해 볼 필요까지도 없겠습니다.」

한황이 고개를 끄덕였다.

「과연 옳은 말씀이오 이번 유세(遊說)는 국가의 운명이 좌우
되는 중대사인즉, 그 직책의 무겁기가 이루 헤아릴 수 없는 바요.
소진(蘇秦)·장의(張儀) 같은 언변이 없고서야, 어찌 그 영걸들을
움직일 수 있겠소. 그런데 우리에게는 문무의 영재가 구름같이 있
다 해도, 누구를 보내야 할지 생각이 떠오르지 않는구려.」

그러자 진원달이 자리에서 일어나 상주했다.

「이번 일의 중대함은 성지(聖旨)와 같나이다. 그 네 곳의 주장
(主將)들은 다 식견이 있는 사람들이라, 보통 사람으로서는 감동
시키지 못할 것입니다. 누구라 할 것도 없이 제갈 승상께서 직접
다녀오실 수밖에는 도리가 없는 줄 아나이다.」

한황이 제갈선우를 바라보며 미안한 듯 말했다.

「경은 국가의 대신이라 잠시도 짐의 곁을 떠날 수 없는 처지
이나, 사세가 이 같으니 어찌하겠소. 심히 난처하도다.」

「그 어인 말씀이십니까?」

제갈선우가 말했다.

「다소라도 사직에 도움이 된다면 어찌 그만한 일을 사양하오

리까. 더구나 폐하의 좌우에는 보필하는 신하가 많사오니, 조금도 괘념치 마시옵소서.」

한황은 크게 기뻐하여 폐백을 갖추고 마차를 내어서 친히 제갈 선우를 전송했다.

### 3. 제갈선우의 유세

요동의 모용외는 공손탁(公孫度)의 우부장(右部將)이던 모용호 (慕容廆)라는 사람의 자손인데, 중원과 먼 이곳에서 세력을 길러 10만 대병을 휘하에 거느리기에 이르렀으므로, 진조에서는 이것을 제어하기 어려움을 알고 그곳의 자사로 임명한 것이었다. 따라서 다른 고을의 태수와 달리 진조의 직함을 띠고 있으면서도 한 독립국가의 군주나 다름없었다.

육기의 건의를 받아들인 진조에서 조서를 내려 출병을 재촉해 오자, 부하들의 의견은 둘로 갈라졌다. 어떤 장수는 방관하자고 주장했다. 요동을 확보하기 위해서는 본국에 내란이 있는 편이 유리하다는 의견이었다. 한(漢)이라는 강적이 있는 한, 진의 세력이 요동에 뻗칠 여유는 없을 것이기 때문이었다.

그런가 하면 참전을 주장하는 사람도 있었다. 진은 무어라 해도 중원의 주인이다. 이 기회에 그들을 돕는다면 제후로 승격할 수도 있을 것이라는 의견이었다.

이런 두 갈래의 여론 속에서 결정을 못 내리고 있던 모용외는, 한에서 사신이 왔다는 말을 듣고 곧 불러들였다.

제갈선우가 방에 들어서자 모용외는 저도 모르게 자리에서 일어났다. 큰 키에 청수한 제갈선우의 얼굴은, 마치 청송(靑松)에서 나래를 접는 한 마리의 학과도 같아 보였다.

「승상께서 멀리 왕림하시는 줄도 모르고 영접의 예를 결한 점

널리 용서하시기 바랍니다.」

　이런 말이 모용외의 입으로부터 먼저 나온 것도 그 인품에 끌린 때문이었다.

　서로 인사가 끝나자 다시 모용외가 입을 열었다.

　「승상의 꽃다운 이름은 들은 지 오래거니와, 어찌 이렇게 왕림하셨습니까?」

　제갈선우는 가지고 온 폐백을 전하면서 대답했다.

　「우리 성상 폐하의 칙명을 받들어 제가 장군을 찾아뵙게 된 것은 장군을 위해 말씀드리고자 하는 바 있기 때문입니다. 성도왕이 격문을 보내 기병(起兵)할 것을 장군에게 권했다고 들었습니다. 그것이 사실입니까?」

　「사실입니다.」

　모용외가 대답하자 제갈선우가 웃었다.

　「물에 빠진 자는 지푸라기라도 잡는다 하더니, 과연 그러합니다그려.」

　모용외가 의아한 듯 말했다.

　「진조는 아직도 천하의 주인입니다. 어찌 물에 빠진 자에 비하십니까?」

　제갈선우는 백우선(白羽扇)을 어루만지면서 천천히 입을 열었다.

　「진이 정권을 찬탈하여 천하를 지배한 적이 물론 있었습니다. 그러나 이제 와서는 모두가 과거사일 따름입니다. 만약 지금도 천하의 지배자라 한다면 어째서 중원의 일로 장군에게까지 도움을 청하겠습니까. 이는 중국을 지배할 힘이 없음을 스스로 장군에게 보여드린 것이나 다름없지 않습니까?」

　모용외가 대답을 못하고 있자, 제갈선우는 다시 말을 계속했다.

「진은 힘으로 일어난 나라입니다. 힘으로 정권을 빼앗고, 힘으로 정권을 유지하려 했습니다. 그러나 힘이란 어느 때나 남을 다치게 하지 않고는 못 견디는 법이어서, 천하가 안정한 듯하자 곧 골육상쟁이 시작되었던 것입니다. 자식이 어미를 유폐하고 형제가 서로 죽이는 데 이르렀으니, 짐승조차 이를 부끄러워할 일이거늘, 어찌 만민의 의표(儀表)가 되겠습니까. 지금 천하가 가마솥같이 끓고 있는 것도 다 그들이 힘에 의존한 결과입니다. 힘이란 가장 강한 것 같으면서도 이렇게 약한 면을 가지고 있습니다.」

제갈선우는 다시 힘을 주어 말을 이어갔다.

「지금 하늘로 머리 둔 자라면 누구나 진의 멸망을 축원하지 않는 이가 없습니다. 무도하며 강포하여 끝없이 백성을 괴롭히기 때문입니다. 그러므로 우리 성상 폐하께서 한실(漢室) 부흥의 기치를 변방에서 드시매, 순식간에 천하를 석권할 수 있었던 것도, 결코 저들이 약하고 우리가 강했기 때문이 아닙니다. 실정은 정반대였습니다. 저들은 중국 4백여 주(州)를 지배하여 막강한 세력임이 틀림없었지만, 우리에게는 몸을 담을 한 치의 땅도 없었습니다. 그러면서도 우리가 싸울 때마다 이기고 칠 때마다 빼앗은 것은 무엇입니까. 도탄에 빠진 백성들이 우리 폐하의 덕을 사모하고 포학한 진조를 미워했기 때문입니다. 지금 성도왕이 대군을 모아 우리와 겨루려 하고 있지만, 대세는 이미 결정된 지 오래임을 모르고 하는 행위입니다. 장군께서도 이 점을 깊이 살피시기 바랍니다.」

현하지변(懸河之辯)이라는 말이 있다. 제갈선우의 말은 거침이 없어서 장강이 흐르는 것과도 같았다. 듣고 있던 모용외는 속으로 탄복해 마지않았으나, 한 마디의 말도 없이 동조한다는 것은 체면상 못할 일이었다.

「잘 알겠습니다. 그러나 우리 부자가 진조를 섬겨 그 봉작(封

爵)을 받아왔거늘, 어찌 조직을 받고 모른다 하겠습니까. 이해보다
도 한 조각의 의리가 무거움을 승상께서도 아시오리다.」

이에 제갈선우가 미소하며 말했다.

「장군의 말씀은 이해하기 어렵습니다. 만일 그런 의리를 따진
다면 그들에 앞서 위(魏)를 섬기셨으니 진에 신사(臣事)할 까닭이
없으며, 또 그 이전 일을 생각하신다면 한조(漢朝)를 모르신다고
는 못하시리다. 천하의 주인은 덕 있는 왕자(王者)일 뿐입니다. 그
임금을 충성으로 섬기는 것은 그 개인을 위해서가 아니고, 그것이
바로 하늘의 뜻에 부합되며 백성을 편케 해주는 길이 되는 까닭입
니다.《시경(詩經)》에 이르기를,『천명은 유지하기 어렵다』했습
니다. 덕을 잃고 보면 천명이 옮겨가기 때문입니다. 달사(達士)는
*오동잎 하나가 떨어지는 것을 보고도 천하에 가을이 올 것을 짐
작합니다(一葉落地天下秋일엽낙지천하추). 이런 세태에 처하여 작은
명목에 구애되어 걸주(桀紂)의 악을 돕는다면, 그것이 어찌 의리
겠는가 생각하시기 바랍니다.」

그러나 모용외는 묵묵부답이었다.

「한 걸음 물러나 이해로 따져 말씀드리겠습니다. 지금 영웅들
이 제각기 *사슴을 쫓아(中原逐鹿중원축록) 중원이 크게 어지러운
판국에, 이곳 요동만은 병화를 받지 않고 있으니 그 이유가 무엇입
니까. 오직 길이 멀고 땅이 떨어져 있기 때문입니다. 이는 하늘이
주신 복이라 할 것이니, 중국에 있는 제후라면 원한다고 이루어질
처지이겠는지 생각해 보십시오. 이르기를, *나라를 세우기보다 나
라를 유지하는 것이 어렵다(創業易守成難창업이수성난)고 했습니다.
장군께서는 어찌 조상 전래의 기업(基業)을 유지하려 하지 않으시
고 도리어 이를 위태롭게 하려 하십니까. 진의 악을 도움이 의리에
서도 불가하거니와, 천하대세가 이미 기운 이때 그들과 흥망을 같

이하려 하심은 저로서는 이해가 가지 않는 일입니다. 하물며 장군이 이곳을 떠나시기만 하면, 아마도 단씨(段氏)가 뒤에서 일을 일으키고 왕준이 앞에서 쳐들어올 것이며, 척발씨(拓跋氏)라고 그 정세를 이용하지 말라는 법이 어디에 있겠습니까. 병법에 이르되, 용맹을 자부하여 멀리 나가 싸우는 것을 지혜 있는 이는 꺼린다 했습니다. 나는 장군을 위해 이를 근심하는 바입니다.」

그제야 모용외는 일어나 허리를 굽혀 경의를 표하면서 말했다.

「금옥(金玉)의 논(論)을 듣잡고 감명됨이 많았습니다. 따로 상의하여 결정하겠사오니 객사에서 쉬시기 바랍니다.」

그는 제갈선우를 극진히 대접하도록 지시한 다음 곧 장수들을 불러서 상의했다.

「여러분들도 제갈선우의 말을 들었으려니와, 내 생각 같아서는 매우 타당하다고 보오. 의견을 말하시오.」

모용외의 말이 떨어지자, 배억(裵嶷)이 나섰다.

「제갈공의 말에는, 우리가 나서서 자기들의 뒤를 공격할까 걱정하는 뜻이 포함되어 있을 것입니다. 그러나 대세의 판단에 있어서는 그의 말에 도리가 있는 것 같사오니, 움직이지 않는 것이 상책인가 생각합니다. 무슨 이득이 있을 것이라 하여 이 마당에 운명을 걸면서까지 모험을 하겠습니까.」

유수(游邃)도 이 말에 찬성했다.

「일이란 임기응변으로 대처하는 것이 제일입니다. 천하가 크게 흔들리어 아무에게도 그 결과가 예견되지 않는 이때, 스스로 뛰어들어 어느 한 편을 드는 것은 어리석은 일이니, 좌시하면서 형세에 따라 정책을 쓰는 것이 좋을 것입니다. 진이 꼭 이긴다는 보장도 없으며, 우리가 떠난 사이에 제갈선생의 말처럼 누가 쳐들어온다고 하면, 그때에는 오도 가도 못하게 되오리다.」

편안한 것을 바라는 것이 인지상정이다. 봉추(封抽)·황급(皇岌)을 비롯하여 모든 장수의 의견이 다 이와 같았다.

모용외는 크게 기뻐하고 제갈선우를 불러 이 뜻을 전했다.

「말씀을 따라 진조의 명령은 거부하겠습니다. 승상이 왕림하지 않으셨더라면 섶을 지고 불속으로 뛰어들 뻔했습니다.」

제갈선우도 기뻐했다.

「어리석은 소견에 동조해 주시니 도리어 송구하거니와, 이 땅의 백성들을 위해서는 불가불 축하해야 될 일입니다.」

모용외는 크게 잔치를 베풀고 환대의 뜻을 표했다. 술잔이 오고 가는 사이에 나누는 잡담에서도 제갈선우의 지혜는 빛이 나 모든 장수들은 그를 진심으로 존경하게 되었다. 이튿날 그가 떠날 때는 모용외 이하 모든 장수가 성문 밖까지 나와 전송하며 못내 섭섭해 했다.

제갈선우는 대군(代郡)의 척발의로를 찾고, 포홍과 요익중도 연이어 방문했다. 여기에서도 모용외와 비슷한 경과를 거쳐 다 그의 뜻을 따르겠다는 보장을 받았다.

제갈선우가 유세를 마치고 돌아오자 한황은 매우 기뻐했다.

「승상이 말로써 몇 십만 대군을 멈추게 했으니, 세 치의 혀가 백만 명의 군대보다 더 강하다(三寸之舌삼촌지설)는 말이 실감이 나는구려. 예전에 와룡공(臥龍公 : 제갈양. 남양南陽에서 농사짓고 살 때 스스로 와룡臥龍에 비유했다고 함)이 오(吳)의 장수들을 상대하여 설전(舌戰)을 벌인 일이 있다고 하거니와, 진실로 내조(乃祖)의 유풍이 완연하다 하겠소」

### 4. 업성으로 모여드는 군대

이번 일의 맹주가 된 성도왕은 장대(將臺)를 쌓고 수부(帥府)를 지으면서 각처의 군대가 도착하기를 기다렸다. 20일이 지났을 때,

하간왕이 보낸 군대가 먼저 도착했다. 하간왕은 자신은 남아서 본진(本鎭)을 지키고, 장방(張方)을 대장으로 하여 8만이나 되는 병사를 보내왔다. 부장은 질보·석위·조묵·여랑·임성·마첨 6명이었다.

성도왕 사마영은 크게 기뻐하며 원수부에 앉아서 장방 이하 7명의 장수를 인견했다. 9척 장신에 치솟은 봉안(鳳眼)과 딱 벌어진 어깨는 장방의 용맹을 말해주고 있었으며, 다른 장수들도 다 영걸의 기상이 엿보였다.

사마영은 인사를 받으면서 속으로 자탄했다.

「진작 이런 사람이 있는 줄 알았으면 어찌 오늘 군사를 일으킬 필요가 있었겠는가?」

사마영은 곧 군정관에 명하여 양식을 공급하게 했다.

두 번째로 도착한 것은 형주자사 유홍이 이끄는 5만 명이었다. 피초·궁흠·정건·장초·묘광·조양·하송·유반 등의 장수가 따르고 있었다.

유홍이 나타난 데에는 사마영도 적이 놀랐다.

「이웅이 촉(蜀)에 의거하여 언제 침공할지도 모르는 터에, 자기 고을은 안 지키고 어째서 여기까지 왔는가?」

그러자 유홍은 천연덕스럽게 대답했다.

「이웅으로 말씀드리면 촉을 얻은 것으로 족해 하는 도둑이온즉, 조금도 염려 마시기 바라나이다. 설사 쳐들어온다 해도 지장이 없도록 조치하고 왔나이다.」

사마영은 뒷맛이 좀 씁쓸했지만 와버린 사람을 쫓을 수도 없었다. 이리하여 유홍은 제2로(路)의 태수로 기록되었다.

제3로의 태수로 군부(軍簿)에 오른 것은 서량태수 장궤였다. 정병 5만과 모사(謀士)에 송배(宋配)와 부장으로는 장배·마방·범원·음담·양준·양윤·전형·장낭·곽부·삭보·맹창·영호아 등이 따랐다.

제4로의 군대는 평오(平吳)의 태수 왕준(王浚)이 이끄는 5만 명으로, 참군은 사마상·숭여·유창·유통·배헌이요, 대장은 기홍·왕 갑시·왕창·호구·손위·고유 등이었다.

제5로의 태수는 양주자사 진민(陳敏)이었다. 이 사람은 지용을 겸 비한 장수로, 전단·백요·화여·하문화·하문성·전광·하강·전 애 등의 보좌를 받으면서 정병 4만을 이끌고 있었다.

제6로의 태수는 병주자사 유곤(劉琨)으로 6만을 이끌고 왔다. 휘 하에는   희담·유희·공순·고교·능심·모목·초구·왕단·단 번·한거·범승·사마장유·노심·최월 등의 장수가 있었다.

제7로의 태수는 광주자사 도간(陶侃)이었다. 이 사람은 지략에 뛰 어나 덕망이 매우 높은 장수로 6만의 병력을 인솔하고 있었다. 부장 에는 주사·오기·조유·동기·정번·장혁·양거·도정 등의 인물 이 있었다.

제8로의 청주자사 구회(荀晞)는 용맹으로 이름난 장수이며 5만을 이끌고 참가했다. 하양·고윤·왕찬·진오·유회·온기 등이 부장 이었다.

제9로의  예주자사  유교(劉喬)는  화문·화무·유양·변진·묘 수·유현 등의 부장과 병사 3만을 거느리고 있었다.

제10로가 된 낙릉자사 소속(邵續)은 용력이 뛰어난 사람으로, 조 카 소존·소축·소선·소의와 동운·이용·승비·목패 등의 장수 가 뒤따랐으며, 병력은 3만이었다.

제11로군은 형양태수 이구(李矩)가 이끄는 5만 명이었으며, 휘하 에는 하운·뇌패·곽묵·양장·낙증·양지·강패 등의 장수가 있 었다.

제12로군의 옹주자사 유침(劉沈)은 4만 명을 이끌었고, 부하로는 황보담·아박·고표·오태 등이 있었다.

제13로군은 무위태수 마융(馬隆)의 군대였다. 병사 4만과 따로 오랑캐 3천이 있었으며, 장수에는 수선·융몰·골태·도나 등이 있었고, 자기 아들 마함도 끼여 있었다.

마지막으로 무양태수 응첨이 인솔하는 3만 명이 제14로군이 되었다. 장수에는 장화·호덕·방태·응조 등이 있었다.

이상의 14로군의 총병력은 58만 3천에 달했다.

이 밖에 일곱 친왕의 군대도 다 모여들었다. 도착한 순서대로 말하면 이러했다.

장사왕(長沙王) 사마예(司馬乂), 그는 무제의 여섯째 아들로서 자를 지탁(志度)이라 했다. 그의 휘하에는 상관기·황보상·송홍·왕호 등의 장수와 참군으로 유유·동공·풍숭이 있고 군사 6만과 양초 50만 석을 가지고 왔다.

하간왕(河間王) 사마옹(司馬顒). 그는 선제 사마의(司馬懿)의 동생인 사마부(司馬孚)의 아들로서 자를 문재(文載)라 했다. 그는 자기 대신 아들 사마휘(司馬暉)를 시켜 장방·이함 등 제장과 함께 군사 8만과 양초 40만을 제일 먼저 업성에 당도토록 하였다.

동해왕(東海王) 사마월(司馬越). 그는 무제의 여덟째아들이며, 자를 원초(元超)라 했다. 휘하에 왕병·송위·하윤·시융·유흡 등의 장수에다 군사 4만과 양초 30만을 가지고 왔다.

낭야왕 사마예(司馬睿). 그는 선제의 제2부인인 복씨(伏氏) 소생의 둘째아들 사마주(司馬伷)의 손자이며, 사마근(司馬覲)의 아들로서 자를 경문(景文)이라 했다. 수하에 대장 단웅과 태사빈공·계명·복상·번인·사공, 참군 왕도·조약 등에다 군사 4만과 양초 40만을 가지고 왔다.

남양왕(南陽王) 사마모(唆馬模). 그는 무제의 둘째아들인 진왕 (秦王) 사마간(司馬柬)의 아들로서 자를 원범(元範)이라 했다. 장수 로는 변승·하용·석성·잠신·제성·마진 등에다 군사 2만과 양 초 10만을 가지고 왔다.

범양왕(范陽王) 사마효(司馬虓). 그는 진왕 사마간의 아들로서 남양왕 사마모의 동생이며, 자를 세웅(世雄)이라 했다. 수하에 왕 광·석정·주진·문벽 등의 장수와 군사 2만에다 양초 8만을 가 지고 왔다.

신야왕(新野王) 사마흠(司馬歆). 그는 선제 사마의의 복씨 소생 인 사마준(司馬駿)의 아들로서 자를 숙정(叔靜)이라 했다. 장수 서 노·우곤·진융·주진·포흠·양위와 군사 3만을 이끌고 참여하 였다.

이 밖에 제왕 사마경은 이미 원수 육기가 업성으로 올 때 동 예·왕의 등의 장수와 군사 5만을 보냈고, 성도왕 사마영도 석 초·견수·재극·진소 등 제장과 군사 10만을 조달하였었다.

이로써 업성에 모인 14로 제후의 군마와 여러 친왕의 군마는 모 두 120만을 헤아리게 되었고, 장수의 수효도 수백 명에 이르니 그 어마어마한 군세(軍勢)는 진조 개국 이래 처음 보는 대병이었다.

그러나 아무리 기다려도 변방의 이호(夷胡)에서는 단 한 명의 장수와 군사도 끝내 내도하지 않았다.

## 5. 선봉은 누구냐?

각처의 군대가 모두 모였으므로 원수부에서는 인견의 예식이 있었다. 높은 단 위에는 성도왕을 비롯한 7명의 친왕들이 정장을 하고 앉아 있었다.

이윽고 북이 둥 둥 둥 울리자, 육기가 원수(元帥)의 자격으로 14

로의 태수와 그 장수들을 거느리고 들어와 단하에 도열했다. 다시 북소리가 났다. 대장들은 일제히 허리를 굽혀 왕들에게 인사를 올렸다.

이때, 포성이 울리며 멀리 도열해 있는 군병들 사이에서는 만세 소리가 터져나왔다. 워낙 많은 수효라 함성은 태산이 무너지는 듯했다.

성도왕이 장수들을 내려다보며 입을 열었다.

「위한(僞漢)이 반하매 성상께서는 크게 진노하사 여기에 정토(征討)의 조칙을 내리시니, 신자(臣子) 된 자 뉘 아니 황공치 않으랴. 제장(諸將)들의 충심이 관일(貫日)하여 백사를 젖혀놓고 이렇게 모여들었으니, 용병 백만이요 맹장 1천여 명이라. 도둑이 아무리 강성하다 하나 위풍만 듣고도 바람처럼 흩어질 것으로 아오. 그러나 포홍·요익중·모용외·척발의로·단흘진의 군사만은 소식이 없으니, 무슨 까닭인가? 속히 사신을 보내어 재촉하도록 하라.」

이때, 남중(南中)의 낭장(郞將) 조적(祖狄)이 앞으로 나와 아뢰었다.

「저들이 변방에 있다고는 하나 올 마음이 있었다면 어찌 아직도 도착하지 않았겠나이까. 이는 먼 것을 핑계로 소명에 응하지 않음이 분명하오이다. 본디 오랑캐란 금수와 같아 힘으로 위협하기보다는 은혜로 어루만져야 하온즉, 저들을 꾸짖는다면 반드시 유연과 손을 잡을 것이니, 움직이지 않는 것만도 다행으로 여기고 버려두십시오. 더구나 우리의 병력은 1백 10만에 이르니, 수효에 있어 부족할 바는 조금도 없습니다.」

성도왕이 고개를 끄덕끄덕했다. 조적은 다시 말을 계속했다.

「그 직책에 있지 않아 이런 말씀을 여쭙기 황공하오나, 걱정이 되기는 우리 군사가 너무나 많다는 점입니다. 옛말에 이르기를, 장수는 용맹보다 지략 있기를 요하며, 병사는 많기보다 가려지기를 요한다고 했으니, 너무 많다는 것이 도리어 약점이 될 수도 있나이다. 우리 군대는 사방에서 모여든 터라, 뜻을 모두 달리하여 싸울 때에 서로 돕지 않는다면, 그 대군이 무슨 소용에 닿겠습니까. 옛날에 왕망(王莽)이 압도적인 수효를 가지고도 소수의 광무제(光武帝)에게 패했던 원인이 여기에 있습니다. 그러므로 대왕들 사이에서 하나의 맹주(盟主)를 세우시고, 장수들 중에서 선봉을 임명하사 원수와 함께 군대를 통솔하게 하심이 좋지 않을까 생각되옵니다.」

「경의 말이 매우 도리에 맞는 듯하니 그에 따르리다.」

성도왕은 말을 마치자, 다시 동석한 왕들을 천천히 둘러보면서 입을 뗐다.

「대왕들 중에서 어느 한 분이 맹주의 직책을 맡아주셔야 하겠습니다.」

그러자 장사왕이 웃으며 성도왕을 건너다보았다.

「그 일은 새삼 거론할 것도 없으리라 봅니다. 이번 일을 주선한 것이 대왕이셨고, 또 그 위엄과 식견에 있어서도 만민이 우러러보는 터인즉, 대왕께서 우리의 맹주가 되어주시기 바랍니다.」

성도왕은 재삼 사양했으나, 왕들은 굳이 권하여 그를 맹주의 자리에 앉혔다. 성도왕은 감개무량한 듯 말했다.

「내가 덕과 재주가 아울러 모자라거니 어찌 이 자리를 감당하겠소이까마는 여러 대왕들이 권하실 뿐 아니라, 도둑을 칠 일이 급한 때인즉, 굳이 사양만 할 수도 없게 되었소. 우리의 뜻은 위한(僞漢)을 멸하여 천하를 태평케 하는 데 있을 뿐이니, 각기 군령을 받들어 직분을 다하되, 서로 형제와 같은 우의로 일치협력하기 바라오.」

그는 잠시 말을 끊고 장수들을 굽어보다가 말했다.

「조정에서 이미 육기 장군을 원수로 삼으신 바 있으니, 원수는 어서 장병을 점검하여 이를 지휘하오.」

육기는 단 위에 올라와 장수들의 인사를 받고 말했다.

「사직의 운명이 이 한 싸움에 매였으니 충성을 다하기 바라며, 만사를 군법대로 하여 추호의 사(私)가 없게 하리니 각별히 조심하기 바라오.」

그는 다시 성도왕을 향하여 말했다.

「병사를 모으는 것이 어려움이 아니라, 장수를 가리기가 힘든 것이오니, 원컨대 선봉을 정하고자 합니다.」

이 말을 듣는 순간, 성도왕의 머리에는 한 장수의 얼굴이 떠올랐다.

「좋은 말씀이오 원수가 알아서 할 일이거니와, 내가 보기에는 관중(關中)의 장방(張方)은 위풍이 늠름하니 반드시 용맹이 있을 것이라 믿소 이 사람을 기용하면 어떻소?」

하간왕의 장수인 장방이 제일 처음으로 달려온지라 반가운 마음에 강하게 그의 인상에 남았던 것이었다.

육기가 말했다.

「장수가 구름처럼 모여 있으니, 외모만 가지고 인재를 취할 수는 없는가 하나이다. 신이 이미 다소의 준비를 해놓은 바 있습니다. 동표(銅標)가 있어 그 무게 140근이고, 경궁(硬弓)이 있어 백 명이 아니면 시위를 당길 수 없습니다. 이 동표를 휘두르고, 이 활로 150보(步) 밖에 있는 과녁을 맞히는 자 있으면 선봉으로 임명할까 합니다.」

성도왕의 찬성을 얻은 육기는 곧 채비를 차리도록 명령했다.

이윽고 동표와 활이 운반되어 왔다. 육기가 장대(將臺)에 좌정하자, 왼쪽에는 군정사, 오른쪽에는 기공주부(紀功主簿)가 시립했으며, 원수기(元帥旗) 밑에는 금포(錦袍)와 붉은 갑옷과 선봉인(先鋒印)이 놓여졌다.

이윽고 육기가 입을 열었다.

「나는 일개 서생으로 원수의 임무를 맡으니 오직 믿는 것은 장군들의 용맹이오. 모든 것은 군령을 따라 해야 하리니, 어기는 자 있을 때에는 누구를 막론하고 참하리라!」

장수들은 모두 허리를 굽혀서 복종의 뜻을 보였다. 육기의 말이 다시 계속되었다.

「지금 맹주 전하의 분부를 받들어 하나의 선봉장을 가리려 하오. 천거는 일체 받지 않겠으며, 스스로 만인 앞에 용맹을 보이게 하여 그중에서 택하리니, 사사로이 다투는 일이 없게 하오.」

장수들이 장대 앞을 물러나 대기하자, 둥 둥 둥 북이 울렸다. 이때, 한 장수가 말을 달려 나왔다. 장신거구에 호상웅비(虎相熊臂)한 그는 장사왕의 대장 왕호(王瑚)였다.

그는 방천극(方天戟)을 번개같이 휘두르더니 활을 잡았다. 백 명으로도 당기기 힘들다는 경궁이 척 휘어지자, 장내에서는 박수가 쏟아졌다. 화살은 두 번을 맞고, 세 번째 것은 과녁에서 일장(一丈)쯤 못 미친 곳에 떨어졌다. 그 다음은 150근의 동표 차례였다. 그는 동표를 들어 어깨에 둘러메더니 장내를 한 바퀴 돌았다. 그리고는 손을 뻗쳐 원수의 인을 잡으려 했다.

이때 한 장수가 달려 나오면서 외치는 소리가 들렸다.

「원수의 인을 그대로 두라. 그만한 힘이 무어 대단하냐!」

만장의 시선은 그 장수에게로 쏠렸다. 8척 장신에 떡 벌어진 어깨, 목소리는 인경이 우는 것 같았다. 형주의 장수 피초(皮初)였다.

그는 원수 앞에 이르러 군례(軍禮)를 마치자 창술을 보였다. 창의 움직임이 어떻게나 빠른지 소용돌이치는 한 줄기의 빛깔이 보일 뿐이었다. 그 다음에는 활을 들어 쏘았다. 세 개의 화살이 모두 과녁에 맞았다. 그는 다시 동표로 다가가 두 손으로 가뿐히 들어올린 그는 그 자세대로 뛰어 장내를 일주하고 원위치에 내려놓았다. 장내에는 감탄소리와 박수가 떠나갈 듯 일어났다.

피초가 말에 탄 채 창끝으로 원수인을 끌어가려 했을 때였다.

「장군은 경솔한 짓을 그만두라.」

이렇게 외치면서 내닫는 한 장수가 있었다. 시꺼먼 얼굴에 곤두선 눈썹, 입술은 단사(丹沙)를 칠한 듯 붉어 보였다. 동해왕 휘하에 있는 하윤(何倫)이었다.

그는 중앙에 나와 선화모(宣花矛)를 휘두르기 시작했다. 그 동작이 어떻게나 빠른지 마치 백설이 허공에서 흩날리는 것 같았다. 관중들 사이에서는 저도 모르게 탄성이 일어났다. 그는 다시 경궁을 잡아 연달아 네 개를 쏘았다. 네 개의 화살은 모두 과녁을 꿰뚫었다. 그리고 무엇보다 일동을 놀라게 한 것은, 동표를 한 손으로 번쩍 들어올린 채 달리기 시작한 일이었다.

단상에 있던 동해왕은 희색이 만면하여 다른 왕들을 둘러보며 말했다.

「선봉은 이미 결정이 났도다.」

그러나 이때 또 한 장수가 내달으며 외쳤다.

「그만한 일에 뭐 그리 놀라는가. 나를 보라!」

사람들의 시선은 일제히 소리 나는 곳으로 쏠렸다. 그는 중앙에 나서자마자 경궁을 들어 다섯 번 쏘아 다섯 번 맞힌 다음, 동표를 들어 휙 집어던졌다. 동표는 지팡이처럼 날아가 50보 밖에 떨어졌다. 장내에는 떠나갈 듯 박수와 갈채가 쏟아졌다. 성도왕의 대장 석초(石超)였다.

육기가 인을 집어들어 석초에게 주려는 순간이었다.

「기다리시오! 그만한 일을 가지고 선봉의 인을 가져갈 수는 없으리다!」

하고 외치는 소리가 들렸다. 고개를 든 모든 사람은 누구나 제 눈을 의심했다. 그도 그럴 것이, 한 장수가 말 위에 서서 말을 달려 장내를 돌면서 칼을 휘두르는데, 온몸이 칼빛에 싸여 모습을 분간하기 어려울 지경이었다. 사람들은 너무나 놀라서 박수조차 잊은 채 입을 딱 벌렸다.

그는 다시 활을 쏘아 다섯 번 맞히더니, 말을 달리면서 다시 다섯 번을 맞혔다. 장내에 있던 사람들은 모두 일어서서 손에 땀을 쥐었다.

이번에는 동표로 다가갔다. 그는 검불이나 쥐는 듯 집어 들고 말을 달리면서 그것을 휘두르기 시작했다. 그것이 어찌나 빠른지 칼을 쓸 때와 조금도 다름없어 보였다.

장내의 흥분은 극도에 달하여 고함소리가 천지를 뒤흔들었다.

「저자가 장방(張方)이오, 장방이야!」

앞서 그를 선봉으로 천거한 바 있던 성도왕이 자기 일이나 되는 양 기뻐하며 외쳤다.

육기는 선봉의 인을 집어 장방에게 주었다.

이 순간, 다시 외치는 소리가 났다.

「그만한 일로 선봉은 못되리라. 잠깐 기다리시오.」

깜짝 놀란 만장의 시선이 또 한 번 그리로 쏠렸다. 한 필의 말이 달려 나오고 있었는데, 이상한 일은 사람이 안 보이는 것이었다. 말은 장내를 일주하고 장대 앞으로 다가갔다. 그때, 모든 사람은 제 눈을 의심했다. 어느덧 말 위에는 한 장수가 떡 버티고 앉아서 아주 의젓하게 군례를 하고 있었기 때문이었다. 알고 보니 유주의 대장 기홍(祁弘)이었다.

그는 활을 잡자 다시 말을 달리기 시작했다. 전속력으로 달리면서 두 개를 쏘아 두 개를 명중시킨 그는, 이번에는 뒤를 돌아다보면서 두 개를 쏘았다. 이것도 과녁에 가서 정확히 꽂혔다. 그러나 잠시 후 관중들은 다시 어리둥절해 했다. 그가 온데간데없이 사라졌기 때문이다. 말은 여전히 장내를 달리고 있었다. 그러나 기홍은 아무데도 보이지 않았다. 한데 더욱 놀라운 일은 어디선지 화살이 날아와 과녁을 꿰뚫는 것이었다.

사람들은 눈을 비볐다. 그리고는 다시 놀랐다. 말 위에는 기홍이, 다시 보아도 바로 그 기홍이 상반신을 약간 앞으로 굽힌 자세로 앉아 있는 것이 아닌가. 말의 배에 숨었다 등으로 올라왔다 하는 그의 기술이 이렇게 탁월했던 것이다.

이번에는 동표의 차례였다. 그가 또 어떤 솜씨를 보여주나 하고 기대에 찬 시선들이 쏠렸다.

그는 동표를 쥐고 말을 달리면서 빙빙 돌리기 시작했다. 육중한 쇠뭉치에 차차 속력이 가해져서 드디어는 무지개 같은 원이 허공에 보일 뿐이었다.

한참 후, 그가 동표를 원위치에 내려놓자 장내는 흥분의 도가니로 화하고 말았다. 기홍은 장대 밑으로 가서 선봉인을 받아 쥐고 서 있던 장방에게 손을 내밀었다.

「그 인을 이리 주오」

「이거 왜 이래? 이미 내가 받은 것을 모르나!」

장방은 눈을 딱 부릅떴다. 두 사람은 선봉인을 서로 잡아당겼다. 마치 어린애 같은 광경이었다.

이를 보고 앉았던 육기가 언성을 돋우어 꾸짖었다.

「장수가 되어 이것이 무슨 꼴이오? 두 사람 다 손을 떼시오」

그제야 두 장수는 서로 떨어졌다. 육기는 선봉인을 안상에 놓으라고 말했다.

「선봉을 정하는 것은 나라를 위해 쓰기 위함일 뿐, 결코 어느 개인을 높여주자는 것이 아니오 따라서 동지끼리 서로 아끼고 위해주어야 하오 만일 시기와 투쟁을 일삼는다면 누구건 군법에 의해 처단될 것이오」

두 장수가 고개를 푹 숙이고 있는 것을 보자, 육기는 음성을 부드럽게 하여 말했다.

「이번에는 워낙 대군이 출동하는 터라, 두 장수를 다 같이 선봉으로 삼겠소 서로 협력하여 큰 공을 세우도록 하시오」

그제야 두 사람은 서로 마주보며 씩 웃었다. 두 선봉이 갑옷과 인을 받아가지고 물러나자, 장내에는 또 한 번 박수갈채가 터졌다. 성도왕도 희색이 만면하였다.

「우리 장수가 이토록 용맹하거니, 어찌 유연쯤을 목 베지 못하겠소 하늘이 분명 우리를 도우시는 것 같구려.」

이 소리를 듣는 여러 왕들도 역시 같은 생각에 잠겨 있었다.

## 제15장. 육기와 장빈

### 1. 첫 싸움

진병(晋兵)은 장수(漳水)를 향해 출발했다. 떠나기에 앞서 원수 육기는 장대(將臺)에 올라 장수들에게 훈시를 내렸다.

「나라에서 장수를 기르는 것은 유용하게 쓰고자 함이니, 오늘 용맹을 다해 공을 세우지 못한다면 다시는 성은에 보답할 길이 없을 것이오. 위한이 강성하여 나라의 근심이 된 지 오래거니와, 지난날 그 정벌에 실패한 이유가 모두 군기의 문란에 있었던 탓임을 명심하오. 따라서 각 군이 하나같이 움직여 서로 돕기만 한다면 반드시 승리의 영광은 우리에게 돌아올 것이오 공이 있을 때에는 상이 주어질 것이며, 장령을 어겼을 경우에는 단호히 군법으로 처단하겠소」

이에 장방·기홍 두 선봉을 앞장세운 대군은 바닷물이 밀려가듯 서서히 이동을 개시했다. 총병력 1백 17만 3천에 달하는 대군은 기치창검이 50리에 걸쳐 숲을 이루고, 호호탕탕 대병이 행군하는 연도에는 이 위용과 장관을 구경하는 백성들이 온종일 도열해 있었다.

한군의 초마는 나는 듯이 중군(中軍)에다 진병 대거 출사(出師)

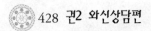 

의 급보를 알렸다.

한군 대원수 유총은 공 중장을 모아 적을 막을 대책을 물었다. 장빈이 말했다.

「실로 백만 대군이라면 진채만도 몇 백 리에 달해야 할 것이니, 형세가 이루어지기에 앞서서 그 예기를 꺾어 놓을 필요가 있겠습니다.」

유총은 그 말에 따라 곧 전투준비를 명령했다.

며칠이 지나자 진군의 선발대가 구름처럼 몰려와 진을 쳤다. 이에 양군은 정면으로 대치하게 되었다.

이윽고 한군에서 포소리가 울리는 성싶더니 진문이 크게 열리며 유총이 장수들을 이끌고 나타났다. 유총은 황금투구에 역시 금빛 나는 갑옷을 입었으며, 왼쪽에는 군사(軍師) 장빈을 비롯하여 왕미·관방·호연유·양용 등이 늘어서고, 오른쪽에는 기준·유영·장실·호연호·황신 등이 늘어서 있었다.

이에 응해 진군 쪽에서도 북소리와 함께 진문이 열리며 한떼의 장수가 쏟아져 나왔다. 성도왕을 중심으로 왼쪽에는 원수 육기를 비롯하여 장방·노지·석초·화연 등이 서고, 오른쪽에는 기홍 이하 다섯 장수가 따랐다.

누런 일산(日傘) 아래 눈빛처럼 하얀 백마에 걸터앉은 성도왕은 채찍으로 유총을 가리키며 외쳤다.

「그대는 낙양에서 언필칭(言必稱) 충성을 내세우더니, 이것이 충성인가?」

유총이 대답했다.

「전하께 하직한 이래 *무양(無恙)하시옵니까? 오늘은 갑주(甲冑)를 몸에 걸치고 있기에 배례를 드리지 못하나이다. 제가 병마를 이끌고 여기에 온 것은 부왕의 명령을 받들고자 함이니, 소위

효를 다하려 하면 충성을 할 수가 없고, 예(禮)를 다하려면 의(義)를 따를 수 없다 함이 바로 이것입니다. 제 고충을 살피시기 바랍니다.」

이번에는 육기가 꾸짖었다.

「조정에서 좌국성(左國城)을 하사하였거늘, 어째서 분복을 모르고 병사를 움직여 천조(天朝)를 침범하느냐. 참으로 소행이 괘씸하구나!」

유총이 말하려 하는 것을 장빈이 가로채며 얼른 대답했다.

「좌국성을 받기는 했으나 변방이라 생을 즐길 곳이 못되기에, 낙양·장안의 옛 땅을 되찾으려는 것이다. 그것이 오(吳)의 망장(亡將)과 무슨 관계가 있단 말이냐?」

이에 육기가 대로하여 장수들을 돌아보았다.

「누가 나가서 저놈을 사로잡으랴!」

말이 채 끝나기도 전에 한 장수가 말을 달려 나갔다. 좌선봉 장방이었다.

이때 한군 측에서도 북소리가 요란하게 울리면서 좌선봉 왕미가 호랑이처럼 튀어나왔다. 손에는 큰 칼을 들고 황표(黃驃)의 대마(大馬)를 탔는데 번개처럼 달려가 장방과 부딪쳤다.

한쪽이 눈을 부릅뜨고 적을 산 채로 잡으려고 날뛰면, 다른 쪽은 용처럼 뛰면서 상대를 한입에 삼키려 들었다.

두 사람은 50합이나 싸웠다. 칼과 칼이 엉켜 허공을 난무하고 고함소리는 들판을 울렸다. 양쪽 진영에서는 자기들이 싸움터에 있는 줄도 잊고 넋 빠진 듯 바라보고만 있었다.

그들은 또다시 50합을 싸웠다. 그러나 여전히 승부는 나지 않았다. 이를 보고 있던 성도왕이 감탄했다.

「한군에는 왕미·유영이 있어 만인을 대적할 용맹이 있다더니, 과연 이름이 헛되지 않았구나. 장방이 나갔기에 망정이지 다른 장수였다면 반드시 실수했으리라.」

그러자 옆에 섰던 우선봉 기홍이 불만인 듯 말했다.

「전하께서는 어찌 저만한 도둑을 과찬하시어 우리의 사기를 꺾으려 하십니까. 두고 보십시오, 제가 나가서 저놈을 사로잡아오겠나이다.」

기홍이 말을 채찍질하여 달려 나가자, 한군에서는 유영이 달려나와 그 앞을 막고 나섰다.

두 사람은 각기 창으로 맞섰다. 서로 만나기 어려운 적수를 만나 평생의 용맹을 쏟아 붓는 싸움이었다.

이리하여 네 명의 선봉장들은 한 덩어리가 되어 백만 대군을 관중으로 삼아 싸움을 벌였다. 싸움은 다시 한 시간이나 끌었건만 그들에게는 우열이 보이지 않았다.

이렇게 되자 유총도 한탄했다.

「적장의 용맹이 저러한데 무엇으로 이를 깨뜨리랴!」

장빈이 대답하듯 말했다.

「싸움이란 처음부터 정도(正道)가 아닙니다. 적을 불시에 찌르는 수밖에는 도리가 없겠습니다.」

「그렇다면 우리 장수들을 일제히 내보낼까?」

「아닙니다.」

장빈이 말을 막았다.

「장수라면 적이 우리의 몇 곱이나 되니 도리어 참패당하기 쉽습니다. 제가 생각하기에 성도왕과 육기는 약간의 지략이 있다고는 해도 원래가 험한 것은 모르고 자라난 귀가의 자제입니다. 그러므로 몇 장수가 달려가서 그들이 있는 중군(中軍)을 들이친다면 당황하여 도망할 것이니, 이 혼란한 때를 타서 정병으로 공격하면 반드시 승리할 것이라 믿습니다.」

유총이 고개를 돌려 장수들을 돌아보았다. 말도 내기 전에 그 뜻을 알아차리고, 관방·황신·호연유 세 장수가 말을 달려 나갔다. 그들은 네 명의 선봉이 다투고 있는 옆을 그대로 지나쳐서는 곧바로 적진 속으로 뛰어들었다.

하도 뜻밖의 일이라 진병들은 대혼란에 빠졌다. 3명의 장수는 닥치는 대로 쳐 죽이면서 곧장 중군으로 다가갔다.

이때, 성도왕과 육기는 전략을 논의하고 있다가 진중이 소란해진 데 놀라서 고개를 들어보니, 호랑이 같은 적장 3명이 바로 눈앞에 나타난지라 두 사람은 기겁하여 말을 타고 도망쳤다.

수뇌부가 도망친 것이 사기에 영향을 미치지 않을 리 없었다. 중군에는 대혼란이 일어났다.

이 눈치를 멀리서 살핀 장빈이 장수들을 돌아보았다.

「우리 장수들이 단신 적진 속으로 뛰어들었는데, 장군들은 병사를 이끌고 어찌 공격을 가하지 않는가!」

이 말을 따라 한군이 맹공격을 가하자, 질서를 잃고 있던 진병이 무너지기 시작했다. 워낙 대군이라 멀리 있던 부대들은 영문도 모르고 후퇴를 하였다.

한병은 일격을 가한 다음 곧 철수하고 말았고, 육기는 20리나 후퇴한 끝에 부대를 정돈했다. 점검해 보니 오늘의 싸움에서 1만 7천 명의 전사자가 있었다.

## 2. 육기의 진법(陣法)

성도왕 사마영은 의외로 첫 싸움에 지고 나자 다소 의기가 꺾인 듯했다.

「한적이 저렇듯 강성하고 속임수까지 많고 보니 무엇으로 이를 깨뜨리랴?」

육기가 다소 면목이 없는 듯 고개를 숙인 채 말했다.

「오늘은 장빈이란 놈이 우리에게 장수 많음을 겁내어 중군을 들이쳤기 때문에 다소 실수가 있었습니다. 더구나 대왕의 어가(御駕)를 놀라게 한 점 죄송하기 그지없나이다. 그러나 대세에는 아무 영향도 없으며, 저놈들은 대군을 이겨냈다 하여 필연코 오만한 생각에 젖어 있을 것이니 도리어 이를 꺾기 쉬울 것입니다. 내일은 한릉산(漢陵山) 밑에 진을 치고 적을 끌어들인 다음 왕미·유영을 사로잡겠습니다. 이 둘만 제거한다면 유총이 무슨 수로 우리에게 항거할 수 있겠습니까.」

사마영은 그래도 걱정인 듯 말했다.

「장빈은 지략이 뛰어나다는 소문이 있으니 부디 조심하오.」

육기가 고개를 번쩍 들고 자신 있게 단언했다.

「신이 재주 없으나 약간의 병법을 아오니, 흔히 볼 수 없는 진을 쳐서 적을 섬멸하겠습니다.」

사마영도 고개를 끄덕이며 기뻐했다.

이튿날, 육기는 유총에게 전서(戰書)를 보냈다.

　　<대원수 육기는 글을 좌국성주(左國城主)의 아들 유총에게 내리노라. 오늘 한릉산 밑에 한 진형을 벌일 것이니, 자신이 있거든 나와 싸울 것이요, 겁이 나거든 고향으로 돌아가라. 이 두 가지 중 하나를 택할 기회를 너에게 준다.>

이 오만한 글을 받은 장빈은 곧 심부름 온 장교를 불러 말했다.

「너희 원수인 육기로 말하면 대대로 오(吳)를 섬긴 집안이면서 의(義)를 잊고 진(晋)에 붙었으니, 웬만한 사람이면 부끄러워 고개도 못 들 것이거늘, 도리어 조그만 재주에 의기양양하여 이렇게 호언장담을 하는가. 나도 한릉산 밑에 나가 진을 치고 싶으나, 육기가 겁이 나서 방해할 것이니 분하구나.」

돌아갔던 진의 사신은 다시 왔다.

「마음 놓고 진을 치라. 어디까지나 정정당당하게 싸우고 싶다. 결코 방해하지 않겠다.」

사신은 육기의 이런 말을 전했다.

이윽고 진병 쪽에서 북소리가 요란히 울리기 시작했다. 유총과 장빈은 망루에 올라가 바라보았다. 한릉산 밑에서 지금 진병이 진세를 벌이는 참이었다.

뭐니 뭐니 해도 백만 대군이다. 눈이 모자랄 정도로 들판을 가득 메운 군졸들이 장령을 따라 서서히 움직이고 있었다. 마치 대지 자체가 이리저리 옮겨 다니는 것 같았다. 가지각색의 기와 갑옷이 들에 가득하여 보는 사람의 눈을 아찔하게 했다.

「아 장하도다, 장하도다!」

유총은 저도 모르게 탄성을 연발했다. 사실 구경거리 치고는 이런 구경거리가 다시 있을 턱이 없었다.

「이제 포진이 다 끝난 모양입니다. 잘 보십시오.」

장빈은 이렇게 말하며 다시 눈을 적진 쪽으로 돌렸다. 유총과 장수들도 일제히 바라보았다.

동쪽에 배치된 진영은 우선 푸른 빛깔이 눈에 띄었다. 병사들은 모두 푸른 전포(戰袍)를 입었으며 청룡을 그린 기를 세우고 있었다. 그 기를 지키는 듯 3명의 장수가 말을 세우고 있는데, 그 뒤에 역시 푸른 투구, 푸른 갑옷을 걸친 대장이 서 있었다. 청주의 장수 구희였다. 동쪽은 빛깔로 치면 청색인 까닭에 그가 이끄는 4만 2천의 부대는 이 빛을 따른 것이었다.

서쪽에는 양주의 대장 장궤가 부장 10여 명과 함께 역시 4만 2천

의 군사를 이끌고 진을 치고 있었다. 서쪽은 5행으로 치면 금(金)이
요 빛으로는 백색인 까닭에 그의 군대는 흰빛 일색으로 덮여 있었
다. 장병들의 옷 색깔도 희고 기도 물론 백호기(白虎旗)였다.

정남에서는 주작기(朱雀旗)를 세웠는데, 모두가 붉은빛으로 물
들어 있었다. 남방은 화(火)요 적(赤)에 해당하기 때문이었다. 4만
2천의 군대를 늘어세우고, 적토마(赤兎馬)에 올라앉은 것은 광남
의 대장 도간(陶侃)이었다.

북방에는 현무기(玄武旗)를 앞세우고, 병주의 대장 유곤이 4만
2천으로 진을 쳤다. 북쪽은 수(水)에 해당하며 빛으로는 검은색이
기 때문에 장병의 옷도 모두 검었다.

한 중간에 위치한 진영은 등사기(螣蛇旗)를 세웠으며, 병사는
모두 노란빛 전포를 착용했다. 중앙은 황색인 까닭이다. 이는 진
군(晉軍)의 총수 성도왕의 군대로서, 그 몸은 황금투구에 황금갑
옷 황표마(黃驃馬)에 높이 앉아 있었고, 좌우에는 노지・화연・석
초・견수 등의 맹장이 늘어서 있었다. 군병은 5만이었다.

이 다섯 진영 중간으로 네 개의 진이 배치되어 있었다.

우선 동남쪽으로 진치고 있는 것은 유주의 총관 왕준의 군사였
다. 병사는 모두 자줏빛 옷을 입었으며, 중간에는 일곱 개의 기를
세우고 거기에는 각(角 : 木蛟목효)・항(亢 : 金龍금룡)・저(氐 : 土
貉토맥)・방(房 : 日兎일토)・심(心 : 月狐월호)・미(尾 : 火虎화호)・
기(箕 : 水豹수표)가 그려져 있었다. 동방의 칠숙(七宿)이었다.

서남에는 자줏빛 옷에 흰 투구로 통일된 군대가 진치고 있었다.
말도 모두 백마인 데다가, 고삐는 자줏빛이었다. 가운데에는 자줏
빛 기 3개와 흰 기 4개가 서 있었는데, 거기에는 서남방에 해당하
는 7숙, 즉 규(奎 : 木娘목랑)・누(婁 : 金狗금구)・위(胃 : 土雉토
치)・묘(昴 : 日雞일계)・필(畢 : 月烏월조)・자(紫 :火侯화후)・삼(參

: 水猿수원) 등이 그려져 있었다. 이는 양주자사 진민(陳敏)의 부대로, 그의 좌우에는 하문성·하문화가 호위하고 있었다.

서북쪽을 바라보면, 거기에는 순양자사 장광(張光)이 진을 치고 있었다. 빛깔은 모두 흑백을 써서 검은 옷에 흰 신, 은빛 갑옷에 흑색 투구로 통일되고, 기도 흰 것이 3개요 검은 것이 4개였다. 그 위에는 서북의 7숙, 곧 두(斗 : 木狂목광)·우(牛 : 金牛금우)·여(女 : 土蝠토복)·허(虛 : 日鼠일서)·위(危 : 月燕월연)·실(室 : 火猪화제)·벽(壁 : 水牛수우)이 그려져 있었다.

다음은 동북방으로 여기에는 쪽빛 옷에 검은 투구를 쓴 군대가 늘어서 있었다. 기도 3개는 검고, 4개는 쪽빛이었다. 거기에는 정(井 : 木獬목해)·귀(鬼 : 金羊금양)·유(柳 : 土獐토장)·성(星 : 日馬일마)·장(張 : 月鹿월록)·익(翼 : 火蛇화사)·진(軫 : 水蚓수인)이 그려져 있었다. 동북의 7숙이었다. 전면에 서 있는 것은 옹주자사 유침으로서, 그 왼쪽에는 아박, 오른쪽에는 황보담이 서 있었다.

또 동쪽 진영 그 뒤에도 또 하나의 진영이 바라보였다. 중간에 있는 주수(主帥)는 금회금갑(金盔金甲)에 황포를 입고 황마에 탔는데, 이 사람이야말로 하간왕의 세자 사마휘였다. 왼쪽에는 질보·석위가 병사 2만을 이끌고 진을 쳤으며, 모두 녹색 옷을 입힌 것은 갑인(甲寅) 진방(震方)의 기운을 나타낸 것이었다. 또 오른쪽에는 여랑·임성이 푸른 투구에 푸른 전포 차림으로, 역시 푸르게 차린 병사 2만을 이끌고 진치고 있었는데, 이는 을묘(乙卯) 손방(巽方)의 기운을 상징한 것이며, 이 부대는 동쪽 진영을 구원하는 사명을 띠고 있었다.

서쪽 양주군 뒤에도 또 하나의 진영이 있었다. 중간에 말을 세운 대장은 금빛 투구에 금빛 갑옷을 입었으며, 노란 기를 세웠으니, 바로 장사왕 그 사람이었다. 그를 호위하고 있는 장수는 왕시·왕호였다. 왼쪽에는 상관기·송홍이 은회은갑에 백포(白袍)를 입고 백마에 탔으며, 앞에는 흰 기를 세우고, 병사 2만을 인솔하고 있었는데, 이는 서쪽 경신(庚申) 태방(兌方)이 가을에 해당하기 때문이다. 그 오른쪽에는 황보상·진진(陳珍)이 흰 투구에 수은(水銀)빛 갑옷을 입고, 역시 흰빛으로 단장한 병사 2만을 이끌고 있었다. 이는 신유(辛酉) 건방(乾方)의 추기(秋氣)를 상징한 것이며, 이 좌우의 4만은 서쪽에 배치된 예비부대였다.

서남쪽 진영 뒤에도 붉은빛 일색인 대군이 진을 펼치고 있었다. 가운데 선 대장은 금봉회(金鳳盔) 금쇄갑(金鎖甲)에 혁황의(赫黃衣)를 걸치고 누런 말을 탔으니 이는 동해왕이었다. 왕표·왕병이 시립해 있었다. 그 좌우에는 각기 2만의 군대가 붉은 옷을 입고 늘어섰으며, 그것을 지휘하는 것은 하윤·송주와 시웅·주개 등이었다. 붉은빛을 쓴 것은, 병오(丙午) 정사(丁巳)의 이방(離方)을 상징한 것으로, 이들은 남쪽 진을 구응할 책임을 지고 있었다.

북쪽 진영 뒤에도 두 개의 진이 쳐져 있었다. 금치관(金豸冠) 누금갑(縷金甲)을 걸치고 황표마를 가운데 세운 것은 낭야왕의 아들 사마예였다. 단웅·복상이 시립하고 있었다. 그 왼쪽에는 푸른 투구 흰 옷을 걸친 2만의 병사가 진을 쳤는데, 그것을 이끄는 것은 공동·계명 두 장수였으며, 오른쪽에는 역시 같은 복장을 한 2만의 군대가 번인·사공에게 이끌려 주둔하고 있었다. 그들은 임자(壬子) 계해(癸亥)의 감(坎)을 상징하는 빛깔을 쓴 것이며, 말할 것도 없이 북진(北陣)의 구응부대였다.

이 외에 동북방·동남방의 배후에도 그 구응부대가 배치되어 있었다.

육기가 친 16개의 진은 동서남북과 전후좌우로 연결되어 50여 리에 걸친 대군이면서도 바둑판처럼 짜여져 있었다.

장대에서 바라보고 있던 유총은 장수들을 둘러보며 말했다.

「육기는 4대 장문(將門)에 태어나, 강동의 영준(英俊)이라 하더니, 과연 명불허전이구려.」

장빈이 웃으며 유총을 쳐다보았다.

「저 진을 아시겠습니까?」

「글쎄?」

유총이 머뭇거리다가 말했다.

「혼천진(渾天陣) 아니오?」

장빈이 고개를 저었다.

「저것은 혼원일기진(渾元一氣陣)이라는 것입니다. 동서남북과 중앙에 오성(五星)을 안배하여 사방(四方)으로 삼고, 다시 여기에 28숙(宿)을 배당하여 이것을 사유(四維)로 삼았습니다. 이 위에다가 6기(氣)를 나누고 6정(丁)·6갑(甲)을 붙여, 그 잡기(襍氣)·정기(正氣)·화기(化氣)가 되게 했습니다. 즉 오방이 그 정기가 되고, 사유는 잡기, 육유는 화기가 된 것이니, 혼원일기진이라 함은 이 때문입니다.」

「육기가 이렇게 다능하니 무엇으로 저들을 깨뜨린단 말이오?」

유총은 겁이 덜컥 나는 모양이었다. 장빈이 웃었다.

「육기의 진이 묘하기는 합니다만, 아직 미진한 곳이 있습니다. 이것을 깨뜨리는 것은 그리 어렵지 않습니다. 허나 뛰어들었다가는 다소의 인마를 상해야 할 것이니, 우리도 여기에 진을 벌여 적을 유인하여 쳐들어오게 한 다음 이를 격파함이 옳을까 합니다.」

그러자 옆에 있던 관방이 불쑥 끼어들었다.

「육기도 우리 진을 깨는 방법을 안다면 어찌하겠습니까?」

「그것은 걱정 마시오」

장빈이 자신있게 잘라 말했다.

「내가 칠 진은 제갈 승상의 팔진도(八陣圖)이니, 소위 팔문금
쇄진(八門金鎖陣)이라는 것입니다. 진에는 오직 팔괘(八卦)를 배당
했을 뿐입니다마는, 적이 한번 이 속에 들어오면, 팔팔육사(八八六
四)의 변화가 무궁하여, 적은 이 진중에서 벗어날 길이 없게 되는
묘법(妙法)입니다.」

유총을 비롯하여 이 말을 들은 장수들은 모두 기뻐하였다.

### 3. 장빈의 팔진도

장빈은 곧 장대에 앉아 장수들을 지휘하여 진을 벌이게 했다.
동쪽에는 조염이 진을 쳤다. 군중에는 청룡기를 세웠는데, 거기
에는 진괘(震卦)가 그려져 있었다. 왼쪽 대장은 그의 아우 조개로
서, 그 기에는 예상효(豫象爻)가 그려져 있었다. 오른쪽엔 조번인
데, 해상효(解象爻)를 그린 기를 세우고 있었다. 그 배후에는 부장
다섯 명이 서고 그 기에는 각기 항(恒)·승(升)·정(井)·수(隨)·
대과(大過) 다섯 괘가 그려져 있었으니, 진궁(震宮)의 변화를 나타
낸 것이었다. 정병 2만 4천이 푸른 갑옷을 입고 생문(生門)을 지키
는 것이었다.

서쪽 진영에 펄럭이는 기에는 백호(白虎)와 태괘(兌卦)가 그려
져 있었으며, 거기에 말을 세우고 있는 대장은 황신이었다. 그 왼
쪽에는 황명이 섰는데, 기에는 곤괘(困卦)가 그려져 있었고, 오른
쪽을 지키는 것은 번장(蕃將) 탈궁(脫弓)으로 취괘(萃卦)가 그려진
기를 꽂고 있었다. 그들 배후에는 부장 다섯이 늘어서고, 각기 그
기에는 함(咸)·건(蹇)·겸(謙)·귀매(歸妹)·소과(小過) 5괘가 보
였으니, 이는 태궁(兌宮)의 변화를 보인 것이었다. 정병 2만 4천이
모두 흰 옷을 걸치고, 경문(景門)을 지키고 있다.

남쪽에도 한 진이 쳐져 있었다. 그 한가운데 말을 세운 것은 관방으로, 기는 주작기(朱雀旗)요 이괘(離卦)가 그려져 있었다. 왼쪽 군사를 맡은 것은 관근으로 깃발에는 여괘(旅卦)가 보였으며, 오른편은 관산이니 정괘(正卦)를 그린 기를 세우고 있었다. 배후에는 부장 5명이 늘어서 있는데, 기에는 각기 미제(未濟)·몽(蒙)·환(渙)·송(訟)·동인(同人) 5괘가 보였다. 이는 이궁(離宮)의 변화를 상징한 것이었다. 정병 1만 4천은 붉은빛 옷을 걸치고, 개문(開門)을 수호하고 있었다.

　북쪽에는 현귀기(玄龜旗)에 감괘(坎卦)를 그려 세우고, 장실이 진을 치고 있었다. 왼쪽은 장경이 맡고 있었는데, 기에는 절괘(節卦)가 그려져 있었고, 오른쪽에는 둔괘(屯卦)의 기에 방장(邦將) 질몽(帙蒙)이 서 있었다. 그 배후에는 5명의 부장이 늘어서고, 기제(既濟)·혁(革)·풍(豊)·명이(明夷)·사(師) 5괘를 그린 기가 펄럭여서 감궁(坎宮)의 변화를 나타내고 있었다. 2만 4천의 군사는 모두 검은 옷을 입고 휴문(休門)을 방비하고 있었다.

　서북쪽은 호연안이 맡고 있었다. 군중에는 비호(飛虎)와 건괘(乾卦)를 그린 큰 기가 보였다. 왼쪽에는 호연유가 구괘(姤卦)를 그린 기 밑에 말을 세웠으며, 오른쪽에는 호연호가 둔괘(遁卦)의 기를 세우고 있었다. 배후에는 5명의 부장이 늘어섰는데, 비(否)·관(觀)·박(剝)·진(晋)·태유(太有) 다섯 괘를 그린 기가 보였으니, 이는 건궁(乾宮)의 변화를 나타낸 것이었다. 푸른 옷에 은빛 갑옷을 입은 군대 2만 4천으로 상문(傷門)을 수호함이었다.

　동북 방향에는 양용이 진을 벌였는데, 구진(勾陳)·비망(飛蟒)에 간괘(艮卦)를 그린 기를 세우고 있었다. 왼쪽에는 양홍보가 말을 세우고, 분괘(賁卦)를 그린 기가 보였으며, 오른쪽에는 대축괘(大畜卦)의 기가 세워져 있었다. 배후에는 다섯 명의 부장이 늘어서고, 그 기에는 각기 손(巽)·규(睽)·이(履)·점(漸)·중부(中孚) 5괘가 그려져 간궁(艮宮)의 변화에 응하도록 되어 있었다. 정병 2만 4천이 사문(死門)을 지키고 있는 것이었다.

동남쪽에는 맹표(孟彪)가 진을 치고 있었는데, 기에 그린 것은 비기(飛夔)와 손괘(巽卦)였다. 좌측에는 소축괘(小畜卦)를 그린 기 밑에 맹표가 서고, 우측에는 몰돌장(沒突壯)이 가인괘(家人卦)의 기를 세우고 있었다. 그 배후에는 다섯 부장이 늘어서고, 기에는 각기 익(益)·무망(無妄)·이(頤)·고(蠱)·서합(筮盍) 5괘가 그려졌으니, 이는 손궁(巽宮)의 변화를 보인 것이었다. 만병(蠻兵) 2만 4천이 모두 다 푸른 옷을 걸치고 경문(驚門)을 지키고 있었다.

서남은 유백근이 맡고 있었다. 가운데 세운 기에는 등사(螣蛇)와 곤괘(坤卦)가 그려져 있었다. 왼편에는 진국보가 복괘(復卦)가 그려진 기를 세웠고, 오른편에는 진국빈이 임괘(臨卦)를 그린 기 밑에 말을 세우고 있었다. 그 뒤에는 태(泰)·쾌(卦)·수(需)·비(比)·대장(大壯) 5괘를 그린 기를 세우고 5명의 부장이 늘어섰으니, 이는 곤궁(坤宮)의 변화를 나타낸 것이었다. 누런 옷을 입은 병사 2만 4천이 두문(杜門)을 경비하는 것이었다.

여러 장수의 진형이 이루어지자, 장빈은 다시 관하·조억·기안·조주 등에게 4만을 주어 영내의 군량을 수호케 하고, 또 유굉·근도 등에게 병사 3만을 주어 장대를 지키게 했다. 또 왕여·왕복도에게는 8천을 주어 진 앞에서 구응케 하고, 왕미·유영 두 선봉에게는 중군(中軍)을 도우라고 했다.

### 4. 육기냐 장빈이냐?

사마영과 함께 장대에서 한군의 진영을 바라보고 있던 육기는 얼굴에 조소의 빛을 띠었다.

「장빈이 병법에 능통하다고 하더니, 알고 보니 실로 가소롭습니다그려.」

사마영이 의아한 듯 돌아보며 말했다.

「이는 팔패진(八卦陣)이 아닌가. 아마 공명의 비법일 것이니, 얕보지 말라.」

육기가 웃었다.

「8패를 풀어 진을 치면 소위 팔문금쇄진이 됩니다만, 이것을 할 수 있었던 사람은 제갈공명밖에는 없었습니다. 장빈은 때가 다른데 언제 공명에게서 이것을 배울 수 있었겠습니까. 저것은 간사한 꾀로 우리를 어리둥절하게 하려는 수작이며, 더구나 20여 만에 불과한 소군입니다. 대왕께서는 여기에서 보고 계십시오 신이 무찔러 버리겠나이다.」

하며 장대에서 내려간 육기는 곧 포성을 울리며 진 앞에 나섰다. 이에 호응하여 장빈도 막료들을 데리고 나왔다.

육기는 채찍으로 장빈을 가리키며 외쳤다.

「너는 우리 진세를 보지 못했느냐! 그래도 항복하지 않고, 우스꽝스런 진을 벌이니 가소롭도다. 들어라, 네 팔문금쇄진 같은 것은 우리 병졸도 다 알고 있느니라.」

이어 장빈이 소리를 내어 크게 웃었다.

「과연 하룻강아지로구나. 네가 변화무궁한 우리 진을 깨뜨린다면 나는 다시 싸움터에 나타나지 않겠다만, 실수하고 나서 후회하지는 말아라.」

육기는 버럭 성을 내면서 장수들을 돌아보았다.

「누가 나가 적진을 깨뜨리겠느냐?」

이때, 장방·기홍이 나섰지만, 육기는 허락하지 않았다. 아직 선봉을 쓸 것까지는 없다고 생각한 때문이었다. 장사왕 휘하의 왕

시와 동해왕의 대장 왕병이 자원하고 나서자, 육기는 기뻐하여 그
들을 불러 타일렀다.

「용맹만 믿다가는 실수할 것이니, 내 말을 부디 명심하오. 적
의 동쪽에 푸른 복장을 하고 청룡기가 나부끼는 진이 보이지 않
소? 거기가 생문이니 그리로 들어가서 서쪽 흰 기가 꽂힌 곳으로
가시오. 거기는 경문(景門)이오. 거기서부터 다시 군대를 물아 붉
은 기가 꽂힌 곳으로 쳐나가시오. 여기는 남쪽 개문(開門)인 바,
그때 다른 장수를 보내 돕도록 하겠소. 그러면 힘을 합하여 동문
으로 쳐나가 거기로부터 나오시오. 나도 대군을 이끌고 적을 치
겠소」

두 장수가 떠나가자, 육기는 또 순양의 대장 구무(丘武)와 예장
의 장수 잠동(岑童)을 불렀다.

「두 장군은 군사 1만을 이끌고 남문에 가서 동정을 엿보고 있
다가 오래 되어도 왕시·왕병이 안 나오거든 쳐들어가서 이와 합
세하오.」

두 사람도 명령을 받고 곧 떠났다.

왕시·왕병은 군대를 이끌고 청룡기가 나부끼는 동쪽 진영에
이르러 북소리도 요란하게 공격을 시작했다. 그러나 어찌 된 셈인
지 한군 측에서는 아무 반응이 없었다. 좀 무시무시한 생각은 들
었지만 내친걸음에 적진까지 다가갔던 진군은 주춤하고 걸음을
멈추지 않을 수 없었다. 적진 속에서 무수한 화살이 퍼부어졌기
때문이었다.

이래 가지고는 쳐들어갈 수 없다고 생각한 두 장수는 서쪽 진
영으로 돌아갔다. 그런데 이상한 일이었다. 포성이 한 방 울리는
가 싶더니 진형이 휙 바뀌어버렸다. 어디가 문인지도 알 수 없고,
조금 전만 해도 펄럭이고 있던 백기도 간 곳이 없었다. 적병은 마

치 성과도 같이 쭉 늘어서 있어서 어디부터 쳐야 할지 방향을 잡기가 어려웠다.

두 장수는 어리둥절해 있다가 붉은 기가 꽂힌 남쪽 진영만은 원형대로임을 보고 그리 달려갔다. 그러나 한군은 바라다만 볼 뿐 추격도 하지 않았다.

왕시와 왕병은 남진으로 쳐들어갔다.

그러나 한군은 여전히 고요하기만 했다. 두 장수는 부하를 이끌고 진문으로 쳐들어갔다. 여기서도 아무 저항조차 받지 않았다.

그들이 얼마를 나가자 갑자기 포성이 울리며 몇 명의 한군 측 장수가 뒤에서 추격해오는 것이 보였다. 이윽고 왕시·왕병의 군대는 어느 사이엔가 한병에 의해 겹겹이 포위되고 말았다. 사방에서 퍼붓는 화살에 병사가 삼단같이 쓰러져갔다.

「후퇴! 후퇴!」

어디로 후퇴하라는 말인지 소리소리 지르고 있던 왕시는, 문득 다가드는 한 장수를 보고 깜짝 놀라서 말머리를 돌리려 했다. 그는 재빠른 동작으로 관산의 청룡도를 피했으나, 그 대신 말이 화를 당했다. 말이 쓰러짐과 동시에 왕시도 땅에 굴러 떨어지니 병사들이 우르르 몰려들어 꽁꽁 묶어 버렸다.

이를 목격한 왕병은 기겁을 해서 허둥지둥 동문 쪽으로 말을 달렸다. 그러나 거기가 생문이라 한들, 지금의 왕병에게까지 생문이 될 수는 없었다. 그는 얼마 가지 않아 유영의 창에 찔려 포로가 돼야 했다.

한편, 남문 밖에 대기하고 있던 구무와 잠동은, 한진 중에서 포성이 이는데도 왕시·왕병이 나오지 않자, 육기의 지시대로 홍기가 꽂힌 개문(開門)으로 쳐들어갔다. 한군은 이것을 보고도 막으려 하지 않았다.

두 장수는 먼지가 일어나는 방향을 향해 진격했다. 그러나 그들이 달려갔을 때에는 이미 싸움이 끝난 뒤였으므로, 그들은 동쪽 생문 쪽으로 돌아가 적진을 치고 나오려 들었다. 한데 이때 조염이 기를 들어 한번 휘젓자 군사들이 벌떼처럼 일어나 겹겹이 에워싸는 것이 아닌가. 동서남북의 방향도 제대로 헤아릴 길이 없어서 진병은 갈팡질팡하고 있는데, 적의 공격은 불처럼 사나웠다. 무수한 병사들이 죽은 끝에, 구무는 왕여에게, 잠동은 조개에게 사로잡히고 말았다.

구무와 조개가 장빈 앞에 끌려 나가자, 장빈은 두 포로의 결박을 풀어주고 말했다.

「너희의 목숨은 살려주마.」

정신없이 연방 고개를 꾸벅대는 두 사람을 향해서 장빈의 말이 다시 이어졌다.

「돌아가거든 육기에게 일러라. 낙양으로 돌아가 병서 공부를 더 하라고 그리하여 자신이 생기면 언제든지 다시 오라고 해라.」

두 사람은 엄지손가락을 잘린 다음에 석방됐다.

톡톡히 망신을 당한 두 장수는 돌아오는 길로 육기 앞에 나타났다. 도망 온 병졸의 말로 패전한 것을 알고 있던 육기는 다그쳐 물었다.

「사로잡혔다더니 어떻게 빠져나왔나?」

구무는 목을 놓아 울기만 하였다. 잠동이 겨우 울음에 겨운 목소리로 떠듬떠듬 장빈의 말을 전했다.

「저런 죽일 놈!」

육기는 호통을 쳐보았지만 그것이 얼마나 공허한 것인지는 자기가 누구보다도 잘 알고 있었다. 그의 얼굴이 경련을 일으켰다. 구무와 잠동이 바위에 머리를 부딪쳐 죽은 것은 그로부터 며칠 후의 일이었다.

사마영이 발연대로하여 말했다.

「진조의 대군으로 저만한 것들을 깨뜨리지 못한다면 무슨 면
목으로 세상에 서랴. 우리가 총력을 기울여 공격한다면 비록 태산
인들 무너뜨리지 못하겠는가. 원수는 곧 출진하도록 하오」

이렇게 되니 곤란해진 것은 육기였다. 장빈의 팔문금쇄진이 공
명의 비법이며, 거기에 불가사의한 조화가 깃들여 있음을 알게 된
지금 이것을 다시 친다는 것이 얼마나 무모한 짓인가. 그러나 성
도왕의 순진한(?) 분노는 어찌할 것이며, 또 이번 싸움에서 장수를
잃은 장사왕·동해왕의 체면은 어떻게 할 것인가. 또 큰소리쳤던
자기의 체면도 있는 터였다. 이제 와서 못 싸우겠노라고 발뺌할
처지가 못 되었다.

육기는 장궤·유곤으로 동진(東陣) 생문(生門)을 치게 하고, 이
구·구희로 남쪽 개문(開門)을 공격하게 했다. 그리고 나머지 군
대를 서쪽 북쪽으로 돌려 멀리 포위한 후 적의 동정을 엿보도록
했다.

싸움은 오시(午時)부터 시작되었다. 진병은 몰려가 동남 양진을
쳤으나, 한군은 조금도 동요의 빛을 보이지 않았다. 다만 포성을
신호로 진형을 획 바꾼 것뿐이었다. 그것은 순식간에 바뀌어서 포
성이 나는가 했을 때는 이미 세 층으로 된 군대가 늘어서 있었다.
맨 앞줄에는 방패를 든 군대가 쪽 늘어서서 만리장성을 이루었다.
그 바로 뒤에는 장창을 든 군대가 도열하고 있어서 공격으로 바뀌
는 경우 언제라도 튀어나올 태세가 되어 있었다. 그리고 그 배후
에는 활을 든 군대가 있어서 거기로부터는 화살이 비 오듯 날아왔
다. 마치 빗발처럼 퍼붓는 화살이었다. 병사들이 여기저기서 거짓
말같이 죽어 갔다.

　이를 본 육기는, 북궁순·곽묵 두 장수에게 명하여 이쪽에서도 궁수(弓手)를 늘어세우고 화살을 퍼붓게 했다. 그러나 적으로부터 입은 것과 같은 정도의 피해를 적에게 입힐 수는 없었다. 왜냐하면 한군의 맨 앞줄에는 방패를 든 군사가 성벽처럼 늘어서 있기 때문이었다.

　육기는 다시 유곤·구희·장방으로 하여금 가세케 하고, 기홍으로 하여금 남진을 치게 했다.

　싸움은 오시에서 신시(申時)까지 계속되었다. 그러나 한군은 제자리에서 움쩍도 않는 데 비해 진병 쪽은 무수한 사상자가 났다. 육기는 마침내 군대를 본진으로 철수시킬 수밖에 없었다.

　이를 본 장빈은 장대에 올라가 기를 휘저었다. 그와 동시에 한군의 각 진은 수비에서 공격으로 옮겨갔다. 한군의 공세가 휘몰아치는 북풍 같았다고 한다면, 한번 후퇴하기 시작한 진병들은 걷잡을 수 없어서 마치 무너지는 제방과도 같았다.

　사태는 이것으로 끝나지 않았다. 공격해왔던 적이 본진으로 돌아간 후에도 한군은 그대로 공세를 취했으므로 본진이 무너져 갔다. 병사들의 신경이란 과민한 것이다. 자기들 쪽이 패주해오는 것을 보고 금세 겁을 집어먹고 있던 터에 사나운 공격을 직접 당하게 되자 그대로 도망쳐버렸다. 한군이 패주시켰다기보다, 자기네 소수부대의 패주가 백만 진병을 패주시킨 것이다. 워낙 많은 군대여서 일단 도망치기 시작하자 누구도 이를 멈추게 할 도리는 없었다.

　20리나 도망한 끝에 육기가 다시 진세를 정비했을 때는 날이 어두워 왔으므로 공격하던 한군이 철수한 뒤였다. 육기가 전군을 점검해보니, 사상자는 5만에 달했다.

# 제16장. 승전후퇴(勝戰後退)

## 1. 다시 벌어진 싸움

그 후에도 진·한 양군은 한 달 남짓이나 한릉산(韓陵山) 밑에서 대치하고 있었다. 그 동안에도 물론 싸움이 있었다. 때로는 한이 이기고 경우에 따라서는 진이 이기고 했으나, 대세는 차차 한군 측에 불리해졌다. 진병은 워낙 많은 군대라, 이것을 간단히 격멸시키기란 어려웠고, 설사 사상자가 적잖게 난다 해도 대세에는 아무 영향도 없었다. 마치 바다에서 한 바가지의 물을 퍼낸 것과 같았다.

이에 비해 한군은 수효에서 열세인 데다가, 적의 땅 깊숙이 찾아들어온 군대였다. 진병이 자기 땅에 앉아서 싸우는 데 비해 객지에 있는 것이라 여러 모로 불리했다. 백만이나 되는 적과 대치하여 이 이상 다시 한두 달을 끈다면, 대부분의 전투에서 이긴다 해도 끝내는 이쪽이 전멸하고 말지도 모르는 일이었다.

장빈은 이런 정세를 설명하고 장하(漳河)를 건너가 위군(魏郡)을 지키는 편이 상책이라고 주장했다.

「우리가 위군의 성을 굳게 지킨다면 우리는 주인인 데 비해 적은 나그네가 되는 것이며, 우리는 편안히 앉아서 싸우게 되지만 적은 타향에서 고생하게 되어 정세는 역전될 것입니다. 그러다가 평양에서 원군이 도착하면, 그때에 다시 공세로 나갈 수도 있을 것입니다.」

유총은 곧 유백근·조번·진국보에게 명령하여 병사 1만을 이끌고 장하에 가서 뗏목을 만들고 대채(大寨)를 두 곳에 세우도록 했다.

이에 장빈은 여러 장수들을 독려하여 철수할 준비를 서둘렀다. 그러나 이튿날 아침, 사마영이 대군을 이끌고 와서 5리 밖에 진을 치고 도전하는 것을 보자, 장빈이 웃으며 말했다.

「마침 잘 되었습니다. 저것들의 기세를 단숨에 꺾어놓고 나서 밤을 이용하여 후퇴함이 좋겠습니다.」

그는 왕미·유영·관방·장실을 전군(前軍)으로 삼고, 관근·장경·호연유·황신을 후군으로 삼아 진병 가까이 나가 대진했다.

이때 진병 측에서는 북소리가 요란히 들리면서, 황금 투구도 찬란한 사마영이 친히 진 앞에 나오는 것이 보였다. 좌우에는 선봉장 기홍과 장방이 시립해 있었다. 한군 쪽에서도 유총이 장빈 이하 여러 장수를 대동하고 진문을 나갔다.

이윽고 사마영은 채찍으로 유총을 가리키면서 호통을 쳤다.

「네가 낙양에 있을 때, 경사(經史)를 내려읽게 한 바 있으니, 너도 사리를 대강 짐작하리라. 네가 10분의 1의 병력으로 관군에 대항하려 하니, 이는 정(鄭)이 초(楚)에 맞서는 것과 무엇이 다르랴. 만일 일찍 깨닫지 못한다면 장각(張角) 모양으로 그 몸을 망치리라.」

이 말을 듣고 장빈이 크게 웃었다.

「대왕께서는 어찌도 그리 깨닫지 못하십니까. 대왕의 군대가 많기는 많습니다만, 육기 같은 자에게 지휘를 맡기시니, 보배를 돼지에게 내주신 것과 무엇이 다르겠습니까. 육기는 어떤 자입니까. 자기 나라가 망하는 것도 보고 앉았던 용렬한 인물이 아닙니까. 대왕은 잘못 생각하셨나이다.」

「이 오랑캐 녀석!」

육기가 성이 머리끝까지 나서 고함을 쳤다.

「너희가 솥 속에 들어간 고기임을 모르고 한 사발의 물을 바다나 되는 듯이 착각하여, 스스로 양양자득(揚揚自得)하느냐. 가소로운 놈이로다.」

장빈도 지지 않았다.

「너야말로 반딧불 같은 놈이로구나. 있는지 없는지도 모를 빛깔을 자랑하여 이리저리 날뛰지만, 세 살 먹은 어린애라도 부채로 한 번 치면 죽어버리는 반딧불 같은 놈이 바로 너다. 네 목숨도 반딧불 같아서 내 손 안에 있는 줄이나 알아라.」

사마영은 얼굴이 시뻘겋게 달아올라 장수들을 둘러보았다.

「누가 저 역적 놈을 사로잡아오겠느냐. 마땅히 천금을 주고 만호(萬戶)로 봉하리라.」

이 소리에 응해서 석초와 견수가 뛰쳐나갔다. 이를 본 한군 측에서는 황신·조염이 말을 달려 나왔다. 네 장수는 양군이 지켜보는 앞에서 불을 뿜듯이 싸웠다.

이들의 싸움이 30여 합에 이르러도 승부가 나지 않자, 사마영은 자기네 장수에게 행여 실수가 있을까 하여 장방과 기홍을 다시 내보냈다. 그러나 그들이 석초와 견수가 있는 곳에 이르기 전에 두 장수가 나타나 길을 막았다. 왕미와 유영이었다. 뜻하지 않게 선봉과 선봉들이 맞부딪친 것이었다.

이 8명의 장수가 싸우는 모양은 미상불 볼 만한 것이었다. 왕미와 장방은 칼로 맞서고, 유영과 기홍은 창과 창으로 싸웠다. 모두가 일세의 맹장이요 장수 중의 장수라, 칼은 번개를 일으키고 창은 불꽃을 튀겼다. 마치 구름 속에서 용들이 서로 여의주를 다투는 것과도 같아서 양군은 모두 숨을 죽였다.

이것을 보고 있던 범양의 대장 왕양과 남양의 장수 변승은 부러운 생각이 나서 자기들도 달려 나가 바로 한군의 중군(中軍)으로 뛰어들었다. 단도직입적으로 유총을 잡자는 것이었다. 그러나 문기(門旗)가 있는 데까지도 가기 전에 관방·장실이 뛰쳐나왔다. 그들은 30여 합이나 싸웠으나 우열이 가려지지 않았다.

이때, 관근은 멀리서 이 모양을 바라보았지만, 자기가 달려가면 진의 장수도 뛰쳐나올 것이므로 그 자리에서 활을 들어 쏘았다. 화살은 날아가 왕양의 말을 맞혔다. 땅에 떨어진 왕양은 관방의 청룡도에 목숨을 잃고 말았다. 이를 본 변승도 놀라서 말머리를 돌리다가 장실의 창에 등을 찔려 죽었다.

관방과 장실은 각기 왕양·변승의 목을 높이 들고, 석초·견수 쪽으로 달려가면서 외쳤다.

「왕양·변승의 목을 봐라. 네놈들도 죽고 싶으냐」

황신·조염을 상대하기에도 힘들었던 석초와 견수는 이 소리를 듣자 뒤도 안 돌아보고 내뺐다.

한의 네 장수는 이를 버려두고 장방·기홍 쪽으로 쳐갔다. 장방·기홍이 아무리 용맹무쌍하다 한들 이미 왕미·유영과 싸우고 있는 터이니, 다시 네 장수에게 에워싸이자 견뎌낼 수 있을 까닭이 없었다. 그들은 말머리를 돌려 도망하기 시작했다.

한편 자기 쪽 선봉이 6명의 적장에게 쫓기는 것을 본 육기는 장수들을 돌아보며 외쳤다.

「두 선봉이 적장들에게 쫓기거늘, 장군들은 왜 보고만 있는가. 모두 나가 적장을 물리쳐라!」

40명은 되어 보이는 장수들이 우르르 밀려나갔다. 이제는 형세가 역전하여 6명의 한장(漢將)이 고전하는 차례였다. 이를 안 한군 측에서도 20여 명의 장수들이 뛰쳐나왔다. 장수의 집단 사이에 일대 혼전이 벌어지고 말았다.

이때 청주의 대장 고윤은, 한군 측의 장수들이 모두 나온 것을 보고, 혼전이 벌어진 속을 뚫고 나가서 적의 중군으로 뛰어들었다.

때마침 장빈은 유총과 앉아서 전략을 토의하고 있다가 변을 당했다. 옆에는 장빈의 아들 장웅(張雄)이 있었을 뿐이었다.

장웅은 아직 소년이었으나 조금도 당황하는 기색이 없이 창을 들어 고윤을 막아냈다. 두 사람은 눈에 쌍심지를 커면서 한참을 싸웠다.

이를 본 원수 유총은, 장웅이 전쟁에 나가 본 경험이 없는 까닭에 행여 실수가 있을까 걱정하여 활을 당겨 고윤을 향해 쏘았다. 고윤은 얼굴에 화살을 맞고 뒤로 벌렁 나가자빠졌다.

고윤의 뒤를 따라 중군에 들어왔던 왕표와 태사빈이 이를 보고 고함을 치면서 달려드는 것을 유총과 장웅이 맞이해 싸웠다.

자기 나라 원수(元帥) 같거니 싶어 얕보던 왕표는 유총이 내려치는 한칼을 어깨에 맞고 쓰러졌다. 이를 본 태사빈은 마음이 떨려 창도 제대로 쓰지 못한 채 어린 장웅의 창에 찔려 말에서 떨어졌다.

친히 적장을 죽이고 난 유총은 분이 가시지 않아서 숨을 몰아쉬며 그대로 쳐나갔다.

「장웅아! 내 뒤를 따라라. 우리 이놈들을 몰살시켜 버리자!」

한의 장수들은 원수가 친히 분전하는 것을 보고 더욱 용기를 내어 싸웠다. 무서운 혼전이 벌어졌다.

유총은 적장 4명을 다시 베어 죽이고 진나라 측 중군 속으로 뛰어들었다.

「사마영아! 네놈도 내 칼 맛이나 봐라!」

유총이 호통을 치면서 뛰어드는 것을 보자, 사마영과 육기는 기겁을 하여 도망쳤다. 수뇌부가 이 꼴이니 그 나머지는 미루어 짐작할 일이었다.

진병은 사태가 밀린 듯 무너져갔다.

백만이나 되는 대군의 총퇴각인지라, 도망 중에서도 무서운 도망이었다. 적에게 맞아 죽는 수효보다는 자기네 편에 밟혀 죽는 수효가 더 많을 지경이었다.

이 싸움에서 한군 측은 병사 2만과 장수 여덟 명을 잃었다. 오랑캐 장수인 탈궁·질몽도 이때 죽었다. 그러나 진병 쪽은 손실이 더 컸다. 고윤·왕표·태사빈·왕양·변승을 비롯하여 장수 10여 명과 병사 4만이 사망했다. 부상자의 수효는 이루 헤아리기도 어려웠다.

### 2. 후퇴작전

한병은 그날 밤 이경을 기하여 후퇴하기 시작했다. 싸움은 진격보다 후퇴가 더 어려운 법임을 장빈이 모를 리가 없었다. 만반의 대비책이 강구되었다.

조억·기안·왕복도·도호 등은 압송량사(押送糧使)가 되어, 병사 5만으로 군량미를 운반하여 앞서 위군으로 떠나갔다. 또 장응·근준·근도 등에게는 원수 유총을 장하 건너에 마련한 진채까지 호송하는 임무가 주어졌다.

왕미·유영·관산·호연유는 각기 1만 명의 군사를 이끌고 좁은 길목에 매복하고, 맹표 형제와 양흥보·요전 등은 2만의 군사를 가지고 장하 근처의 복병이 됐다. 또 관방·장경·황신·양용

4명의 장수는 장하 기슭에 매복하였다. 적의 추격이 있을 경우에 대비한 것이었다.

이런 배치가 끝난 다음 한병의 주력은 서서히 후퇴를 개시했다.

이런 동향은 첩자의 활약으로 인해 곧 진병 측에 알려졌다. 오늘의 패전에 지칠 대로 지친 몸을 쉬고 있던 전군에는 비상소집령이 내렸다. 장교와 병사들은 투덜대면서 일어났다.

「제기랄! 오랑캐 녀석들은 잠도 없나?」

이런 소리를 지껄이는 자도 있었다.

육기는 장군들이 모인 자리에서 만면에 희색을 띠고 말했다.

「그 동안 여러 번 싸워서 이기기도 하고 지기도 했소이다마는, 손실은 솔직히 말해 우리 쪽이 더 많았소. 그러나 우리가 2만을 잃으면 적도 1만은 죽었으니, 우리가 백만인 데 비해 20만밖에 안되는 유총의 군대가 견디면 언제까지 견디겠소? 싸움을 끌면 끌수록 인명의 소모는 늘어날 것을 감안하여 적군은 위군으로 후퇴하는 것으로 보이오. 그런즉 적이 물러가기 시작한 이 기회야말로 적을 섬멸할 시기입니다. 사기란 미묘한 것이어서 일단 물러가기 시작하면 되돌릴 수 없는 것이니, 장군들은 수고를 아끼지 말고 선전 감투하여 꽃다운 이름을 청사에 빛내기 바라오.」

듣고 있던 장수들의 얼굴에도 생기가 돌았다.

석초·견수·화연·진진 등이 3만의 군사를 이끌고 추격하게 되었다. 적에게 어떤 계략이 있을지도 모르니, 날이 밝거든 떠나자는 의견도 있었으나, 사마영과 육기는 듣지 않았다. 육기는 선봉장 장방·기홍에게도 1만을 주어 보내고, 자기는 사마영과 함께 전 병력을 이끌고 그 뒤에서 나아갔다.

석초·견수 등이 이끄는 선발대가 한의 진채에 닿은 것은 사경이나 되었을 무렵이다. 거기에는 활 하나, 칼 한 자루도 없이 말끔

히 치워져 있었다. 그들은 더욱 기뻐하며 말을 급히 몰았다. 보름
달이 대낮같이 밝은 밤이었다.

그들이 어느 산모퉁이에 이르렀을 때였다. 갑자기 포성이 울리
더니 관산 등이 군대를 이끌고 양쪽 골짜기에서 쏟아져 나왔다.
석초와 견수 등은 깜짝 놀라 이와 맞붙어 싸웠다.

이때 다시 포성이 울리며 또 한떼의 인마가 쳐나오는 것이 보
였다. 앞에 선 것은 왕미와 유영이었다. 두 장수의 형세는 마치 호
랑이가 덮치는 것 같아서 감히 그 앞에 나서는 자가 없었다.

이를 본 동공이 칼을 휘두르면서 달려 나갔다.

「나는 장사왕의 대장 동공이거니와, 너는 누구기에 이리도 무
엄하냐!」

이렇게 호통을 친 데까지는 좋았다. 그러나 유영이 눈을 딱 부
릅뜨고 달려드는 것을 보자 등골이 오싹해졌다. 유영의 창은 어떻
게나 번개 같은지, 동시에 열 개 백 개의 창을 가지고 찌르는 듯했
다. 한 걸음 한 걸음 뒤로 물러서던 동공은 어느덧 호연유의 말머
리께까지 다가왔다. 호연유는 이것을 보자 한칼에 목을 내려쳤다.

역시 장사왕 휘하인 장기는 이를 보고 분기탱천하여,

「이놈! 이 오랑……」

하면서 채 소리도 다 끝마치지 못한 채 달려들었다. 그러나 그
가 말을 끝마칠 사이도 없었던 것처럼, 그는 칼을 한번 휘두를 사
이도 없었다. 유영의 창이 번개처럼 어느덧 그의 가슴을 찔러버렸
기 때문이다.

「도망가지 마라. 도망가는 놈은 군율에 처하겠다!」

진진은 소리소리 질러 겨우 도망치려는 아군을 막으면서 죽을
힘을 다해 싸웠다. 그러나 관산이 또 유위의 목을 베자, 이것을 기
다리고나 있었다는 듯 진병들은 와르르 무너져갔다. 이제는 진진

이 아무리 악을 써보아야 소용이 없었다.

뒤에서 진격해오던 장방과 기홍은 도망오는 군대를 만났다. 장방은 칼을 뽑아들고 크게 꾸짖었다.

「이놈들! 거기 멈추지 못하느냐」

그러나 밀려오는 조수를 그로서도 어쩔 수 없었다. 설사 앞에 선 병사들이 멈추려 했다 해도 아무 소용이 없었을 것이다. 뒤에서 미는 강한 힘을 그들도 어쩔 수 없었을 것이니 말이다.

앞으로 나가려는 군대와 뒤로 도망치려는 군대는 잠시 맞부딪쳐서 어수선한 장면을 연출했다. 그것은 반대방향에서 흘러오던 두 물이 서로 마주친 것과 비슷했다. 밀고 밀리고 하는 통에 서로 상대의 무기에 목숨을 잃는 자도 있었고, 말발굽이나 사람의 발에 짓밟혀 죽는 자도 있었다.

두 힘이 충돌했을 때 약한 편이 밀리는 것은 뻔한 일, 이 경우 도망치는 쪽이 보다 강함이 증명되었다. 진격하려는 사람들은 기껏 분개하고 있는 데 불과했지만, 도망치는 쪽은 당장 벼락이라도 떨어지는 양 결사적이었기 때문이었다.

장방과 기홍이 아무리 맹장이라 해도 이렇게 되면 조수에 뜬 잎사귀 모양 밀려가는 수밖에 도리가 없었다.

한 5리나 후퇴하여서야 조수는 멈추었다. 이때에는 사마영과 육기가 이끄는 주력부대도 합세했다. 사마영은 의외에 또 패한 것을 알자 잠시 말도 하지 못했다.

조적(祖逖)이 말했다.

「적병은 이겼기 때문에 안심해서 반드시 장하를 건너려 할 것입니다. 얼른 나아가 적병이 반쯤 건넜을 때 들이친다면 이를 멸할 수 있을 것이니, 곧 명령을 내리십시오」

육기는 그 말을 옳게 여겨 곧 선봉 두 장수를 떠나보내고, 다시 광주・순양・남평・옹주・예주 다섯 고을의 장수에게 명령하여 그들을 돕게 했다.

싸움에 이기고 후퇴하던 왕미와 유영은 뒤에서 추격해오는 말발굽소리가 들렸으므로 곧 진세를 정비하여 적병이 다가오기를 기다렸다. 두 군대는 훤히 동이 트는 새벽녘에 아우성을 치면서 피가 튀기도록 싸웠다.

얼마 못 가서 광주의 대장 주사・오기 등이 한떼의 군사를 이끌고 달려들었다. 이쪽에서는 호연유・관산의 부대가 이것을 보고 되돌아와 싸웠다.

시간이 지날수록 참가부대가 늘어갔다. 조금 후, 진나라 측에서는 옹주의 대장 아박・황보담과 구문・잠서・도어・위정・장중・응조의 부대가 가담하고, 한군 편에도 맹표・양홍보・요전 등의 복병이 일어나 싸움에 끼어들었다.

수적으로 보아 불리함을 직감한 왕미는 악귀야차처럼 용감히 싸웠다. 그가 중손규를 비롯하여 3명의 장수를 연거푸 죽이는 것을 보자 다른 장병들도 기를 쓰고 용전 감투했다. 이리하여 요전은 위정, 양홍보는 도어, 맹표는 장중, 호연유는 구문, 관산은 잠서의 목을 베었다.

이를 본 장방과 기홍은 군대를 후퇴시켜 주력부대의 도착을 기다리는 수밖에 없었다.

이에 한군들은 강을 건너기 시작했다. 맹표 형제와 양홍보・요전 등을 기슭에 남겨 적의 내습에 대비하고, 군대가 반쯤 도하를 마쳤을 무렵이었다. 육기가 이끄는 백만 대군이 강을 메우다시피 하며 다가왔다.

이때, 왕미・유영 등은 이미 뗏목을 타고 강을 건너고 있었고, 기슭에는 맹표 형제, 몰돌장・요전 등 다섯 명의 장수가 머물러 있었는데, 적병이 태산이 무너지듯 밀려드는 것을 보자 일제히 활을 쏘게 했다. 빗발처럼 날아가는 화살에 진병들이 짚단 넘어지듯 쓰러졌다. 대장 곽송도 이때에 죽었다.

이를 본 육기가 대로하여 외쳤다.

「우리는 활이 없단 말이냐. 왜 우두커니 서 있느냐」

그제야 진병 쪽에서도 활을 쏘기 시작했다. 워낙 많은 군대가 쏘는 화살이라, 화살을 단으로 묶어 퍼붓는 것 같았다. 한군 쪽에도 무수한 사상자가 났다. 기슭에 있던 맹표 형제와 몰돌장 형제가 죽고, 뗏목에 탔던 군사도 허다하게 죽었다.

위군에 도착한 장빈은 인마를 점검해 보았다. 앞에 든 장수 외에도 유백근이 중상을 입고, 몇 만에 달하는 사상자가 났다. 장빈은 곧 평양으로 사람을 보내 원조를 청했다.

### 3. 평양성을 찾아온 석늑

조억과 기안 양장이 평양으로 떠난 지 수일이 지나서 진의 대병은 속속 장하를 건넜다.

이미 장빈은 유총과 함께 위성에 무사히 입성하자 곧 영을 내려 양홍보와 요전을 강가 영채에서 철수시켰다. 그런 다음 제장에게 영을 내려, 주야를 가리지 않고 위성의 성곽을 견고히 보수시키고 성 주위의 도랑을 깊이 파도록 했다.

한편 대병을 근 열흘이나 걸려 도강시킨 육기는 사마영과 위성 포위작전을 짰다.

우선 14로 제후를 둘씩 묶어서 여섯 개의 성문을 하나씩 나누어 맡도록 하고, 여러 친왕의 군사는 모두 중군이 되도록 하였다.

위성의 포위를 마친 사마영은 만족스레 말했다.

「한 달만 지나면 유총과 장빈이 제 발로 걸어나와 항복을 청하겠지. 이젠 독안에 든 쥐가 되었으니 제까짓 녀석들이 어떡할 텐가. 하하하하……」

그러나 육기의 생각은 달랐다.

「그렇게 생각하실 일이 못됩니다. 장빈이 성곽을 견고히 보수하고 도랑을 깊이 팠기 때문에 지금 위성은 난공불락(難攻不落)입니다. 또 그는 필시 평양으로 구원 요청을 했을 것인즉, 만약 구원병이 한 달 이내에 당도한다면 형세는 달라질 것입니다.」

노지도 육기의 의견과 같았다. 사마영은 금세 상을 찡그리며 내뱉듯이 말했다.

「그럼 내일부터 맹렬히 공성토록 하여 평양의 구원병이 당도하기 전에 성을 깨뜨리도록 하오」

육기는 적당히 대답을 하고 이내 깊은 생각에 잠겼다.

한편, 주야배도하여 나흘 만에 평양에 당도한 조억과 기안은 숨 돌릴 사이도 없이 승상부에 나가 유총의 서장을 우승상 제갈선우에게 전달했다.

제갈선우는 좌승상 진원달과 함께 한왕에게 나아가서 유총의 표문을 올리며 아뢰었다.

「지금 위성에 의거한 아군의 형세가 초미에 달했습니다. 지금 이 곳에는 그 동안 비축해 둔 충분한 군량과 15만의 정병이 있으니, 이를 속히 보내면 문제는 해결될 것이오나……」

제갈선우는 다음 말을 잇지 못하고 진원달을 슬쩍 바라보았다. 진원달이 다음을 받아 아뢰었다.

「지금 군사와 양초를 위군으로 옮겨갈 지용이 겸전한 장수가 없음을 안타깝게 여기는 바입니다.」

한황도 두 승상의 속을 십분 헤아릴 수가 있었다.

그러면서도 넌지시 한 마디 물어보았다.

「공장(孔萇)이 그 대임을 맡을 만하지 않소?」

제갈선우가 대꾸했다.

「공세로(孔世魯)가 지용이 있다고는 하나, 아직 대병을 이끌고 큰 적과 싸워본 경험이 없기 때문에 미심쩍게 여기는 바입니다.」

마침 이때 밖에서 정하(程遐)가 들어와 아뢰었다.

「지금 밖에 네 사람의 장한(壯漢)이 와서 폐하를 뵙고자 청하옵니다. 모두 촉지(蜀地)에서 온 사람들이라고 하옵니다.」

한황은 벌떡 자리에서 일어나며,

「어서 그 사람들을 안으로 들게 하오」

하고 반가운 기색을 감추지 못했다.

네 명의 장한은 강발·강비·관심·요익이었다.

관심은 자를 계충(繼忠)이라 하며, 촉한의 정남장군 관색(關索)의 아들이고, 요익은 자를 봉기(鳳起)라 하며 요전의 형 요회(廖會)의 아들이었다.

서로의 인사가 끝나자, 한동안 첩첩한 회고담에 잠겼다.

한황은 우선 조촐한 주연을 베풀어 원로에서 온 네 사람의 여독을 덜어주면서 그들의 기구한 지난 이야기에 귀를 기울였다.

한창 이야기꽃을 피우고 있는데, 갑자기 밖에서 북문의 아문장이 달려와 고했다.

「지금 북쪽에서 티끌이 자욱하게 일며 한떼의 군마가 성을 향하여 내도해 오고 있습니다. 어디 군마인지 모르오나 우선 보고를 드립니다.」

한황은 깜짝 놀라며 제갈선우에게 속히 대책을 강구하도록 일렀다. 제갈선우는 지체없이 공장과 도표·조응·지웅 네 명에게 명하여 북문에 나가 수상한 군마를 막도록 하였다. 공장이 북문에 당도하자, 마침 북쪽에서 오는 군마도 북문 밖까지 이르러 걸음을 멈추는 참이었다.

　군마들 가운데서 일원 대장이 문 가까이 다가와서 소리쳤다.

　「나는 서촉의 목마사(牧馬師) 급상이오 여기 조늑(趙勒) 공자를 모시고 2만 군사를 휘동하여 찾아왔으니 속히 문을 여시오」

　공장은 급상에게 대꾸했다.

　「원로에서 내도한 장군은 잠시 기다리시오 내 속히 폐하께 아뢰어 허락을 받은 연후에 성문을 열리다.」

　말을 마친 공장은 급히 지웅을 한황에게 보내 전말을 보고했다.

　한황은 급상을 잘 아는 마영과 아들 유화를 서둘러 북문으로 보내서 그들을 맞아들이도록 하였다. 유화와 마영이 북문에 이르러 아래를 바라보니 바깥에 버티고 선 장수는 분명코 급상이었다.

　마영은 반가워서 크게 외쳤다.

　「민덕(民德) 형이 웬일이오 나는 마영이외다.」

　태자 유화는 얼른 성문을 열도록 재촉하였다.

　이윽고 2만 군사와 함께 평양성에 입성한 조늑과 급상은 조정에 나아가 한황을 배알하고 여러 지구(知舊)들과 인사를 나누었다.

　기억력이 좋은 독자는 이 조늑이야말로 조자룡(趙子龍)의 손자며 조개·조염의 어린 동생이었음을 기억할 것이다. 그는 피난 중에 형들과 떨어져 상당의 호족 석현의 양자로 자라났으며, 그가 충복 급상(汲桑)의 도움으로 기병하여 양부의 원수인 조왕(趙王)의 난에 토벌군으로 참가했던 일을 우리는 앞에서 보아왔다.

　한황은 기쁨이 넘쳐서 연신 싱글벙글 용안에 웃음을 띠었다. 좌승상 진원달이 아뢰었다.

　「평양성에 오늘 하루 동안에 잇달아 경사가 두 번이나 생겼습니다. 이는 오로지 폐하의 홍복이십니다. 아마도 하늘이 우리 대한에 복을 내리시는 것 같사옵니다.」

한황은 다시 성대히 잔치를 차리도록 영을 내리고, 이번에는 조능과 급상을 가까이 불러 친히 그간의 내력을 하문하였다.

　조능을 대신하여 급상이, 흑망판에서 도적을 만나 장빈·조개 등과 헤어진 데서부터 석현의 구원을 받아 조능이 마침내 그의 양자가 되고, 연전에는 군사를 이끌고 낙양에 나가 간신 손수(孫秀)와 그의 아들 손회를 죽여서 석현의 조카 석숭의 원수 갚은 이야기를 소상히 아뢰었다.

　급상의 이야기를 듣는 한황과 중신들은 한결같이 감동하여 술잔 드는 것조차 잊고 있었다.

　이윽고 간의태부 유광원(游光遠)이 한황에게 아뢰었다.

　「지금 이 순간에도 태자와 장 군사는 위군에서 원병이 내도하기를 일각이 여삼추로 고대하고 있을 것이오니, 폐하께서는 속히 조칙을 내리소서.」

　그제야 한황은 의제를 위군 구원으로 가져갔다.

　우승상 제갈선우가 의견을 말했다.

　「대군을 발하여 양식을 호송하되 두 길로 나누어서 떠나는 쪽이 유리할 것입니다. 어느 한편에 실수가 있다 해도 대사를 그르치지는 않을 것입니다.」

　제갈선우는 이렇게 말하며 자기가 갈 것을 자청하고 나서, 강발도 천거했다.

　「신이 간다 해도 양쪽 군대를 다 보살피지는 못할 테니, 한쪽 일은 강존충(姜存忠 : 강발)에게 위탁하심이 좋겠사옵니다.」

　강발은 얼마 전에야 평양으로 옛 동지들을 찾아온 터이므로, 아직 관직도 없이 지내고 있었다. 황제 유연도 기뻐했다. 강발이 어떤 인물인지는 그도 잘 알고 있었기 때문이었다.

　그러나 이렇게 양로(兩路)의 통솔자가 결정되었다고 해도 장수의 선정이 문제가 아닐 수 없었다.

「누가 능히 실수 없이 군대를 지휘하겠는가?」

황제가 제갈선우에게 물었다. 그의 천거를 바란 것이 분명했다. 그러나 제갈선우가 대답하기 전에 자청하고 나선 사람이 있었다.

「제가 가겠습니다. 임무를 충실히 이행하겠나이다.」

모두가 바라보니, 북지왕(北地王)의 아들 유요(劉曜)였다. 유요는 이때 나이 겨우 18세였으나 이미 훤훤장부였으며, 그의 무예는 발군의 영용을 과시하고 있었다.

황제는 어느덧 장성한 조카를 대견스레 바라보았으나, 그 희망은 들어줄 수 없다고 생각했다.

「네 기백은 가상하나, 이번 일은 여간 어려운 것이 아니니, 반드시 노련한 장수가 아니면 안될 것이다. 너는 싸움에 나가본 적이 없지 않느냐.」

그러나 유요는 물러서려고 하지 않았다.

「폐하! 어찌 나이와 경험만으로 사람을 가리시나이까. 신이 가겠습니다. 꼭 성공할 자신이 있나이다.」

황제는 망설이면서 입맛을 다셨다. 이때 유요와 비슷한 소년 하나가 앞으로 나서서 기염을 토했다.

「소장이 아니면 능히 그 어려운 중임을 수행할 장수가 없을 것입니다. 선봉의 인뚱이를 소장에게 맡겨주소서!」

청정한 음성으로 호기를 뽐내는 젊은 장수의 얼굴은 관옥(冠玉) 같고 붉은 입술에 가지런한 이가 새하얗다. 봉안(鳳眼)을 들어 한황을 우러러보는 그 모습은 과연 믿음직한 대장부였다. 모두 놀라서 바라보니 그는 얼마 전에 2만 군사를 대동하고 상당(上黨)에서 내도한 석늑이었다.

자기 형인 조개·조염은 진과의 전쟁에 나가고 없었으므로 아직도 만나지 못한 터라 그는 누구보다도 절실히 출전하기를 원하고 있었다.

황제가 미소하며 석늑을 바라보았다.

「네가 건강하기는 하다만, 진의 장병들은 백전을 거친 노장들이다. 혈기만으로는 될 일이 아니니라.」

그러나 석늑은 거침없이 대꾸했다.

「폐하! 그러시다면 제 용맹을 한번 시험해 주시기 바라나이다. 칼이든 창이든, 제 재주를 보여 드리겠사옵니다. 만약 미비한 점이 있다면 폐하의 어전에서 망언한 죄를 감수하겠나이다.」

이때 유요가 나서며 석늑을 꾸짖었다. 그는 자기 소원이 거절된 데다 석늑이 가게 될까 하여 시기심이 생긴 것이었다.

「그대가 얼마나 재주가 있기에 그리도 호언장담이 심한가. 그대가 용맹하다니, 나와 겨루어보자. 내 그대와 겨루어 진다면 선봉을 그대에게 양보하리다.」

석늑이 씽끗 웃으며 응수했다.

「좋소. 그대가 선택하는 무슨 무기라도 나는 개의치 않고 상대하리다.」

석늑의 말에 유요는 발끈 격하고 말았다.

「좋다. 어서 교련장으로 나가자.」

유요가 외치며 전 아래로 내려서자, 석늑은 여유있게 한 마디 했다.

「내 진의 백만 대군을 두려워하지 않을진대, 어찌 공자를 두려워하리까. 폐하께서 윤허하신다면 얼마든지 상대하리다.」

이때 좌승상 진원달이 앞으로 나서며 꾸짖었다.

「아무리 나이 어리지만 폐하 어전에서 이게 무슨 추태인가!」

그제야 두 소년이 서로 떨어지는 것을 보고 진원달은 황제에게 상주했다.

「두 사람이 비록 연소하나 기개가 가상하오니 각기 일로(一路)의 대장이 되게 하심이 어떨까 하나이다. 그리하여 먼저 위군에 당도하는 사람에게 두공(頭功)을 내리시기 바랍니다.」

황제는 이 말을 받아들여 곧 군량 호송대의 진용을 짰다. 우선 강발을 시중호량부군사(侍中護糧副軍師)로 삼고, 석늑을 호량대도독(護糧大都督), 급상을 선봉에 임명했다. 강비(姜飛)·기안·도표·호연모·곽흑략·조녹·장예복 등이 이에 배치되어 10만의 군사를 이끌고 양곡 30만 석을 호송하여 오른쪽 길로 나아가게 했다.

다시 승상 제갈선우를 호량정군사(護糧正軍師)로 임명하고, 유요를 호량좌도독(護糧左都督)으로 삼았으며, 관산을 선봉에 임명했다. 그 외에도 공장·조억·교오·마영·지웅·조응·교회 등에게 역시 10만의 병력을 딸려 보내 양식 30만 석을 호송하되 왼쪽 길로 나아가게 했다.

이리하여 20만 대군은 두 길로 갈라져서 평양을 떠났는데, 이 소식은 얼마 안 가서 진병 측에 알려졌다. 양식을 호송하여 떠났다는 편지를 앞서 보낸 것이 위군에게 발각된 것이었다.

성도왕은 곧 제후들을 모아놓고 말했다.

「장빈이 병법에 능해서 이대로도 성을 빼앗을 수 없는 터에, 다시 대군과 많은 군량이 이른다면 무엇으로 적을 섬멸할 수 있으랴?」

장사왕이 말했다.

「군사를 보내 이들을 막아야 합니다. 적병이 성중에 들어가지 못한다면 양식이 떨어져 성은 스스로 함락될 것 아니겠소이까.」

성도왕은 옳게 여겨 고개를 끄덕였다.

이때 유곤이 앞으로 나왔다.

「신의 휘하에 희담·유희라는 용장이 있습니다. 다 항우 같은 장수이니 그들로 하여금 험난한 땅에서 적을 막게 하신다면 만에 하나도 실수가 없겠나이다.」

성도왕은 크게 기뻐하여 두 장수를 부르도록 지시했다.

이때 유홍이 일어서서 말했다.

「적은 두 길로 온다 하니, 우리도 양로로 나가는 것이 좋을 것입니다. 신도 장수를 천거하겠나이다. 제 장수에 피초·궁흠·정건이 있습니다. 이들은 모두 만부부당의 용장이라, 그 위엄을 형양(荊襄) 일대에 떨쳤으며 이웅(李雄)도 이를 꺼려 쳐들어오지 못한 터입니다. 이들을 보낸다면 반드시 공을 거둘까 합니다.」

성도왕은 매우 흡족해 하며 곧 다섯 장수를 불러들이게 했다. 육기가 지시를 내렸다.

「서북의 험지로는 사록산(沙麓山)과 영창하(靈昌河)만한 곳이 없소 병주의 두 장수는 산에 익숙할 테니 사록산을 지키고, 형주의 세 장수는 물을 잘 알 터이니 영창하로 나가도록 하시오.」

그는 다시 구체적인 전략을 말했다.

「영창하는 기슭이 넓은 곳이니까 3만의 군사를 이끌고 가서 진채를 세우고 궁수(弓手)를 늘어세워 적이 강을 건너지 못하도록 하시오. 또 사록산은 험준하고 길이 좁으니 진채를 세우고 고요히 지키기만 하오. 적이 온다고 싸우러 나가지 말 것이며, 그들이 쳐오는 경우에만 응전하되, 이겨도 추격하지 마시오. 시일을 끌면 스스로 물러가리라.」

5명의 장수는 명령을 받고 물러나면서 서로 픽픽대고 웃었다.

「원수는 역시 겁이 많아! 이겨도 쫓아가지 말라니, 이런 싸움이 어디에 있담.」

「역시 서생이라 싸움을 몰라. 한번 그놈들을 모조리 잡아서 원수를 깜짝 놀라게 해주어야지.」

이런 소리를 지껄였다.

### 4. 무서운 소년들

유요는 첫 출전인 데다가 석늑이라는 경쟁자가 있는 터였으므로 어떻게든 큰 공을 세우려고 길을 서둘렀다. 며칠 후 사록산 가까이 이르렀을 때였다. 희담과 유희가 산언저리를 지키고 있다는 척후의 보고가 들어왔다.

유요는 마침 잘 되었다고 기뻐하여 사록산에서 5리쯤 되는 지점에 진을 쳤다.

이튿날 아침, 유요는 정병 1만을 뽑아 인솔하고 나아가 싸움을 걸었다. 산 위에서도 북소리가 요란히 들리더니 두 대장이 병사들을 이끌고 쳐내려오는 것이 보였다.

이윽고 희담이 말을 언덕에 세우고 호통을 쳤다.

「너희는 어떤 놈들이기에 이 땅에 나타나 침범하려 드느냐. 여기는 날개 있는 새라도 그대로는 넘어가지 못하리니 사리를 알거든 어서 돌아가라. 공연히 내 창끝에 피를 묻히지 마라!」

유요가 미처 대답할 사이도 없이 한 장수가 말을 달려 스쳐나가는 것이 보였다. 교회였다.

교회는 손에 큰 도끼를 들고 진병 속으로 뛰어들어 좌충우돌했다. 병사들이 그 사나운 형세에 겁을 먹고 와르르 흩어졌다.

이를 본 희담이 달려가 그 앞을 막았다. 두 장수는 20여 합이나 싸웠다. 도끼와 창은 허공을 춤추면서 부딪칠 때마다 번개를 일으켰다. 희담은 상대가 강적임을 알고 일부러 창을 헛찌르는 시늉을 했다. 이 기회를 놓칠세라 교회가 달려들어 도끼로 내려쳤다. 그러나 희담은 옆으로 몸을 돌려 이를 피하면서 도리어 창으로 교회를 찔렀다. 이렇게 말하면 길어지지만 실로 눈 깜짝할 사이에 일어난 일이었다.

그러나 희담이 목을 베기 위해 칼을 뽑으려는 순간이었다. 철편이 그의 머리 위로 떨어졌다. 그는 깜짝 놀라 몸을 피했다. 하마터면 머리가 산산조각이 날 뻔했던 것이다.

「이놈!」

희담은 성이 나서 창을 휘두르며 상대를 노려보았다. 그리고는 더욱 화가 났다. 그도 그럴 것이 상대는 아직도 애티가 가시지 않아서 소년인지 청년인지 분간할 수 없는 어린아이가 아닌가.

희담은 얕보는 마음이 앞서서 사로잡으리라 마음먹고 말을 바짝 들이댔다. 그 찰나였다. 철편이 번개같이 그의 머리에 날아왔다. 희담은 찔끔하여 고개를 뒤로 돌렸다. 그러나 때는 이미 늦었다. 철편의 끝이 그의 이마를 쳤다. 순식간에 피가 흘러 두 눈을 가렸다. 희담은 기겁을 해서 말머리를 돌렸다. 유요는 철편을 휘두르며 그 뒤를 쫓아갔다.

「이 비겁한 놈! 거기 멈추지 못하겠느냐」

그러나 유희가 앞을 막았으므로 더 추격하지는 못했다. 두 사람은 한참을 싸웠다. 유희는 상대가 소년이며 용맹한 데 놀랐다. 철편은 바람을 일으키면서 공중에 난무했다. 눈앞이 모두 철편으로 보였다. 유희가 겁을 먹고 말머리를 돌리려 하는 순간 그의 손에 철편이 내려쳐졌다. 유희는 칼을 손에서 놓친 채 말에서 떨어졌다. 유요는 몸을 굽혀 유희의 머리를 잡아 끌어올려 옆구리에 끼고 말을 달렸다. 힘이 어떻게나 센지 유희는 꼼짝을 못했다.

이를 본 진병들은 모두 겁을 먹고 산으로 도망쳤다. 유요는 사로잡은 적장을 병사에게 넘겨주고 적의 진채를 향해 쳐 올라갔다.

그러나 워낙 지대가 험하고 돌멩이가 무수히 굴러 내려왔으므로 물러나는 수밖에 없었다.

희담은 유요에게 혼이 나서 진채를 지킬 뿐 다시는 싸우러 내려오지 않았다.

한편, 영창하에 도착한 석늑은 망연자실하지 않을 수가 없었다. 망망한 물이 앞을 막고 그 건너편에서는 적군이 진을 치고 있지 않은가. 그는 조급한 마음으로 하루를 그대로 보냈다.

이튿날이 되자 강발이 도착했다. 강발은 석늑의 보고를 듣고 곧 말을 달려 상류 일대를 돌아보고 나서 지령을 내렸다. 급상·기안·도표·곽흑략·장에복 등 8명의 장수에게는 상류에 가서 뗏목을 만들라는 명령이 주어졌다.

「뗏목 수백 개를 만들되, 세 방의 포성이 들리거든 물을 따라 내려오라.」

8명이 병사들을 데리고 떠나가자, 이번에는 유징·유보·조녹·왕양이 불려왔다.

「장군들은 상류에 가서 뗏목이 다 만들어지면 이 기슭에 가져다 대시오!」

이틀이 지났다. 뗏목이 만들어졌다는 보고가 급상과 유징에게서 각각 있었으므로, 강발은 밤을 이용하여 뗏목을 물에 띄우게 했다. 날이 밝았을 때 뗏목은 강을 뒤덮어 마치 넓은 다리를 놓은 것같이 보였다.

강발의 명령으로 호연모·지굴육·장월·공돈·오예·유응 등은 군사를 이끌고 뗏목에 올라 마치 서로 선두를 다투듯 야단법석을 떨고, 호모는 식량차 1백 채를 기슭에 늘어세워 적의 눈을 끌게 했다.

이 모양을 본 피초는 궁흠·정건 등과 상의했다.

「저놈들 좀 보오. 자기네가 대군이라는 것을 믿고 서로 앞서 건너겠다고 다투고 있구려. 군사를 늘어세워 화살을 퍼부어 줍시다. 제까짓 놈들이 어떻게 건넌단 말이오」

궁흠·정건은 곧 그 말에 찬성하여 병사들을 기슭에 세우고 활을 쏘게 했다. 그래도 한병은 조수가 밀리듯 우르르 강을 건너왔다. 이를 본 진병들은 더욱 많이 나서서 화살을 퍼부었다. 한병들은 기겁을 하며 모두 걸음을 돌려 도망하기 시작했다. 어떤 자는 자기 머리를 손으로 감싸고 뛰는 자도 있었다.

이를 본 정건이 크게 웃었다.

「저놈들이 도망가는 꼴이라니!」

그는 고개를 돌려 부장 진현·소승을 보고 명령했다.

「급히 추격하여 저놈들을 무찔러라. 식량차를 빼앗아오는 자를 1등 공신으로 삼으리라.」

이에 두 장수는 병사를 이끌고 달려갔다. 한병 측에서도 화살이 약간 날아오기는 했으나, 뗏목을 다 지나 저쪽 기슭에 상륙했을 때는 이편의 기세에 압도당했음인지 병졸들은 좌우로 흩어지고 말았다.

두 장수는 힘들이지 않고 식량차 1백 채를 빼앗아 병사로 하여금 운반시키고, 계속해서 도망치는 적병을 쫓아가려고 했다.

그때, 어디선지 포성이 세 방 일어났다. 진병들이 찔끔해서 걸음을 멈추자, 양쪽 숲 속으로부터 두 대장이 군대를 휘몰아 나오는 것이 보였다.

아주 앳된 장수가 진현 앞에 나타나 외쳤다.

「얼른 말에서 내려라. 목숨은 살려주겠다!」

「이놈 봐라!」

진현은 적을 얕보고 창을 휘두르며 달려들었다. 그러나 상대가 불가사의한 검술을 지닌 석늑일 줄이야 어찌 생각이나 했으랴! 진현은 창을 한 번 놀리자마자 석늑의 칼에 어깨를 맞고 땅에 굴렀다. 이를 본 소승이 분기탱천하여 고함을 지르면서 석늑에게로 달려갔다. 그러나 강비가 길을 막고 나서자 두어 합도 못 겨룬 채 그 창을 맞고 쓰러졌다.

궁흠과 정건은 허겁지겁 달려와 싸우려 했으나, 지굴육·왕양·호모 등의 여러 장수가 벌떼처럼 일어나서 덤비는 데는 어쩔 길이 없어서 말머리를 돌렸다. 석늑·강비는 이를 추격했다. 그러나 화살이 너무나 사납게 날아오므로 말이 상할까 하여 걸음을 멈출 수밖에 없었다.

이때 고함소리가 상류 쪽에서 들렸다.

모든 사람의 시선이 일제히 그리로 쏠렸다. 앞서 일어난 포성을 듣고 급상 등이 뗏목을 가지고 접근해온 것이었다. 뗏목은 급류를 타고 내려와 삽시간에 먼저 대놓았던 뗏목 옆에 멈추었다. 강물 위에는 5마장은 족히 될 듯한 넓은 길이 생긴 셈이었다.

이를 본 진병들은 물밀듯 뗏목 위로 뛰어들었다. 뗏목 위에서는 치고 찌르는 대혼전이 벌어졌다.

급상과 기안은 똑같이 큰 도끼를 휘두르면서 뗏목 위를 뛰어다녔다. 석늑·강비도 끼어들었다. 진병들은 무수히 쓰러져서 그 넓은 뗏목에는 시체가 발 디딜 곳도 없이 깔렸다.

이에 한군은 육지에 상륙하여 적의 진채를 쳤다. 피초는 대로하여 밀려드는 한병을 시살하다가 급상과 만났다. 피초는 급상이 말에도 타지 않은 것을 보고 보졸(步卒)로만 알았다.

「이놈! 어느 앞이라고 네가 감히……」

피초는 눈을 부릅뜨고 호령을 했지만, 그 호령은 마지막까지 이어지지 못했다. 급상이 다가들면서 피초의 말머리를 도끼로 찍었기 때문이다. 급상은 급히 달려들어 넘어진 피초를 찍으려 했다. 그 순간 한 장수가 그의 앞을 막았다. 정건이었다.

급상은 정건의 창을 귀찮다는 듯이 도끼로 휙 퉁기면서 다시 피초의 뒤를 쫓아갔다. 정건은 황급히 급상의 뒤를 쫓으면서 장창을 들어 그의 등을 찌르려 했다. 급상에게는 위기일발의 순간이었다. 그때 석늑이 다가오면서 고함을 질렀다.

「이놈! 게 섰지 못할까?」

정건은 석늑의 말이 너무나 가까이 와 있는 것을 보고 이쪽으로 달라붙었다.

두 사람은 10여 합을 싸웠으나 정건은 곧 뉘우쳤다. 상대의 칼은 너무나 비범했다. 허공을 번개처럼 오고가는 그 칼날은 그의 눈을 아찔하게 하여 창을 쓰는 손이 떨렸다. 그것만이 아니었다. 앞서 피초의 뒤를 쫓아갔던 급상이 끝내 상대를 놓치고 되돌아오다가 싸움에 가세한 것이었다. 정건은 어찌할 바를 모르고 허둥댔다.

석늑의 칼이 고함과 함께 한 번 번뜩이자 정건의 창자루가 뚝 부러져 나갔다. 다음 순간, 석늑은 정건을 번쩍 들어 땅 위에 던지면서 외쳤다.

「이놈을 묶어라!」

궁흠은 이를 보고 정건을 구하러 달려오다가 강비와 부딪쳤다.

「그 목은 나에게 주시오!」

강비가 이렇게 외치면서 창으로 궁흠을 찌르려 했다. 궁흠은 눈을 부릅뜨고 맞아 싸웠다.

「그 말은 나에게 주시오.」

이때, 이렇게 부르짖으면서 도끼로 궁흠의 말을 찍는 장수가 있었다. 급상이었다. 땅에 떨어진 궁흠은 상대방의 요구대로 목을 강비에게 빼앗겨야 했다.

진중으로 도망한 피초는 말을 바꾸어 타고 무너지는 병사들을 되돌려 세우려고 갖은 애를 썼다.

「적병은 얼마 안되는데 도망가다니 이게 무슨 일이냐. 모두 돌아서라. 모두 돌아서!」

그가 아무리 악을 써도 겁먹은 군사는 되돌릴 수 없었다. 이때 진병들 틈에 끼어 접근한 장에복이 창을 들어 피초의 장딴지를 찔렀다. 피초는 기겁을 해서 도망쳤다. 피초는 30리나 후퇴한 끝에 패잔병을 수습하여 진을 쳤다.

### 5. 사록관의 싸움

위군을 포위한 진나라 군대는 매일같이 성을 쳤다. 그러나 장빈이 워낙 잘 방어했으므로 진군은 사상자만 늘어갔다. 이렇게 10여 일이나 지나자, 마침내 성도왕 사마영도 이래서는 안되겠다 싶어 장수들을 모아 전략을 논의했다.

사공이 많으면 배가 산으로 올라간다고, 발언은 많았으나 무엇 하나 결정이 나지 않았다. 사록관에 가 있는 희담에게서 사람을 보내온 것은 이런 와중이었다.

교희가 사로잡히고 유희가 죽었으며, 희담 자신도 이마에 부상을 입어 싸울 수 없다는 것이었다. 더구나 적장이라는 것이 유요라는 소년인데 철편을 어떻게나 잘 쓰는지, 모두 그에게 결딴이 났다고 하니 기가 막혔다.

하도 놀라운 소식이라 방안에는 무거운 침묵만이 흘렀다. 사마영이 한탄했다.

「하늘도 무심하시지, 어디서 그런 놈이 나타났단 말이냐?」

이때 예주태수 유교(劉喬)가 말했다.

「그만한 일에 무엇을 걱정하십니까. 신의 휘하에 풍혁(馮

奕)·포정(包廷)이라는 장수가 있나이다. 전일에 싸우는 황소를 떼어놓는 힘을 가지고 있던 서라자(徐羅子)라는 자도 이 두 장수에게 사로잡혔다 하옵니다. 그만한 용력이라면 그까짓 젖비린내 나는 소년을 잡는 것쯤 여반장(如反掌)이 아니겠나이까. 이들을 쓰시옵소서.」

크게 기뻐한 사마영은 두 장수에게 병사 2만을 주어 사록관 싸움을 돕도록 명령했다.

이때, 또 한 명의 급사(急使)가 나타났다. 이번에는 영창하에서 온 사자였다.

「적장 석늑·급상 등이 뗏목을 타고 기슭에 쳐 올라와 죽기로 항거했으나, 궁흠·진현·소승 등이 전사하고, 피초 장군도 부상을 당했나이다. 할 수 없이 물러나 영창(靈昌)의 길목을 지키고 있는 중입니다.」

사마영이 듣다가 소리쳤다.

「누구라고 했느냐. 석늑이라고?」

「그러하옵니다.」

사자는 제 죄이기나 한 듯 연방 고개를 숙였다.

「아, 석늑이가 오랑캐에게 붙을 줄이야!」

사마영은 새삼 한탄하지 않을 수 없었다. 전일 조왕의 난 때, 자진하여 달려왔던 석늑을 사마영은 아직도 기억하고 있었다. 그 용맹도 용맹이려니와 기개가 몹시 장한 소년이었다. 그가 이제 적이 되어 나타난 것이었다.

「석늑은 어리지만 만만치 않은 인물! 아마도 대적할 장수가 없을 것이야. 정말 걱정이구나!」

사마영의 말이 떨어지자 한 태수가 앞으로 나오며 외쳤다.

「전하께서는 어찌 적을 과찬하시어 우리 장병의 사기를 떨어뜨리십니까. 제 부하에 하운(夏雲)·뇌패(雷霜)라는 장수가 있나이다. 힘은 천 근을 들고 뛰는 말을 쫓아가 잡을 만한 용맹을 지녔으니 어찌 그만한 어린애를 근심하시나이까.」

사마영은 곧 두 장수를 불러 2만의 군사를 주고 영창하에 나가적을 막게 했다.

풍혁과 포정은 군대 2만을 인솔하고 주야로 길을 달렸다. 사록관에 있던 군대들은 구세주나 만난 듯 기뻐했다. 희담은 아직도부상이 낫지 않아 머리를 싸매고 있었다. 그는 새로 온 두 장수에게 자기가 패전한 경과를 설명하고 나서 자기 나름의 의견을 개진했다.

「그런데 그 유요라는 놈이 나이는 어리지만 어떻게나 철편을잘 쓰는지, 아무리 노련한 장수라도 대적할 수 없을 지경입니다.두 분께서도 이 관문만 굳게 지키시기 바랍니다. 그렇게만 하면아무리 유요라도 넘어가지는 못할 것이며, 그러는 중에 위군이 함락되면 스스로 물러갈 것이니, 그때에 추격하면 승리할 것이 틀림없습니다.」

이 말을 듣자 포정이 벌컥 화를 냈다.

「장군은 어찌 우리를 돼지처럼 보시오 철편 맛을 한번 보시더니 유요를 호랑이같이 두려워하시는구려.」

희담은 창피를 당하고 고개를 푹 숙였다. 그의 소견이 아무리 적절한 것이라 해도 *패군의 장수고 보니 말할 계제가 못되었다(敗軍之將不言勇패군지장불언용). 풍혁이 분위기를 완화시키려는 듯 부드러운 음성으로 말했다.

「우리는 성도왕의 분부를 받고 유요를 잡기 위해 달려왔습니다. 장군의 말씀에도 일리가 있는 줄 압니다만 우리에게도 생각이있은즉, 이번 일은 일임해 주시기 바랍니다.」

희담은 고개만 끄덕일 뿐이었다.

이튿날이 되자, 아래로부터 북소리가 요란히 들려왔다. 풍혁과 포정은 문 밖에 나가 밑을 내려다봤다. 지금 대군이 산상을 향해 공격을 개시하려는 판이었다. 두 장수는 발연대로하여 곧 진문을 열어젖히고 말을 달려 내려갔다.

포정은 산 아래 이르러 말을 세웠다. 눈앞에 역시 말을 세우고 있는 적장들이 보였다.

「이 무지한 오랑캐 놈들아. 여기가 어딘 줄 알고 밀려왔느냐. 전멸당하기 전에 어서 썩 물러가거라!」

유요인 듯 보이는 젊은 장수가 채찍으로 포정을 삿대질하면서 외쳤다.

「이 무도한 역적 놈! 너희야말로 천명을 거역하고, 악을 모아 다시 악을 쌓지 마라. 너 같은 조무래기는 상대할 수 없으니, 너희 황제를 끌어내 오너라!」

이 말을 들은 풍혁은 하도 화가 나서 이를 갈면서 뛰쳐나갔다. 당장 유요를 잡아 천 동강 만 동강을 내놓고 싶은 심정이었다. 그러나 유요에게 접근도 하기 전에 한 장수가 앞을 막고 나섰다. 바로 조억이었다.

두 장수는 용맹을 다해 싸웠다. 고함은 골짜기를 울리고 칼빛은 때 아닌 서릿발을 날렸다. 싸움은 어느덧 40합을 넘어 50합에 접어들었다. 그러나 두 장수는 여전히 2마리 호랑이인 듯 뒤엉켜 떨어질 줄을 몰랐다.

이를 보고 있던 포정은 행여 풍혁에게 실수가 있을까 하여 자신도 칼을 춤추며 앞으로 나갔다. 이를 본 유요가 달려와 그 앞을 막고 나섰다.

포정은 내심 깜짝 놀랐다. 상대가 어리다고 얕보았는데, 아닌

게 아니라 그의 철편 솜씨는 비상했다. 허공에서 바람을 일으키는
철편은 사정없이 그의 머리·어깨를 향하여 떨어져 내렸다. 그러
던 중 포정은 한 가지 꾀를 생각해냈다. 그는 짐짓 도망하기 시작
했다. 그러다가 자기 말 가까이 적이 추격해오자, 갑자기 상반신
을 틀면서 옆으로 칼을 번개처럼 휘둘렀다. 웬만한 실력으로는 피
할 수 없는 필사의 일격이었다. 그러나 그 정도에 넘어갈 유요가
아니었다. 철편으로 칼을 막아놓고 다음 순간에는 벌써 상대의 손
을 내려치고 있었다.

　손을 강타당해 칼을 놓친 포정은 기겁을 해서, 이번에는 진짜로
도망하기 위해 말머리를 획 돌렸다. 그러나 유요의 철편은 다시
허공에 바람을 일으켰다. 포정은 등에 철편을 얻어맞은 채 피를
흘리며 줄행랑을 놓았다. 유요는 그 뒤를 쫓아 나섰지만 병사들
틈에 가려져 보이지 않았으므로 추격을 중지했다.

　유요는 돌아서는 길로 풍혁과 싸우고 있는 조억에게 가세했다.
그렇지 않아도 겨우 조억을 상대하고 있던 풍혁은 유요가 덤비는
것을 보자 겁을 먹고 말머리를 돌리려 했다. 그 순간 유요의 철편
은 그의 머리를 강타했다. 풍혁은 머리가 깨져 땅에 떨어졌다.

　진병들은 모두 뿔뿔이 도망쳤다. 유요는 그 뒤를 추격하여 사록
관으로 쳐 올라갔으나 워낙 많은 돌이 굴러 내려오므로 되돌아섰
다.

2권 끝

## ◀이 책에 등장하는 고사성어(가나다 순)▶

**권토중래** **捲土重來**  당 말기의 대표적 시인 두목(杜牧)의 칠언절구 「오강정시」에 나오는 말이다.

> 승패는 병가도 기약할 수 없다.
> 부끄러움을 안고 참는 이것이 사나이.
> 강동의 자제는 호걸이 많다.
> 땅을 말아 거듭 오면 알 수도 없었을 것을.

勝敗兵家不可期　包羞忍恥是男兒　승패병가불가기　포수인치시남아
江東子弟多豪傑　卷土重來未可知　강동자제다호걸　권토중래미가지

오강은 지금의 안휘성 화현 동북쪽, 양자강 오른쪽 언덕에 있다. 이 시는 이 곳을 지나가던 두목이, 옛날 여기에서 스스로 목을 쳐 죽은 초패왕 항우를 생각하며 읊은 것이다.

항우를 모신 사당이 있어 「오강묘(烏江廟)의 시」라고도 한다. 항우는 해하(垓下)에서 한고조 유방과 최후의 접전에서 패해 이 곳으로 혼자 도망쳐 왔다. 이 때 오강을 지키던 정장(亭長)은 배를 기슭에 대 놓고 항우가 오기를 기다리다가 항우가 나타나자 이렇게 말했다. 정장은 파출소장과 비슷한 소임이다.

「강동 땅이 비록 작기는 하지만, 그래도 수십만 인구가 살고 있으므로 충분히 나라를 이룰 수 있습니다. 어서 배를 타십시오 소인이 모시고 건너겠습니다.」

강동은 양자강 하류로 강남이라고도 하는데, 항우가 처음 군사를 일으킨 곳이기도 하다. 정장은 항우를 옛 고장으로 되돌아가도록 권한 것이다.

그러나 항우는,

「옛날 내가 강동의 8천 젊은이들을 데리고 강을 건너 서쪽으로 향했는데, 지금 한 사람도 남아 있지 않다. 내 무슨 면목으로 그들 부형을 대한단 말인가?」 했다.

항우는 타고 온 말에서 내리자, 그 말은 죽일 수 없다면서 이를 정장에게 주었다. 그리고는 뒤쫓아 온 한나라 군사를 맞아 잠시 그의 용맹을 보여준 뒤 스스로 목을 쳐 죽었다.

이 때 항우의 나이 겨우 서른, 그가 처음 일어난 것이 스물넷이었으니까, 7년을 천하를 휩쓸고 다니던 그의 최후가 너무도 덧없고 비참했다. 두목은 그의 덧없이 죽어간 젊음과 비참한 최후가 안타까워 이 시를 읊었던 것이다.

「항우여, 그대가 비록 패하기는 했지만, 승패라는 것은 아무도 얘기할 수 없는 것이다. 한때의 치욕을 참고 견디는 것, 그것이 사나이가 아니겠는가. 더구나 강동의 젊은이들에게는 호걸이 많다. 왜 이왕이면 강동으로 건너가 힘을 기른 다음 다시 한 번 땅을 휘말 듯한 기세로 유방을 반격하지 않았던가. 그랬으면 승패는 아직도 알 수 없었을 터인데……」 하는 뜻이다.

**금성탕지** **金城湯池** 전국의 난세를 통일해서 공전의 대제국이 된 진(秦)도 시황제가 죽고 암우한 2세 황제가 즉위하자, 점차 토대가 흔들리기 시작하여 각지에 잠복하고 있던 전국시대의 여섯 강국의 종실·유신(遺臣)들이 하나 둘씩 고개를 들고 진 타도를 위해 일어섰다.

그리하여 제각기 왕을 자처하고 군사를 일으켜 군현(郡縣 : 진은 봉건제가 아니고 군현을 두는 중앙집권제를 택했다)의 장을 죽이고, 성시(城市)를 점령하고 기세를 올려 진실(秦室)의 위령(威令)은 완전히 땅에 떨어지고 말았다.

《한서》 괴통전에 있는 이야기다.

진나라 말기 농민군의 수령 진승(陳勝)의 수하에서 부장으로 있던 무신

이란 사람이 조(趙)의 구 영지인 산서성을 평정해서 무신군(武信君)이라
칭하고 범양(范陽 : 하북성)을 위협하고 있을 때였다. 이때 구변이 좋아
변사라고 불리던 괴통(蒯通)이란 범양의 논객이 현령인 서공(徐公)을 찾아
가 이런저런 변설로 회유해서 서공으로 하여금 아무런 항거도 하지 않고
범양을 내놓게 해서 그의 목숨을 건지게 한 일이 있었다.

　괴통은 아군이 도착하기 전에 먼저 서공을 찾아가 말했다.

　「당신은 지금 극히 위험한 상태에 처해 있어 딱하기 짝이 없습니다.
그러나 내 말을 듣는다면 전화위복(轉禍爲福)이 될 것입니다. 아주 경사스
러운 일입니다」

　「어째서 위험한가?」

　「생각해 보십시오 당신이 현령이 된 지 10여 년, 그동안 진(秦)의 형벌
이 지나치게 엄했던 관계로 아비를 살해당한 자, 다리를 잘린 자, 문신을
당한 자 등 많이 있습니다. 내심으로는 모두 진나라에 적대적이기보다는
오히려 당신을 원망하고 있으나, 누구도 감히 당신에게 위해를 가하려고는
하지 않았습니다. 그것은 진이 무서웠기 때문입니다. 그러나 지금은 천하
가 어지러워 진의 위령은 시행되고 있지 않으므로 사람들은 이제야말로
당신을 죽여 원한을 풀고 이름을 날리려고 합니다. 정말 딱하기 그지없는
일입니다.」

　「그럼, 그대의 말을 들으면 어떻게 된다는 것인가.」

　괴통은 앞으로 바짝 다가앉아 이렇게 말했다.

　「저는 당신을 대신해서 무신군과 만나 이렇게 말을 하겠습니다.

　『싸움에 승리를 얻어 땅을 빼앗고 공격해서 성을 함락시키는 것은 너
무나도 희생이 크다. 나의 계략을 채택해서 싸우지 않고 땅과 성을 손에
넣는 방법을 취하면 어떻겠는가』 라고

　무신군은 틀림없이

　『그건 어떤 방법인가?』 하고 물을 것입니다. 그때 나는 이렇게 대답합
니다.

　『만약 당신이 범양을 공격해서 현령이 힘이 다해 항복했을 경우, 현령

을 푸대접한다면 죽음을 겁내고 부귀를 탐내고 있는 여러 곳의 현령들은 모처럼 항복을 했는데 저런 꼴을 당한다면 우리만 손해다 하고 더욱 더 군비를 충실하게 해서 펄펄 끓는 열탕의 못에 둘러싸인 강철의 성(金城湯池)과 같이 철벽의 수비를 굳혀 당신의 군대를 기다릴 것이다. 이래서는 일이 어려워진다. 나는 감히 충고한다. 부디 범양의 현령을 두텁게 맞아 각처로 사신을 보내시오. 각처의 현령은 그것을 보고, 범양의 현령은 재빨리 항복을 했기 때문에 살해되기는커녕 도리어 저처럼 대접을 받고 있다. 그럼 어디 나도……하고 생각하게 되어 다들 싸우지 않고 항복할 것입니다. 이것이 천리나 되는 저쪽까지 손쉽게 평정하는 방법이다」

이렇게 말하면 무신군도 별 수 없이 들어줄 것입니다.」

서공(徐公)은 기뻐했다. 곧 괴통을 무신군에게 보냈다. 무신군도 괴통의 말을 듣고 「그럴 듯하다」고 탄복하고 범양의 현령을 따뜻하게 맞아서 각지로 사신을 보냈다.

범양의 백성들은 전화(戰禍)를 면하자 서공의 덕이라 칭송하고, 싸우지 않고 무신군에게 항복한 자가 화북에서만도 30여 성(城)이나 되었다고 한다. 또한 《사기》에는 「시황제도 관중(關中)의 땅을 금성천리(金城千里)의 땅이라 생각했다」는 말이 있다. 또 《한서》에는 「석성십인(石城十仞 :1仞 은 한 발), 탕지백보(湯池百步)」 그리고 《후한서》에도 「금탕(金湯)의 험(險)을 잃다」 라는 말이 나온다.

예부터 방어가 견고한 것을 일컫는 말로서 쓰여 왔다. 대포나 비행물체가 없었던 시대의 방비는 「금성탕지」로 견뎠을 것이다.

**기호지세　騎虎之勢**　우리 속담에 「벌인 춤」이란 말이 있다. 잘 추든 못 추든 손을 벌리고 추기를 시작했으면 추는 데까지 출 수밖에 없다는 뜻이다. 이왕 시작했으면 가는 데까지 갈 수밖에 없는 형편을 「기호지세(騎虎之勢)」라고 한다.

「벌인 춤」이 가벼운 체면을 말하는 것이라면, 「기호지세」는 그만두고 싶어도 그만둘 수 없는 절박한 처지를 말한다.

기호지세는 글자 그대로 풀면 호랑이 등에 올라탄 형세란 뜻이다.

가령 여기 한 사람이 어두컴컴한 속에 호랑이를 말로 알고 올라탔다고 하자. 호랑이는 등에 타고 있는 것이 무엇인지도 모르고 놀라 달아나고 있다. 그제야 말이 아니고 호랑인 줄 안 사람이 과연 도중에 뛰어내릴 수 있겠는가. 그러면 당장 호랑이에게 물려 죽고 만다.

이왕 죽을 바엔 가는 데까지 가 보자 하는 체념과 용기가 자연 생기게 된다. 그래서 아마 「기호지세」란 말이 생겨난 것 같다.

이 말은 수문제 양견(揚堅)의 황후 독고씨(獨孤氏)가 남편을 격려하는 말 가운데 나와 있다. 독고씨는 북주(北周)의 대사마 하내공(何內公) 신(信)의 일곱째 딸로, 그녀의 맏언니는 북주 명제(明帝)의 황후였다. 아버지 신이 양견을 크게 될 사람으로 보고 사위를 삼았을 때는 그녀의 나이 겨우 열네 살이었다.

그녀는 굉장히 영리한 여자로서, 남편이 수나라 황제가 된 뒤에도 내시를 통해서 남편의 정치에 일일이 간섭을 하곤 했기 때문에 당시 사람들은 조정에 두 성인(二聖)이 있다고 했다 한다. 두 성인은 두 천자를 뜻한다.

한편 그녀는 결혼 당초 남편에게 첩의 자식을 낳지 않겠다는 맹세를 받았다고 하는데, 어찌나 질투가 심한지 언제나 후궁에 대한 감시의 눈을 늦추지 않았고, 그녀가 쉰 살로 죽을 때까지 후궁의 자식이라곤 한 명도 태어나지 못했다 한다.

단 한 번, 문제가 미모의 후궁을 건드렸는데, 이를 안 그녀는 문제가 조회에 나간 사이 후궁을 죽여 버렸다. 화가 난 문제는 혼자 말을 타고 궁중을 뛰쳐나가 뒤쫓아 온 신하를 보고,

「나는 명색이 천자로서 내가 하고 싶은 일도 할 수 없단 말인가?」하며 울먹이기까지 했다고 한다. 그런 때문인지, 독고황후가 죽고 나자, 문제는 후궁 진씨(陳氏), 채씨(蔡氏)와 너무 사랑에 빠져 생명까지 단축시켰다고 한다.

그건 그렇고, 북주의 선제가 죽고, 양견이 나이 어린 정제(靜帝)를 업고

모든 일을 혼자 처리하고 있을 때, 독고씨는 환관을 시켜 남편 양견에게 이렇게 전했다.

「큰일은 이미 『기호지세』의 형세가 되고 말았소. 이제 내려올 수는 없소. 최선을 다하시오(大事已然 騎虎之勢 不得下 勉之).」

이리하여 결국 양견은 정제를 밀어내고 수나라 황제가 되었던 것이다.

## 기 화    奇 貨

「기화(奇貨)」란 기이한 보화란 뜻이다. 그러나 지금은 본래의 뜻과는 달리 흔히 죄를 범한 사람이 그 죄를 범할 수 있은 좋은 기회를 말한다. 검찰관이 피의자의 논고에 흔히 쓰는 말로 「이를 기화로 하여」란 말이 자주 나온다.

이 말의 유래는《사기》여불위전(呂不韋傳)에서 찾아 볼 수 있다.

여불위는 한(韓)나라 수도 양적(陽翟)의 큰 장사꾼이었다. 각국을 돌아다니며 물건을 싸게 사다가 비싼 값으로 넘겨 수천 금의 재산을 모았다.

진소왕(秦昭王) 40년에 소왕의 태자가 죽고, 42년에 소왕은 둘째아들 안국군(安國君)을 태자로 책봉했다.

안국군에게는 20여 명의 아들이 있었다. 또 그에게는 대단히 사랑하는 첩이 있어서 그녀를 정부인으로 세우고 화양부인(華陽夫人)이라 부르게 했는데, 그녀에게는 아들이 없었다.

안국군의 많은 아들 중에 자초(子楚)라는 아들이 있었는데, 그의 어머니 하희(夏姬)는 안국군의 사랑을 받지 못하고 있었다. 자초는 전국 말기에 흔히 있던 인질로 조나라에 가 있게 되었다.

인질이란 서로 침략하지 않겠다는 약속의 증거로 서로 교환되는 사람으로, 대개 왕자나 왕손들이 인질로 가 있었다.

그런데 진나라가 약속과는 달리 자꾸만 조나라를 침략해 왔기 때문에 자초에 대한 조나라의 대우는 갈수록 나빠져만 갔다. 감시가 심해질 뿐만 아니라 일상생활마저 어려워져 가는 형편이었다.

그럴 무렵, 여불위가 조나라 수도 한단(邯鄲)으로 장사차 들어오게 되었다. 그는 우연히 자초가 있는 집 앞을 지나치다가 자초의 남다른 행색을

484

보고 주위 사람들에게 그 내력을 물었다.

얘기를 다 듣고 난 여불위는 매우 딱한 생각을 하며, 타고난 장사꾼의 기질로 문득 혼자 이런 말을 던졌다.

「진기한 보물이다. 차지해야 한다(此奇貨 可居).」

여기서 기화는 「기화가거(奇貨可居)」를 줄인 말이다.

이 때, 자초는 이인(異人)이란 이름을 쓰고 있었다.

이리하여 여불위는 자초를 만나 그를 갖은 방법으로 도와주고 위로하고 하여, 마침내는 그와 뒷날을 굳게 약속한 다음, 그를 화양부인의 아들로 입양을 시켜 안국군의 후사를 잇게 하는 데 성공했다.

그가 자초의 환심을 사고 화양부인을 달래기 위한 교제비로 천금의 돈을 물 쓰듯 했다. 그러나 여불위는 약속 외에 무서운 음모를 품고 있었다. 그것은 그가 한단에서 돈을 주고 산, 얼굴이 기막히게 예쁘고 춤과 노래에 뛰어난 조희(趙姬)란 여자를 자초의 아내로 보내 준 것이다.

그녀의 뱃속에는 이미 여불위의 자식의 씨가 들어 있었다. 그것이 요행히 사내아이일 경우 진나라를 자기 자식의 손으로 남모르게 넘겨주겠다는 음모였다. 과연 아들을 낳았고, 조희는 정부인이 되었다. 이 아들이 뒤에 진시황이 된 여정(呂政)이었는데, 결국 여불위는 자기 아들의 손에 의해 목숨을 잃게 된다.

그러나 한 장사꾼으로서 불행 속에 있는 자초를 기화로 삼아 일거에 진나라 승상이 되어 문신후(文信侯)란 이름으로 10만 호의 봉록에, 천하에 그의 이름과 세력을 떨쳤으니, 장사꾼의 출세로서는 그가 아마 첫손에 꼽히고도 남을 것이다.

**다사제제** **多士濟濟**  《시경》대아 문왕편(文王篇)에 나오는 말이다. 이 시는 문왕의 덕을 찬양한 7장으로 된 시인데, 그 제3장에 이렇게 노래하고 있다.

대대로 나타나지 않았던가
그 꾀하는 일은 조심스러웠다.

그리고 훌륭한 많은 선비들이
이 왕국에 났다.
왕국이 능히 낳았으니
이들이 주나라의 받침대다.
제제한 많은 선비여
문왕이 이로써 편안하도다.

| 世之不顯 | 厥猶翼翼 | 세지불현 | 궐유익익 |
| 思皇多士 | 生此王國 | 사황다사 | 생차왕국 |
| 王國克生 | 維周之楨 | 왕국극생 | 유주지정 |
| 濟濟多士 | 文王以寧 | 제제다사 | 문왕이녕 |

쉽게 풀이하면, 문왕의 거룩한 덕이 대대로 후세에까지 빛나고 있어, 그가 계획한 모든 일이 조심스럽게 지켜져 오고 있다. 훌륭한 많은 인재들이 이 왕국에 태어나서 그들이 이 왕국을 떠받드는 기둥이 되어 왔다. 이렇게 「제제(濟濟)」한 많은 인재들이 있기 때문에 문왕의 혼령도 편히 계시게 되었다는 뜻이다.

제제는 많고 성한 모양을 말하는 형용사다.

**단사표음** **簞食瓢飮**  대나무 그릇에 담긴 밥과 제기(祭器)에 담긴 국이란 뜻으로, 변변치 못한 음식, 얼마 안되는 음식을 일컫는 말이다.

단(簞)은 대나무로 엮어 만든 도시락을 말한다. 표(瓢)는 바가지다. 「일단사일표음」은 한 도시락밥과 한 바가지의 물이란 뜻으로, 굶지 않을 정도의 가난한 식생활을 말하는 것이다.

이 말은 《논어》 옹야편에 있는 공자가 안자(顏子 : 안회)를 칭찬한 말 가운데 있는 말이다.

「어질도다, 회여. 한 도시락밥과 한 바가지 물로 더러운 골목에 사는 것을 사람들은 그 고생을 견디지 못해 하는데, 회는 그 즐거움을 고치지 않으니 어질도다, 회여!」

486

겨우 목숨을 이어가기 위한 음식물로 더럽고 구석진 뒷골목 오막집에 산다는 것은 누구나 그 고생을 견디기가 어려운 것이다. 그러나 안자는 그런 가난에 마음이 흔들리는 일이 없이 그가 깨달은 진리 속에 남이 알지 못하는 즐거움을 그대로 간직하고 있었기 때문에 공자는 이 같은 칭찬을 아끼지 않았던 것이다.

즉「단사표음」은 인간의 최저 생활을 뜻한 말이었다. 공자는 술이편에서 이렇게 자신의 심경을 말하고 있다.

「거친 밥 먹고, 물마시고 팔을 베고 자도, 즐거움이 또한 그 속에 있다. 옳지 못한 부귀나, 명성 같은 것은 내게 있어서 뜬구름과 같다(飯疏食飮水 曲肱而枕之 樂亦在其中矣 不義而富且貴 於我如浮雲).」

공자의 이런 심경이 바로 안자의 심경이었던 것이다. 공자는 노애공(魯哀公)이,

「제자들 중에 누가 제일 학문을 좋아합니까?」하고 물었을 때,「안회란 사람이 학문을 좋아해서 노여움을 옮기지 않고 같은 잘못을 두 번 되풀이하는 일이 없더니, 지금은 죽고 없는지라, 아직 학문을 좋아하는 사람이 있는 것을 듣지 못했습니다.」하고 대답했다.

노여움을 옮기지 않는다는 것은 노여움이 그 사람을 위한 한 방편이었지 절대로 감정에서 나온 것이 아님을 뜻한다. 즉 사물에 의해 마음이 동요되는 일이 없음을 말한다. 두 번 잘못을 되풀이하지 않는다는 것은, 잘못인 줄만 알면 자연 하지 않게 된다는 뜻으로, 모든 행동이 이성(理性)에 따라 절로 움직여지게 되는 것을 말한다. 공자는 또 그를 칭찬하여,

「회는 나를 도와주는 사람이 아니다. 내 말을 좋아하지 않는 것이 없다.」라고 했다.「단사호장(簞食壺漿)」이라고도 한다.

**도불습유 道不拾遺** 「노불습유(路不拾遺)」라고도 한다. 나라가 태평하고 민심이 순박해서 남의 것을 탐내지 않는 사회가 된 것을 단적으로 표현한 말이다.

원래는 선정(善政)의 극치를 표현해서 한 말이었는데, 상앙(商鞅)의 경

우와 같이 법이 너무 엄해서 겁을 먹고 길에 떨어진 것을 줍지 못하는
예도 있었다.

공자가 노나라 정승으로 석 달 동안 정치를 하게 되자, 송아지나 돼지를
팔러 가는 사람이 아침에 물을 먹이는 일이 없고, 길에 떨어진 것을 줍는
사람이 없었다고 전한다. 돼지나 소에게 물을 먹여 팔러 가지 않는다는
것은 오늘의 우리 도축업자들이 곱씹어 봐야 할 말이다.

또 정나라 재상 자산(子産)은 공자가 형처럼 대했다는 훌륭한 정치가였
는데, 그는 정승이 되자 급변하는 정세를 잘 파악하여 국내의 낡은 제도를
개혁하는 한편, 계급의 구별 없이 인재를 뽑아 쓰고, 귀족에게 주었던 지
나친 특권을 시정하여 위아래가 다 같이 호응할 수 있는 적당한 선에서
모든 정책을 이끌어 나갔기 때문에 나라가 태평을 이루어 도적이 자취를
감추고 백성들이 길에 떨어진 것을 줍지 않게 되었다고 한다.

《한비자》외저설좌상편(外儲說左上篇)에 보면 자산의 정치성과에 대
한 이야기가 나온다. 정나라 임금 간공(簡公)은 자기 스스로의 부족함을
자책하는 한편, 새로 재상에 임명된 자산에게 모든 정치를 바로잡는 책임
을 지고 과감한 시책을 단행할 것을 당부했다.

그래서 자산은 물러나와 재상으로서 정치를 5년을 계속했는데, 나라에
는 도적이 없고(國無盜賊), 길에는 떨어진 것을 줍지 않았으며(道不拾遺),
복숭아와 대추가 거리를 덮고 있어도 이를 따 가는 사람이 없었으며, 송곳
이나 칼을 길에 떨어뜨렸을 때도 사흘 후에 가 보면 그 자리에 그대로
있었고, 3년을 흉년이 들어도 백성이 굶주리는 일이 없었다고 했다.

맹자는 말하기를,

「사람은 물과 불이 없으면 못 산다. 그런데 밤에 길 가던 사람이 물과
불을 청하면 안 줄 사람이 없는 것은 너무도 흔하기 때문이다. 만일 먹을
것이 물과 불처럼 흔하다면 어느 누가 착하지 않을 수 있겠는가.」라고
했다.

도적을 없애는 근본 문제도, 길에 떨어진 것을 줍지 않게 되는 까닭도,
역시 그 바탕은 먹는 문제를 해결해 주는 데 있다.

**만전지책**　**萬全之策**　여기서의 만(萬)은 숫자라기보다는 한 치의 실수도 허락지 않는 방안을 뜻한다.

《후한서》유표전에 다음과 같은 이야기가 실려 있다.

건안(建安) 5년(201)에 원소(袁紹)와 조조(曹操)는 관도(官渡)에서 일대 격전을 치렀다. 이 싸움에서 조조의 군사는 10만 대 3만이라는 열세한 병력에도 불구하고 원소의 군대를 격파해서 적잖은 타격을 입혔다. 당시 형주목사였던 유표는 이들의 전투를 관망하면서 대세를 살피고 있는 중이었다. 그는 원소의 지원 요청에 응했지만 실제 병력은 움직이지도 않았을 뿐만 아니라 조조에 대해서도 적대행위는 삼가고 있었다.

휘하의 한숭(韓嵩)과 유선(劉先)이 유표를 보고 말했다.

「이렇게 사태추이를 관망하고만 있으면 후일 양쪽 모두로부터 원망을 사게 될 것입니다. 원소는 조조를 격파한 뒤 분명 우리를 공격할 것입니다. 그러니 조조를 도와 안전을 도모하는 것이 좋겠습니다. 조조는 분명 장군의 은혜를 잊지 않고 우리를 도울 것이니 이것이 가장 안전한 대책(萬全之策)이 될 것입니다.」

그러나 우유부단한 유표는 결단을 내리지 못하고 있다가 훗날 큰 변을 당하고 만다. 여기에서 유래한 말이 「만전지책」으로 한 치의 실수도 허락지 않는 방안을 뜻한다.

**무 양**　**無 恙**　「무양(無恙)」은 병이 없다, 탈이 없다는 뜻이다. 그러나 원래 이 말이 쓰였을 때는 걱정이 없다는 정도로 쓰이고 있었던 것 같다. 현재는 무양이란 말을 단독으로는 별로 쓰지 않는 것 같다. 무고(無故)하느냐는 말은 많이 쓰지만, 무양하느냐는 말은 별로 쓰이지 않는다.

그러나 모처럼 만난 친구거나 오래 보지 못했던 그럭저럭한 사이끼리 만났을 때, 흔히 「별래(別來) 무양한가?」「별래 무양하시오?」하는 말을 쓰곤 하는데, 여기에는 어색하고 거북하고 서먹서먹한 그런 심리가 작용

하고 있는 것 같다.

역시 이 말이 생겨난 고사의 그 장면이 그런 분위기를 느끼게 하는 것인지도 모른다. 《전국책》 제책(齊策)에 보면, 제나라 왕이 조나라 위태후(威太后)에게 사신을 보내 안부를 묻게 한 이야기가 나온다. 위태후가 실권을 쥐고 있을 때다.

위태후는 사신이 올리는 글을 뜯어보기도 전에 먼저 이렇게 물었다.

「해도 무양한가, 백성도 무양한가, 왕도 무양한가?」

해가 무양한가 하는 말은 농사가 순조롭게 잘 되어 가고 있느냐는 뜻이다. 그러자 그 뜻을 모른 사신은 임금의 안부부터 묻지 않고, 해와 백성에 대해 먼저 물은 다음, 임금의 안부를 맨 나중에 물은 것은 순서가 바뀐 것이 아니냐고 불평을 말했다. 그러자 태후는,

「풍년이 들고 난 다음이라야 백성은 그 생활을 유지할 수 있고, 백성이 편한 뒤라야 임금은 그 지위를 보존할 수가 있다. 그 근본부터 먼저 묻는 것이 어찌 순서가 바뀐 것이 되겠는가?」 하고 타일렀다는 것이다.

후한의 응소(應劭)가 지은 《풍속통의》에는 「무양」의 「양(恙)」을 벌레 이름이라고 하고, 「양은 사람을 무는 벌레다. 사람의 마음을 잘 물어, 사람들은 항상 이를 근심하고 괴로워한다.」고 했다.

그러나 무양이란 말과 벌레와는 아무 상관도 없다.

**병입고황 病入膏肓** 「병입고황」은 병이 이미 고황(膏肓)까지 미쳤다는 말이다. 고(膏)는 가슴 밑의 작은 비계, 황(肓)은 가슴 위의 얇은 막으로서 병이 그 속에 들어가면 낫기 어렵다는 부분이다. 결국 병이 깊어 치유할 수 없는 상태를 비유하여 이르는 말이다. 그런데 나중에는 넓은 의미에서 나쁜 사상이나 습관 또는 작풍(作風)이 몸에 배어 도저히 고칠 수 없는 것을 비유하는 말로도 쓰이고 있다.

《좌전》 성공 10년에 다음과 같은 이야기가 있다.

춘추시대 때 진경공(晉景公)이 하루는 자다가 꿈을 꾸었는데, 머리를 풀어헤친 귀신이 달려들면서 소리쳤다.

490

「네가 내 자손을 모두 죽였으니, 나도 너를 죽여 버리겠다!」

경공은 소스라치게 놀라 허둥지둥 도망을 쳤으나 귀신은 계속 쫓아왔다. 이 방 저 방으로 쫓겨 다니던 경공은 마침내 귀신에게 붙들리고 말았다. 귀신은 경공에게 달려들어 목을 조르기 시작했다. 경공은 비명을 지름과 동시에 잠에서 깼다.

식은땀을 흘리며 잠자리에서 일어난 경공은 곰곰이 생각해 보았다. 10여 년 전 도안고(屠岸賈)라는 자의 무고(誣告)로 몰살당한 조씨 일족의 일이 머리에 떠올랐다.

경공은 무당을 불러 꿈 이야기를 하고 해몽을 해보라고 했다.

「황공하오나 폐하께서는 올봄 햇보리로 지은 밥을 드시지 못하게 되올 것입니다.」

「내가 죽는다는 말인가?」

「황공하옵니다.」

낙심한 경공은 그만 병이 나고 말았다. 그래서 사방에 수소문하여 명의를 찾았는데, 진(秦)나라의 고완(高緩)이란 의원이 용하다는 것을 알게 되었다. 그래서 급히 사람을 파견해서 명의를 초빙해 오게 하였다.

한편 병상에 누워 있는 진경공은 또 꿈을 꾸었다. 이번에는 귀신이 아닌 두 아이를 만났는데, 그 중 한 아이가 말했다.

「고완은 유능한 의원이야. 이제 우리는 어디로 달아나야 하지?」

그러자 다른 한 아이가 대답했다.

「걱정할 것 없어. 명치 끝 아래 숨어 있자. 그러면 고완인들 우릴 어찌지 못할 거야.」

경공이 꿈에서 깨어나 곰곰 생각해 보니 그 두 아이가 자기 몸속의 병마일 것이라고 생각했다.

이윽고 명의 고완이 도착해서 경공을 진찰했다. 경공은 의원에게 꿈 이야기를 했다. 진맥을 마친 고완은 놀랍다는 듯이 말했다.

「병이 이미 고황에 들어가 있습니다. 약으로는 도저히 치료할 수가 없겠사옵니다.」

마침내 경공은 체념하고 말았다. 후하게 사례를 하고 고완을 돌려보낸 다음 경공은 혼자서 가만히 생각했다.

「내 운명이 그렇다면 어쩔 도리가 없는 일이 아니겠는가. 의연하게 죽음을 맞이하리라.」

이렇게 마음을 다잡고 나니 경공의 마음은 한결 가벼워졌다. 죽음에 대해서 초연해지니 병도 차츰 낫는 것 같았다. 그리하여 마침내 햇보리를 거둘 무렵이 되었는데 전과 다름없이 건강했다.

햇보리를 수확했을 때 경공은 그것으로 밥을 짓게 하고는 그 무당을 잡아들여 물고를 내도록 명령했다.

「네 이놈, 공연한 헛소리로 짐을 우롱하다니! 햇보리 밥을 먹지 못한다고? 이놈을 당장 끌어내다 물고를 내거라!」

경공은 무당이 죽으며 지르는 단말마의 비명소리를 들으며 수저를 들었다. 바로 그 순간 경공은 갑자기 배를 잡고 뒹굴기 시작하더니 그대로 쓰러져 죽고 말았다. 결국 햇보리 밥은 먹어 보지도 못한 것이다.

**복수불반분** **覆水不返盆** 한번 엎지른 물은 다시 동이에 담을 수 없다는 말을 「복수불반분」이라고 한다. 우리 속담에 「엎질러진 물」이란 말은 바로 여기에서 나온 말이다. 민간 설화로 우리나라에도 상당히 보급되어 있는 강태공(姜太公)의 이야기에 있는 말이다.

강태공에 대한 설화는 우리의 일상용어에 상당한 영향을 미치고 있다. 낚시꾼을 「강태공」이니 「태공망」이니 하는 것도 강태공이 출세하기 전 매일 위수(渭水)에서 고기만 잡고 있었다는 전설에서 생긴 말이다.

이 밖에도 「전팔십 후팔십」이란 말이, 나이 늙도록 뜻을 이루지 못한 정치인들의 자신을 위로하는 뜻으로 쓰이고 있고 「강태공의 곧은 낚시」란 말이 옛날 우리 노래 속에 자주 나오곤 한다. 아무튼 늙도록 고생만 하던 끝에 벼락출세로 천하를 뒤흔들게 된 강태공의 이야기들이, 가난과 천대 속에 일생을 보내고 있는 많은 사람들의 한 가닥 위로의 끄나풀이 될 수 있었는지도 모를 일이다.

《습유기(拾遺記)》는 강태공의 출세 전후에 관한 이야기들을 싣고 있다. 「복수불반분」이란 말은 이 《습유기》에 나오는 말이다.

태공의 첫 아내 마씨(馬氏)는 태공이 공부만 하고 살림을 전연 돌보지 않는 터라 남편을 버리고 친정으로 가버린다. 그 뒤 태공이 제나라 임금이 되어 돌아가자, 마씨는 다시 만나 살았으면 하고 태공 앞에 나타난다. 태공은 동이에 물을 한가득 길어오라 해서 그것을 땅에 들어붓게 한 다음 마씨를 바라보며 그 물을 다시 동이에 담으라고 했다. 마씨는 열심히 엎질러진 물을 동이에 담으려 했으나 진흙만이 손에 잡힐 뿐이었다. 그것을 보고 태공은 말했다.

「그대는 떨어졌다 다시 합칠 수 있다고 생각하겠지만, 이미 엎지른 물이라 담을 수는 없는 것이다(若能離更合 覆水定難收).」

「복수불반분」이란 말은 원래는 한번 헤어진 부부가 다시 만나 살 수 없다는 것을 말한 것이었지만, 그 뒤로 무엇이고 일단 해버린 것은 다시 원상복구를 한다거나 다시 시작해 볼 수 없다는 뜻으로 쓰이게 되었다. 지금 우리가 쓰고 있는 「엎질러진 물」이란 뜻으로 쓰이고 있다.

우리 속담에도 「깨진 그릇 맞추기」란 것이 있고, 영어에도, "It is no use crying over spilt milk. (엎질러진 우유를 놓고 울어 봤자 소용없다)" 라는 속담이 있다.

**불공대천지수** **不共戴天之讎**　「불공대천지수」는 글자대로 새기면 「함께 하늘을 이지 못할 원수」란 말이다. 「하늘을 인다」는 것은 「서서 걸어다닌다」는 뜻이다. 죽지 않고서는 한 하늘을 이고 다니지 않을 수 없다. 즉 함께 세상에 살아 있을 수 없는 원수, 상대를 죽이든가 아니면 내가 죽든가 해야 할 원수. 다시 말해 누가 죽든 결판을 내고 말아야 할 원수가 불공대천지수다.

이 말은 《예기》 곡례편(曲禮篇)에 나오는 꽤 오래된 말이다.

「아비의 원수는 더불어 하늘을 이지 않는다. 형제의 원수는 칼을 돌이키지 않는다. 사귀어 온 사람의 원수는 나라를 함께 하지 않는다(父之讎

不與共戴天 兄弟之讎 不反兵 交遊之讎 不同國).」

부모와 형제와 친구의 원수를 어떻게 대하느냐 하는 윤리관을 말한 예가 되겠다. 부모를 죽인 원수는 내가 죽는 한이 있더라도 기어이 갚고 말아야 한다는 것을, 함께 하늘을 이지 않는다고 표현한 데 문장의 묘미가 있는 것도 같다.

칼을 돌이키지 않는다는 말은 좀 애매한 데가 없지 않아 해석들이 구구한데, 일단 원수를 만나게 되면 다음날로 미루지 말라는 뜻인 것 같다. 부모의 원수는 찾아다녀서라도 기어이 갚아야 하지만, 형제의 원수는 마주치게 되었을 때 갚는 것에 차이점을 둔 것 같다.

친구의 원수와 나라를 같이하지 않는다는 것은, 죽일 것까지는 없지만 같은 조정에 벼슬을 한다거나, 한마을에서 조석으로 상종할 수 없다는 정도의 이야기인 것 같다.

《주례(周禮)》에는 당연한 복수를 한 사람은 죄를 주지 않는다고 나와 있다. 당시는 이러한 것이 하나의 윤리관으로 인정되었던 것 같다.

**삼고초려**　**三顧草廬**　「삼고초려」는 세 번이나 보잘것없는 초막으로 찾아갔다는 뜻이다. 삼국시대 때의 유현덕(劉玄德)이 와룡강(臥籠崗)에 은둔해 사는 제갈공명을 불러내기 위해 세 번이나 그를 찾아가 있는 정성을 다해 보임으로써 마침내 공명의 마음을 감동시켜 그를 세상 밖으로 끌어낼 수 있었던 것은 너무도 유명한 이야기다.

그래서 이 「삼고초려」는 신분이나 지위가 높은 사람이 자기 신분과 지위를 잊고 세상 사람들이 대단치 않게 보는 사람을 끌어내어 자기 사람으로 만들려는 겸손한 태도와 간곡한 성의를 뜻하는 말로 쓰이게 되었다.

그런데 이 삼고초려란 말이 《삼국지》 제갈양전에는, 「세 번 가서 이에 보게 되었다(三往乃見)」고 나와 있을 뿐이다. 실제 이 말이 나온 것은 제갈양의 유명한 「출사표(出師表)」 속에서다.

여기서 제갈양은 자기가 세상에 나오게 된 경위를 이렇게 말하고 있다. 「신은 본래 포의(布衣 : 평민)로서 몸소 남양(南陽)에서 밭갈이하며 구

차히 어지러운 세상에 목숨을 보존하려 했을 뿐, 제후들 사이에 이름이 알리기를 바라지는 않았습니다. 선제(先帝 : 유현덕)께서 신의 천한 몸을 천하다 생각지 않으시고, 황공하게도 스스로 몸을 굽히시어 세 번이나 신을 초막으로 찾아오셔서 당면한 세상일을 신에게 물으시는지라, 이로 인해 감격하여 선제를 위해 쫓아다닐 것을 결심하게 되었던 것입니다(臣本布衣 躬耕南陽 苟全性命於亂世 不求聞達於諸侯 先帝不以臣卑鄙 猥自枉屈 三顧臣於草廬之中 諮臣以當世之事 由是感激 遂許先帝以驅馳).」

여기에서 「삼고초려」란 말이 널리 쓰이게 되었고, 또 「구전성명어난세(苟全性命於亂世)」란 말도 많이 쓰이고 있다.

## 삼촌지설 三寸之舌 ☞ 권1

## 순망치한 脣亡齒寒    「순망치한」은 입술이 없으면 이가 시리다는 말이다. 입술과 이빨은 당장은 직접적인 영향이 없는 것처럼 보인다. 입술이 아프다고 해서 이빨이 따라 아프지는 않으니까. 그러나 그 입술이 이빨을 덮어 가리고 있기 때문에 그것이 없어지는 순간 이빨은 당장 차가움을 느끼게 된다.

이와 마찬가지로 평소에는 별로 느끼지 못했던 이웃 사이의 상부상조(相扶相助)가 그 이웃이 어떤 피해를 입게 되었을 때 비로소 직접 영향이 미치는 것을 깨닫게 된다.

춘추시대 초기의 일이다. 진헌공(晉獻公)이 괵(虢)이란 나라를 치기 위해 우(虞)나라에 길을 빌려 달라고 청을 넣었다. 우나라를 거쳐야만 괵으로 갈 수 있었기 때문이다. 진헌공은 순식(荀息)을 보내 천하에 이름이 알려져 있는 명마(名馬)와 구슬을 우나라 임금에게 뇌물로 바치고, 진나라와 우나라와의 형제의 우의를 거짓 약속하며 청을 받아 줄 것을 간청하게 했다.

우나라 임금은 뇌물이 탐이 나는 데다 진나라의 제의 또한 솔깃해서 순순히 청을 받아들이려 했다. 그러나 진나라의 속셈을 빤히 들여다보고 있는 궁지기(宮之奇)란 신하가 이를 말렸다.

「괵나라는 우나라의 울타리입니다. 괵이 망하면 우도 반드시 따라 망하게 됩니다. 진나라를 끌어들여서는 안됩니다. 침략자와 행동을 같이해서는 안됩니다. 전에도 한 번 그런 실수를 했는데, 똑같은 실수를 두 번 다시 되풀이해서 되겠습니까. 속담에 이른바 『덧방나무(輔)와 수레는 서로가 의지하고, 입술이 없어지면 이가 시리다(輔車相依 脣亡齒寒)』고 한 말이 바로 우와 괵을 두고 한 말입니다.」

그러나 우나라 임금은 순식의 달콤한 소리와 뇌물에 마음이 팔려 있어 궁지기의 말이 들리지가 않았다. 궁지기는 나라가 망할 것을 알고 후환이 두려워 가족을 데리고 다른 나라로 떠나버렸다.

그때 그는 말하기를,

「우나라는 한 해를 넘기지 못할 것이다.」

했다. 과연 그 해 8월에 진나라는 괵으로 쳐들어가 이를 자기의 땅으로 만들어 버리고 돌아오는 길에 우나라마저 기습해서 자기 것을 만들고 말았다. 미끼로 던져 주었던 명마와 구슬도 땅과 함께 도로 진나라로 돌아갔다. 여기에 나오는 두 나라 관계와 같은 경우를 가리켜「순망치한」이라 한다. 또「보거상의(補車相依)」란 말도 쓰고, 둘을 합친「순치보거(脣齒補車)」란 말을 쓰기도 한다.

또「가도멸괵(假道滅虢)」즉「길을 빌려서 괵을 멸하다」라는 말도 나왔다.

**옥석구분 玉石俱焚** ☞ 권1

**원교근공 遠交近攻**　「원교근공」은, 멀리 떨어진 나라와는 친하게 지내고, 가까이 이웃하고 있는 나라는 이를 침략해 들어가는 외교정책을 말한다. 이것은 범수(范雎)가 진나라를 위해 창안한 외교정책이었는데 강대국들이 흔히 사용하는 정책이다.

《사기》범수채택전(范雎蔡澤傳)에 나와 있는 줄거리를 추려서 이야기

하면 대개 이렇다. 범수는 위나라 사람으로 자(字)를 숙(叔)이라 했다. 제후들을 유세(遊說)하고 싶었으나 집이 가난한 탓으로 여비가 없어 길을 떠나지 못하고, 위나라 왕을 섬길 생각이었으나 그마저 통할 길이 없어 우선 중대부(中大夫) 수가(須賈)의 밑에서 일을 보고 있었다.

어느 해, 수가가 위나라 소왕(昭王)의 명령으로 제나라에 사신으로 가는 길에 범수도 함께 따라가게 되었다.

제왕과 회담하는 자리에서 수가가 미처 대답을 못해 당황하면 범수가 대신 대답을 하곤 했다. 제왕은 범수의 재주를 아껴 그를 제나라에 머물러 있게 하고 싶었으나 사신으로 따라온 사람이라 그럴 수도 없고, 뒷날을 약속하는 고기와 술과 금 열 근을 보내 왔다. 범수는 금은 사양하고 술과 고기만을 받았다.

이 사실을 안 수가는 귀국하자 위제(魏齊)에게 범수가 수상하다고 일러 바쳤다. 성질이 급한 위제는 당장 범수를 잡아들였다. 무슨 비밀을 제나라에 일러주었느냐고 문초하기 시작했다.

범수는 맞아 이가 부러지고 갈비뼈가 부러졌다. 범수가 죽은 시늉을 하고 있자 거적에 싸서 헛간에 놓아두고 술 취한 손들을 시켜 범수의 시체 위에 오줌을 누게 했다. 범수는 자기를 지키고 있는 사람을 매수해서, 위제의 승낙을 얻어 들판에 갖다 버리게 한 다음, 친구 정안평(鄭安平)의 집으로 가 숨어 있었다.

얼마 후 진나라 사신으로 온 왕계(王稽)의 도움으로 몰래 진나라로 들어온 다음, 마침내 진소왕(秦昭王)을 만나 당면한 문제와 원교근공의 외교정책 등을 말함으로써 일약 현임 재상을 밀어내고 진나라의 재상이 된다.

범수가「원교근공」을 말한 대목을 소개하면 이렇다.

「……왕께선 멀리 사귀고 가까이 치는 것보다 좋은 방법은 없습니다. 한 치를 얻어도 왕의 한 치 땅이 되고, 한 자를 얻어도 왕의 한 자 땅이 됩니다. 이제 이를 버리고 멀리 공략을 한다면 어찌 틀린 일이 아니겠습니까(……王不如遠郊而近攻 得寸則王之寸也 得尺亦王之尺也. 今釋此而遠攻 不亦繆乎).」

원수는 외나무다리에서 만난다고, 얼마 후 범수는 수가를 만나게 되었는데, 그 이야기가 또 유명하다.

범수는 장록(張祿)이란 가명을 쓰고 있었다. 진나라가 위나라를 치려한다는 소문을 전해들은 위나라에서는 수가를 사신으로 보내 새로 등장한 장록 재상의 호감을 사도록 술책을 썼다. 범수는 다 떨어진 옷을 입고 수가가 묶고 있는 객관으로 찾아갔다. 수가는 깜짝 놀라 물었다.

「범숙(范叔)이 이제 보니 무사했구려!」

「천명으로 무사했습니다.」

「진나라로 유세를 온 건가?」

「천만에요. 도망쳐 온 몸이 유세가 뭡니까?」

「그래 지금 뭘 하고 있지?」

「남의 집 고용살이를 하고 있습니다.」

「범숙이 이토록 고생을 하고 있다니!」

수가는 음식을 함께 나눈 뒤 비단옷 한 벌을 내주었다. 그리고는 이야기 끝에,

「혹시 진나라 새 재상 장록을 아는지? 이번 일은 그에게 달려 있는데……」 하고 물었다.

「우리 집 주인 영감이 잘 알고 지내기 때문에 가끔 뵙기는 합니다. 그럼 제가 대감을 모시고 장재상을 가 뵙도록 하지요.」

「고맙네. 그런데 나는 말이 병들고 수레가 부서져 나갈 수가 없는데, 어떻게 하지?」

「제가 주인 집 큰 수레와 말을 빌려 오겠습니다.」

범수가 큰 수레를 몰고 돌아오자, 수가는 그와 함께 상부(相府)로 들어갔다. 바라보니 부중 사람들이 모두 피해 숨곤 했다. 수가는 이상하다 싶었으나, 외국 사신에 대해 경의를 표하는 줄로 적당히 생각하고 말았다. 그런데 어찌된 일인지 먼저 알리고 나오겠다던 범수가 아무리 기다려도 나타나지를 않았다.

나중에야 속은 줄 안 수가는 웃옷을 벗고 무릎으로 기어들어가 사람을

통해 사죄를 했다. 그리하여 온갖 곤욕을 다 치른 끝에 겨우 목숨을 건진 수가는, 위나라 재상 위제의 목을 베어 바치겠다는 약속을 하고 돌아온다.

위제는 겁이 나 조나라로 도망을 쳤으나, 「위제를 보호하고 있는 나라는 곧 나의 원수다」하는 범수의 위협에 못이겨 위제는 조나라에서 다시 쫓겨났다가 결국은 길거리에서 자살하고 만다. 세도만 믿고 사람의 목숨을 파리 목숨처럼 여긴 그도 자기 목숨이 아까운 것만은 절실하게 느꼈으리라.

「누란지위(累卵之危)」란 말도 범수에게서 나왔다.

**의심생암귀** **疑心生暗鬼**　「의심이 암귀를 낳는다」는 말이다. 암귀(暗鬼)는 어둠을 지배하는 귀신이다. 여기서는 사람의 마음을 어둡게 만드는 마귀란 뜻이다. 즉 의심을 하면 마음도 따라 어두워진다는 것이 「의심생암귀)」다.

마음이 어두워지면 결과적으로 판단력이 흐려진다. 《열자》설부편에 이런 이야기가 있다.

어느 한 사람이 도끼를 잃어버렸다. 혹시 이웃집 아들이 훔쳐간 것이 아닌가 하고 그를 유심히 살펴보았다. 그의 걸음걸이를 보아도 도끼를 훔칠 그런 인간으로 보였고, 그의 얼굴색을 보아도 어딘가 그런 것만 같고, 그의 말하는 것을 보아도 역시 수상한 데가 있었다.

그의 동작이며 태도며 어느 것 하나 도둑놈처럼 안 보이는 것이 없었다. 그러다가 며칠 후 우연히 골짜기를 파다가 잃어버렸던 도끼를 발견하게 되었다. 거기다 빠뜨리고 온 것이다.

그 뒤 다시 그 이웃집 아들을 보자, 그의 모든 동작과 태도가 어느 모로 보나 도끼를 훔칠 그런 사람으로는 보이지 않았다는 것이다. 이 이야기는 남을 의심하는 마음 자체가 곧 자기 마음을 어둡게 만든다는 뜻이다. 이것이 바로 「의심이 암귀를 낳는다」는 것인데, 이 말을 직접 쓴 것은 송(宋)나라 임희일(林希逸)이 지은 《열자구의(列子口義)》설부편에,

「속담에 말하기를 의심이 암귀를 낳는다고 했다(諺言 疑心生暗鬼)。」

가 처음이다.

**이일대로** **以佚待勞**   「이일대로」는, 적과 싸울 때 이쪽을 편안히
쉬게 하여 상대가 지치기를 기다린다는 뜻이다. 《손자》제7편 군쟁(軍
爭)에 나와 있는 말이다. 군쟁편 원문의 내용을 소개하면 다음과 같다.

「아침은 기운이 왕성하고, 낮은 기운이 누그러지고, 저물면 완전히
기운이 떨어지고 만다. 그러므로 싸움을 잘하는 사람은 상대방의 기운
이 왕성한 때를 피하고, 누그러지거나 떨어졌을 때에 공격한다. 이것은
적의 사기를 이용하는 방법이다. 질서 있는 군대로써 적의 혼란한 시기
를 기다리고, 냉정한 태도로써 적이 경솔하게 나올 때를 기다린다. 이것
은 적의 심리를 이용하는 방법이다. 우리 군대를 싸움터 가까이 대기시
켜 두고 적이 멀리서 쳐들어오기를 기다리며, 이쪽은 편안히 쉬게 하여
적이 지치기를 기다리고, 이쪽은 충분한 군량을 확보해 두고 적이 식량
부족으로 배고프기를 기다린다. 이것은 힘을 이용하는 방법이다(以近待
遠 以佚待勞 以飽待飢 此治力者也). 그러므로 깃발이 질서정연한 적을
맞아 싸우는 일을 피하고, 기세가 당당하게 진을 치고 있는 적을 공격하
는 일은 피한다. 이것은 적의 상황 변화를 기다려 승리를 얻도록 하는
방법이다.」

이상이 「이일대로」가 들어 있는 군쟁편의 내용인데, 이 「이일대로」
의 전술을 제6편 허실(虛實)에서는 다음과 같이 말하고 있다.

「무릇 먼저 싸움터에 있으면서 적을 기다리는 사람은 편하고, 뒤에
싸움터에 있어서 싸우러 가는 사람은 괴롭다. 그러므로 싸움을 잘하는 사
람은 남을 내게로 끌어들이고, 내가 남에게 끌려 다니지 않는다.」

결국 주도권을 장악하는 것이 중요함을 말한 것이다.

**일엽낙지천하추** **一葉落地天下秋**   「일엽지추」는 「일엽낙지천하추
(一葉落知天下秋)」에서 온 말이다. 나뭇잎 하나가 떨어지는 것을 보고
온 천하가 가을인 것을 안다는 뜻이다. 즉 작은 한 가지 일로써 전체가

500

어떻다는 것을 알 수 있다는 뜻이다. 《회남자》설산훈편(說山訓篇)에는,
「나뭇잎 하나 떨어지는 것을 보고 해(年)가 장차 저물려는 것을 알고, 병 속의 얼음을 보고 천하가 찬 것을 안다. 가까운 것으로써 먼 것을 말하는 것이다(見一葉落而知歲之將暮 睹甁中之氷而天下之寒 以近論遠).」라고 있다.

이것은 분명히 작은 일을 보고 전체를 살필 수 있다는 것을 이렇게 비유해서 말한 것이다. 또 이자경(李子卿)의 「추충부(秋虫賦)」에는,
「나뭇잎 한 잎이 떨어지니 천지가 가을이다(一葉落兮天地秋).」라고 했고, 또《문록(文錄)》에는, 「당나라 사람의 시를 실어 말하기를 『산의 중이 육갑을 헤아릴 줄 몰라도 나뭇잎 한 잎이 떨어지면 천하가 가을인 것을 안다』고 했다.」라고 했다.

갑자(甲子)는 곧 육갑(六甲)이란 말과 같은 말로 옛날에는 달과 날을 육갑으로 계산했기 때문에 달과 날이 가는 것을 모른다는 것을 갑자를 헤아릴 줄 모른다고 한 것이다.

위에서 말한 모두가 작은 일을 가지고 대세를 알 수 있다는 뜻으로 쓰이고 있다. 그러나 「일양내복(一陽來復)」의 경우와는 반대로 흥왕하고 있는 가운데 쇠망의 조짐이 보이는 경우 그것을 가리켜서 「일엽낙지천하추」라고 말한다. 약해서 「일엽지추」라고 한다.

**일패도지 一敗塗地** 《사기》고조본기에 있는 한고조 유방의 말로, 진시황 말년「동남방에 천자의 기운이 있다」고 말하는 사람이 있자, 시황은 동쪽으로 순행을 나가 이 기운을 찾아 후환을 막을 생각이었다.

유방은 혹시 자기에게 어떤 화가 미치지 않을까 하고 산중으로 숨었다. 그러자 유방이 있는 패읍(沛邑) 사람들도 그를 따랐다.

이윽고 시황이 죽고 2세가 즉위하자, 진승(陳勝)이 반란을 일으켰다. 그러자 각 고을마다 호걸들이 일어나 수령을 죽이고 반기를 들어 진승에게 호응했다.

패읍의 수령도 반란민에게 죽게 될까 겁이 났다. 그래서 자진해서 고을

백성들을 이끌고 진승에게 호응할 생각으로 부하인 소하(蕭何)와 조참(曹參)을 불러 상의했다. 그러자 소하와 조참은,

「진나라 관리인 사또께서 반란을 일으키려 하면 사람들이 말을 듣지 않을 것입니다. 사또께서 먼저 밖으로 도망쳐 나가 있는 사람들을 불러들이십시오 아마 수백 명에 달할 것입니다. 그들의 힘을 빌어 대중을 위협하면 감히 거역할 사람이 없을 것입니다.」하고 권했다.

그리하여 번쾌를 보내 유방을 불렀다. 그때 유방을 따른 사람들은 벌써 수백 명에 달하고 있었다. 수백 명이 떼지어 오는 것을 보자 현령은 후회막급이었다. 얼른 성문을 닫고 소하와 조참을 죽이려 했다. 두 사람은 성을 넘어 유방에게로 가서 몸을 의지했다.

유방은 비단폭에 글을 써서 성 위로 쏘아 보냈다. 그 글의 지시에 따라 고을 사람들은 현령을 죽이고 성문을 열었다. 유방을 맞이한 부로들은 그를 현령에 추대하려 했다. 그러자 유방은 「일패도지」란 말을 썼다.

「천하가 한창 시끄러워 제후들이 사방에서 함께 일어나고 있는데 지금 장수를 한번 잘못 두게 되면 일패도지하고 만다.」하고 현령이 되기를 사양했다.

그러나 결국은 자청하는 사람도 할 만한 사람도 없어 유방이 패현의 현령이 된다. 그리하여 패령이 패공이 되고, 패공이 한왕(漢王)이 되고, 한왕이 다시 한고조가 되는 것이다.

「일패도지」의 뜻을 주해에는 이렇게 말하고 있다.

「하루아침에 깨어져 패하게 되면, 간과 골로 땅을 바르게 된다는 것을 말한다(言一朝破敗 使肝腦塗地).」

즉 골이고 창자고 온통 흙과 한 덩어리가 되고 만다는 얘기다. 여기서 「간뇌도지(肝腦塗地)」란 말이 나왔다.

**전화위복 轉禍爲福**　　「화가 바뀌어 복이 되고, 실패한 것이 오히려 공이 된다(轉禍爲福 因敗爲功)」고 한 말에서 나왔다. 《사기》 소진열전에 나오는 말이다.

502

전국시대 때 가장 활약이 뛰어난 종횡가(縱橫家)로는 장의와 소진을 꼽는다. 장의는 연횡책(連橫策·連衡策)으로, 소진은 합종책(合縱策)으로 유명하다. 그 중 소진은 이런 말을 한 적이 있다.

「옛날에 일을 잘 처리했던 사람은『화를 바꾸어 복을 만들고, 실패를 바꾸어 공으로 만들었다』고 한다.」

전화위복이란 실패했다고 포기하고 마는 것이 아니라 그것을 새로운 성공의 계기로 삼아 분연히 일어날 것을 당부할 때 흔히 쓰이는 말이다. 즉 어떤 사람이 한때의 실패로 의기소침해 있을 때 그의 어깨를 두드리며,

「인생만사 새옹지마(塞翁之馬)라고 하지 않던가. 이번 일을 전화위복의 계기로 삼아 용기를 내보게.」라고 하는 식으로 말한다.

**중석몰족** **中石沒鏃** ☞ 권1

**중원축록** **中原逐鹿** ☞ 권1

**지록위마** **指鹿爲馬** 누구나 다 아는 사실을 옳다거나 아니라고 고집을 하며 남을 궁지로 몰아넣는 것을 말한다. 또 이 말이 처음 생겨나게 된 고사에 따라 윗사람을 농락하여 권세를 마구 휘두르는 방자한 행동을 가리켜 말하기도 한다.

《사기》 진시황 본기(本紀)에 조고(趙高)에 대한 이야기가 이렇게 나와 있다.

진시황 37년 7월, 시황제는 순행 도중 사구(沙丘)의 평대(平臺)에서 죽는다. 시황은 죽기에 앞서 만리장성에 가 있는 태자 부소(扶蘇)를 급히 서울로 불러올려 장례식을 치르라는 조서를 남겼었다.

그러나 이 조서를 맡고 있던 내시 조고가 시황을 따라와 있던 후궁 소생인 호해(胡亥)를 설득시키고 승상 이사(李斯)를 협박하여 시황의 죽음을 비밀에 붙이고 서울 함양으로 들어오자, 거짓 조서를 발표하여 부소를 죽이고 호해를 보위에 앉힌다. 이것이 2세 황제다.

조고는 점차 2세를 정치에서 멀어지게 하고 방해물인 이사를 죽게 한 다음 스스로 승상이 되어 권력을 한 손에 쥐고 흔들었다. 그러나 조고의 야심은 그 자신 황제가 되는 것이었다. 조고는 반란을 일으키려 했으나 군신들이 따를지가 염려였다. 그래서 먼저 준비공작을 했다. 조고는 사슴을 가져다가 2세에게 바치며,

「이것이 말이옵니다.」라고 했다. 그러자 2세는 웃으며,

「승상이 실수를 하는구려. 사슴을 보고 말이라고 하니?」

「아닙니다. 말이옵니다.」

2세는 좌우에 있는 시신들에게 물었다. 어떤 사람은 잠자코 있고, 어떤 사람은 조고의 편을 들어 말이라고 하고, 혹은 정직하게 사슴이라고 대답하기도 했다.

그러자 조고는 사슴이라고 말한 사람은 모조리 법률로 얽어 감옥에 넣고 말았다. 그 뒤로 모든 신하들은 조고가 무서워 그가 하는 일에 다른 의견을 말하지 못했다는 것이다.

그러나 이때는 이미 온 천하가 반란 속에 물 끓듯 하고 있을 때였다. 조고는 2세를 더는 숨길 수 없게 되자, 그를 죽이고 부소의 아들 자영(子嬰)을 임시 황제 자리에 앉혔다. 그러나 조고는 자영에게 죽고 만다.

불에 싸인 집안에서 권력다툼을 하는 소인의 좁은 생각은 그것이 남을 해칠 뿐만 아니라 자신을 해치는 것인 줄을 알 리가 없었다.

이래서 억지소리로 남을 몰아세우는 것을 「지록위마」라고 하게 된 것이다.

## 창업이수성난 創業易守成難

「창업(創業)」은 사업을 처음 시작한다는 말인데, 나라를 처음 세우는 뜻으로 많이 쓰이고 있다. 「수성(守成)」은 이뤄 놓은 것을 그대로 지켜 나간다는 말이다.

즉 나라나 사업이나 처음 세우기는 쉬워도 그것을 지켜 나가기는 어렵다는 것이 「창업이 수성난」이란 말이다.

그런데 창업이 어려운지 수성이 어려운지 하는 것은 당태종(唐太宗)이

504

신하들과의 대화에서 나온 것이다.

당태종과 그의 신하들과의 정치문답을 모아 만든 《정관정요(貞觀政要)》란 책에 보면 다음과 같은 이야기가 나온다.

태종이 신하들을 보고 물었다.

「제왕의 사업은 초창(草創)이 어려운가, 수성(守成)이 어려운가?」

상서좌복야(尙書左僕射 : 부총리)인 방현령(房玄齡)이 대답했다.

「어지러운 세상에 많은 영웅들이 다투어 일어나, 이를 쳐서 깨뜨린 뒤라야 항복을 받고, 싸워 이겨야만 승리를 얻게 되므로 초창이 어려운 줄로 아옵니다.」

그러자 위징(魏徵)이 말했다.

「제왕이 처음 일어날 때는 반드시 먼저 있던 조정이 부패해 있고 천하가 혼란에 빠져 있기 때문에 백성들은 무도한 임금을 넘어뜨리고 새로운 천자를 기뻐 받들게 됩니다. 이것은 하늘이 주시고 백성들이 따르는 것이므로 어려울 것이 없습니다. 그러나 이미 천하를 얻고 나면 마음이 교만해지고 편해져서 정사에 게으른 나머지 백성은 조용하기를 원하는데, 부역이 쉴 사이 없고, 백성은 피폐할 대로 피폐되어 있는데, 나라에서는 사치를 위한 필요 없는 공사를 일으켜 세금을 거두고 부역을 시키고 합니다. 나라가 기울게 되는 것은 언제나 여기서부터 시작됩니다. 이로 미루어 볼 때 수성이 더 어려운 줄 압니다.」

결국 창업이 쉽고 수성이 어렵다는 말은 위징의 입에서 나온 말이다. 당태종은 두 사람의 말을 다 옳다고 한 다음,

「그러나 남은 것은 수성뿐이니 우리 다 같이 조심하자.」고 말했다.

수성이 어려운 것이 어찌 나라뿐이겠는가. 크고 작은 단체들이 다 같은 원리에서 망하고 흥하고 하는 것이다.

**초미지급** **焦眉之急** 우리말에 「발등에 떨어진 불」이란 말이 있다. 발등에 떨어진 불은 곧 몸 전체를 태우게 된다는 뜻과 아울러, 당장 뜨거우니까 손이 절로 그리로 가고 발이 절로 불을 차 던지게 된다는 뜻이다.

초미(焦眉)는 눈썹을 태운다는 뜻이다. 「초미지급」은 눈썹이 타고 곧 얼굴이 타게 될 그런 위급한 일이란 뜻이다. 발등에 떨어진 불보다 더 위급한 표현이다. 금릉(金陵 : 남경) 장산(蔣山)의 법천불혜선사(法泉佛慧禪師)는 만년에 어명으로 대상국지해선사(大相國智海禪寺)의 주지로 임명되었을 때, 중들을 보고 물었다.

「주지로 가는 것이 옳은가, 이곳 장산에 머물러 있는 것이 옳은가?」

이 같은 물음에 아무도 대답하는 사람이 없었다. 도를 닦아야 하느냐, 출세를 해야 하느냐 하고 망설인 것이다. 그러자 선사는 붓을 들어 명리를 초탈한 경지를 게(偈)로 쓴 다음, 앉은 채 그대로 세상을 떠났다고 한다. 이 법천불혜선사가 수주(隨州)에 있을 때, 그 곳 중들로부터 여러 가지 질문을 받고 대답한 말 가운데 이런 것이 있다.

「어느 것이 가장 급박한 글귀가 될 수 있습니까(如何是急切一句).」

「불이 눈썹을 태우는 것이다(火燒眉毛).」라고 대답했다는 것이다.

이 이야기는《오등회원(五燈會元)》에 있는 이야기인데, 이 「화소미모」란 말에서 「소미지급(燒眉之急)」이란 말이 생기고, 「소미지급」이 변해서 「초미지급」으로 된 것 같다.

「눈썹에 불이 붙었다」는 말을 쓰는 사람이 있는데, 그것은 「초미」란 말을 그대로 옮긴 말이다.

## 파죽지세 破竹之勢　☞ 권1

## 패군지장불언용 敗軍之將不言勇　「패군지장 불언용」이란 말은 싸움에 패한 장수는 용기에 관한 이야기를 해서는 안된다는 뜻이다.

아무리 용기가 있어도 싸움에 진 이상 자랑할 조건이 되지 못한다. 「종로에서 뺨 맞고 한강에 가서 눈 흘긴다」는 식이 되고 말기 때문이다.

이 말은《사기》회음후열전에 있는 광무군(廣武君) 이좌거(李左車)가 인용한 말이다.

한신이 조나라를 쳐서 이긴 뒤 조나라의 뛰어난 모사였던 이좌거를 스

승으로 모시고 그에게 앞으로 취해야 할 방법을 가르쳐 달라고 청하자, 이좌거는 이를 사양하여 이렇게 말했다.

「나는 싸움에 패한 장수는 용맹을 말해서는 안되며(臣聞 敗軍之將 不可以言勇), 나라를 망친 대신은 나라를 보존하는 일을 꾀해서는 안된다고 들었습니다. 지금 나는 싸움에 패하고 나라를 망하게 한 포로가 아닙니까. 어떻게 나 같은 사람이 큰일을 꾀할 수 있겠습니까?」

「패군지장은 불언용」이란 말은 이좌거의 이 말에서 나온 것인데, 이 말은 이좌거가 만들어 낸 것이 아니고 옛날부터 내려오는 교훈을 인용해서 자기의 처지를 밝힌 것이다.

그러나 결국 그는 한신을 도와 좋은 꾀를 일러주게 된다.

**풍성학려** **風聲鶴唳** 「풍성학려」는 바람소리와 학의 울음이란 말이다. 우리 속담에 「자라보고 놀란 가슴 솥뚜껑보고 놀란다」는 말이 있다. 이 「풍성학려」도 이와 같은 뜻이다. 싸움에 패해 도망치는 군사들이 바람소리와 학의 울음소리만 들어도 혹시 적군이 추격해 오는 것이 아닌가 하고 깜짝깜짝 놀라듯, 무엇에 크게 놀란 사람이 아무것도 아닌 것에 겁을 먹고 놀라는 것을 가리켜 「풍성학려에 놀란다」고 한다.

《진서》사현전에 나오는 말이다.

동진 효무제(孝武帝) 태원 8년(383년) 11월, 북쪽의 진왕(秦王) 부견(符堅)이 직접 이끌고 내려온 백만에 가까운 군사를 맞아 겨우 10분의 1밖에 안되는 적은 군사로 동진의 명장 사현은 이를 회하 상류인 비수에서 거의 전멸시키다시피 한 대승을 거두었다. 이때 사현은 적의 총지휘관 부융(符融)에게 사자를 보내 이렇게 청했다.

「귀하의 군대를 조금만 뒤로 후퇴시켜 주시오 그러면 우리가 물을 건너가 한 번 싸움으로 승부를 하겠습니다.」

상대를 무시하고 있던 부견과 부융은 얼마 안되는 적이 물을 반쯤 건너왔을 때 기습작전으로 간단히 이를 해치울 생각이었다.

북군이 후퇴를 개시하고 남군이 강을 건너기 시작했을 때, 북군의 뜻하

지 않은 혼란이 일어났다. 물러나라는 명령을 받은 북군은 남군이 강을 건너오는 것을 보자 싸움에 패해 물러나는 것으로 오인하고 앞을 다투어 달아나기 시작했다.

뒤쪽에 있던 군사들은 앞의 군사가 허둥지둥 도망쳐 오는 것을 보자 덩달아 겁을 먹고 정신없이 달아나기 시작했다. 이리하여 북군은 자기 군사가 모두 적군으로 보이는 혼란 속에 서로 짓밟으며 달아나다 물에 빠져 죽는 자가 부지기수였다.

남은 군사들은 갑옷을 벗어 던지고 밤을 새워 달아나는데, 바람 소리와 학의 울음소리만 들어도 진나라 군사가 뒤쫓아 오는 줄로 알고 가시밭길을 걸으며 들판에서 밤을 보냈다. 게다가 굶주림과 추위까지 겹쳐 죽은 사람이 열에 일곱 여덟은 되었다는 것이다.

이「풍성학려」라는 청각적인 착각과 아울러, 산천의 풀과 나무까지 다 적의 군사로 보였다는「초목개병(草木皆兵)」이란 시각적인 착각도 이 고사에서 온 말이다.

**합종연횡** **合縱連衡**　「합종연횡」은 합종(合縱)과 연횡(連衡)의 두 외교정책을 합한 말로, 국제무대에서의 외교적 각축전을 가리켜 쓰는 말이다.「합종」의「종(縱)」은 세로의 뜻으로 남북을 뜻하고,「연횡」의 횡(衡)은 가로(橫)의 뜻으로 동서를 말한다.

이 말을 외교정책으로 처음 들고 나온 것은 전국시대의 유명한 소진(蘇秦)과 장의(張儀)였다.

전국시대는 이른바 칠웅(七雄)이 할거해 있던 시대로, 서쪽으로 진(秦)나라가 강대한 세력을 유지하고 있었고, 동쪽으로 나머지 여섯 나라가 남북으로 줄지어 있었다.

소진은 여섯 나라가 남북으로 합작해서 방위동맹을 맺어 진나라에 대항하는 것이 공존공영의 길이라고 주장하여 이를「합종」이라고 불렀다.

이에 맞서서 장의는, 약한 나라끼리 합종을 하는 것보다는 강한 진나라와 연합하여 불가침 조약을 맺는 것이 안전한 길이라고 하여 이를「연횡」이라 불렸던 것이다.

소진과 장의는 같은 귀곡자(鬼谷子)의 제자였다. 소진이 먼저 이 「합종책」을 들고 나와, 6국의 군사동맹을 성공시킨 다음, 그 공로로 6국의 재상 직을 한 몸에 겸하고, 자신은 종약장(從約長)이 되어 6국의 왕들이 모인 자리에서 의장 노릇을 하게 되었다.

소진의 이 정책을 깨뜨리기 위해 각국을 개별적으로 찾아다니며 진나라의 연합책만이 안전한 길이란 것을 설득시켜 소진의 합종책이 사실상 그 효력을 발휘할 수 없게 만든 것이 장의였다.

전국(戰國) 백 년의 역사는 이 합종과 연횡이 되풀이된 역사라고 해도 좋을 정도로 두고두고 말썽이 되어 왔다. 그래서 제자백가(諸子百家) 중 외교무대에서 세 치 혀로 활약하는 사람들을 가리켜 종횡가라고 한 것도 이 「합종연횡」이란 말에서 나온 이름이었다.

**호시탐탐**　**虎視眈眈**　「탐탐(眈眈)」은 노려본다는 말이다. 범이 먹이를 탐내어 눈을 부릅뜨고 노려보는 것을 「호시탐탐」이라고 한다.

욕망을 채우기 위해 기회를 노리며 정세를 관망하고 있는 것을 비유해서 쓰는 말이다.

이 말은 《주역》이괘(頤卦) 사효(四爻)의 효사(爻辭)에 나오는 말이다. 이(頤)는 아래턱(下顎)이란 뜻인데, 기른다(養)는 뜻도 된다.

괘의 모양을 보면 위는 간(艮 : ☶)이고 아래는 진(震 : ☳)이다. 「간」은 산(山)이란 뜻이고 「진」은 우레를 말한다.

괘의 전체의 모양(☶ ☳)은 위아래는 막혀 있고 복판이 열려 있어 사람의 입 속을 상징하고 있다.

산은 움직이지 않고 우레는 움직이는 성질을 가지고 있다. 위는 가만히 있고 아래만 움직이는 것이 사람이 음식을 먹을 때의 입의 모양이다. 그러므로 「이괘」는 음식을 먹고 생명을 보존하는 뜻이 된다.

그러나 음식을 먹고 몸을 기르는 데도 여러 가지 방법이 있고 처지가 다르다. 그래서 각 효마다 뜻이 다른 말로써 이를 나타내고 있는 것이다.

4효에는, 「거꾸로 길러져도 좋다. 범처럼 노려보고 그 욕심이 한이 없더라도 상관이 없다(顚頤吉 虎視眈眈 其欲逐逐 无咎).」고 했다.

「기욕축축(其欲逐逐)」은 쉴 새 없이 계속된다는 뜻이다. 거꾸로 길러진다는 것은 아랫사람에게 봉양 받는 것을 말한다.

부모가 자식을 기르는 것이 도리이고, 임금이 백성의 생활을 보장하는 것이 정치다. 그러나 자식이 다 큰 뒤에는 범의 위엄을 갖추고 자식들의 봉양을 계속 받아도 좋은 것이다. 나라가 태평하면 임금이 나라의 권위를 유지하여 사치를 하는 것도 나쁠 것이 없다는 뜻이다.

## 호연지기 浩然之氣

호(浩)는 넓고 크다는 뜻이다. 넓고 큰 기운이 「호연지기」다. 넓고 큰 기운이 과연 어떤 것일까.

이 말을 처음 쓴 맹자의 설명을 《맹자》에서 찾아보기로 한다. 공손추 상에 보면 맹자의 제자 공손추가 부동심(不動心)에 대한 긴 이야기 끝에,

「선생님은 어떤 점에 특히 뛰어나십니까?」하고 묻자 맹자는,

「나는 나의 호연지기를 잘 기르고 있다(善養吾浩然之氣).」고 대답했다. 그러자 공손추는 다시,

「감히 무엇을 가리켜 호연지기라고 하는지 듣고 싶습니다.」하고 물었다.

맹자는 말로 표현하기 어렵다고 전제하고 나서 다음과 같이 설명하고 있다.

「그 기운 됨이 지극히 크고 지극히 강해서 그것을 올바로 길러 상하게 하는 일이 없으면 하늘과 땅 사이에 꽉 차게 된다. 그 기운 됨이 의(義)와 도(道)를 함께 짝하게 되어 있다. 의와 도가 없으면 그 기운은 그대로 시들어 없어져 버리게 된다. 이것은 의(義)를 쌓고 쌓아 생겨나는 것으로, 하루아침에 의를 한다고 해서 얻어지는 것이 아니다. 일상생활에 있어 조금이라도 양심에 개운치 못한 것이 있으면 그 기운은 곧 시들어 버리고 만다.」

그리고 이어서 그 기운을 기르는 방법을 길게 설명하고 있다.

이 「호연지기」에 대한 뜻을 이희승씨의 《국어대사전》에는 이렇게

풀이하고 있다.

① 하늘과 땅 사이에 넘치게 가득 찬 넓고도 큰 원기.

② 도의에 뿌리를 박고, 공명정대하여 조금도 부끄러울 바가 없는 도덕
    적 용기.

③ 사물에서 해방되어 자유스럽고 유쾌한 마음.

맹자의 설명과 맹자의 뜻을 종합 분석한 잘된 풀이로 생각된다.

「대장부(大丈夫)」란 제목에서 설명한 바 있는 그 대장부가 바로 호연
지기를 지니고 있는 사람인 것이다. 불교에서 말하는 금강불괴(錦江不壞)
란 바로 이 호연지기를 말한 것이라 볼 수 있다.

*여기 실린 고사성어는 明文堂 간
《소설보다 재미있는 **이야기 고사성어**》에서 인용했습니다.

**속삼국지** 권2 · 와신상담편

☆

초판 인쇄일 / 2005년 08월 25일
초판 발행일 / 2005년 08월 30일

☆

지은이 / 無外子
옮긴이 / 이원섭
펴낸이 / 김동구
펴낸데 / 明文堂
서울특별시 종로구 안국동 17-8
대체 010041-31-0516013
☎ (영업) 733-3039, 734-4798
　　(편집) 733-4748　 FAX. 734-9209
H.P. : www.myungmundang.net
e-mail : mmdbook1@myungmundang.net
등록 1977. 11. 19. 제 1-148호

☆

ISBN 89-7270-786-4 04820
ISBN 89-7270-784-8 (전5권)
낙장이나 파본은 구입하신 서점에서 교환해 드립니다.

☆

값 9,500 원